BESTSELLER

Nora Roberts, la autora número 1 en ventas de *The New York Times* y «la escritora favorita de Estados Unidos», como la describió la revista *The New Yorker*, comentó en una ocasión: «Yo no escribo sobre Cenicientas que esperan sentadas a que venga a salvarlas su príncipe azul. Ellas se bastan y se sobran para salir adelante solas. El "príncipe" es como la paga extra, un complemento, algo más..., pero no la única respuesta a sus problemas». Más de quinientos millones de ejemplares impresos de sus libros avalan la complicidad que Nora Roberts consigue establecer con mujeres de todo el mundo.

Su éxito es incuestionable; quienes la leen una vez repiten. Sabe hablar a las mujeres de hoy sobre sí mismas y sus historias llegan a un público femenino muy amplio porque son mucho más que novelas románticas. Nora Roberts ha escrito más de 215 libros que se han publicado en 34 países. Se venden unas 27 novelas suyas cada minuto y 60 han llegado al codiciado número 1 de *The New York Times* en la primera semana de ventas.

Para más información, visita la página web de la autora: www.noraroberts.com

También puedes seguir a Nora Roberts en Facebook o en Instagram:
Nora Roberts
noraobertsauthor

NORA ROBERTS

La herencia

**La maldición de las siete novias
Libro 1**

Traducción de
M.ª del Mar López Gil

DEBOLS!LLO

Papel certificado por el Forest Stewardship Council®

Título original: *Inheritance. The Lost Bride Trilogy 1*

Primera edición en Debolsillo: julio de 2025

© 2023, Nora Roberts
© 2024, 2025, Penguin Random House Grupo Editorial, S.A.U.
Travessera de Gràcia, 47-49. 08021 Barcelona
© 2024, M.ª del Mar López Gil, por la traducción
Diseño de la cubierta: Penguin Random House Grupo Editorial
basado en el diseño original de Ervin Serrano
Imagen de la cubierta: composición a partir de las imágenes de © Illona Wellmann / Arcangel;
© mamita / Shutterstock; © iconogenic /Shutterstock;
© PUDRA / Shutterstock

Printed in Spain – Impreso en España

ISBN: 978-84-663-7961-8
Depósito legal: B-8.859-2025

Impreso en Black Print CPI Ibérica
Sant Andreu de la Barca (Barcelona)

P 3 7 9 6 1 8

Para Benita,
porque aún oigo tu maravillosa risa

PRIMERA PARTE

La traición

«Él era su hombre, pero la traicionó».

Frankie & Johnny

Prólogo

1806

Soy una novia. Soy una esposa.

Me emociona saber que mi vida ha comenzado hoy, pues hoy he dejado de ser Astrid Grandville.

Soy la señora de Collin Poole.

Cuando nos conocimos, hace apenas un año, me enamoré. Me enamoré no solo de su hermoso rostro y su espléndida figura, pues su gemelo, Connor, posee los mismos atributos. Me enamoré de sus risueños y penetrantes ojos verdes, de su voz de tenor, de su tenaz inteligencia.

Me enamoré de su ecuanimidad, de su conocimiento del mundo, de su risa fácil, de su entrega a su familia y a la empresa que levantaron.

Mi esposo es constructor naval, como lo fue su padre antes que él.

Conocí a Arthur Poole muy brevemente, pero lloré su pérdida cuando una caída de su caballo se lo llevó de este mundo.

Ahora los hermanos llevan el timón de la empresa que su padre fundó.

Pero no hoy. Hoy es un día de fiesta para todos en Poole's Bay y en el hogar que su padre construyó hay música y baile, comida y vino, amor y risas.

En este agreste acantilado sobre el ancho mar donde Arthur levantó su imponente castillo de piedra, mi amado y yo fijamos nuestra residencia de hoy en adelante.

Llenaremos nuestro hogar de hijos, de hijos fruto del amor. Quizá esta noche, nuestra noche de bodas, engendremos esa primera chispa de vida.

Arabelle, mi queridísima amiga, una amiga que se convertirá en mi cuñada cuando Connor y ella contraigan matrimonio en otoño, me preguntó si estaba nerviosa ante la perspectiva de llegar como doncella —igual que ella— al lecho nupcial.

No. Oh, no, estoy ansiosa, ansiosa por saber qué hay más allá de los besos que tanto me caldean la sangre, que tanto avivan mis pasiones.

Os venero con mi cuerpo. Cumpliré mis votos matrimoniales, hasta el último de ellos.

Ahora me miro al espejo en lo que será nuestra alcoba, ya desposados, y veo a una mujer muy diferente a la muchacha de antes.

Veo el cabello al que Collin llama seda de sol recogido bajo una corona de rosas con un velo corto flotando por detrás, tal como mi madre especificó. Contemplo el vestido blanco por el que tanto me preocupé. También flota, como yo quería, desde el lazo de seda que ciñe el talle alto.

Por mucho que diga Collin, sé que no soy ninguna belleza. Pero sí agradable a la vista, en especial hoy, cuando la doncella se convierte en mujer y la novia en esposa.

Veo el brillo del anillo que me regaló cuando pidió mi mano, cuando dijo: «Os amo con todo mi corazón. Mi querida Astrid, jamás amaré a otra, pues os amaré hasta el fin de mis días, e incluso después de que la muerte se me lleve».

Ahora ese brillo, esa promesa, ese símbolo está en mi mano derecha, y la alianza de oro, el círculo que jamás termina, en la izquierda.

La mujer en la que estoy convirtiéndome lo amará hasta el fin de sus días, e incluso después de que la muerte se me lleve.

Ahora, tras estos breves instantes de serena reflexión, he de regresar a la música, al baile, a la celebración que Collin insistió en que señalara este día.

Bailaré con mi esposo. Abrazaré a su familia como propia, pues lo es. Mientras los gaiteros tocan, celebraré este primer día de la larga vida de felicidad que construiremos juntos.

O eso creía.

Me giro para darle la bienvenida cuando entra en la habitación. Me resulta ligeramente familiar, pero, sin mediar palabra, se abalanza sobre mí. Veo el cuchillo fugazmente antes de que me lo clave.

¡Ay, qué dolor! Jamás lo olvidaré. Mi estupor cuando la hoja se hunde en mi carne, una, dos veces. Y otra, y otra.

Me tambaleo hacia atrás, incapaz de gritar, incapaz de hablar cuando ella deja caer el cuchillo a mis pies.

—Jamás será tuyo —dice—. Muerta la novia, sé que él vendrá a mí. Vendrá a mí o, por tu sangre sobre mi lengua, novia tras novia se reunirá contigo en la muerte.

Horrorizada, observo cómo lame mi sangre de su dedo. Al desplomarme, me quita la alianza.

Y este acto es en cierto modo peor que el dolor.

—Un matrimonio no es un matrimonio hasta que se consuma. Solo eres una novia, perdida para siempre. Maldita seas, Astrid Grandville.

Me deja ahí, agonizando en el suelo, cerca del lecho nupcial que jamás compartiré con mi amado. Pero mi anillo de bodas, mi alianza... ¿Cómo voy a abandonar este mundo sin él?

La mancha de sangre se extiende sobre el blanco de mi vestido de novia al tiempo que esa necesidad imperiosa me insta a incorporarme. Retorciéndome de dolor, avanzo tambaleándome hasta la puerta. Mis manos, resbaladizas por mi propia sangre, forcejean para abrirla.

He de encontrar a Collin. He de recuperar mi anillo. Con este anillo os he hecho mi juramento. Se me nubla la vista; cada respiración es un tormento.

Alguien chilla, pero el sonido procede de otro mundo. Un mundo que estoy abandonando.

Lo veo, solamente a él porque todo lo demás se desvanece: la música, los bonitos vestidos de gala y chalecos, los rostros que se desdibujan, los gritos que se apagan.

Él acude raudo a mi encuentro, gritando mi nombre. Me sujeta entre sus fuertes brazos al tiempo que las piernas me fallan.

Quiero hablarle. Mi amor, mi vida. Nos han arrebatado la alianza, la promesa de una larga vida de felicidad.

Noto sus lágrimas sobre mi rostro, y percibo el miedo y el dolor en esos penetrantes ojos verdes.

—Astrid, mi amor. Astrid, no me dejes. No me dejes.

Mientras todo se desvanece, pronuncio mis últimas palabras, hago mi promesa con mi último aliento:

—Jamás lo haré.

Y no lo he hecho.

1

Planificar una boda era una auténtica locura. Sonya llegó a la conclusión de que, una vez que asumías ese hecho indiscutible, te ponías manos a la obra y punto.

Si por ella fuera, pasaría de montar un circo semejante. Se compraría un vestido fabuloso al que de hecho pudiera sacarle partido e invitaría a la familia y a los amigos íntimos a una celebración en el jardín trasero. A una ceremonia breve y entrañable, y después a desmadrarse en un fiestón por todo lo alto.

Nada de ostentación ni formalidades, ni agobios ni cursiladas, solo diversión a raudales.

Pero Brandon quería que todo fuera ostentoso, formal y cursi.

De modo que ella tenía un vestido fabuloso —que había costado el equivalente a dos meses de hipoteca— y lo luciría apenas unas horas antes de llevarlo a la tintorería y ponerlo a buen recaudo en una caja.

Habían reservado un elegante hotel en Back Bay para una lista de invitados que superaba los trescientos y podría rozar los cuatrocientos antes de enviar las invitaciones.

Ella las había diseñado; después de todo, se ganaba la vida como diseñadora gráfica. Aunque, claro, Brandon también había intervenido. Puede que las invitaciones al final fueran más formales de lo que ella imaginaba, pero eran preciosas.

Habían gestionado el tema del recordatorio de fecha meses antes, y pasado casi un día entero con un fotógrafo para las fotos del compromiso.

A ella le habría gustado darle un toque a un amigo para que hiciera unas fotos informales, unas fotos desenfadadas, divertidas. Y tenía que reconocer que le había sentado mal que Brandon impusiera su veto absoluto ahí. A pesar de ello, las fotos eran bonitas.

Sofisticadas. Un anuncio sofisticado y elegante para la pareja perfecta y feliz que asciende en los escalafones sociales.

Habían tardado lo que se le antojaron días en diseñar el menú, formal, por supuesto. Luego la tarta. Ella era golosa; estaba convencida de que algo le pasaba a cualquiera que no le gustara el dulce.

Pero, por Dios, ¿quién iba a saber que la elaboración de una tarta nupcial —los sabores, los rellenos, el diseño, los pisos, la cobertura— podían convertirse en un estudio sobre la frustración?

Ahora lo sabía.

Y eso sin contar los pastelillos con las iniciales de los dos por encima.

A eso se sumaban las flores, la música, los planos de mesa, los colores y las temáticas, pese a la eficiente y sumamente paciente planificadora de bodas. En resumidas cuentas, una pesadilla.

Estaba deseando que todo terminara.

Y es probable que eso la convirtiera en un bicho raro.

¿No se suponía que las novias querían ese trajín y esos quebraderos de cabeza? ¿No quería una novia que el día de su boda fuera especial, único, de cuento de hadas?

Ella sí que quería que fuera especial, único y, por encima de todo, que vivieran felices y comieran perdices.

Pero…

Esos peros la habían estado agobiando en el transcurso de las últimas semanas. Pero no le daba la impresión de que fuera su día, su día especial, único y maravillosamente emocionante. En absoluto. De alguna manera se le había ido totalmente de las manos. Cuando se recordó a sí misma que también era el día de la boda de Brandon, y que él también tenía algo que decir, cayó en la cuenta de que en realidad él lo estaba diciendo todo.

Nada reflejaba la idea o los deseos de ella; claramente reflejaba todos los de él.

Y si la idea y los deseos de cada uno eran tan radicalmente diferentes, ¿eso no significaba que simplemente no encajaban?

Si le daba muchas vueltas a eso, se preocupaba. Igual que se preocupó cuando pasaron tres sábados buscando casa y él se empeñó en comprar un casoplón en un residencial moderno y elegante cuando ella prefería una gran casa antigua con carácter.

Pero…

Si no le daba muchas vueltas a eso, si recordaba los últimos dieciocho meses en pareja, no encontraba ningún motivo para preocuparse.

El día de la boda tan solo era un día, y ¿por qué no iba a tener Brandon el bodorrio que quería? ¿Y una casa? Lo que se ponía dentro es lo que contaba. Llegarían a un acuerdo, y la convertirían en un hogar.

Son los nervios por la boda, dijo para sus adentros. La cruda realidad se estaba imponiendo. Y ella tenía la prueba —literalmente— en la prueba de la invitación de boda que llevaba en el bolso.

Asumiendo su nerviosismo, canceló la cita con la florista —no podía hacer frente a eso— y se dirigió a su casa.

Dispondría de un par de horas de tranquilidad. Brandon tenía que ocuparse de algo relacionado con el novio, de modo que ella estaría a sus anchas hasta que regresara.

Decidió que, a su llegada, abrirían una botella de vino, revisarían la prueba de la invitación de boda, la dejarían lista, y después ultimarían la creciente lista de invitados. Encargarían las invitaciones y santas pascuas, ya que él había contratado a un calígrafo para escribir los nombres de los invitados.

Algo que podría haber hecho ella, pero, ojo, no tenía nada que objetar al hecho de ahorrarse escribir un par de cientos de invitaciones.

Sorteó el denso tráfico del sábado en Boston con las ventanillas bajadas y la música alta. Pensó que, en ocho semanas, el otoño, su estación favorita, traería consigo una explosión de color. Y que todo esto sería agua pasada.

Tenía veintiocho años, en breve cumpliría veintinueve y llegaría al final de otra década. Estaba preparada para echar raíces, para crear una familia. Y, en ocho semanas, se casaría con el hombre al que amaba.

Brandon Wise: listo, talentoso, romántico. Un hombre que se lo había tomado con calma y filosofía ante la renuncia de ella a la hora de mantener una relación con un compañero de trabajo.

Él la había conquistado, y ella había disfrutado dejándose conquistar.

Rara vez discutían. Él trataba con muchísimo cariño a la madre de Sonya, y eso era importante. Disfrutaba en compañía de los amigos de ella, y ella a su vez en compañía de los de él.

Por otro lado, se le ocurrían muchos aspectos en los que diferían. Él no se cansaba de ir a cócteles, a cenas, a inauguraciones de exposiciones de arte —al evento social que fuera— todas las noches. Y ella necesitaba espaciar esas cosas, pasar ratos tranquilos en casa.

Él tenía más zapatos que ella, y eso que a ella le gustaban los zapatos.

Cuando él hablaba acerca de comprar una casa, sacaba a colación el personal de mantenimiento de zonas verdes, mientras que ella se imaginaba cortando el césped y plantando un jardín.

Pero ¿quién quería casarse y vivir con un clon?

Las diferencias aportaban variedad.

Cuando aparcó, se arrepintió de haber cancelado la cita con la florista. Debería haber ido. Las flores, como el dulce, deberían ser motivo de felicidad.

Lo compensaría preparando algo para cenar.

¿Un ardid para eludir la sugerencia de salir a cenar?, se planteó mientras caminaba hacia su dúplex adosado. Tal vez, pero al llegar a casa él se encontraría la cena en el fogón junto con una botella de vino, y eso era un chollo.

Cenarían, beberían y ultimarían la puñetera lista de invitados.

Se quitarían un peso de encima poniendo una gran marca de verificación en la columna de tareas.

Liberados de ese peso, podrían pasar la noche del sábado desnudos en la cama.

Al abrir la puerta y entrar en el recibidor, oyó música. Y a pocos pasos, a la altura de la sala de estar, vio un zapato de mujer.

Un zapato de tacón de aguja rojo.

Puso el bolso sobre la consola, dejó caer las llaves en el platillo y se agachó lentamente para recoger el zapato.

El compañero yacía de canto junto a la esquina que conducía al dormitorio, al lado de un vestido de vuelo sin tirantes blanco.

La música de la habitación se dejaba sentir, una tenue y sensual melodía intercalada con los gritos ahogados y gemidos de una mujer.

A Brandon le gustaba poner música durante el sexo, pensó con desgana. Hacía hincapié en ello.

A ella le parecía un detalle encantador. Hasta ese momento.

Dado que no se habían tomado la molestia de cerrar la puerta del dormitorio, saltó por encima del vestido y apartó de un puntapié la camisa y los pantalones de caballero.

¿Quién iba a saber, pensó, que el amor podía apagarse como una vela con un soplo de viento sin dejar el menor rastro?

Observó el trasero de su prometido empujando con ahínco contra la mujer que tenía debajo. La mujer cuyas piernas lo rodeaban por la cintura mientras gritaba su nombre.

Sonya bajó la vista al zapato que aún sujetaba en la mano y a continuación miró ese trasero desnudo y traicionero.

Al lanzárselo y acertar, pensó: «Oh, sí, eso le dejará una marca».

Él se incorporó y se rebulló a gatas. La mujer dejó escapar un fugaz chillido e intentó taparse con la sábana, hecha un gurruño.

—Sonya.

—¡Cierra la puta boca! —espetó ella—. ¡Por el amor de Dios, Tracie, eres mi prima! ¡Formas parte del cortejo nupcial!

Sollozando, Tracie tiró con más fuerza de las sábanas.

—Sonya, escucha...

—¡He dicho que cierres la puta boca! Estoy en medio de un maldito cliché. Vestíos y largaos. Los dos.

—Lo siento. —Sin dejar de sollozar, Tracie recogió rápidamente el sujetador y las braguitas del suelo—. Yo…

—¡No me hables! No vuelvas a hablarme en tu vida. Si tu madre no fuera mi tía, y alguien a quien tengo mucho cariño, te daría una patada en tu culo de zorra aquí y ahora. Cierra el pico y lárgate de mi casa.

Tracie empuñó el vestido a la carrera y, sin ponerse la ropa interior, se lo metió por la cabeza. No se molestó en calzarse.

Ni en cerrar la puerta al salir.

—Sonya, no tengo excusa. Ha sido un tropiezo, yo…

—Ya veo. Has tropezado, y tu ropa se ha esparcido sola por la habitación mientras caías desnudo encima de mi prima. Lárgate, Brandon. Puedes irte desnudo o ponerte algo primero. Pero lárgate de mi casa.

—Nuestra —repuso él.

—En la hipoteca figura mi nombre.

—Cielo…

—¿En serio te atreves a llamarme así? Como lo intentes de nuevo, juro por Dios que te parto la cara. He dicho que te largues.

Se puso unos pantalones de algodón con desgana.

—Tenemos que hablar. Tienes que calmarte para que pueda… ¿Dónde vas?

—A por mi teléfono. —Fue a sacarlo del bolso—. A llamar a la policía para que te saquen de mi casa.

—Vamos, Sonya —dijo, adoptando ese tono de «Eres tan adorable»—. No vas a llamar a la poli.

Ella se quedó inmóvil, con el teléfono en la mano, escudriñándolo: un cuerpo de gimnasio, el cabello rubio apagado que las manos de otra mujer habían despeinado, las facciones delicadas y bonitas, y unos ojos azules para morirse.

—Si de verdad no me crees capaz, es que no me conoces en absoluto. —Cogió el llavero de Brandon del platillo, sacó la llave de la casa y lo arrojó a la calle—. Largo.

—Necesito zapatos.

Ella abrió el armario de los abrigos, sacó unas chanclas de él y se las lanzó.

—Apáñatelas, y vete o me pongo a gritar y llamo al 911.

Él se agachó, cogió las chanclas y se las puso.

—Hablaremos cuando te hayas calmado.

—En lo que respecta a ti, a esto, en la vida.

Cuando salió, ella cerró de un portazo y cerró el pestillo.

Y esperó las lágrimas, la desesperación, el desconsuelo. Sin embargo, fue consciente de que nada de eso podía aplacar su ira.

Bajó la vista hacia el teléfono.

Caminó hacia el sofá, respirando hondo, y se sentó. Al ponerse a escribir un mensaje de texto, se dio cuenta de que le resultaba imposible debido al temblor de sus manos.

En vez de eso, llamó.

—¡Hola!

—Cleo, ¿puedes pasarte por mi casa? De verdad, necesito que vengas ahora mismo.

—¿Una crisis nupcial?

—Algo así. Por favor.

El tono de broma dio paso a la preocupación.

—¿Estás bien?

—No, la verdad es que no. ¿Puedes venir?

—Claro. Voy para allá. Sea lo que sea, Sonya, lo arreglaremos. Dame diez minutos.

«Ya lo he arreglado yo», pensó Sonya, y soltó el teléfono.

Con la segunda copa de vino, Cleo se puso a dar vueltas por la sala de estar, a caminar de un lado a otro con sus largas piernas, con unos diminutos pantalones cortos blancos. Llevaba su mata de pelo rizado, del color de la miel tostada, recogido atrás al estilo de andar por casa.

Sus ojos felinos echaban chispas.

Cuanto más se enardecía, más se apreciaba la huella de su infancia en Luisiana. Y más se tranquilizaba Sonya. Esto, concluyó Sonya, es amor.

—Qué cabrón. Qué cabrón, hijo de puta, embustero e infiel. ¿Y Tracie? Ni siquiera encuentro palabras lo suficientemente ofensivas. ¡Tu propia prima! ¡Y esa…, esa miserable zorra tetona estaba ayudándome a organizar tu despedida de soltera!

—Ha llorado a moco tendido.

—No lo suficiente. Ni mucho menos. Uy, uy, me va a oír. Ten por seguro que me va a oír. La muy zorra falsa.

—Te quiero, Cleo Fabares. Eres la mejor.

—Ay, cariño. —Cleo se dejó caer en el sofá de nuevo, dejó su copa de vino sobre la mesa y tiró de Sonya para darle un fuerte achuchón—. Lo siento. Lo siento muchísimo.

—Lo sé.

—¿Qué quieres hacer? —Cleo se echó hacia atrás y miró a Sonya con sus ojos color miel y largas pestañas—. Dime qué quieres, y lo haré. ¿Asesinarlo? ¿Decapitarlo? ¿Castrarlo?

Por primera vez desde su llegada a casa, Sonya sonrió.

—¿Usarías la espada samurái de tu bisabuelo Haruto?

—Con mucho gusto.

—Dejemos eso en la reserva.

—¿Por qué no te pones a gritar o a dar patatas a algo? Yo tengo ganas de dar una patada a algo. Yo tengo ganas de darle una patada en los huevos a Brandon. Primero quiero comprarme unas botas militares para darle una patada en los huevos. Luego quiero ir a comprarme un puño americano para darle un puñetazo en la cara a Tracie. Pero eso es solo por mi parte —apostilló, y volvió a coger su copa—. ¿Tú qué quieres hacer?

—Lo estoy haciendo. Sentarme aquí a beber vino y a ver a mi mejor amiga cabrearse y ponerse como una furia por mí. —Sonya cogió la otra mano de Cleo—. Ella ha llorado a moco tendido; yo no.

—Si lo necesitas, aquí tienes mi hombro.

—No. No estoy segura de en qué lugar quedo yo en esta situación. Ha sido como irrumpir en una escena de una película. La pardilla de la prometida pilla a su prometido y a una de las damas de honor desnudos en la cama.

—Tú no eres una pardilla.

—Bueno, lo he sido en esto, así que… Estaba sonando *Video Phone* de Beyoncé.

—¡Venga ya!

—En serio.

Cleo hizo un sumo esfuerzo por contener la risa.

—Perdona.

—No pasa nada. Cuando pienso… Si no hubiera cancelado esa cita, si no los hubiera pillado…

Ahora fue Sonya la que se levantó y se puso a dar vueltas por la habitación; sus piernas, enfundadas en unos tejanos tobilleros para hacer recados los sábados, se movían sin cesar. Mientras gesticulaba con la mano en la que sujetaba la copa de vino, se echó el pelo hacia atrás con brusquedad.

Y se quitó con parsimonia el coletero para soltarse su larga y lisa melena de color castaño cobrizo.

—Eso es lo que me revienta, Cleo. Lo que más me revienta, joder. Que habría seguido adelante, me habría casado con ese gilipollas embustero. Y me habría casado a su manera, y eso me pone enferma. El salón de banquetes del hotel que él quería, el tinglado de relumbrón que él quería, la dichosa tarta nupcial de cinco pisos con la cobertura de fondant y azúcar dorado que él quería. ¿Cómo diablos me dejé enredar de esa manera?

—Parece que ya te has desenredado. Me caía bien. La verdad es que me caía bien, y eso me pone enferma a *mí*. Puede que, tratándose de ti, la boda me pareciera algo excesiva, pero, qué demonios, era el gran día, ¿no? Así que, ¿por qué no? Pero… y antes de que llegue al pero, deja que te diga que me alegro de comprobar que has encontrado tu ira.

—Oh, no la he perdido en ningún momento. Es que me ha gustado ver cómo has dado rienda suelta a la tuya durante un rato.

—Vale. El pero. Has cancelado la cita, los has pillado. Y no vas a casarte con ese gilipollas. El destino vela por ti.

—Si el destino velase por mí, habría plantado a Brandon hace mucho tiempo.

—Necesitas más vino.

—Oh, pienso beber, y en gran cantidad.

Sonya apretó las yemas de los dedos contra los ojos, no para reprimir las lágrimas, sino de pura frustración.

—Cleo, tengo que cancelar todo: el hotel, el reportaje, el vídeo, la tarta, las flores... Por Dios, el dichoso cuarteto de cuerda que nunca quise, la orquesta... Voy a perder los depósitos. Maldita sea, acabo de recoger la prueba de la invitación. Cuando pienso en la de horas y horas que he trabajado en ese diseño...

—Guárdala. Le echaremos una maldición y la enterraremos junto con uno de sus bóxers bajo la luna llena. Y cada vez que se le ocurra engatusar a otra mujer, sufrirá un caso crónico de hongos en la entrepierna.

—Esa que habla es tu abuela criolla.

—*Bien sûr.* Te ayudaré a cancelar todo; tal vez podamos recuperar algunos de los depósitos con un poco de mano izquierda. En cuanto al resto, le cobrarás la mitad a ese cabrón. Nunca me hizo gracia que desembolsaras todo el dinero.

Cleo resopló y le dio un buen trago al vino.

—Cuando pienso en ello, y lo analizo detenidamente, me doy cuenta de que no me gustaba tanto como me empeñaba en decirme a mí misma.

—Él iba a pagar la cena de ensayo y la luna de miel. No importa. Lección aprendida. Me vendría de lujo que me ayudaras con las cancelaciones. Ay, Dios, la lista de bodas.

Sonya se apretó con fuerza el estómago para parar el temblor.

—Acabamos de terminar la lista de bodas. Y mañana teníamos citas para ver dos casas.

—Lo que vamos a hacer es beber más vino. Pediremos una pizza. Me prestarás algo para dormir y repasaremos todo lo que hay que hacer.

—¿Te quedas a dormir?

—Siempre que mi mejor amiga, mi compañera de habitación en la universidad, mi compinche y mi hermana del alma se encuentra a su prometido en la cama con su prima, me quedo a dormir.

Por primera vez, Sonya notó el escozor de las lágrimas en los ojos. Pero de pura gratitud, no de dolor o pena.

—Gracias. Con solo plantearme resolver todo esto me dan ganas de meterme en un agujero. No —corrigió—, me dan ganas de enterrar a Brandon en uno. Yo... —Se calló cuando llamaron a la puerta y echó un vistazo—. No creerás que...

Los ojos felinos de Cleo soltaron chispas.

—Deja que abra yo. Ojalá tuviera esas botas militares, pero un rodillazo en los huevos es efectivo.

2

Cuando Cleo, lista para la batalla, abrió la puerta de golpe, la madre de Sonya, Winter, entró como una exhalación. Primero estrujó la mano a Cleo, y a continuación se fue derecha hacia su hija.

—Cielo, cariño, lo siento mucho. —Abrazó a Sonya con fuerza, balanceándose—. No llores, él no lo merece. —Ladeó la cabeza y apretó los labios sobre la mejilla de Sonya—. Sé que lo quieres, pero...

—No. Ya no. No sé si se supone que esto funciona así, pero ya no.

—Yo tampoco lo sé. —Winter se echó hacia atrás, tomó la cara de su hija entre las manos y la escudriñó—. Pero, si es cierto, me alegro. Nadie que haga daño a mi niña se merece ser amado. Me alegro mucho de que estés aquí, Cleo. —Alargó la mano hacia la de Cleo.

—¿Cómo te has enterado? —preguntó Sonya.

—Tracie, que me va a oír, se fue derecha a ver a su madre, hecha un mar de lágrimas. ¿Me pones un vino a mí también?

—Voy a por una copa —dijo Cleo.

—Summer me llamó por teléfono, después de que Tracie se desahogara y ella le leyera la cartilla. Sonya, sabes que Summer te quiere, de modo que espero que no la culpes. Está furiosa, avergonzada y devastada a partes iguales.

—No la culpo. Por supuesto que no. Tracie es adulta. Una zorra adulta.

—Según Tracie, ocurrió accidentalmente. Gracias, cariño —dijo cuando Cleo le tendió una copa de vino—. Pamplinas. Acostarte con el prometido de tu prima no ocurre por accidente. ¡Y encima, en la casa de tu prima y en la cama de tu prima!

—Zapatos de tacón de aguja rojos, un vestido escotado blanco y lencería sexi. Y ocurrió accidentalmente. Y una mierda. Que se quede con ella.

—Te prometo que él no será bienvenido en la casa de mi hermana. Bueno, voy a quitar esas sábanas de tu cama.

—Ya lo he hecho yo. Después de llamar a Cleo. Barajé la idea de quemarlas, pero son buenísimas. Voy a mandarlas a la tintorería porque no pienso lavarlas yo. Luego las donaré.

Winter le dio otro achuchón, balanceándose.

—Así me gusta. ¿De verdad estás bien?

—Estoy muy cabreada, muy, muy cabreada y furiosa conmigo misma por no haberme dado cuenta de quién era.

—Yo no me di cuenta. Considero que sé juzgar a las personas bastante bien, y no lo hice. Ya sabes lo que dicen acerca de ver las cosas a toro pasado. Puedo mirar atrás y decir: «Ah, claro, y esto y aquello. Debería haberme dado cuenta», pero ¿sirve de algo?

»Voy a sentarme.

Y lo hizo.

—Me preocupaba tanto encontrarte hundida que no me he planteado dar rienda suelta a mi indignación. Pero ¿ahora que sé que no lo estás? Al diablo con él.

—Al diablo con él —repitió Cleo, y se acercó a chocar su copa con la de Winter.

—Eso. —Sonya hizo lo mismo—. Al diablo con él.

—Tienes que cambiar la cerradura.

—Le he quitado la llave, mamá.

—Cámbiala de todas formas. ¿Adónde piensas que irá?

—No lo sé. —Sonya brindó de nuevo—. No me importa.

—No, la verdad es que no. Llevo otra botella de vino en el coche. Y cajas que me dio ese joven tan agradable de la tienda de licores. Podemos usarlas para empaquetar sus cosas. Haremos limpieza a fondo y yo se las llevaré.

—No tienes que hacerlo.

—Ay, mi niña, insisto. —Una ira glacial asomó a los ojos de su madre, de un tono marrón verdoso cambiante—. Es probable que vaya a casa de Jerry, ¿no? Es su padrino, su amigo íntimo. Puedo pasar de camino a casa y soltarlas allí.

—Te quiero, Winter. —Cleo se sentó a su lado y se acurrucó contra ella—. Quiero a mi madre y te quiero a ti. A Sonya y a mí nos ha tocado la lotería. A lo mejor, cuando estemos empaquetando sus mierdas, algunos de esos jerséis de cachemir que tanto aprecia acaban estirados y con enganchones. Y sería una lástima que casualmente un par de sus exquisitas chaquetas de piel se arañaran con algo afilado.

—Así hablan las buenas amigas —dijo Winter—. Podríamos hacer eso, o dejarlo pasar sabiendo que ha perdido lo mejor que podría haber tenido en su vida. Apuesto a que le consta.

—De todas formas, quiero enterrar uno de sus bóxers con luna llena y maldecirle con un caso crónico de hongos en la entrepierna.

Winter sonrió.

—Me parece justo. Vamos a por esas cajas.

Empaquetaron sus dos tabletas, su ordenador portátil, su Alexa. Su colección de relojes, sus gemelos. Y zapatos. Muchísimos zapatos.

Sonya se acordó de sus maletas —Globe-Trotter, cómo no—, las cuales llenaron de camisas, chaquetas, jerséis, trajes y ropa de deporte.

Metieron sus artículos de aseo personal en una caja.

—Tiene más productos para la piel y el cabello que yo. —Cleo sostuvo en alto un estuche de loción hidratante sin abrir—. ¿Sabéis lo que cuesta esta marca? ¿Y tiene una de repuesto sin abrir?

—Quédatela —le dijo Sonya—. A tomar por saco, quédate con todo lo que se te antoje.

—Solo lo que esté sin abrir. Lo demás tiene piojos. ¿Seguro que no la quieres?

—Totalmente. No quiero nada.

—Pues me la quedo yo. Winter, ¿y si nos repartimos todo lo que esté sin estrenar? Tenemos sérum en gel y mascarilla para el contorno de ojos. Una vez me dieron una muestra de este sérum, y es estupendo. Estoy reuniendo un lote.

Winter se limitó a asentir con la cabeza y dio un paso atrás con las manos en jarras. Se había recogido en una espesa cola su melena francesa —prácticamente del mismo tono que la de su hija— con un coletero de Sonya. Sus ojos, pardos en comparación con el verde intenso de los de Sonya, examinaron la encimera del baño, ahora atestada.

—Vamos a necesitar más cajas.

—A tomar por saco las cajas —espetó Sonya—. Tengo bolsas de basura. ¡Tiene un montón de cosas! ¿Y yo qué pintaba aquí? ¿Cómo no me di cuenta de que disponía de la mitad de espacio que él? Él tenía el armario entero del cuarto de invitados, y más de la mitad del armario del dormitorio principal. Y no sé cómo se apropió de la mesa del cuarto de invitados para trabajar, y yo acabé usando la del comedor.

—El desgaste se produce poco a poco. —Winter le acarició los hombros a Sonya—. La roca es fuerte, pero no nota cómo el agua la va socavando.

—Os parecéis mucho —comentó Cleo en voz baja—. La forma de vuestras caras…, esa forma de corazón, vuestro tono de pelo. Ese cutis sonrosado que me dice que necesito estos exclusivos productos para el cuidado de la piel más que cualquiera de vosotras.

—Tú tienes un cutis precioso —señaló Winter—. La tez lechosa y pecosa, un regalo de tu ascendencia, de una diversidad maravillosa. Mi niña tiene los ojos de su padre.

Winter le dio a Sonya un rápido achuchón.

—Él le habría dado una patada en el culo a Brandon. No creo que yo hubiera tratado de impedírselo. Andrew MacTavish era un hombre afable, pero cuando se le provocaba… —Le dio a Sonya otro achuchón—. Más valía apartarse.

Acto seguido asintió con la cabeza.

—Bolsas de basura. Sí, parece justo. Va sobrado.

—Voy a por ellas. Y a pedir la pizza —dijo Cleo—. Ya queda menos.

—Es una joya —comentó Winter cuando Cleo salió.

—Lo sé. Dice que el destino quiso que fuéramos compañeras de habitación en la universidad.

—¿Y tú qué dices?

—Que fue cuestión de suerte, muchísima suerte en mi caso.

—En el caso de ambas. Vuestro arte, vuestro trabajo, nunca fue un obstáculo. Ahora ella es ilustradora, y tú diseñadora gráfica. Estoy orgullosa de las dos.

—El lunes no tengo más remedio que ir a trabajar. Lo mismo que él. No debería haberme liado con alguien del trabajo bajo ningún concepto.

—Basta. —Winter la sujetó de los hombros—. No permitas que lo que ha hecho, lo que es, altere lo que tú eres o lo que haces. Lo quisiste lo bastante como para crear un proyecto de vida con él. Pensabas que él te quería lo bastante como para hacer lo mismo.

—Estaba equivocada.

—Ciertamente —convino Winter—, pero la equivocación no fue querer a alguien. Él te ha sido infiel, y has puesto fin a la relación. ¿Sabes lo que no he oído por tu parte? «¿Qué he hecho mal?, ¿Por qué no le bastaba conmigo?, ¿Qué vio en ella y no en mí?».

—Yo… Mamá…

—¿Y sabes por qué no he oído eso? Porque eres demasiado lista como para caer en un pozo. Sabes que el problema no eres tú; es él, su forma de ser. Tú confiabas en él y te ha demostrado que te equivocaste. Y no hay vuelta de hoja. Así que borrón y cuenta nueva, pasa página y cierra la puerta con cerrojo. Cambia la cerradura —rectificó— y luego cierra la puerta con cerrojo.

—Mañana llamaré a un cerrajero. El lunes él me arrinconará en el trabajo, o lo intentará.

—Y saldrás airosa.

—Saldré airosa. —Cerró los ojos—. Me siento avergonzada.

—Es lógico. Cualquiera lo estaría, aun siendo culpa de otro. Así que, Sonya Grace MacTavish, haz que sea él quien se avergüence. —Besó a Sonya en la frente—. Eso, sobre todo en alguien como Brandon, duele más que un caso crónico de hongos en la entrepierna.

Comieron pizza y, mientras Sonya y Cleo bebían más vino, Winter se pasó al té helado. Juntas urdieron un plan. Después cargaron las cajas, maletas y bolsas de viaje de Hefty en el coche.

En el segundo viaje, la vecina del dúplex contiguo se asomó.

—¿Necesitáis ayuda con eso? Bill está en casa. Os echaría una mano.

Winter le dedicó una sonrisa de oreja a oreja.

—Gracias, Donna. Si no le importa… Tenemos que cargar un par de cosas más.

—No hay problema. ¡Bill! Ven a echar una mano a Sonya —dijo con una mano en la cadera. Era una mujer con tres hijos mayores que se había quedado sola con su marido y se habían mudado al dúplex hacía poco más de un año.

Una pareja agradable, pensó Sonya, vecinos majos, pero no avasalladores. Cualidades importantes, desde su punto de vista, cuando se compartía un muro divisorio.

Bill apareció con una camiseta de los Red Sox y unos pantalones cortos cargo que dejaban al descubierto sus huesudas rodillas.

—¿Nos abandonas? —Esbozó una sonrisa pícara al decirlo, bromeando.

Sonya sintió que ya había tomado suficiente vino.

—Estoy echando a Brandon con cajas destempladas, o, mejor dicho, ya lo he hecho después de encontrármelo desnudo en la cama con mi prima Tracie.

Tras sus desaliñadas barbas de chivo, Bill se quedó boquiabierto. Su mujer, Donna, por su parte, apretó los labios.

—¿Es esa la rubia tetona?

—Pues sí, efectivamente. Es posible que la hayas visto salir corriendo descalza y con la ropa interior en la mano hace unas horas.

—No, y siento habérmelo perdido. Lamento lo ocurrido. Pero he de decirte que la había visto por aquí en dos ocasiones cuando no estabas en casa. Imaginé que estaban preparándote alguna sorpresa, quizá para la boda. Pero… No te voy a mentir. Me extrañó.

—¿En dos ocasiones antes de hoy?

—Que yo sepa. El sábado pasado, mientras limpiaba las ventanas, y hace unas tres semanas. Yo había ido a casa de Marlene, la vecina de enfrente, con unas galletas. A su hijo le gustan las que hago con canela. Me disponía a salir para volver a mi casa. Así que, sí, era sábado también, hace tres semanas.

—Fuimos a la peluquería —terció Cleo— a las pruebas de peinados para la boda, y a comprarte los zapatos de novia.

—Lo recuerdo —murmuró Sonya.

—Lamento lo ocurrido —repitió Donna—. Pero me alegro de que lo hayas descubierto más pronto que tarde. Bill, anda y saca el resto de los chismes de ese gilipollas de la casa de Sonya. Si podemos ayudarte en cualquier otra cosa —añadió—, aquí nos tienes.

—Al menos tres veces —dijo Sonya cuando terminaron de cargar lo último—. Ahora tengo que deshacerme de la cama. Y puede que del sofá. Puede que lo hayan hecho en el sofá. A saber dónde más.

—De eso nada. Voy a purificar todo con salvia blanca.

Sonya miró a Cleo.

—¿En serio?

—Totalmente. Es posible que lleve un poco en la cartera. Si no, iré corriendo a mi casa. Vamos a limpiar cualquier rastro de él, y de ella. Y de cualquier otra a la que se haya podido tirar. Perdona, Son, pero es posible.

—Sí. —Aunque esa posibilidad le provocó un poco de náuseas, asintió con la cabeza—. Es posible.

Se dio cuenta de que ahora necesitaba someterse a pruebas médicas, lo cual agravaba la humillación. Necesitaría realizarlas, por si acaso.

—Ahora pienso que ojalá hubiéramos hecho jirones esas chaquetas de piel. Voy a tener otra conversación con Summer. Pero primero voy a soltar todas sus cosas en la casa de Jerry, esté allí o no.

Winter le dio otro abrazo a Sonya, uno de oso.

—Vamos a tomarnos esto como si te hubieras librado por los pelos y a dar gracias por ello.

—Si está allí —dijo Cleo—, ¿puedes darle una patada en los huevos?

—Tal vez lo haga. Volveré mañana. Nos pondremos a hacer esas llamadas.

—Gracias.

Cuando Winter se fue, Cleo pasó el brazo alrededor de los hombros de Sonya.

—¿Más vino?

—Sí, claro. ¿Podemos enterrar los zapatos de zorra de Tracie con los bóxers de Brandon? ¿Y que sufra infecciones de hongos crónicas?

—¡Esa es la actitud!

El lunes por la mañana, Sonya se acicaló con esmero. El traje rojo le infundió una sensación de empoderamiento, de control. Se tomó su tiempo para arreglarse el pelo en una pulcra cola, y eso le infundió un sentimiento de frialdad e indiferencia.

Lo contrario de lo que había experimentado el domingo, cuando Brandon estuvo mensajeándola —cuatro veces— hasta que, tras hacer caso a Cleo y a su madre, lo bloqueó.

Tenemos que hablar. No podemos tirar todo por la borda porque haya cometido un terrible error. Sabes que te quiero. Tenemos que hablar. Tienes que dejar que te lo explique.

Cada mensaje fue acrecentando su ira. Y la ira la hacía sentir vulnerable y estúpida.

Hoy tenía que plantarle cara. Necesitaba esa sensación de empoderamiento, de frialdad e indiferencia.

Tras elegir los complementos —llamativos— y darse los últimos toques de maquillaje, se dirigió adonde Cleo estaba sentada, adormilada con un café.

—¿Y bien? —Sonya se giró.

—¡Guau! Un look despampanante, Son. Un look de «He aquí lo que no vas a volver a tirarte jamás, gilipollas».

—Esa era mi intención.

—Un zasca en toda la cara. Oye, voy a coger la copia de la llave y el archivador de tu boda y a ponerme a realizar llamadas a quienes no pudimos localizar ayer para las cancelaciones.

—Cleo, ya me dedicaste el sábado y todo el domingo.

—No pienso ir a ninguna parte hasta que el cerrajero venga a cambiar esa cerradura, y luego voy a llevarme el archivador y la llave a mi casa. Llevo el proyecto adelantado como para tomarme unas cuantas horas libres, de modo que haré las llamadas que quedan. Supongo que, como lo retocaron, no puedes devolver el traje de novia.

—No admiten devoluciones. A mi madre ese vestido le costó un ojo de la cara, Cleo.

—Lo sé, pero apuesto a que no es la primera vez que les ocurre esto. Así que voy a llamar, a pedirles consejo para venderlo en una tienda de segunda mano, en eBay... Quién sabe, a lo mejor conocen a alguien que estaría dispuesta a comprarlo con un descuento. Yo me encargo del vestido, y de lo que pueda. Sabes que harías lo mismo por mí.

—Sí. Y cuando esto acabe, te voy a invitar a una escapada. A un fin de semana en un spa. A mi madre también. Y a la tuya, si puede coger un vuelo. Un viaje de chicas en lugar de una luna de miel.

—Me apunto fijo. ¿Estás lista para irte a dar patadas en los huevos?

—No son botas militares, pero me apañaré.

Mientras circulaba entre el demencial tráfico matutino diario de Boston, Sonya repasó su plan. En teoría parecía sencillo.

Pediría a cualquiera de los dos dueños de By Design unos minutos para hablar, y también les daría una explicación sencilla: que había cancelado la boda al darse cuenta de que Brandon y ella no encajaban ni estaban preparados para el matrimonio. No era necesario entrar en detalles.

Dado el estrés que conllevaba esa decisión, les pediría que, al menos durante los siguientes meses, a Brandon y a ella no les asignaran el mismo proyecto.

Brandon tenía antigüedad. Ella hacía siete años que trabajaba en By Design, con un periodo en prácticas incluido, mientras que él llevaba casi diez. No obstante, ambos habían ascendido, disponían de sus propios despachos, a menudo lideraban proyectos y reunían sus propios equipos.

Él estaba especializado en publicidad: vallas publicitarias, televisión y anuncios en internet. Y se le daba bien, era innegable. Se le daba muy pero que muy bien. Al capullo.

Aunque el arte digital —páginas web, banners, redes sociales, etcétera— constituía el grueso del trabajo de Sonya, también diseñaba elementos visuales para empresas y particulares. Además, creaba imagen de marca —con consistencia visual— en logos, tarjetas de visita, membretes y páginas web, así como señalética impresa y digital.

Con todo, se trataba de una pequeña empresa particular —precisamente el tipo de empresa que cumplía con sus aspiraciones laborales— y Brandon y ella a menudo trabajaban en diferentes partes del mismo proyecto.

Solo pediría un poco de espacio. Y prometería mantener una actitud profesional y correcta con Brandon en la oficina.

Sencillo, pensó. Razonable y justo.

Como es lógico, tratándose de una pequeña empresa particular, circularían rumores. Sonya podría con ello. De hecho —pese a las objeciones de Cleo—, asumiría la culpa.

Sería más sencillo y justo decir que se había dado cuenta de que no estaba preparada, de que Brandon y ella tenían diferentes objetivos en la vida. El de Brandon era follarse a su prima Tracie, aunque no era necesario mencionar eso.

Y, en unas cuantas semanas, las habladurías terminarían para dar paso a algún otro drama.

Podía esperar hasta entonces.

Entretanto, no le cabía la menor duda de que Brandon encontraría la manera de arrinconarla, de modo que cogería al toro por los cuernos. Le dejaría claro, en privado, cara a cara, que habían roto. Y lo haría con calma, con indiferencia.

Pensó que a él le sacaría de quicio su calma e indiferencia, y sonrió al acceder al aparcamiento para empleados de la fábrica de dos plantas remodelada que albergaba By Design.

Entró por la puerta lateral, directamente a lo que se figuraba que era el área de formación. Allí había empezado ella, en uno de los cubículos, recién salida de la universidad. Y la mayoría de quienes manejaban esos equipos ahora, realizando tareas de apoyo y encargos para los diseñadores, confiando en hacer méritos, estarían verdes e igual de entusiasmados que ella en aquel entonces.

Unos ascenderían, otros cambiarían de empresa, algunos darían un salto y se lo montarían por su cuenta.

Ella había ascendido, contenta con el ritmo y el ambiente de su espacio de trabajo, de técnica de producción a diseñadora gráfica y posteriormente a diseñadora sénior.

Había ido temprano adrede, directamente a su despacho.

No era grande ni ostentoso, pero tenía una ventana orientada al sur, donde había colocado a su apreciada violeta africana, Xena, bajo la luz que entraba a raudales. Sus bonitas flores rosas y lustrosas hojas verdes fueron una recompensa.

Dejó el maletín encima de la mesa y echó un vistazo al panel de ideas.

Tenía por costumbre crear uno físico y otro digital para cada proyecto. El digital era fácil de compartir, de modificar; el físico le permitía estar de pie, moverse, examinarlo desde distintos ángulos.

Y este, que planteaba el plan, los elementos visuales para una empresa emergente, funcionaba de maravilla.

En Baby Mine, fundada por dos habilidosas hermanas, se

creaban prendas de bebé hechas a mano, sin coste adicional si se deseaba algo personalizado, para bebés prematuros —cubrían las necesidades específicas de los ingresados en la uci neonatal— y de hasta dieciocho meses.

Para el logotipo, había dibujado a un bebé en una cuna tradicional sobre la que colgaba un móvil cuyas piezas deletreaban el nombre de la empresa en una fuente suavemente redondeada, en tenues tonos pastel.

Suavidad, dulzura…, eso era lo que los padres querían para sus bebés.

Los elementos visuales de la página web seguían esa tónica, incorporando el lavado fácil, los primorosos complementos, así como fotografías no solo de los artículos sino también de los bebés con las prendas puestas, o de padres y madres usando las mantitas y los paños protectores.

Varios post en redes sociales reforzarían esos elementos visuales con consistencia, junto con una imagen fresca y, de nuevo, con consistencia visual, para el blog de las hermanas.

Y ahora que habían trasladado su pequeña empresa de sus respectivas casas para instalarse en un taller como Dios manda, ella trasladaría ese diseño al espacio físico.

Unos últimos toques, y se pondrían en marcha.

Prefería, con diferencia, ponerse a trabajar en esos últimos toques que airear sus asuntos personales con sus jefes.

Pero no le quedaba otra.

Se puso en marcha. Entonces oyó voces, de diseñadores entrando en el área de formación, o dirigiéndose a la sala de descanso a por un café antes de comenzar la jornada.

Subió por la escalera de metal a la primera planta. Esta albergaba los despachos de los directores —del departamento creativo, de arte y de diseño— y las zonas de trabajo de sus ayudantes, la sala de presentaciones donde los diseñadores vendían sus ideas y proyectos terminados a los directores, los despachos de estos y una segunda sala de descanso más estilosa.

Dado que era Laine Cohen quien la había contratado, primero fue a su despacho y llamó a la puerta.

—¡Adelante!

Al abrir vio a Laine, con su pelo caoba con un pronunciado corte asimétrico y unas llamativas gafas de lectura enganchadas a la cadena plateada que llevaba alrededor del cuello, sentada a su mesa. Su pareja se hallaba en la esquina de la mesa, con forma de L.

La ventana que había detrás de ella gozaba de vistas al parque municipal, Boston Common, en un día de verano perfecto. Una hilera de carteles de diseños creados en la casa, los cuales rotaba cada pocos meses, decoraba las paredes.

Actualmente, Sonya tenía uno colgado. Igual que Brandon.

Cuando Laine y Matt Berry la miraron, supo que ya estaban al corriente.

Matt, tan esbelto con su pantalón chino y un polo rosa, se dejó caer de la mesa. Llevaba, como de costumbre, su lustroso pelo rubio recogido en una coleta y, en la oreja izquierda, un reluciente arete de oro.

—Me gustaría hablar con vosotros un par de minutos.

—Claro, claro. —Matt le hizo un gesto para que entrara—. Cierra la puerta, toma asiento. ¿Cómo estás, Sonya?

—Estoy bien, gracias. Yo…

—Precisamente Laine y yo estábamos hablando de que te tomaras unos días libres.

De modo que Brandon se ha adelantado, pensó. Y a su estilo.

—Os lo agradezco, pero no necesito unos días de descanso. Espero terminar el proyecto para Baby Mine hoy, y presentar algunos diseños preliminares del proyecto para Kettering a última hora.

La empatía tácita que reflejaban los ojos de Matt y las conjeturas que reflejaban los de Laine desbarataron el plan de Sonya.

—Supongo que os habéis enterado de que hemos cancelado la boda.

—Brandon me llamó anoche. —Derrochando empatía y comprensión, Matt le acarició el brazo—. Está disgustado, por supuesto, pero considera, y yo coincido con él, que solo necesitas un poco de espacio, un poco de tiempo. Organizar una boda es estresante a más no poder. Aún recuerdo mis salidas de tono y voces a Wayne cuando estábamos organizando la nuestra.

—¿Se puso en contacto contigo, nuestro jefe, un domingo por la noche, para contarte que yo estaba estresada por la organización de la boda?

—Nosotros no somos unos simples jefes. Aquí somos una familia. Confiamos en que todo el mundo tenga presente que nuestra puerta siempre está abierta si hay un problema. ¿A que sí, Laine?

—Desde luego. Y, ciertamente, organizar una boda es estresante. Lo sé de buena tinta porque el año pasado ayudé a organizar la de mi hija. Pero también te he visto sobrellevar situaciones de estrés de toda índole, Sonya, por lo que me sorprendió saber que habías sufrido una especie de crisis debido a los preparativos de la boda.

—¿Que sufrí una crisis? —Ahí te has equivocado, Brandon, por intentar hacerme quedar como una histérica, pensó. Pasamos al plan B, diseñado sobre la marcha—. Bueno, supongo que podríamos llamarlo así.

—Y no hay nada de lo que avergonzarse —le aseguró Matt—. Tómate un descanso, mímate un poco. Estoy seguro de que Brandon y tú solucionaréis todo esto.

—Eso no va a pasar. Sufrí una crisis, ya que vamos a llamarlo así, cuando llegué a casa de improviso el sábado a media mañana y me encontré a Brandon en la cama con mi prima. Imaginad mi sorpresa. E imaginad mi sorpresa adicional cuando me enteré de que no había sido la primera vez.

»De modo que no va a haber boda. Ni necesito ni quiero tomarme unos días. He venido, no con la intención de poneros al corriente de los embarazosos detalles de mi decisión, sino para comunicaros que he cambiado de parecer con respecto a la boda. Y para pediros que, puesto que la situación será incómoda durante un tiempo, no nos asignéis el mismo proyecto a Brandon y a mí.

—Yo... ¿Estás segura de las... circunstancias?

—Ay, por favor, Matt. —Laine puso los ojos en blanco—.

Considero que Sonya está segura de lo que vio con sus propios ojos. Lamento mucho escuchar eso.

—Sí. Dios… Lo siento. ¿Quieres un té? Puedo ir a traerte uno.

—No, gracias. Gracias. Estoy bien. De verdad. Sé que es incómodo, pero os doy mi palabra de que mantendré una actitud profesional en el espacio de trabajo.

—Te tomamos la palabra —dijo Laine—. Y esperamos lo mismo por parte de Brandon. No hace mucho entregasteis un proyecto juntos.

—Hace dos semanas. Ahora mismo no tenemos ningún proyecto a medias.

—Seguiremos así, por ahora. Sonya, si quieres tomarte uno o dos días, para relajarte y gestionar lo que seguramente será un montón de cancelaciones y notificaciones, huelga decir que puedes hacerlo. —Laine levantó las manos—. Y si podemos ayudarte en cualquier cosa…

—Gracias, de verdad. Me están ayudando con las anulaciones y, francamente, prefiero trabajar. Siento involucraros en todo esto.

—Es lo que tienen los romances en el trabajo. —Laine esbozó una sonrisa—. ¿Quién no ha pasado por eso? La puerta está abierta, Sonya, si decides tomarte ese tiempo.

—Os lo agradezco. —Se levantó—. Voy a ponerme a trabajar.

No le sorprendió encontrarse a Brandon esperándola entre el despacho y las escaleras.

—Tenemos que hablar.

Cuando alargó la mano para agarrarla del brazo, ella se apartó.

—No me pongas las manos encima.

—Este no es sitio para mantener esta conversación. —Hizo un ademán hacia la puerta de la sala de presentaciones—. Prefiero mantener mis asuntos personales en la intimidad.

—Entonces no deberías haber llamado a Matt anoche para mentirle. —A pesar de ello, entró a la sala.

—No le mentí en absoluto. —Cerró la puerta bruscamente—. Le dije que habías cancelado la boda. Que estabas agobiada y estresada.

—Se te pasó por alto explicar el porqué.

Tuvo el detalle —o la ocurrencia, pensó ella— de mostrarse avergonzado y afligido.

—Mira, Sonya, nadie se siente peor que yo respecto a lo ocurrido. Cometí un tremendo error, y te hice daño. Fui débil y estúpido. Fue el pánico.

Ella sonrió, oh, con retintín.

—Pensaba que había sido un tropiezo.

—Por favor. —Alargó la mano hacia ella de nuevo.

—Como me toques, vas a enfrentarte a una denuncia por acoso y comportamiento inapropiado en el espacio de trabajo. Inténtalo y verás.

—Sé que estás dolida, que estás enfadada. Estás en tu derecho. Lo que hice... fue en un momento de debilidad, de pánico. La boda, todos los preparativos, las decisiones..., empecé a verme sobrepasado por todo eso, y me entró el pánico. Luego apareció Tracie, y, en fin, se me insinuó. Descaradamente. Y yo..., yo tan solo sucumbí.

Se llevó una mano al corazón.

—Te suplico que me perdones. Que me des otra oportunidad para demostrarte lo mucho que significas para mí.

—Tuviste un tropiezo, te entró el pánico, sucumbiste... Y te acostaste con mi prima en la cama que compartimos mientras yo estaba fuera, recogiendo la prueba de nuestras invitaciones de boda. Y solo supe que te acostaste con mi prima en la cama que compartimos porque anulé la cita con la florista.

—Fue un terrible error, mi amor. Pasaré el resto de mi vida compensándotelo. Por favor, perdóname. Fue un terrible error. Ella no significa nada para mí. Tú lo eres todo para mí. Solo fue sexo.

Ella lo miró, lo miró fijamente, y alcanzó a ver mucho más allá del rubio guapo. Y el hecho de ver al infiel, al embustero, le provocó náuseas otra vez.

—Me asombra que pienses que me ibas a engatusar con esto. Me asombra que pienses que soy tan estúpida.

—Estoy pidiéndote perdón. —La vergüenza y la aflicción dieron paso rápidamente a la indignación—. ¿Cómo puedes ser tan fría, tan insensible? ¡Por el amor de Dios, mandaste a tu madre a casa de Jerry con todas mis pertenencias! Metiste mis cosas en bolsas de basura, como si no hubiera nada entre nosotros.

—Me quedé sin cajas y maletas.

—Te faltó tiempo para ir en busca de tu madre a contarle nuestros asuntos personales. Eso es patético.

—Pues, mira por dónde, no. Fue Tracie en busca de la suya, que casualmente es la hermana de mi madre. Pero, con independencia de eso, ya tienes tus cosas y hemos terminado.

—No es de extrañar que sucumbiera ante una persona cariñosa, apasionada, con lo jodidamente fría que eres.

—Entonces los dos nos hemos librado por los pelos, ¿no? Siguiendo con el tema, en vista de que has intentado colarme un gol con Matt, los he puesto al corriente de todo. No era mi intención, pues simplemente pretendía avisarles de que había cancelado la boda, pero me niego a comerme el marrón. He dado mi palabra de que mantendré una actitud profesional contigo, y esperan lo mismo de ti.

Eso desató, con toda su contundencia, la indignación de Brandon.

—Te ha faltado tiempo para desacreditarme ante los jefes. Soy humano. Tracie me tendió una trampa, se me echó encima, y soy humano.

—¿Esa única vez? ¿Qué me dices del sábado anterior? ¿O de dos semanas antes? ¿También entonces fue una mera cuestión de ser humano, cuando os disteis esos revolcones?

—¿¿Me has espiado?? ¿Es así como solucionas los problemas, los contratiempos? ¿Espiándome? Eso es ruin.

—No me hizo falta. Tracie y tú no os cubristeis las espaldas muy bien. Hemos terminado. Lo único que quiero es seguir adelante con mi vida, y te sugiero que tú hagas lo mismo.

—Si crees que vas a salirte con la tuya propagando el rumor en la empresa…

—No tengo intención de mencionar esto. Puede afectar a tu credibilidad. He cancelado la reserva del salón, la orquesta y demás. Todo. Te mandaré una factura con la mitad de los depósitos no reembolsables.

—Buena suerte si piensas que vas a sacarme un centavo.

—Me lo figuraba. Lo daré por perdido como una mala inversión. Ahora apártate de mi camino, que voy a trabajar.

—No vas a ponerte el anillo que te regalé. Quiero que me lo devuelvas.

Cuando ella sonrió, cuando sonrió con retintín, se sintió condenadamente bien.

—Permíteme que me haga eco de tus deseos de buena suerte en esto. Legalmente es mío. Voy a venderlo y a donar el dinero a una casa de acogida para mujeres. Como no te quites de en medio, Brandon, llamo al despacho de Laine y doy parte.

Se apartó.

—Lamentarás esto —dijo cuando Sonya abrió la puerta.

—Desde luego que no. Lo que sí lamento es haber desperdiciado un año de mi vida con alguien como tú.

Para ella el asunto estaba zanjado, terminado y cerrado.

Y pasó lo que en su opinión era una jornada productiva ultimando los diseños para el proyecto de Baby Mine. Luego avanzó en el proyecto de Kettering, creando paneles de ideas, las cuales puso en común con el director de diseño junto con el discurso de venta.

Notó las miradas, sobre todo de quienes disimulaban. Notó los silencios incómodos en las conversaciones al pasar o entrar a una sala.

Sospechaba que Brandon haría justo lo que le había reprochado a ella que intentaba hacer: tergiversar la historia, echarle la culpa y mentir descaradamente.

Ella no permitiría que le afectara. Y las aguas volverían a su cauce en una o dos semanas.

Lo sobrellevó durante una semana, luego dos, luego un mes. Y otras dos semanas.

Cada vez que pensaba que las aguas habían vuelto a su cauce, él se las ingeniaba para embarrarlo todo de nuevo.

Llegó a sus oídos el rumor de que era ella quien le había sido infiel a él. Según otro que circulaba, la organizadora de bodas la había apodado «la Novia Bruja del Infierno».

Ahí se cubría él las espaldas, cosa que no había hecho con Tracie, y los rumores, que parecían surgir de la nada, no cesaban.

Alguien rayó el coche de Sonya.

Una mañana, al llegar a su despacho se encontró con que habían borrado de su ordenador un diseño en el que había estado trabajando, y la copia de seguridad estaba dañada.

Se pasó quince horas seguidas rediseñándolo y, cuando por fin se marchó de la oficina aquella noche, se encontró las cuatro ruedas del coche desinfladas.

El hecho de saber que él estaba detrás de eso no significaba nada, pues era imposible demostrarlo. Pero se le agotó la paciencia.

A la mañana siguiente llamó a la puerta de Laine.

—Perdona, necesito hablar contigo.

—Ven a sentarte. Pareces cansada.

—Lo estoy. Trabajé hasta medianoche. En el proyecto de The Happy Pet. El diseño en el que había estado trabajando, casi terminado, había desaparecido. Lo habían borrado de mi ordenador y la copia de seguridad estaba dañada. No fue un error de usuario, Laine. Creo que sabes que no cometo esos descuidos. Lo rediseñé —igual hasta lo mejoré— y, cuando fui a por mi coche, encontré las cuatro ruedas desinfladas.

—¡Oh! Dios mío, Sonya.

—Sé que estás al tanto de los rumores. La mayoría de la gente no les da crédito, pero siempre circulan unos cuantos. Eso podía sobrellevarlo. Lo he sobrellevado. Pero esto concierne a mi trabajo, a un montón de arduo trabajo. De no haber sido capaz de rediseñarlo a tiempo, podríamos haber perdido al cliente. Las ruedas no estaban pinchadas; alguien las había desinflado. En cualquier caso, tuve que irme a casa en un Uber y avisar a un taller.

—Lo siento. Hablaré con Brandon, créeme.

—Te ruego que no lo hagas. No puedo demostrar que esto sea cosa suya, y no lo haré. Fingirá asombro, consternación. Bueno, él ha pasado página. ¿No está quedando con otras mujeres? —Se encogió de hombros—. Pero esto no parará mientras ambos trabajemos aquí.

—Sonya, no puedo despedir a Brandon esgrimiendo la posibilidad —o mejor dicho, la probabilidad— de que haya tenido algo que ver en esto.

—No te lo estoy pidiendo. No espero que lo hagas. Sé que su trabajo es extraordinario.

—Efectivamente. El tuyo también. Ha llegado el momento de convocar a toda la plantilla a una reunión.

—No, Laine, ha llegado el momento de que renuncie a mi puesto. Pensé que sería capaz de lidiar con esto, pero ahora me aterra venir a trabajar. Me encantaba trabajar aquí, y ahora me aterra.

—Encontraremos la manera de arreglarlo, Sonya. Sabes que te valoramos.

—Me consta que sí, pero no quiero que lo arregléis. Matt y tú habéis levantado una magnífica empresa, y siempre estaré agradecida por haber formado parte de ella. Lo que pasa es que me resulta imposible continuar trabajando aquí, de modo que te lo comunico con dos semanas de antelación, o incluso más tiempo si es necesario. Gina Tallo está capacitada para un ascenso, yo podría ponerla al día a lo largo de esas dos semanas. Pero necesito irme, por mí, Laine. Necesito irme.

Laine se reclinó en el asiento.

—Esto es un asco. Un verdadero asco.

—Desde luego que sí. Pero, Laine, estoy muy mal. No quiero estar mal en mi trabajo. No quiero levantarme cada mañana con un nudo en el estómago por tener que ir a trabajar. He de seguir adelante.

—Con alguien de la competencia. No va a hacerme ni pizca de gracia, pero Matt y yo daremos excelentes referencias de ti. No queremos que estés mal, y me da mucha rabia que te hayan hecho sentir así.

—Creo que esto es lo mejor para mí. Pero no tengo previsto irme a la competencia, al menos por ahora. Voy a trabajar por mi cuenta. Necesito tiempo y espacio. Y necesito ver lo que soy capaz de hacer sin ayuda.

Con la cabeza hacia atrás, Laine miró fijamente al techo.

—Vamos a perder clientes. No me va a hacer ni pizca de gracia.

—No iré en busca de los clientes de By Design.

—Pues cometerás una estupidez. No seas estúpida, quédate con Baby Mine, llegarán lejos. Es un regalo —dijo Laine antes de que Sonya pusiera alguna objeción—. Tampoco es que sea un regalo como tal, en vista de que acudieron a ti, a ti, por recomendación de otro cliente al que te trabajaste. Que sepas que ese cliente es tuyo, y Matt estará de acuerdo conmigo.

—Gracias. La verdad es que es más de lo que podría pedir.

—Tienes razón en lo relativo a Gina. Hemos puesto los ojos en ella. Necesita pulirse un poco más, y nos encargaremos de que así sea. Ahora escúchame a título personal, pues tengo una hija más o menos de tu edad. Dispones de dos semanas de vacaciones que no has gastado para una luna de miel que puedes celebrar por no ir. Tómatelas. Dedica la jornada de hoy a encarrilar los proyectos con el fin de que se puedan retomar. Luego vete de aquí y sé feliz.

—No puedo dejaros en la estacada.

—No lo harás. Qué demonios, ya lo creo, tanto si te marchas hoy como en dos semanas. Eres una mujer con talento y una sólida ética del trabajo. Pero Matt y yo coordinaremos tus proyectos; todavía sabemos cómo se hace. Y puliremos a Gina en lo que haga falta. Y te echaremos de menos una barbaridad.

Laine agitó la mano en el aire.

—Nada de lloriqueos. Vas a hacerme llorar. Termina la jornada y mantente en contacto.

—Lo haré. Os debo muchísimo a ti y a Matt.

—Devuélvenoslo haciendo que nos sintamos orgullosos.

Cuando Sonya salió, Laine se reclinó en el asiento y miró fijamente al techo de nuevo.

Y tras un largo suspiro, dijo:

—Joder.

3

Sobrellevó la jornada. Aunque se saltó el almuerzo para centrarse en los proyectos que tenía entre manos con el fin de poder dejarlos en condiciones para quienquiera que la relevara, charló con los compañeros en la sala de descanso.

Como si tal cosa. Nada fuera de lo normal.

Mientras trabajaba por inercia, fue consciente de que en su mente y en su corazón ya había pasado página. Y, como lo había hecho, el estrés desapareció.

Al término de la jornada metió en una caja sus cosas, sus utensilios personales, las barritas energéticas para emergencias, los cargadores de repuesto, el obelisco de fluorita que Cleo le había regalado, la violeta africana y todas las pequeñas cosas que habían convertido su despacho en su segunda casa.

Una única caja, pensó, para reunir ocho años —dos en prácticas— de su vida profesional en By Design.

La totalidad, hasta la fecha, de su trayectoria profesional.

Al echar un último vistazo, Matt apareció en la puerta.

—Quería esperar hasta que… Según Laine lo tienes claro, y por razones de peso. Tengo la impresión de haberte fallado, de que debería haber encontrado una solución.

—No, no. Era una situación desagradable, imposible de sobrellevar para mí. De no ser por ti y por Laine, no me vería capacitada para intentar trabajar por cuenta propia.

47

—Prometí a Laine no presionarte, de modo que no lo haré. Me quedo con las ganas, pero no lo haré. Deja que te lleve eso.

Cogió la caja y la acompañó a la puerta, pasando por oficinas y por el área de formación.

—Más te vale echarnos de menos.

—Ya os echo de menos. —Fuera soplaba un viento fresco otoñal. Se le pasó por la cabeza que se encontraría en plena luna de miel en París de no haberla cancelado.

—Si necesitas un consejo, un hombro para llorar, un colega para tomar una copa, no tienes más que llamarme. —Metió la caja en el coche y se dio la vuelta—. Voy a darte un abrazo.

—Y yo a ti.

Matt le dio un largo y fuerte achuchón.

—No debería decir esto, pero voy a hacerlo: él no durará aquí. Tiene talento, y es espabilado, pero ha demostrado ser deshonesto, mezquino y, caray, vengativo. No durará con nosotros.

—Ojalá pudiera decir que me da igual, pero no puedo.

—Vete a triunfar. —Dio un paso atrás—. Sé que lo harás. Si algún día quieres volver y hacerlo aquí, siempre tendrás las puertas abiertas.

—La primera vez que crucé esa puerta, como becaria durante mi último año en la universidad, tú llevabas puesta una pajarita de lunares.

—Ah, sí, mi época de pajaritas. Puede que tenga que recuperarla.

—Y me dijiste que preguntara siempre que tuviera una duda. Siempre supe que podía acudir a ti.

—Aún puedes.

Sonya le dio un beso en la mejilla antes de subir al coche y lloró un poco al alejarse.

En vez de irse a su casa, salió del centro en dirección a la coqueta casa de dos plantas de su madre, que tenía un diminuto jardín. Ella se había criado allí, en ese frondoso barrio residencial. Había jugado en ese jardín de pequeña y, más mayor, cortado el césped.

Su padre le había enseñado a montar en bicicleta por la acera; se acordaba perfectamente de eso.

«Yo te sujeto, Sonya. ¡Sigue pedaleando, cielo! No te soltaré».

Y no lo hizo, pues siguió corriendo a su lado, hasta que ella gritó: «¡Suéltame, Papi! Puedo sola. ¡Suéltame, papi!».

Debió de quedarse observando, pensó. ¿Sentiría una punzada de orgullo, de temor, tal vez cierto desasosiego mientras ella pedaleaba haciendo eses en esa pequeña bicicleta rosa con una cesta de plástico blanca?

Entonces lo visualizó, nítidamente, corriendo hacia donde ella había parado —sonrojada y entusiasmada consigo misma—, al final de la acera.

La agradable brisa primaveral que le ondeaba el cabello, de un bonito rubio platino que nunca tuvo ocasión de encanecerse. Un hombre alto, de complexión ágil, en toda su plenitud, con largos brazos y piernas, y manos finas, como las de ella. Manos de artista, como las de ella.

Un hombre que moriría apenas tres años después.

Un accidente, una desgracia. Se había puesto a pintar un mural en un edificio del centro. El andamio falló, y dejó viuda a su esposa.

Sonya se detuvo en el estrecho camino de entrada, detrás del coche de su madre, preguntándose por qué le había venido a la memoria todo eso en ese instante. Será por mi estado de ánimo, pensó. Dejar un trabajo tampoco era para morirse, pero sí un cambio brusco.

El arce rojo que se alzaba delante de la casa colonial azul, típica de Cape Cod, llameaba con el otoño. Habían caído algunas de sus hojas, de un rojo anaranjado, y en breve octubre dejaría las ramas peladas.

Macizos de crisantemos amarillo canario iluminaban las esquinas de la fachada de la casa. Y, como no había día festivo que no le encantase a Winter MacTavish, rechonchas calabazas naranjas flanqueaban la puerta blanca.

Su madre las tallaba para hacer farolillos cuando se acercaba Halloween, sacaba el pesado y viejo esqueleto, la bruja con su risa estridente montada en la escoba, se disfrazaba y repartía barritas Hershey's cuando le proponían «truco o trato».

Sonya no llamó a la puerta; jamás había llamado a esa puerta.

Dentro, la sala de estar olía a las flores de otoño que había en un jarrón, a la leña que ardía suavemente en el hogar.

Uno de los cuadros de su padre decoraba la chimenea, desde siempre, al menos según recordaba Sonya.

Un bosque neblinoso, con un camino de sombras verde oscuro moteadas de luz hacia un recodo de tonalidades doradas. Y, a la derecha del camino, un arroyo donde el agua parecía correr con fuerza y precipitarse sobre rocas en rápidas cascadas que oscilaban del blanco al plateado.

Le había interesado saber dónde conducía el camino y, cuando preguntó a su padre, este le dijo: «Donde tú quieras».

«A lo mejor ahora estoy en el camino y lo averiguo».

Conociendo a su madre, la llamó de camino a la cocina.

—¿Sonya? Qué agradable sorpresa.

Se había quitado la indumentaria de trabajo y llevaba ropa cómoda y unas zapatillas deportivas. Recibió a su hija con un rápido abrazo.

—Precisamente estaba pensando qué tengo para cenar. ¿Has comido?

—No, he venido directamente desde la oficina.

—Pues ya tengo una excusa para sacar del congelador la sopa a granel que hice el fin de semana pasado. De pollo y verdura, ¿qué te parece?

—Me parece fenomenal.

—¿Por qué no sacas una botella de blanco del enfriador de vinos? Tomaremos una copa mientras descongelo la sopa.

—Me parece aún mejor.

—Y después me cuentas por qué necesitas hablar conmigo.

Sonya cogió una botella del enfriador encastrado bajo la encimera, uno de los elementos incorporados a la cocina cuando su madre la reformó.

El único cambio significativo que Winter había realizado en la casa desde la muerte de su marido.

—¿Acaso no puedo pasar a ver a mi madre por gusto?

—Sí, y a veces lo haces. Pero —Winter le dio unos golpecitos con el dedo en la nariz— conozco esa expresión.

Armándose de valor, Sonya sacó las copas y un sacacorchos.

—Ya sabes que he tenido problemas en el trabajo. En general, he conseguido hacer caso omiso, y, en general, la gente con la que trabajo no es tonta. Sin embargo, él sigue erre que erre. En su mayor parte son pequeñas cosas. Pequeñas pullas.

—Ha resultado ser un hombre muy feo por dentro, ¿verdad?

—Se le da la mar de bien. —Riéndose entre dientes, sirvió el vino—. Tan taimado, con cuidado de mantener en todo momento una actitud de lo más respetuosa conmigo, y, oh, tan profesional. Pero...

Tomó un sorbo de vino y apoyó la espalda contra la isla.

—Implacable, al mismo tiempo es absolutamente implacable. La cuestión es que tiene que vengarse de mí, una y otra vez, porque considera que lo puse en ridículo. Y ayer, cuando entré a la oficina, había desaparecido un proyecto que acababa de terminar. Borrado de mi ordenador.

—Eso no es ser implacable, es ser un miserable.

—Además, la copia de seguridad estaba dañada. Mi panel de ideas seguía allí; si no, habría sido demasiado descarado. Pero mis bocetos preliminares también habían desaparecido. Tuve que rediseñarlo prácticamente de memoria. Trabajé hasta medianoche.

—No me extraña que parezcas cansada. Es un canalla de cuidado. Tú sabes que fue él.

—Sé que fue él, pero no puedo demostrarlo. Del mismo modo que tampoco puedo demostrar que me desinflara las ruedas, las cuatro, mientras yo hacía las horas extra.

—¡Dios bendito, Sonya! ¡Eso es un delito! ¿Llamaste a la policía?

—Llamé a un Uber, y sí, puse la denuncia, pero eso es papel mojado, mamá. Debería haberle devuelto el anillo en vez de venderlo y donar el dinero. En ese caso, a lo mejor él lo habría dejado correr. Pero como yo quería restregárselo por la cara...

—Ni se te ocurra culparte por esto. No te quiero oír culpándote por nada de esto.

—Culparme no, pero quizá haya cometido un error de cálculo. Y..., ay, no quiero que te sientas decepcionada conmigo.

—Eso es imposible.

Sonya inspiró hondo y contuvo la respiración.

—He dejado el trabajo.

—Oh, cariño. —Winter soltó la copa y rodeó a su hija entre los brazos.

—Pensé que podría gestionarlo, pero no. No he podido. He dejado que ganara.

—Ya basta. —Winter se echó hacia atrás y zarandeó suavemente a Sonya—. No le has dejado ganar nada. No se trata de una maldita tarjeta de puntos. Has hecho lo mejor para ti. ¡Uf, ojalá despidieran al muy canalla!

—¿Por qué? ¿Por ponerme los cuernos? Eres administrativa en un bufete. Sabes que ese no es motivo para despedir a un empleado. En cuanto a lo demás, es demasiado ladino como para dejar cualquier rastro. Y Matt y Laine...

Negó con la cabeza y se dejó caer en un taburete.

—Han hecho cuanto han podido. Me consta que hablaron con él. Y es probable que a la larga eso empeorara las cosas. Van a cederme a un cliente, una empresa emergente que me agencié, y dejar que me tome las dos semanas de preaviso como vacaciones pagadas en vez de trabajarlas. No tenían por qué hacerlo.

—No es culpa suya. No es culpa de nadie más que de él. ¿Qué quieres hacer ahora?

—Voy a trabajar por mi cuenta. He estado sopesando la idea durante las últimas semanas, y ayer me decidí. Tengo ahorros, experiencia, contactos... Y al cliente Baby Mine siempre y cuando necesiten o quieran mis servicios. Es una magnífica pequeña empresa, e hice un buen trabajo para ellos. Voy a enseñártelo.

Alargó la mano para coger la tableta de su madre de la encimera y buscó la página web.

—Vaya, es una monada. ¡Oh, mira los conjuntitos! Ahora necesito un bebé para comprárselos. ¡Un momento! Sylvia —la del bufete— va a ser abuela por primera vez a principios de diciembre. Una nieta. Voy a mandarle el enlace de la web.

—Sí, por favor.

—Todo artesanal. Oh, mira los gorritos. ¡Gorritos de gatitos!

Sonya notó que se animaba mientras observaba a su madre moviendo el cursor por la web.

Era de fácil manejo y eficiente para dispositivos móviles.

—Mando el enlace y acabo. Tienes mucho talento. Has heredado las dotes artísticas de tu padre.

—Ojalá pudiera pintar como él.

—Tú pintas de maravilla cuando quieres, pero no es tu pasión. Esto sí. Y es magnífico. Listo. A Sylvia le va a chiflar, y tu cliente va a recibir un gran pedido. Bueno, vamos a tomar un poco de sopa y a hablar sobre tus planes para la nueva empresa.

—No estoy segura de que una actividad profesional desarrollada por una única mujer cumpla los requisitos de una empresa.

—Por supuesto que sí. Y no es que esté abogando por la venganza, pero ¿sabes qué dicen al respecto?

—¿Qué dicen al respecto?

—Que la mejor venganza —Winter enarcó las cejas— es el éxito. Y vas a arrasar.

—Ten por seguro que voy a intentarlo. Pero, antes de meterme hasta el cuello en eso, voy a tomarme un largo fin de semana…, un largo fin de semana en un spa.

—Eso es justo lo que necesitas ahora.

—Me llevo a mi madre, a mi mejor amiga y a su madre, si puede.

—Oh, no, Sonya, no puedes permitírtelo. Y menos ahora.

—Ni que me fuera de compras a París. No he apoquinado más miles de dólares por un bodorrio pijo que ni siquiera deseaba. Vendí ese maldito vestido de novia por el sesenta por ciento de lo que te costó. Y Cleo se las ingenió para recuperar casi ocho mil dólares de los depósitos.

—Es una chica lista.

—Así que me llevo a mi madre, a la chica lista y a su madre de spa un fin de semana. Es un capricho personal, y lo necesito. Y no acepto un no por respuesta.

—Pues nada, será mejor que mandes un mensaje a Cleo para que le pregunte a Melly.

—Voy a crear un grupo ahora mismo y después a intentar reservar en el Ripe Plum.

—¿El complejo hotelero de la costa? Guau. Cuando mi niña decide mimarse, vaya si lo hace.

—Ahí le has dado. Lo he pasado muy mal, mamá. Me siento realmente bien de haberlo superado. Y esta sopa huele de maravilla.

Alentada por la visita, la sopa, el ánimo —y el hecho de que, aunque el Ripe Plum estaba al completo los fines de semana, consiguió reservar tres noches entre semana—, Sonya se metió en la cama poco después de las nueve y durmió doce horas.

Se despertó con una nueva motivación y un nuevo plan.

Primero, llamar a las hermanas al taller.

Al cabo de veinte minutos saltó de la silla y levantó los puños en señal de victoria.

No solo estaban dispuestas a mantener su relación laboral con ella, sino que le proporcionarían dos posibles contactos.

Llevaba trabajando con las hermanas el tiempo suficiente como para conocer su estilo. Moverían sus hilos enseguida, así que esperaría una hora, tiempo que aprovechó para trabajar en el diseño de un logo, de tarjetas de visita, su página web, sus redes sociales y demás.

A primera hora de la tarde llamaron a la puerta.

—Traigo magdalenas de calabaza y *macchiatos*. —Cleo hizo un ademán con la bolsa de la cafetería y ladeó ligeramente la cabeza—. Vaya, llevo semanas sin ver esa expresión en tu cara. Muchas semanas.

—¿Qué expresión?

—De felicidad. De estar feliz como una perdiz. Y yo preocupada de que te encontraras atrapada en la fase de qué-demonios-he-hecho.

—Sé perfectamente lo que he hecho. —Tiró de Cleo para que entrara—. Me he agenciado dos clientes, y muy posiblemente un tercero.

—¿Ya?

—Ajá. Creo que ya tengo mi logo; me falta redactar los contratos para dichos clientes, terminar de diseñar mi página web y todo eso. Quiero que me des tu opinión sincera y honesta. Espera.

Mientras Sonya iba corriendo a su despacho, Cleo sacó el café y las magdalenas de la bolsa.

—Vale. ¡Tachán! Opinión sincera y honesta, Cleo. Quiero que enganche —dijo, y, con un rápido movimiento, abrió el cuaderno de dibujo.

Había dibujado un gran círculo de pétalos curvilíneos en colores vivos —rojo, azul, amarillo y verde— dispuestos de tal manera que se creaba un efecto en dos dimensiones. Por encima del círculo, en una tipografía fluida, había centrado «Artes Visuales». Y, en el interior del círculo, «por Sonya».

—No me regales los oídos.

—Lo siento, pero no tengo más remedio. Es perfecto. Me encanta. El círculo es… un símbolo con fuerza, y en colores vivos. Los pétalos le aportan perspectiva e interés. Utilizar una fuente con movimiento, combinada con una curva, le da cohesión. Tiene equilibrio, gancho y un uso inteligente del espacio en blanco.

—No quería bordes afilados, o que resultara demasiado minimalista y moderno, pero tampoco recargado o demasiado convencional.

—Lo has clavado. Madre mía, Son, has empezado pisando fuerte.

—Voy a rediseñar una web para una escritora; su primer libro sale en noviembre. La página que tiene ahora es una auténtica mierda. Y la estoy convenciendo para que me deje rehacer su imagen en las redes sociales. Que también es una mierda. Espero que su libro no lo sea, porque va a enviarme un ejemplar de lectura anticipada.

—Pues le mientes si es un bodrio.

—¿Has venido a darme un discurso motivacional?

—Sí, aunque no es necesario. Pero tenemos café y magdalenas. ¿Puedes tomarte un descanso?

—Claro. Gracias. Por el discurso motivacional gratuito, el café y las magdalenas. He reorganizado mi despacho para hacer hueco a la pantalla de pared que voy a encargar. Así puedo proyectar mi trabajo ahí, como una presentación para mí misma. ¿Quieres verlo?

—Solo si me aseguro de que sea *feng shui.*

—No hay problema. Cleo, no te mosquees, pero Brandon me ha hecho un favor. De lo contrario, dudo que hubiese dado el paso jamás. Y hoy, hoy realmente siento que es lo que se supone que tengo que hacer. Lo que se suponía que tenía que hacer.

—Yo no iría tan lejos como para llamarlo favor, pero diremos que ese capullo integral te ha dado un empujoncito en la dirección correcta.

—Más o menos. Ven a verlo.

Al cabo de tres semanas tenía lista la página web de la escritora, cuyo libro no era un bodrio. También había diseñado la campaña publicitaria de Navidad para Baby Mine e invitaciones de boda (qué ironía) para la sobrina de su vecina.

En Navidad tenía los diseños de tres páginas web más en curso, dos portadas de libros y más anuncios digitales.

Cerró el año que prometía ser el peor de su vida sintiendo que todo estaba bajo control.

Puede que la merma en el salario y las prestaciones le fastidiara un poco, y el hecho de sufragar el coste de los suministros y equipos un pelín más, pero, teniendo en cuenta que llevaba en el negocio menos de tres meses, le iba muy bien.

Le habría ido mucho mejor sin la emergencia de fontanería de la semana anterior a Navidad y los mil seiscientos dólares que le costó.

Pero le iba muy bien.

Tuvo que fijar precios competitivos para crearse una cartera de clientes, su portfolio de proyectos. Y, se recordó a sí misma, ahorraba en combustible —en idas y venidas diarias—, en almuerzos y básicamente en el deterioro que conllevaba el uso del coche.

¿Que si echaba de menos el ambiente de camaradería de los compañeros? A veces. Aunque, pensándolo bien, le gustaba trabajar sola, responder únicamente ante sí misma. Y vestirse con lo que se le antojase.

Sopesó la idea de tener un perro, o un gato. En vista de que pasaba en casa ocho o diez horas seguidas cada día, podía tener un perro o un gato.

Compañía.

Facturas en sacos de comida, en veterinarios… y, en el caso de un perro, posiblemente en una peluquería canina.

Se lo pensaría, haría cuentas.

Por encima de todo, apretarse un poco el cinturón era una nimiedad comparado con la satisfacción de dedicarse a algo que le encantaba, y de la manera que le encantaba hacerlo.

No le preocupaba.

Todavía.

A mediados de enero, mientras Boston tiritaba bajo más de dos palmos de nieve, cuando la actividad se ralentizó —ya repuntaría de nuevo—, fue a abrir la puerta.

El hombre aparentaba unos cuarenta y tantos largos, a juzgar por lo poco que podía ver de él, con su recio abrigo y su gorra con orejeras. Llevaba un maletín en la mano enguantada, y esbozó una sonrisa.

Una sonrisa lenta, fácil, encantadora.

Bajo sus marcadas cejas negras, la escrutó con unos ojos de un azul claro casi inquietante, a través de los cristales de sus gafas. La montura plateada combinaba con los mechones de pelo que le asomaban bajo la gorra.

—¿Es usted Sonya MacTavish?

—Sí. ¿Qué desea?

—Soy Oliver Doyle, abogado del difunto Collin Poole. Su tío.

—Yo no tengo ningún tío aparte de Martin, el marido de mi tía. No conozco a ningún Collin Poole.

—Es el hermano de su padre.

—Le han informado mal, señor Doyle. Mi padre no tenía ningún hermano.

—Al parecer, usted no estaba al corriente de que tenía un hermano, su gemelo. Su padre era Andrew MacTavish, nacido el 2 de marzo de 1965, ¿correcto?

—Sí, pero…

—Fue adoptado, cuando era un bebé, por Marsha y John MacTavish.

—Disculpe, señor…

—Doyle. Entiendo que esto la desconcierte, es algo insólito. Y entiendo sus reparos a invitarme a entrar a explicárselo. Me hospedo en el hotel Boston Harbor, y con mucho gusto me reuniría con usted donde se sintiera cómoda. Permítame que le dé mi tarjeta. Y esto.

Sacó una del portatarjetas que llevaba en el bolsillo del abrigo, junto con una fotografía.

—Este es Collin Poole. Éramos amigos íntimos, amigos de toda la vida. Falleció justo antes de Navidad.

—Lo siento mucho, pero…

Se le apagó la voz al mirar atentamente la foto.

—La foto es de hace casi treinta años. Mi mujer nos la hizo a Collin y a mí. He visto fotos de su padre más o menos con la misma edad. Eran gemelos, no idénticos, pero casi, ¿verdad?

—No entiendo nada.

—Es lógico. Me figuro que no se habrá hecho ninguna prueba de ADN.

—No.

—Nacieron en Maine, en la casa que ha pertenecido a la familia Poole desde hace más de doscientos años.

Ella tenía fotos de su padre a esa edad. Vio las diferencias; ese hombre llevaba el pelo más largo. Era un poco más alto, más esbelto, con el mentón más cuadrado.

Pero, salvo esas ligeras diferencias, habría jurado que estaba viendo a su padre.

—Será mejor que pase.

—Se lo agradezco. Aunque soy de Maine, nacido y criado allí, este viento cala los huesos. Usted tiene sus ojos. Como le decía, he visto fotos de su padre, y conocí a Collin muy bien. Tiene los mismos ojos verdes de la parte Poole de la familia.

Lo de «familia» le pareció un despropósito. Lo de «familia» le pareció imposible.

—Permítame coger su abrigo.

—Gracias.

Cuando se quitó la gorra, ella vio la negrura de sus cejas entreveradas con las vetas canosas de su cabello.

—¿Le apetece un café?

—Se lo agradezco. Con una gotita de leche.

Se sentía descolocada. ¿Cómo era posible que su padre tuviera un hermano —un gemelo— y no lo supiera? ¿Cómo era posible que sus abuelos no se lo hubieran dicho? ¿Cómo era posible que hubieran separado a los hermanos adoptando solo a uno?

¿Y por qué su tío jamás se había puesto en contacto con ella, ni con su hermano, si estaba al corriente?

—Se le ocurrirán preguntas. —El señor Doyle se levantó y se puso a examinar las fotos que ella tenía en los estantes junto con cosas bonitas o interesantes de las que se había encaprichado a lo largo de los años—. Voy a intentar proporcionarle respuestas. ¿Podemos sentarnos aquí, a la mesa? También he de mostrarle otras cosas, unos papeles.

—De acuerdo.

Ella le dejó el café sobre la mesa y se sentó.

—Ha dicho que falleció el mes pasado. ¿Estaba enfermo?

—Qué amable por su parte interesarse. Trataré de explicarle eso también. Primero he de decir que Collin ignoraba que tuviese un hermano. Se lo ocultaron durante muchos años. Supo de su existencia, por mí, poco antes de que falleciera. La genealogía es mi afición, en realidad una pasión. Decidí investigar la ascendencia Collin, hacerle un extenso árbol genealógico para regalárselo, ya que al parecer faltaban algunas piezas, o, mejor dicho, ramas, en ese árbol.

Abrió el maletín.

—Esta fotografía es del padre de Collin. Su abuelo biológico, señorita MacTavish. Esta es de su madre. —Sonrió ligeramente al dejar la segunda foto sobre la mesa—. Al fin y al cabo eran los años sesenta.

La mujer —la chica, en realidad— tenía una larga melena rubia y lisa, alrededor de la cual llevaba una llamativa cinta sobre la frente. Una cara bonita, pensó Sonya, con los ojos azules bien perfilados con delineador. De constitución delgada, con una camiseta y unos vaqueros de campana y talle bajo. Tenía levantados dos dedos de una mano cargada de anillos haciendo la señal de la paz.

—Lilian Crest, aunque por lo visto se hacía llamar Clover en la época de esta foto. Falleció dando a luz a los gemelos. Un parto en casa que salió muy mal, según parece, además de una tormenta que provocó un corte de electricidad y teléfono durante dos días. La casa —una casa solariega— se halla un poco apartada. No es que sea inaccesible ni mucho menos, pero se encuentra a unos cuantos kilómetros de la localidad de Poole's Bay.

—Era muy joven.

—Solo tenía diecinueve años cuando falleció. Se había ido de casa a los diecisiete. Charles y ella se instalaron en la casa solariega. Los padres, el hermano gemelo y la hermana de él residían justo a las afueras de Poole's Bay. En aquel entonces.

—Un linaje familiar de gemelos.

—En efecto. Según dicen, la muerte de ella dejó devastado a Charles, y me temo que se desentendió de los críos, a los que culpaba de su muerte. Poco después se quitó la vida, pero, antes, su hermana se hizo cargo de Collin, lo adoptó. A Andrew le buscaron una familia de acogida, con la intención de darlo en adopción privada, fuera del estado, ¿me explico? A juzgar por lo que he leído en la documentación, la familia Poole insistió en que no se proporcionase a la familia adoptiva información relativa a los padres biológicos.

—No lo sabían. —Sintió un tremendo alivio—. Mis abuelos no sabían que mi padre tenía un gemelo. De lo contrario, habrían adoptado a los dos. Son buenas personas. Personas de buen corazón.

—Desconozco por qué los Poole separaron a los niños. Lo que sí sé es que Patricia Poole, la abuela de Collin, era una mujer muy dura. Sé que Lawrence, el tío de Collin, cerró la casa de nuevo a raíz de la muerte de su hermano, y así permaneció hasta que Collin la abrió al cumplir los dieciocho, cuando la heredó.

Así estaba estipulado legalmente, ya que su tío murió cuatro años antes sin heredero.

»Qué bueno está este café.

—¿Le apetece otro?

—No voy a decirle que no. Hay mucho que asimilar —comentó cuando ella fue a la cocina—. Y es posible que haya muchos datos del pasado que no tiene necesidad de saber.

—No sé nada del pasado, de modo que necesito saber.

—Collin y yo crecimos juntos en Poole's Bay. Fue mi padrino de boda; en primavera hará treinta y tres años. Y yo fui el padrino de la suya.

—Se casó joven.

Él se echó a reír.

—No tanto, pero cuando lo sabes, lo sabes.

—Supongo que sí.

—Gracias —dijo él cuando ella le llevó otro café—. A Collin no le interesaba mucho la historia de su familia, pero amaba la casa solariega. No se puede imaginar la cantidad de veces que los dos, a veces con otros chavales, nos metimos allí a hurtadillas de pequeños. Está encantada.

—Cómo no —comentó ella en tono burlón.

Él bajó la vista al café unos instantes.

—En fin, es una historia con muchas historias paralelas. El caso es que a él le interesaba el arte. Como a su hermano y a usted.

—¿Era artista?

—El arte era su vocación, su pasión. Sin embargo, se vio obligado a continuar con el negocio familiar. De barcos, de construcción naval. Poole's Bay recibe su nombre del primer miembro de la familia Poole que empezó a construir barcos de madera, que montó un taller naval, fundó Poole's Bay y construyó la parte original de la casa solariega, en 1794. —Oliver, como interrumpiéndose, levantó las manos—. Una historia con historias paralelas, como he dicho, la cual confío en que le suscite cierto interés.

—Mi padre jamás supo nada de esto. Jamás supo que tenía un hermano, un gemelo.

—No, y lo lamento. Le aseguro que Collin era un buen hombre, un buen amigo, y, de haber tenido la oportunidad, no me cabe la menor duda de que habría sido un buen hermano. Habría sido un buen marido y padre.

—Usted fue su padrino de boda, según ha dicho.

—Sí, unos cinco años después de que él hiciera lo mismo por mí.

—¿Tuvo hijos?

—No. Por desgracia, Johanna murió el día de su boda.

—Eso es… —Se le hizo un nudo en la garganta y se apretó el pecho—. Eso es terrible.

—En efecto. Cayó por las escaleras cuando bajaba al banquete. Nadie pudo hacer nada. Collin jamás volvió a ser el mismo. Prácticamente se recluyó en la casa. Estaba desconsolado, señorita MacTavish, profundamente.

—Sonya —susurró ella—. No puedo imaginar lo espantoso que tuvo que ser para él.

—Pasó el resto de sus días llorando su pérdida, prácticamente aislado del mundo. A mí me permitía visitarle, y a mi familia, que se convirtió en la suya. Pero rompió todos sus lazos familiares. En lo que respecta al negocio, la gestión pasó principalmente a manos de sus primos, aunque su abuela llevó las riendas hasta el día de su muerte. Como abogado suyo, me ocupé de sus intereses financieros en el negocio. Él, siendo un Poole, no renunció a ellos, pero se pasaba los días pintando y manteniendo la casa que tanto amaban Johanna y él, el hogar en el que tenían previsto pasar su vida juntos.

»El hogar —continuó Oliver— y todo su contenido, que te ha dejado en herencia.

4

La palabra shock se quedaba corta.

—Disculpe, ¿qué? Eso es un disparate. Ni siquiera me conocía.

—Eres la hija única de su hermano.

—Pero… ha dicho que los primos se hicieron cargo del negocio familiar. No tiene sentido que él le deje la casa a una desconocida.

—No eras una desconocida para él. Eres de la familia. Y, aunque pasó las últimas décadas de su vida recluido, se interesaba por ti, por tu profesión. Admiraba tu trabajo.

—Mi… trabajo.

Oliver esbozó su característica sonrisa lenta y fácil.

—En la casa hay una excelente red wifi; Collin se encargó de eso. Que estuviera recluido no significa que rechazase la tecnología o el progreso. Como he dicho, cuando supo de la existencia de tu padre, de su hermano, de su gemelo, a través de mi investigación en su árbol genealógico, tuvo la firme intención de localizarlo. Pero ocurrió otra tragedia, otra muerte. Él también lloró la pérdida de tu padre, Sonya, aunque los hubieran separado tan solo días después de compartir el mismo útero.

»Tú eres lo único que queda de su hermano, y la única descendiente directa de su padre biológico.

Por primera vez en su vida, Sonya entendió plenamente el significado de «la cabeza me da vueltas».

—Mire, yo aprecio el gesto, incluso el surrealismo cinematográfico de recibir la herencia de un tío del que nunca supe.

Oliver soltó una risotada al oírlo.

—Le habrías caído bien. Y creo que él también a ti.

—A lo mejor, pero, más allá del gesto y del surrealismo, están las cuestiones prácticas. Hace apenas unos meses que monté mi propia empresa. ¿Qué voy a hacer yo con una casa en Maine? Una casa —apostilló— a la que en todo momento hace referencia como casa solariega, lo cual significa que es una gran casa que económicamente me resultaría imposible permitirme o mantener.

—Para eso hay un fideicomiso.

—¿Perdón?

—Collin creó un fideicomiso para el mantenimiento de la casa solariega que está muy bien financiado y diversificado. Lo sé de buena tinta, pues soy el administrador. Las cuestiones prácticas, tales como los servicios, los impuestos y el seguro, se continuarán sufragando a través del fideicomiso. En cuanto a las reparaciones, a cualquier reforma necesaria o deseada —la pintura, por ejemplo—, u otras cuestiones relativas al mantenimiento y la adaptación al gusto personal, encontrarás todo tipo de facilidades por mi parte en calidad de administrador, tal como dispuso mi cliente.

—Yo…

—Como heredera, te corresponde el resto de la finca, incluida una participación del cinco por ciento del negocio de los Poole. Este porcentaje es simbólico, para mantener la tradición. El resto de los beneficios, los cuales son sustanciosos, les corresponden a tus primos. —Hizo una pausa para ajustarse las gafas—. Tu herencia está supeditada a la condición de fijar tu residencia en la casa solariega durante un periodo no inferior a tres años, y pasar allí como mínimo cuarenta semanas al año.

—¿Vivir allí? —No ganaba para sustos—. ¿Se supone que tengo que recoger todas mis cosas y mudarme por las buenas? ¿A Maine?

—Puedes impugnar el testamento. Soy un buen abogado, Sonya, de modo que las cláusulas están perfectamente articuladas, según los deseos de mi cliente. No obstante, puedes impugnarlo, y tal vez se resuelva a tu favor, aunque te costaría una gran cantidad de dinero y tiempo. A título personal, he de decir que ojalá Collin hubiera seguido mi consejo, en calidad de amigo y abogado, y se hubiera puesto en contacto contigo.

—Puedo renunciar a él sin más. Podría simplemente negarme a aceptar nada.

—Por supuesto. Confío en que no lo hagas. —Sacó dos gruesos paquetes del maletín—. He traído una copia del testamento, datos financieros, información sobre los negocios, la casa solariega, fotos, junto con un inventario de su contenido. —Le sonrió—. Un montón de paja legal que te explicaré con mucho gusto cuando termines de asimilar todo esto.

—¿Ahora mismo? Me parece que podría tardar años.

—Es una casa preciosa, Sonya. A lo largo de muchos años, los Poole han ido ampliando la estructura original y la han conservado con esmero. Posee muchísima historia. Tu historia. Tu tío abrigaba la gran esperanza de que aceptaras este legado y la conservaras para la posteridad.

Se levantó.

—La información relativa a mí, incluido mi número de teléfono móvil, está en los paquetes. Te ruego que te pongas en contacto conmigo, o a través de un abogado, que te aconsejo que contrates. Estaré aquí hasta el jueves por la tarde; con mucho gusto me reuniré contigo y con tu abogado. Puedo regresar cuando te venga bien, o reunirme contigo en mi despacho, en la casa solariega o donde mejor te venga.

Sonya se levantó para sacar su abrigo del armario.

—No me negará que esto es una locura, se mire por donde se mire.

—Él estaba en plenas facultades para transmitir sus deseos y disposiciones de manera clara y precisa. —Se puso el abrigo y la gorra—. No has preguntado por el valor. El valor de la casa, el fideicomiso, el beneficio del negocio, etcétera. Me llama mucho la atención.

—No es real. O no lo parece.

—Es muy real. Echa un vistazo a la información, piénsalo tranquilamente y contrata a un buen abogado. —Alargó la mano para estrechársela—. Volveremos a hablar.

Al cerrar la puerta se quedó inmóvil, esperando despertarse. Pero concluyó que no había sido un sueño. Ni una alucinación, a juzgar por los paquetes que había encima de la mesa.

A pesar de que apenas sentía las piernas, fue a abrir uno. Y sacó un documento legal con multitud de páginas.

La última voluntad y el testamento de Collin Arthur Poole.

Cayó en la cuenta de que jamás había visto, y mucho menos leído, un testamento.

Se sentó y, a pesar del fuerte dolor de cabeza que le provocó, leyó hasta la última palabra.

Él le había dejado —legado— algunas cosas a su amigo de toda la vida: un cuadro específico titulado *Niños en el mar*, un antiguo damero con piezas de ajedrez y una primera edición de *La máquina del tiempo* de H. G. Wells.

Otras posesiones —una vasija de cornalina, unos pendientes de perlas antiguos— fueron legadas a una tal Corrine Whitmer Doyle. Probablemente la mujer del amigo, pensó Sonya.

Y a Oliver Henry Doyle II, y a una tal Paula Mortimore Doyle, otro cuadro y unas joyas, respectivamente.

Aún más, a Oliver Henry Doyle III —¿el hijo?—, un cuadro del Bateador de Louisville, firmado por Mickey Mantle, junto con ocho coches de juguete de Matchbox, *c.* 1975. A una tal Anna Rose Doyle, un collar de perlas.

Asimismo, varios legados pecuniarios, y el cuarenta y cinco por ciento de su participación del cincuenta por ciento en la empresa de construcción naval.

Y —no salía de su asombro— unos antiguos pendientes de diamantes y zafiros para Winter Rogan MacTavish, su madre.

Cuando llegó al final, apretó los dedos contra los ojos.

¿Cómo se supone que iba a pensárselo? ¿Cómo iba a asimilar todo eso?

Ella había heredado el resto, incluida la casa y la finca, de más de tres hectáreas. También todo su contenido (cuyo inventario figuraba en un documento aparte), además de ser la beneficiaria del fideicomiso para el mantenimiento de dicha casa, su contenido y la propiedad.

Un seguro de vida, cuentas de corretaje, inversiones, y más de lo que le resultaba imposible concebir.

Pero, por encima de todo, su padre tenía un hermano. Un gemelo. Tenía familia a la que jamás llegó a conocer.

Lo mismo que ella.

Cogió el teléfono.

—Cleo, necesito que me acompañes a la casa de mi madre. Ya.

—¿Qué ha pasado? ¿Está bien?

—Sí, estupendamente. Ha pasado algo, pero te lo explicaré de camino. Te recojo en diez minutos. Por favor.

—Dame quince. Por Dios, Sonya, ni que hubieras visto un fantasma.

—Puede que sí. Quince minutos.

Se puso unas botas, el abrigo y, al acordarse del frío, se lio una bufanda y se puso un gorro de lana. En cinco minutos estaba en la puerta, con los paquetes en la mano.

Era necesario que su madre lo supiera, y no a través de una llamada de teléfono. Y necesitaba que Cleo la apoyara.

Y, caray, supuso que necesitaría ese abogado.

Puso en duda su cordura durante el trayecto; Dios sabía que se sentía absolutamente incongruente. La reacción de Cleo, como era de esperar, fue de estupefacción, asombro, recelo, curiosidad y cierto enojo.

—¿Qué clase de ser inhumano separa a hermanos de esa manera? Sabes que tus abuelos habrían adoptado a ambos.

—Exactamente lo que dije yo. Dios, ¿por qué hay siempre tanto tráfico?

—Y por lo que dices me figuro que la abuela y su hija por parte de los Poole podrían haberse quedado con ambos. Tenían medios.

—No lo sé. No sé por qué lo hicieron, o por qué lo ocultaron. A juzgar por lo que me ha contado el señor Doyle, tengo la impresión de que la familia ocultó todo, la auténtica ascendencia, los gemelos. Ignoro por qué, y no sé qué hacer.

—Me pregunto si tu padre lo sabía. No me refiero a saberlo de buena tinta, sino a sentirlo, como según dicen les ocurre a los gemelos. Y, oh, su pobre hermano, perder a su novia, a su amor, el día de su boda… Pero párate a pensar, Sonya, él era artista, como tu padre. Tenían ese vínculo, a pesar de que jamás se conocieron.

»¿Dónde diablos está Poole's Bay?

—No lo sé.

—Vamos a averiguarlo. —Cleo sacó su teléfono y lo buscó en Google—. Vale, es bastante pequeño, se halla en uno de esos cabos a lo largo de la costa de Maine. Es probable que sea bonito, pintoresco.

—Da igual. No tiene sentido, Cleo.

—Claro que sí. El tal Collin Poole no conocía la existencia de tu padre, hasta que se enteró. Realizó las indagaciones pertinentes y planeó ponerse en contacto con él. Pero tu padre murió. Ese fue otro golpe.

Alargó el brazo y apretó la mano de Sonya.

—Piénsalo. Acabas de descubrir que tienes un hermano, un hermano gemelo del que tu familia te mantuvo alejado, y, antes de que puedas localizarlo, fallece. Eso es desolador. No obstante, él seguramente sentía el vínculo, pues le dejó a la única hija de su hermano su casa, su…, bueno, prácticamente todo, a juzgar por lo que me has contado.

—Pero ¿por qué no contactó con mi madre, o conmigo?

—A lo mejor no podía afrontarlo, afrontar la posibilidad de recibir otro golpe emocional. ¿Y si le hubieras dado caña, en plan: «Estupendo, ¿y qué saco yo de esto?»?

—Yo no habría hecho eso.

—Eso ya lo sé, Son, pero a lo mejor él era demasiado frágil a nivel emocional para gestionarlo. Da la impresión de que, al final, intentó hacer lo correcto. No tenía ninguna obligación, pues jamás te habrías enterado. Aunque lo hubieras averiguado al hacerte la prueba de ADN, él realmente no te debía nada.

—Por eso te he llamado. —La tensión de su pecho se mitigó ligeramente—. Por eso necesitaba que me acompañaras.

—Cuando hayas hablado con tu madre, cuando los ánimos se templen un poco, es necesario que averigües todo lo posible acerca de él. Y acerca de todo esto.

—Así que necesito un abogado.

—Sí. Deja que busque al otro en Google. Has dicho Oliver Henry Doyle II. De Poole's Bay, Maine. Vale. Vale, allá vamos. Tiene cincuenta y siete…

—¿En serio? Le eché diez años menos incluso cuando se quitó la gorra y vi esa mata de pelo negro entrecano, como sus cejas.

—Por lo visto su padre fundó el bufete hace muchísimo tiempo, cincuenta años. Casado, dos hijos… El hijo, Oliver III, tiene treinta y dos años; la hija, Anna, veintiocho, de nuestra edad. Todo parece fidedigno y dentro de la legalidad. Y me gusta que el tal señor Doyle te haya recomendado que busques un abogado.

»¿Qué es lo peor que puede pasar? —añadió Cleo—. ¿Que acabes con una casa en la costa de Maine y que vivas allí unos cuantos años? Puedes trabajar en cualquier lugar, ¿no?

—Tú opinas que debería…

—Yo opino que deberías planteártelo seriamente. Caray, Sonya, es una aventura, y te lo mereces. Además, averiguarías más cosas sobre tus antepasados. Tus abuelos siempre van a ser tus abuelos, nada va a cambiar eso. Esto es sencillamente una oportunidad para empezar de cero, y averiguar más cosas.

Sonya se metió por el camino de entrada de su madre.

—Aquí tengo una vida, un hogar. Mi madre y tú estáis aquí. Estoy tratando de montar mi empresa.

—Visto lo visto, eres tan perfectamente capaz de montar tu empresa allí como aquí. Tu madre y yo siempre vamos a estar aquí, y tampoco es que Maine esté en la otra punta del mundo. Tienes un dúplex, sé de buena tinta que siempre lo has considerado algo provisional y, ahora mismo, tu vida aquí es el trabajo.

Apretó la mano de Sonya otra vez.

—Pero, hagas lo que hagas, averigüemos lo que haga falta. Y el primer paso es contárselo a tu madre.

Encontraron a Winter colocando otro leño en la chimenea.

—¡Vaya, mira por dónde! Precisamente estaba pensando en apañarme con un sándwich de queso a la plancha para la cena, y ahora resulta que va a ser una fiesta.

Entonces se fijó en el semblante de su hija.

—Algo va mal.

—Mal no, pero tenemos que sentarnos y hablar.

—Cariño, me estás asustando.

—No es mi intención, y no hay nada por lo que asustarse. Pero sentémonos.

Sonya se quitó el abrigo y el gorro.

—Hoy ha venido a verme un hombre. Un abogado de Maine.

—¿Un abogado? ¿Te has metido en un lío?

—No, mamá. Para. —Tras dejar los paquetes sobre la mesa de centro, Sonya tomó a Winter de las manos y la condujo hasta el sofá.

—Papá tenía un hermano gemelo.

—¿Qué? No, imposible. Cielo, esto tiene que ser un timo de esos, porque…

—Los abuelos lo ignoraban, ya llegaré a eso, pero el caso es que papá tenía un gemelo. Su madre biológica murió al dar a luz, y su padre biológico no pudo superarlo y acabó suicidándose.

—Sonya…

—Por favor, escúchame. No sé por qué, la familia los separó. La tía se quedó con uno, y al otro, a papá, lo dieron en adopción a nivel privado. Ya sabes que los abuelos adoptaron a papá de ese modo, y que no recibieron ninguna información acerca de los padres biológicos. El hermano, el hermano de papá, desconocía todo esto, lo mismo que papá. El hermano, Collin Poole, lo descubrió justo antes de que papá falleciera, y no tuvo la oportunidad de ponerse en contacto con él.

—¿Qué quiere este hombre de ti, Sonya?

—Nada. Murió el mes pasado. El abogado ha venido a verme porque Collin Poole me ha dejado en herencia, bueno, prácticamente todo.

—¿Qué quieres decir?

—Me ha nombrado su heredera... en el testamento. Hay una casa en Maine, un pequeño porcentaje del negocio familiar que lleva funcionando un par de siglos, además del contenido íntegro de la casa, un fideicomiso para su mantenimiento y cuentas bancarias. A ti te ha dejado unos pendientes antiguos de diamantes y zafiros.

—¿Qué?

—Creo, supongo, que quiso dejar algo, una reliquia familiar, a la mujer de su hermano. El abogado, el señor Doyle, y Collin Poole eran amigos desde la infancia. Como Collin no llegó a tener hijos porque su mujer falleció, yo soy la única heredera, la hija de su hermano. Su sobrina.

Sacó la foto que Oliver le había mostrado.

—Estos son el señor Doyle y Collin Poole.

—Oh, Dios. ¡Dios mío! ¿Estás segura de que esto es verdad?

—Empiezo a tener esa impresión.

—Necesito... —Winter se levantó, fue hacia la ventana, después hacia la chimenea, y volvió.

—Tu padre a veces tenía sueños, sueños recurrentes. En uno se miraba en el espejo, pero la cara que contemplaba no era idéntica a la suya. Y el hombre del espejo le hablaba, pero él no alcanzaba a oírle. Los tuvo durante la mayor parte de su vida. En otro, un niño veía en el espejo a otro niño con rasgos prácticamente idénticos a los suyos.

»A veces dibujaba el sueño y me lo mostraba. Es este hombre.

—Telepatía entre gemelos —dijo Cleo en voz baja.

—Siempre aparecía el mismo espejo de cuerpo entero y marco repujado. Y este rostro reflejado en él. No iba vestido como él, pero siempre era de su misma edad.

Con los ojos llorosos, miró a Sonya.

—Si hubiéramos tenido un varón, él habría querido que se llamara Collin.

—¿Crees que, de alguna manera, él lo sabía?

—No lo sé. Sinceramente no sé qué pensar. Me consta que le habría hecho mucha ilusión tener un hermano. Ojalá hubiera tenido la oportunidad de enterarse.

—¿Se lo decimos a los abuelos?

—Claro. Sí, tienen derecho a saberlo. Querían muchísimo a Drew, y él a ellos. —Se recostó y cerró los ojos unos instantes—. Dices que su hermano falleció el mes pasado.

—Antes de Navidad, ha dicho el señor Doyle. No se me ha ocurrido preguntarle cómo.

—¿Y te ha dejado una casa en herencia?

—En la costa de Maine, cerca de un sitio pequeño, Poole's Bay. Los Poole fundaron una empresa de construcción naval y construyeron la casa…, bueno, la original. Según el señor Doyle, la han ido ampliando con el paso de los años. Se ha referido a ella como casa solariega y me ha dicho que hay fotos en el paquete, pero todavía no las he visto. Después de leer el testamento, he llamado a Cleo para venir aquí.

Abrió el segundo paquete.

—A lo mejor están aquí, porque da la impresión de que en el otro hay básicamente documentos legales: el testamento, el fideicomiso, el seguro de vida, tasaciones, etcétera.

Sacó unos papeles.

—Aquí hay más. Dios, hay un montón. Y aquí, en este archivador. ¡Hala! ¡Qué pasada!

Se quedó pasmada al ver las fotos de la casa sobre el acantilado: el camino de adoquines de multitud de tonalidades rojizas, el contraste de los revestimientos azul oscuro, las torrecillas con chapiteles cónicos que flanqueaban sendos costados, con una especie de torrecilla semicircular en el centro. Los conductos de las chimeneas sobresalían en el tejado, con un mirador rodeado por una barandilla.

Un balcón tradicional.

Las ramas desnudas de un sauce llorón parecían temblar sobre un manto blanco de nieve.

—Es preciosa —comentó Cleo por encima del hombro de Sonya—. Preciosa, de esas del gótico victoriano que dan miedo. Aquí hay una de la parte trasera. Seguro que hay más elementos modernos incorporados, pero totalmente en consonancia con el estilo gótico. Este saledizo con revestimientos, con esa hilera de ventanas y la cubierta cónica para armonizar con las torrecillas. Un mirador sobre lo que parece un terrado plano añadido. Me encanta la mezcla de ventanas arqueadas y las verticales de líneas rectas. No hay nada corriente. A lo mejor necesito usar esto algún día, en un buen libro ilustrado.

—Tu padre dibujó esta casa.

—¡Qué me dices!

—No sé si la pintó. No lo vi hacerlo. Pero dibujó esta casa. Un momento.

Se levantó y subió a toda prisa a la planta de arriba.

—Vale, primero lo de la cara en el espejo, ¿y ahora esto? Memoria sensitiva, memoria de sangre. Lo que sea. —Cleo posó la mano sobre el hombro de Sonya—. Voy a abrir una botella de vino y a pedir comida china. Me parece que tenemos mucho que hablar.

Para cuando Winter volvió, Cleo ya había abierto la botella de vino, servido tres copas y realizado el pedido.

—Puede que haya más —señaló Winter—. La he encontrado en estos dos cuadernos de dibujo, pero puede que haya más.

Dejó los cuadernos abiertos encima de la mesa y cogió una copa.

—La primera vez que vi uno de los dibujos, le pregunté dónde había visto la casa, porque es fabulosa. Me dijo que en sueños. Que soñaba con ella. Que soñaba con ella, que oía las olas romper contra el acantilado y que sentía el viento.

Bebió un buen trago de vino.

—Solíamos bromear con ello. Me contaba que había vuelto a soñar con la casa de ensueño, pero que en esa ocasión había una mujer vestida de blanco en el mirador, o en otra ocasión una fiesta con mujeres vestidas de largo y hombres con trajes anticuados paseando por el jardín. A lo mejor veía a un hombre, el hombre del espejo, que lo observaba apostado junto a una ventana.

Sonya miró los cuadernos de dibujo y las fotos de la casa de nuevo.

—¿Cómo es posible?

Winter se sentó.

—¿Qué quieres hacer?

—No tengo ni idea. A lo mejor papá vio la casa de pequeño y se le quedó grabada porque le impresionó. Pero, hasta el punto de soñar con ella y dibujarla más de una vez, está claro que significaba algo para él. Él jamás tuvo ocasión de averiguarlo. Yo sí. Necesito un abogado.

—Ya sabes que mi jefe te ayudará en esto.

—Sí, y se lo voy a endosar a él. Quiero revisar los cuadernos de dibujo de papá, a ver si encuentro más dibujos de la casa, y buscar los del espejo.

—Te vas a Maine —dijo Cleo como si tal cosa—. Te vas, a menos que el lince del jefe de Winter te aconseje lo contrario, dándote razones de peso. Y querrás irte —añadió— porque tu padre sentía esa conexión visceral. Porque esa casa es tuya, Son, totalmente tuya. Y, por último, porque vas a sentir la necesidad imperiosa de saber.

Sonya cogió el cuaderno de dibujo de su padre.

—Sí que necesito saber.

—Voy a llamar a Marshall.

—Ay, mamá, no tienes por qué llamar a tu jefe a su casa. No hay prisa.

—Creo que dormirás mejor esta noche sabiendo que él se hará cargo de esto. Yo por lo menos sí. Venga, subid a ver qué encontráis. Os avisaré cuando llegue la comida.

Su padre había convertido el desván en lo que él llamaba cariñosamente su buhardilla. Sonya recordaba haber subido esos escalones estrechos y empinados e internarse en ese espacio, la luz, el olor a pintura, aceites y disolventes. Recordaba la imagen de su padre de pie junto a un caballete, con sus tejanos baqueteados, una sudadera en invierno, o una camiseta en verano. La mata de pelo rubio oscuro brillando con la luz de las ventanas, los haces de luz que se filtraban por los tragaluces.

Y la concentración en sus ojos verdes que inevitablemente se convertía en una sonrisa cuando se volvía hacia ella.

«Vamos a darte materiales, diablillo, a ver lo que eres capaz de hacer».

Jamás le negó la entrada allí, jamás adujo que estaba muy ocupado. Y le enseñó, con la misma paciencia que a sus alumnos del instituto, cómo usar el espacio, el color o la ausencia de este, cómo dar textura y perspectiva, luz y sombra.

Tras su muerte —pasados muchos meses, cuando pudieron afrontarlo—, Sonya ayudó a su madre a almacenar o regalar sus pinturas y utensilios, a meter en cajas sus cuadernos de dibujo.

Algunos de sus lienzos fueron a parar a galerías, y con el tiempo se vendieron; otros, inacabados, seguían apilados contra la pared.

—Siempre me ha encantado subir aquí. —Cleo rodeó a Sonya por la cintura—. Aunque no llegué a conocerlo, el hecho de venir a la buhardilla siempre me hace sentir como si lo hubiera conocido.

—Lo sé. —Sonya inclinó la cabeza ligeramente hacia la de Cleo—. Cuando vuelvo la vista atrás, pienso en la gran paciencia y tremenda generosidad que tuvo para sacar tiempo para mí. No solo para dedicarme tiempo, sino para prestarme atención.

»Cuando tenía unos diez años, le mostré un dibujo que había realizado para un cartel para un proyecto del colegio. Después de examinarlo, me miró muy serio, serio hasta tal punto que pensé: "Uf, es un churro de dibujo". Entonces me dijo que volviera el sábado, que él compraría la cartulina y que me daba permiso para usar su estudio.

»Y en ese instante, al mirarme, cuando me dijo eso, supe que el arte iba a ser mi profesión, no un mero entretenimiento, o un pasatiempo. Aquel día él cambió mi vida.

Negó con la cabeza y deslizó la mano sobre el caballete que seguía de pie bajo el tragaluz.

—No tuvo suficiente tiempo. Empezaba a despuntar como artista, pero no tuvo suficiente tiempo.

Se aproximó a una de las cajas que contenían los cuadernos de dibujo.

—Mi madre y yo no llegamos a registrarlas todas. Acordamos ponernos con ello más adelante, pero nunca lo hicimos. ¿Qué íbamos a hacer con los dibujos? Tirarlos no, bajo ningún concepto, ni venderlos, aun cuando se presentara la ocasión. Ella nunca ha usado este espacio, ni siquiera como trastero.

—Algunos amores son para siempre.

Se sentaron en el suelo, cada una con un taco de cuadernos de dibujo. Mientras los hojeaba, Sonya entendió el verdadero significado de 'conmovedor': dolía y arropaba, reavivaba las penas del pasado y al mismo tiempo provocaba un nuevo sentimiento de dicha.

—Era muy bueno. Mira, es mi madre abrazada a mí cuando yo era un bebé. Nos hacíamos un ovillo mientras dormíamos.

—Aquí hay otro dibujo de ti. ¿Qué tendrías, unos seis o siete años? Jugando a las meriendas en tu cuarto. ¡Con una tiara! Necesito una tiara.

Dejó el cuaderno y cogió otro.

—¡Uy! ¡Sonya! Mira.

Un boceto de un sueño, pensó Sonya. No era la casa solariega. Era el espejo.

Su padre, con esos tejanos baqueteados, y una sudadera salpicada de pintura. En una mano sostenía un pincel, y en la otra, la paleta.

En el cristal, el reflejo —el hombre, el hermano— aparecía de pie, con unas botas recias y una camisa de cuadros abierta encima de una camiseta. Él también sostenía un pincel y una paleta.

Su padre lucía el pelo recogido en una coleta, como hacía cuando pasaba demasiado tiempo sin cortárselo. Collin, porque sin duda alguna era él, llevaba el suyo por encima del cuello de la camisa.

Sobre el grueso marco del espejo de pie había fieras y aves talladas: lobos de colmillos afilados; un halcón con las alas desplegadas, las garras como garfios; un ciervo de astas afiladas como cuchillas; una cobra enroscada; un dragón de dos cabezas; un oso erguido sobre dos patas; un puma dando un salto.

—Él vio esto, Sonya, es muy detallado. Dios, ese espejo es espeluznante. Aquí hay más. Es el mismo espejo, pero ellos van vestidos de manera diferente y… a diferentes edades. En unos son más jóvenes, en otros mayores.

—Aquí solo aparecen de pequeños. Dibujó todo esto de memoria, está claro. Es el mismo espejo, pero seguro que no superan los seis o siete años. Mi padre aparece con un coche de juguete en la mano. Pero en este es Collin quien lo tiene. Es el mismo coche, Cleo. ¿Verdad?

—Parece el mismo. ¿Se lo pasó a su hermano a través del espejo?

—Eso es imposible.

—En un sueño nada es imposible.

—¡Ya está aquí la cena! —gritó Winter desde el pie de la escalera.

Se empeñó en cenar en la mesa —como las personas civilizadas— y con platos, no directamente de los envases de cartón.

—Marshall se ha puesto en contacto con el señor Doyle. Este va a enviarle los archivos, y se reunirán mañana.

—¿Ya?

—Marshall quería concertar esa reunión, y, según me ha dicho, el señor Doyle ha accedido de buen grado. Cuando Marshall revise todos los documentos y se reúna con el abogado de Collin Poole, estarás en condiciones de tomar una decisión adecuada.

—Me siento realmente agradecida. Es un alivio.

—¿Ves? Todas dormiremos más tranquilas.

Sonya no contaba con ello.

—En un cuaderno de dibujo hemos encontrado como mínimo una docena de dibujos del espejo del sueño. En algunos aparecían ellos de pequeños.

—Según tu padre, era un sueño recurrente desde siempre.

—El espejo es una pesadilla —terció Cleo, cogiendo una empanadilla con los palillos chinos—. Está decorado con aves de presa, depredadores y reptiles; no lo usaría para mirarme el trasero ni loca.

—¿No tenía papá un puñado de coches de juguete?

—¿Sus queridos coches Matchbox? —Winter sonrió mientras comía—. Tú jugabas con ellos a los dos o tres años, pero perdiste el interés. Tampoco jugabas mucho con muñecas. Lo tuyo siempre fueron las manualidades.

—Coches Matchbox. ¿Aún los conservas?

—Después de la muerte de Drew, se los di a tu primo Martin. Y al parecer los cuidó como oro en paño porque comentó que los había guardado para sus futuros hijos. Me hace mucha ilusión. Drew apreciaba esos coches como un tesoro.

—Collin Poole le dejó una colección de coches Matchbox al hijo del señor Doyle en su testamento.

—Es telepatía entre gemelos. —Cleo se encogió de hombros—. Es algo real.

—En un dibujo, un dibujo de la infancia, papá tiene un coche de juguete en la mano. En el siguiente dibujo, lo tiene Collin. Me pregunto si Collin soñaría lo mismo que él. Supongo que es imposible averiguarlo.

—Podrías probar con una sesión de espiritismo.

Ante las miradas idénticas que le lanzaron Sonya y Winter, Cleo se encogió de hombros exageradamente.

—Vale, eso es pasarse de la raya, incluso en mi caso. No creo que sea sensato remover ese tipo de cosas. Pero no me sorprendería que sus sueños fueran similares. Según has dicho, el abogado y él eran amigos desde la infancia. Podrías preguntarle si lo sabe.

—Quizá lo haga. Mamá, me gustaría llevarme el cuaderno de dibujo, y los demás en los que aparece la casa, si te parece bien.

—Por supuesto que sí. Voy a llamar a tus abuelos por la mañana. Deja que yo me encargue de eso, cariño. Se van a llevar un disgusto al enterarse de que Drew tenía un hermano y nadie los informó. Querrán hablar contigo, pero primero démosles la oportunidad de digerir la noticia.

—No fue culpa de ellos.

—No. Una de las cosas que quiero averiguar, con independencia de lo que tú decidas hacer, es de quién fue la culpa.

5

A finales de la semana se reunió personalmente con Marshall en el bufete. Había estado allí antes, por supuesto, y le agradaba el ligero aroma a cuero propio de otros tiempos que se respiraba en aquel despacho.

Pero nunca se había sentado en uno de esos hondos butacones de piel como clienta.

Marshall Tibbets tenía una mata de pelo castaño entrecano y repeinado hacia atrás —de forma exagerada, en opinión de Sonya— y un atractivo y curtido rostro. Sentía predilección por los trajes clásicos de Armani, hechos a medida de su complexión de espalda ancha.

Él se reclinó en el asiento, contra el fondo del cielo gris plomizo del invierno, y la escrutó con sus sagaces ojos marrones.

—Has tenido muchos trastornos en los últimos seis meses.

—Me parece que esto se lleva la palma.

—Tiene muchos puntos. Antes de empezar, me gustaría preguntarte cómo estás. Cómo estás de verdad. Y recuerda que esto no saldrá de aquí. Es confidencial entre abogado y cliente.

—Sinceramente no lo sé. Unos días añoro mi antiguo trabajo, y otros (la mayoría) me hace ilusión dirigir mi propia empresa. Es pequeña, pero al fin y al cabo mía. Aunque hay momentos en los que sigo muy pero que muy cabreada con Brandon, también hay días, incluso semanas, en los que no me acuerdo de él en absoluto.

Y a pesar de que me preocupa no ser capaz de conseguir suficientes encargos para mantener una empresa, me va bien. No para tirar cohetes, pero bien, y con eso me conformo.

»¿Y ahora esto? —Levantó las manos—. Digamos que esto ha hecho que todo vuele por los aires, y no sé dónde va a ir a parar.

—Permíteme que empiece diciendo que el bufete Doyle goza de una sólida reputación, lo mismo que Oliver Doyle II. Su padre, que por cierto continúa ejerciendo, lo fundó hace medio siglo. Su gestión del testamento de Collin Poole ha sido meticulosa. Los deseos de su cliente entrañan aspectos inusuales, pero lo inusual no es inusual en lo que respecta a las herencias. Él ha cubierto esos aspectos con la misma meticulosidad.

—Entonces ¿eso es bueno?

Juntó las yemas de los dedos y las chocó entre sí.

—Eso depende, Sonya. Si quisieras impugnar las cláusulas del testamento, me refiero a las cláusulas inusuales…, podríamos tener suerte, y cuento con varios ases en la manga. No obstante, sería una larga batalla, y, con franqueza, lo más probable es que perdiéramos.

—No me planteo impugnarlo. Por extraño que parezca, eran los deseos del hermano de mi padre. No tengo ningún derecho a oponerme a sus deseos y aun así tratar de quedarme lo que él quería dejarme.

—Si lo aceptas, ¿entiendes el alcance de la herencia?

—He intentado asimilarlo, pero solo el valor estimado de la casa… asciende a más de ocho millones de dólares. Por una casa.

—La casa, las tierras, el emplazamiento y el valor histórico. El fideicomiso, y en esto el señor Doyle fue muy sagaz, cubrirá los impuestos, el seguro y el mantenimiento.

—Lo sé, pero he de reconocer que, la mera idea de asumir la responsabilidad de una casa semejante… no es que me intimide, es que me da miedo. Por otro lado, está el impuesto de sucesiones y demás.

—Que el señor Doyle y su cliente tuvieron en cuenta. Desde la muerte de tu padre, Collin Poole te donó una suma libre de impuestos. Existe una cuenta aparte, bien invertida, a tu nombre. Además, la póliza del seguro de vida y las cuentas de inversiones del señor Poole no solo cubren los impuestos de sucesiones, sino que te permitirán vivir holgadamente.

»Como albacea, el señor Doyle ya ha calculado la cuantía de los impuestos. De hecho, Sonya, la indemnización del seguro de vida cubre la mayor parte.

Entendió que, si aceptaba los términos, sería —prácticamente al instante— rica. Jamás en su vida había imaginado o soñado que sería rica.

Y, por más que lo intentara, no sabía cómo reaccionar.

—En tu opinión, ¿qué debería hacer?

—Esa es una decisión que has de tomar tú, Sonya. Que solo tú puedes tomar. No obstante, difícilmente aconsejaría a una clienta, que todavía no ha cumplido los treinta, que rechazara una herencia de esta magnitud. Si el inconveniente es el hecho de fijar tu residencia en la casa, he negociado un periodo de prueba de tres meses con el señor Doyle. Te instalas allí y, si durante ese periodo decides lo contrario, te marchas.

—Tres meses.

—En cualquier caso, las herencias, en especial las de esta magnitud, no se resuelven de la noche a la mañana. Ni siquiera cuando el proceso se lleva a cabo con meticulosidad. Serías una inquilina, exenta de alquiler, durante tres meses mientras avanzan los mecanismos legales. El señor Doyle y yo coincidimos en que te mereces ese tiempo para decidir si la casa, el emplazamiento y demás se ajustan a tu conveniencia.

—Si no, diré: «Gracias, pero no, gracias».

—En efecto. De lo contrario, con aceptar los términos del testamento, es tuya.

—Es un buen trato. Un trato buenísimo. Iba a aceptarla porque quiero, necesito, saber más de los antepasados de mi padre, lo que le ocultaron. Pero esto me quita un peso de encima.

—Creo que encontrarás un firme apoyo en Oliver Doyle.

—Eso espero, puesto que es la única persona que conozco donde voy a vivir como mínimo durante tres meses.

Tras enviar flores a su madre por su perspicacia al trabajar para un abogado sagaz, llevó a cabo una inspección a fondo de su dúplex.

No necesitaba llevarse ningún mueble, pero había cosas que querría tener allí: las pinturas de su padre —las dos que decidió quedarse después de su muerte—, la mayor parte del contenido del despacho, junto con algunos recuerdos y regalos que no solo le recordarían a su hogar, sino a sus seres queridos.

Y se dio cuenta de que todo lo que quería o necesitaba llevarse para ese periodo de prueba cabría en el coche.

Tras sopesar los pros y los contras, se puso en contacto con una inmobiliaria. No quería dejar la casa vacía durante tres meses. Su idea de alquilarla —amueblada— mes a mes acabó con un contrato de arrendamiento de seis meses.

No obstante, aunque volviera pitando al cabo de una semana, podría instalarse en la casa de su madre durante los seis meses.

Una red de contención, pensó. Una mujer necesitaba una red de contención.

Pero no volveré pitando, se dijo para sus adentros. Caray, Poole's Bay se hallaba tan solo a tres horas en coche de Boston. Su madre podría visitarla, Cleo iría a verla. Y a ella le sería posible volver para pasar un fin de semana.

Una aventura, se prometió a sí misma mientras ultimaba los preparativos y se disponía a hacer las maletas. Viviría una aventura y, al final, tal vez acabase como propietaria de una casa increíble.

Abrió el cuaderno de dibujo de su padre para examinarlo, como solía hacer. Le gustaba más su visión de la casa que la que aparecía en las fotos.

¿Se imaginaba allí?

Tal vez. Tal vez.

¿No era eso lo que deseaba, algo con historia, carácter y encanto, no flamante, elegante y resplandeciente, cuando Brandon y ella se pusieron a ver casas?

Cuando sopesó la idea de vivir allí sola, se recordó a sí misma que ya vivía sola, con la diferencia de que se trataba de un lugar pequeño.

Empaquetó los cuadernos de dibujo antes de irse a la cena de despedida con su madre y Cleo.

Y apenas pegó ojo la noche anterior a su partida.

Se abrigó bien. Si en Boston hacía frío —y tanto que sí—, haría más al desplazarse tres horas al norte. Se puso el jersey de cachemir de color cereza que su madre le había regalado en Navidad, unos tejanos negros y unas botas.

Puede que el corazón le palpitara con fuerza al meter su violeta africana con cuidado en una caja para el trayecto. Ambas intentarían florecer en un lugar nuevo.

Había metido prácticamente todo en el coche la noche anterior —porque de lo contrario no habría pegado ojo— y en ese momento, con la bolsa de viaje y una única caja, echó un vistazo a su alrededor.

—Cualquiera diría que me voy para siempre. Pero esa es la sensación que tengo.

Tiró de la bolsa de viaje en dirección a la puerta. Al abrirla, Cleo estaba ahí, con una mano levantada para llamar.

—¡Sorpresa! No podía dejar que te marcharas sin despedirte. —Se abalanzó a sus brazos—. Ya te echo de menos. ¿Qué voy a hacer yo sin ti cuando lleves diez minutos de trayecto?

—Nos mensajearemos, nos llamaremos por teléfono y hablaremos por FaceTime.

Sostuvo en alto una botella en una bolsa de regalo de terciopelo.

—Esto es champán. Del bueno.

—¡Venga ya!

—Cuando llegues, nos mandas un mensaje a mí y a tu madre. Luego, esta noche, vamos a hablar por FaceTime y a beber champán (yo también tengo una botella) mientras me haces un recorrido por la casa.

—Pero vendrás a verme.

—Apuesta nuestros perfectos traseros que lo haré. Toma, coge la botella, dame la caja. ¿Va Xena aquí dentro?

—Sí. Está un poco nerviosa.

—Pues no debería. Hola, Donna.

—¿Qué tal? Te he hecho galletas de canela para el viaje, Sonya.

—Oh, qué detalle. —Vecinos, pensó. Donde ella iba no habría nadie viviendo al lado.

—Os voy a echar de menos a ti y a Bill.

—Lo mismo digo. Me da igual si la reina de Saba se muda a tu casa, porque no será tan encantadora como tú. Que tengas un buen viaje.

—Gracias. Muchas gracias.

—No te pongas a hacer pucheros —masculló Cleo—, que me contagio. Este es el primer día de la increíble aventura de Sonya.

Tras meter la maleta, la caja y la botella en el coche, se fundieron en un abrazo.

—Desde que nos conocemos, no has vivido a más de diez minutos de distancia. —Sonya pegó la cara contra el pelo de Cleo.

—Mándame un mensaje cuando llegues.

—Lo haré, lo haré. Será mejor que me vaya antes de que me ponga a llorar a moco tendido. Te quiero.

—Y yo a ti. Abraza el cambio, Son.

—Voy a intentarlo.

Pero conservó la imagen de su amiga, agitando ambas manos, en la cabeza y en el corazón mientras se alejaba.

Como había llenado el depósito de gasolina la noche anterior, no necesitaba parar, pero al final lo hizo debido a una incontinencia urinaria provocada por los nervios, y a una necesidad imperiosa de más cafeína.

Pese a que sus retortijones de estómago eran demasiado fuertes como para arriesgarse a tomarse una galleta, fue sorbiendo una Coca-Cola y se dejó guiar por el GPS.

El paisaje cambió al adentrarse en Maine y tomar la salida de la carretera de la costa, que discurría junto al océano, playas rocosas y de arena, así como pequeñas ciudades que se le antojaban más bien pueblos.

Bosques, espacio. Y, no podía negarlo, belleza.

Había sido una urbanita, una amante del asfalto, toda su vida. Y, a pesar de que las ensenadas, las bahías y el infinito horizonte del Atlántico le parecieron increíbles, y el encanto salvaje de las localidades costeras fascinante, se preguntó cómo se las arreglaría.

Sin carreras al supermercado, sin salidas improvisadas a un restaurante o bar de la zona, sin vecinos simpáticos o niños en bicicleta por la acera.

Tuvo que recordarse a sí misma que no era una cobarde y que jamás lo había sido. Sin embargo, seguía con los nervios a flor de piel.

Poco más de tres horas después entró a la ciudad (¿a la localidad?, ¿al pueblo?) de Poole's Bay.

Encantadora, sí, encaramada en un promontorio que se adentraba en la bahía, una bahía dorada bajo el cielo plomizo. Edificios de tablas de madera —de color blanco, azul grisáceo, amarillo pálido— flanqueaban, según el GPS, la calle principal.

Edificios con porches y postigos, algunos con chimeneas de las que emanaban volutas de humo.

Reparó en un restaurante llamado Lobster Cage, y en otro llamado Gino's Pizzeria.

No se moriría de hambre.

Reparó en una librería llamada literalmente así: A Bookstore.

La gente transitaba por la estrecha acera con recia ropa de abrigo.

Atravesó el casco urbano en menos de un minuto, y se prometió a sí misma que exploraría el otro lado del pueblo, los aledaños y la bahía.

Pero, de momento, siguió remontando la carretera de la costa.

Dejó atrás la apacible bahía argéntea y el mar entró en escena rompiendo contra una playa rocosa, agitándose bajo acantilados que se alzaban tan escarpados y agrestes como para cortarle la respiración.

La carretera se estrechó hasta que se preguntó si dos coches podrían pasar sin arañarse los guardabarros. Como serpenteaba, redujo la velocidad al máximo mientras dejaba atrás los acantilados y el mar embravecido a un lado, y un denso bosque de sombras sobre un manto de nieve al otro.

«Apartada», recordó que le había dicho el señor Doyle. Habían pasado la máquina quitanieves desde la última nevada, pues la mayor parte de la estrecha, empinada y sinuosa calzada estaba despejada.

No es que le diera miedo conducir en invierno, pero su experiencia se restringía a la ciudad. De todas formas, siempre y cuando la carretera estuviera despejada, todo iría bien. Según el GPS, llegaría en…

Al doblar una curva, ahí estaba, imponente, sobre el acantilado bajo el tormentoso cielo. Asombrada, frenó.

Había dado por sentado que estaría preparada para verla. Había visto las fotos, los dibujos de su padre. Pero la casa solariega se alzaba sobre una alfombra de nieve, en la cima del acantilado y sobre el tempestuoso mar.

Como sacada de una novela, pensó, o de una elegante película de terror, con torrecillas simétricas y numerosas ventanas, el contraste de las tablas azul oscuro con la tonalidad mate de la piedra dorada bajo el cielo encapotado.

Ahí se alzaba el gran sauce llorón, cuyas ramas combadas brillaban con el hielo. El bosque se hallaba a espaldas de la casa, como un muro de verdor.

Lánguidas volutas de humo emanaban de las chimeneas, y alguien había retirado la nieve de los caminos solados. Uno conducía al amplio porche.

Y Sonya se quedó prendada.

Por ridículo que pareciera, sintió que la casa la esperaba, lista para acogerla. Superado el nerviosismo, con una creciente sensación de puro gozo, avanzó con el coche.

Aparcó junto a una potente camioneta negra al fondo del camino principal, salió del coche y simplemente, bajo el azote del viento, examinó lo que, por fortuna, linaje o pura suerte, podría ser suyo.

Atisbó una sombra fugaz tras una ventana en la primera

planta. Alguien pendiente de mi llegada, pensó. Al levantar una mano para saludar, la puerta principal se abrió.

Se esperaba al señor Doyle, pero el hombre que salió a la puerta, sin gorra, con una parka sobre una camisa de franela, era bastante más joven.

El viento le alborotó el pelo —un espeso pelo negro— al caminar hacia ella a grandes zancadas con unas curtidas botas marrones.

Ella enseguida apreció el parecido: la forma de la cara, la nariz afilada, el marcado contorno de los labios curvados en una tenue sonrisa.

Y esos ojos eran inconfundibles, ese azul maravillosamente inquietante con el borde negro.

Cuando esos ojos le sostuvieron la mirada, ella le correspondió a la sonrisa.

—Soy Sonya. Te pareces a tu padre. ¿Oliver Doyle III? —le preguntó al tiempo que le tendía la mano. Se esperaba unas manos suaves de abogado, pero el tacto de la suya parecía de alguien que trabajara con las manos.

—El mismo. Bienvenida a Lost Bride Manor.

—¿Perdón? ¿La mansión de la Novia Perdida?

—Así es como la conocían los lugareños hace un par de siglos. ¿Qué tal el viaje desde Boston?

—Sin imprevistos.

—Me alegro, y has sorteado la nieve. Resguárdate del viento y yo iré a por tu equipaje.

—El viento no me molesta, y, aunque no hay demasiadas cosas, no me vendría mal que me echaras una mano. —Abrió el maletero—. Voy a sacar el bolso de la parte delantera.

Lo cogió junto con el recipiente de galletas, aún sin abrir.

—¿Está tu padre aquí? —preguntó mientras sacaba la bolsa de viaje.

—No. Quería venir a darte la bienvenida y enseñarte la casa, pero se encuentra un poco indispuesto.

—Vaya, lo siento.

—Solo es un catarro. —Sacó las dos maletas de un tirón como

si no pesaran nada—. Pero mi madre ha impuesto sus reglas. ¿Esto es todo? —preguntó señalando hacia las tres cajas selladas y etiquetadas.

—Esto es todo.

—Ahora vengo a por ellas.

Ella asintió con la cabeza y volvió a contemplar la casa.

—Tiene personalidad.

—¿Qué te dice?

—Aquí estoy —respondió ella mientras daban el primer viaje hasta la entrada—. Veo. Sé. Y soy espectacular.

Se detuvo y contempló el paisaje.

—Se ve la bahía, el puerto deportivo y el pueblo. Oh, allí al fondo hay un barco. Me sorprende que la vista no alcance a Groenlandia. Espero que mi habitación mire al mar.

Él la miró extrañado.

—Tienes para elegir, pero nos figuramos que te instalarías en el dormitorio principal, y efectivamente mira al mar.

—¡Dios mío, qué puerta! —Deslizó la mano sobre el relieve.

—Es original. Arthur Poole (también el original) encargó que trajeran la madera de caoba en barco y la talló él mismo.

—¿De verdad? —Hace doscientos años, pensó. Con las ganas que tenía de conocer la historia familiar, y la estaba palpando—. Vaya, es una maravilla, y está claro que fue construida para que durara.

Al cruzar el umbral atribuyó a la emoción el súbito zumbido que notó en los oídos y el fugaz escalofrío que sintió.

Los resplandecientes suelos del amplio vestíbulo conducían a una escalera que solo podía calificar de grandiosa, pues tenía cabida para que cuatro personas subieran una al lado de la otra. Una gigantesca lámpara de araña de tres niveles bañaba de luz el espacio.

Un par de sillas con respaldo de escalera y asientos tapizados flanqueaban una larga mesa, junto a un paño entre dos puertas, con una colección de candelabros de peltre. De la pared colgaban espejos de diversas formas y tamaños.

Al otro lado de la mesa había unos mullidos cojines bordados sobre un diván curvilíneo de un tono verdeazulado. El cuadro que estaba colgado sobre él era de una mujer, joven, con el pelo rubio claro peinado en un recogido alto adornado con flores. Los diamantes brillaban en sus orejas, y alrededor del cuello lucía un collar de zafiros con forma de lágrima.

Llevaba un largo vestido de talle alto blanco con encajes en los bajos y los puños de las mangas abullonadas. A simple vista, Sonya no vio ningún anillo en sus manos, pero acto seguido se fijó en la alianza de oro que llevaba en la mano izquierda y el diamante en la derecha.

—Astrid Grandville Poole, la primera novia. La chimenea del salón principal está encendida. —Señaló hacia la derecha, en dirección a la puerta que había más allá del retrato—. Voy a por el resto de tus cosas.

Ella asintió con la cabeza y se quedó justo donde estaba, enviando mensajes de texto a su madre y a Cleo al tiempo que examinaba el cuadro.

Se aprecia el movimiento de la falda, pensó, gracias a la destreza del artista. ¿Sería su intención pintarla con esa expresión de tristeza en los ojos? Unos ojos tan azules como los zafiros que lucía.

Y la manera en la que posaba, la manera en la que sujetaba un ramito de flores, con las rosas de color blanco y rosa boca abajo, junto a su costado...

Sintió esa pena, que la embargó, al darle la impresión de que aquellos ojos azul zafiro le devolvían la mirada.

Se dio la vuelta cuando él entró con el resto de sus cosas.

—¿Cómo murió?

Mientras se quitaba la parka, levantó la vista hacia el retrato.

—Fue asesinada, apuñalada, el día de su boda.

—La novia perdida —musitó ella—. No me extraña que parezca tan triste.

—Su marido encargó pintar el retrato y lo colgó ahí para que todo aquel que entrase en la mansión la viera, y la recordara.

—Me figuro que él no la mató.

—No, una mujer celosa. Deja que coja tu abrigo.

—Gracias. Oliver...

—Trey —dijo él—. Mi abuelo es Ace, mi padre Deuce, y yo Trey.[1]

—Una solución muy inteligente. —La tristeza que la embargaba se disipó y dio pasó a la jovialidad—. Y más sencillo que Oliver I, II y III. Trey, ¿conociste a Collin Poole, mi tío?

—Claro. De hecho, fue como un tío para mí, y para mi hermana. Era de la familia. Voy a poner los abrigos junto a tus cosas de momento, pero hay un armario en la sala de estar principal. Collin lo usaba para los abrigos y otras cosas para estar al aire libre.

—¿Hay un salón principal y una sala principal?

—Si buscas espacios diáfanos, aquí no los encontrarás. Lo que hay es un laberinto. Yo te guío. ¿Por dónde quieres empezar?

—Por aquí mismo.

Sonya entró a lo que él denominaba el salón principal.

Teniendo en cuenta sus dimensiones, le sorprendió lo acogedor que era; el fuego que crepitaba en el interior de una repujada chimenea revestida de madera oscura alegraba el ambiente.

Un trío de ventanas ofrecía vistas al césped cubierto de nieve, a la escollera de piedra y al mar al fondo.

En el techo, otra lámpara de araña —de hierro también, pero bastante más pequeña— colgaba de un medallón. Entre los sofás y las sillas, todo ligeramente desvaído, habría cabida fácilmente para veinte personas. Las mesas, al igual que los suelos, relucían. Lo mismo que el piano colocado en un rincón.

—¿Collin tocaba el piano?

—Sí, y bastante bien. ¿Y tú?

—*Chopsticks* es lo máximo que toco. —Deslizó la mano sobre el piano mientras deambulaba por la sala—. ¿Y tú?

—Puedo fingir que toco algo de buguibugui después de unas cuantas cervezas. La mayor parte de los cuadros que hay aquí son obra de Collin.

---

[1] *Ace* («uno»), *deuce* («dos») y *trey* («tres») son términos de origen francés utilizados por los angloparlantes en algunos juegos de mesa como el póquer y el dominó. *(N. de la T.)*.

Había pintado el mar en infinidad de estados.

—Tu padre era artista, ¿no?

—Sí. Sus estilos son muy similares. No sé si eso es reconfortante o desconcertante.

—Hay mucho que digerir.

Ella percibió el tono reconfortante de su voz.

—Estoy en ello. En fin, es una habitación agradable. No sabía a qué atenerme.

—Por aquí hay otra sala de estar, más pequeña, y a continuación la galería.

Él fue delante.

—¡Oh! La base de la torrecilla es preciosa. No la remataron en línea recta.

La luz entraba a raudales en la sala a través de las altas ventanas arqueadas. Albergaba mullidos sillones en el mismo tono verdeazulado, junto a un sofá de dos plazas del mismo azul fuerte con rayas de color rosa, así como mesas que parecían antiguas.

Y plantas. Un macetero con un arbolillo cargado de lo que parecían ser pequeñas naranjas, y otro con limones. Otra planta de hojas brillantes lucía un par de hermosas flores blancas.

Reconoció una planta de jade, pues su madre tenía una, pero la que adornaba el pedestal como mínimo triplicaba su tamaño.

—Cuánta luz hay incluso en un día como este. Ahora me aterra que se me mueran estas plantas.

—Collin tenía buena mano para ellas.

—Lo siento. —Se enderezó tras aspirar el aroma de una de las flores blancas, tan embriagador que le alegró el corazón—. Debería haberlo dicho antes. Manteníais una relación muy estrecha, y ha sido una pérdida para ti.

—Gracias. Así es.

Continuaron el recorrido. Otro salón, otro espacio al que él llamó salón de día, así como una sala de música con otro piano —esta vez uno de media cola— y otros instrumentos, entre ellos un arpa, una zanfoña y un violonchelo.

—La colección reunida por diversos miembros de la familia Poole a lo largo de los años —explicó Trey—. En muchos aspectos, la casa es un museo de tu historia familiar. El comedor formal.

—Y tanto. ¡Hala!

Una docena de sillas con altos respaldos curvilíneos flanqueaban ambos lados de la inmensa mesa. Había otra chimenea, donde el fuego ardía suavemente, y, por si fuera poco, en la estancia quedaba hueco para un par de voluminosos aparadores. Hileras de obras de arte y espejos decoraban las paredes, empapeladas en azul oscuro estampado con grandes geranios blancos.

Se imaginó que los dos candelabros que servían de centro de mesa eran de plata maciza.

—¿Sabes? He estado nerviosa durante todo el trayecto. Ni siquiera he podido probar las galletas de canela que mi vecina me dio para el viaje.

—¿Tienes galletas de canela?

—Sí. —Le hizo gracia—. Las compartiré contigo a cambio de este recorrido. No obstante, he de decir que se me han pasado los nervios nada más ver la casa. Ahora han vuelto. Y de qué manera.

—¿No eres de esas a las que les gustan las cenas formales para veinte personas?

—Soy más bien de pedir una pizza. Supongo que la pizzería que vi en el pueblo no reparte aquí, ¿no?

—Pues…

—Me lo temía. Es una habitación preciosa. De esas que dan miedo.

La condujo a través de otra puerta.

—Oh. Qué alivio.

—El comedor familiar y la cocina. La cocina la instalaron en los años veinte, creo. Collin la remozó un par de veces.

—Y aun así armoniza con la casa, ¿a que sí? No es excesivamente moderna. Y una pequeña chimenea.

Pasó junto a la bonita mesa y las ocho sillas —una cantidad sensata— y se dirigió a la cocina, con armarios de madera oscura, algunos con paños de cristal esmerilado, contra unas paredes que le recordaron las sombras del bosque. Los electrodomésticos blancos evitaban que pareciera excesivamente elegante. Collin había combinado la ebanistería oscura con el tono crema de la isla. Las encimeras, en gris claro, cubrían los armarios y ambos costados de una honda pila rústica.

—Se le daba de miedo la cocina.

—¡No me digas!

—Ya lo creo. Mi madre, a la que también se le da de miedo la cocina, y él solían intercambiar recetas. ¿Tú cocinas?

—Eso depende de lo que entiendas por 'cocinar'.

—Sí. —Se metió las manos en los bolsillos—. Yo entro en esa categoría. Por suerte, soy amigo de la jefa de cocina del Lobster Cage, el restaurante del pueblo, y también puedo gorronear en la casa de mis padres y de mis abuelos. Bueno, hemos surtido la nevera y la despensa.

—¡Hay despensa! —Abrumada, soltó un suspiro.

—Con un montaplatos.

—¡Venga ya!

Entró al anexo de la cocina principal. Más armarios, otra pila, un enfriador de vinos y un dispensador de hielo bajo la encimera.

Trey abrió uno de los armarios de abajo.

—Encargó que lo modernizaran, pero quiso conservar el diseño original. Baja hasta lo que antaño fue la cocina original.

Al pulsar un botón, el montaplatos descendió con un zumbido mecánico.

Ella se rio.

—Nunca había tenido un montaplatos. ¿Para qué lo usaba?

—Reformó parte de las dependencias del servicio. —Tras pulsar el botón para que subiera, Trey cerró la puerta—. Aprovechó una gran cantidad del espacio.

—Seguro que amaba esta casa. Gracias por el avituallamiento. No me lo esperaba.

—No hay de qué. Sobre todo porque voy a trincar una Coca-Cola.

—Pues ya que estás, trinca otra para mí. —Volvió a la cocina y se dirigió a la ventana que había junto al fregadero—. Vaya, una terraza sobre el… ¿Es un sótano?

—No el sótano propiamente dicho, no. Fue una ampliación de Collin, una especie de apartamento. Independiente. Hubo una pareja, una empleada de hogar y un encargado de mantenimiento, viviendo en él hasta hace seis o siete años, más o menos. Desde que se jubilaron, nadie más se ha hospedado ahí. ¿Quieres un vaso?

—No, me basta con el botellín.

—Tengo una lista de nombres para ese tipo de tareas: limpieza, reparaciones, mantenimiento del jardín, etcétera.

—Oh, no tenía en mente contratar a nadie.

—Es una casa grande —señaló él—. Aunque es probable que cierres algunas habitaciones, sigue siendo una casa grande. Hay una máquina quitanieves y un cortacésped en el cobertizo, pero es mucho trabajo.

—Lo pensaré.

Volvieron sobre sus pasos hacia la parte delantera de la casa. Otro aseo; ella había usado el primero por el que habían pasado. Un estudio, y el primer televisor que había visto en la casa.

—¿Le gustaban los videojuegos? —preguntó, al reparar en la videoconsola.

—En realidad, no. La instaló para mí, para mi hermana y para nuestros amigos.

—Pasarías mucho tiempo aquí.

—A raíz de que falleciera su esposa…

—Otra novia perdida.

—Sí. Antes, según mi padre, Collin era extrovertido. Le gustaba viajar. Ya has visto que algunas de sus obras de arte son europeas, del oeste del país, de todas partes. Pero, con el tiempo, se encerró en sí mismo. Le gustaba tenernos por aquí, a mi familia, a algunos de mis amigos y de Anna. Sin embargo, él apenas salía de la casa, de la finca, sobre todo en los últimos años. Si tenía ganas de ir a algún sitio, lo buscaba en internet; eso es lo que solía decirme. Esto lo utilizaba como despacho.

Podría trabajar aquí, pensó Sonya al entrar. Una buena mesa de despacho, espacio para sus paneles de ideas, una chimenea para darle calidez y alegría, además de bastante luz —al menos en días despejados— y lo que se figuró que era un armario para guardar material.

Entonces reparó en ella, sobre la chimenea.

La casa solariega bajo el reflejo mágico de la luna llena. Sombría y luminosa, la tenue luz, las oscuras sombras, el resplandor contra el cristal de las torrecillas.

—Eso es obra de mi padre.

Se le hizo un nudo en la garganta al aproximarse.

—¿Estás segura? No me explico cómo...

—Conozco el trabajo de mi padre. Esta es su firma. MacT: así es como firmaba sus obras, en la esquina inferior izquierda. Está justo ahí.

—Ya lo veo. Hasta ahora no me había fijado. —Trey posó una mano sobre el hombro de Sonya—. Siempre di por sentado que lo había pintado Collin. No leí el inventario con atención.

—¿Cuándo se hizo con él? ¿Desde cuándo lo tuvo?

—No lo sé. Desde que me alcanza la memoria. Es posible que mi padre lo sepa. Le preguntaré.

—Mi padre soñaba con esta casa —musitó Sonya.

—¿Sí?

—Según mi madre, eran sueños recurrentes. Me lo contó cuando le mostré las fotos de la casa. Él la dibujó. He traído los bocetos. Pero ella no recordaba que la hubiera pintado.

»Pero sí que lo hizo —añadió en voz baja—. Lo hizo, y está aquí. Aquí delante.

Dio un paso atrás.

—¿Reconfortante o perturbador? Algo intermedio.

—Yo tampoco supe de la existencia de tu padre, o de ti, hasta que Collin falleció. Pero me figuro que conservó este cuadro aquí, en su espacio privado, porque era importante para él. Él quiso que lo tuvieras porque era importante para él.

Tan sencillo y cierto como eso, pensó ella, y asintió con la cabeza.

—Pienso que ojalá se hubiera puesto en contacto con nosotros antes de morir, pero eso no cambia nada. Supongo que... Veamos el resto.

Tras mostrarle el resto de la planta baja, Trey cogió las maletas.

—¿Las dejo en tu habitación?

—Sí, gracias. —Ella cogió la bolsa de viaje—. Pesan mucho. —Soltó un suspiró—. Muchísimo.

Él se detuvo en el descansillo y apretó la mano contra la pared. Se abrió.

—¡Anda! ¿Un pasadizo secreto? —Una sensación de puro gozo la embargó de nuevo—. Vaya, qué pasada.

—No exactamente. Para los criados de aquel entonces. Conducía abajo, a la cocina, a su comedor, a sus dependencias de trabajo. Sus habitaciones se hallaban en el ala norte de la segunda planta.

—El ala norte —repitió en voz baja—. Hay alas en la casa…

—Aunque mi padre te puede proporcionar más datos históricos, casi seguro que dejó de utilizarse para ese fin en los años treinta. Abajo, Collin habilitó una sala de cine.

—Una sala de cine.

—Le gustaban las películas, y ahí tenía el montaplatos a mano. Abajo también hay un gimnasio. Se mantenía en forma. Las dependencias de la planta de arriba están cerradas o bien se destinan a almacenamiento. Los Poole han ido acumulando mucho a lo largo de un par de siglos.

Le dedicó esa tenue sonrisa.

—Pensé que el hecho de ver esto te animaría.

—Buena jugada. La verdad es que no estoy triste, solo un poco sobrepasada. Mentira: estoy muy pero que muy sobrepasada. ¿Qué voy a hacer con todo este espacio?

—Aprovecha lo que te convenga y cierra el resto.

—Qué práctico eres.

—Bastante. Bueno, en la primera planta hay dormitorios, incluido el principal, con baño propio, obra de Collin también. De las restantes habitaciones, un par de ellas disponen de sus respectivos baños, luego hay otro cuarto de baño independiente y una sala de estar. Y mi rincón favorito.

La condujo a través de varias puertas correderas hasta lo que ella estaba segura de que sería una habitación en la torrecilla. Y soltó un grito ahogado.

6

Bajo un altísimo techo, una biblioteca de dos pisos albergaba estanterías llenas de libros encastradas en la pared curvilínea. Sobre la gruesa repisa de madera tallada de la gigantesca chimenea de piedra había candelabros de diversas alturas. En el centro, un reloj de chimenea con la esfera ovalada revestida de madera marcaba la hora con su tictac.

La escalera de caracol conducía al segundo piso. A través de las ventanas arqueadas vio que habían empezado a caer ligeros copos de nieve.

Los asientos bajo las ventanas ofrecían rincones acogedores para leer; los sofás de piel, de color chocolate, un lugar para repantigarse con un libro o echar una siesta.

En el centro de la habitación, encima de una alfombra redonda en tonos rosas y verdes apagados, había un voluminoso y bonito escritorio antiguo de suaves líneas curvas.

—Es…, es perfecto. Podría vivir aquí, y acabo de encontrar mi estudio.

—Artes gráficas, ¿verdad?

—Ajá. Tal vez resulte anacrónico colocar un ordenador encima de ese impresionante escritorio, pero eso es justo lo que voy a hacer. Me chiflan todos los detalles: la…, ¿cómo se dice?, ¿carpintería artística? Tan sólido, tallado y oscuro, los altísimos techos… Por Dios, contando el segundo piso, es igual de grande, o probablemente más, que mi casa entera. Necesito una pantalla grande, pero no voy a colgarla en la pared; no se me ocurriría tocar esas paredes. Compraré un soporte.

—Arriba hay un monitor de pantalla plana descomunal.

—¡Venga ya! —Lo arrolló al subir corriendo—. ¡¡Decidido!! Estaba pensando en ocupar uno de los dormitorios o salones, o tal vez el estudio de Collin, pero esto es…

Sonriendo, bajó la vista hacia él desde la barandilla.

—¿Sí?

—Sí. Haré que esto funcione. Puedo hacerlo. ¿Tu espacio favorito? —Hizo un giro al bajar—. Y el mío. Con diferencia.

—Esa era tu expresión al bajar del coche.

—¿En qué sentido?

—De felicidad. Rebosante de felicidad.

—Me he quedado prendada al ver la casa. ¡Bum! Ahora me he quedado prendada otra vez.

—Todavía hay más.

—Nada va a superar esto.

Su dormitorio —en una de las torrecillas (¡yupi!), con vistas panorámicas al mar— le seguía de cerca.

Su propia sala de estar, que le hizo preguntarse por qué diablos la gente pasaba tanto tiempo apoltronada, se comunicaba con el dormitorio, con una gran cama con dosel, otro asiento bajo la ventana y una chimenea donde el fuego ardía suavemente. A través de una cristalera se accedía a un pequeño balcón curvilíneo. Los cuadros que decoraban las paredes azul pálido eran de esos discretos de bosques neblinosos y campos en flor.

Encima del tocador, con su espejo ovalado donde se reflejaba la habitación, había flores frescas.

—Es una preciosidad.

—Mi hermana realizó algunos cambios. En su opinión era una habitación demasiado masculina.

—Es perfecta. Dale las gracias de mi parte.

—Eso es un diván para los desmayos, según Anna. —Señaló hacia la otomana de rayas azules y doradas colocada junto a los pies de la cama—. Por si acaso.

—Si me desmayo, procuraré desplomarme ahí. Es la primera vez que lo oigo. El cuarto de baño es como la cocina.

—Cuenta con equipamiento moderno, pero conserva el carácter: la bañera de patas, junto a una amplia ducha con mampara de cristal; el coqueto lavamanos, junto a este antiguo aparador o tocador convertido en un mueble de baño con dos lavabos. Las baldosas parecen de piedra, y los apliques..., bueno, apliques.

—Collin Poole realmente tenía buen gusto.

—Amaba esta casa, en eso tienes razón. Espero que sepas que te la dejó en herencia porque la amaba.

Recorrieron el resto de dormitorios, y subieron a lo que aparentemente era un antiguo salón de baile —inimaginable— y que en la actualidad se destinaba a zona de almacenamiento.

Lo que antaño era el ala del servicio —inimaginable también— se destinaba a más espacio de almacenamiento.

Subió al mirador y se quedó de pie, encogida de frío, mientras caían copos de nieve ligeramente más gruesos.

—En días despejados, cuando no te quedas tieso de frío, es posible ver saltos de ballenas.

—No parece real. Otra vez empieza a no parecerme real.

—Hey, ¿cuál es el problema? Hace unas semanas descubriste que tu padre tenía un hermano gemelo, del que fue separado al nacer, que falleció y que te ha dejado una antigua casa señorial sobre un acantilado, un pastón, por no hablar de las antigüedades y obras de arte. La única pega es que tienes que empaquetar tus cosas y mudarte a la antigua casa señorial, donde no conoces a nadie. —Se encogió de hombros y añadió—: Pasa todos los días.

Ella se echó a reír y se frotó los brazos.

—Bueno, si tú lo dices...

—Vamos, te estás quedando helada.

Sonya entró y él le enseñó más cosas: el apartamento, la sala de cine y el gimnasio, además del cuarto de la torrecilla semicircular donde Collin, lo mismo que su padre, había creado sus obras.

Pero todo empezó a volverse borroso.

—Estás a punto de desconectar —comentó él—, pero la verdad es que necesito repasar algunas cuestiones prácticas contigo antes de irme y dejar que te instales. ¿Qué te parece si repasamos esas cosas en el comedor? No en el que da miedo.

—Vale. Creo que necesito una galleta. ¿Quieres galletas?

—No me fío de nadie que responda no a esa pregunta.

Fue a por las galletas, y de paso a por el champán.

—De mi amiga Cleo. Vamos a hablar por FaceTime más tarde, a beber champán mientras le hago un recorrido virtual.

—La tecnología mantiene el mundo al alcance —comentó él al tiempo que levantaba un maletín de piel suave que parecía, al igual que sus botas, haber recorrido muchos kilómetros.

—Sigues sin tener pinta de abogado —dijo ella mientras se dirigían al comedor familiar—. La verdad es que tu padre tampoco lo parecía. Mi madre trabaja en un bufete.

—Eso tengo entendido.

—Ellos sí que tienen pinta de abogados, con sus trajes de Armani y corbatas de Hermès, sus Tag Heuer y Rolex.

No solo sabe esbozar lentas sonrisas, pensó ella, también abiertas y espontáneas cuando quiere. Y esa fue deslumbrante.

—En el juzgado me pongo corbata con la camisa de franela. Para mostrar una actitud respetuosa.

—Seguro que te sienta bien. —En la cocina, al abrir la nevera para meter el champán, se quedó pasmada—. ¡Madre mía! Hay comida para un regimiento.

—Los Doyle no hacen nada a medias.

—Creo que necesito un café. —Se quedó mirando la cafetera—. No tengo ni idea de cómo funciona esta máquina.

—Por suerte, yo sí. Collin era muy aficionado al café. —Soltó el maletín—. Observa y aprende. Considéralo como la primera de las cuestiones prácticas.

Ella observó cómo con sus manos de largos dedos y grandes palmas obraba la magia. Y, sinceramente, confiaba en haber aprendido.

Se sentaron a la mesa con los cafés y las galletas.

—En la categoría de las galletas de canela, estas obtienen definitivamente un diez.

—Son su especialidad. Mis vecinos son maravillosos. Espero que los inquilinos que se muden a mi casa los valoren. Vaya, de repente he caído en la cuenta de que hasta ahora siempre he tenido vecinos.

—En Poole's Bay puedes considerar vecinos a todos. No es que estemos en la puerta de al lado ni mucho menos, pero... —Se estiró un poco para sacar un tarjetero, de piel y baqueteado como el maletín, del bolsillo delantero del pantalón—. Ahí está mi número de móvil y el fijo del despacho. No tienes más que llamarme o enviarme un mensaje.

—Te lo agradezco.

Abrió el maletín y sacó una carpeta.

—Más números.

Le tendió un papel con una lista de nombres.

—Hal Coleson, el comisario. Oficialmente, la casa pertenece a la circunscripción de Poole's Bay. También está el número del sheriff del condado, el de Ace, el de Deuce y el mío, junto con los nombres y números de teléfono de un fontanero, un electricista, un manitas, un servicio de limpieza, de jardinería, y un taller mecánico con grúa por si tienes algún percance con el coche. John Dee te despejará la calzada de nieve con la máquina y te limpiará el tejado y los caminos. Seguramente lo oirás ahí fuera antes del atardecer, y de nuevo por la mañana si nieva lo suficiente y es necesario.

—Él también es muy aficionado al café, por si te apetece tomar uno con él.

—Pues sí.

—Ahí tienes nombres de restaurantes, del supermercado, de la farmacia, de la lavandería y de la tintorería. El cartero, si recibes correspondencia, pasa por aquí alrededor del mediodía casi a diario. Tenemos dos médicos en el pueblo, igual que dentistas. Y hay un pequeño centro de salud para urgencias y dos bancos; con el que Collin trabajó figura en negrita. En Jodi's Salon arreglan el pelo y las uñas.

—Oh. —En un acto reflejo se llevó la mano al pelo—. Llevo cinco años yendo al mismo estilista.

—Eso es lo que mi hermana me adelantó que dirías. Bueno, está en la lista. Y la tienda de licores. Collin tenía una buena colección de vinos, y en la despensa hay whisky y demás.

»La compañía de televisión por cable —continuó—. La señal puede fallar aquí arriba cuando hay tormenta.

Sacó otra hoja.

—La contraseña del wifi. Puedes cambiarla.

—«LBManor» —leyó ella. Lost Bride Manor—. Esta es estupenda.

—La contraseña del ordenador de Collin. Y esta, la combinación de la caja fuerte de su despacho.

—Doce-seis-nueve-seis.

—El día, el mes y el año en el que murió su esposa, Johanna.

—Tú serías demasiado pequeño como para acordarte de ella, o de ese día.

—Tenía cuatro años más o menos y estaba allí, igual que mi hermana, que por entonces estaría recién nacida. Pero no, la verdad es que no me acuerdo.

—Es terrible. En un día tan feliz, el día de una boda, un simple traspié, un tropiezo en las escaleras, y…

Se oyó un portazo procedente de algún lugar de la casa.

—Suele pasar.

—Supongo que sí. Es una casa antigua. —Al sentir un repentino escalofrío, Sonya se frotó los brazos—. Cuando la he visto por primera vez, en persona, me ha parecido de esas casas de película de terror clásica. Y, cómo no, me ha parecido ver a alguien junto a una de las ventanas de arriba.

Él se quedó callado durante unos instantes.

—¿Eres asustadiza, Sonya?

—No lo sé. No creo. —Esbozó un amago de sonrisa—. Es de esas casas donde se oyen ruidos misteriosos por la noche, ¿no?

—Pues sí. Ya tienes mi número, por si acaso.

Sonya inclinó ligeramente la cabeza.

—Según tu padre, está encantada.

—Efectivamente.

—¿Que efectivamente tu padre lo dice o que efectivamente está encantada?

Se quedó mirándola y le dedicó esa tenue sonrisa.

—Las dos cosas. Pero no sé de ningún... ente, llamémoslo así, de la casa que no sea, digamos, juguetón.

—¿Juguetón? ¿Lo dices en serio? ¿De verdad crees en los fantasmas?

—Más bien se trata de lo que tú creas o dejes de creer. Intuyo que eres alguien que decide por sí misma. Bueno..., Collin nunca instaló un sistema de seguridad, nunca lo consideró necesario. Pero si decides instalar uno, podemos encargarnos de ello.

—No sé de qué va a servirme si voy a necesitar a los cazafantasmas. —Se encogió de hombros—. Me lo pensaré.

—Tómate otra galleta.

—¿Da la impresión de que necesito una?

Se sorprendió cuando él alargó la mano para apretar con fuerza la suya.

—Tómate otra galleta.

A continuación Trey sacó una caja de puros —una auténtica caja de puros— de su maletín.

—¿Galletas y puros?

—Ojalá. Llaves.

Cuando Trey abrió la caja, ella se reclinó en el asiento.

—¡Madre mía, hay muchísimas!

—Están etiquetadas y codificadas por colores. ¿Ves? Puertas exteriores: principal, costado sur, costado norte, apartamento... La del cobertizo, adonde no te he llevado, donde está el cortacésped, la quitanieves, además de palas, una sierra eléctrica y varias herramientas más. Allí dentro hay un generador; si hay un apagón, se pone en marcha. No te quedarás a oscuras.

—Aleluya.

—La llave del garaje, que es independiente. Y la del coche.

—¿Qué coche? ¿Hay un coche?

Cogió otra galleta para él y, mientras le daba un mordisco, se quedó mirándola.

—¿Leíste el inventario?

—Me perdí.

—Has heredado su Ford-150.

—¿Eso qué es?

—Es el mismo modelo que tengo yo.

—¿Ese tanque? —El término «horrorizada» se quedaba corto—. En mi vida he conducido una camioneta.

—Tu Hyundai tiene tracción a las cuatro ruedas, pero ahora no estás en la ciudad. Incluso con los servicios de John Dee, puede que un tanque te resulte útil.

Ella se levantó y se aproximó a una ventana.

Fuera reinaba la quietud, la nieve que caía suavemente apagaba cualquier sonido. Era una escena de foto, de cuadro, de postal.

Y de nuevo los nervios se apoderaron de ella de repente.

—¿Has dicho que había vino?

—Sí.

—Creo que me vendría bien un poco. ¿Tú quieres?

Él se levantó.

—¿Qué tipo de hombre sería si te dejara beber sola? ¿De qué clase lo quieres?

—Me da igual. La verdad es que me da igual.

—Yo me encargo.

—Da la impresión de que estoy dejando que te encargues de muchas cosas —señaló ella mientras él entraba a la despensa—. Y estás teniendo una paciencia infinita. ¿Son gajes del oficio o viene incluido en el lote?

—Puede que las dos cosas.

—Está nevando, y seguramente querrás irte a casa, puede que con tu linda mujer y tus dos adorables hijos.

—Para eso necesito una máquina del tiempo. La mujer, que sería preciosa, y los dos adorables hijos, se te ha pasado por alto que serían listísimos, pertenecen al futuro.

—A lo mejor están pasando el rato con mi guapo y sexi marido, mis tres adorables y listísimos hijos, y nuestro adorable y sin embargo retozón perro.

—¿Tres, eh? ¿Qué tipo de perro?

—Ya se verá. Luego está el gatito amoroso. Y todos vivimos en una antigua y maravillosa mansión victoriana (aunque bajo ningún concepto tan grande como esta) que mi guapo y sexi marido y yo iremos reformando con el paso de los años, pero que nos encanta.

—Tiene buena pinta. Pero yo ya tengo el perro.

—¿Tienes un perro?

—Mookie. Una mezcla de labrador y golden retriever.

—¿Mookie?

—Por Mookie Betts —explicó él mientras volvía con dos copas y una botella de vino—. Ganador de un montón de guantes de oro. Jugó para los Red Sox y lo vendieron a los Dodgers en 2020, pero no se lo puedes echar en cara.

—No lo haré, y soy de Boston, de modo que conozco a Mookie Betts. Gracias —añadió cuando él le tendió una copa de vino de color ocre. Se pimpló media de un trago.

—Guau. Enhorabuena.

—Gracias. —Soltó una bocanada de aire—. ¿Por qué no has traído al perro?

—No sabía si te gustaban los perros. Lo traeré la próxima vez.

—Bien. Sí que me gustan. Estaba planteándome la idea de tener un perro antes de… todo esto, ya que no voy a pasarme el día entero en la oficina. Seguro que Mookie es un perro simpático, puesto que tú lo pareces. Me gustará. Me gustas. Me gusta tu paciencia y el hecho de que en realidad no parezcas el típico abogado. Resulta menos intimidante. Y creo que siento atracción por los ojos azules. Estuve a punto de casarme con un tío, un cabrón, de ojos azules. No eran tan bonitos como los tuyos.

—Me gustaría oír esa historia.

—Tal vez la próxima vez. Las llaves —dijo, y se sentó de nuevo—. Por Dios, qué cantidad de llaves.

Tras repasarlas con ella, Trey cerró la caja y la dejó a un lado.

—No veo la necesidad de que cierres con llave las puertas de dentro, pero ya tienes llaves para las que tienen cerradura. Collin guardaba en su despacho un par de archivadores con los manuales de instrucciones y las garantías de los electrodomésticos, de todos. Pero, si necesitas ayuda con cualquier cosa, no tienes más que decirlo.

—Vale.

—Aunque las chimeneas de los dormitorios son de gas, la mayoría son de leña. ¿Alguna vez has encendido una de leña?

—Sí, se me da bien. Mi madre tiene una en su casa y me crie allí.

—Bien. El leñero está ahí fuera, lleno de madera. Tienes más de mil quinientos kilos apilados junto al cobertizo.

—Eso parece mucho. ¿Es mucho?

—Los inviernos son largos en Maine. Si necesitas más, dínoslo a John Dee o a mí. Hay un cortador de leña, pero hazme el favor de no manipularlo.

Ella se dio una palmada sobre el corazón.

—Eso te lo puedo jurar solemnemente.

—¿Hay algo que haya pasado por alto que quieras saber? ¿Alguna pregunta acerca de lo que te he mostrado?

—Espero no olvidar la mitad de las cosas que me has explicado, pero creo que está todo claro. O bastante claro. Pero sí que tengo una pregunta. Tu padre no me dijo cómo murió Collin.

—Se cayó por las escaleras. Por las mismas escaleras que Johanna hace casi treinta años. Se había tomado una pastilla para dormir, solo una, según el médico forense, pero lo suficiente para quedarse aturdido. Y algunos medicamentos sin receta para el catarro. Había pillado un resfriado que no terminaba de curarse. Por la razón que fuera, se levantó de madrugada, y sufrió la caída. Mi madre le había preparado un caldo de pollo, y yo pasé a traérselo y echarle un ojo.

—Tú lo encontraste.

—Sí.

Por un momento, a Sonya le pareció percibir, muy ligeramente, la fragancia del aftershave que su padre usaba, pero enseguida se evaporó.

—Qué duro para ti.

—Él era de la familia. De modo que eso, en resumidas cuentas, Sonya, te convierte en miembro de la familia.

—Entiendo que para ti fuera de la familia y viceversa. Lo que no entiendo es por qué me dejó todo esto en herencia a mí en vez de a ti y a tu familia.

—Él quería que estuvieras aquí —respondió Trey sin más—. Y aquí estás. Personalmente, pienso que te quedarás.

—¿Por qué?

—La casa hechiza. He estado viendo cómo te hechiza. —Se levantó—. Si necesitas cualquier cosa o tienes alguna pregunta más, ya sabes dónde encontrarme.

—Llévate la mitad de las galletas. Te las has ganado con creces. —Sacó un puñado y le tendió la lata.

—Aquí hay más de la mitad.

—Pues compártelas.

Lo acompañó a la puerta.

—Ahora está nevando con ganas. Espero que no tengas que ir muy lejos.

—Vivo en la segunda planta del bufete, no queda muy lejos.

—Qué práctico. Sin desplazamientos diarios al trabajo. Yo también me he acostumbrado a eso.

—En breve vas a oír a John Dee con la máquina quitanieves. Es posible que espere a mañana por la mañana para despejar los caminos.

—En cualquier caso, tendré café preparado. Gracias por todo, y dile a tu padre que espero que se mejore pronto.

—De nada, lo haré. —Con la parka puesta, aún sin gorro, la agarró de la mano—. Estarás bien.

—Pareces seguro.

—Porque lo estoy. Bienvenida a casa.

—Trey —dijo ella cuando él se disponía a abrir la puerta a la ventisca—. Solo una pregunta. ¿De verdad has visto alguna vez un fantasma?

Él se quedó mirándola y esbozó esa tenue sonrisa.

—Sí.

—¿En la casa?

—Eso son dos preguntas. La respuesta es la misma. En el mirador, vestida de blanco.

Ella se quedó tiritando en la puerta, esperando a que él arrancara la camioneta y diera marcha atrás por el camino de entrada.

Al cerrar la puerta apoyó la espalda contra ella. Y, mirando hacia el retrato de Astrid Grandville Poole, dijo:

—Bueno, mierda.

Lo mejor —lo más sensato— era subir a deshacer el equipaje y dar tiempo a que el champán se enfriara.

Hablaría por FaceTime con Cleo y llamaría a su madre.

Se prepararía algo para comer; desde luego, a juzgar por el interior de la nevera, los Doyle la habían surtido de provisiones suficientes para un mes.

Subió las escaleras, procurando no pensar que dos personas habían perdido la vida en ellas, y cruzó el largo pasillo hasta su nuevo dormitorio.

Al dirigirse hacia la ventana, la cautivó la vista de la cortina de nieve que caía contra el mar gris plomizo al fondo. Una cortina que ocultaba la bahía y el pueblo, y la cercaba.

Sin embargo, el fuego aportaba calidez y luz; la habitación olía a flores frescas.

Se dijo para sus adentros que estaría bien y que podría ser feliz allí si se daba a sí misma la oportunidad de serlo.

Abrió una maleta y se puso a hacer de esa habitación la suya: colocó ropa doblada en los cajones y la colgó en perchas, guardó las cremas y el resto de los cosméticos en los cajones del mueble del baño, para ordenarlos más tarde. Dejó la tableta sobre una mesilla de noche y la puso a cargar. Puso el juego de cepillo y espejo de plata de su bisabuela sobre el tocador junto a tres bonitos frascos que había encontrado buscando antigüedades con Cleo, y otro que contenía el perfume con el que se había dado un capricho después de la ruptura.

Ahora es más de mi estilo, concluyó.

Por la mañana instalaría su despacho en esa fabulosa biblioteca, donde colgaría las obras de su padre.

Ya hay una colgada en la casa, pensó. ¿Cómo había ido a parar a manos de Collin? Era una pregunta cuya respuesta necesitaba.

Conforme bajaba las escaleras, a medio camino sintió una ráfaga de aire frío y se giró, casi esperando encontrar a alguien detrás.

—Una casa antigua —masculló—. Es lógico que haya corrientes.

Se dirigió a la cocina y se preparó rápidamente un sándwich con el pan y los fiambres que le habían provisto. Se lo comió junto al fregadero, contemplando la nieve.

Y sintió un absurdo subidón cuando oyó lo que no tenía más remedio que ser la quitanieves de John Dee.

Fue a toda prisa a por una taza con tapa y la llenó de café; había observado y aprendido.

Se abrigó y salió a conocer a otro vecino.

Cuando la sombra se movió junto a la ventana, ella no se percató.

7

Después de realizar el trayecto en coche, el recorrido por la casa, deshacer las maletas, llevar a cabo un segundo recorrido —algo más corto— por FaceTime con Cleo, y consumir más de la mitad de una botella de champán, Sonya se acostó temprano.

Hacia la diez yacía en la cama en una oscuridad tan absoluta que daba la impresión de que el mundo había pulsado el interruptor. Con los ojos bien cerrados, escuchó el embate de las olas, el aullido del viento, los gemidos y lamentos de una antigua casa ensamblándose.

Dos minutos después encendió la luz de la mesilla de noche, se levantó y redujo la temperatura de la chimenea.

Una persona puede toparse con una pared, se dijo para sus adentros, o, como es obvio, caerse por las puñeteras escaleras.

Al trepar a la cama de nuevo se aseguró a sí misma que no es que le diera miedo la oscuridad, pero una cosa era la oscuridad y otra aquella «oscuridad».

Satisfecha con la tenue luz parpadeante, apagó la lámpara de la mesilla de noche.

Pondría luces nocturnas, una enchufada en el dormitorio y otra en el descansillo. A lo mejor…

Se quedó dormida.

De madrugada, soñó. La música flotaba entre murmullos de conversaciones. La mujer del retrato bailaba con un hombre de pelo oscuro que llevaba una camisa con un gran cuello almidonado bajo la chaqueta y, como en una serie de época, un calzón ceñido que le llegaba por debajo de la rodilla.

Se miraban el uno al otro con ojos risueños; sus labios sonrientes se fundieron en un dulce beso.

Ni la muerte podrá separarnos.

Mientras bailaban, su vestido blanco fue tiñéndose de rojo, la música se volvió fúnebre, y las tinieblas engulleron la luz. Ella, con el vestido empapado de sangre, yacía entre las tinieblas. Y él, colgado sobre ella, con una cuerda alrededor del cuello.

El sonido de un reloj marcando la hora resonó en toda la casa. Un. Dos. Tres. Por un momento el tenue fuego se avivó, chascó, crepitó y seguidamente aflojó de nuevo.

En el vestíbulo, el retrato lloró.

Cuando Sonya se despertó, el sol entraba a raudales por las ventanas. Con los ojos entrecerrados, se incorporó.

—Aquí estoy. Segundo día.

Se levantó y, tras subir la temperatura de la chimenea, se asomó a la ventana.

El sol del invierno brillaba sobre la nieve fresca como si hubieran caído diminutos diamantes al suelo. Un pájaro descendió en picado hasta una rama cubierta de nieve del esquelético sauce llorón y se puso a cantar a pleno pulmón.

El mar presentaba un azul intenso donde el viento había desplazado las nubes.

Decidió tomárselo como un buen presagio.

Lista para empezar su primer día entero, cogió la tableta y bajó a hacer café. Le sorprendieron la quietud y el silencio que se respiraban en la casa, y su luminosidad.

La oscuridad había sido «oscuridad».

No se oía ningún ruido de fuera, ningún perro ladrando en el jardín de un vecino; tan solo, dependiendo de la parte de la casa en la que se encontrara, el golpeteo del agua contra las rocas.

Se quedó inmóvil, contemplando otro manto de nieve resplandeciente. De las ramas del verde muro boscoso colgaban cortinillas de nieve. Y, al atisbar algo moviéndose entre las sombras, el corazón se le subió a la garganta.

A continuación un ciervo, con el pelaje oscuro y desgreñado propio de la estación, salió lentamente de la espesura dando pequeños pasos. Cautivada, Sonya lo observó, inmóvil bajo los rayos del sol, olisqueando el aire, antes de volver a adentrarse raudo entre la penumbra y desaparecer como un fantasma.

Tal vez usara algunos de los lienzos, algunas de las pinturas y pinceles de Collin. La inspiración se hallaba por doquier. ¿Qué tenía de malo entretenerse intentando pintar unos cuantos paisajes?

No era su pasión, no: en eso su madre tenía razón. Sin embargo, podría ser divertido cuando dispusiera de tiempo.

Pero el trabajo iba antes que la diversión, y tenía mucho por delante.

Lo primero de todo, montar el despacho. El hecho de poder vivir sin pagar alquiler durante los siguientes tres meses no significaba que no tuviera que trabajar.

Tenía que terminar un encargo y generar más.

En algún momento sería conveniente echar un vistazo a las zonas de almacenamiento para ver exactamente qué había. Y necesitaría ir al pueblo, familiarizarse con el entorno, conseguir contactos.

Si bien no le importaba vivir sola, nunca había sido una ermitaña.

Después de instalarse, de acomodarse, invitaría a los Doyle a cenar. Lo consideraba un gesto de cortesía obligado, con el aliciente de que le permitiría descubrir más cosas acerca de la casa, su historia y quienes habían vivido allí.

Quienes habían muerto allí.

Con la segunda taza de café, se preparó unos huevos revueltos y, oyendo la voz de su madre en la cabeza, se sentó junto a la isla en vez de comer de pie.

Al consultar el correo electrónico, sintió alivio en la misma medida que satisfacción al comprobar que su página web había generado una nueva consulta para un presupuesto.

Una empresa de cáterin que acababa de ponerse en marcha deseaba un diseño web que incluyera una carta, precios, zona de reparto, etcétera.

—Me chiflan las empresas emergentes, así que a por ella.

Respondió en el acto, formulando una serie de preguntas que le facilitarían la toma de decisiones a ella y al potencial cliente. Para tantear el terreno, añadió unas cuantas sugerencias cuidadosamente planteadas.

Después recogió los platos y subió a darse la ducha a la que había renunciado la noche anterior por estar demasiado cansada.

El agua caliente salía en abundancia por el cabezal con efecto de lluvia en una ducha el doble de grande que la suya del dúplex.

—Echo de menos el sexo en la ducha. —Levantó la cara hacia el agua—. Echo de menos el sexo en general. Paciencia, hay prioridades.

De todas formas, no es que tuviera muchos candidatos para disfrutar del sexo en la ducha.

Sonrió al recordar su conversación con Cleo cuando esta le pidió que describiera con tres palabras a Trey Doyle, y después a John Dee.

Trey: paciente, majo y sexi.

John Dee: jovial, casado y gay.

Se puso a fantasear que tenía sexo en la ducha con Trey y acto seguido apartó ese pensamiento de su cabeza. Decidió que ese camino solo conduciría a la locura.

Además, era probable que él ya tuviera a una mujer (o a varias) en su vida. Y ella echaba de menos el sexo, pero no las relaciones de pareja. Aún no. Y no se sentía preparada para tener sexo sin que condujera a una relación.

Así pues, de momento quedaba totalmente descartado.

Salió de la ducha y, cuando alargó la mano para coger una toalla, le extrañó ver la puerta del cuarto de baño abierta.

Pensaba que la había cerrado —por costumbre—, pero estaba abierta. La cerró porque, estuviera o no sola en la casa, dejar la puerta del baño abierta la hacía sentirse expuesta.

Tras liarse una toalla alrededor del cuerpo y otra en la cabeza, abrió un cajón del mueble del baño y de nuevo le extrañó ver el lote de cosméticos cuidadosamente organizado.

Pensaba que los había guardado de cualquier manera para arreglarlos en otro momento, pero… ¿Tan aturdida estaba al deshacer las maletas?

Al parecer sí.

Después de aplicarse las cremas, puso las toallas a secar y se envolvió en el albornoz que había colgado en un gancho.

Como seguía oyendo en la cabeza la cantinela de su madre, fue a hacer la cama, pero se la encontró ya hecha, con los cojines mullidos.

Estaría distraída, se dijo para sus adentros. Seguramente la había hecho con el piloto automático.

En vista de que pasaría la mañana montando el despacho, decidió que la ropa deportiva era sinónimo de indumentaria de trabajo.

Se acercó al tocador a abrir un cajón.

Esta vez sintió un súbito escalofrío por la espalda.

Sus tres bonitos frascos se hallaban alineados delante del espejo; el cepillo y el espejo de plata yacían uno junto al otro a la izquierda, y el jarrón de flores justo en el centro.

Ella había colocado los frascos en una esquina, formando una especie de triángulo, para crear equilibrio con las flores al otro lado, y el juego de cepillo y espejo más o menos en medio.

Estaba segura de ello.

«¿Me excedería con el champán?», se preguntó.

Sin embargo, no había tomado ni una gota antes de deshacer el equipaje. Era obvio que los había movido después, probablemente cuando se disponía a acostarse.

Cambió todo de sitio para dejarlo a su gusto y, satisfecha con el resultado, asintió con la cabeza antes de sacar unos pantalones de deporte y su apreciada sudadera de la Universidad de Boston.

Tras recogerse el pelo, aún húmedo, en una coleta, se puso unas zapatillas y consideró que estaba lista para el día.

Apagó la chimenea antes de salir de la habitación y se fue derecha a la biblioteca, donde enchufó la tableta y a continuación puso música. El silencio era agradable, pero aquel «silencio» podía ser un pelín excesivo.

Siguiente tarea en el orden del día: encender la chimenea de leña.

Los Doyle lo ponían fácil, según constató. La madera estaba allí mismo, en el leñero —saldría a por más—, había un leño en el hogar, y las cerillas largas a mano.

Satisfecha cuando el fuego empezó a crepitar, se incorporó y lo contempló.

Ahora, pensó, a tomar decisiones.

Podía instalarse allí y, cuando necesitara o quisiera proyectar su trabajo en la pantalla grande, subir con el ordenador portátil, o bien montar todo arriba.

—Es una decisión fácil, porque esta habitación realmente lo tiene todo.

Abrió las cajas que Trey y ella habían acarreado el día anterior y se puso manos a la obra.

Tardó un rato, pero disponía de tiempo de sobra.

Con el ordenador instalado y —¡hurra!— en marcha, y el cuaderno de dibujo a mano, utilizó los cajones del escritorio para guardar el material: lápices, rotuladores, reglas, cuadernos de dibujo de repuesto, carpetas de clientes, etcétera.

Puesto que disponía de espacio, pensó que utilizaría el ordenador del despacho situado en la planta principal para sus temas personales. Le parecía una bonita manera de separar la vida privada de la profesional.

Colocó a Xena en una ventana orientada al sur.

—Aquí vamos a florecer.

Al abrir un aparador encontró decantadores en el interior; a juzgar por el olor, uno con whisky y otro con coñac. En un par de estantes había vasos bajos y altos y copas para licores.

Podía vaciarlo y usarlo para guardar más material, pero le resultó tan fácil imaginarse al hombre con el rostro de su padre sentado junto al fuego con un libro y una copa de whisky que no tuvo valor para ello.

Tampoco tuvo valor para colocar la impresora al lado de ese precioso escritorio. No cabía duda de que, aunque echaría a perder el encanto de la habitación, encontraría una mesa robusta o un soporte en alguna parte.

Podía instalar la impresora en el despacho de abajo, pero... no era práctico.

Se puso a deambular por la biblioteca en busca de alternativas. Tras poner otro leño en el fuego, subió la escalera de caracol.

Más libros, otra vista de muerte, un escritorio más pequeño y femenino, un voluminoso sofá de piel de color vino, un aparador y, encima, la gran pantalla plana.

Al abrir una de las puertas encontró un reproductor, junto con una impresionante colección de DVD. Sumados a los que había visto en la sala de cine, estaba claro que Collin era un cinéfilo.

De películas de todo tipo, concluyó mientras curioseaba.

Los libros, las películas, el arte, las antigüedades..., ¿y los niños? También, puesto que había instalado una videoconsola para los hijos de su amigo.

—Te parecías mucho a mi padre. De verdad, creo que os parecíais muchísimo. Y creo..., creo que habríais disfrutado el uno del otro. Deberíais haber tenido la oportunidad de descubrirlo.

Abajo, la música dejó de sonar en la tableta, y acto seguido empezó a sonar *Turn! Turn! Turn! (To Everything There is a Season)* [«¡Gira! ¡Gira! ¡Gira! (Para todo hay un tiempo)»] de The Byrds, un tema que identificó porque su padre lo ponía a menudo, junto con otros discos pasados de moda —según le parecía a ella entonces—, en el antiguo tocadiscos de su estudio.

—Supongo que es acorde al momento —dijo entre dientes.

Pero, volviendo al tema en cuestión, podía hacer hueco en el aparador para colocar la impresora, el papel con su membrete y un paquete de folios.

Como es lógico, eso implicaba subir la impresora —cuyo peso era considerable— a cuestas por la escalera de caracol. De modo que eso podía esperar, por mucho que le doliera reconocerlo, hasta contar con alguien con más músculos y una espalda fornida para cargar con ella.

Para mediodía ya había hecho todo lo posible por encontrar soluciones tanto personales como profesionales.

Hora de un descanso, pensó, y sopesó la idea de picar algo o seguir con la limpieza un poco más y bajar al pueblo.

Sin darle tiempo a decidirse, el estruendo de un triple dong resonó escaleras arriba. Cuando el corazón dejó de golpearle el pecho y cayó en la cuenta de que obviamente sería el timbre, volvió a sonar.

—¡Por el amor de Dios! —Con la esperanza de que fuera Trey o John Dee, ambos llenos de músculos y espaldas fornidas, bajó al trote las escaleras para abrir la puerta.

En el porche había una mujer con un gorro de punto de colores, el pelo negro corto y unas preciosas botas de caña alta. Sostenía un portatartas entre las manos.

—¡Hola! —Soy Anna. Anna Doyle. Bienvenida a Poole's Bay.

—¡Oh, gracias! —Debería haber reparado en el parecido, pero ella tenía los ojos de un azul más grisáceo, la cara más en forma de corazón—. Adelante.

—Espero no haberte pillado trabajando. Trey me ha dicho que es probable que estuvieras trabajando o montando tu espacio de trabajo.

—Acabo de terminar de hacerlo. Más o menos.

—Esto es para ti. Es una tarta de café. Me pongo a hacer tartas mientras pienso.

—Yo como mientras pienso. ¿Me das tu abrigo? —Era un fabuloso abrigo de ante rojo.

—¿No te importa que te moleste unos minutos?

—No, en absoluto.

Anna le entregó el abrigo, el gorro y la impresionante bufanda de lana, suave como la mantequilla.

Debajo llevaba un holgado jersey blanco con unas mallas cuyo contraste resaltaba las botas de las que Sonya se había enamorado.

Alta y de constitución esbelta como su hermano, con un pulcro corte de pelo y el cutis impecable, parecía recién salida de una revista de moda.

—¿Te estás acomodando? —preguntó Anna mientras Sonya iba a colgar su abrigo en el armario—. Es una casa de lo más espectacular.

—Estoy en ello.

«Y necesito hacer amigos y contactos», pensó.

—¿Por qué no llevamos la tarta a la cocina y la probamos? Haré café.

—Me encantaría. Si pudiera ser un té, te lo agradecería. Ya me he tomado mi mísera taza de café por hoy. —Se llevó la mano a la tripa de camino a la cocina—. Eso es todo lo que nos permiten.

—Oh, vaya, felicidades.

—Gracias. Estamos entusiasmados. He superado mi segundo trimestre, y todo va bien. Así que, aparte de mi familia, Seth, que es mi marido, su familia y unos cuantos amigos íntimos, eres la primera en saberlo.

Se detuvo junto a la puerta del despacho.

—Trey me ha comentado que el cuadro es obra de tu padre.

—Sí.

—Siempre me ha encantado. Siento muchísimo que Collin y tu padre jamás tuvieran la oportunidad de mantener una relación fraternal.

—Y yo. Precisamente estaba pensando en que habrían congeniado. Estoy descubriendo lo mucho que tenían en común. Mi amiga Cleo lo llama «telepatía entre gemelos». Me pareció ver té por aquí.

Anna hizo un gesto hacia un armario.

—Yo ayudé a mi madre a surtirte de provisiones. ¿Puedo?

—Adelante. Agradezco todo lo que tu familia ha hecho para ponérmelo fácil.

—No puede ser fácil —Anna abrió el armario, eligió una variedad entre la media docena que Sonya calculó que había— el hecho de descubrir que tenías un tío, y de la manera en que te enteraste, además del traslado y la adaptación a un lugar como este.

Mientras hablaba, obviamente sintiéndose como en casa, llenó de agua una tetera de cobre.

—Éramos la familia de Collin, así que queremos hacer cuanto podamos. Abrigamos la esperanza de que te quedes, primero porque él así lo quiso.

Sacó dos platos de postre, una pala para la tarta y tenedores.

—Y segundo, porque tanto a mi padre como a mi hermano les has caído bien. Se me ocurrió aprovechar la ocasión y pasar por aquí, a ver si me sucedía lo mismo.

Si Cleo le hubiera pedido que describiera a Anna Doyle con tres palabras, Sonya habría dicho: espontánea, sincera y bellísima.

—¿Qué tal voy?

—Me has invitado a entrar. Es un buen comienzo.

—Te he invitado a entrar a pesar de que con tu estilo bohemio-chic pareces sacada de un anuncio de revista, mientras que yo voy con ropa de deporte vieja. Debería anotarme más puntos.

—Sí, con la salvedad de que te sienta bien la ropa de deporte vieja, así que es un empate. —Cortó dos generosas porciones de tarta con vetas marmóreas de color marrón y dorado—. Además, he traído tarta. Y, si tienes alguna pregunta acerca de Poole's Bay, yo estoy dispuesta a cotillear. Trey es más discreto.

—Te tomo la palabra para cuando conozca más gente. A quien sí he conocido es a John Dee.

—Está cachas, es un encanto y su marido es un amor. Kevin es propietario y gerente de la tienda donde vendo mi cerámica, bueno, la tienda del pueblo donde tengo algunas cerámicas a la venta.

—¿Eres ceramista?

Cuando el agua empezó a hervir, Anna la vertió en las dos tazas con sus respectivas bolsitas de té.

—Sí. Empezó siendo una afición, y se convirtió en una pasión. ¿Qué tal la tarta?

—Podrías ser repostera.

—Para mí, la repostería es un rato para la reflexión, o para relajarme. Pero, caray, qué buena está. Como no sé nada acerca de tu profesión, de las artes gráficas y el diseño gráfico, eché un vistazo a tu página web. Es impresionante.

—Más me vale, porque de lo contrario me quedaría sin trabajo.

—Antes trabajabas en una empresa, ¿verdad?

—Sí, en Boston. Llevo unos cuantos meses por mi cuenta.

—Impone un poco el hecho de montar tu propia empresa. Yo reconozco que cuento con un colchón. La familia de Seth es propietaria del hotel Bayside. Es pequeño, pero elegante —añadió—. Esto no es Bar Harbor, pero sí que recibimos turistas. A pesar de ello, me impone un poco montar mi propio negocio.

Dio un sorbo al té.

—Después de ver tu página web… tuve otra razón para presentarme aquí. Me pregunto si aceptarías a otra clienta.

—¿A ti?

—Mi página web… deja mucho que desear. Sé que si tuviera una página web más potente, reforzaría mi presencia en internet y aumentarían los pedidos online. Tal y como está, con suerte vendo una o dos piezas al mes.

Sonya sacó su teléfono del bolsillo.

—Escribe la URL.

—Uy, en un teléfono deja muchísimo más que desear.

—Si quieres generar visitas, tu web tiene que funcionar bien en dispositivos móviles.

Anna se encogió de hombros.

—Y no es el caso.

—Me he instalado en la biblioteca.

—Ah, buena elección.

—Vamos a echar un vistazo.

—¿En serio? ¿No te importa?

—He tomado tarta. Necesito clientes. Y me fastidia mucho que una página web no sea buena.

—Es probable que tengas que empezar de cero.

Sonya se levantó y Anna hizo lo mismo.

—Ya veremos, pero en cualquier caso probablemente sea eso lo que prefieras, un nuevo comienzo, una nueva imagen. ¿Está el negocio en redes sociales?

—Más o menos. En plan cutre.

—Lo arreglaremos. Voy a mostrarte lo que diseñé desde cero para otro cliente, Baby Mine, con prendas, complementos y peluches para bebés y niños de muy corta edad. Te vas a quedar enganchada.

—No me parece justo que me tientes con cosas de bebé.

—Si vamos adelante con esto, les tentaré a ellos con tus cosas.

—Me sumo a mi padre y a Trey en su opinión respecto a ti.

—Al entrar a la biblioteca exclamó—: ¡Esta habitación es absolutamente fantástica! Y la pantalla sobre el escritorio, no sé, la realza aún más. ¿Dónde está tu ordenador?

Sonya dio unos golpecitos con los dedos a una pequeña caja que había junto al teclado.

—¿Eso tan pequeño? ¿Eso funciona? Si es así, yo quiero uno.

Sonya encendió la pantalla.

—Dame la dirección de la web.

La tecleó y se puso a mirar la página, con un banner cuadrado que rezaba «Cerámicas de Anna» en una fuente con volutas, y tonos apagados. Pinchó en la pestaña «Tienda».

Esperó.

—Tarda demasiado en cargar.

—Eso me han dicho.

Cuando por fin se abrió, Sonya examinó las fotos.

—Ah, hiciste el jarrón de mi dormitorio.

—¡Sí! Buen ojo.

—Y los candelabros que hay sobre la repisa de la chimenea en el salón principal.

—Muy buen ojo.

—Me gusta tu trabajo; las fotos de las piezas son buenas, las realzan, pero están desorganizadas y salen un poco sombrías sobre los colores del fondo. Tienes jarrones… y este me encanta. —Lo señaló con el cursor y continuó—: Los tienes mezclados con boles, fuentes, recipientes para el horno… —Esperó a que se abriera la siguiente página—. Vasijas con tazas, enfriadores de vino, etcétera. Puedo arreglarlo.

Visualizándolo, asintió con la cabeza.

—Tú no eres apagada ni sombría, y tus cerámicas tampoco. Necesitas algo más llamativo, más artístico. Y un formato mucho mejor; es imprescindible que se cargue rápidamente, porque si no la gente se impacienta. Revisa el contenido de la pestaña «Tienda» —dijo en voz baja—. Añadiremos la pestaña «Sobre la artista». Convendría tener algunas fotos en las que aparezcas moldeando vasijas y demás.

—Torneando. Las vasijas se tornean.

—Eso. Al menos una pieza, desde el... ¿taco de arcilla?, pasando por las distintas fases del proceso hasta completarlo.

—Ah, me gusta.

—¿Facebook, Instagram?

Anna se encogió de hombros y emitió un sonido indescifrable.

—Lo arreglaré. ¿Tienes tarjetas de visita?

—No.

—Lo arreglaré. Folletos, pequeños y vistosos, posiblemente trípticos, para que puedas distribuirlos en los comercios del pueblo. Y luego está el hotel de tu marido, que es una baza de por sí. Voy a hacer lo siguiente: diseñaré un panel de ideas, una plantilla, o sea, una página web inactiva, el esqueleto de una. Sin cargo.

—Oye, tu tiempo es...

—Considéralo como un sincero agradecimiento por ayudar a aprovisionar mi cocina. Cuando le eches un vistazo, si te gusta, seguiremos a partir de ahí. Si no, sin compromiso.

—Me da la sensación de que me gustará.

—Se me da bien lo que hago.

—A mí también. —Anna, con las manos en los bolsillos, examinó la pantalla del ordenador—. Y tienes razón, no llama la atención en absoluto.

—Sentémonos en lo que acabo de decidir que es mi área de consultoría. —Cogió la tableta y le hizo un gesto hacia el sofá de piel colocado frente a la chimenea—. Primero dame tus datos para poder enviarte algunas propuestas.

Cuando se acomodaron y Sonya incluyó la información de Anna en su agenda de contactos, procedió a la siguiente fase.

—Primero voy a proponerte un cambio de nombre para tu negocio.

—¿En serio? —Anna, obviamente vacilante, dijo con evasivas—: No quiero nada cursi, ¿sabes? Quiero mantener la sencillez, se trata de arte, de cerámica.

—Exacto. Tus piezas pueden exhibirse como obras de arte, pero, por lo que veo en tu página web y aquí en la casa, tú creas piezas artísticas útiles, con un propósito. Arte práctico.

Abrió su aplicación de dibujo y, usando la herramienta de estilo, lo escribió dándole un efecto de barrido a las iniciales de ambas palabras y manteniendo el resto de las letras en una cursiva clara y concisa.

—Está genial.

—Es solo un primer intento, pero transmite lo que es con una gran sencillez. Transmite que puedes tener algo bonito y útil. Jugaré con la fuente, pero algo así, en un color vivo, impacta.

—Yo pensaba que usar colores apagados sería más agradable a la vista.

—Puede que sí, pero, en este caso, los pasteles no transmiten: «Vas a usar esto, es bonito y duradero». La personalidad del artista debe plasmarse en el diseño. Tú no eres pastel.

Anna se reclinó en el asiento y asintió con la cabeza.

—Continúa.

Sonya pasó una hora formulando preguntas, respondiéndolas, jugueteando con un logotipo, y haciéndose una idea de las necesidades de su última clienta.

—Con esto me basta para ponerme manos a la obra. Imprimiría algunas de estas ideas preliminares para que les des un par de vueltas, pero todavía tengo que encontrar la manera de subir mi impresora. Ahí arriba hay un aparador para guardarla y que no esté a la vista.

—El aparador de los DVD, claro. ¿Quieres que te eche una mano?

—No, incluso aunque no estuvieras embarazada. Es un armatoste.

—Deberías llamar a Trey.

—Imagino que tendrá cosas que hacer, encontraré la solución. Entretanto, elaboraré esas propuestas y, si te gustan, seguiremos adelante.

—Ya me gustan. Desde lo de «Arte Práctico» me tienes en el bolsillo. He conseguido mucho a cambio de una tarta. —Se levantó—. Y espera a que las futuras abuelas vean la web de Baby Mine. Bueno, me voy y te dejo trabajar.

—Seguramente te mostraré algo en un par de días —dijo Sonya mientras acompañaba a Anna escaleras abajo.

Al llegar a la planta baja, la música que Sonya había apagado antes de abrir la puerta comenzó a sonar de nuevo.

—Uy, qué… raro. —Sonya levantó la vista hacia las escaleras—. Le habré dado sin querer a la aplicación o algo.

—O algo. Creo que no me suena la canción.

—Lo más raro —Sonya sacó el abrigo de Anna— es que es una de las favoritas de mi madre. Por lo visto mi padre la tenía puesta cuando mi madre se puso de parto. *All for Love* [«Todo por amor»], un clásico.

—Seguro que les caes bien —comentó Anna como si tal cosa mientras se ponía el abrigo.

—¿Les?

—A las novias perdidas y al resto. Han elegido una canción con un significado especial para ti.

—No creerás en los fantasmas en serio, ¿verdad?

Anna se limitó a sonreír mientras se ponía el gorro.

—Pregúntamelo de nuevo cuando lleves viviendo aquí una semana. Gracias por aceptar mi encargo. Ahora soy consciente de que te necesito más de lo que pensaba. Hablamos pronto.

Al cerrar la puerta, Sonya se quedó mirando las escaleras mientras la música flotaba en el ambiente.

Un fallo tecnológico, se dijo para sus adentros. Eso era posible; lo de los fantasmas, no.

Subió, puede que le costara unos segundos enfilar las escaleras, pero subió. Y se puso a trabajar.

8

Soy, a mi modo de ver, ante todo una mujer sensata. He recibido una educación, hablo francés con desenvoltura, toco el pianoforte ciertamente bastante bien además de ser bastante avezada con el arpa. Como la primogénita que soy, he aprendido a dirigir una casa, pues algún día, por supuesto, conseguiré un buen partido.

Por encima de todo, me complace decir que mi padre me enseñó, desde una temprana edad, el funcionamiento del negocio familiar. Habrá quienes opinen que no es necesario que una joven entienda de asuntos de negocios.

No considero sensatos a quienes son de esa opinión.

Mi padre, el menor de un parto de gemelos por siete minutos, heredó la casa solariega y la participación de su hermano en el negocio familiar de los Poole cuando, en el otoño de 1806, mi tío se quitó la vida poco después de la trágica muerte —por asesinato— de quien solo llevaba unas horas siendo su flamante esposa.

Mis queridos padres, ya prometidos en aquel entonces, contrajeron matrimonio en la primavera del año siguiente. Yo vine al mundo diez meses después.

Tengo dos hermanos y dos hermanas. Aunque soy la mayor, he de aceptar que la casa, de acuerdo con la tradición de la familia Poole, pasará a manos de mi hermano Horatio algún día.

Esto carece de importancia, pues, con un buen partido, tendré mi propia casa.

Al ser una mujer sensata, no suscribo —a diferencia de mis veleidosas hermanas— el punto de vista de la novela, entretenida pero poco realista, de Jane Austen, según la cual el amor romántico debe, puede o debería tomarse en consideración en un emparejamiento.

La afinidad en la forma de pensar, el respeto mutuo y, por supuesto, la posición social reviste mucha más importancia para el éxito de un matrimonio.

Encontré todo eso en William Cabot. Para mi sorpresa, también encontré el amor.

Nuestro cortejo comenzó con esa afinidad en la forma de pensar y una atracción mutua que, he de admitirlo, le añadió emoción. De esa atracción surgió el amor.

El día en que acepté su proposición de matrimonio, y que mi padre nos dio su bendición, fue el más feliz de mi vida.

Hasta el día de nuestra boda.

Yo, una novia de invierno (¡no queremos esperar!), me dispongo a hacer mi juramento. Yo, una mujer sensata, con un vestido de seda blanco, con estrellas bordadas en el bajo y ribeteado con piel de armiño, con un lazo de satén en la cintura.

Dada la estación, las mangas son largas y abullonadas, con estrellas formando el rizo en los hombros.

Nunca me he considerado hermosa (aunque William me dice que lo soy), pero así me siento con mi vestido de novia, con el cabello recogido en la coronilla bajo mi velo y la gargantilla de perlas de mi abuela alrededor del cuello.

Y William, con su frac negro, tan apuesto al mirarme a los ojos y ponerme la alianza de oro en el dedo.

Regreso a la casa solariega como esposa, para celebrar este casamiento que es todo cuanto desea mi corazón. Bailo con mi esposo, con mi padre, con mis hermanos. Abrazo a mi madre y beso las lágrimas de felicidad de sus mejillas.

Como esperaremos hasta la llegada de la primavera para irnos de luna de miel a Europa, pasamos la noche de bodas en la casa de mi infancia. Y me convierto en una mujer entre los brazos de William.

Él me da muestras de amor hasta bien entrada la noche, y aquí no encuentro la menor sensatez: todo es sentimiento, descubrimiento y despertar de pasiones.

Y, cuando por fin nos dormimos, me da la sensación de estar soñando. Sueño que voy vagando en camisón por la casa de mi infancia, sujetando una vela en alto para alumbrar mi camino.

Veo que el portón que mi abuelo construyó está abierto. Cruzo el umbral y me interno en la primavera, en un delirio de flores en todo su esplendor bajo los rayos del sol. Yo, una mujer sensata, me río y dejo caer la vela; ni veo ni noto cuando titila hasta apagarse en la nieve.

Camino por la nieve, abriéndome paso en la ventisca, y únicamente siento la delicada hierba y la agradable brisa.

Veo a una mujer que me hace señas desde la escollera.

Cuando voy a su encuentro, compruebo que es una desconocida que me observa con ojos de loca. Al empuñarme de la mano, con mucha fuerza, siento un mordisco penetrante de frío en la piel que me cala los huesos.

Me dice:

—Él prefirió la muerte antes que a mí. Eligió la muerte para estar con ella. Yo los maldigo, y ahora a ti. Camina con ellos, Catherine Poole. Una novia para la eternidad.

Intento correr, pero el viento me lo impide. Tropiezo en la nieve y oigo su risa, más desapacible que el viento, cuando caigo al suelo, me incorporo con dificultad y caigo de nuevo.

Ahora el mundo es blanco, y da vueltas como un remolino; el viento, un vendaval ensordecedor que arrastra mis gritos desesperados hacia el mar.

Pienso en William, dormido en nuestro lecho nupcial, y le pido a gritos que me salve.

Alargo la mano en dirección a la casa, a mi hogar, pero ha desaparecido, ha desaparecido en la nieve que me cubre con un gélido manto. Veo mi mano, en carne viva y enrojecida, casi amoratada. La alianza que William me puso en el dedo ha desaparecido.

Me entra un sopor y me voy adormeciendo en el frío y la nieve.

Y muero.

A Sonya se le pasó la hora de la cena trabajando, hizo una pausa cuando notó que se encontraba algo aturdida debido a la falta de energía.

Al bajar a la cocina se prohibió a sí misma hacerse un sándwich. En vez de eso, puso a calentar una lata de sopa y preparó una ensalada. Mientras comía, jugueteó con unas cuantas ideas más en su tableta y respondió a un mensaje de texto de su madre.

> ¡Todo bien! Prácticamente instalada y trabajando casi todo el día. He conocido a Anna Doyle —la hija del abogado— y casi seguro que me la he agenciado como clienta. ¡¡Viva!! Es ceramista, de las buenas. Estoy tomando una sopa y ensalada, así que no me voy a morir de hambre. Como tengo previsto ir al pueblo mañana —pasado mañana como muy tarde—, no voy a ser una ermitaña. Un millón de besos.

Se intercambiaron unos cuantos más y, cuando terminaron, escribió a Cleo.

> ¡Hola! He conocido a Anna, la hermana de Trey. Es guapísima. Es ceramista y necesita un diseño de imagen corporativa completo, ¡toma ya! Me he mensajeado con mi madre, y espera venir pronto a pasar un día, igual se queda a dormir. ¡Tienes que venir a visitarme!

Y, como sabía de buena tinta cómo tentar a su amiga, añadió:

> No es solo que la casa solariega sea alucinante, es que dicen que está encantada. En el vestíbulo hay un retrato

de una novia de la familia Poole de la década de 1800
que fue asesinada el día de su boda. ¡Qué mieeeeedo!

La respuesta, como era de esperar, fue inmediata:

¡Una novia fantasma! ¡Me apunto de cabeza! Dame un par
de semanas para adelantar algo de trabajo. Iré a pasar
un fin de semana. Iremos a la caza de fantasmas.

Sí, claro, pensó Sonya, pero puso a Cleo un emoticono con
el pulgar en alto.

Después de recoger la cocina, continuó trabajando una hora
más. Aunque le parecía demasiado temprano para irse a la cama,
tuvo que reconocer que la cabeza no le daba para más.

Por la mañana lo revisaría todo de nuevo y, si no había ninguna pega, enviaría las propuestas a Anna. Luego saldría a conocer un poco el entorno y dar una vuelta por el pueblo.

Pero en ese preciso instante, demasiado cansada para trabajar
y demasiado tensa para irse a dormir, decidió tomar una copa de
vino y ver una película. Al fin y al cabo tenía docenas de DVD
entre los que elegir y una gran pantalla arriba.

Se decantó por una comedia romántica, algo divertido, pensó,
algo frívolo y divertido, y se repantigó en el amplio sofá.

Consiguió beberse la mayor parte de la copa de vino y ver la
mayor parte de la película antes de que la venciera el sueño.

Se despertó cuando el reloj marcó las tres, con el corazón desbocado, confundida y medio soñando. Se oía música, música de
piano. Será algún problema de la tableta, pensó, y se frotó los ojos.

Le pareció oír a alguien llorar.

Se figuró que seguramente había apagado la televisión antes
de quedarse dormida. Y que después había encendido la lámpara de
la sala y se había arrebujado con la manta que ahora la cubría.

Estaría más cansada de lo que creía, y adaptándose todavía
a una casa extraña y a todos sus espacios extraños. Aún grogui, buscó a tientas el teléfono para llevárselo y ponerlo a cargar
durante la noche.

O lo que quedaba de noche.

No estaba encima de la mesa. Bostezando, se metió las manos en los bolsillos del pantalón de deporte. Al sacar las manos vacías, súbitamente entró en pánico.

Se levantó de un salto, sacudió la manta y se puso a rebuscar entre los cojines del sofá.

Se dijo para sus adentros que no era de esas personas cuya vida dependía del teléfono, pero... su vida estaba en ese teléfono.

A gatas, lo buscó debajo el sofá y, al mirar debajo de la mesa, reparó en que la copa de vino y el mando a distancia no se hallaban encima de la mesa.

¿Se habría levantado antes de quedarse dormida?

Abrió de golpe el cajón de la mesa de centro, y ahí estaba el mando, exactamente en su sitio.

—Vale, lo guardé en su sitio. Eso es algo que cualquiera podría hacer y olvidar cuando se está medio dormido.

Se levantó, se aproximó a la barandilla de la escalera y se asomó.

El fuego ardía suavemente —¿no debería haberse apagado ya?—; vio claramente el teléfono sobre el escritorio, cargándose, junto a la tableta, también enchufada.

Aliviada, bajó.

La música cesó y, por la razón que fuera, el repentino silencio le puso los nervios de punta.

Dejó la tableta donde estaba y cogió el teléfono, con la batería totalmente cargada, para llevárselo al dormitorio.

Donde la lamparita de la mesilla de noche se hallaba encendida y el edredón y la sábana cuidadosamente destapados.

—¿Soy sonámbula? Podría ser debido a la ansiedad, pues la verdad es que me siento bastante ansiosa.

Puso el teléfono sobre la mesilla de noche y acto seguido trepó a la cama, con la ropa de deporte puesta, y dejó la luz encendida.

Por precaución, pensó. Solo por precaución.

Al cerrar los ojos oyó —le pareció oír— que una puerta se cerraba con suavidad.

Por primera vez en su vida, Sonya se tapó la cabeza con el edredón.

Cuando se despertó con la luz del día, se convenció a sí misma de que habían sido imaginaciones suyas. De nuevo lo achacó a la ansiedad. No se había permitido reconocer el estrés que conllevaba el hecho de mudarse.

Hasta el punto de haberse acostado con la ropa puesta.

No era nada del otro mundo. Se tomaría un café —y un poco de tarta—, revisaría el trabajo, se esmeraría en lo que era necesario esmerarse. Luego se ducharía, se arreglaría un poco y pondría rumbo al pueblo.

Necesitaba salir, parar en el banco a abrir una cuenta, pasarse por algunas de las tiendas, echar un vistazo a la bahía de cerca.

Se fue derecha a la cocina. Y vio la copa de vino al lado del fregadero.

—Vale, se acabó. Nada de quedarme frita delante de la tele.

Se hizo un café, cortó un trozo de tarta y subió a la biblioteca. Revisaría el trabajo desayunando.

Dado que solo tenía intención de trabajar una hora o así, no se molestó en encender la chimenea.

Transcurrieron dos horas y pico, pero ella sabía cuándo lo bueno era bueno.

Y ese trabajo era buenísimo.

Dejémoslo reposar, se dijo para sus adentros. Como aún faltaba un poco para las nueve, lo dejaría reposar, se daría una ducha, se cambiaría y después le echaría un último vistazo antes de enviárselo a Anna.

Cuando sonó el fuerte dong del timbre, estuvo a punto de darle un síncope.

—¡Dios! Tengo que preguntar si pueden cambiar ese chisme.

Cuando bajó a abrir la puerta y se encontró a Trey, lo primero que pensó fue: «¿Por qué? ¿Por qué no me habré duchado y cambiado primero?».

—Buenos días —dijo él—. Me he enterado de que tienes una impresora que hay que cambiar de sitio.

—Oh, Anna no debería haberte molestado con eso. —Se apartó para que pasara—. No es urgente.

—Como voy de camino a ver a un cliente, no es mucho rodeo. ¿Dónde está?

Sonya tuvo unos segundos para percatarse de lo bien que olía, a fresco, a campo. Y ella, casi con toda seguridad, no.

—En el primer piso de la biblioteca. Me gustaría instalarla en el segundo piso. ¿Quieres un café?

—No, gracias, tomaré luego. Mi cliente se lo bebe en tanques.

Pensando que ojalá se hubiera dado al menos una pasada con el cepillo, Sonya se atusó el pelo.

—¿Cómo está tu padre?

—La jefa le ha dado el alta hoy, de modo que está bien.

—La jefa es tu madre, claro.

—Exacto. Anna me ha comentado que estás rediseñando su página web.

—Estoy trabajando en un diseño. Espero que le guste. —Lo acompañó arriba—. Me conecté a la impresora del despacho de Collin para arrancar, pero la verdad es que eso no es práctico para el día a día. Me resulta útil imprimir partes del diseño para añadirlo a mi panel de ideas.

—¿Panel de ideas? —Seguidamente, al entrar y verlo, asintió con la cabeza—. Vale, lo pillo. Es un cambio importante para Anna.

—¿Me he pasado?

—Si quieres mi opinión, me gusta.

Enganchó los pulgares en los bolsillos delanteros del pantalón y examinó el panel de ideas. Lo examinó con atención, detenidamente. A Sonya no se le pasó por alto.

—Sí, me gusta. Le encargó a una amiga de la universidad que le diseñara la mayor parte de la web actual. Supongo que le faltaba… gancho, y era una lata cargarla y navegar por ella. Da la impresión de que esta tendrá gancho.

—También se cargará rápidamente y resultará fácil navegar por ella.

Permanecieron de pie, codo con codo, examinando el trabajo.

—¿Es esto un logo? Ella no tiene un logo como tal.

—Debería. Es una propuesta. Como quiere sencillez, se me ocurrió dibujar un jarrón y un portavelas, en colores vivos. En diferentes tamaños, pero de su estilo. Se me ocurrió un dibujo en vez de una foto, pero también podemos probar.

—Te ha cundido mucho en tan poco tiempo. —Echó un vistazo a su alrededor—. Es un buen arreglo para ti. ¿No quieres la impresora aquí abajo, para tenerla más a mano?

—¿Ves ese trasto? —Señaló hacia la impresora—. Es eficiente, pero feo. Esta habitación es demasiado bonita como para colocar aquí ese armatoste. Arriba hay un aparador.

—Sí, el de los DVD. Pues la subiremos a cuestas.

Al hacer amago de levantarla, le lanzó una mirada a Sonya que le hizo sentir un cosquilleo de risa en la garganta.

—Ya te he dicho que era un armatoste. Oye, puedo esperar. ¿Y si le pregunto a John Dee si puede venir en algún momento para ayudarte a cargar con ella?

—¿Estás poniendo en duda mi virilidad?

Se quitó el abrigo y lo dejó caer sobre la silla de despacho.

Esta vez no llevaba una camisa de franela, sino un jersey azul marino y unos pantalones negros.

Ella hizo un ademán con las manos entrelazadas cuando él consiguió levantarla.

—Pesa mucho. De verdad, podemos esperar hasta…

—La tengo.

Cuando cargó con ella escaleras arriba, Sonya lo siguió.

—¿Hacia qué lado?

—A la izquierda. —Ella se apresuró a abrir la puerta—. Todo lo demás está ahora al otro lado. La regleta está justo aquí. Dios, gracias.

—Deja que la enchufe ya que he venido.

Mientras tanto, ella miró fugazmente hacia el sofá. La manta estaba doblada sobre el respaldo.

—¿La enciendo?

—¿Qué?

—La impresora. ¿Quieres que la encienda?

—Ah, sí, por favor. Eres más fuerte de lo que aparentas.

Al enderezarse, le sonrió.

—¿Qué aparento?

—Bueno, eres larguirucho. Tienes más pinta de practicar el atletismo que la halterofilia.

—Se pueden practicar las dos cosas.

—Eso parece. ¿Seguro que no quieres un café? ¿O un trozo de tarta?

—La tarta de Anna es tentadora, pero tengo una cita.

—Te agradezco mucho que hayas dado un rodeo.

—No hay de qué —dijo él cuando empezaron a bajar—. ¿Qué tal te va? ¿Te has aclarado un poco las ideas? ¿Estás durmiendo bien?

—Poco a poco, y no me ha costado dormir, pues llevo dos días acostándome temprano. Me encuentro un poco desorientada, supongo, moviendo cosas de aquí para allá medio dormida.

Mientras la observaba, se puso el abrigo.

—¿En serio?

—Por ejemplo, no recordaba haber puesto el teléfono a cargar, pero, bueno, es lo que hay. Despistes, señal de que necesito salir. Voy a ir al pueblo hoy, a familiarizarme con el entorno.

—Buena idea.

A ella le dio la impresión de que la miraba como había observado el panel de ideas.

Detenidamente.

—Si te apetece, podrías pasar por el bufete y reunirte con mi padre. Querrá que lo pongas al corriente de las novedades.

—Sí que podría. Debería —rectificó—. Llamaré para pedir cita.

—Eso está hecho. —Trey sacó su teléfono—. Llevo su agenda aquí, ya que Ace y yo nos habríamos encargado de sus citas si la jefa no le hubiera dado el alta. Tiene hueco a las once y media, a la una y media y a las tres.

—Ah, vale... ¿A las tres?

—Te apunto. Estamos en Bayview, a una manzana de la calle principal, en el costado norte del pueblo.

—Gracias, de verdad.

—No hay de qué, de verdad.

En cuanto se marchó y ella cerró la puerta, la música empezó a sonar.

—¿*Hooked on a Feeling* [«Enganchada a un sentimiento»]? ¿En serio? —Puso los ojos en blanco conforme subía las escaleras. Ignoraba que hubiera incluido ese tema en la lista de reproducción; solo le sonaba de la banda sonora de la película *Los guardianes de la galaxia*—. Y no estoy enganchada a él simplemente por sus ojos azules y eso. Además voy a dejar de hablar conmigo misma. En este preciso instante.

Tras calcular el tiempo, al final decidió encender la chimenea. Podía tardar un par de horas en imprimir lo que deseaba, revisar el trabajo para Anna una vez más y enviarlo antes de recoger y bajar al pueblo.

Y, al acercarse a la chimenea, vio que el hogar estaba limpio de ceniza y la leña colocada para arder.

—¿Cuándo diablos hice eso?

Intentó hacer memoria, repasar sus movimientos, pero le resultó imposible acordarse.

—No importa —masculló—. Es solo cuestión de eficacia.

Prendió la briqueta y, al apartarse, sintió un escalofrío y se frotó los brazos.

—Me encuentro en un proceso de adaptación, es un simple proceso de adaptación a un montón de cosas. ¿Y qué tiene de malo hablar conmigo misma? ¿A quién diablos le importa?

Volvió al escritorio, imprimió las plantillas para el folleto y la tarjeta de visita que tenía en mente, junto con un diseño para un posible anuncio.

Fue a por ellas, las colgó en el panel y volvió a sentarse. Abrió la página web inactiva en la pantalla del ordenador, en la tableta y en el teléfono.

—Quiero esas fotos sin falta, desde la arcilla en bruto hasta la pieza terminada. Una secuencia de imágenes a cámara rápida. ¡Sí! ¡Qué chulo quedaría!

Se planteó que no estaría de más contar con algunos elementos visuales del pueblo en la pestaña «Sobre la artista». Cuando fuera al pueblo haría unas fotos con el móvil y las colgaría en la web, a ver qué efecto causaban.

Mientras deslizaba el dedo por la pantalla del móvil, le dio la impresión de que el esqueleto de la web tenía buena pinta: la tipografía, el color, las formas… Como es lógico, sería necesario colgar fotos, construir el espacio del carrito de la compra, etcétera, pero, sí, tenía buena pinta.

Satisfecha, escribió un correo electrónico a Anna con los enlaces.

Si no le gustaba, bueno, allá ella, pero estaba en su derecho.

Apagó la tableta, la dejó cargando, cogió el teléfono y cruzó al dormitorio.

Donde el fuego ardía suavemente.

No recordaba haber encendido la chimenea. Y mucho menos haber hecho la cama.

Apretó los dedos contra los ojos e hizo lo posible por recuperar el aliento al sufrir un súbito colapso nervioso.

Simplemente necesitaba salir, respirar un poco de aire fresco. Caminar al aire libre.

Más serena después de ducharse, decidió ponerse un jersey verde oscuro, un chaleco de lana gris y unos pantalones. Se esmeró en maquillarse porque tenía intención de presentarse a comerciantes y lugareños, y la primera impresión era importante.

Mejor, definitivamente mejor, pensó. Tenía un aspecto agradable y profesional. Y cuerdo.

Apagó el fuego a propósito y tomó nota mental de ello.

Abajo se puso el abrigo y un gorro, y se entretuvo un poco colocándose la bufanda, no solo por ir abrigada, pensó, sino por cuestión de estilo.

Al echar mano de los guantes oyó el chirrido de una puerta al abrirse, o cerrarse. Hizo caso omiso, cogió las llaves de la casa y se marchó.

Notó un golpe de aire puro —y frío— con ráfagas que soplaban desde el mar. Sintió que ese panorama infinito, el maravilloso fragor del oleaje contra la orilla rocosa, la colmaban.

Necesitaba salir ya, aunque solo fuera a estirar las piernas. Cruzó los caminos adoquinados hasta el coche, donde agradeció a John Dee con un mensaje de texto que los hubiera limpiado de nieve, junto con su coche, tras la tormenta.

Mientras giraba en las curvas con precaución, comprobó que la calzada tampoco se hallaba en mal estado. En algún momento tendría que echar un vistazo a la camioneta del garaje, aunque con su coche se defendía estupendamente.

Disponía de noventa minutos antes de su cita, de modo que los aprovecharía bien.

Le gustó lo que vislumbró de la bahía y el pueblo conforme bajaba la pendiente, y se fijó en el faro blanco rematado con una cúpula roja situado en la punta.

Algo que merecía otra visita, tal vez cuando el tiempo mejorara. Ese día, después de buscar un sitio para aparcar, entraría a unas cuantas tiendas, conocería a algunas personas y compraría algún detalle, pues apoyar el comercio local era importante.

Puede que comiese algo ligero. Se preguntó si en la pizzería servirían pizza en porciones. Le apetecía.

Bajaría a la bahía en coche y haría unas fotos, en principio para la página web de Anna... Qué demonios, quizá para la suya. Pero también para mandárselas a su madre y a Cleo.

Al entrar al pueblo suspiró de felicidad. Era justo lo que necesitaba: gente, sitios, movimiento. Después de tan solo un par de días en la casa solariega, empezaba a entender lo fácil que sería recluirse pasado un tiempo, como su tío.

Disponiendo de todo allí mismo —el espacio, las vistas, el inclemente invierno fuera—, ¿por qué no quedarse calentita y tranquila?

Y hablar sola, pensó.

Quienquiera que se ocupase de la limpieza de las calles había cumplido su cometido; aparcó junto a la acera delante de la librería.

Tomaría nota de los negocios del pueblo, comprobaría sus respectivas páginas web y su presencia online.

Aunque una mujer con una biblioteca de dos pisos difícilmente necesitaba libros, en opinión de Sonya nada mejor que una librería para tomar el pulso de un lugar.

Examinó el rótulo —bien diseñado, buenas gráficas— y seguidamente subió los tres escalones hasta el porche. Al abrir la puerta sonó una campanilla.

Olía a libros, a café y a cáscara de naranja.

Sobre el largo mostrador de la izquierda se hallaba la cafetera, la caja y un ordenador. A la derecha había estanterías con hileras de libros, también apilados vistosamente sobre las mesas, junto a expositores giratorios de marcapáginas y tarjetas de felicitación.

Una mujer de pelo castaño con mechas recogido en una voluminosa coleta levantó la vista del monitor.

—Hola, bienvenida a A Bookstore. ¿Te puedo ayudar en algo?

—Se me ha ocurrido entrar a echar un vistazo. —Se acercó al mostrador y le tendió la mano—. Soy Sonya MacTavish. Estoy viviendo en la casa solariega.

—La sobrina de Collin Poole. —La mujer bajó del taburete y le estrechó la mano—. ¡Me alegro mucho de conocerte! Diana Rowe. Todo el mundo se preguntaba cuándo bajarías al pueblo. ¿Te apetece un café, un té o un chocolate caliente? Invita la casa.

—Me encantaría tomar un café.

—Nuestro sabor del mes es el moka con chocolate blanco.

—¿Quién soy yo para poner pegas a eso? La tienda es magnífica.

—Hay más al fondo. Me refiero a libros, claro —dijo al acercarse a la cafetera—. Y otros artículos: velas de cera de soja de producción local, camisetas, mochilas, etcétera. Echa un vistazo con total libertad. Aquí está mi socia. Anita, es la sobrina de Collin, Sonya.

—¡Ah! Se nota, tienes los ojos de tu tío. Bienvenida a Poole's Bay.

—Gracias.

Anita, con una espesa y suave melena de color castaño claro, le dio un firme apretón de manos.

—¿Qué tal te estás adaptando? La casa es increíble.

—Sí. Estoy empezando a adaptarme.

—¡Y la biblioteca! —exclamó Anita en tono reverencial.

—Mi espacio favorito.

—Collin era un gran lector. —Diana rodeó el mostrador para darle el café—. Solía venir como mínimo una o dos veces al mes, aunque no tanto en los últimos años.

—Realizaba los pedidos de libros por teléfono —continuó Anita—. Deuce Doyle (sé que está a cargo de la finca, así que lo habrás conocido) los recogía y se los llevaba. Y si él no podía, lo hacía Trey, el hijo de Deuce.

—Sé que no llegaste a conocerlo —comentó Diana—, pero todo el mundo lo apreciaba. Nosotras lo adorábamos, ¿a que sí, Anita?

—Sí, y lo echamos de menos. ¿Te parece que te mostremos el resto de la librería?

Cuando se abrió la puerta y sonó la campanilla, Diana les hizo un ademán agitando la mano.

—Yo me ocupo.

—Eres diseñadora gráfica, ¿verdad?

—Efectivamente. Oh, esto es una maravilla.

Había dos acogedoras butacas frente a una chimenea eléctrica, más libros y una sección infantil con sillitas. Las velas y los difusores de esencias de producción local estaban expuestos en un mueble esquinero, y, en otro, camisetas y mochilas de colores vivos.

—Tenéis más espacio de lo que me pareció desde la fachada. Y habéis logrado que resulte acogedor. —Al dar un sorbo al café, Sonya enarcó las cejas—. ¿Me he perdido esto toda mi vida?

—Diana tiene buena mano y el café se tuesta en la zona. Poole's Bay apoya a Poole's Bay. ¿Has conocido ya a tus primos?

—No.

—Apenas te ha dado tiempo a deshacer el equipaje. En mi opinión, los Poole siguen construyendo los mejores veleros de madera de Maine. También los fabrican de fibra de vidrio y demás, pero mantienen la tradición del fundador.

—Te dejo que curiosees. Cualquier cosa que necesites, no tienes más que avisarnos a Diana o a mí.

La mujer con una biblioteca de dos pisos acabó saliendo de la tienda con tres libros, dos marcapáginas y una bonita bolsa para llevarlos.

Pidió su porción de pizza —de sobresaliente—, se sentó a la barra y trabó conversación con el pizzero que estaba de servicio, que volteaba en el aire la masa ante las miradas de aprobación de los comensales.

Hizo una parada en la tienda de regalos en la que se vendía la cerámica de Anna, donde mantuvo otra conversación sobre su tío con la encargada, que le vendió una pieza de Anna. Un macetero como Dios manda donde Xena luciría en todo su esplendor.

En otra parada no pudo resistirse a una bufanda tejida a mano que no necesitaba, pero que era…, oh, la mar de suave y bonita. Además consiguió otro contacto y entabló otra conversación antes de bajar a la había.

A pesar del gélido viento, se puso a hacer fotos y contempló los barcos y el vaivén de las boyas empujadas por las olas. Y se quedó maravillada ante la vista de la casa solariega en lo alto de los acantilados situados al norte.

Y al sur, bajo el faro, los deteriorados edificios de ladrillo que albergaban la empresa de construcción naval de los Poole.

Otro día, pensó, quizá otro día. ¿Cómo podía estar segura de la reacción de sus «primos» al conocer el testamento?

Dejaría pasar un poco de tiempo, les daría un poco de espacio.

Quizá Oliver Doyle pudiera infundirle cierta tranquilidad en ese sentido, y a ellos.

Miró la hora en el móvil.

Y qué mejor momento que ese para averiguarlo.

Se dirigió al coche, mientras soplaba una fría racha de viento, para poner rumbo a su cita.

9

Sonya descubrió que el encanto de las pequeñas ciudades residía en que resultaba difícil perderse.

Nada más doblar una manzana al oeste de la calle principal, llegó.

El bufete se hallaba en la esquina, en otro edificio victoriano, no de las dimensiones y la magnitud de la casa solariega, constató, pero rebosante de encanto.

Se habían decantado por el verde ceniza para los revestimientos y el tono crema para las molduras del elaborado edificio de tres plantas. A un lado de la puerta había un porche y al otro una torrecilla esquinera.

Tejados a dos aguas, un par de buhardillas y, a simple vista, una especie de media torrecilla al otro lado de la tercera planta.

El apartamento de Trey, pensó, que tendría maravillosas vistas a la bahía, la punta del cabo y el faro.

A pesar de que disponían de aparcamiento, como estaba lleno aparcó junto a la acera y recorrió el sinuoso camino que conducía a la pequeña escalera de entrada, flanqueada por sendas barandillas.

Sin duda en su época había sido una vivienda y, de continuar siéndolo, habría llamado a la puerta. Sin embargo, tratándose de un bufete, entró sin llamar.

Y se internó en el murmullo de una oficina.

La luz procedía del fuego chisporroteante de la chimenea de rigor, y las amplias ventanas proporcionaban más.

Supuso que pretendían mantener un ambiente hogareño y al mismo tiempo refinado con la ornamentación de madera, en aquella sala de espera con butacas tapizadas en color burdeos y azul marino. Había una mujer, que rondaba los cincuenta, sentada a una mesa. Con los pocos días que llevaba en la casa solariega, a Sonya le dio la impresión de que se trataba de una pieza de anticuario.

La mujer, con el pelo de color gris ceniza y corte de cazo, tenía la mandíbula prominente y llevaba unas gafas apoyadas en la punta de la nariz.

Sus dedos, que volaban —no había otra forma de describirlo— sobre un teclado, dejaron de moverse.

—Buenas tardes.

Y ahí, pensó Eve, estaba el acento del sureste que tenía ganas de oír.

—Hola, soy Sonya MacTavish. Tengo una cita a las tres con el señor Doyle, Oliver Doyle.

—Te das un aire a él. Tienes los ojos verdes de los Poole. Te vendrían bien unos kilos si no quieres salir volando en un temporal del noreste. Toma asiento, voy a avisar a Deuce de que estás aquí.

—Gracias.

Sonya eligió un asiento y reparó en el escritorio —en ese momento vacío— colocado al otro lado de la sala.

—Ha llegado la sobrina de Collin. La muchacha —dijo la mujer. Sonya no tuvo más remedio que morderse el labio para contener la risa.

Colgó el teléfono y, al levantarse, Sonya asumió que la señora estaba sentada sobre cojines, ya que apenas alcanzaba el metro cincuenta.

—Te acompaño.

—Gracias. ¿Conoció a mi tío?

—Ya lo creo. Fuimos juntos a la escuela.

La condujo por un amplio pasillo y se detuvo junto a una puerta corredera doble.

—Fue el primer chico al que besé. No hubo chispa por parte de ninguno, pero no lo sabes hasta que lo sabes. —Abrió la puerta—. No pienso traerte café como no te tomes el té que te he preparado. Y me daré cuenta si me mientes.

Deuce se ajustó las gafas sobre el puente de la nariz.

—Ya me lo he tomado, Sadie, y está tan repugnante como la última vez que recuerdo.

Ella se quedó en el umbral, mirándolo fijamente. A continuación asintió con la cabeza.

—De acuerdo, entonces te traeré un café. ¿Tú cómo lo tomas? —preguntó a Sonya.

—De hecho, acabo de tomar café en la librería, así que…

—Entonces, agua. Para mantenerte hidratada.

Deuce se levantó cuando Sadie se marchó.

—Aquí me dirige la vida Sadie; en casa, mi mujer. Lo que necesito es una cabaña de caza. —Cruzó la sala y le agarró ambas manos—. Lamento no haber estado en la casa para darte la bienvenida.

—Me alegro de que se encuentre mejor.

—Solo era un catarro, pero entre las dos mujeres que me dirigen la vida, cualquiera pensaría que tenía la peste. Siéntate, ven a sentarte. Dime cómo estás.

Él tomó asiento en uno de los dos sillones orejeros que había delante de la mesa.

—Me han dicho que estás diseñando algo para Anna.

—Sí, le he enviado unas propuestas antes de venir al pueblo. Quiero darle las gracias, a usted y a su familia, por todo lo que han hecho.

—Collin habría hecho lo mismo por mí. ¿Qué opinas de la casa?

—Es un cliché, pero es cierto que las fotos no le hacen justicia. El cuadro de mi padre…

Él alargó la mano y la posó sobre la de ella.

—Francamente, no me di cuenta de que era una obra de tu padre, y no me explico cómo se me pasó por alto. Di por sentado que Collin lo había pintado.

—Tenían estilos similares.

—Ojalá pudiera decirte cómo y cuándo lo adquirió, pero lo desconozco. Éramos veinteañeros cuando Collin se mudó a la casa. Francamente, que yo recuerde siempre estuvo colgado en su despacho.

Sadie entró con una taza de café y un vaso de agua.

—Sadie, Collin y yo fuimos juntos a la escuela.

—Probé con los dos. No hubo chispa. Resulta que me gustan las chicas.

Acto seguido salió y cerró la puerta.

Deuce negó con la cabeza.

—Lleva su propio ritmo… y al mismo tiempo dirige la orquesta. No podría arreglármelas sin Sadie. Calculo que Maureen y ella llevan juntas casi treinta años. Se cuentan entre las pocas personas que realmente pasaron ratos con Collin en los últimos cuatro o cinco años, por lo que quizá te pueda despejar algunas lagunas si lo necesitas.

—Impone un poco, pero a lo mejor me arriesgo.

—Oh, sí que impone —dijo entre risas—. Y le tenía mucho aprecio a Collin. Bueno, Trey te dio información sobre los bancos, los médicos y esas cosas. ¿Necesitas asesoramiento en eso?

—Abriré una cuenta esta semana. Debería haberlo hecho hoy, pero es que solo quería… dar una vuelta. Me he decidido por el banco con el que trabajó mi tío. Me parece lo más sencillo.

—Considero que es una decisión acertada. ¡Has montado tu oficina en la biblioteca! Esa también es una decisión acertada. Es un espacio maravilloso.

—Sí. Todo lo es. No sé cómo gestionarlo. Lo que quiero decir es que no esperaba que me encantara. Y me encanta, pero al mismo tiempo me siento muy intimidada.

—Me da la impresión de que es algo similar a lo que me pasa con Sadie. ¿Te intimida el hecho de estar allí arriba sola?

—No exactamente. Me gusta el silencio, y estar sola me ayudará a centrarme en sacar adelante mi empresa y, con suerte, expandirla. Lo que sí quería es preguntarle por los Poole (los primos), si hay algún problema con ellos (conmigo) por la herencia. No me refiero solo a la casa, que ya es mucho, sino al dinero.

—Collin les dejó todo menos el cinco por ciento de su parte del negocio, una suma cuantiosa. Ninguno de ellos, ni sus abogados, han cuestionado los términos del testamento. Owen (al que conozco muy bien, pues Trey y él son amigos) dirige el negocio en el pueblo. El negocio puro y duro, digamos. Créeme, si él tuviese cualquier objeción, yo lo sabría. Su primo (y el tuyo) se ocupa de las relaciones públicas, otro del negocio de los negocios, otro del diseño, y el que vive en Londres está al frente de esa delegación.

»Tu participación en la constructora naval de los Poole es mínima, Sonya, y en absoluto le afecta a ninguno.

—De acuerdo. No quiero que haya rencillas. Creo que debería conocer más a fondo la historia familiar.

—En eso desde luego que puedo ayudarte. Le hice un libro a Collin, está en su despacho, y debería haber una copia digital de su árbol genealógico en su ordenador. También hay una Biblia devocional familiar en la biblioteca, pero no es totalmente rigurosa. —Hizo un ademán hacia ella—. Como lo demuestra tu presencia aquí.

—¿Por qué lo harían? ¿Separar así a los hermanos?

—Patricia Youngsboro se casó con Michael Poole y, como algunos conversos, se convirtió en una fanática en lo relativo al apellido Poole. Aunque se negó a vivir en la casa solariega.

—¿En serio?

—Hasta donde yo sé, jamás puso los pies allí. Era una mujer dura, Sonya. Sospecho que le endosó a Collin a su hija con el único fin de mantener la línea de descendencia intacta. A su modo de ver, no concebía quedarse con los dos niños.

—Pero tuvo que haber gente que lo supiera.

—El dinero puede ofuscar mucho la mente. Eso fue lo que le contaron a Collin, que pasó las primeras décadas de su vida creyendo que era hijo ilegítimo y que su padre había muerto en Vietnam antes de que pudiera casarse con su madre. Gretta fue una madre diligente.

—Diligente.

—Amedrentada por una madre autoritaria. Jamás llegó a casarse. Collin se crio en la casa de su abuela, donde vivían su madre y él. Su abuelo tenía poco interés en el negocio, pero Patricia lo compensaba con creces. Michael se pasaba el tiempo viajando, entregándose a lo que sí le interesaba: las mujeres, la bebida, la aventura… Pilotaba avionetas (y saltaba de ellas), competía en regatas, buceaba y escalaba montañas. Murió a los cincuenta y ocho años, en una subida al Denali, en Alaska.

—Señor Doyle…

—Llámame Deuce. Por aquí «señor Doyle» u «Oliver» puede dar lugar a confusión.

—Deuce. Has dicho antes que ella, Patricia, se negó a vivir en la casa, que permaneció cerrada durante años. ¿Por qué no la puso a la venta y ya está?

—Por la sencilla razón de que no le pertenecía. Michael se la dejó a su hijo Charles, y este, a su vez, a su hermano, Lawrence.

—Entiendo. Voy a echar un buen vistazo a ese libro y al árbol familiar. ¿Sigue viva la hija, la mujer que crio a Collin?

—Sí, pero no se encuentra bien. Tiene alzhéimer, que le provocó demencia. Está ingresada en un centro especializado de Ogunquit. A pesar de que ya no lo reconocía, Collin la visitaba dos veces al mes. Fue una madre diligente —repitió Deuce—, y una mujer desdichada, aquejada de depresión, migrañas y, a medida que fue envejeciendo, trastorno de ansiedad social.

»Patricia Poole dejó una profunda huella.

—Está claro.

Justo en ese momento empezó a ver clara la turbulenta y enmarañada dinámica familiar.

—Te agradezco todo lo que estás haciendo, y que trates de ayudarme a entender lo que obviamente es una historia familiar complicada.

—Eres la sobrina de mi mejor amigo. Con mucho gusto responderé a todas las preguntas que pueda, lo mismo que hice con tu abuelo.

—¿Perdón?

—El padre de tu padre se puso en contacto conmigo. Tu abuela y él están disgustados, lo cual es comprensible, tras conocer la noticia de que su hijo tenía un hermano, de lo cual no se les informó en el momento de la adopción.

—Y enojados también. Me consta.

—También es comprensible. Pero llegados a este punto, me da la sensación de que su mayor preocupación eres tú. Que estés segura y que se te cuide aquí.

—Bueno, yo...

—Voy a tener mi primer nieto —dijo, sonriendo de oreja a oreja—. De modo que me hago una ligera idea de su preocupación. Mantuvimos una conversación muy productiva. En resumidas cuentas, Sonya, a mi modo de ver, tu padre fue el más afortunado de los hermanos. Dudo que describas a tu abuela como una mujer diligente con su hijo.

—No, qué va. Es cariñosa y fue un pilar para él, al igual que lo es para mi madre y para mí. Llamaré a mis abuelos cuando vuelva a la casa. —Se levantó—. Necesito un poco más de tiempo para familiarizarme con esto, pero me gustaría invitarte, a ti y a tu familia, a cenar en la casa una noche.

—Disfrutaríamos de lo lindo.

—Posiblemente. No es que sea muy buena cocinera, pero algo se me ocurrirá. Ah, una cosa más: necesito familiarizarme con esto, pero, si decido quedarme, me gustaría tener un perro. Me gusta el silencio, no me importa estar sola, pero a veces sería agradable escuchar algún ruido y sentirme acompañada. ¿Hay alguna perrera o algún refugio en la zona?

—Ya lo creo. El perro de Trey es de un centro local. Puedo conseguirte esa información.

—Te lo agradezco. —Le estrechó la mano—. De verdad.

—Has dado un salto, Sonya. Yo te agradezco eso.

Cuando la acompañó a la salida, había un joven sentado junto a la otra mesa, más o menos de su edad, por lo que calculó. Un joven muy guapo con un bléiser y un jersey, y el pelo negro de rastas cortas.

Había otro hombre de pie asomado por encima de su hombro, cuyo parecido con los Doyle era innegable. Este sí era el típico abogado de la cabeza —con una abundante mata de pelo de un blanco níveo— a los pies, enfundados en unos lustrosos zapatos *oxford*. Vestía un traje de tres piezas de raya diplomática muy elegante.

—¡Bien, eso es lo que buscamos, Eddie! —Le dio una palmada en el hombro al joven que estaba sentado.

Levantó la vista, se ajustó sus gafas de montura negra sobre el puente de la nariz, y se quedó mirando a Sonya.

—Tú debes de ser Sonya MacTavish. —Fue a su encuentro a grandes zancadas y le dio un rápido y enérgico apretón de manos—. Ace Doyle. ¡Qué belleza nos alegra el día!

Ella jamás se había visto a sí misma de esa manera, pero sintió que sonreía.

—Hay que buscar buena compañía.

Él soltó una risotada.

—Y también eres rápida.

Tenía esos ojos azules, no menos bonitos tras las lentes bifocales, bajo esas marcadas cejas negras. Sonya calculó que debía de tener bien entrados los setenta años, tal vez incluso ochenta y algo, pero, lo mismo que su hijo, aparentaba diez años menos.

—¿Qué opinas de la casa solariega? ¿Te está tratando bien todo el mundo allí arriba?

—Me gusta mucho, pero estoy yo sola.

Él le guiñó el ojo.

—En Lost Bride Manor nunca se está solo.

—Ace.

Él se limitó a sonreír de forma maliciosa a su hijo.

—Caray, los fantasmas son simplemente gente que no está preparada o que no es capaz de avanzar o reciclarse. Que sepáis que yo voy a vagar por este lugar cuando me vaya al otro barrio. —Apuntó con el dedo en dirección a Sadie—. Vete acostumbrando.

—Ya vagas por este lugar.

Él soltó otra carcajada al escuchar su cortante comentario.

—Llámame la próxima vez que vengas al pueblo, te invitaré a comer. Me gusta invitar a comer a las chicas guapas, así me mantengo en forma. Eddie, saluda a Sonya, la sobrina de Collin Poole. Eddie es mi última víctima.

—Hola —dijo él sonriendo—. Ace, tienes la videoconferencia dentro de cinco minutos.

—Trabajo, trabajo, trabajo. —Le dio otro fuerte apretón de manos a Sonya—. No te pierdas.

Salió de la sala como un torbellino.

—Vaya, es… —empezó a decir Sonya.

—¿Un personaje? —apostilló Deuce.

—Iba a decir sorprendente.

—Otra que cae rendida a sus pies. Ten cuidado porque acabará sonsacándote la historia de tu vida y tus secretos más ocultos en menos de cinco minutos.

—Apuesto a que sí. Gracias de nuevo. Será mejor que regrese a mi casa encantada.

Al salir cayó en la cuenta de que solo lo había dicho medio en broma y que más le valía quitarse eso de la cabeza.

Tras consultar la hora, Deuce volvió, pasando por el despacho de su padre y a continuación por el de Jill, la ayudante de su hijo, que estaba tecleando sin parar en su ordenador, a lo que antaño era la cocina en la casa de su infancia.

Ahora, totalmente remodelada, albergaba el despacho de su hijo, cuyas ventanas miraban al jardín trasero. Trey estaba sentado junto a un escritorio que Collin le había regalado cuando aprobó el examen de acceso a la abogacía. Procedía del desván de la casa solariega, y el propio Trey lo había restaurado con mimo.

En vista de que Trey estaba al teléfono y que le hizo una seña con el dedo índice en alto, Deuce tomó asiento. Al hacerlo, el perro que estaba dormitando junto al escritorio se levantó, se estiró majestuosamente y se le acercó para que lo acariciara.

Mientras rascaba entre las orejas al perro, visualizó a su madre en el antiguo fogón, removiendo unas gachas de avena que, según ella, le llenarían la tripa antes de ir al colegio. Se vio a sí mismo sentado con su padre a la mesa de la cocina tomando su primera cerveza (legalmente).

Se vio a sí mismo con Collin cogiendo galletas del bote de la encimera a escondidas.

Ahora, donde se ubicaba la encimera, había una estantería con libros de jurisprudencia.

Una buena casa antigua, pensó, y llena de recuerdos, tal como debería ser una buena casa antigua. Ahora cumplía un nuevo cometido, acumulaba nuevos recuerdos que se remontaban prácticamente a la época en que su hijo vino al mundo.

Y se alegraba por ello.

Al colgar el teléfono, Trey resopló.

—A Heidi Gish la han vuelto a multar por exceso de velocidad.

—Es que conduce a todo trapo.

—Quiere recurrirla en el juzgado y demandar al policía que la pilló conduciendo a ciento cincuenta kilómetros por hora porque, según argumenta, fue un grosero. Esta vez le van a retirar el carnet de conducir. No quiere oír hablar del tema, ni de que, esta vez, le va a costar más intentar pelearlo que aguantarse. En fin, ¿cómo llevas el día?

—Acabo de reunirme con Sonya.

—Vaya. —Trey miró la hora—. Se me ha ido el santo al cielo.

—No puedo reprocharle la manera en la que está gestionando esto. Me da rabia que mi difunto amigo no se pusiera en contacto con ella para darle las explicaciones necesarias, responder a sus preguntas antes de morir.

—Es posible que tuviera intención de hacerlo más adelante. Seguro que pensó que le quedaba mucho tiempo.

—¿Tú crees?

Trey se reclinó en la silla.

—Papá, no hay nada que apunte a cualquier cosa menos a un accidente.

—Nada salvo cuando hago memoria de las últimas conversaciones que mantuvimos. —Le dio unas palmaditas en la cabeza a Mookie distraídamente cuando este la apoyó sobre su rodilla—. Ya te dije que él sacaba el tema de Sonya a colación, me pedía que la convenciera a toda costa para que viniera y se hiciera cargo de la casa. No es que lo notara triste, y en ningún momento se me pasó por la cabeza que se planteara el suicidio, pero sí que estaba… en cierto modo ausente, como si ya se hubiera ido. A pesar de ello, no logré convencerlo para que se pusiera en contacto con ella. Él sonreía sin más, me decía que lo haría cuando llegara el momento.

—Volvemos a lo de antes, él pensaba que le quedaba tiempo.

Deuce se limitó a asentir con la cabeza.

—En fin… Sigue cuidando de ella.

—Yo no lo diría de ese modo. Seguro que a ella no le gustaría.

—En eso tienes razón. Simplemente échale un ojo de vez en cuando. —Tomó la cara del perro entre sus manos y se la acarició con fuerza—. Por ejemplo, en esto. Está pensando en adoptar un perro. Haz el favor de enviarle la información del centro donde adoptaste a este chucho.

—De acuerdo.

—Bien. Te dejo que sigas trabajando.

—Papá —dijo Trey cuando su padre se levantó—, me da la impresión de que es una mujer competente y autosuficiente.

—Sí. Por la cuenta que le trae.

El teléfono de Sonya sonó justo cuando llegaba a la casa. Lo sacó del bolso mientras aparcaba y contuvo la respiración al ver el nombre de Anna Doyle en la pantalla.

—Hola, Anna.

—Como estaba trabajando, no he tenido acceso al móvil. Luego, cuando lo he visto todo, he vuelto a mirarlo, y después otra vez. Me encanta. Me encanta todo. Eres un genio.

Sonya soltó el aire.

—Eso es verdad, pero siempre es agradable que reconozcan mi genialidad.

—Quiero la primera propuesta, el paquete completo. Me encanta el uso del color, el estilo intuitivo y al mismo tiempo cercano. ¡Ah! ¡Y cómo se ve en mi móvil!

Sonya levantó un puño triunfal en el aire, ya que confiaba en que se decantase por la primera propuesta.

—Pongo el altavoz mientras saco las bolsas del coche.

—Oh, te llamo en otro momento.

—No, no pasa nada. —Sacó las bolsas del asiento trasero del coche y se puso a hacer malabares con ellas y con el teléfono mientras buscaba las llaves de la casa en el bolso—. Necesito fotos y descripciones de todo para crear las páginas de venta, y para el apartado del carrito de la compra. Hay que terminar tu perfil biográfico y demás, los puntos que te adjunté, y entonces estaremos listas para...

Se interrumpió cuando algo llamó su atención. Igual que el primer día, vio una sombra junto a la ventana y estaba casi segura de que la cortina se había movido. Pero, al bajar la vista para sujetar una bolsa, desapareció.

—¿Listas para qué?

—Perdona, me he distraído. —Concluyó que no era más que el reflejo de la luz sobre la ventana desde ese ángulo, y se encaminó al porche.

—Listas para lanzar tus redes sociales.

—Sí, son mi punto débil.

—Puedo ponerlas en marcha, y mantenerlas actualizadas, siempre y cuando me tengas al día. Pero necesitas esa presencia online.

Abrió la puerta y soltó las bolsas.

—Empecemos con las fotos —dijo, quitándose el abrigo— y el perfil biográfico.

—Hoy me he llevado a mi madre a rastras al estudio para que me fotografiara con el torno y después metiendo una pieza en el horno. Es una fotógrafa buenísima. Tiene algunos trabajos en la misma tienda donde yo vendo mi cerámica.

—Precisamente hoy he estado allí. He comprado una pieza de las tuyas.

—¡Hurra!

—Mándame las fotos. —Colgó el abrigo y a continuación volvió a por las bolsas para llevárselas a la planta de arriba—. Partiremos de ahí, y terminaré el diseño del folleto.

Al entrar al dormitorio aspiró el aroma de un perfume. Su

nuevo perfume, puesto que había tirado el que Brandon le había regalado por el día de San Valentín el año anterior.

El bote se hallaba junto a los tres frascos decorativos, no al lado del espejo de mano.

—¿Sonya?

—Perdona, ¿qué decías?

—A lo mejor es que estoy hablando a borbotones. Mándame el contrato. Adelante con el trabajo. Te conseguiré las fotos y le pediré ayuda a mi chico con el perfil biográfico. Él escribe un montón de cosas de publicidad para el hotel.

Sonya se acercó al tocador y, deliberadamente, volvió a poner el perfume en su sitio. Estaría grogui esta mañana, pensó. Estaba grogui.

—Te lo mandaré esta tarde. Deberías pedir a uno de tus tres guapos abogados que lo revisen. Si quieres, puedo encargar que impriman tus tarjetas de visita.

—Como tengo un contacto a través del hotel, eso no es problema. Todo esto ha sido mejor y más fácil de lo que esperaba, Sonya. Y muchísimo más rápido. Me gusta un montón todo.

—Más te gustará cuando la web esté totalmente diseñada. Mándame las fotos que tengas. Necesitaremos una de la pieza que estabas haciendo hoy, cuando la termines.

—La acabaré mañana, pero te mandaré el resto. Hablamos pronto.

—Hablamos pronto.

Después de un rápido baile de felicidad, desenvolvió el bol que había comprado para la mesa del segundo piso de la biblioteca y la vela para la encimera del cuarto de baño.

Sacó uno de los libros y lo puso en la mesilla de noche junto con un marcapáginas. Tras liarse la bufanda para dejarla abajo, llevó los otros libros y el bol a la biblioteca.

En vez de colocar los libros en una estantería, los dejó encima de una mesa auxiliar junto al sofá y, como iba a trabajar, puso unos leños en el hogar y encendió el fuego.

Subió a colocar el bol, contempló lo bonito que quedaba, y seguidamente bajó a por una Coca-Cola a la cocina.

—Qué cantidad de escaleras hay en esta casa. Si sigo subiendo y bajando todos estos tramos cada día, probablemente no me hará falta ir al gimnasio.

Se debatía entre las ganas de explorar lo que aún consideraba pasadizos secretos y el temor a quedarse encerrada allí dentro. De alguna manera.

—Quizá mañana. Como llevaré el teléfono encima, si me quedo encerrada puedo llamar a alguien para que me saque. Me siento como una idiota, pero ¿y qué?

Además tenía que ver detenidamente qué había almacenado allí.

El fin de semana, se dijo para sus adentros. Como una profesional: la semana laboral y el fin de semana.

—Me pondré con las subidas y bajadas el sábado.

Cuando empezó a subir las escaleras para ponerse a trabajar, la música empezó a sonar.

Elton John, cantando a pleno pulmón *It's getting late, have you seen my mates? Ma, tell me when the boys get here* [«Se está haciendo tarde, ¿has visto a mis colegas? Mamá, avísame cuando lleguen»].

—¡Ay, joder!

Subió al trote el resto de los escalones y entró a la biblioteca. Sir Elton se deshacía cantando en el iPad.

—¿Qué mosca te ha picado? ¡Y está demasiado fuerte!

Bajó el volumen, negó con la cabeza y se sentó.

Muy bien, ningún problema, puesto que ella habría puesto música de todas formas.

Primero descargó las fotos que Anna le acababa de enviar.

—Vale, sí, sí... Son muy buenas; de hecho, son perfectas. Justo lo que necesito. Buen trabajo, madre de Anna. Bueno, ahí va eso.

Adjuntó el contrato y, tras enviarlo, siguió con las fotos.

Mientras trabajaba en la plantilla se dio cuenta de que estaba tarareando al son de la música.

—«Saturday, Saturday, Satur...».

Se interrumpió y miró la tableta de nuevo.

—Qué raro, ¿no? Es un poco raro que estuviera pensando en el sábado y que empiece a sonar eso.

Al darle un vuelco el estómago, se frotó las piernas.

—Solo es una canción, una canción y una aplicación defectuosa. Me voy a poner a trabajar ahora mismo. Necesito concentrarme.

Y esta vez no tenía claro si hablaba únicamente consigo misma.

Esa noche, un reloj dio las tres. Y ella soñó que recorría los largos pasillos de la casa solariega, donde se dejaba sentir el eco del llanto de una mujer.

Soñó que se hallaba frente a un espejo con un marco de depredadores que parecían bufar y gruñir. Pero, en vez de su propio reflejo en el cristal, veía otro.

Soñó con una mujer con el cabello del color de las castañas asadas que casi le llegaba a la cintura de su largo camisón blanco.

Mientras la observaba, la mujer cruzó el portón de la casa solariega y se internó en una tormenta de nieve. En el sueño, Sonya oía el fragor de las olas y el feroz aullido del viento, pero la mujer, sonriente, avanzaba fatigosamente por la nieve descalza.

Otra mujer, con un vestido negro que el viento no parecía rozar y el pelo oscuro cayéndole en ondas, aguardaba junto a la escollera.

Hablaron, pero Sonya no alcanzó a oír sus palabras. Solo distinguió la furia en los ojos de la segunda mujer y el miedo en la del cabello castaño cuando la mujer de negro la empuñó de las manos.

En ese momento, la mujer con el camisón, tiritando de frío, intentó echar a correr hacia la casa con esos pies que debían de estar congelados.

Una casa que se alzaba, desdibujada por los remolinos de nieve, con su imponente portón cerrado a cal y canto.

Cayó al suelo mientras la otra observaba. Los labios se le pusieron azulados al tiempo que pugnaba por levantarse y caía de nuevo.

Sus ojos, verdes, del verde de los Poole, derramaron lágrimas que se congelaron sobre sus mejillas.

Se desplomó por última vez mientras la nieve la cubría como un sudario.

En el sueño, Sonya recorrió los largos pasillos, de vuelta a su cama.

Se derrumbó en el sueño. Y lloró.

10

Por la mañana, el sueño se le había borrado de la mente y la memoria. Se despertó con ganas de trabajar.

Comenzó su rutina con un café, sentada junto a la isla delante de la tableta.

Al abrir el correo electrónico, vio otra solicitud de información: era de un cliente por recomendación de —qué detalle— Baby Mine.

Cruzó los dedos mentalmente y respondió.

A continuación vio un correo de Trey con información sobre el centro de rescate.

Tienen fotos, informan de lo que saben acerca de la procedencia del perro, la edad, el carácter y la raza, hasta donde les es posible determinar. En este solo acogen perros. A Mookie y a mí nos parecieron increíbles. Es a nivel del condado, pero Lucy Cabot trabaja con ellos y acoge perros en su casa, en Poole's Bay. Si quieres/ necesitas más información, dímelo.
Trey

Mantuvo el cursor sobre el enlace y estuvo a punto de pinchar, pero se lo pensó mejor.

Gracias. No voy a mirar todavía porque soy débil, y aún necesito tiempo para organizarme antes de traer un perro a casa, cosa que ahora quiero desesperadamente. Espero aguantar una semana sin curiosear.

Le comenté a tu padre que me gustaría invitaros a toda la familia a cenar. No puedo garantizar la calidad de la comida, pero quiero empezar con buen pie. ¿Alguno de vosotros es vegano o vegetariano, alguien tiene alguna alergia alimentaria o una aversión extrema a algún plato en particular? No hay prisa. También necesito tiempo antes de eso. Gracias otra vez.

Sonya

Se llevó el café a la planta de arriba para cambiarse y se detuvo en seco al ver la cama hecha con esmero, y el fuego ardiendo suavemente.

—No he sido yo. Maldita sea, sé a ciencia cierta que no he sido yo.

Como la taza le temblaba en la mano, la dejó sobre la mesilla de noche.

—No estaba grogui. Es imposible que sea tan olvidadiza. ¿Es posible que sea tan olvidadiza?

¿Qué posibilidades había? O un intruso hacía la cama, o la hacía ella con el piloto automático, o bien la casa sí que estaba encantada. Con fantasmas que hacían la cama.

—Me quedo con la segunda opción. Ya está bien. Hacer la cama es un hábito. Gracias, mamá.

Dado que de buenas a primeras el hecho de cambiarse la intranquilizó, decidió trabajar en pijama, lo cual no tenía absolutamente nada de malo.

Cogió el café y la tableta, enfiló el pasillo, pasó de largo la escalera y entró a la biblioteca. Tras enchufar la tableta, cruzó la sala para encender el fuego.

El hogar estaba limpio, con la leña preparada.

¿Era posible que quienquiera que en su época limpiase en la casa de Collin entrara a hurtadillas para realizar tareas domésticas?

Y eso, reconoció, alcanzaba la categoría de disparate, lo mismo que los intrusos o los fantasmas que hacían la cama.

Era ella con el piloto automático.

Después de encender el fuego, bebió un sorbo de café para tranquilizarse. Al darse la vuelta para dirigirse al escritorio, la tableta arrancó con el tema disco *She Works Hard for the Money* [«Ella trabaja duro para ganar dinero»].

Se le escapó una carcajada y, acto seguido, se estremeció.

Una opción más, pensó: alguien estaba tratando de asustarla. Tal vez Deuce se equivocara en lo tocante a los primos Poole. Tal vez querían que se fuera de la casa, que renunciara a la herencia, y habían encontrado la manera de urdir algunas tretas.

—No os saldréis con la vuestra. Lo único que vais a conseguir es cabrearme. Tengo trabajo, así que iros a tomar por saco.

Empuñó el atizador de la chimenea y lo dejó apoyado contra el escritorio.

Por si acaso.

El trabajo le cundió. En ese terreno se sentía segura de sí misma y creativa. Pasó la mañana con la plantilla de la web de Anna, organizando las cerámicas según su estilo y función con el fin de que encajaran con el menú desplegable que había incorporado a la pestaña «Tienda».

Realizó pruebas, luego ajustes, más pruebas. Y empezó a crear el apartado del carrito de la compra.

—Así se hace.

Hizo una pausa y bajó a por una Coca-Cola y una naranja. Cuando volvió, con los siguientes pasos ya en mente, había un aviso de correo electrónico en su tableta.

Yo curioseé. Estás perdida.

En cuanto a la cena, gracias de antemano. Todos somos carnívoros voraces, y no tenemos ninguna alergia alimentaria ni aversión a nada. Tú pon la fecha y allí estaremos.

Para tu información, Anna me ha mostrado la maqueta de la página web. Has acertado de pleno. Qué bien.

Trey.

No pienso curiosear... todavía.

Pensaré en algo adecuado para carnívoros voraces, procuraré que sea algo comible.

Me alegro de que te guste la maqueta. Me alegró más que le gustara a Anna, pero tú también cuentas. Si en algún momento el bufete de los Doyle decide actualizar su presencia en internet, ya sabes a quién acudir.

Sonya

Cuando envió el primer correo, recibió otro en el que Anna le adjuntaba fotos del jarrón que había hecho el día anterior, después de lo que ella denominaba «el horneado del bizcocho». Según decía, mandaría más, del proceso de esmaltado y de la pieza decorada. Y, después del segundo horneado, de la pieza terminada.

También le enviaba un perfil biográfico, dándole permiso para, en caso necesario, editarlo.

—Excelente.

Sonya respondió enseguida, le pidió a su clienta que le diera noventa minutos y que luego echara un vistazo a las pestañas «Tienda» y «Sobre la artista» de la página web.

—Bueno, veamos qué tenemos y qué haremos con esto.

Transcurridos la mitad de los noventa minutos, envió un mensaje a Anna para ampliarlo a dos horas.

Quería bordar el trabajo.

Una vez comprobada la web en todos sus dispositivos, se recostó.

—Está bien. Está muy pero que muy bien. Ha llegado el momento de dejarla reposar, y luego a retocarla.

Al caer un leño del fuego, se sobresaltó.

Pondría otro en el fuego y se iría a dar un paseo de diez minutos, para tomar el aire. Se figuraba que conocía a Anna lo suficientemente bien como para tener la certeza de que no tardaría mucho en revisar la web.

Cuando se levantó, vio por la ventana que estaba nevando. No era un temporal de nieve como antes, sino una suave y bonita nevada.

Podía pasear.

Después de colocar más leña, recordó que todavía llevaba el pijama puesto. En vista de que consideraba que salir en pijama era pasarse un pelín de la raya, se puso un jersey y unas mallas gruesas de invierno. Abajo, se calzó sus viejas e infalibles botas de borrego y se abrigó.

En vez de llevarse la llave de la casa, dejó la puerta abierta y salió al país de las maravillas.

La nieve caía, suave como el algodón, y se posaba en las ramas. Una fina capa, de momento, cubría los caminos y se acumulaba sobre la escollera. Solo oía el murmullo del viento mientras se ceñía a esos caminos que rodeaban la casa.

Aspiró el humo que emanaba de las chimeneas, el frescor de la nieve, el penetrante aroma de los pinos.

El bosque, verde, blanco y profundo, parecía un cuadro. Se imaginó al ciervo que había visto en su anterior paseo, pero no había rastro de él.

De haber tenido un perro, se habría internado allí con él, simplemente para caminar sin rumbo en la quietud. Subió los peldaños hasta el mirador situado en la azotea del apartamento y se puso a mirar.

Reconoció un largo macizo de hortensias, con viejos tallos como huesos recogiendo los copos, y lo que parecían azaleas, con altura y anchura suficientes para sobresalir por encima del lecho de nieve.

Tendría que aprender más sobre las plantas, ya que la mayor parte de lo que sabía se restringía a Xena, o desistir y contratar a una cuadrilla de jardinería.

Continuó caminando, para realizar un recorrido circular, y se dijo para sus adentros que adoptaría nuevos hábitos.

Incursiones al pueblo y paseos al aire libre, los cuales confiaba en que fueran más largos una vez que llegara la primavera. Le apasionaba su trabajo, y era necesario, pero haría hueco para esas cosas y para recorrer otras partes de la casa.

Tenía que reconocer que lo había ido postergando porque se le antojaba de tal magnitud que la agobiaba, mientras que ceñirse a unas cuantas habitaciones no tanto.

La casa se merecía algo mejor. Caray, ella también.

Se detuvo unos instantes a contemplar el mar, a escuchar las olas, de nuevo.

Tal vez sea un buen momento para tomar una taza de chocolate, pensó, con la esperanza de que los Doyle la hubieran surtido de chocolate instantáneo. Una taza de chocolate junto al fuego en una tarde con nieve se le antojaba divina.

Regresó y apretó el pestillo del tirador de hierro de la puerta para entrar.

No se deslizó.

Lo intentó de nuevo, y otra vez, y sintió las primeras punzadas de pánico en la garganta.

Había dejado la puerta abierta, sin cerrar con llave, después lo había comprobado para cerciorarse. Se puso a dar tirones, estuvo en un tris de aporrear la puerta.

La golpeó una súbita y gélida racha de viento que sintió como agujas de hielo en la cara y la asaltó un torrente de imágenes en las que caminaba en camisón y descalza en una tormenta de nieve. Iba al encuentro de una mujer junto a la escollera.

Medio aterrorizada, miró por encima de su hombro por si había una figura apostada ahí. La de una mujer de negro.

Pero solamente vio nieve y más allá el mar.

Temblando, sacó el teléfono del bolsillo. Llamaría a Trey. Le daba vergüenza, sí, pero…

Sin ni siquiera darle tiempo a pulsar en el contacto, oyó un ruido seco, como de una cerradura al deslizarse.

Y cuando intentó abrir la puerta de nuevo, esta se abrió con suavidad.

Entró como una exhalación, la cerró de un portazo y echó la llave. Al apoyar la espalda contra ella, con el corazón desbocado, fue consciente de que tenía los ojos desencajados.

Deliberadamente, los cerró.

—Es probable que simplemente estuviera atascada, . Yo no cerré con llave, estaba abierta, así que se ha bloqueado de forma momentánea, eso es todo. El resto ha sido un pánico absurdo.

Se quitó las botas, las guardó en el armario, colgó el abrigo con cuidado y se deslió la bufanda. Aunque se le había pasado el antojo de chocolate, se ciñó al plan previsto.

No encontró Swiss Miss en los armarios de la cocina ni en la despensa, pero sí una bonita lata de cacao, de modo que sacó un cazo y siguió las instrucciones.

Tampoco encontró un bote de nata montada Reddi-wipp, pero sí un cartoncito de nata líquida para montar.

No tenía intención de llegar tan lejos, así que se tomaría el chocolate a palo seco.

De mejor ánimo, subió a la biblioteca, una habitación que, por la razón que fuera, sentía como suya. Se acomodó junto al fuego a tomarse el chocolate caliente tranquilamente.

Sacó el móvil al oír la notificación de un mensaje de texto. De Anna.

No sé cómo voy a poder trabajar con tu gran lanzamiento. ¡Estoy asombrada! Y no soy de las que se asombran fácilmente. Las páginas de venta son como un milagro. Sé que no has terminado, pero todo tiene una pinta magnífica, y funciona de fábula. Me he quedado impresionada conmigo misma al abrir la pestaña «Sobre la artista». Me encanta cómo has utilizado las fotos que mi madre hizo ayer.

Estupendo. Ahora consígueme un vídeo, con audio. Voy a crear un *widget*.

Y, pensó Sonya, usarlo para hacer el lanzamiento en TikTok en algún momento, pero no había necesidad de que Anna se amilanara.

No sé qué es un *widget,* pero genial. Me pondré con ello. Cuando todo esto esté listo, voy a invitarte a comer. Te juro que, si no estuviera casada y embarazada, me casaría contigo y sería la madre de tu hijo.

> Aunque me resulte tentador, nos ceñiremos al plan de la comida. En los próximos diez días pondré en marcha las redes sociales, así que estate pendiente.

Lo haré. Gracias. Anna

Qué buen día, pensó Sonya. A pesar del incidente con la puerta, está siendo un buen día.

Al apoyar los pies encima de la mesa de centro, en la tableta empezó a sonar *Home* [«Hogar»] de Michael Bublé.

—Muy bien. Como quieras.

Por la noche decidió pasar un rato con el árbol genealógico de los Poole y una copa de vino. Después quizá comenzara a leer uno de los libros que se había comprado o vería otra película.

Tal como le había dicho Deuce, el libro familiar se hallaba en el despacho de Collin. Encuadernado en piel marrón, era del estilo de los que se colocan en las mesas de centro.

Un amigo cariñoso, pensó mientras volvía a la biblioteca con el libro y el vino.

Leyó el prólogo, donde Deuce explicaba su interés en la genealogía y su esperanza de que el libro proporcionara un vínculo entre las generaciones venideras y sus antepasados.

Comenzaba con el árbol genealógico, documentado exhaustivamente a doble página, a partir de principios del siglo XVII.

—¡Madre mía, tuvieron once hijos! Dos murieron cuando eran bebés, otro antes de cumplir los cinco años, y otro a los dieciséis. ¿Cómo se supera eso?

Continuó hacia abajo, dejando los detalles para después. Llegó hasta su padre y su hermano gemelo. Aparecía el nombre de su madre y la fecha de la boda de sus padres. También la del fallecimiento de su padre.

La mujer con la que Collin contrajo matrimonio; la fecha de la boda y la de su muerte era la misma.

Y ahí, su propio nombre, unido al de sus padres.

Comprobó la gran cantidad de personas que formaban esas ramas, cosa que nunca se había planteado. Ella era hija única de un hijo único —o eso había creído— por parte de padre. Por parte de madre tenía una tía y tres primos.

Ahora tenía muchos muchísimos más.

—A papá le habría encantado esto —dijo por lo bajo.

Absorta, no se dio cuenta de que en la tableta estaba sonando *We are Family* [«Somos familia»].

Qué cantidad de nacimientos, reflexionó, con gemelos intercalados entre ellos. Qué cantidad de muertes.

Pasó la página.

Deuce había investigado a fondo, comprobó después de pasar más de una hora leyendo acerca de los antepasados del siglo XVII. En su linaje figuraban aristócratas, soldados y granjeros, así como sus logros y tragedias.

Cuando llegó al siguiente siglo, decidió hacer té —algo impropio de ella— y llevárselo junto con el libro a la cama.

Arropada, con el fuego ardiendo suavemente, fue avanzando hasta llegar a Arthur Poole, de Liverpool, que se había afincado en Maine y fundado el negocio familiar. Un hombre aventurero, pensó, al tiempo que empezaba a nublársele la vista.

Surcando los mares a los diecisiete, rumbo a un nuevo mundo, y dejando atrás el que conocía. Constructor naval de oficio, después de aprendizaje.

Y a los veinticuatro, fundó su negocio, y contrajo matrimonio con una joven y rica heredera, una tal Leticia Armond, y empezó a construir la futura Lost Bride Manor.

¿Se casaría con Leticia por amor o por dinero?, se preguntó.

Tuvieron gemelos y posteriormente tres hijas, y, después de casi veinticinco años de matrimonio, él murió.

En una caída de un caballo.

Así pues, su hijo Collin heredó la casa solariega y continuó la ampliación de la estructura original iniciada por su padre; al mismo tiempo, dirigió el negocio con su hermano.

Al cabo de unos meses, Collin Poole se casó con Astrid Grandville.

Y sobrevino una tragedia.

Al sentirse amodorrada, Sonya cerró el libro y lo dejó sobre la mesilla de noche. Seguidamente apagó la luz y se quedó dormida en el acto.

El carillón del reloj marcó las tres, y una música suave y triste empezó a sonar en sus sueños. La joven y feliz novia con su largo vestido blanco se miraba atentamente en el espejo. La música, rápida y alegre, se dejaba sentir desde la planta principal, donde su esposo —ay, qué palabra, 'esposo'— hacía de anfitrión de familiares y amigos en el banquete. Por la ventana abierta soplaba una brisa primaveral que ondeaba las cortinas.

Sonya le sonrió desde el otro lado del espejo. Qué guapa, pensó.

La novia le correspondió a la sonrisa.

«Siempre seré guapa. Joven y guapa. Una novia para mi novio, una esposa para mi esposo. La señora de la casa. Y siempre reviviré este día en el que sentí, por un lado, amor y gozo, y por otro, desesperación y dolor».

Sucedió muy deprisa, la mujer irrumpió con el cuchillo y Sonya, al otro lado del espejo, chilló, pero el sonido no pudo atravesar el cristal. Cuando le clavó el cuchillo, Sonya empezó a empujar y golpear el espejo en un intento de atravesarlo de alguna manera. Sin embargo, solo pudo presenciar, horrorizada, cómo la sangre empapaba de rojo el largo vestido blanco.

Cómo se desplomaba la joven novia, y la mujer profería una maldición. La asesina le quitó el anillo a la novia agonizante y se lo puso.

Por un momento, tan solo un instante, la mujer se sumió en las tinieblas que envolvieron rápidamente la habitación.

Y desapareció.

La novia, con la sangre resbalándole entre los dedos mientras se apretaba el vientre, se levantó tambaleándose. A través del cristal, sus ojos se posaron en los de Sonya.

«Una y otra vez, sin descanso, año tras año y novia tras novia, encuentra los siete anillos y rompe el maleficio».

Lo mismo que la mujer de negro, desapareció, llevándose consigo la música, la suave y triste, la alegre y rápida.

Con el sueño borrado de la memoria, Sonya se despertó poco después del amanecer con el ruido de la máquina quitanieves. Al recordar su deber, bajó a hacer café y le llevó uno a John Dee.

Él, un hombre fornido con una barba de pelo castaño y ojos en consonancia, le sonrió.

—¿Te he despertado?

—Soy una chica trabajadora. Yo también necesito empezar la jornada. Eso es un cielo azul como Dios manda.

—Sí. Al parecer tendremos unos días despejados. En la última pasada solo he recogido alrededor de quince centímetros.

Se bebieron el café tranquilamente, él con su enorme mono de trabajo azul marino y ella con un abrigo encima del pijama.

—He oído que te has atrevido a ir al pueblo.

Ella no tuvo más remedio que reírse.

—¿Es eso una noticia?

—Casi todo lo es en Poole's Bay. Me lo contó la mujer de mi hermano, la que te vendió una bufanda. Las teje la hija de una amiga de mi madre.

—Son una maravilla.

—Deberías llevarla puesta. Hoy hace frío. —Apuró el café y le devolvió la taza—. Gracias. ¿Qué te parece si apilo más leña junto a la puerta trasera? Se está acabando.

—Oh, eso sería estupendo. Gracias.

—Yo encantado. Bueno, tengo que volver al tajo. —Le guiñó el ojo—. Soy un chico trabajador.

—Brindo por los trabajadores de Maine.

Cuando había abierto la puerta, se había guardado las llaves en el bolsillo por precaución. Al ponerse en marcha la máquina quitanieves de nuevo, la puerta se abrió suavemente.

—Pues muy bien.

A una chica trabajadora le viene bien la rutina, concluyó. La suya comenzaba con un desayuno rápido y un vistazo a los correos electrónicos y mensajes. La solicitud de información del día anterior había derivado en una consulta. Con los dedos cruzados, la programó para última hora de la mañana.

Una ducha, ropa deportiva, su botella de agua.

Mientras se vestía, se negó a darle vueltas al hecho de que la cama estaba hecha con esmero.

Hoy no; hoy se centraría.

Se llevó el libro de la familia Poole a la biblioteca, lo dejó sobre la mesa de centro y fue a encender la chimenea.

Le extrañó que el leñero que había junto al hogar estuviera lleno, pues, como le había dicho John Dee, la leña se estaba acabando. En el hogar yacían los leños, cuidadosamente colocados, tan solo a la espera de una cerilla.

Quizá consultara qué suplementos o hierbas naturales —lo que fuera— eran beneficiosos para la memoria.

Pero no le iba a dar vueltas al tema. Ese día no.

Ni siquiera cuando en su iPad empezó a sonar *Good Morning, Good Morning* [«Buenos días, buenos días»] de los Beatles a todo volumen.

Se sentó y se puso a retocar el diseño de la página web de Anna.

Hizo una pausa para responder a la consulta y, cuando esta derivó en un contrato, meneó los hombros en señal de triunfo y se balanceó en la silla.

Poco después del mediodía, Anna le envió la última foto y —además— un vídeo de sesenta y ocho segundos.

Anna junto al torno en marcha —y muy favorecida— sujetando una especie de espátula fina contra el barro mientras explicaba que dentro de unos días colgaría una nueva pieza, inspirada en la última nevada, en su página web.

Qué lista, pensó Sonya.

Lo incorporó a la web inactiva y comprobó que se visualizara.

En la siguiente pausa se abrigó para dar un paseo, esta vez hasta la escollera, bajo un cielo azul radiante.

Con el sándwich de mantequilla de cacahuete y confitura que se había hecho —siempre le sentaba de maravilla—, se sentó sobre las rocas a contemplar un par de barcos navegando. Barcos de pesca, pensó, realizando su ardua faena a la intemperie.

El sándwich estuvo en un tris de caérsele al suelo cuando, mar adentro, de entre las aguas emergió una gigantesca ballena, lanzándose hacia el cielo. El agua que expulsó cayó con el fragor de una cascada, mientras su piel relucía empapada bajo los rayos del sol.

Cuando se sumergió, se formaron ondas concéntricas en el mar, hasta que volvió la calma.

—¡He visto una ballena! Estoy aquí sentada tan campante comiéndome un sándwich de mantequilla de cacahuete y he visto una ballena...

Entonces se maldijo por no haber sacado el móvil para fotografiarla.

—La próxima vez.

Se metió la mano en el bolsillo y sujetó el teléfono por si acaso. Esperó hasta que tuvo que reconocer que hacía demasiado frío como para quedarse sentada en una roca con la esperanza de ver otra ballena.

No volvió a ver la sombra junto a la ventana, y abrió la puerta sin ningún contratiempo.

—Vamos progresando. Aclimatándonos.

Se fijó en el retrato mientras se descalzaba.

—Anoche leí acerca de ti. Acerca de ti y de tu querido Collin, y de la bruja loca que te apuñaló, Hester Dobbs. Si te paras a pensar, a él también lo mató, puesto que se ahorcó, según parece porque no podía vivir sin ti.

Cuando se disponía a colgar el abrigo, empezó a sonar *Lover* [«Amante»] de Taylor Swift en la biblioteca.

—Ya me estoy acostumbrando a eso.

Pasó el resto del día trabajando en el proyecto de Anna, con un breve descanso para plantear un panel de ideas para el siguiente cliente.

Y la noche, leyendo un poco más sobre la historia familiar de los Poole.

Al parecer, Hester Dobbs se fugó de su celda poco antes de la fecha prevista para su ahorcamiento por el asesinato de Astrid Poole, tan solo para quitarse la vida arrojándose desde la escollera de la casa solariega a raíz del suicidio de Collin Poole.

En su cabaña se hallaron varios utensilios de brujería.

—Qué buen rollo.

Continuó con Connor, que heredó la casa solariega tras la muerte de su hermano gemelo, Collin.

Que, al parecer, vivió felizmente en su infancia, y más tarde en su matrimonio, con la salvedad de aquel espantoso asesinato y el posterior suicidio de su hermano. Él también amplió la casa, y el negocio, y tuvo cinco hijos.

Entre ellos una hija —a Sonya no se le pasó por alto— que murió el día de su boda.

De lo más siniestro.

Él, sin embargo, falleció con setenta y dos años, en su cama, arropado por su esposa, sus restantes hijos y sus nietos.

Decidió poner fin a la lectura de esa noche con esa nota feliz.

Después se dio una sesión maratoniana de tres episodios de una nueva serie de Netflix para terminar el día.

—Nada fuera de lo normal —dijo en voz baja al meterse en la cama, y se quedó dormida.

No la despertaron las campanadas de las tres, ni el chirrido de las puertas, ni el eco de la música, ni los sollozos de una mujer desconsolada.

SEGUNDA PARTE

La casa solariega

«Todas las casas donde los hombres han vivido y muerto son casas embrujadas».

HENRY WADSWORTH LONGFELLOW,
Casas embrujadas

11

Trabajó a buen ritmo durante los siguientes días. Puede que se pusiera las anteojeras en más de una ocasión, pero le cundió. Y, tras la firma del contrato con la empresa emergente de cáterin, tenía bastante para trabajar a buen ritmo.

Un sábado por la mañana, pertrechada con el teléfono y una linterna —por si acaso— se internó en el pasillo del servicio. La escalera crujió mientras bajaba, pero, como la luz alumbraba el camino, se guardó la linterna en el bolsillo trasero del pantalón.

Le resultaba impensable sentarse sola en la sala de cine. No es que no sea agradable, observó mientras deambulaba por ella. Era acogedora en su estilo, con cómodos butacones y una enorme pantalla.

Él había instalado incluso un pequeño bar que tal vez mantuviera lleno de bebidas y tentempiés.

¿Se habría sentado Collin allí, solo en la gran casa vacía, transportándose a los mundos de la pantalla? ¿Se habría reído con las comedias, se le habría acelerado el pulso con una película de suspense?

¿Habría comido palomitas mientras veía clásicos del cine como ella solía hacer?

Qué raro, pensó, no haber llegado a conocerlo, y ver claramente que tenían cosas en común: la pasión y el talento para el arte, la afición a los relatos, a los libros, a las películas, junto con el gusto por las casas antiguas y laberínticas rebosantes de historia y carácter.

De haber tenido la oportunidad, ¿habrían confraternizado los hermanos? ¿Habrían compartido las vacaciones, las bromas familiares?

A medida que transcurrían los días, más se inclinaba a pensar que sí. Jamás lo sabría a ciencia cierta, pero intuía que sí, que habrían confraternizado, incluso si se hubieran conocido en la madurez.

Desde la sala de cine se dirigió al gimnasio, con un soporte para mancuernas, una cinta de correr y una bicicleta estática reclinada. Y otra pantalla en la pared.

Al hombre le gustaba a rabiar la televisión.

Había bandas elásticas y correas para yoga colgadas de ganchos, una pelota de ejercicio, balones de fuerza e incluso una barra fija. De modo que también le gustaba a rabiar el deporte.

Distraídamente cogió dos mancuernas y realizó unos cuantos movimientos delante del espejo.

Sin duda podía convencerse a sí misma para utilizar ese espacio. Añoraba su abono del gimnasio, un gimnasio al que había renunciado, pues Brandon iba al mismo.

Podía poner entrenamientos por *streaming* y retomar el hábito.

—Qué mejor momento que ahora —concluyó, y pasó los treinta minutos siguientes teniendo muy presente cuánto odiaba las sentadillas.

Frotándose el trasero porque lo notaba, registró un trastero, donde encontró adornos decorativos para Halloween, Navidad y el Cuatro de Julio.

—Mi madre y tú también habríais hecho buenas migas.

Encontró otro tramo de escaleras que descendían y se asomó a la oscuridad.

—El sótano, sótano —concluyó—. Ni pensarlo.

Le dio el mal rollo del cuarto de calderas de *El resplandor* de Stephen King.

Y cerró la puerta.

Siguió deambulando y, fascinada, halló un panel de campanillas. Tal vez no tuviera la pasión desmedida de su tío por el cine y la televisión, pero había visto ese tipo de cosas en películas de época.

Cada campanilla, conectada a una habitación, avisaba al personal para que acudiera. Estaba desconectado, como es lógico, pero habían conservado ese antiguo sistema de comunicación en su sitio allí abajo.

Tocó una.

—Seguro que el señor Poole desea su refrigerio de media mañana en el salón de día.

Qué vida esta, pensó, al tiempo que negaba con la cabeza.

Escaleras arriba y abajo, pensó al empezar a subir. Idas y venidas por pasillos con el fin de pasar desapercibidos entre la familia o los invitados.

¿Sería una buena o una mala vida?, se preguntó.

¿Tendrían una cama calentita por la noche, el estómago lleno y una paga decente?

¿Estaría alguien contento de trabajar allí, o sería una lata?

Cuando se disponía a subir a la segunda planta, la campanilla del sótano dio un aviso procedente del salón dorado.

Pero ella había entrado en otra zona destinada a almacenamiento y no lo oyó.

Encontró muebles —mesas, escritorios, sillas y lo que parecía un chifonier para guardar partituras— y descubrió un antiguo gramófono junto con una colección de los gruesos discos que sonaban en la época.

Por diversión, le dio a la manivela y eligió un disco de Billie Holiday al azar; aunque el nombre le sonaba, no conocía su música.

Tras colocar la aguja con cuidado, escuchó unos segundos un compás rasgado de piano y trompa a modo de jazz.

Y a continuación se hizo la magia.

—Vale —dijo entre dientes mientras la música, esa voz, flotaba en el ambiente—. Ahora entiendo por qué me suena el nombre, aunque grabaste esto unos sesenta años antes de que yo naciera.

Decidió que era necesario hacer sitio en la sala de música para la señorita Holiday, el gramófono y el lote completo, cuando averiguara cómo bajarlo.

Cuando descubrió un tesoro de baúles y abrió el primero, soltó un grito literalmente y suspiró de placer al acariciar el encaje y la seda del vestido de arriba.

El cuidadoso envoltorio de papel de seda, junto con el revestimiento de madera de cedro del baúl, habían contribuido a conservar el tejido verde oscuro. No tenía ni idea de la época a la que pertenecía, solo que era precioso.

Temiendo desbaratarlo, levantó un extremo y vio más vestidos debajo, envueltos con la misma meticulosidad.

Deberían estar en un museo, pensó. Tenía que localizar a alguien que supiera de moda y de trajes de época para que fuera a examinarlos detenidamente.

—A lo mejor me quedo unos cuantos. —Sopesó esa idea—. Esto sí que arrasaría en una fiesta de disfraces. ¿Y qué mejor sitio que la casa solariega para organizar un fiestón de disfraces por todo lo alto?

Con gran asombro, cayó en la cuenta de que no había sido necesario que transcurrieran tres meses, ni siquiera tres semanas.

Porque ya había decidido quedarse.

Abrió un baúl tras otro y encontró más ropa, de señora y de caballero, además de zapatos y sombreros, todo envuelto con mimo.

Digno de museo, pensó de nuevo. O, de no estar a la altura, como mínimo para una tienda vintage.

—Mis *tataraloquesea* se pusieron todas estas cosas. Es necesario que se vuelvan a exhibir, a admirar, a lucir de nuevo.

Se puso de pie y echó un vistazo a su alrededor.

En un acto reflejo, eligió otro disco. *In the Mood*, porque le sonaba de algo, y, bueno, le apetecía.

¿Era raro, se preguntó, estar escuchando los temas clásicos que sonaban en ese antiguo aparato y al mismo tiempo rodeada de tantos vestigios del pasado?

Del pasado de su familia.

A ella no se lo parecía. A ella le parecía un completo acierto.

Las sábanas, blancas como fantasmas, cubrían la mayoría de los muebles. Todavía no se había acumulado demasiado polvo, lo cual era de agradecer a los Doyle, así como el exhaustivo inventario.

Pero había demasiadas cosas almacenadas, escondidas, que podían y debían ser utilizadas y apreciadas. Eran reliquias familiares, sí, pero...

Tal vez los primos quisieran algunas, al menos una o dos piezas. Y su madre... Sí, su madre se merecía tener algo.

No era cuestión de venderlas; en cierto modo le parecía mal ponerlas a la venta. Y algunas, quizá la mayor parte, debían ser conservadas para las futuras generaciones.

Era la historia familiar, en madera y cristal, en seda y satén, en gruesos discos antiguos.

Tardaría días —siendo realistas, semanas y meses— en revisar todo. Simple y llanamente, repasar la lista del inventario no era lo mismo que el hecho de ver y tocar las cosas.

De sentirlas, reconoció.

—Pues muy bien. Esto va a la lista de tareas pendientes. Igual que contratar un servicio de limpieza, porque la verdad es que yo sola no puedo mantener esta casa en las condiciones adecuadas.

Tomó nota de las cosas que deseaba colocar abajo, además de buscar a un especialista en indumentaria de época y un servicio de limpieza.

Lo más práctico, pensó mientras caminaba de aquí para allá, sería cerrar la mayor parte, si no toda, la segunda planta, después de enseñársela a sus primos y a su madre. Bastaría con realizar una limpieza estacional.

Entró a la torrecilla semicircular, el estudio de Collin. La luz, que entraba a raudales por tres costados, bañaba los suelos de madera pulida.

Él conservaba su material en estantes junto a la pared del fondo, donde había una mesa de trabajo y un par de caballetes plegados; en el semicírculo de ventanas se alzaba otro.

—¿Qué hago con tus cosas? A lo mejor en un momento dado aprovecharía algunas, pero...

Deslizó un dedo sobre los pinceles de uno de los compartimentos. Los había para pintura al óleo, acrílica y a la acuarela, así como pinceles con punta de silicona, espátulas y un juego de cuchillos de paleta en su propio estuche.

Además de cuadernos de dibujo, lápices y carboncillos.

Su padre tenía prácticamente los mismos utensilios.

Y usaba el mismo recipiente para lavar los pinceles, el mismo aceite de linaza prensada en frío, el mismo aguarrás mineral.

Al pensar que ese estudio habría olido igual que el de su padre, sintió escozor en los ojos.

—Yo no tengo ni talento ni tiempo para esto. Ni tampoco, su madre tenía razón, la pasión. Pero ¿qué hago con tus cosas?

¿Dárselas también a alguno de los primos, o a Cleo?

Indecisa, abrió la puerta del armario situado junto a la mesa de trabajo.

Y se le cortó la respiración.

Había un retrato de cuerpo entero con un sencillo marco de madera oscura. Aunque no era tan grande como el de Astrid Poole, causaba el mismo impacto.

La mujer posaba, de nuevo, con un largo vestido blanco.

No era el mismo vestido, pero, con el escote de hombros caídos en forma de corazón y la falda larga y vaporosa, era sin lugar a dudas un vestido de novia. La mujer llevaba un tocado de pimpollos de rosas con un lazo que caía sobre su cabello caoba, cuyas ondas le rozaban los hombros. Sus ojos, de un azul claro y grisáceo alrededor de la pupila, irradiaban alegría.

Con la mano derecha, donde lucía un reluciente diamante, sujetaba un ramo de hortensias azules con un delicado follaje. En la izquierda llevaba una alianza de platino que relucía con más diamantes.

Detrás de ella se extendía el mar.

—Eres Johanna. Tienes que ser tú, y no pienso dejarte encerrada aquí.

Al disponerse a coger el cuadro, la puerta del armario se cerró bruscamente contra su espalda.

—Y tampoco pienso quedarme encerrada aquí.

Cogió un bote de aguarrás del estante y lo usó para forzar la puerta. Cuando la abrió, sacó el cuadro con cuidado y lo colocó en el caballete.

—De momento, la verdad es que me gusta tu imagen con la sencillez de este marco, sin florituras, sin relieve. Encontraré un sitio para ti; no sé por qué él no lo hizo.

Tomó una súbita bocanada de aire al oír un portazo, seguido de otro, y otro.

De pronto sintió frío y salió del estudio a toda prisa.

—Voy a cerrar la segunda planta a cal y canto, a cerciorarme de que todas las puertas estén cerradas, y a cerrar las zonas de almacenamiento lo antes posible.

Su intención de hacer café —para entrar en calor— se le borró de la mente nada más llegar a la cocina.

Todos los armarios estaban abiertos de par en par.

—Ya está bien. —Puede que le temblara la voz, pero lo repitió—: Ya está bien. —Y cerró todos los armarios dando portazos.

Fue a toda prisa al armario de los abrigos, a por sus cosas, para salir de allí. Y, al alargar la mano para coger el abrigo fue consciente de que, si se iba en ese momento, si se iba cuando le temblaban las manos, es posible que jamás regresara.

—Es mi casa. Es mi casa, maldita sea.

Así que pondría la cafetera y trabajaría un rato. Antes, sacaría algo del congelador, quizá pollo, y más tarde se prepararía algo para comer que no fuera una ensalada, un sándwich o una sopa de lata.

—Voy a trabajar aquí, a dormir aquí, a comer aquí y a vivir aquí porque es mi casa, maldita sea.

Esa noche dejó pasar la lectura del libro sobre la historia de la familia Poole. Quedó con su madre por FaceTime para cenar juntas, y su mundo pareció recuperar la normalidad.

—A ver… Es la primera cena que organizas en la casa solariega —señaló Winter, pensativa—. En Maine, en invierno, para un grupo numeroso de carnívoros. Un estofado de carne.

—Eso tiene pinta de ser… complicado.

—No lo es, confía en mí. Puedes hacerlo. Necesitas una olla de hierro grande, con tapadera. Voy a darte la lista de ingredientes;

la receta te la mando. Lo pones todo en la olla, y esta hace el resto, cariño.

—Si tú lo dices…

—Lo digo. Toma nota.

A medida que la lista crecía, iba ganando peso la idea de invitar a la familia Doyle a cenar fuera y santas pascuas.

—De eso nada. Vas a invitarlos a tu casa y a prepararles una cena deliciosa. ¿Recuerdas cómo olía la casa cuando yo cocinaba estofado?

—Sí, de maravilla… Pero tú tienes buena mano.

—Tú también.

Tal vez, pensó Sonya cuando se despidieron, y echó otro vistazo a la —larga— lista. Pero no las tenía todas consigo.

Haría té —algo que, según había descubierto, aportaba una nota relajante a la noche—, se pondría el pijama y empezaría la novela que había dejado junto a la cama.

Ya tenía la agenda del día siguiente perfilada en la cabeza: empezar de buena mañana, un paseo a mediodía y vuelta al tajo.

Se detuvo junto a la sala de música y la contempló con el té en la mano.

Sí, definitivamente bajaría el mueble con el gramófono, podía colocarlo allí.

—¿Y sabes qué? Que ese bodegón es un poco formal para mí. Podría colocar a Johanna ahí. A lo mejor tocaba algún instrumento. Recordatorio: preguntar a Deuce.

Al subir a su habitación, se le hizo un nudo en el estómago: el fuego ardía suavemente y la cama estaba destapada. Y esta vez había un pijama limpio y primorosamente doblado en el hueco entre las almohadas y el edredón.

—Tengo que contarle esto a alguien. ¿Cómo voy a contarle esto a alguien sin que me tome por loca? A lo mejor estoy loca, pero yo no me siento así.

Pero sí lo bastante nerviosa como para cerrar la puerta y echar el pestillo.

Sonya empezó la semana muy concentrada, con las anteojeras puestas, y la cabeza en el trabajo. Si las puertas se abrían con un chirrido o se cerraban de un portazo, hacía caso omiso. Cuando el iPad le daba la bienvenida con una canción, le restaba importancia.

El jueves empezó el último ciclo de pruebas para la página web, las redes sociales y demás.

Increíble, pensó Sonya, lo que se podía conseguir con muchas horas y pocas distracciones.

Pero ese día iba a acortar la jornada de trabajo. Como Cleo llegaba al día siguiente —Sonya se moría de ganas de verla—, no tenía más remedio que ir a hacer la compra.

Y, dado que eso implicaba desplazarse al pueblo, aprovecharía para abrir la cuenta corriente. Como en el Lobster Cage disponían de un fantástico menú para llevar, pediría algo para la cena.

De camino al coche, dio un rodeo por el garaje y lo abrió con el mando.

Tal y como sospechaba, la camioneta de Collin era tan grande e intimidante como imaginaba.

Eso sí que puedo venderlo sin remordimientos de conciencia, pensó.

Se fijó en las dos palas que, gracias a John Dee, todavía no se había visto en la necesidad de usar. Había un voluminoso mueble rojo para herramientas junto a un banco de trabajo; de la pared colgaba una bicicleta de doce velocidades; y, en el rincón del fondo, lo que parecía un compresor.

Cerró la puerta.

Se plantearía qué hacer con la camioneta, al menos, para poder guardar su coche en el garaje.

Tardó más de lo previsto en el banco, no solo por el papeleo, sino por la conversación.

Resulta que la subdirectora era una prima muy lejana, por parte de los Oglebee, descendientes de George Oglebee, que se casó con Jane Poole, la hija de Hugh Poole, a finales del siglo xix.

—Soy Mary Jane. —Se ajustó sus gafas de montura roja—. Me llaman M. J. Todo el mundo sintió mucho lo de Collin.

Pero estamos muy contentos de que en la casa solariega haya una Poole de nuevo. Yo no soportaba verla vacía y cerrada a cal y canto, como estuvo una temporada después de que Charlie Poole falleciera en…, ¿cuándo fue?, en el sesenta y cinco o sesenta y seis, creo. Mi madre lo sabrá con exactitud porque lo conoció.

—Yo apenas he empezado a conocer la historia de la familia.

—¡Como todo el mundo! Nadie tenía ni idea de que Collin tuviera un hermano gemelo, o de que fueran hijos de Charlie. Según mi madre, no le sorprende en absoluto, pero qué va a decir. En mi opinión, es muy triste que tu padre y Collin jamás tuvieran la oportunidad de conocerse.

—Estoy de acuerdo contigo.

—Y la pobre Gretta Poole, viviendo con esa mentira toda su vida. Pff… —M. J. negó con la cabeza—. Su madre llevaba la voz cantante, y tanto que sí.

—¿Conoces a Gretta Poole?

—Realizaba sus operaciones bancarias aquí, mejor dicho, Collin se ocupaba de ello casi siempre. Ella está delicada de salud desde hace…, hum…, doce años o más. No obstante, él cuidó de ella, la cuidó bien.

Fue archivando documentos mientras terminaba de abrirle la cuenta, justo antes de que el banco cerrara.

Sonya llevaba la lista de la compra en el móvil: ingredientes frescos para ensalada, fruta, más huevos y leche, más café, y mantequilla. Terminaré en un periquete, se prometió a sí misma.

Sin embargo, una vez dentro, añadió bagels y patatas fritas. Y, como todavía no se orientaba por los pasillos, añadió más cosas.

Calculó el tiempo, hizo el pedido en el restaurante y, dado que el supermercado se hallaba a pocos pasos de una pequeña floristería, ¿por qué no?

Compró flores para la habitación de Cleo, para la suya y para el salón principal y, ya puestos, también para la biblioteca. ¿Acaso no pasaba la mayor parte del tiempo allí?

Además, se recordó a sí misma, necesitaba contactos, y trabó conversación con la florista.

Que casualmente era amiga de Anna.

—Me he enterado de que estás actualizando la página web de Anna.

—Más bien diseñándola entera, pero sí.

—Me ha comentado que está genial y que te ha dado el visto bueno.

—Eso parece.

—Tenemos servicio de pedidos online, ¿sabes?, y el área de reparto llega a la casa solariega.

—No lo sabía. ¿Tienes una tarjeta?

—Sí. ¿Y tú?

Se intercambiaron las tarjetas y, cuando Sonya se marchó, cargada de flores, pensó: tal vez.

Se dirigió al Lobster Cage, siguió la indicación de un rótulo con forma de flecha que rezaba PARKING y aparcó junto a la camioneta —la reconoció— de Trey.

Más conversación, pensó, pero bien. Tenía que hacerle algunas preguntas, a menos que estuviera acompañado, aunque parecía temprano para una cita.

Aunque estuviera acompañado, lo saludaría, y seguramente conocería a alguien más. En la salida de ese día, una empleada de banca, la encargada de un supermercado y una florista habían caído en sus redes.

Entró a una zona destinada a bar, rústico y acogedor, con un muro de ladrillo visto detrás de la barra y unas cuantas mesas altas y bajas de color oscuro. Aunque a través del acceso al comedor se veía que estaba prácticamente vacío, el bar bullía de actividad.

Vio a Trey junto a la larga barra, con una cerveza en la mano, conversando con el hombre que estaba a su lado.

Él la vio, sonrió y se giró en el taburete.

—¿Te tomas algo, guapa?

—Es tentador, pero no. He pedido algo para llevar y llevo comida en el coche.

—Es un momento. Para que conozcas a tu primo Owen.

—Ah.

Al volverse, Owen la miró con unos ojos de un verde más claro que el de Sonya, con motas ámbar. Su pelo, de un castaño más oscuro, le caía rebelde alrededor de su cara angulosa, con una barba de dos días.

Ella supuso que, si se fijaba atentamente, encontraría algún parecido.

—Me alegro de conocerte.

Cuando le tendió la mano, él se la estrechó con una mano dura como un tablero de madera.

—Sí, eres toda una sorpresa.

—Tú también. De hecho, tenía ganas de conocerte. El fin de semana me puse a revisar las cosas almacenadas y me pregunté si querrías algo.

—¿Como qué?

—Hay muchas cosas guardadas; la verdad es que, entre todo, son muchas cosas. Pensé que tú o los otros primos, que tampoco sabía que tenía, a lo mejor queríais algo.

—Así de primeras no se me ocurre nada, pero… gracias.

—Y está su camioneta.

—¿Quieres deshacerte de la camioneta de Collin?

—No deshacerme de ella, sino más bien… Es que nunca he conducido una camioneta.

—Deberías aprender. —Miró a Trey—. Debería aprender.

—Sí. Bueno, no te apures con eso, Sonya. Oye, Owen, deberías subir en algún momento a echar un vistazo a lo que hay guardado. Sé a lo que te refieres —le dijo a Sonya—. Lástima que haya tantas habitaciones cerradas.

Como Owen se encogió de hombros, ella insistió.

—Ojalá vinieras. Paso allí la mayor parte del tiempo porque trabajo en casa. Bastaría con que me avisaras. —Sacó una tarjeta—. Y díselo a los otros.

—Claro. Correré la voz.

—Bien. Oye, Trey, ¿sabes de alguien que pudiera mover unos cuantos muebles? He encontrado varios que me gustaría bajar. Y hay un cuadro que quiero cambiar de sitio.

—Tienes delante a dos hombres en buena forma. ¿Y si vamos

en un momento este fin de semana, Owen? Así matamos dos pájaros de un tiro.

Él volvió a encogerse de hombros.

—No es mucho, solo un par de muebles y el cuadro de Johanna en el día de su boda.

Trey bebió un lento sorbo de cerveza.

—¿Qué cuadro de Johanna?

—El que encontré en el armario del estudio de Collin. Es muy bonito, y no debería estar encerrado allí.

—¿En el armario que hay en la torrecilla?

—Efectivamente.

—Vale. —Sin apartar los ojos de ella, Trey bebió otro trago de cerveza—. ¿Qué tal el sábado?

—Tendrá que ser a partir de las tres —dijo Owen.

—¿El sábado a partir de las tres?

—Perfecto. Os lo agradezco mucho. Tengo que recoger el pedido. Me alegro de conocerte, Owen.

—No te desprendas de esa camioneta. Si te estorba, puedo aparcarla abajo, junto al muelle.

—Gracias. Ya veremos. Hasta el sábado.

Owen observó a Trey mientras este observaba a Sonya al alejarse. Le dio un sorbo a la cerveza.

—Puede que ella no conozca tu cara de póquer, pero yo sí. No había ningún cuadro en ese armario, ¿a que no?

—No hasta hace unas cuantas semanas, y si en el inventario figurara un cuadro de Johanna Poole vestida de novia, lo recordaría.

—Pues alguien desea que ella lo tenga.

—Eso parece.

Mientras bebía cerveza con aire distraído, Owen la vio marcharse con la bolsa de la comida.

—¿Tú crees que durará tres años allí arriba?

—Yo no apostaría lo contrario.

—Es tu tipo.

A Trey le hizo gracia y le sorprendió el comentario. Se giró en el taburete de nuevo.

—¿Desde cuándo tengo un tipo de chica?

—Desde que ha entrado.

—Ah, ¿sí? Puede, pero aun así hay que andarse con pies de plomo.

—¿Por qué?

—No solo porque ahora mismo tiene muchos frentes abiertos, sino porque rompió su compromiso semanas antes de la boda, justo el verano pasado.

—Ah, ¿sí? No me ha dado la impresión de que sea una veleta.

—No creo que lo sea.

—A lo mejor tiene mal gusto en lo tocante a los hombres. Eso te da posibilidades.

Trey reaccionó a la sonrisa petulante de Owen haciendo lo mismo.

—Pidamos unos nachos y otra cerveza.

—Venga.

Al llegar a casa, Sonya llevó la mitad de las flores y de la compra a la cocina y seguidamente hizo otro viaje a por el resto. Era obvio que se había excedido en la compra, aunque quizá no si convencía a Cleo para que se quedara un par de días más.

Entró con las últimas bolsas y cerró la puerta.

En la tableta, la cual había dejado encima del escritorio en la planta de arriba, empezó a sonar *Thinking Bout You* [«Pensando en ti»] de Ariana Grande.

—A lo mejor no deberías pensar en mí —masculló.

Y, al entrar a la cocina, todos los armarios estaban abiertos de par en par.

Soltó las flores y la compra sobre la isla bruscamente.

—¡Vale! Me rindo. La casa está encantada. ¿Todos contentos ahora? —Se quitó el abrigo a tirones y lo arrojó a un taburete. Se quitó el gorro, lo arrojó también, y a continuación se llevó las manos a la cabeza con un ademán.

—Me estoy volviendo loca —masculló—. Loca de remate.

Colocó la comida y de paso fue cerrando las puertas.

—A ver, jarrones.

Oyó un tenue chirrido procedente de la despensa. Avanzó con cautela hacia allí y vio que las dos puertas del armario situado sobre la pila estaban abiertas.

—Yo me las apaño con esto. —Empuñó las flores y entró a paso marcial—. No pienso irme a ninguna parte, así que apañaos vosotros con eso.

Tras elegir los jarrones, se centró en colocar las flores.

Se dijo para sus adentros que viviría su vida, su vida normal, productiva y razonablemente sensata, en la gran casa encantada.

Para demostrarlo, calentaría las gambas al ajillo que había comprado, cenaría y se tomaría una copa de vino. Subiría las flores que tenía previsto colocar en la planta de arriba, y se aseguraría de que la habitación reservada para Cleo estuviera lista.

Se pondría a trabajar una hora, tal vez dos, y después se acomodaría para pasar la noche con su libro.

Nada fuera de lo normal.

—Ahora esta es mi casa —anunció mientras vertía el vino—. Así que más os vale ir acostumbrándoos.

Bien entrada la noche, se despertó al oír golpes. Se espabiló y retiró el edredón. Le pareció que estaban aporreando la puerta, la puerta principal. Lo oía, por encima del aullido del viento, del fragor del mar.

Al salir de la cama vio caer la nieve —gruesa, en rápidos remolinos— por las ventanas.

Había estallado una tormenta, y alguien necesitaba ayuda.

Salió corriendo, agradecida de las luces nocturnas que había enchufado en el pasillo.

Sería alguien atrapado en la tormenta de nieve. Un accidente, una avería.

Mientras bajaba las escaleras deprisa, le pareció oír gritos de auxilio. Pero el ruido —del viento y las olas— tronaba en el aire.

Sin aliento, giró el pestillo, abrió la puerta y...

Hacía una noche fría, despejada y serena.

Sin ninguna tormenta infernal; sin ningún viajero desesperado en busca de auxilio.

Estupefacta, hizo amago de salir, pero, al recordar que la puerta se atascó —¿o se cerró el pestillo?— en su primer paseo, reculó.

No había una tremenda tormenta de nieve, pero hacía un frío infernal. No correría el riesgo de quedarse en la calle en plena madrugada.

Temblorosa, cerró la puerta. A lo mejor por la mañana se convencía a sí misma de que todo había sido un sueño, pero, de momento, era demasiado real.

¿Habría oído Collin golpes en la puerta? ¿Habría acudido a toda prisa en auxilio de alguien y caído por las escaleras, una caída que le deparó la muerte?

De ahí a que la música sonara, a que las puertas se abrieran y a que se encontrara la cama hecha, había una gran diferencia, una diferencia abismal.

En ese momento, mientras seguía inmóvil en el vestíbulo, la casa permanecía en silencio. Como expectante.

—No me acobardo fácilmente. Y no pienso ir a ninguna parte.

Le pareció que el eco de su voz resonaba de camino a las escaleras. Mientras subía, el reloj marcó las tres.

12

Por la mañana seguía siendo real. Sabía que no había sido un sueño ni mucho menos.

Había visto lo que había visto, y oído lo que había oído.

Y apechugaría con ello.

Porque quería vivir allí. Quería trabajar en la biblioteca, y despertar con los amaneceres sobre el mar. Quería contemplar los saltos de ballenas y avistar un ciervo en el bosque.

Se tostó un panecillo, hizo café y se sentó a la mesa con la tableta para responder a los correos electrónicos y mensajes.

Consultó la aplicación del pronóstico del tiempo y vio que era probable que nevara —cinco o diez centímetros— a media tarde.

Con suerte, Cleo llegaría alrededor del mediodía, según lo previsto.

Llenó la botella de agua y se dirigió a la planta de arriba. Se ducharía, se vestiría como Dios manda y trabajaría hasta la llegada de Cleo.

Esta vez apenas se inmutó al ver la cama hecha y las almohadas mullidas. Hizo caso omiso, entró al baño y cerró bien la puerta.

Mientras se duchaba, pensó que necesitaba hablar con Cleo. De haber alguien totalmente abierto a la existencia de… fantasmas, espíritus, fenómenos paranormales —o lo que demonios fuera—, era Cleopatra Fabares.

O quizá la mera presencia de otra persona en la casa durante unos cuantos días los... ahuyentaría.

De alguna manera.

Se lio una toalla y, al alargar la mano para coger otra con el fin de limpiar el vaho del espejo, se quedó mirando el mensaje escrito en él.

7 perdidas

—¿Siete qué? —Tan irritada como alterada, lo borró—. No me van los criptogramas.

Como acusaba el cansancio de su sueño intermitente desde las tres de la madrugada, lo disimuló con maquillaje. Se puso unos tejanos y un jersey, e incluso unos pendientes.

Y determinó que estaba estupenda. Alegre y cuerda.

En la biblioteca puso la tableta encima del escritorio y fue a encender la chimenea.

La tableta la recibió con *Good Morning Beautiful* [«Buenos días, guapa»] de Steve Holy.

—Con eso no haces méritos después de lo de anoche.

El fuego prendió con un chasquido. Puede que nevara más tarde, pero de momento brillaba el sol.

Tras realizar las pruebas de la página web y las redes sociales de Anna el día anterior, quería introducir unos pequeños cambios antes de darle otro repaso.

Y que Cleo echara un vistazo al proyecto más tarde.

Se enfrascó en ello y pasó la mañana trabajando del tirón.

Cuando llamaron al timbre, dio un respingo y se maldijo a sí misma. Saltó de la silla, bajó como una exhalación y abrió la puerta de golpe.

Y se abalanzó a los brazos de su amiga.

—¡Estás aquí! ¡Qué contenta estoy de que estés aquí!

—He tardado unos diez minutos en volver a encajar la mandíbula después de ver este casoplón, pero aquí estoy. ¿Estás bien, Son?

—Sí, sí. Es que estoy contentísima de verte.

Sonya tiró de ella, junto con su maleta y su bolso de bandolera.

—¡Vaya! ¡Madre mía! Guau.

—¿A que sí?

—Se merece que lo repita. Guau, es como... No, no tiene parangón. ¡Madre mía, qué escalera! ¡Y la araña! Los suelos, qué pasada todo. Ya sé que me hiciste un recorrido en vídeo, pero, caray, Sonya, verlo en persona...

—A mí me pasó lo mismo. A veces tengo la impresión de que estoy acostumbrándome, pero luego me paro a pensar y no, la verdad es que no.

—Quiero verlo todo. —Cleo se retiró el gorro y se soltó su bonita melena—. Hasta el último rincón. Y esta es la novia asesinada. Oh, Sonya, es muy joven y guapa.

Mientras se quitaba el abrigo, Cleo se acercó al retrato.

—Debió de quererla, de quererla muchísimo, para pintar este cuadro después.

—Y se ahorcó nada más terminarlo —apostilló Sonya.

—Qué horror. Lo mires por donde lo mires, es trágico. Pero ella sigue aquí, ¿no? Joven y guapa. Bueno, ¿por dónde empezamos?

—Por la sala de estar de la torrecilla. Por el armario de los abrigos.

Allí no había encendido la chimenea, ni en el salón principal. Sin embargo, en el recorrido con Cleo, el fuego ardía alegremente en ambas estancias.

—A ver si se me ocurre algo mejor que decir que «guau», pero de momento me apaño con eso.

—Subamos tu maleta para que veas dónde vas a dormir. Podemos dejar para después el resto de las habitaciones de aquí abajo. Elegí un cuarto para ti —continuó Sonya mientras subían—, pero puedes escoger otro si quieres. Hay un montón.

—Es lógico en una casa así. ¡La biblioteca! Oh, sí, es ideal. Menudo espacio de trabajo. Me vuelve loca.

—Y a mí. —Puede que estuviera volviéndose loca de verdad—. Tienes donde elegir. Mi cuarto está al otro lado, al fondo del pasillo.

—Empecemos desde allí y vayamos retrocediendo. ¡Madre de Dios, qué pasillo más largo! Y el color, la rica textura de ese rosa, los arcos... ¿Estas obras son suyas?

—Muchas de ellas —respondió Sonya mientras caminaban—. Por lo visto el arte es cosa de familia. He encontrado algunos cuadros firmados de Arthur Poole, Jane Oglebee (de la familia Poole), Leticia Poole Bennett, etcétera.

—Talento en los genes. Y tienes una puerta doble, ¡qué pasada!

Cleo asintió con la cabeza mientras deambulaba por la habitación de Sonya.

—Collin Poole supo cómo honrar la historia de esta casa y vivir bien mientras estuvo en ella. ¡Y qué vistas! Me quedaría aquí y me retrataría como heroína de una de esas clásicas novelas góticas. Tienes tu propia sala de estar, lo cual es un detalle elegante y a la vez encantador, y este dormitorio señorial con un paisaje cambiante digno de un cuadro.

Se volvió hacia ella y sonrió con picardía.

—Has triunfado. Veamos qué me has reservado.

—Tienes donde elegir. —Sonya la condujo por el pasillo—. Pero, en principio, me he decantado por esta.

—¿Con sala de estar? Oh, fíjate en el papel de pared. —Cleo deslizó el dedo sobre un azulejo volando.

—La habitación figura en la lista con el nombre de ese pájaro. Cada habitación tiene un nombre.

—Cómo no. Esto es una auténtica preciosidad: ese coqueto diván curvilíneo, esas lámparas tan monas... Y el dormitorio... ¡Tengo una cama con dosel! ¡Y vistas!

Las vistas al mar se abrían a una habitación en tonos azulones y rosa fuerte con una chimenea, donde ardía el fuego que Sonya había encendido previamente, frente a una cama de cuatro postes con cortinas en los mismos tonos.

El estrecho florero de cobalto donde Sonya había colocado los lirios blancos y capullos de rosa de color rosa yacía sobre un tocador alargado de patas torneadas.

—Me voy a sentir como una famosa. Como una heroína gótica famosa. Con su propio cuarto de baño monísimo.

—Hay otra que sopesé, con vistas al bosque, lo cual es una maravilla de por sí. Así que...

—Ajá. —Con una sonrisa soñadora y las manos en jarras, Cleo giró en círculo—. Me la quedo. Reclamo mi derecho.

Para demostrarlo, se desplomó sobre la cama y se quedó mirando el techo por el hueco del dosel.

—Puedo ayudarte a deshacer la maleta.

—¡Bah, paso! Luego. Quiero ver más cosas. —Se incorporó—. ¿Hay un sótano siniestro?

—Pues sí.

—Pues quiero verlo también.

—Eso lo vas a ver tú sola. Te he echado muchísimo de menos, Cleo.

—Y yo a ti. Te lo juro, da la impresión de que han pasado meses en vez de un par de semanas. —Se levantó de un salto—. Vamos, enséñame más cosas. Y luego elegimos una sala y abrimos una botella de vino.

Mientras le mostraba más cosas, Sonya sintió que incluso su poso de ansiedad se mitigaba con el entusiasmo con el que Cleo reaccionaba. Cuando estaban tiritando en el mirador, empezó a nevar.

—Imagina estar aquí, mirando, sin saber cuándo regresaría a casa tu amado.

—Los Poole no solo construían barcos, sino que navegaban —explicó Sonya—. Por lo que supongo que más de una se quedaría aquí plantada, mirando y preguntándoselo.

—Entiendo a lo que te refieres con lo del bosque. Es mágico. Todo es mágico. —Pasó el brazo alrededor de la cintura de Sonya—. Mi mejor amiga se ha quedado cautivada por la magia. Me encanta esto, Sonya, me encanta para ti.

—Vamos a tomar un vino.

Bajaron y abrieron una botella. Sonya se percató de que, de momento, el iPad no emitía sonido alguno y las puertas de los armarios de la cocina seguían cerradas.

Si no eran más que imaginaciones suyas, tal vez necesitara que la viera un médico.

Se llevaron el vino —elegido por Cleo— a la cálida galería para sentarse rodeadas de plantas y contemplar cómo nevaba.

—Bueno —Cleo se puso cómoda—. Estamos a punto de entrar en la segunda década desde que nos conocemos. ¿Qué te preocupa?

—Contigo aquí nada es tan preocupante ni de lejos. Creo que pasar todo este tiempo sola en esta gran casa estaba empezando a hacerme desvariar un poco. Me encanta, lo cual no esperaba. No esperaba tener tan claro que me quedaría. Te echo de menos, echo de menos a mi madre y, a veces, vivir en la ciudad, pero deseo estar aquí.

—Es tuya, Son. Y no es una casa cualquiera: es tu historia y tus antepasados. La estás convirtiendo en tu hogar. Te veo reflejada en todas partes, no solo en la biblioteca, aunque ahí sí que se aprecia tu presencia. No te encanta por el mero hecho de que sea alucinante, que lo es, sino porque la casa eres tú.

—¿Soy una antigua casa solariega de la costa de Maine?

—No me refiero necesariamente al emplazamiento, sino al resto. Tú siempre deseaste esto. —Cleo movió un dedo en el aire con un ademán—. En eso no me equivoco.

—Sí, saber que siempre deseé esto me produce una sensación extraña.

—Cuando ese gilipollas, cuyo nombre no pronunciaré a menos que sea para maldecirlo, quería ver casas, tú buscabas algo idéntico a esto. A menor escala, claro, pero sí una casa con historia, carácter y singularidades. Lo único que él quería era una enorme caja de regalo que pregonara «símbolo de estatus» a los cuatro vientos.

—En eso tienes razón.

—Me quedo hasta el lunes por la mañana. —Cleo se recostó y brindó por las dos—. Sé que tu madre viene dentro de unas semanas. Y yo volveré. Créeme, porque te echo de menos. Además me encanta este lugar.

—Podrías quedarte.

—Tengo una reunión el lunes por la tarde, así que…

—No, me refiero a quedarte, quedarte. A mudarte.

Cleo puso sus ojos ámbar como platos.

—¿A mudarme... aquí?

—¿Por qué no? Puedes trabajar en cualquier parte, lo mismo que yo. Solo tardarías tres horas en ir a Boston a las reuniones para lo que no pudieras resolver en remoto. Tu familia puede venir y quedarse siempre que le apetezca, absolutamente siempre. Puedes instalarte en ese dormitorio o, si quieres más espacio, en el apartamento.

Las palabras le salían a borbotones.

—Sabes que podemos vivir juntas, convivimos durante cuatro años en la universidad. Y es una casa grande. Si quisiéramos, podríamos pasar días sin vernos.

—Caray, Sonya... —Cleo, absolutamente atónita, se pasó la mano por el pelo—. Esto merece otro «guau».

—Podías pensártelo, ¿no? Solo piénsatelo. El pueblo no es que sea Boston ni mucho menos, pero tiene encanto, y hay algunos restaurantes y tiendas. Toma un poco más de vino —dijo Sonya, ahora casi a la desesperada— y solo piénsatelo.

—¿Lo dices en serio?

—Totalmente.

Y lo deseaba más de lo que se permitiría reconocer para sus adentros.

—Te quedaste prendada del estudio de Collin durante el recorrido en vídeo, y ahora, cuando hemos entrado. Pues es tuyo. Si no, podrías instalarte donde quieras, pero ya sabes que allí podrías trabajar. También dispondrías de espacio y tiempo para pintar más. Ahora realmente solo pintas en verano, al aire libre, porque en tu apartamento no tienes luz ni espacio. Aquí sí.

Con los ojos entrecerrados, Cleo apuntó con el dedo hacia ella.

—Estás jugando sucio con el espacio de la torrecilla.

—Está hecho para ti. Al menos piénsatelo.

—Ahora mismo me cuesta pensar en otra cosa.

—Bien. Eso es bueno. —Armándose de valor, Sonya bebió un largo sorbo de vino—. Porque tengo que decirte que estoy sufriendo una especie de colapso mental, que tengo un tumor cerebral o que la casa está encantada.

Cleo se quedó callada durante unos instantes, y seguidamente cogió su copa.

—Jamás pensé que oiría esas palabras en boca de mi amiga más sensata.

—Ya, ya, pero...

Cleo levantó una mano.

—No estás sufriendo un colapso mental ni tienes un maldito tumor cerebral. Es evidente que la casa está encantada.

—No sé cómo... —Sonya comenzó a hiperventilar—. ¿Cómo sabes que está encantada? No han hecho nada desde que estás aquí.

—Por Dios, Son, porque están aquí. Porque los sentí en el instante en el que entré. Al menos uno de mis guaus iba dedicado a ellos. —Cleo ladeó la cabeza con un ademán—. ¿Qué hacen?

—Pues..., pues... Dios, no puedo quedarme sentada. —Se levantó y se puso a caminar de un lado a otro alrededor de las plantas—. Abren puertas, las cierran, mueven cosas... Ponen música en mi iPad, a veces abren todos los armarios de la cocina... Limpian de ceniza las chimeneas y colocan los leños; me parece que también los traen de fuera. Hacen mi cama por la mañana, y me la destapan por la noche.

—¿Les das las gracias?

Sonya se quedó mirándola.

—¿Darles las gracias?

—Si alguien hiciera mi cama y me la destapara por la noche, le daría las gracias.

—No, no les he dado las gracias, ni...

—Porque te negabas a creer que existen.

—¿Por qué iba a hacerlo? —Agotada por el toma y daca, Sonya se dejó caer en el asiento—. ¿Por qué iba a querer alguien creer en la posibilidad de estar viviendo en una casa encantada? Anoche...

Cerró los ojos y respiró hondo.

—Anoche, alguien aporreó la puerta, la puerta principal, y me desperté. Cuando miré por la ventana, Cleo, te juro que vi una tormenta de nieve con un viento huracanado. Pensando que alguien había tenido un accidente o que se le había averiado el coche, bajé, pero, al abrir la puerta, no había nada. Ni nieve ni viento huracanado ni un alma. No fue un sueño.

—Vale. —Cleo asintió con la cabeza y tomó otro sorbo de vino—. Tardaré dos o tres semanas en organizar todo y mudarme aquí.

—Vas… —Sonya se llevó las manos a la cara y se echó a llorar.

—Ay, vamos, Son. Vamos. —Cleo se levantó, se acercó a su amiga y la abrazó—. Tranquila. Seremos compañeras de piso otra vez, pero en habitaciones enormes. ¿Acaso pensabas que iba a permitir que tuvieras una casa encantada para ti sola?

—Te quiero mucho.

—Y yo a ti.

—¿Estás segura? No me refiero a lo de quererme, sino a lo de mudarte aquí.

—Totalmente. Y espero que, quienquiera que se ocupe de las tareas domésticas, me prepare la cama a mí también.

—Si no, lo haré yo.

Entre risas, Cleo se echó hacia atrás.

—Qué bien lo vamos a pasar. Bueno, si mi pasión por mi mejor amiga y por los fantasmas no me había convencido del todo, ese estudio en la torrecilla ha sido el broche de oro. No me lo he quitado de la cabeza desde que lo vi por FaceTime.

—¿No quieres el apartamento?

Riendo, Cleo le dio a Sonya un empujoncito.

—¿Acaso crees que voy a renunciar a la bonita habitación azul? De eso nada. Venga, vamos a deshacer la maleta.

Más tarde apuraron la botella de vino junto al fuego en una de las salas de estar. Para cenar prepararon sopa de tomate en lata y sándwiches de queso a la plancha: un clásico de la época universitaria.

Con otra botella de vino, se acurrucaron en el sofá del salón principal para compartir una fuente de palomitas y hacer planes.

Cuando finalmente se dirigieron a la planta de arriba, Sonya tiró de Cleo en dirección a su dormitorio.

—¡Mira! ¿Ves? Ya sabes que no he subido aquí, pero la chimenea está encendida y la cama destapada.

—Da las gracias.

—¿Gracias? Yo…

—Vamos a ver si yo tengo el mismo privilegio.

Cuando Cleo entró en su habitación y vio el fuego en la chimenea de gas y la cama destapada, reaccionó dando una palmada y riendo.

—¡Muy bien! Qué detalle. ¡Gracias!

—Hay cosas de ti que jamás llegaré a entender del todo.

—Soy cajún —dijo Cleo con voz cantarina.

—Tú no.

—Mi *grand-mère* sí. Voy a dormir como una reina. Hasta mañana.

Puede que Sonya hiciera un ademán negando con la cabeza de camino a su habitación, pero, cuando se metió en la cama, sonrió al saber que Cleo dormía unas cuantas habitaciones más allá.

—¡Sonya! ¡Despierta!

Con el susurro teatral en el oído y la mano de Cleo zarandeándola por el hombro, Sonya pasó de estar dormida como un tronco a encontrarse completamente despierta con un súbito respingo.

—¿Qué? ¿Qué?

—¡Chiss! ¡Escucha! —Cleo la agarró del hombro con fuerza.

Parecía oírse el eco de una música de piano procedente de la planta baja.

—¿Oyes eso? —Con la tenue luz del fuego, Sonya se aferró a Cleo con ambas manos—. Dime que oyes eso.

—Claro que lo oigo. Por eso te he despertado a las tres de la mañana. Hay que ir a ver qué pasa.

—Hay que ir a ver qué pasa —repitió Sonya, haciendo de tripas corazón para salir de la cama.

—¿Conoces la melodía? —Sin dejar de susurrar, Cleo sacó a Sonya a rastras de la habitación—. Me suena. Me suena de algo.

—Pensaba que estaba soñando.

—Pues va a ser que no, a menos que tú y yo estemos soñando lo mismo al mismo tiempo mientras cruzamos tu sala de estar.

Conforme se aproximaban a la escalera, la música se escuchaba con más nitidez.

—Espera. —Sonya entró como una flecha a la biblioteca, en dirección a la chimenea, y empuñó el atizador.

—Son, no creo que un fantasma que toca el piano esté buscando pelea. Además, ¿qué vas a hacer con eso? ¿Matarlo?

Sonya sujetó el atizador con ambas manos y le lanzó a Cleo una mirada de «no discutas conmigo».

Bajaron las escaleras con sigilo y, al llegar al pie, Sonya hizo un ademán con la cabeza en dirección a la sala de música. Una luz, como de velas o llamas en un hogar, titilaba en la sala.

La melodía siguió sonando mientras se aproximaban. A continuación se escuchó un largo suspiro inequívocamente humano, y la música cesó.

Sonya, armada con el atizador, irrumpió en la sala, donde no encontró más que formas y sombras en la penumbra. Maldiciendo, buscó a tientas el interruptor de la luz.

Bajo el resplandor de la araña, no había nadie sentado junto al piano. A excepción de los instrumentos y los muebles, la sala estaba vacía.

—Vaya mierda. He visto luz aquí dentro, y todavía huele a velas. Nos ha oído venir y se ha esfumado.

—Sonya, estábamos casi en la misma puerta cuando la sala se ha quedado a oscuras y la música ha dejado de sonar. Nadie ha podido escabullirse sin que lo viéramos.

—Podría haber un pasadizo. Otro pasadizo, como para los criados. —Con determinación, dejó el atizador en el suelo y se puso a examinar las paredes—. Los revestimientos de madera, la… ¿cómo se llama?, guardasillas. Podría haber un botón o una palanca encastrados en la pared.

—Voy a hacer *Expediente X* a la inversa. Te niegas a creer.

—Por supuesto que me niego a creer. —Su tono de voz se elevó dos registros enteros—. No quiero creer, y menos a las tres de la mañana, que a algún fantasma se le ha antojado tocar el maldito piano. Ayúdame a buscar.

Con buena disposición, Cleo se ocupó de la pared contigua.

—¿Prefieres creer que alguien deambula por la casa a hurtadillas, abriendo puertas, moviendo cosas, etcétera, y toca el piano en mitad de la noche? ¿Ese alguien también puede apagar las velas y salir pitando por un pasadizo secreto en unos dos segundos?

—Al menos podría asestarle un buen golpe con el atizador y decirle que saliera por patas de mi casa. De modo que, sí, prefiero creer eso.

Se quedó inmóvil y se frotó nerviosamente la cara.

—No, la verdad es que no lo creo. Hasta tu llegada, me debatía entre aceptar que hay algo en la casa o que estaba volviéndome loca, que alucinaba o que era cosa de un tumor cerebral.

—Bueno, estoy aquí, y te aseguro que no estás loca ni alucinando. —Cleo se acercó a Sonya y le pasó el brazo alrededor de los hombros—. En esta casa hay más de un algo. Y quien toca el piano es una mujer.

—Lo dices por el suspiro. Yo también lo he oído.

—Está triste.

—No creo que haya muchas personas contentas de estar muertas.

—A lo mejor es Astrid. Que te asesinen el día de tu boda obviamente tiene que apenarte. La melodía… —Cleo se acercó despacio al piano e intentó reproducirla—. Era algo así, ¿verdad? Las notas básicas. Estoy convencida de que la he oído anteriormente, pero no la identifico.

—¿Y esa es la cuestión más importante en este escenario?

—Podría ser una pista. —A Cleo se le iluminó la cara—. Es como si fuéramos Nancy Drew en *La escalera escondida.*

—Me voy a la cama.

—Buena idea. La cera de la vela de estos candelabros todavía está un poco blanda —comentó al tocar una con el dedo.

—No veo que te hayas alterado en lo más mínimo.

—Todavía no. Ahora mismo estoy flipando. Eh, no olvides el atizador.

—Ja, ja. Cómo te habrías alegrado de que lo llevara encima si al entrar aquí nos hubiéramos topado con el asesino del hacha.

—¿Sería el asesino del hacha quien se entretiene tocando el piano? ¿El asesino del hacha que tiene el detalle de preparar las camas por la noche? ¿Ese?

Esta vez fue Sonya quien soltó un suspiro y agarró a Cleo de la mano al subir las escaleras.

—Me alegro de que estés aquí.

—Cada segundo que pasa, yo me alegro más. ¡Ah! Cuando estaba quedándome dormida, me vino un pensamiento a la cabeza.

—No me lo cuentes si implica avisar a los de *Testigos de lo paranormal.*

—No es eso. Cuando el abogado y tu primo vengan mañana a cambiar de sitio lo que querías, ¿puedo pedirles que muevan algo más si veo algo que me guste?

—No veo inconveniente. ¿Has visto algo?

—Hemos recorrido la casa antes de que me propusieras quedarme, y trabajar en ese fabuloso espacio en la torrecilla. Con eso en mente podría mirar con más atención. Bueno, mañana.

Se detuvieron junto a la puerta de Cleo.

—Hay una mesa de despacho, una magnífica. La que tienes ahora te hace el servicio, pero podrías tener algo mejor. Y necesitas algo para sentarte.

—He tomado nota de eso, y de un par de cosas más, mentalmente. Mañana —repitió Cleo—. Tenemos visita masculina, así que necesito dormir para no parecer una bruja.

—Eso es imposible.

—Si oyes algo y yo no, ven a buscarme.

—Cuenta con ello. Buenas noches, espero…

Sonya se figuraba que su sueño sería agitado e intermitente como la noche anterior a partir de las tres, pero se quedó frita en cuestión de segundos.

Y se despertó con la suave luz del amanecer.

Dado que imaginaba que Cleo dormiría como mínimo dos horas más, fue a hacer café. Adelantaría un poco de trabajo, tomarían una especie de *brunch* y después realizarían una batida para ver qué le interesaba a Cleo para el estudio, o para cualquier otro sitio que quisiera.

La idea de que su amiga viviera allí le dio un subidón. Y, la verdad, la reconfortaba saber que los incidentes no habían sido imaginaciones suyas o despistes.

El optimismo marcó la tónica del día cuando se puso a trabajar.

Ni siquiera lo empañó el hecho de que su tableta se decidiera por el tema *Come Saturday Morning* [«El sábado por la mañana»].

Cleo dio señales de vida justo pasadas las once.

Su melena caía en rizos perfectos y en los párpados de sus ojos ámbar rasgados se apreciaba una sutil tonalidad bronce. Llevaba unos tejanos deshilachados negros con un jersey en tonos degradados que oscilaban del lavanda más pálido al púrpura más oscuro.

—Te has emperifollado.

—Tenemos compañía. Compañía masculina. —Adoptó una pose—. Las primeras impresiones son las que importan. Además, mi mejor amiga me regaló este jersey porque conoce mis gustos. ¿Estás trabajando? —añadió—. Si quieres me largo.

—He estado trabajando hasta ahora. —Miró el reloj—. Como no vienen hasta las tres, me da tiempo a arreglarme.

—Me fastidia que tengas ese aspecto antes de arreglarte mínimamente. Siempre te he odiado por eso, pero mi amor por ti es más fuerte.

En ese preciso instante, empezó a sonar *You're my Best Friend* [«Eres mi mejor amiga»] de Queen.

Cleo se rio con ganas.

—Tienes una especie de fantasma DJ. Es genial.

—Apago el ordenador y nos vamos a tomar un *brunch* de chicas.

—No lo apagues todavía. Déjame ver lo que has hecho para la ceramista. Anoche no nos dio para tanto.

—Estoy realizando pruebas. Voy a ponerla en marcha la semana que viene.

—Qué pronto.

—Aquí dispongo de mucho tiempo para trabajar. Primero mira la web antigua.

Cleo se acercó a echar un vistazo por encima del hombro de Sonya.

—Bueno, me gusta su trabajo. La web no está tan mal.

—Los tiempos de carga sí, y funciona fatal en dispositivos móviles. Ya has visto el panel de ideas que hay ahí. Y esta es la que he diseñado, me ha dado el visto bueno y estoy probándola.

Cleo soltó un estridente chillido de asombro y le dio un empujoncito en el hombro a Sonya cuando la página web se abrió en la pantalla.

—Muy bien, carino, tiene gancho. Es elegante, pero accesible. Artística, pero sencilla. Los colores vivos impactan más y el detalle del vídeo es un acierto. ¿Puedes ampliarlo?

—Sí, sí. Tiene una cara con una estructura ósea fantástica y el pelo se la realza. Puede que tenga que editarlo.

Sonya pinchó en la pestaña «Tienda».

—Y rectifico. No me gusta su trabajo; ¡me encanta! El nuevo formato lo realza muchísimo.

—El nuevo macetero de Xena es obra de Anna.

—¿Qué? —Cleo se acercó a la ventana—. ¿Cómo es posible que no me haya fijado en su nuevo *outfit*? Me chifla. Y Xena parece contenta con él.

—Le han salido unos cuantos brotes nuevos.

—Ya veo.

—Basta de trabajo. Llevo levantada desde las ocho, y me muero de hambre.

—Quiero desayunar en el comedor principal.

—¿En serio?

—Totalmente. Como los pijos. Tienes una casa enorme, amiga, saquémosle partido.

—Ay, cuánto te necesitaba.

—Y hablaremos de ciertas condiciones.

—¿Condiciones? —Sonya se cerró en banda—. No vas a pagar alquiler, Cleo. Yo no pago alquiler, de modo que tú tampoco.

—Lo entiendo, y es de agradecer, pero contribuiré. Haré la compra; haremos listas semanales y pagaré la comida. Como cocino mejor que tú, lo cual no es decir gran cosa de ninguna de las dos, me ocuparé de las cenas. Digamos que cinco noches a la semana. Más o menos.

—Ya lo arreglaremos.

—Y tanto. —Cleo sonrió cuando se disponían a bajar las escaleras—. Eso es lo que hacemos.

13

Ante la insistencia de Cleo, Sonya se «emperifolló» después del *brunch*. Parecía una pérdida de tiempo, puesto que probablemente ayudaría a mover los muebles, pero, llegados a ese punto, si Cleo le hubiera pedido que diera volteretas en el vestíbulo, lo habría intentado.

Así pues, con un pantalón de ante de color ladrillo y un jersey de cuello alto gris perla, condujo de nuevo a Cleo por las zonas destinadas a almacenamiento.

—Esta es la mesa de despacho. —Sonya tuvo que esquivar a Cleo mientras a esta se le caía la baba con una lámpara de pie con forma de sirena que sostenía una esfera de cristal.

—Quiero esta lámpara para el estudio.

Sonya se echó el pelo hacia atrás y asintió con la cabeza.

—Debería haberlo imaginado.

—Es perfecta. Para mi libro de sirenas.

—¿Cómo no me habías dicho nada?

—Todavía no he empezado. Para eso es la reunión del lunes. Es un libro para adultos. —Rodeó la lámpara—. Una edición de diseño, con ilustraciones que representan el acervo popular de diversas culturas.

—Ese es tu fuerte.

—Efectivamente. ¡Oooh! —exclamó haciendo aspavientos al ver la mesa.

—Pesará una tonelada —anticipó Sonya—. Y, teniendo en cuenta su forma de L, costará lo suyo bajarla.

—Querer es poder. Es preciosa. —Con actitud reverencial, Cleo deslizó una mano por el tablero y la inserción de cuero—. Me pregunto qué tipo de madera será.

—Ni idea. Además tiene cajones para el material y espacio para tu ordenador, y puedes usar la zona de la esquina para dibujar a mano.

—Bueno, me la quedo, y la sirena. Puedo traerme la silla de mi mesa de trabajo, que me va muy bien, igual que el flexo. Seguro que me vendría bien disponer de un pequeño sofá, un canapé o un diván; algo curvilíneo quedaría bonito, teniendo en cuenta la forma del estudio. Y al menos una butaca para cuando mi mejor amiga suba a pasar el rato.

Entre risas, echó un vistazo a su alrededor.

—Dios, Sonya, es como comprar gratis en una fabulosa tienda de antigüedades.

El suelo de madera crujió sobre sus cabezas.

—El desván —musitó Sonya.

—Lo recuerdo... Los baúles con ropa y todo eso. Vayamos a ver.

Sonya se metió las manos en los bolsillos y dijo con evasivas:

—Ahí arriba hace bastante frío.

—Lo recuerdo. La verdad es que ayer no miré con atención.

Subieron, y Cleo hizo una seña.

—Quería un sofá pequeño y redondeado, y ahí está.

—¿Sabes qué? Ayer, y cuando vine anteriormente, estaba cubierto con una sábana.

—Bueno, pues ahora no, y es perfecto. —Cleo, pletórica, lo rodeó en círculo—. Me chifla este color azulón. Es de terciopelo, y fíjate en los corazones tallados en el armazón. ¡Es chulísimo! Quedará fenomenal allí. Una silla, un par de mesas y ¡toma ya!, una zona de estar, una zona de trabajo, esas vistas, y espacio para pintar cuando me plazca.

—Aprovecha el material de Collin. Si no, se desperdiciará. Más adelante, cuando haga menos frío aquí arriba, deberíamos revisarlo todo detenidamente. Retirar las sábanas y los guarda-polvos impermeables, y revisarlo todo.

—Pues lo haremos. —Después de dar otra vuelta, Cleo asintió con la cabeza—. ¿Sabes? Creo que podemos bajar ese pequeño sofá.

Sonya lo examinó.

—No lo sabremos a menos que lo intentemos.

Resultó ser más pesado de lo que parecía, pero de un tamaño manejable para maniobrar escaleras abajo y por los pasillos.

Cuando, un poco jadeantes, lo colocaron en la zona curvilí-nea de ventanas en el estudio, chocaron los puños.

Y sonaron las campanadas del timbre.

—Ahora entiendo que te asustaras. Bueno, vamos a abrir la puerta a esos machotes, y esperemos que vengan con ganas.

Bajaron y abrieron la puerta a los dos hombres, junto con dos perros.

—¡Es Mookie! —Como el grandullón de pelo claro movió su esponjosa cola con entusiasmo, Sonya se agachó, y fue recom-pensada con más entusiasmo y una caricia con el hocico—. ¿Y este quién es?

—Este es Jones —respondió Owen.

Sonya le hizo arrumacos al perro, negro y de aspecto despe-luchado, con un parche en el ojo izquierdo.

—¿Qué le ha pasado en el ojo?

—Lo perdió en una pelea contra un dóberman en un bar.

Con las manos ocupadas acariciando a los dos a la vez, Sonya levantó la vista. Owen se encogió de hombros.

—Eso es lo que tengo entendido.

—Apuesto a que el dóberman se llevó la peor parte. —Cleo dio un paso atrás y les hizo un gesto—. Hace frío, deja que pasen.

—Sí, perdón. Cleo Fabares, Trey Doyle, Owen Poole.

—Encantado de... —Trey se interrumpió—. ¡Mook!

El perro, que ya había enfilado hacia el salón principal, volvió la vista.

—Tiene tendencia a tomarse confianzas.

—Por mí, estupendo. Dadme vuestros abrigos. Primero, os

agradecemos muchísimo vuestra ayuda y, segundo, la revelación completa: hemos encontrado más cosas que mover.

Owen le entregó a Sonya su abrigo.

—¿Tienes cerveza?

—Sí.

—Entonces no hay problema.

—Eres un chico duro, ¿a que sí, pequeño? —Cleo se inclinó para rascar la mandíbula cuadrada y entre las orejas a Jones, que jadeó.

—Él no se considera pequeño.

Cleo, echándose el pelo hacia atrás, esbozó una media sonrisa.

—Bueno, lo que importa son sus agallas, ¿no?

—En eso Jones va sobrado. ¿De dónde es tu acento?

—De Luisiana. De Lafayette. —Pronunció ambos nombres con el acento de la región.

Sonya echó un vistazo hacia el salón mientras Mookie olfateaba por todas partes.

—Está buscando el tesoro —explicó Trey—. Collin solía esconder una galleta para perros o un hueso prensado para que Mookie… Supongo que esa se nos pasó por alto —añadió cuando Mookie metió el hocico bajo el cojín de un sillón y sacó una chuchería.

—Caray. —Owen hurgó en un bolsillo del abrigo que aún sostenía Sonya, sacó una galletita y se la lanzó a Jones, que la atrapó con un rápido movimiento—. Lo que es justo es justo.

—Ya está. Quiero uno.

—¿Vamos a tener perro? —Cleo juntó las palmas de las manos con un ademán—. También necesitamos un gato, Son. Esta casa está hecha para un perro de caza fiel y un gato elegante y bueno.

—Más revelaciones. —Sonya llevó los abrigos al armario—. Cleo va a mudarse aquí. No hay problema, ¿verdad, Trey? Me refiero a que no se incumple ninguno de los términos, ¿no?

—No, no hay problema. Está bien. Bienvenida a bordo.

—Gracias. —Cleo extendió los brazos—. No sé quién podría resistirse a una casa como esta, pero yo desde luego no.

En la biblioteca, Cyndi Lauper empezó a cantar *Girls Just Want to Have Fun* [«Las chicas solo quieren divertirse»] a todo volumen.

—Y eso —dijo riendo— solo es una razón más. ¿Sabía todo el mundo menos Sonya que la casa está encantada?

—En ese sentido tuvo la revelación completa. —Trey enganchó los pulgares en los bolsillos de sus tejanos—. Pero se negó a creerlo.

—Entonces ¿eso es habitual? —preguntó Sonya—. ¿Que suenen determinadas canciones en mi tableta en el momento justo?

—Les gusta la música —comentó Trey sin más.

Señaló a Owen.

—¿Y tú no reaccionas?

—A mí me va más el rock que el pop, pero Cindy siempre mola.

—Mi amiga es una persona realista. —Cleo le dio un achuchón a Sonya con un solo brazo—. Así que esto es un poco duro para ella. Yo lo compensaré.

—Vamos, que tenemos a estos hombres y a sus perros plantados en el vestíbulo. Hay que mover cosas de un sitio a otro y, si algo pesa demasiado, no hay problema. Pero tengo cerveza.

Los condujo arriba para empezar con el gramófono.

—Qué bonita pieza. —Owen deslizó la mano sobre el mueble de madera—. Caray, y además bien conservado.

—Si quieres algo, es tuyo. Lo digo en serio, Owen.

—La sirena no.

A Owen le picó la curiosidad y se volvió hacia Cleo.

—¿Qué sirena?

—Está en otra parte. Es una lámpara de pie, pero no puedes quedártela porque me la he agenciado yo. La mesa de despacho se puede negociar, por si tuviera algún valor sentimental. Hasta estoy dispuesta a jugarme a piedra, papel o tijera el canapé que ya hemos movido, pero me mantengo firme con respecto a la sirena.

—Cualquier cosa menos la sirena —puntualizó Sonya—. Quiero bajar el gramófono a la sala de música. A menos que lo quieras, Owen.

—No, gracias.

Cargaron con él, y a continuación bajaron el chifonier para partituras mientras Sonya y Cleo cargaban con las cajas de discos antiguos.

Los perros les seguían el rastro escaleras arriba, escaleras abajo. Después tuvieron la sensatez de dirigirse a la biblioteca a echar una siesta junto al fuego.

—Ahí es donde quiero poner el cuadro de Collin, el retrato de Johanna. Buscaré otro sitio para el bodegón. Si necesitáis un descanso...

—Sonya. —Trey le puso la mano en el hombro—. Solo hemos cargado con dos muebles. Creo que podemos dar más de sí.

—Falta la sirena y una mesa de despacho grande. Cleo va a instalarse en el estudio de Collin.

—¿Pintas? —preguntó Owen cuando se disponían a subir de nuevo.

—De vez en cuando. Me gano la vida con las ilustraciones.

—¿Qué diferencia hay?

—¿De cuánto tiempo dispones?

—Explícalo sin tecnicismos.

—Vale, la versión resumida. —Hizo un gesto hacia una pintura mientras caminaban—. La pintura se exhibe sola, su belleza depende del ojo del observador, mientras que una ilustración guarda relación con un texto, cumple un cometido y, con suerte, se realzan mutuamente.

—Vale.

Subieron a por la sirena.

—Vale —dijo Owen de nuevo, con admiración—. Vale, es una belleza.

—Es mía.

Ignorando a Cleo, acarició la talla, el largo cabello despeinado por el viento, la sonrisa conocedora, los suaves pechos.

—Es de caoba maciza, Trey. —Miró a Cleo—. ¿Cómo se llama?

Cleo, que ya le había dado puntos por ayudar a Sonya, sumados a los de Jones, los multiplicó por dos con la pregunta.

—Circe.

—Le pega. Circe no es un peso pluma.

—La mesa de despacho tampoco —les advirtió Sonya.

—Bueno. —Frotándose las manos, Trey asintió con la cabeza—. Un reto.

—Alguien la subió hasta aquí, de modo que alguien podrá bajarla. —Owen se abrió paso y se agachó para examinar los cajones—. De madera de cerezo, maciza. Está un poco reseca. Esto y la sirena necesitan un buen lustre con cera en pasta. Nada de usar cualquier espray de mierda de esos de supermercado para estas piezas, ninguno. No pasa nada por usar aceite de limón en alternancia con aceite de naranja, pero una o dos veces al año hay que abrillantarlos con una buena cera en pasta.

—La compraremos.

Owen se enderezó y miró a Sonya.

—No es asunto mío, pero ¿consideráis que entre las dos podéis mantener todos estos muebles como es necesario, limpios de polvo, protegidos, sin mencionar los kilómetros de suelos de madera?

—No. —Sonya resopló—. No, tengo que contratar un servicio de limpieza. Está en mi lista de tareas para la semana que viene, o la siguiente. Ojalá te llevaras algo, Owen, más de una cosa.

Mientras hablaba, una partitura cayó lentamente al suelo. Sonya se agarró los codos con fuerza.

—Qué miedo. Vamos, no me digáis que no.

—Un pelín. —Sin embargo, Owen se acercó al chifonier, a cuyos pies yacía ahora la partitura—. Necesita unos pequeños arreglos, porque le falta un tirador y el fondo de este cajón está rajado. Y parece que algún perro mordisqueó esta pata delantera. Me lo llevaré.

—¿En serio?

—Puedo repararlo. Y quizá dejes de sentirte culpable, caray.

Y con eso ganó más puntos en el marcador de Cleo.

—Mira la parte trasera, Owen. —Trey le hizo un gesto con el dedo y sonrió—. Alguien, probablemente un niño, grabó sus iniciales en la parte inferior. ODP. Owen David Poole. Coincide con tus iniciales.

—Sí, bueno. Como decía, me lo llevaré. Vamos primero a por la mesa. Va a ser un engorro.

Hizo falta algo de músculo, algo de geometría y algunas maldiciones ingeniosas para moverla. Sonya sujetó uno de los cajones contra el pecho mientras los hombres giraban, manipulaban y la movían con cuidado hasta el estudio.

—Os merecéis mucho más que cerveza.

—¡Oh, fijaos en el reflejo de la luz! ¿Podéis ponerla ahí? —Cleo corrió para adelantarse, abrió los brazos y los dejó caer de golpe—. Justo aquí, en este ángulo. Fijaos cómo encaja aquí. Voy a llamar a mi primogénito Collin Oliver Owen.

—Deberías poner una pintura en el caballete cuando no estés pintando, Cleo. Realza el espacio. Pero —apostilló Sonya— Johanna va abajo.

Trey se acercó al retrato.

—¿Dijiste que lo habías encontrado en ese armario?

—Sí. A lo mejor Collin lo guardó porque le entristecía verlo, pero...

—Sonya, no sabes la cantidad de veces que he estado en este estudio. Y lo registré yo mismo después de que Collin falleciera. Es la primera vez que veo este retrato. Y en el armario no había ningún cuadro; ahí guardaba lienzos en blanco.

—Estaba ahí dentro.

—Te creo.

—Esa es Johanna. —Owen se adelantó para colocarse junto a Trey—. La he visto en fotos. Collin no solía pintar retratos, más bien paisajes y ese tipo de cosas.

—Lástima —terció Cleo—. Porque tenía talento para ello. Es preciosa, y el uso de la luz, las líneas y el movimiento, precioso. —Cleo suspiró y se dio una palmadita sobre el corazón—. Él la amaba. Se nota.

—Estaba en el armario —insistió Sonya.

—Entonces yo diría que él deseaba que lo tuvieras. —Trey se volvió hacia ella—. Vamos a mover lo que queda y después hablamos de eso con una cerveza.

Sonya apretó los dedos contra los párpados.

—¿Siempre eres así de tranquilo?

—Casi siempre —terció Owen—. Pero como le busques las cosquillas, apártate.

Tardaron bastante más de una hora y, después de una breve salida al aire libre con los perros, se reunieron en la cocina.

—Habéis echado un buen rato. —Cleo sacó una botella de vino mientras Sonya servía la cerveza en vasos de estilo *pilsner*—. Y os debemos más que la cerveza. Supongo que ninguno cocina.

—Él cocina mejor que yo —respondió Trey.

Con aire pensativo, Cleo miró a Owen.

—¿Tú cocinas?

—Un pelín por encima de la media.

—Más o menos como yo, lo cual es una gran ventaja con respecto a Sonya. Puedo preparar pasta.

—Por mí, bien.

—De acuerdo. Voy a ver qué tenemos por aquí.

—Yo voy a cocinar... para los Doyle. —Ya no hay vuelta atrás, pensó Sonya—. ¿Qué tal el viernes por la noche? ¿O el sábado?

Trey sacó su teléfono para consultar la agenda.

—El viernes estoy libre. Anna y Seth tienen algo el sábado.

—¿Llevas ahí las agendas de todos?

—Lo suyo es organizar. —Owen cogió un taburete de la isla—. Te guste o no.

—Es que así se evitan los descuadres entre agendas. Correré la voz.

—Avísame si le viene bien a todo el mundo. A mí me parece que con siete está bien. Owen, eres más que bienvenido.

—Gracias, pero voy a dejarte con los Doyle.

—Si cambias de opinión, tienes un hueco en la mesa, y posiblemente una cena comible. —Cogió su copa de vino y se volvió hacia Trey—. Bueno, ¿podemos hablar del secreto a voces?

—¿Por qué no nos cuentas qué incidentes ha habido? Aparte de lo de la lista de reproducción.

—Vale. —Sonya se puso a caminar de aquí para allá junto a la isla mientras Cleo rebuscaba—. Puertas que se abren y se cierran, tablas que chirrían… Puedo, podría, restarle importancia porque se trata de una casa antigua.

—Y sólida como la roca sobre la que está construida —señaló Owen—. Los suelos se midieron con un nivel, seguro que están nivelados, y las puertas no se van a abrir y cerrar solas.

—Entiendo. No voy a negar la evidencia. Ya no. ¿Te acuerdas del día en que cambiaste de sitio mi impresora, Trey? La noche anterior vi una película arriba, en la biblioteca, y me quedé dormida. Al despertarme estaba tapada con una manta, la televisión apagada y el mando a distancia guardado en el cajón. Y, cuando subimos con la impresora, la manta estaba doblada otra vez.

Hizo una pausa y bebió un sorbo de vino.

—Tengo que ponerme a documentar los incidentes. Uso la chimenea de la biblioteca todos los días, y todos los días me la encuentro limpia y encendida. Bajo a hacerme un café por la mañana y, cuando vuelvo, mi cama está hecha. Y, por la noche, destapada como hace el servicio de camareras en los hoteles.

—Me vendría bien un servicio de esos —comentó Owen—. ¿A quién no?

Cleo paró de trajinar un momento y lo miró.

—Sí, ¿verdad?

—Pensé que estaba perdiendo la cabeza, olvidando las cosas. ¡Ah! Las cosas de mi tocador me las encuentro cambiadas de sitio.

—La música de piano —le recordó Cleo cuando se disponía a picar ajo.

—De madrugada. Yo pensaba que eran sueños o imaginaciones mías, pero anoche las dos la oímos y bajamos. Había luz, como de velas, en la sala de música, pero al llegar se hallaba a oscuras y en silencio.

—No consigo identificar la canción. —Cleo cerró los ojos para hacer memoria al tiempo que movía un dedo en el aire—. Ta-ta-ta-ta, ta-ta-ta-ta.

—Es la balada *Barbara Allen.* —Trey se puso a cantarla con voz clara de tenor sin esfuerzo.

—¡Eso es! Y encima canta.

—Es una antigua canción de folk. La letra cambia según la versión, pero la melodía es la misma.

—La he oído —musitó Sonya—. Es triste.

—Él se está muriendo, pero ella le da la espalda. Él muere desconsolado, y ella de remordimiento y pena. Pues sí —convino Trey—, es un dramón.

—Yo creo que es Astrid. —Cleo echó el ajo a la sartén, donde había fundido mantequilla—. Asesinada el día de su boda. Difícilmente puede haber nada más triste.

—Al entrar a la cocina me encuentro todas las puertas de los armarios de par en par y un día salí a caminar, dejé la puerta abierta y a la vuelta no pude entrar; a lo mejor estaba atascada. En un primer momento.

—Eso no me lo habías contado.

—Se me pasó. Y la noche anterior a la llegada de Cleo, alguien aporreó la puerta principal y me desperté. Al levantarme había una tormenta de nieve. Oí el aullido del viento y vi las ráfagas de nieve. Me figuré que alguien había tenido un accidente o que necesitaba ayuda, pero al bajar y abrir la puerta no había nadie, y hacía una noche despejada, sin viento huracanado ni ráfagas de nieve.

»Estuve a punto de salir, pero entonces me acordé del incidente de la puerta y no lo hice.

—Eso no tiene gracia. Es más bien mezquino. —Trey y Owen se cruzaron la mirada—. Hasta ahora no había oído nada semejante.

—No, yo tampoco.

—A lo mejor los he cabreado. No tengo ninguna experiencia en este campo.

—Pero te quedas aquí —señaló Trey.

—Me quedo. A veces, como esa noche, no sé por qué. Pero la cuestión es que deseo estar aquí. Ah, otro que se me había olvidado: salí de la ducha y, cuando me disponía a limpiar el vaho del espejo, vi algo escrito en él con el número siete. «7 perdidas».

—Hubo siete novias —explicó Trey.

Sin dejar de remover el sofrito de tomate, Cleo giró la cabeza.

—¿Como el musical?

Owen se quedó pasmado; Trey se echó a reír.

—No, siete novias que murieron. Astrid fue la primera. ¿No leíste el libro? —preguntó a Sonya.

—Lo empecé. Leí sobre Astrid y Collin, y el hermano de este, Connor, y sobre… ¿Arabelle? Y Hester Dobbs. Empecé por los hijos de Connor y Arabelle.

—Sigue leyendo.

—Según decía, Connor y Arabelle disfrutaron de una larga y próspera vida aquí, con su prole.

—Una de sus hijas fue la segunda novia. No lo suavices, Trey. ¿Es eso vodka? —Extrañado, Owen señaló hacia los fogones—. ¿Vas a echarle vodka?

—Es imprescindible para la pasta al vodka.

Cuando Owen se levantó a echar un vistazo, Trey señaló hacia un taburete y preguntó a Sonya:

—¿Por qué no te sientas?

—¿Es necesario? —Sonya se sentó y, cuando Mookie se acercó a ella, lo acarició.

—Se llamaba Catherine. Se casó con William Cabot. Pasaron la noche de bodas en la casa, haciendo planes para irse de luna de miel, a Europa, a principios de la primavera. Aquella noche, o de madrugada, ella salió. Murió congelada en la tormenta de nieve.

»Salió en camisón, solo con el camisón —susurró Sonya— y descalza. No… notó el frío. No lo notó. Había una mujer vestida de negro junto a la escollera. Y ella recorrió ese largo trecho, descalza, por la nieve. La mujer le sujetó la mano, creo que le quitó el anillo, la alianza de boda, y entonces ella notó el frío. La mujer de negro dijo algo que no alcancé a oír. Y Catherine intentó regresar, pero tenía mucho frío, y tropezaba una y otra vez. Hasta que no volvió a levantarse.

»Lo soñé. —Se llevó la mano al corazón, desbocado, y se frotó el pecho—. ¿Cómo es posible que lo soñara?

—Reconozco que se me han puesto los pelos de punta, Sonya. —Cleo se acercó a ella y la abrazó con fuerza—. Qué sueño tan horrible. Es horrible. ¿Es eso lo que sucedió?

—Nadie se explicaba por qué salió con esa tormenta. Pero, cuando la encontraron al día siguiente, no llevaba la alianza. Jamás apareció.

—Según la leyenda local, es un maleficio de Hester Dobbs. —Owen removió la salsa—. Una novia de cada generación muere el día de su boda, o en el plazo de un año, en la casa. Lo del anillo no lo tengo muy claro.

—¿Johanna sería la última? ¿Y ahora yo? —Sonya dejó escapar un suspiro y cogió la copa de vino de nuevo—. Menos mal que no soy una novia.

—Yo nunca di crédito a la leyenda. Algunas, como Lillian Crest, murieron al dar a luz. Por desgracia, no era algo muy inusual, sobre todo en aquellos tiempos, y en un parto de gemelos. Tendría que refrescar la memoria —continuó Trey—, pero creo que por lo menos una murió atragantada mientras comía. Eso tampoco era algo muy inusual en el siglo XIX y principios del XX. Y hubo otros, como Connor y Arabelle, que disfrutaron de una larga vida aquí.

—Pero hubo siete, como ponía en el espejo.

—Alguien quería que lo supieras. —Después de darle otro achuchón, Cleo fue a por una olla para cocer la pasta.

—Collin quería que estuvieras aquí. Quería dejarte esto. Yo lo conocía de toda la vida y él jamás haría daño a nadie.

—Era un buen tipo —convino Owen—. Se preocupaba por la familia. Tú eres de la familia.

—Tú también eres de la familia.

—Sí. —Apoyado contra la encimera al lado de los fogones, Owen miró fijamente a Sonya—. Y me dejó lo que yo quería, lo que necesitaba. Es de agradecer. Yo tenía mis dudas respecto a ti, la prima desconocida de Boston, pero me figuro que Collin tendría sus razones para querer que te afincaras aquí. Y tú lo averiguarás. ¿Cuánto le falta a esto?

—Veinte minutos más.

—Voy a tomarme otra cerveza. No te dejes amedrentar por la bruja.

—Mi abuela es bruja. Bueno, eso dice. Voy a pedirle consejo porque volveré para quedarme a vivir aquí en cuanto pueda.

—Esto me cabrea.

—Ya está otra vez la testaruda. —Cleo puso la olla de agua a hervir.

—Resuelta, yo diría mejor 'resuelta'. No, no pienso dejarme amedrentar por el fantasma de una bruja asesina. No es su casa; es la mía. No creo en los maleficios, pero ¿y si lo hiciera? Si puedes conjurar un maleficio, puedes romperlo.

Cleo cogió su copa y brindó.

—Esa es una verdad como un templo.

—Resulta fácil decirlo cuando estoy sentada aquí con tres personas y dos perros, pero lo digo en serio.

It's Gonna Be Alright [«Todo irá bien»] empezó a sonar a todo volumen.

—The Ramones. —Owen volvió con una cerveza para él y otra para Trey—. Esto ya es otra cosa. ¿Tienes el número de Trey en tu teléfono?

—Sí.

—Dame. —Owen alargó la mano—. Voy a grabarte el mío. Si te entra el pánico, dame un toque.

Trey posó la mano sobre la de Sonya.

—No estás sola, Sonya.

Ella miró en dirección a la música.

—Eso segurísimo.

14

El lunes por la mañana, Sonya se detuvo con Cleo en el vestíbulo.
—Tienes a dos hombres competentes dispuestos a venir si los
necesitas y tendrás compañía en la cena del viernes. —Mientras
hablaba, Cleo cogió a Sonya de la mano y echó un vistazo a su alrededor—. Tu madre viene el próximo fin de semana, y yo volveré.

—No te preocupes por mí. Ahórratelo y resérvalo para los
inocentes que van a someterse a mi primer y muy probablemente
último experimento de cocinar un estofado.

—Te saldrá genial. Cuando te propones algo, Son, lo consigues. Quizá por eso estés aquí. Las casas necesitan gente; de lo
contrario, no son más que paredes, ¿no te parece? Al verte aquí
pienso que necesitabas esta casa, y ella te necesita a ti.

La rodeó con sus brazos para abrazarla.

—Me tengo que ir para llegar a la reunión. Cuando venga
Winter, mandaré algunas de mis cosas con ella. Ponlas donde
no estorben hasta mi regreso. Nos vemos en un par de semanas.

Sonya observó a Cleo mientras esta se dirigía al coche y metía
dentro su bolsa de viaje. Tras decirle adiós con la mano, se quedó
mirando cómo se alejaba.

En el instante en que cerró la puerta, *I Think We're Alone
Now* [«Creo que nos hemos quedado solos»] empezó a sonar en
la tableta a todo volumen.

—No tiene gracia.

Para su sorpresa, la canción se interrumpió y empezó a sonar *Sorry* [«Lo siento»] de Joel Corry.

Sonya negó con la cabeza sin más y se dirigió a la planta de arriba. Antes de ponerse a trabajar, decidió empezar a registrar «incidentes».

Fue retrocediendo en su memoria cuanto pudo y encontró que elaborar una lista ordenada de lo ilógico tenía cierta coherencia, incluso su lógica.

Satisfecha, se centró en el proyecto de Arte Práctico.

Trabajó sin distracciones durante tres horas. El fuego ardía suavemente, la casa —y lo que fuera que la habitara— se hallaba en silencio, y las pruebas que realizó fueron como la seda.

—Está lista para ser activada.

Envió un mensaje de texto a Anna para que le diera el visto bueno y le pidió que la pusiera al corriente de cualquier cambio que deseara lo antes posible.

Al levantarse para echar otro leño al fuego, decidió retomar el proyecto de la empresa de cáterin y de paso dar tiempo a Anna a revisar la web.

Apenas se había terminado de acomodar de nuevo cuando recibió la respuesta de Anna.

¡Está perfecta! Todo está perfecto. ¡Adelante!

—Vale. Allá vamos.

Activó la página web y las nuevas redes sociales, envió un correo electrónico masivo a la lista de contactos de Anna y a los que ella había añadido.

Obsesionada, comprobó una vez más que todo funcionara en el ordenador, en el teléfono y en la tableta, agitó los puños en el aire y respondió con un mensaje.

¡Sales en la web, y muy guapa!

We Are the Champions [«Somos los campeones»] de Queen empezó a sonar a todo volumen.

—Por ahí paso.

Y, cantando, bajó a por una Coca-Cola para celebrarlo y después continuó trabajando.

La jornada transcurrió de manera productiva y tan bien que tuvo que convencerse a sí misma para tomarse un descanso y hacer un hueco para el paseo diario.

Mientras se hallaba junto a la escollera con la esperanza de avistar otra ballena, recibió un mensaje de texto de Trey.

Has hecho un trabajo excelente con la página web de Anna. ¿Tienes un rato esta semana para hablar sobre la posibilidad de hacer lo mismo para el bufete?

—¡Anda, y tanto que sí!

Pero respondió de una manera más profesional.

Por supuesto. Puedo adaptarme a tu agenda sin problema.

¿El miércoles a las cuatro y media? ¿Te parece bien si voy yo para allá?

Claro. Siempre y cuando traigas a Mookie.

Él cuenta con ello. Hasta el miércoles.

—Muy bien. Conseguiré este encargo. —Se dio la vuelta y, al mirar hacia la casa, vio una sombra tras la ventana. No era un efecto de la luz.

Había alguien —algo— allí, observándola mientras ella observaba.

Puede que el corazón se le subiera a la garganta súbitamente y puede que se le erizara el vello, pero Cleo tenía razón.

Necesitaba esa casa. Nada ni nadie la echaría de allí.

Al entrar, en vez de ponerse a trabajar, finalmente se permitió abrir el archivo que Trey le había enviado con la información sobre los centros de rescate.

Veinte minutos después había concertado una cita e iba camino de la puerta de nuevo.

—Esto no significa que vaya a traerme un perro a casa —se dijo a sí misma de camino al pueblo—, sino que simplemente he iniciado el proceso para traerme un perro a casa. Más adelante.

En el pueblo, se desvió de la bahía y siguió las indicaciones hasta un barrio residencial de casas de estilo Cape Cod y Tudor con amplios jardines. Como le habían indicado, aparcó en el camino de entrada de la tercera vivienda a la derecha en Mulberry Lane.

La casa tenía un porche con un par de bancos y un felpudo que rezaba:

LÍMPIATE LAS PATAS

Había un gato de tres colores sentado en la ventana; antes de que Sonya levantara la mano para llamar a la puerta, oyó ladridos.

La mujer que abrió llevaba una sudadera con un estampado desteñido y unas mallas, el pelo rubio platino recogido en una coleta, y un paño de cocina enganchado en un hombro.

Se ajustó las gafas de montura azul mientras un trío de perros danzaba a sus pies.

—¿Sonya?

—Sí.

—Lucy Cabot. —Le tendió la mano—. Ninguno muerde.

—Es bueno saberlo.

—Pasa. Tranquilos —ordenó, y los perros más o menos obedecieron. El más grande, de pelaje blanco y suave, se sentó dando coletazos contra el suelo. Otro, con el hocico alargado y el pelaje marrón y brillante, gimoteó suavemente y le olisqueó las botas.

Y el tercero, cuya foto la había empujado a ir allí, se puso a danzar al tiempo que la observaba fijamente con sus grandes ojos marrones.

—Este es Solo —dijo Lucy, señalando al más grande—. Y ese Lando. Mis hijos son fans de *La guerra de las galaxias.* Y a este pequeñín lo vamos a llamar Yoda. Solo lleva aquí unos días.

—¿Puedo...?

—Por supuesto. ¡Lando! Siéntate, quieto. Yoda tiene alrededor de diez meses —explicó Lucy cuando Sonya se puso en cuclillas para acariciarlo—. Y es un verdadero encanto. Está adiestrado para no hacer pis dentro, y tiene las vacunas al día. Como puedes ver, se lleva muy bien con otros perros, con los gatos (tenemos dos) y con las personas. Con los niños (tengo tres) es estupendo.

Sonya lo oyó todo, pero vagamente, pues se quedó embelesada desde el instante en que el perro le acarició la mano con el hocico y le plantó las patas delanteras encima de las rodillas.

—Un boston terrier premiado se rindió a los encantos de una dama cruzada con un perro salchicha —explicó Lucy—. Por eso tiene las manchas en la cara y el color de pelo de un terrier, y las patas rechonchas y el cuerpo ligeramente alargado de su mamá. Como no es un perro de exhibición, no lo querían.

—Oh. —Sonya sintió que se le derretía el corazón.

—Pero he de decir en su favor que lo conservaron hasta que se destetó. Y, cuando tenía unos cuatro meses, se lo dieron a una pareja que acabó divorciándose a los pocos meses. Pobrecito, ninguno de los dos quiso quedárselo.

»Le gustas —señaló Lucy—. Pero, claro, a él le gusta todo el mundo. ¿Has tenido un perro alguna vez?

—Sí. —Dándose por vencida, Sonya se sentó en el suelo y dejó que el perro se subiera a su regazo y le lamiera la cara—. De pequeña. Pero cuando vivía en Boston trabajaba en una oficina, no pasaba en casa el tiempo suficiente como para tener un perro y me parecía injusto. Qué mono. Fíjate qué orejas.

—Ahora vives allí arriba, en la casa solariega.

—Exacto, y trabajo en casa.

—Entonces ¿tienes previsto quedarte?

Mientras hacía arrumacos al perro, Sonya levantó la vista.

—Sí.

—Te lo pregunto porque él se merece un hogar estable. Ya ha cambiado de dueños dos veces. Yo misma me quedaría con él porque, en fin, es un amor, pero acordé con mi marido que en casa no habría más animales que personas, y tenemos dos perros, dos gatos y un conejillo de Indias.

Sonya acarició su suave pelaje marrón atigrado.

—Estoy construyendo mi hogar aquí. Puedo convertirlo en su hogar. Hoy mi única intención era echar una ojeada. —Sonya tomó la cara del perro entre sus manos—. Pero aquí está. Yoda es un buen nombre.

—¿Sí?

—¿Cómo lo llamaba la pareja divorciada?

—Stubby.

—Oh, bueno. Es bonito, no está mal, pero es corriente, ¿a que sí? Yoda tiene buena planta y es inteligente. Parece inteligente. Y Yoda era bajito pero poderoso.

—A mis niños les alegrará saber que se va con alguien que entiende de *La guerra de las galaxias*.

—¿Puedo adoptarlo?

—Me da la impresión de que él ya te ha adoptado a ti. ¿Tienes avituallamiento?

—Nada de nada —respondió ella alegremente—. Iremos de compras de camino a casa. Si no te importa, dime la marca de comida que le gusta, y el veterinario al que lo llevas. Necesitamos cosas —le dijo a Yoda—. Tenemos que comprarte recipientes y una camita, además de juguetes y chucherías.

Al decirlo, los tres perros aullaron.

—Has dicho la palabra prohibida —dijo Lucy riendo—. No pasa nada, chucherías para todos. Y, cuando terminemos el papeleo, te daré un kit de adopción para empezar. Puedes llevarte la cama que ha estado usando porque le reconfortará. Y porque me caes bien.

—Gracias. Tú también me caes bien. Lo que haces es un gesto de puro amor y generosidad.

—Vamos a la cocina a por la palabra prohibida y los papeles. Mi marido trabaja para tus primos.

—¿En la empresa naval de los Poole?

—Efectivamente.

—Este fin de semana he conocido a Owen, y a Jones. También está Mookie, así que Yoda tendrá algunos amigos.

—El perro de Trey Doyle. —Lucy asintió con la cabeza mientras repartía las chucherías—. ¿Te apetece un café?

—Si tú vas a tomar...

—Vamos a tomar café y a gestionar el papeleo. Y después puedes llevarte a tu chico a casa.

Como Lucy le proporcionó un cargamento de cosas, Sonya se ahorró comprarlas. Si le faltaba algo, podría adquirirlo cuando fuera a por los ingredientes de la cena.

Durante el trayecto, Yoda saltó al asiento trasero, plantó las patas delanteras en el borde de la ventanilla y se puso a observar el ambiente.

—Tengo que advertirte que en la casa suceden cosas extrañas, pero cuidaremos el uno del otro. Y mira, fíjate en ella. ¿A que es la casa más chula que has visto jamás? Te pondré la correa y daremos una vuelta. Según Lucy, es conveniente encontrar un sitio para que hagas tus necesidades, y así casi siempre irás allí.

Le puso la correa y le hizo arrumacos de nuevo.

—Vamos a dar un paseo por nuestros dominios. Me parece que el mejor sitio para hacer tus necesidades es ahí atrás.

Se pusieron en marcha y, aunque le preocupaba que tirara de la correa para intentar escaparse, él permaneció a su lado.

—¿Cómo pudo esa gente deshacerse de ti? Con lo bueno que eres.

Él olisqueó —mucho—, trotó, y seguidamente, para deleite de Sonya, hizo sus necesidades.

Rodearon la casa en dirección al coche, sacó la cesta con el kit de adopción y dio otro viaje para coger la cama antes de soltarlo.

En el iPad empezó a sonar *Every Dog Will Have His Day* [«A cada santo le llega su día»].

Él se puso a deambular y olisquear, pero sin alejarse, mientras ella colgaba el abrigo. Después la siguió cuando Sonya se dirigió a la cocina con la cesta.

—Vamos a llevar tu cama arriba para que sepas dónde vas a dormir.

Pasó la siguiente hora enseñándole la casa a Yoda, haciéndole fotos para mandárselas en un mensaje a su madre y a Cleo, le envió otra a Lucy, y, tras un cierto tira y afloja con ella misma, a Trey.

Con esa añadió el comentario:

Te presento al nuevo amiguito de Mookie, Yoda. Es culpa tuya. Gracias.

—Vale, hay muchos más rincones en la casa, pero no es necesario que lo veas todo de una vez. Hemos recorrido los principales espacios de mi día a día… de momento. Y necesito ponerme otra hora con este proyecto sin falta.

Le sujetó la cabeza y le dio un beso en el hocico.

—Así que podías echar una siesta junto al fuego, por ejemplo.

En cualquier caso, él prefirió echar la primera siesta debajo del escritorio. Ella sacó esa hora, incluso con pausas para responder a los mensajes relativos a Yoda.

En vista de que el perro parecía estar a gusto, continuó trabajando otra hora antes de preparar la cena para los dos.

Tras un exitoso paseo después de cenar, se acomodaron junto al fuego en la biblioteca. Yoda se acurrucó a su lado mientras ella leía otra sección de la historia de la familia Poole.

—En 1864, Marianne, a los nueve meses de casarse con Hugh Poole, falleció al dar a luz a gemelos, Owen y Jane. Él volvió a casarse, con Carlota, en 1866 y tuvo tres hijos más, de los cuales uno murió a muy corta edad. Qué horror.

Cerró el libro.

—Contándolas, Marianne sería la tercera novia.

Tras sacar al perro para una última ronda, se fue a dormir. Al parecer, Yoda encontró su camita junto al fuego más que aceptable.

Sonya no se despertó a las tres cuando sonó el carillón del reloj, ni se rebulló con el eco de la música. Sin embargo, el perro puso las orejas de punta, salió de la habitación y se dirigió abajo tan campante.

Y, moviendo la cola, fue a sentarse junto al piano a la luz de las velas.

Cuando le dieron permiso, puso las patas delanteras sobre el banco y frotó con el hocico la mano que lo acariciaba.

Por la mañana, Sonya empezó su nueva rutina. Hizo café, se abrigó, le puso la correa al perro y lo sacó a pasear.

Abrigaba la esperanza de que, con el tiempo, él realizara por sí solo la primera sesión matutina y la última nocturna.

El perro desayunó mientras ella hacía lo mismo y consultaba el correo electrónico.

—Me tengo que poner a trabajar.

Él la siguió hasta las escaleras, empezó a subir y, de repente, se detuvo delante de la puerta oculta y movió la cola.

—¿Hay algo ahí? —Reprimió un escalofrío—. Quizá, pero no vamos a entrar. Hoy no.

En el dormitorio dejó escapar un largo suspiro al ver la cama recién hecha y las almohadas mullidas. La cama de Yoda estaba estirada con mimo.

—Vale. Vale, gracias. No es necesario, pero gracias. Muy bien.

Tras ponerse ropa deportiva, se dirigió a la biblioteca con Yoda a la zaga.

Él se acomodó en su sitio, debajo de la mesa; ella se enfrascó en el trabajo.

En dos ocasiones oyó puertas que se cerraban. Él también, pues levantó la cabeza.

—No he sido yo —masculló ella, y continuó trabajando.

Decidió plantearse el rato del paseo del perro como un tiempo de reflexión. El proyecto de la empresa de cáterin presentaba algunos retos: las ofertas, las cartas, todas las imágenes, los precios... Y ella quería que la web resultara atractiva y al mismo tiempo intuitiva con el fin de que los potenciales clientes no tuvieran que dar muchas vueltas.

Para cuando decidió dejar de trabajar, había descartado dos diseños antes de decantarse por uno que resultaba atractivo e intuitivo.

Y en vista de que Yoda se paraba delante de la dichosa puerta oculta cada vez que subían o bajaban, la abrió.

—¿Quieres ver qué hay? Pues vamos a ver qué hay. Se supone que tengo que entrenar de todas formas.

Él se puso a deambular de aquí para allá hasta que, en un momento dado, se detuvo y movió la cola a la nada. Al menos a nada que ella pudiera ver.

Yoda parecía entretenido durante el escaso tiempo que ella consideró un entrenamiento antes de decidir dejarlo.

Esta vez, cuando pasó junto al panel de campanillas, oyó que sonaba una.

—El salón dorado. ¿Ese cuál es? Me parece que está en la segunda planta, cerrado.

Se armó de valor.

—Vamos arriba.

Tomó a Yoda en brazos para que la confortara y al mismo tiempo para ahorrarle la subida de los escalones con sus cortas patitas. Como no estaba segura de qué habitación era, empezaría por la amplia sala que, según la vaga imagen que guardaba en su memoria, estaba empapelada en un intenso dorado. Si no recordaba mal, se trataba de una de las principales.

En cuanto llegó la segunda planta, dejó a Yoda en el suelo.

—Aquí arriba hace frío, más que antes. —Fue abriendo las puertas de una en una: muebles tapados, papel de pared con motivos florales o revestimientos en tonos crema.

Y, cuando alargó la mano hacia el pomo de la puerta situada al fondo del largo pasillo, Yoda gruñó.

Al bajar la vista lo vio en guardia, enseñando los dientes.

—No dejaré que quien sea o lo que sea te haga daño.

A pesar de tener el estómago encogido y el corazón acelerado, empujó para abrir la puerta. Juró que soplaba una gélida corriente de aire. Las sábanas que cubrían los muebles se movían. En el umbral, Yoda se puso a ladrar como loco.

—Es mi casa. —Lo cogió en brazos—. Es nuestra casa.

Pero, como el perro —o ella— temblaba, salió y cerró la puerta.

—Tranquilo. —Conforme se alejaba, besó la cabeza de Yoda—. Tranquilo. Vamos abajo. Voy a darte una chuchería.

Él, más que un aullido, consiguió emitir un gemido. No obstante, ella lo interpretó como una buena señal.

En la cocina, todas las sillas de la pequeña mesa estaban tendidas en el suelo.

—Alguien intenta asustarnos, pero no se saldrá con la suya.

Soltó a Yoda y enderezó las sillas.

A continuación premió al perro con una chuchería y a sí misma con una copa de vino.

El perro, el agradable calor de un cuerpecillo con el que compartir su espacio, la reconfortó. Después del último paseo decidió prescindir de la historia de la familia Poole por una noche, y retomó su novela con Yoda hecho un ovillo en su cama junto al fuego.

Y se quedó dormida con el libro entre las manos.

¿Soñó?

Se hallaba delante del espejo, el espejo que aparecía en los sueños de su padre. Los depredadores del marco parecían bufar y gruñir.

Pero, en vez de su propio reflejo, vio una habitación al otro lado, sombras fugaces, como si el cristal fuese una ventana en lugar de un espejo.

Las sombras comenzaron a moverse, y la luz adquirió nitidez.

Un dormitorio iluminado por la luz del fuego, luz de velas.

¿El suyo?

No era la misma cama, no, y las paredes estaban cubiertas de flores en todo su esplendor, con pétalos de bordes rosados sobre un campo del más pálido dorado. Sin embargo, reconoció la habitación que se había adjudicado en la casa solariega.

Una mujer yacía en la cama, obviamente de parto. Aunque Sonya nunca había presenciado uno, lo que observó a través del cristal no admitía duda.

Dos mujeres —¿matronas?— la asistían; una enjugándole la cara y la otra de rodillas entre sus piernas.

Y, a través del cristal, Sonya oyó voces y gritos, al principio amortiguados, y seguidamente cada vez más fuertes y nítidos.

No es el presente, pensó Sonya; lo que veía a través del cristal no era el presente. La mujer que se hallaba de pie junto al cabecero de la cama llevaba una especie de cofia, y un vestido gris largo con un delantal. Y alcanzaba a ver los botines de botones de la mujer arrodillada sobre la cama.

Un sueño, no puede ser sino un sueño, pensó al tiempo que levantaba una mano para tocar el cristal.

Y lo atravesó como si de una puerta se tratara.

Ninguna de las tres mujeres, con toda su atención y energía centradas en la tarea de traer una vida al mundo, reparó en su presencia.

—¡Ya viene el bebé! ¡Tiene que empujar! ¡Haga acopio de fuerza, señora Poole, y empuje!

La mujer hincó los codos en la cama, con el semblante demudado de extenuación y dolor. Su grito, tan primario, tan desgarrador, le heló la sangre a Sonya.

—Aquí está la cabeza, una hermosura. Un empujón más, querida. Uno más, ahora.

Mientras la madre sollozaba, la matrona giró al bebé para liberarle los hombros y este salió entero deslizándose entre sus manos.

—Es un varón, señora Poole. Un buen mozo. Aquí está, aquí está —dijo la matrona mientras le limpiaba la cara al recién nacido con un paño.

Él dejó escapar un gemido, seguido por un grito desapacible que hizo que Sonya se llevara las manos al corazón.

Qué hermoso. Ignoraba que pudiera ser tan hermoso.

—Dámelo. Quiero a mi hijo.

La madre primeriza, con su larga melena oscura apelmazada debido al sudor, extendió los brazos y, entre lágrimas y risas, tomó al bebé en sus brazos.

—Se llama Owen. Tengo un hijo. ¡Ay, Dios! Cógelo, cógelo. ¡Qué dolor!

—Toma al señorito, Ava. Viene otro de camino. No empuje todavía, querida. Ahora jadee, jadee mientras me ocupo de esto.

—Que Dios me ayude.

Así pues, lo bello se convirtió en doloroso mientras a la matrona le caían gotas de sudor y la madre suplicaba que acabase todo.

Un reguero de sangre. ¿Sería normal tanta sangre?

En ese momento, Sonya fue consciente de que estaba soñando. Marianne Poole era la tercera novia.

La hija —Jane, Sonya lo acordaba— nació en un charco de sangre, emitiendo gemidos quejumbrosos mientras su madre agonizaba.

—Tengo que contener la hemorragia. ¡Id a por más toallas! ¡Avisad al señor!

Pero Marianne se desangraba, y al empaparse las sábanas, se puso lívida como un cadáver.

—Jane. Mi hija se llama Jane. Owen David y Jane Elizabeth. Mis hijos.

A Sonya se le cortó la respiración cuando Marianne, con los ojos vidriosos por la conmoción, la miró desde el otro lado de la habitación.

—Mis hijos. Tú desciendes de ellos.

Él, un hombre con los ojos y la complexión del padre de Sonya, vestido con una holgada camisa blanca y un pantalón negro, irrumpió en la estancia, se dirigió a la cama a toda prisa y tomó la lánguida mano de su esposa entre las suyas.

—Marianne, amor mío. Estoy aquí.

—Tenemos un hijo. Tenemos una hija.

—Necesitan a su madre. Quédate por ellos. —Apretó los labios contra su mano—. Quédate por mí.

—Me quedaré por ellos. Me quedaré por ti. Ahora solo voy a… descansar —dijo, y se apagó.

Él, aferrado a su mano, rompió a llorar a lágrima viva.

Mientras temblaba por los sollozos, apareció la mujer de

negro, que se dirigió al otro lado de la cama y le quitó el anillo del dedo a la difunta.

—¡No! —Sonya dio un paso al frente para impedirlo—. ¡No puedes hacer eso!

Con la mirada desquiciada e implacable, Hester Dobbs replicó:

—Sí que puedo. Lo he hecho y lo haré. —Se puso el anillo en el dedo donde otros dos emitían destellos a la luz de las velas—. ¿Acaso piensas que puedes detenerme? ¿Detener lo que forjé con fuego y sangre? Aquí el fantasma eres tú.

Furiosa, Sonya se abalanzó sobre el espejo.

Y se despertó de pie junto a su cama con el perro aullando a sus pies.

Conmocionada, se sentó en el borde de la cama y tomó al perro en brazos para que ambos se tranquilizaran.

—Tranquilo. He tenido un mal sueño. Solo ha sido un mal sueño.

Sin embargo, olía a sangre y a cera de vela.

Oía las voces en su cabeza. El ligero acento escocés arrastrando la erre en la de la matrona, el tono de agotamiento en la de Marianne, de aflicción en la de Hugh Poole.

Y el duro y despiadado matiz en la de Hester Dobbs.

¿Por qué se había despertado de pie junto a la cama en vez de tumbada en ella?

Recordó que se había quedado dormida mientras leía. Pero ahora la luz estaba apagada y el libro cerrado y encima de la mesilla de noche. De la taza de té no había ni rastro.

Sabía que se la encontraría lavada y colocada en su sitio en la cocina.

De modo que alguien cuidaba de ella, teniendo pequeños gestos con ella y realizando tareas domésticas.

Y alguien quería asustarla.

¿Cuántos más habría en la casa? ¿Y quiénes eran... o habían sido?

Echó un vistazo al reloj. Las tres y veinte.

No había música de piano, ni golpes en la puerta.

Al parecer, la noche había recobrado la calma.

Pero, al acostarse de nuevo, metió al perro en la cama con ella.

—He visto todo con mucha claridad: el espejo, después la habitación al otro lado, a las personas que había en ella... Creo que podría dibujarlas. No es que sea mi mejor talento, pero creo que podría dibujarlas.

»He presenciado dos nacimientos; el primero muy hermoso, el segundo muy trágico, pero lo he visto, y oído, y sentido. He presenciado cómo moría una mujer, una mujer que ha luchado con todas sus fuerzas para traer al mundo a sus hijos. He presenciado cómo... se desvanecía sin más.

Agradecida por la dulzura y calidez de ese cuerpecillo pegado al suyo, acarició al perro.

—He visto a Hester Dobbs. He visto cómo esa arpía le quitaba el anillo a Marianne mientras su marido lloraba su muerte. Y ella me ha visto. Me ha visto, me ha hablado. Marianne me ha visto, me ha hablado mientras agonizaba. Pero nadie más lo ha hecho.

»Allí el fantasma era yo, en eso tenía razón Hester Dobbs. Al otro lado del espejo, o de lo que quiera que demonios sea, el fantasma era yo.

15

Teniendo en cuenta la noche que había pasado, podría haber dormido hasta bien entrada la mañana. Sin embargo, se obligó a levantarse por el perro. Una caminata al aire fresco ayudaba mucho a despejar las telarañas de los ojos.

Decidida a ceñirse a su rutina, se puso a trabajar —un poco tarde, y en pijama—, pero el caso es que se puso.

Primer punto en el orden del día: apuntar el sueño/incidente del espejo en su registro.

Después sacó un cuaderno e hizo lo posible por dibujar a los protagonistas de ese sueño/incidente.

Carecía de la destreza de Cleo para la ilustración, pero en su opinión los retratos le salieron bastante logrados.

A continuación dejó el cuaderno a un lado.

—A pesar de todo, una chica y su perro tienen que comer —dijo, y se puso a trabajar.

Nada ni nadie la importunó. A esas alturas no prestaba atención a los saludos musicales del iPad, puesto que se había acostumbrado. Dejó de trabajar a las tres y media.

—No pienso reunirme con Trey Doyle, el hombre y/o el potencial cliente, en pijama y con la cara lavada. —Le dio unos toquecitos en la nariz a Yoda y este movió la cola—. Tengo que ser profesional. Además, el puñetero siempre tiene buen aspecto. Tú todavía no lo conoces, pero te doy mi palabra.

Se detuvo en seco al ver el vestido corto rojo y un pelín atrevido cuidadosamente extendido sobre la cama.

—Vale, eso es nuevo; no el vestido, sino el gesto. Y…, ah, gracias. Lo que pasa es que es más apropiado para una cita nocturna que para una reunión con un cliente. Eso sí, es un vestido magnífico.

«Y ahora —pensó Sonya— hablo con fantasmas además de conmigo misma».

Sujetándolo de los hombros, se miró de un costado y de otro en el espejo.

—Y quién sabe cuándo tendré ocasión de volver a ponérmelo, pero hoy no.

Lo colgó en el armario.

No se había planteado ponerse un vestido, pero, por qué no, tratándose de una reunión con un cliente y eso. Pero nada arreglado; algo informal.

Sacó un vestido de punto de canalé ajustado de color verde oscuro. De manga larga y corte sencillo, el largo por debajo de la rodilla quedaba bien con botas.

—Y listo.

Cuando se cambió, se miró detenidamente en el espejo otra vez.

—Vale, esto está bien. Transmito que me tomo mi trabajo en serio, y que al mismo tiempo soy simpática y fácil. —Le hizo gracia y apuntó hacia Yoda—. Fácil en ese sentido no.

»Aunque…, Dios, cómo echo de menos el sexo. No, nada de pensar en el sexo durante una reunión con un cliente —se dijo a sí misma, y entró al baño a maquillarse.

Aquí se aplicaban las mismas reglas: profesional pero informal y cercana.

Mientras deliberaba para elegir la sombra de ojos idónea, se preguntó si realmente tenía intención de molestarse en realizar un viaje de ida y vuelta de más de seis horas para ir a su peluquera de toda la vida.

¿Lo más sensato? Probar la peluquería del pueblo. Si metían la pata, no volvería jamás.

Lo combinó con unos pendientes —unos discretos de botón— y se miró por última vez en el espejo.

—Creo que he acertado, y solo he tardado tres veces más que si me hubiera puesto unos tejanos y un jersey, como suponía que haría. Pero estoy más presentable.

Su iPad arrancó con el clásico de Roy Orbison *Oh, Pretty Woman* [«Oh, qué guapa»].

—Gracias. A pesar de todo, me encuentro bastante a gusto aquí. No viene mal acordarse de dedicar algo de tiempo al cuidado personal. Bueno, debería poner la cafetera.

Usaría el juego de café que había en la despensa y lo serviría junto a la chimenea. ¿O sería más apropiado en la cocina?

No, en la biblioteca.

—Me estoy calentando demasiado la cabeza. Y no por el simple hecho de que sea un potencial cliente —reconoció al perro—, sino porque el puñetero me atrae mucho. Físicamente, sí, pero también por su manera de ser. Bueno, esa es la impresión que me da, porque la verdad es que apenas lo conozco.

»Basta ya con esto.

Preparó café y subió la bandeja a la biblioteca.

Profesional, pensó. Una mujer que dirige su propia empresa.

Tras mullir los cojines del sofá, puso otro leño en el fuego.

Perfecto, pensó.

El perro ladró varias veces y salió disparado de la biblioteca segundos antes de que sonara el timbre.

—Desde luego, nadie va a entrar a hurtadillas.

Al bajar apuntó con el dedo hacia Yoda, que se puso a danzar junto a la puerta.

—Pórtate bien. Son asuntos de negocios.

Abrió la puerta y ahí estaba, alto, apuesto, con su enorme y adorable perro.

—Justo a tiempo. Pasa. Este es Yoda.

—¡Hola! —Saludó Trey, que se puso en cuclillas y acarició con fuerza al bailarín—. Tienes los ojos de Yoda, bien. ¿Qué opinas, Mookie?

A modo de respuesta, Mookie le dio un lametazo en la cara a Yoda, lo cual hizo que el perrito se pusiera a dar vueltas en círculo.

—Le hemos traído un regalo de bienvenida. —Trey se sacó una cuerda con nudos del bolsillo trasero—. Muéstrale cómo se hace, Mook.

En menos de cinco segundos, los perros estaban jugando al tira y afloja con la cuerda y gruñendo juguetones.

—¿Sabes? El grandullón podría arrastrar al pequeñín por toda la casa con eso.

—Sí. —Trey sonrió sin más—. Y es probable que lo haga.

—Dame tu abrigo.

Cuando fue a colgarlo, Sonya cerró los ojos.

Se había presentado con un regalo para el perro. ¿Cómo iba a resistirse a eso?

—Bueno, me he instalado en la biblioteca, con el café.

—Te agradezco el café, y que me hayas hecho un hueco.

—Eché un vistazo a tu página web —comentó ella mientras subían las escaleras con los perros a la zaga—. Es muy funcional.

—Me parece que eso es una pulla.

—En absoluto. Bueno, no exactamente. Puedo mejorarla, pero empezaremos por precisar lo que buscas.

—Me parece anticuada. Aunque Poole's Bay es una localidad pequeña, tenemos clientes en los alrededores. Es un negocio de gestión familiar y quiero incidir en eso. Nuestros empleados llevan décadas trabajando para nosotros, y aceptamos pasantías.

»Y luego está la oficina en sí. La casa, la casa familiar, que desprende la sensación de "Puedes confiar en nosotros para que cuidemos de ti". Eso para empezar.

—Toma asiento.

Sonya sirvió el café mientras los perros jugaban con la cuerda.

Tomó nota conforme él explicaba su idea de lo que necesitaban y respondía a las preguntas que ella le formulaba.

Para cuando los perros se acomodaron junto al fuego, ya tenía la clave.

Puede que compartir una casa con fantasmas le hiciera cuestionarse su cordura, pero sentir —sin ninguna duda— una atracción sexual por un potencial cliente definitivamente le hizo plantearse qué hacer, o no hacer, al respecto.

Sin embargo, en lo tocante al trabajo, se imponía la confianza en sí misma.

—Quieres algo limpio, sencillo, tradicional, con énfasis en la trayectoria del negocio. Nada historiado, sin bombo publicitario. El bufete Doyle es una institución en Poole's Bay por alguna razón. Yo pondría un banner con una foto de las oficinas y el mensaje «Cuando vengas a nuestra casa, te ayudaremos». Ahora mismo la empresa ya se ha forjado un nombre, pero esto le aportaría cercanía. La elección de los médicos y los abogados es algo muy personal, así que démosle un toque personal.

—Eso no te lo puedo discutir.

—Y sugiero añadir una pestaña acerca del personal, con fotos y perfiles biográficos. Y, dado que aceptáis pasantes, otra para eso con historias de éxito, como «A Julie Smith la contrató un bufete de Harvard» y cosas por el estilo. Y necesitáis una página para cada uno de vosotros. Ace, Deuce y Trey.

—Me gusta, pero no parece sencillo.

—Mi cometido es hacerlo sencillo, para ti y para los posibles clientes que busquen un abogado. Las tarjetas de visita, por ejemplo. La que tu padre me dio es ligeramente distinta a la tuya, cuando todas deberían tener un mismo estilo, un estilo acorde con el bufete. Y, en vez del blanco y negro, sugeriría un color más cálido, quizá el blanco roto.

—Blanco roto. —Sus labios se curvaron en su característica sonrisa lenta—. No es algo que se escuche todos los días.

—En mi gremio sí. Hay que dar uniformidad a las tarjetas de visita, los membretes y demás, crear una imagen sólida para una empresa sólida. Ahora mismo vuestra página web es un fondo blanco con una tipografía en azul fuerte y fotos sobre fondos azulones. Es demasiado sobria.

—¿Sobria?

—Y vosotros no lo sois. Ninguno. Dejad que refleje quiénes sois y a qué os dedicáis. Tu padre se desplazó a Boston, se reunió conmigo, y me cambió la vida. Y fue muy amable y paciente. Tú viniste en fin de semana a cambiar mis muebles de sitio.

—Los vecinos se ayudan entre sí. Y Collin era de mi familia. Para eso está la familia.

—Sí. —Ella le sonrió de oreja a oreja—. Exacto. Sois el bufete del vecindario, las personas en las que una familia puede depositar su confianza para que cuiden de ellos.

—Se te da bien esto.

—Sí.

—¿Puedes preparar una propuesta?

—Sí. Y si no es de vuestro agrado, ningún problema. Estaréis cometiendo una equivocación, pero allá vosotros.

Él se echó a reír y se recostó.

—Anna está loca de contenta.

—Me alegro muchísimo.

—Me comentó que ha vendido más desde que se puso en marcha la nueva web que en todo el mes anterior. Lo que yo pretendo en realidad no es generar más negocio, o, al menos, no de forma primordial. Mi idea es consolidarlo.

—No buscas algo elegante, sino una imagen fresca que refleje el bufete y a las personas que trabajan en él.

—Eso lo resume. Bueno, listo. ¿Cómo van las cosas por aquí? ¿Algún problema?

—Gran parte de lo que ha pasado a ser algo habitual. He empezado a documentarlo, solo por llevar un registro. Está el DJ residente, pero tiene su gracia. Caray, sí que la tiene —admitió—. Hay puertas que se abren, que se cierran. Y Yoda también lo oye, lo cual curiosamente me tranquiliza. Sucedió algo en la segunda planta.

Al pensarlo, le dio un escalofrío y se frotó los brazos.

—Como el perro no dejaba de pararse delante de la puerta del servicio, en el descansillo, al final entré con él. De todas formas, estoy procurando obligarme a usar el gimnasio.

Para mantener las manos ocupadas, sirvió más café.

—¿Tú entrenas?

—Un poco.

—Yo tenía una rutina en Boston. Iba al gimnasio tres veces a la semana, pero bueno. El caso es que Yoda se puso a olfatear por todas partes durante mi cutre entrenamiento. Y ¿sabes esas campanillas con las que la gente avisaba a alguien del servicio para que acudiera a una habitación? Pues una de ellas sonó. La del salón dorado, en la segunda planta. Subimos a ver, pero como yo no recordaba exactamente qué habitación era, nos internamos en el pasillo y fui abriendo una puerta, mirando, luego otra… Allí todo está cerrado. Cuando llegamos a la del fondo del pasillo, Yoda empezó a ladrar, a ladrar como un poseso, y te juro que se le puso el pelo de punta. Al abrir la puerta… Esto te va a parecer una locura.

Él le estaba prestando toda su atención.

—Lo dudo.

—A mí sí. No es que en la habitación hiciera frío porque esa zona está cerrada, es que hacía un frío de muerte y… como si entrara una corriente de aire por una ventana abierta. Vi que las sábanas que cubrían los muebles se movían, como… ondeando. Lo vi. Y entretanto Yoda no dejó de ladrar como un poseso, gruñendo, enseñando los dientes. Como temía que entrara disparado allí, cerré la puerta y, al bajar a la cocina, todas las sillas de la mesa pequeña estaban tumbadas en el suelo.

—¿Y si subo a echar un vistazo?

—¿Ahora?

—Claro. —Se levantó—. Vuelvo enseguida.

A ella se le secó la garganta ante la idea, pero…

—No, si vas tú, voy yo. —Se puso de pie—. Tengo que vivir aquí. —Rectificó—: Quiero vivir aquí. Y, bueno, todas esas habitaciones extrañas son mías.

Él le sonrió.

—Creo que Collin sabía lo que se hacía al dejarte en herencia la casa solariega. Por lo visto la patrulla canina nos acompaña —añadió cuando los perros se incorporaron y estiraron.

»¿Has oído algo allí arriba desde entonces? —le preguntó cuando empezaron a subir.

—No. Pero quiero decir que, fuera lo que fuera lo que oí o sentí, daba mal rollo. No era como el DJ o la criada invisible. Creo, y he aquí otra locura, que se trata de Hester Dobbs.

—La bruja de medio pelo que mató a Astrid Poole.

—Que la mató y que le quitó el anillo. Y que hechizó a Catherine, la segunda novia, para que saliera en plena tormenta de nieve en su noche de bodas. Y a la cual le quitó el anillo. Y…

Se interrumpió cuando llegaron a la segunda planta.

—¿Te importa? —Agarró a Trey de la mano—. Sí, mejor así.

—Dobbs murió un par de décadas antes que Catherine.

—Sí, he dicho que es una locura, pero lo sé de buena tinta. No vayas a por una chaqueta de fuerza, pero lo presencié. Lo soñé, o esa es mi impresión. Todo el mundo sueña, pero estos sueños son muy realistas. Y anoche…

—¿Anoche?

—Vamos con esto primero —dijo ella al llegar a la puerta del final del pasillo—. Mira los perros. No gruñen, pero están en guardia, ¿a que sí? —Cuando Trey la abrió, ambos perros emitieron un sonido ronco de advertencia.

Pero, dentro, nada se movía.

—Hace más frío.

Muy a pesar de Sonya, Trey la soltó de la mano y entró. Sorteando los muebles cubiertos con sábanas, comprobó las ventanas.

—No hay nada abierto, pero desde luego aquí hace frío, fácilmente diez grados menos que en el pasillo.

—Recorrimos toda la casa el primer día, y luego entré con Cleo. No estaba así.

—No, es verdad.

Sonya se armó de valor y, cuando se disponía a entrar, la puerta se cerró de un portazo en sus narices.

Y los perros se pusieron histéricos.

Mientras ladraban y Mookie saltaba contra la puerta, ella empuñó el pomo, lo giró y, como no se movía, se puso a forcejear. Cuando se dio por vencida, aporreó la puerta llamando a Trey a voces.

Dentro, la temperatura descendió hasta tal punto que Trey veía el vaho de su respiración. A su alrededor, las sábanas que cubrían los muebles ondeaban y se agitaban con fuerza.

Bajo la sábana blanca, la cama empezó a traquetear y a golpear el suelo. Los cajones del buró se abrieron y cerraron de golpe mientras el viento rugía por la chimenea.

Sintió el impulso de cerrar los puños para luchar contra algo imposible de ver, pero se metió las manos en los bolsillos de su pantalón negro.

—¿Es este tu repertorio? ¿Unos cuantos ruidos y aire frío? Incluso muerta sigues siendo una bruja de medio pelo.

Con un sonido estridente, el papel de pared de damasco dorado pálido se rajó como una herida. Y sangró.

—Vale, podría seguir aquí el día entero, pero la dama me espera.

De camino a la puerta, se detuvo para volver la vista.

—Esta no es tu casa. Nunca fue tu casa y nunca lo será. Si quieres esta habitación, ahí la tienes. De momento.

En cuanto puso la mano en el pomo, el aire cesó, el frío se mitigó y las paredes dejaron de sangrar.

Cuando abrió la puerta, Sonya se abalanzó a sus brazos, junto con dos perros dando saltos y lametazos.

—¿Estás bien? —Sonya le palpó la cara, los hombros—. La puerta no se abría. Se cerró de un portazo y no se abría. No se oía nada.

—¿No se oía nada?

—Bueno, sí. Los perros se han puesto a ladrar y a saltar contra la puerta. Yo la he aporreado, te he llamado, pero no respondías.

—Yo no he oído nada. —Tras echar un último vistazo al interior, la cerró—. Qué interesante.

—¿Interesante? ¿Cómo que interesante? Tengo que sentarme.

Lo hizo, en el suelo del pasillo. Yoda se encaramó rápidamente en su regazo y Mookie se apoyó contra su hombro.

Trey se puso en cuclillas para mirarla de frente.

—Vamos abajo. Será mejor que no entres a esa habitación hasta que resolvamos esto.

—¿Oh, eso opinas? ¿Que no entre a esa habitación siniestra y escalofriante? Buena idea.

—La habitación no es siniestra, Sonya.

—Vale. —Apretó las manos contra la cara—. He sufrido un ataque de pánico en toda regla. No recuerdo que me hubiera pasado nunca antes, pero ahora ya sé qué esperar si alguna vez vuelve a suceder.

Dejó caer las manos y agarró la suya de nuevo.

—No sabía qué estaba pasando ahí dentro, a ti. ¿Qué ha ocurrido?

—Alguien ha montado un numerito. Nada del otro mundo, pero creo que posiblemente tengas razón acerca de Hester Dobbs, de modo que dejemos que se quede con la habitación, de momento. Y ya veremos.

—¿Qué numerito? Explícate.

Al levantarse tiró de ella y pasó el brazo alrededor de sus hombros para llevársela de allí.

—La habitación se ha enfriado como un congelador. La cama se ha puesto a dar botes, los cajones a abrirse y cerrarse de golpe. El mejor truco ha sido hacer que las paredes sangraran.

Ella paró en seco.

—¿Que las paredes sangraran?

—Dobbs no pudo continuar. —Le dio un empujoncito a Sonya para que siguiera adelante—. En cuanto toqué el pomo todo paró. Nada fuera de lo normal.

—Tu concepto de lo normal y el mío no pertenecen al mismo planeta.

—Tienes frío. Volvamos a la biblioteca y me cuentas lo de anoche.

—¿Cómo es que estás tan tranquilo? Lo digo en serio. ¿Cómo es posible?

—En general, la calma es mi forma de gestionar las crisis.

Sonya se dio por vencida, desistió y se apoyó contra él mientras trataba de recobrar el aliento.

—Vaya, caray. Supongo que eso es bueno, a pesar de que descoloca completamente.

En la biblioteca, se dejó caer en el sofá. Trey atizó el fuego y añadió otro leño.

—Por cierto, se encargan de traer la leña de fuera. Yo no he llenado el leñero desde que estoy aquí.

—Esa no será Dobbs.

—No —convino ella. Él se sentó a su lado—. Y no creo que quienquiera o lo que quiera que esté haciendo la cama y lavando las tazas sea quien pone música en mi iPad, y probablemente quien toca el piano tampoco.

—Son mayoría frente a Hester Dobbs.

Ella no se lo había planteado de esa manera, pero ahora que lo hacía, algunos nudos de sus hombros se aflojaron.

—Supongo que eso debería generar calma en la gestión de la crisis.

—Anoche —apuntó Trey, y le agarró la mano.

—Anoche me quedé dormida leyendo en la cama. Luego me desperté. Bueno, eso creo. Si fue un sueño, era increíblemente detallado. Yo estaba frente a un espejo, el mismo con el que soñaba mi padre, uno de pie, con depredadores tallados en el marco: zorros, halcones, lechuzas, osos…, todos a la caza. Pero en vez de verme a mí misma, veía una habitación al otro lado del espejo, muy claramente, y lo atravesé como si se tratara de una puerta.

—¿En serio? —Fascinado, como es obvio, mantuvo la mano sobre la de Sonya, y esos ojos de un azul intenso no apartaron la mirada de ella en ningún momento—. ¿Dónde fuiste?

—Era Marianne Poole, que sería la tercera novia. Me da la sensación de que era mi dormitorio, pero las paredes estaban empapeladas, y ella, en una cama diferente, dando a luz a sus gemelos.

Se lo relató con los detalles aún frescos y nítidos en su memoria.

—Cuando estaba agonizando… Yo nunca he visto a nadie morir, pero lo supe, lo habría sabido aunque no lo hubiera leído en el libro de los Poole, me miró. Me vio, Trey. Nadie me había visto, pero ella, mientras agonizaba, me vio. Dijo que tenía un hijo y una hija, y que yo descendía de ellos.

Sonya se secó una lágrima.

—Ella, que tanto había luchado por traer al mundo a sus hijos, lo estaba abandonando. Presencié cómo Hugh Poole irrumpía en la habitación, y lo vi llorar amargamente cuando ella murió. Él la amaba; eso era real. Dios, sentí su aflicción. Luego la vi, a Hester Dobbs. Entró como si tal cosa. Él no la vio, pero yo sí. Se llevó el anillo de Marianne.

Después de respirar para calmarse, continuó:

—Yo dije: «No, no puedes. No puedes hacer eso», y ella me miró. Me vio y, cito textualmente porque jamás lo olvidaré, dijo: «Sí que puedo. Lo he hecho. Lo haré. ¿Acaso piensas que puedes detenerme? ¿Detener lo que forjé con fuego y sangre? Aquí el fantasma eres tú». Se puso el anillo, y llevaba otros dos. Eran alianzas, estoy segura de ello. Y me desperté, o salí de allí, lo que quiera que demonios fuera, de pie en mi dormitorio con el pobre de Yoda gimiendo y temblando.

Se rio un poco.

—Supongo que yo también gemí y temblé un poco.

—¿Por qué no me llamaste?

—¿A las tres y pico de la mañana?

—Sí.

Lo miró y... Oh, aquellos ojos azules seductores llenos de preocupación.

—Lo dices en serio. La mayoría de las personas que dicen que llames a cualquier hora no se refieren a la tres y pico de la mañana. —Estrujó la mano que aún sujetaba la suya—. ¿Quién eres?

—No puedo jactarme de que siempre digo lo que quiero decir. Soy picapleitos. Pero, si te digo que me llames a cualquier hora, lo digo en serio. Tenías miedo, y estabas en tu derecho. No tienes por qué estar sola.

—La compañía del perro me tranquiliza. Sé que es una tontería, pero...

—No, no lo es.

—Es verdad —convino ella—. Y me tranquiliza el hecho de desahogarme contigo, y que me hayas creído. Espera.

Fue a por su cuaderno de dibujo.

—Dibujé a la matrona, a Marianne, a todo el que vi.

Él cogió el cuaderno.

—Son magníficos. No sabía que dibujaras tan bien.

—Las artes gráficas se me dan mucho mejor que las bellas artes, pero…

—No subestimes tu talento —masculló él, mientras pasaba las páginas—. En el inventario habrá un retrato de Hugh Poole.

—En el libro hay una foto de él, junto con otra de Marianne Poole, yo diría que un poco más joven que en la época en la que murió, pero ninguna de Hester Dobbs. Es esta.

Había dibujado su rostro desde dos ángulos, y en otro dibujo aparecía de cuerpo entero con la mano donde llevaba los tres anillos en alto.

—Con la mayor precisión que pude.

—No me la imaginaba guapa.

—Es…, era guapísima. El pelo negro, la tez lechosa, los ojos oscuros… Tiene la voz… gutural, sensual. Y ojos de loca. Me parece que eso no lo plasmé bien.

—Está bastante logrado. ¿Y este es el espejo?

—Sí. Mi padre también lo dibujó. Según mi madre, soñaba con él. Soñaba que en la imagen veía a alguien, seguramente a Collin, desde su infancia.

—No recuerdo que haya nada parecido a este espejo en el inventario, y pienso que me acordaría, pero lo comprobaré.

—Yo lo hice; no está. Pero lo vi, y mi padre también, así que… —Se encogió de hombros—. No le encuentro explicación.

—Collin nunca lo mencionó, ni la habitación de la segunda planta, por lo menos a mí. Le preguntaré a mi padre.

Cerró el cuaderno de dibujo.

—¿Tienes algún plan para cenar?

—¿Cenar? —Miró la hora—. Uy, esto nos ha llevado un buen rato, ¿verdad? Podría improvisar algo, no como Cleo, pero podría improvisar algo.

—Yo también, pero ¿qué te parece si salimos?

—¿Salir?

—A cenar. Ya sabes, donde alguien con mucha más destreza cocina platos que puedes elegir en una carta. ¿Cuándo fue la última vez que saliste a cenar desde que te mudaste aquí?

—Pues va a ser que ninguna vez.

—Salir a cenar solo es un rollo. No me hagas que cene solo. Déjame invitarte a cenar. Así conoces a una amiga mía que cocina en el Lobster Cage. Es una cocinera de primera.

—No tienes por qué…

—Déjame invitarte a cenar —repitió—. Vas demasiado guapa como para ponerte a trajinar.

Y en el iPad, sobre la mesa, empezó a sonar *Heartbeat* [«Latido»] de Childish Gambino.

—Para —masculló Sonya—. Francamente, me parece mal dejar al perro solo.

—Si quieres, les damos de comer y, si Mookie puede apuntarse, los saco a dar un paseo antes de irnos y lo dejo con Yoda hasta que regresemos. Tómate un respiro.

No seas tonta, se recriminó a sí misma. ¿Por qué obstinarse?

—Me vendría bien. Gracias.

No es una cita, se dijo para sus adentros mientras bajaban a dar de comer a los perros.

Tan solo dos personas que salen a cenar después de vivir una experiencia escalofriante, pensó, y acto seguido se disculpó para subir pitando a comprobar si iba bien maquillada y peinada.

Supuso que debía dar las gracias al fantasma del vestido rojo sexi por inspirarla a ponerse algo más vistoso que unos tejanos.

Al bajar, Trey estaba guardándose el móvil en el bolsillo mientras los perros jugaban al tira y afloja con la cuerda.

—He reservado una mesa.

—Genial.

—Voy a por mi abrigo, para sacar a este par a pasear.

—Ah, te acompaño. Siempre saco a Yoda atado hasta que esté segura de que no saldrá corriendo.

—Da la impresión de que sabe que ha triunfado. Y te quiere.

—Sí. —Esa certeza de algún modo la enorgullecía—. Más bien fue amor a primera vista, por ambas partes.

—Lo adoptaste a través de Lucy, ¿verdad? Lucy Cabot —dijo mientras los perros les seguían hacia la puerta.

—Sí. Es fantástica.

Otra noche despejada y fría, pensó cuando salieron. Puede que según el calendario se acercara la primavera, pero no daba esa impresión en absoluto.

—¿No le pones la correa a Mookie?

—En el pueblo. Allí acepta que es la ley que impera en el casco urbano; si no, no es necesario. Es un buen perro.

—¿Lo conseguiste a través de Lucy?

—La verdad es que no pensaba tener un perro, pero un día se presentó con él en la oficina. Lo acababa de acoger. Me dijo: «Este es tu perro, Trey». Y lo era.

—Entonces te conoce bien.

—Salí con su sobrina en el instituto. Esta noche la conocerás. Bree es la jefa de cocina del Lobster Cage.

—Ah, os conocéis desde hace mucho tiempo.

—Sí.

—¿Y seguís siendo amigos después de la época de novios en el instituto?

—Después de eso, del drama de la ruptura, del brevísimo reencuentro en el verano del primer curso en la universidad, y de una separación mucho menos dramática. Y de su boda con un restaurador de Portland y posterior divorcio.

—Si está divorciada cabe la posibilidad de otro reencuentro.

—No. Ahora somos demasiado amigos, amigos que saben que en realidad no son compatibles. Yo diría que, en ese sentido, misión cumplida.

Cuando volvieron, ella soltó a Yoda.

—Haz caso a Mookie, y pórtate bien. Nada de subir a la segunda planta. Volveré pronto.

En vista de que en la tableta empezó a sonar *How Can I Miss You If You Don't Go Away* [«Cómo voy a echarte de menos si no te vas»], y de que los perros se pusieron a jugar con la cuerda de nuevo, concluyó que todo iría bien.

—Ya me siento agradecida de que me hayas convencido.

Él, como era de esperar, le abrió la puerta de la camioneta para que subiera.

—Sí que bajo al pueblo —continuó ella cuando él se puso al volante—, aunque no tan a menudo como debería. Es que hay prioridades.

—¿Cuáles son tus prioridades?

—La primera es el trabajo, hacer un buen trabajo que satisfaga a los clientes y que conduzca a la consolidación del negocio. Me gustó trabajar en una oficina, hacerlo en equipo, llegar a coordinar uno. Pero trabajar por cuenta propia es totalmente diferente. Estoy yo sola.

—Seguro que eres más exigente contigo misma que tu antiguo jefe.

—Tal vez. —Se rebulló en el asiento—. Tú diriges tu propio negocio, con tu padre y tu abuelo. Cuentas con un equipo, pero los tres estáis al frente. Y es evidente que se os da bien, porque de lo contrario esa unión se habría disuelto.

—¿Tienes intención de crear un equipo cuando te consolides? ¿Cuáles son tus aspiraciones?

—No lo sé. Ahora mismo voy al día, de proyecto en proyecto. Se me da bien. ¿Tú siempre te has dedicado a la abogacía?

—¿Aparte de soñar que me ficharan para los Red Sox o convertirme en una estrella del rock? Sí. Siempre me he dedicado al negocio familiar.

—¿Una estrella del rock?

—Owen, unos cuantos amigos más y yo teníamos una banda de esas de garaje en la época del instituto.

—¡No me digas! —Y he aquí otro secreto fascinante, pensó ella—. ¿Qué tocabais?

—Sobre todo versiones de los Foo Fighters, Green Day, Van Halen, algo de Bon Jovi, algún que otro tema de Aerosmith y cosas por el estilo. Aparte de temas originales malísimos.

—¿Componías música?

—Yo no lo llamaría música precisamente.

—¿Y qué instrumento tocabas?

—La guitarra rítmica. Nunca llegué a dominar por completo el acorde de sol mayor novena. Owen era el guitarrista principal. Tiene mano para ello.

—Qué revelación más fascinante. Una faceta totalmente desconocida del abogado de pueblo con su perro adoptado y una camioneta. ¿Sigues tocando?

—De vez en cuando.

—Me gustaría oírte. Dios, cómo me he relajado. —Fue consciente de ello conforme entraban al pueblo—. No estaba segura de cuándo volvería a relajarme después del percance en el salón dorado.

Él la miró algo sorprendido.

—Eres resiliente. Me di cuenta a los cinco minutos de conocernos. Es una cualidad muy atractiva.

Se metió en el aparcamiento.

Resiliente, pensó ella al bajar del coche.

Aceptaría el cumplido.

16

La camarera, apenas con la edad justa para consumir cerveza legalmente, saludó a Trey sonriéndole rápidamente con coquetería.

—Me he enterado de que venías. —Miró de forma fugaz a Sonya con una expresión entre melancólica y celosa—. Con una amiga.

—Sonya, esta es Halley.

—¿Sonya Poole?

—MacTavish —corrigió Sonya.

—Vale. Me refería a que eres la ocupante de la casa solariega. Guau. Bienvenida al Lobster Cage. Vuestra mesa está lista. —Cogió dos cartas junto con la lista de vinos y los acompañó por el comedor hasta un reservado para dos situado en un rincón—. Esta noche os atenderá Ian —continuó, mientras Trey ayudaba a Sonya a quitarse el abrigo—. Buen provecho. Ah, Trey, mi padre te está muy agradecido por ayudarle con el… ya sabes.

—Dale recuerdos de mi parte.

—Lo haré. Ian vendrá enseguida.

—Está colada por ti.

—Tiene veinte años.

—Da igual. Es muy guapa, así que has ganado puntos por no seguirle el juego.

—Tiene veinte años —repitió Trey.

El camarero, de baja estatura, enjuto y con el pelo negro con mechas naranjas, que llevaba hecho un moño en la coronilla, se aproximó con una alegre sonrisa.

—Hola, Trey. Bienvenida, señorita MacTavish, soy Ian y esta noche me ocuparé de satisfacer todas sus expectativas y deseos culinarios.

—¿Cómo te va, Ian?

—Bien. —Sonriendo, Ian levantó dos dedos en señal de victoria—. Lo he bordado.

—En ningún momento lo puse en duda.

—Yo no las tenía todas conmigo. ¿Os traigo algo de beber para empezar? ¿Una botella de agua para la mesa?

—¿Vino? —preguntó Trey a Sonya.

—Perfecto.

Trey echó una ojeada a la carta de vinos.

—Tomaremos una botella de sauvignon blanc, ¿te parece bien?

—Ya lo creo.

Añadió una botella de agua antes de que Ian se fuera.

—Bueno, en vista de que conoces a todo el mundo, ¿qué es lo que ha bordado?

—Te cuento la versión resumida: como el padre de Ian enfermó hace un par de años, él dejó la universidad para volver a su casa a echar una mano. Se sacó el título a distancia, y ahora está con el máster.

—¿En qué?

—En Ingeniería ambiental. Ian es muy listo y aplicado.

—Doy gracias en nombre del planeta Tierra. ¿Qué tal su padre?

—Su enfermedad está remitiendo.

—Qué bien.

Un mozo de comedor les llevó el agua e intercambió unas palabras con Trey antes de que Ian les llevara el vino.

—La señora lo catará.

—Trey me ha comentado que estás estudiando un máster en Ingeniería ambiental.

—Sí, señora.

—Yo hice un trabajo de diseño gráfico para la empresa Green Engineering and Environmental, en Boston.

A Ian se le iluminó la cara mientras abría la botella.

—Es una de las mejores. Encabeza mi lista cuando me ponga a mandar currículos.

—Cuando llegue el momento, podrías avisarme. Daré buenas referencias de ti.

Se quedó boquiabierto.

—¿En serio?

—No puedo prometer que me hagan caso, pero por probar no se pierde nada.

—Yo... Guau. Eso sería increíble.

Él vertió el vino para que lo probara.

—Y esto está delicioso.

Tras informarles de las especialidades de la noche, Ian se retiró para darles tiempo.

—Primero, le has alegrado la noche, posiblemente el mes. Y segundo, ¿darías buenas referencias de un camarero al que acabas de conocer?

—Tú has dicho que era muy listo y aplicado, de modo que lo es. Antepuso a su familia, lo cual es señal de lealtad y buen corazón. Y, si pretendemos salvar el planeta, necesitamos gente muy lista, aplicada, leal y de muy buen corazón.

—En eso estamos de acuerdo.

—Bueno, vamos con las prioridades inmediatas. Tú comes aquí siempre. ¿Qué me recomiendas?

—Yo creo que voy a pedir ravioli de langosta.

—Pues yo también.

—Ni hablar. ¿Cómo voy a gorronear si pides lo mismo que yo? ¿Y viceversa?

—Ya. —Pensativa, leyó la carta detenidamente—. Me tientan las colas de langosta rellenas de cangrejo.

—Pues no te resistas. No te arrepentirás. Deberías pedir guarnición de buñuelos de patata. Si te apetece un entrante...

—¿Cómo se supone que voy a comerme el plato fuerte, los buñuelos de patata y los espárragos a la plancha con limón si pido un entrante?

—Muy bien, pero tienes que probar los buñuelos de jalapeño. En eso he de ser inflexible.

—Hecho. —Cerró la carta—. Entre mis planes, aunque estuvieran en el aire, sopesaba la idea de abrir una lata de sopa de tomate y hacerme un sándwich de queso a la plancha.

—Una opción imprescindible para mí. Yo soy un maestro del sándwich de queso a la plancha.

—Ah, ¿sí? Nunca había conocido a un maestro del sándwich de queso a la plancha. —Se echó hacia delante—. Sigue, sigue.

—Queso Monterrey Jack a la pimienta, pan de masa madre y aceite de guindilla. Ya me lo agradecerás.

Cuando Ian tomó nota de la comanda, ella se reclinó en el asiento y cogió su copa de vino.

—Bueno, abogado, maestro del sándwich de queso a la plancha, roquero en la adolescencia..., ¿qué más debería saber? ¿Dónde estudiaste Derecho, por ejemplo?

—En Cambridge.

Entre risas, se echó hacia delante de nuevo.

—¿Fuiste a la Universidad de Harvard?

—Lo confieso.

—Yo salí con un estudiante de la Facultad de Derecho de Harvard hace tiempo, duró un visto y no visto. No serías tú, ¿no?

—Casi seguro que me acordaría.

—No creo, porque era un engreído. Por eso la relación duró un visto y no visto. Si tú fueras un engreído, habrías encontrado la manera de trabajar en Harvard en aquella época.

—Yo salí con una artista hace tiempo, duró prácticamente un visto y no visto. Decía frases sacadas de contexto y tenía una rara obsesión con Virginia Woolf.

—Definitivamente, no era yo. Yo soy más de películas de suspense, fantasía y algo de romanticismo donde los malos reciben un escarmiento, el mundo se salva y al final triunfa el amor. También me gustan las pelis de miedo, pero de momento paso. Visto lo visto.

—Seguramente es una buena idea. Has dicho que anoche te quedaste dormida. ¿Qué estabas leyendo?

—No fue por el libro. Vamos a echarle la culpa a una larga jornada de trabajo y al salón dorado. *Rabbit Hole*, de un escritor desconocido para mí. Acabo de empezar a leerlo, pero es buenísimo.

—Precisamente lo leí la semana pasada. Pues luego mejora aún más.

Charlaron sobre libros mientras comían langosta, y la conversación derivó hacia el cine, mientras Sonya se convertía en una apasionada de los buñuelos de jalapeño.

No conseguía recordar la última vez que había mantenido una conversación tan variopinta y amena comiendo con un hombre.

—Ha sido increíble. Ahora tendré que entrenar mañana, todo por tu culpa.

—¿No te da miedo bajar al gimnasio?

—Es mi casa. Ella dispone de una habitación, temporalmente. Pero es mi casa. Me estoy planteando pedir a Cleo que le diga a su abuela que haga vudú o magia negra de esa o lo que demonios sea.

—¿Eso es un tema serio?

—La abuela de Cleo se lo toma en serio. La conocí en una escapada alucinante que hicimos a Nueva Orleans en primavera. Es una mujer fascinante, inquietante. Pero inquietante en el sentido de fascinante, no de espeluznante. Me leyó la mano y me echó las cartas del tarot.

—¿Qué te deparaba el futuro?

—Se trata más bien de ahondar en quién eres y qué buscas. Caray, dio bastante en el clavo, pero yo lo atribuyo a su habilidad para calar a la gente y a que me conoce a través de Cleo. Luego ya viene lo de conocer a un hombre alto y moreno o lo de irse a un largo crucero. Y…

Se calló cuando Ian se acercó con las cartas de los postres. Apartó de su mente el recuerdo y le sonrió.

—¡No tengo hueco para esto!

Entre los dos la convencieron para que se tomara un capuchino y la especialidad de la casa, el pudin de pan.

—¿Y bien? —inquirió Trey—. Estabas recordando algo hace un momento.

—Qué raro, hace años que no pensaba en nada de eso. Dijo que me traicionarían, lo cual me dolería, pero que esa experiencia también provocaría una huida propicia y me brindaría oportunidades. Que me convendría aprovechar ambas cosas. Y que me afincaría en una casa con historia, secretos y vistas al mar.

Cogió su copa de agua.

—Caray, al parecer tampoco iba desencaminada en eso. Qué inquietante —repitió, y bebió un sorbo—. Yo en ningún momento di crédito a nada de lo que predijo; a nada de, bueno, esos rollos paranormales, hasta que llegué aquí.

—¿Cómo te sientes al respecto?

—Todavía no lo tengo claro. —Se encogió de hombros—. En parte. Me encanta esa casa, Trey. Fue amor a primera vista, como Yoda, cosa en la que no creía hasta que vi la casa y a Yoda.

—¿Por pragmatismo o escepticismo?

—Quizá por una mezcla de ambas cosas. E insisto en conservar al menos un mínimo de ambas cosas.

—Eso y tu resiliencia te ayudarán a lidiar con lo que hay en la casa.

Encantada, la mar de encantada, negó con la cabeza.

—La casa no te genera ni una pizca de, digamos, escepticismo.

—Crecí con ella y, hasta cierto punto, en ella. Tú llevas allí más o menos un mes.

Él desvió la mirada hacia una mujer de pelo corto rojo chillón que iba como una flecha en dirección a su mesa. La chaquetilla blanca de chef la delató.

—Os voy a interrumpir, ¿os importa? —Se apretujó junto a Sonya en el asiento corrido—. Bree Marshall.

—Sonya MacTavish. Trey me comentó que eres una magnífica chef. Lo que no me dijo es que eres una diosa en la cocina.

—Me caes bien. Me cae bien —le dijo a Trey.

Ian les llevó el café y el postre.

—¿Le traigo algo, chef?

—No, solo estoy haciendo un pequeño descanso. Está aflojando el ajetreo, gracias a Dios y a todos sus seguidores. Solo necesito a Trey un momento. No es privado. Comed —añadió, haciendo un ademán hacia los platos del postre—. Es sobre Manny —explicó a Trey.

—¿Manny? ¿Qué le pasa? Me tomé una cerveza con él hace una semana más o menos. Se encuentra bien, ¿no?

—Sí, sí. Bueno, es sobre Manny y yo.

—¿Manny y tú qué? Ah. —En ese momento Trey se reclinó en el asiento—. ¿Cuándo ha pasado?

—No ha pasado todavía. A ver, solo estamos tonteando. Ya me conoces, y a él. —Se volvió hacia Sonya—. Todos nos conocemos desde hace mucho tiempo, desde el instituto. Trey y yo tuvimos un rollo en el instituto. No te preocupes por eso.

—No me preocupo.

—Bree. —Trey consiguió pronunciar esa única sílaba a pesar de su profundo enojo, su leve bochorno y el inmenso afecto que sentía por ella.

—De acuerdo. Retomo el tema de Manny y yo. Una amiga, ya conoces a Marlie, me convenció para ir a Ogunquit hace un par de semanas a un concierto de Rock Hard. Rock Hard es la banda de Manny. Él toca la batería. No sé si el nombre hace referencia a la costa de Maine, a la música o a lo dura que se les pone, puesto que es una banda íntegramente masculina.

—Por Dios, Bree.

—Perdón. —Mientras Trey se frotaba la cara, Bree se volvió hacia Sonya de nuevo—. ¿Ha sido ofensivo?

—Para nada. A mí me da la impresión de que podría deberse a las las tres cosas.

Bree apuntó hacia ella con el dedo.

—Apuesto a que tienes razón. En fin, Manny solía tocar la batería en la banda de Trey, Head Case, en los viejos tiempos.

—¿Los Pirados? —Sonya soltó una carcajada y cogió su capuchino—. Me encanta.

—No eran malos. Bueno, el caso es que fui al concierto de Manny. Son muy buenos, Trey, ya los has oído. Manny y yo pasamos un rato juntos y hubo chispa. Pero no en ese sentido, ¿por quién me tomas?

—Yo no he dicho ni pío.

—Lo has pensado. Luego, la otra noche, vino a pasar un rato aquí hasta el cierre, y hubo más chispa. Pero no en ese sentido. Todavía. Bueno, ¿qué opinas? ¿Sí o no?

—Si digo que sí y la cosa sale mal, te mosquearás y, si digo que no y tú quieres seguir adelante, te mosquearás. Así que voy a decir que los dos sois amigos míos, que los dos sois adultos y que no necesitáis el permiso de nadie para… avivar esa chispa.

—Ya la cagué antes.

—No, Bree, de eso nada. Saliste de una mala relación porque no tienes un pelo de tonta.

—Mi exmarido resultó ser un mierda que me puso los cuernos con la segunda chef.

—Yo pillé a mi exprometido tirándose a mi prima en nuestra cama un par de meses antes de la boda.

—Vale, tú ganas. Me gusta Manny, siempre me ha gustado. No quiero meter la pata.

—No lo harás —le dijo Trey.

—No lo haré. —Ella asintió con la cabeza y se levantó—. Tengo que volver al tajo. Tráela otra vez. Me cae bien.

Cuando Bree se fue como una flecha, Sonya probó el pudin de pan.

—Ahora entiendo por qué te liaste con ella. Dos veces.

—En realidad la segunda vez no fue nada serio.

—Ahora entiendo por qué. Oye, si te juro guardar silencio, ¿me dirás qué piensas sobre Bree la chef y Manny el batería?

—Pienso que me extraña que él haya tardado tanto, pues siente debilidad por ella desde hace años.

—Qué bonito. Y qué bonito que no se lo hayas dicho. Así se mantiene el equilibrio entre ellos. Bueno —se llevó a la boca otro trocito de pudin de pan—. ¿Lo de Head Case?

Casi tres horas después de marcharse de la casa, Trey aparcó junto al coche de Sonya.

—No sabía cuánto necesitaba esto. Tú sí.

—Todo el mundo necesita un respiro.

—La lámpara de mi dormitorio está encendida. —Se fijó al bajar del coche.

—Subiré a ver.

—No hace falta, de verdad. Mi… ¿ayuda de cámara? No sé cómo llamarla. Supongo que es una mujer. Lo hace todas las noches cuando me destapa la cama y enciende el fuego. Y, a juzgar por el ruido, los perros están en guardia.

Los ladridos cesaron en el instante en que abrió la puerta. Los dos perros los recibieron como si llevaran meses separados.

—Voy a darles una vuelta.

—A mí también me vendría bien estirar las piernas. —En vez de ir a por la correa, Sonya apuntó hacia Yoda con el dedo—. Confío en que cumplas las normas.

No tardó en comprobar que, además de cumplir las normas, no se separaba de Mookie, su nuevo amigo.

—Gracias, por todo esto —dijo Sonya cuando regresaron a la casa—. Por favor, no esperes, ni por asomo, el mismo nivel culinario el viernes.

—Nos hace mucha ilusión. A todos. Llámame —insistió—. A cualquier hora. Nada de gilipolleces, Sonya.

—Mensaje recibido. —Sabía cuándo un hombre estaba a punto de besarla, y no era el caso, así que tomó al perro en brazos y abrió la puerta—. Gracias otra vez, nos vemos el viernes. Buenas noches.

Una vez dentro, acarició al perro con la cara y apoyó la espalda contra la puerta.

La elección musical de la noche fue *In Your Eyes* [«En tus ojos»] de Peter Gabriel.

—No ha sido una cita.

Al día siguiente por la tarde metió a Yoda en el coche. Pertrechada con la lista de la compra de su madre, se dirigió al supermercado a por los ingredientes para la cena a la que ahora temía más que a la habitación de la segunda planta.

Para deleite de la encargada, entró a la floristería con Yoda y le envió un ramo de parte de este a su familia de acogida.

Salió con flores y, gracias al trabajo que había realizado para Anne, con otra posible clienta.

En otra parada en la librería compró más velas, junto con un libro que Trey le había recomendado en el transcurso de la cena.

Como tenía previsto cocinar —y mucho— al día siguiente, hizo una última parada y pidió una pizza para llevar.

Tras entrar a la casa a dejar las flores, la bolsa de la librería y la pizza, permitió que Yoda se desfogara después del rato que había pasado en el coche antes de ir a por las bolsas de la comida.

Cuando cerró la puerta por última vez, el DJ residente le dio la bienvenida con los Moody Blues y su *Lovely to See You* [«Me alegro mucho de verte»].

—No puedo decir lo mismo porque, ja, ja, no te veo.

Cuando llevó la comida a la cocina, las flores y la pizza habían desaparecido, y la bolsa de la librería estaba cuidadosamente doblada con el nuevo libro encima.

—¡Joder!

Al soltar las bolsas bruscamente vio el destello de la luz roja del indicador de encendido del horno. Y la pizza dentro. Se quitó el gorro de lana y, al darse la vuelta, allí, encima de la gran mesa de comedor, sus flores se derramaban artísticamente de una fuente baja y ovalada, y las velas nuevas estaban colocadas —igual de artísticamente— sobre la repisa de la chimenea.

—¿Debería estar agradecida porque tal vez esté mejor de lo que yo podría haber hecho, o un pelín mosqueada?

Decidió que podía sentir ambas cosas, y entró a colocar las provisiones antes de que alguien se le adelantara.

—¿Sabes? —le dijo al perro, que estaba entretenido mordisqueando su nuevo hueso prensado—. Iba a contratar un servicio de limpieza, pero hay alguien que ya se ocupa de mantener todo limpio y abrillantado.

Como decidió trabajar hasta la noche, se comió la pizza sin levantarse del escritorio mientras el fuego —que no había encendido— crepitaba. Cuando terminó la propuesta para los Doyle, preparó otra para la floristería.

A modo de prueba, cuando dejó de trabajar, abandonó deliberadamente el plato y el vaso vacío justo donde estaban.

Nevó ligeramente durante el paseo con el perro. Le hizo gracia verlo saltar tratando de atrapar los copos y dar vueltas de alegría en círculo. A su regreso reparó en el reflejo de la lámpara contra el cristal de su dormitorio.

No le cabía duda de que el fuego también estaría encendido y la cama preparada. En la habitación de la segunda planta no había luz, pero se preguntó si el cristal se veía más oscuro allí arriba que en las demás ventanas.

Al entrar, primero subió a la biblioteca.

Ni el plato ni el vaso se hallaban sobre el escritorio.

Y en el dormitorio encontró la cama preparada, el fuego ardiendo suavemente y la luz tenue para alumbrar su camino.

Planificó el día de la cena no como un zafarrancho de combate, sino como una modesta recluta a la que inexplicablemente habían ascendido de rango en el campo de batalla.

Primero, marinar la enorme pieza de ternera y, a continuación, rezar con todas sus fuerzas para no haberla cagado.

Segundo, trabajar hasta mediodía y fingir que no tenía más ocupaciones.

Tercero, ponerse un delantal, colocar todos los ingredientes a mano, y aguantar el tipo. Nunca mejor dicho, pues en su tableta empezó a sonar *No Worries* [«No te preocupes»] de Lil Wayne.

—Para ti es fácil decirlo.

A los veinte minutos llamó a Cleo por FaceTime.

—¡Hey, hola!

—¿Puedes hacer una pausa?

—Claro. ¿Va todo bien?

—Estoy cocinando. Estoy asustada. Mi madre me dijo que dorara el puñetero asado, y eso he hecho. ¿Tiene buena pinta?

Giró la pantalla para mostrarle el asado, que reposaba en una fuente.

—Supongo que sí. Esto está por encima de mi rango salarial. Nadie me pagaría por cocinar, de modo que definitivamente está por encima de mi rango salarial, pero tiene buena pinta. ¿Ya has acabado? ¿Tan pronto?

—No, no, estoy pelando patatas y zanahorias, y todavía me queda el apio y las cebollas. Necesito apoyo moral.

—Para eso estoy aquí.

—Entonces dame conversación. ¿Cómo vas con la limpieza de trastos y el embalaje?

—Deshacerme de trastos me cuesta más de lo que pensaba. No de las cosas grandes, pero sí de todos mis cachivaches. No quiero separarme de mis cachivaches.

—Pues no lo hagas. Aquí tienes sitio.

—Estoy empaquetando algunos para mandarlos con Winter el fin de semana que viene. Y voy a montar un rastrillo para las cosas grandes: tu madre me presta su jardín. Son, pareces estresada.

—¡Estoy cocinando! —exclamó, como si estuviera abriéndose paso a machetazos a través de una jungla llena de sonidos y serpientes—. Tengo que preparar todas estas verduras, y después mezclarlas o algo así con el jugo de la carne. ¡Las hierbas aromáticas! Necesito picar las hierbas aromáticas. Se supone que tengo que raspar todo lo marrón. ¿Qué significa eso? Mira el tamaño de esta olla.

Tras girar la pantalla de nuevo, se abalanzó sobre la olla con una cuchara de madera.

—¡Anda! Hay jugo marrón. ¡Fíjate!

—Es magia. Oye, por aquí todo va bien. Jess va a quedarse con el apartamento.

—¿Jess y Ryan? Tu apartamento es mucho más pequeño que el suyo.

—Han roto. Han tenido una ruptura desagradable, y ella está pasando página.

Jess y Ryan, y Boston en general, se le antojaban otro mundo.

—¿Cuándo pasó?

—Hace unas tres semanas, y él ya está saliendo con otra. Como fue ella la que se mudó a la casa de Ryan, se ha ido ella. Y ya ha traído algunas de sus cosas. Créeme, estoy lista para largarme. Mándame buenas vibraciones para el rastrillo. Si sale bien, puedo empaquetar el resto en dos días, igual en tres, y poner rumbo a Maine. ¿Dónde está nuestro cachorro?

Sonya dejó de remover el tiempo justo para poner la pantalla hacia abajo. Yoda se puso a mover la cabeza de un lado a otro mientras Cleo le hacía arrumacos.

—Tengo que ponerte al corriente acerca de la sala de la segunda planta, el salón dorado. He de hacerlo antes de que organices el rastrillo y empaquetes el resto.

—¿Qué le pasa?

Mientras troceaba en dados las patatas y picaba las hierbas, Sonya empezó el relato por el principio.

—Sonya, ¿por qué no me llamaste?

—Ay, pareces Trey.

—Deberías haberlo llamado. Él está mucho más cerca que yo. Hazme el favor de mantenerte alejada de esa habitación.

—Confía en mí. Pero tienes que saber que hay algo más, Cleo. No es como lo demás, yo creo que es maligno. Al oírme a mí misma decir esto siento el impulso de poner los ojos en blanco, pero lo digo en serio. Creo que es maligno.

—Entonces nos desharemos de eso, ya encontraremos la manera. Me alegro de que Trey estuviera allí para, bueno, para vivirlo. Somos mayoría, Sonya.

—Él comentó algo parecido. Que son mayoría con respecto a la tal Dobbs. Caray, no le tiembla el pulso. Me llevó a cenar después.

—¿Qué? —En pantalla, Cleo levantó ambas manos con un ademán—. ¿Eso ocurrió hace días y me entero ahora? ¡Tuviste una cita con el abogado sexi!

—No fue una cita.

—Eso lo determinaré yo. Cuéntamelo todo.

—Espera, tengo que poner todo en la olla, removerlo y dejar que se guise durante unos minutos.

—Cocina y habla.

—Un segundo. ¡Ay, Dios! ¡Hay demasiado! ¿Hay demasiado? No puedo pensar en eso, estoy removiendo. Fuimos al Lobster Cage y conocí a su ex.

—Qué incómodo.

—No, qué va. Me cayó bien. Te caería bien. Es la jefa de cocina. Y estoy adelantándome. Además se me ha olvidado contarte lo del vestido rojo.

—¡Te pusiste el vestido rojo! Ese vestido es para una cita.

—No, es que uno de los… residentes lo extendió sobre la cama antes de la reunión. Me puse el verde por debajo de la rodilla.

—Ese te sienta fenomenal. Bueno, lo de la cena.

Continuó el relato y sintió que se tranquilizaba cuando Cleo se rio con los nombres de las bandas.

—Ya me cae bien la jefa de cocina, especialmente porque es lo bastante lista como para que le caigas bien.

—No me importaría tenerla aquí ahora mismo. Creo que esto tiene la pinta que en teoría debería tener. He de poner la enorme pieza de carne encima, y verter una botella entera de vino tinto.

—¿Entera? Ojalá estuviera allí, porque seguro que va a estar riquísimo. Y porque me gustaría haberte dicho en persona, Sonya, que tuviste una cita con el abogado sexi.

Como obviamente tenía que reconocer que ojalá hubiera sido una cita, Sonya se encogió de hombros.

—Él no dio ningún paso.

—¿Y tú?

—No. Es un posible cliente, y yo ya soy una especie de clienta suya. Además se está portando como un amigo fuera de serie, no quiero echar a perder eso. Y, Dios, Cleo, es tan atractivo, tan interesante, tan…, bueno, está buenísimo. No quiero empezar con él una relación de rebote. Se merece algo mejor.

—Sonya, tú rompiste con el cabrón infiel hace más de seis meses. Siete, más de siete. La fase del rebote la superaste hace mucho.

—¿Eso crees?

—Totalmente. Y no estabas enamorada del cabrón infiel.

—Yo creía que sí. Iba a casarme con el cabrón infiel.

—Lo cual habría sido un error, porque no querías al cabrón infiel. Él no te rompió el corazón al traicionarte, sino que traicionó tu confianza y te humilló, y eso es muy pero que muy diferente. Y en cuanto a lo del cliente, ninguno de los dos se encuentra en una posición de poder sobre el otro, de modo que descarta eso. Si quieres dar el paso, adelante. Si quieres que sea él quien lo dé, hazle saber que estás receptiva. Tú sabes cómo.

—Tal vez. Primero tengo que salir airosa esta noche. Ya está todo ahí dentro, en la olla más descomunal del universo de las ollas.

—¿Y ahora qué?

—La tapo, la meto en el horno y, según Winter MacTavish, me olvido de ella durante horas. La dejo ahí durante horas.

—Y listo.

—Casi. Mi madre me dio una receta para hacer galletas, pero me he rajado y he comprado panecillos de leche Parker House.

—No hay por qué avergonzarse de comprar panecillos de leche Parker House.

—Me alegro, porque con los nervios lo de las galletas me sobrepasaba. Además, Anna me mandó un mensaje a principios de semana y va a traer un postre. Gracias al Niño Jesús. Y a ti, por echarme una mano, virtualmente, en esta coyuntura.

—La próxima vez nos la echamos en persona.

—Uy, esto pesa muchísimo. Me parece que he cocinado suficiente para alimentar a todo Poole's Bay. Ya está en el horno. Listo. Nada de fisgar hasta dentro de unas horas.

—Ahora vete a dar un paseo con nuestro dulce Yoda.

—Buena idea. Las buenas vibraciones para el rastrillo van de camino.

—Mándame un mensaje luego, para contarme qué tal va la noche. Nos vemos dentro de dos semanas. ¡Cambio y corto!

Después de colgar, Sonya se pilló a sí misma haciendo amago de abrir la puerta del horno.

—No, no voy a fisgar. Vamos a limpiar este desastre y a dar un paseo, Yoda.

Cuando se disponía a arreglar el innegable desastre, oyó un zumbido mecánico.

—¿Qué diablos ha sido eso? ¿Lo has oído?

Con Yoda pisándole los talones, siguió la pista del zumbido hasta la despensa.

—Es el montaplatos, ¿verdad? Oh, mierda, es el montaplatos. Me…, me parece que está subiendo. Subiendo del sótano.

—Entrelazó los dedos de las manos mientras el perro olfateaba la puerta.

No gruñó, ni siquiera al cesar el zumbido y oírse un tenue chasquido.

—Tengo que mirar, ¿no? Es mi casa, joder, tengo que mirar. Y luego tendré que enfrentarme a… No lo sabré hasta que no mire.

Dio un paso al frente y, tras respirar hondo, abrió la puerta de un tirón.

En el interior había una fuente grande con las asas y el borde esmaltados en cobre. Una docena de flores con forma de estrella adornaban el borde, con una en el centro.

La levantó con cuidado, como si fuera a explotar al tocarla.

—Vaya, qué bonita. Tiene como una pátina azulada, ¿a que sí? Parece antigua, y… —Le dio la vuelta—. Madre mía, es de Limoges, pintada a mano. Mira aquí, fue un regalo de boda. Está escrito por detrás. «Para Lisbeth en el día de su boda, 12 de junio de 1916». Una de las novias —musitó Sonya—. Recuerdo su nombre porque aparecía en el libro, en el árbol genealógico que hizo Deuce. Supongo que alguien opina que debería usarla.

Con el mismo cuidado con el que la había sacado, la dejó sobre el montaplatos.

—Y por qué no. Es demasiado bonita como para dejarla guardada.

En la tableta, David Bowie empezó a cantar *Right* [«Bien»].

Sonya se apretó los dedos contra los ojos.

—Tengo que quitar hierro a los sucesos inquietantes. No sé cómo, pero no me queda otra. Así que vamos a limpiar este desastre y después a dar un paseo. Un largo, tranquilo y agradable paseo. Y si ese maldito estofado no es un completo fiasco, usaremos la fuente de Lisbeth.

17

Después de limpiar el desaguisado y después del largo y relajante paseo con Yoda, Sonya fisgó en el horno un par de veces. Pero lo que la sorprendió fue el aroma. Y el aroma que impregnaba la casa era delicioso.

Le infundió confianza para proceder a la siguiente fase: acicalarse para la cena.

Optó por un jersey azul marino de cuello chimenea combinado con unas mallas y unos botines. A continuación pasó más tiempo del debido haciéndose una trenza francesa, lo cual le recordó que pronto tendría que tomar una firme decisión respecto al estilista.

Los portazos de la segunda planta se oyeron lo bastante fuerte como para que ella se sobresaltara y Yoda soltara una retahíla de ladridos.

—Intenta alterarnos, pero no se saldrá con la suya. Bajaremos y prepararé una bonita tabla de embutidos. Eso se me da bien.

Tomó en brazos al perro y, por el pasillo, frotó su mejilla contra la de Yoda.

—Vamos a poner una mesa la mar de bonita. Otra cosa que se me da bien.

Al llegar al descansillo, los portazos se convirtieron en golpazos. A pesar de que el corazón le aporreaba el pecho con la misma fuerza, continuó bajando.

—Es como una pataleta, eso es todo. Una pataleta de una arpía.

Fuera, el sonido del mar se convirtió en un bramido y, de pronto, un viento huracanado empujó la lluvia y el granizo contra las ventanas. El perro, en sus brazos, se puso a aullar y a temblar.

Lo abrazó con fuerza, quizá con demasiada fuerza, al tiempo que el pulso se le aceleraba y disparaba.

—No es real. Es como la noche de la tormenta de nieve inexistente. —Sin embargo, se le puso la piel de gallina.

No es real, no es real, se repitió una y otra vez mentalmente.

Algo golpeó contra la puerta principal con tal fuerza que, por un momento, le dio la impresión de que la madera cedía.

—Está cabreada, está cabreada porque voy a tener invitados. ¡¡Es mi casa!! —gritó, y volvió a la cocina a grandes zancadas.

En el iPad, sobre la encimera, empezó a sonar *Don't Worry Baby* [«No te preocupes, cariño»].

Se respiraba un ambiente cálido, y le pareció sentir... una presencia.

Se giró, medio esperando toparse con alguien detrás. Yoda dejó de temblar, soltó un ladrido estridente y se retorció para zafarse de sus brazos. Después de unas cuantas cabriolas y giros en círculo, se sentó y levantó una pata.

A nada que ella pudiera ver.

—Se supone que eso debe reconfortarme, tranquilizarme. Tal vez, cuando haya recobrado el aliento. Voy a poner la mesa.

Una vez recobrado el aliento, los golpes cesaron.

¿Se habrá dado por vencida de momento?, se preguntó Sonya. En cualquier caso, el silencio calmaba.

Con la confianza renovada, dispuso los embutidos sobre la tabla y la metió en la nevera mientras seguía las últimas instrucciones de su madre.

Sí, huele de maravilla, pensó, y, al poner la pieza de carne en la fuente de Lisbeth, comprobó que tenía una pinta deliciosa.

Con cuidado, la cortó por la mitad y a continuación cortó una fina rodaja.

—Vamos a probarla —le dijo al perro, que se sentó expectante a sus pies—. Media para ti y media para mí.

Le hizo gracia cuando Yoda se relamió. Al darle la mitad, aunque apenas tuvo tiempo de olerla, se relamió de nuevo. Ella le dio un bocado con cuidado.

—¡La leche! ¡Está rica! En mi opinión está rica. No, no hay más —añadió cuando él gimoteó—. Por ahora.

Dispuso el popurrí de verduras alrededor del asado, lo adornó con unos ramitos de romero fresco y le hizo una foto con la tableta. Casi dando brincos ella también, se la envió en un mensaje a su madre y a Cleo antes de meter la fuente en el segundo horno para mantenerla caliente.

—Se supone que tengo que espesar todo este jugo hasta conseguir una salsa suave y ligera. Ojalá no fuera necesario, pero, si no sale bien, lo tiramos. Nadie tiene por qué enterarse.

En su opinión, lo consiguió.

Abrió una botella de vino tinto para dejar que respirara y sacó una jarra de agua mineral, junto con coquetos platitos y servilletas para los aperitivos que serviría en la cocina.

Qué bonito.

Se dirigió al comedor para encender las velas, pero alguien le había tomado la delantera.

Él, ella o ellos solo intentan ayudar, se dijo para sus adentros. Y la ayuda era mil veces mejor que los golpazos y porrazos.

A las siete sacó la tabla de embutidos y bajó el volumen de la música.

—La música está muy bien —dijo a quienquiera que la escuchase—, pero vamos a dejar que suene bajito y agradable. De fondo.

Se quitó el delantal, lo colgó y echó un largo vistazo a todo.

—Todo va a ir fenomenal.

Sin embargo, se sobresaltó cuando Yoda salió disparado ladrando hacia la puerta justo antes de que sonara el timbre.

—Empieza la función.

Al llegar al vestíbulo apuntó con el dedo a Yoda y dijo:

—Son amigos.

A continuación abrió a Anna y a un hombre que le sacaba la cabeza y que llevaba un portatartas en las manos.

Anna fue derecha a darle un abrazo.

—Ayer no nos cruzamos de milagro en el supermercado del pueblo. Y este es Yoda. Hola, guapo. Y este guapo es solo mío. Sonya, Seth; Seth, Sonya.

Con su pelo castaño claro, las facciones cinceladas y los ojos color miel, era digno del calificativo.

—Encantado de conocerte por fin. A pesar de que en parte eres la culpable de que Anna trabaje más horas.

—¡Las ventas han aumentado! —exclamó Anna.

—Yo opino que la culpa es del arte y de la artista. Dejad que coja vuestros abrigos.

—Al menos uno de los Doyle nos seguía de cerca porque vi las luces. Ah, es un convoy familiar. Nunca llegamos tarde a cenar.

Se oyeron portazos arriba.

—Lamento eso.

Seth levantó la vista al tiempo que Anna se llevaba la mano a la tripa.

—Visité a Collin con Anna unas cuantas veces, pero jamás oí…

—Espero que podáis ignorarlo. Estoy muy contenta de que hayáis podido venir todos.

Ace y Paula fueron los siguientes en llegar, con flores. Hacían una pareja impresionante, él con su sonrisa de galán, ella con su elegancia natural y su melenita de pelo blanco liso. Y seguidamente Deuce y Corrine, que se presentaron con una botella de vino.

Corrine, con los ojos de un gris azulado y el pelo negro con mechones plateados, era casi de la misma altura que su marido.

Trey llegó —con más flores— detrás de ellos, y Sonya cayó en la cuenta de que debería haberlo invitado a venir con una acompañante.

Sin embargo, no lo lamentaba.

Además había traído a Mookie, lo cual hizo que Yoda se pusiera contentísimo.

En cuestión de minutos, la cocina se llenó de gente, de bullicio, de flores y de vino.

Algo dio un golpazo arriba.

—Ya estamos —dijo Corrine como si tal cosa—. ¿Te molesta?

—Estoy aprendiendo a vivir con ello.

Corrine asintió con la cabeza y se echó una aceituna a la boca.

—Permíteme que te diga, bueno, voy a hacerlo igual, que en la casa se respira un ambiente diferente contigo aquí. No como el de un viudo con demasiados ratos de soledad, sino más joven y fresco. Y, sea sexista o no, un pelín femenino. Así que brindo por ti, la señora de la casa.

—Gracias —dijo Sonya cuando alzaron las copas—. Me encanta. Y me gustará más aún cuando mi amiga se mude aquí.

—La ilustradora. —Paula asintió con la cabeza y sonrió—. Nos enteramos de todo cuanto hay que enterarse.

—Y sabemos todo cuanto hay que saber. —Ace arqueó las cejas con un ademán—. Y yo sé que aquí algo huele lo bastante bien como para comérselo.

—Esperemos que sí. No se me da muy allá la cocina. —Hizo un gesto en dirección al comedor—. Ace, preside la mesa, por favor. Trey, ¿podrías echarme una mano? Es una fuente grande.

Cuando Sonya abrió el horno, Trey echó un vistazo y la miró fijamente.

—¿Tú has hecho eso?

—A pesar de mi pánico, sí. Voy a abrir otra botella de vino y a por la salsa. Y los panecillos, casi me olvido de los panecillos. Y se me ha ocurrido que podía engatusar a los perros con un par de huesos para meterlos en la sala de estar.

—Ya lo he hecho yo. Se han acomodado.

Tras echar un vistazo, comprobó que no había ningún perro rondando.

Cuando Trey entró con la fuente al comedor, Sonya oyó a Ace.

—¡Vaya, eso es un estofado como Dios manda!

Ella llevó el resto.

—Tiene una pinta magnífica —comentó Paula.

—Esperemos que esté bueno. Como la fuente es enorme, me gustaría serviros a todos en la mesa.

Se dirigió a Paula.

—Un poquito de todo, gracias.

—Conmigo no hay necesidad de racanear. Puedes cargar el plato —le dijo Ace.

—Ahora que llevas aquí un tiempo —dijo Deuce mientras ella iba rodeando la mesa—, ¿qué opinas de Poole's Bay? No me refiero solo a la casa solariega, sino al pueblo, a la zona.

—Me gusta mucho. La verdad es que nunca tuve intención de mudarme fuera de la ciudad, o lejos de ella en cualquier caso. Es un gran cambio, pero siento que encajo aquí. Me gusta todo.

Se sentó y, acto seguido, miró hacia arriba al oírse otro golpazo.

—O casi todo.

Seth también levantó la vista.

—No estoy seguro de si podría llegar a acostumbrarme a eso.

—Te pondré al corriente si lo consigo. Ahora mismo estoy intentando adivinar cómo reaccionará mi madre cuando venga el próximo fin de semana. —Dado que nadie hacía ruidos extraños mientras comía, Sonya dio por sentado que la cena le había salido bastante bien.

—Seguro que se pondrá contentísima de verte. —Corinne bebió un sorbo de agua—. Y de ver dónde te has afincado. ¿Conoce la historia de la casa? —preguntó Deuce.

—Le he contado algo por encima. He estado leyendo el libro de la historia de la familia Poole. Y documentando los… incidentes.

—Eso es señal de tu pragmatismo —comentó Corrine, y tomó otro bocado de ternera—. Eso viene bien en un cambio como este, pues Poole's Bay y la casa solariega están a años luz de Boston. En mi opinión, es una buena cualidad en una mujer que está levantando su propio negocio. La honestidad también es fundamental, ¿verdad?

—Si no eres honesto con un cliente, lo perderás.

Corrine asintió con la cabeza mientras masticaba.

—La honestidad en el terreno profesional y en el personal es esencial para entablar relaciones. Y sin embargo, no has sido honesta con nosotros.

—¿Pe..., perdón?

—Has dicho que no se te daba muy allá la cocina, y me da un pelín de rabia que tu estofado esté mejor que el mío, ¿a que sí Deuce?

—Me acojo a la quinta enmienda.

—Todos sabemos lo que eso significa. —Corrine cogió su copa y posó esos ojos azul grisáceo en Sonya—. Yo opino que la falsa modestia tan solo es una treta para recibir cumplidos.

—Acabas de hacerme uno —dijo Sonya. Anna no se molestó en contener la risa—. Y en mi primer intento de cocinar un estofado.

—¿Es tu primer intento? Y pensar que venía predispuesta a que me cayeras bien. Bueno, quiero tu receta.

—La verdad es que es de mi madre, pero...

—Consúltaselo. Puede que no quiera compartirla fuera de la familia. Pero, si está dispuesta, se la cambio por mi receta de bizcocho, la cual no revelo a la ligera.

—Es verdad —confirmó Deuce.

—Lo probaréis en el postre, si es que alguien tiene hueco después de esta cena. Anna lo ha hecho para esta noche. ¿Tú manejas el horno?

—Yo meto la pizza congelada en el horno. Eso es lo máximo que horneo. Un momento, calenté esos panecillos sin chamuscarlos.

Corrine sonrió.

—Me figuro que viviendo aquí arriba aprenderás lo suficiente como para arreglártelas.

—Confío en que mi amiga Cleo se ocupe de la mayor parte de ese tema.

—Una ilustradora —dijo Paula—. Es muy bonito que se unan más artistas a la comunidad.

Conversaron sobre arte, gastronomía y eventos locales, e intercambiaron impresiones. Y con la conversación, el fuego que ardía suavemente, las repeticiones de platos y otra botella de vino, Sonya puso su primera cena en la casa solariega en la columna de los éxitos.

—Se me ocurrió que podíamos tomar el café y el postre en la sala de música.

—Qué maravillosa idea, es una de mis salas favoritas —le dijo Paula.

—¿Abuela, vas a tocar?

Paula sonrió a Anna.

—Podría dejarme persuadir.

—¿Por qué no dejamos que la generación más joven se encargue de esto? —Corrine se levantó—. Empezaré yo a persuadirte. Sabemos llegar —le dijo a Sonya.

Sonya se puso con los cafés.

—Todos mis nervios de esta noche han sido en vano. Tienes una familia estupenda.

—Sí, y la cena no ha estado nada mal. Estaba más bueno que el de mi madre y, como te vayas de la lengua —añadió Trey— te demando por difamación.

—Mis labios están sellados. Dios mío, Anna, esa tarta es una maravilla.

—Sabe aún mejor —terció Seth—. ¿Quieres que me encargue de los platos? Tengo experiencia.

—Puede que recurra a ti antes de que terminemos. Pero dejemos todo eso para después y que siga la fiesta.

Al oír el eco de la música, ella miró hacia la puerta.

—Qué bien toca. Es la primera vez que oigo los acordes del piano cuando me consta que alguien lo está tocando.

—¿Oyes música de piano cuando no hay nadie? —preguntó Seth.

Ella se encogió de hombros.

—A veces, de madrugada.

Una melodiosa voz de barítono se unió al piano.

—Ese es Ace. —Anna, obviamente familiarizada con la cocina y la despensa, sacó platos de postre, tazas y platitos para el café—. Son la bomba.

Juntas, cargaron el carrito del postre, una novedad para Sonya.

Cuando entraron empujándolo a la sala de música, vio a los perros apretujados a los pies de Deuce. Ace se hallaba de pie, con la mano posada sobre el hombro de su mujer, cantando *One for My Baby* [«Una para mi chica»].

Cuando terminaron, Sonya aplaudió.

—¡Estás contratado!

—¿Tú tocas el piano, Sonya?

Sonya negó con la cabeza mientras Paula tocaba una especie de trino.

—Mi madre sí, no así, pero un poco. Cuando intentó enseñarme, ambas coincidimos en que mi talento reside en otra parte.

—Toca algo más antes del postre —insistió Anna—. Toca *Embraceable You* [«Abrazarse a uno mismo»].

—¿Os animáis a cantar a dúo, queridos?

Paula volvió la vista hacia Ace.

—Podría dejarme persuadir.

—Les pedí que cantaran esto en mi boda, para nuestro primer baile. Todavía no he perdido mi destreza. —Seth sacó a Anna a bailar.

—A ellos les hizo mucha ilusión cantar en la boda de Anna —dijo Corrine en voz baja.

—Sus voces armonizan muy bien, ¿verdad?

—Sí. Deuce se crio en un ambiente musical. Sabe tocar el piano y tiene una voz potente. Yo no tengo talento musical.

—El tuyo reside en otra parte. En tu fotografía, en tu familia.

—Es verdad. Johanna sabía tocar el piano.

Al mirar hacia ella, Sonya vio que Corrine estaba observando atentamente el retrato.

—Erais amigas.

—Sí. Trey me dijo que habías encontrado su retrato. Contemplarlo es como si el tiempo se hubiera detenido. A ellos les agradaría que la pusieras aquí. Esta también era una de sus salas favoritas.

—Me pareció el lugar adecuado.

—Porque lo es. —A Sonya le sorprendió que la agarrara de las manos durante unos instantes—. Ella jamás te haría daño.

—¿Tú… crees que está aquí?

—Ya hablaremos en otro momento. Te ayudo con el café. Sé cómo le gusta a todo el mundo.

Como sintió que tenía que dejarlo ahí, Sonya se puso a cortar la tarta.

Y concluyó que la idea de pasar la sobremesa en la sala de música había sido un completo acierto cuando Anna se sentó al piano y se empeñó en que Trey, manifiestamente renuente, la acompañara a la voz.

De repente, Anna paró de tocar y, con los ojos muy abiertos, se llevó la mano a la tripa.

Cuando se le iluminó la cara como el sol, Seth ya se había levantado de su asiento.

—¡Se ha movido! ¡He notado que el bebé se ha movido! —Aunque agarró con fuerza la mano de Seth, miró a su madre—. Mamá.

—¿Estás bien? —Seth le estrujó la mano—. Yo no noto nada.

—Es demasiado pronto para que lo notes —le dijo Corrine, al tiempo que sus ojos azul grisáceo se humedecían—. En el caso de Anna, ha ocurrido cuando corresponde.

—¿Es normal? —Trey agarró con fuerza la mano libre de su hermana—. ¿Es buena señal?

—Es normal, algo bonito.

—¿Cuándo lo notaré yo?

—Cuando pasen unas cuantas semanas más, papi.

Como parecía un momento familiar, Sonya se retiró discretamente. Les daría unos minutos y pondría el lavaplatos.

Al entrar en la cocina la encontró impoluta. El lavaplatos con su runrún, el fregadero reluciente y, cuando fue a comprobar el interior de la nevera, vio las sobras —una mínima parte de lo que en un principio se temía y esperaba— perfectamente guardadas en fiambreras.

—Yo… Caray, os lo agradezco. No teníais por qué hacer todo esto.

Cuando Trey entró, ella seguía inmóvil, desconcertada.

—Es imposible que seas tan rápida con el zafarrancho de limpieza.

—No, no he sido yo.

—Vaya, vale. Creo que se van a marchar ya. Yo iba a quedarme para echarte una mano con todo esto, pero ya no hace falta.

Justo en ese momento, en la tableta empezó a sonar *Stay* [«Quédate»].

Sonya percibió el nerviosismo en su propia risa.

—A alguien le gusta tenerte por aquí.

Yoda entró, danzó y aulló.

—Ah, quieres salir. Claro. Espera un momento.

—Yo me encargo. Mookie va a querer salir con él. Y cuando he dicho que se van a marchar ya, siempre se entretienen un rato.

No se equivocaba.

—Seth, haz el favor de llevarle a Sonya el carrito a la cocina. Ace y yo deberíamos irnos a casa con nuestros cuerpos achacosos. Como ha dicho Corrine, dejemos que las generaciones jóvenes se ocupen de la limpieza.

—Por lo visto alguien de una generación supuestamente mucho más mayor ya se ha ocupado de eso.

—¿Estás de broma?

Anna le dio una palmadita en el trasero a Seth.

—Vamos, te acompaño. Así te protejo y llevo el portatartas.

—A mí no me dan miedo los fantasmas —dijo él mientras empujaba el carrito.

—Por mi parte, no me importaría tener una criada invisible —terció Corrine—. Aunque debe de ser desconcertante.

—Una manera de ahorrar tiempo y energía, y sí, 'desconcertante' es una forma de definirlo. Tengo, según mis cálculos, a la criada, a un DJ residente, a un porteador de leña, a una que da portazos, y al pianista. Al menos a uno de ellos le gustan los perros porque le enseñó a Yoda a temblar. Tengo que anotar todo eso.

—Cuando lo hagas, ¿te importaría que lo viera? Por lo que sé de la familia y de la historia de la casa —le dijo Deuce—, tal vez podría identificar a algunos de los... ocupantes.

—Claro que no. Te lo enviaré cuando lo reúna todo.

—Eres una joven con arrestos. —Paula le tendió la mano y posó la otra sobre la de Sonya—. Y hemos pasado una noche absolutamente maravillosa. Muchas gracias.

Mientras Sonya sacaba los abrigos, Trey regresó con Yoda.

—He metido a Mook en el coche. Se han agotado mutuamente.

Se quedó en el vestíbulo cuando los demás se marcharon.

—¿Estás bien?

—Sí.

—¿Y si no?

—Te llamaré.

—Ha estado genial, y creo que eres lo que la casa necesita. Espero que ella sea lo que tú necesitas.

Sintió que el corazón se le aceleraba, un pelín, al tenerlo tan cerca y mirándola fijamente a los ojos.

—Eso parece.

—Me alegro. Nos vemos pronto.

Sonya cerró la puerta cuando se marchó.

—Se lo estaba pensando. En eso no me equivoco. Se estaba pensando dar el paso. —Bajó la vista al perro—. ¿Debería haber dado el paso yo? Estoy recelosa, eso es lo que me pasa, y tengo que superarlo. Pero, esta noche, también estoy hecha polvo. Vamos a dormir, Yoda.

Soñó que alguien tocaba el piano, pero no en la sala de música, sino en el salón principal. Astrid estaba interpretando algo animado y rápido. Había una señora mayor sentada junto al fuego bordando en un bastidor mientras daba golpecitos con el pie al compás.

En el hogar saltaron pavesas cuando un leño se desplazó.

Collin Poole, de pie al lado de Astrid, pasó la página de la partitura.

Habían apartado los muebles, y tres parejas, colocadas en dos filas, bailaban entrecruzándose de un lado a otro.

Reconoció al que a todas luces era Connor, el gemelo de Collin. Y, a juzgar por la manera en que miraba a su pareja, supo que se trataba de Arabelle, su futura esposa. La desventurada madre de Catherine.

Pero en ese momento todos eran jóvenes, a excepción de la mujer que había junto al fuego. Vio a un hombre sentado a su lado, sonriente, dando sorbos a un whisky mientras observaba a los bailarines.

Los padres de Astrid, pensó Sonya, sin estar segura de por qué tenía esa certeza. Como un fantasma entre fantasmas, vagó por la sala.

Olió las flores; eran rosas del invernadero. La cera de las velas que fabricaba una familia del pueblo, el olor a humo de la leña que un criado llamado John cortaba y apilaba.

Era principios de abril —le constaba—, unas semanas antes de que Astrid Grandville contrajera matrimonio con Collin Poole. Sería la primera novia en casarse en la casa solariega.

La primera en morir allí.

Cuando el baile terminó, Collin tomó la mano de Astrid y se la llevó a los labios.

Todo se congeló.

Astrid giró la cabeza y miró a Sonya.

—Fuimos muy felices aquella noche, un preludio, según Collin, de todas las fiestas que organizaríamos con los amigos, con la familia. Teníamos toda la vida por delante.

—Lo siento mucho.

—Encuentra los anillos. Tú eres la última que puede hacerlo.

—Pero yo no...

—Astrid, toca, por favor.

—Por supuesto.

Los seis bailarines se colocaron en dos filas. Collin permaneció de pie junto a Astrid.

Ella interpretó la misma pieza, exactamente igual que antes. Todos se movieron exactamente igual que antes.

La señora mayor siguió bordando y dando golpecitos con el pie en el suelo. El señor mayor sonrió entre sorbo y sorbo de whisky. Collin pasó la página de la partitura mientras los bailarines se entrecruzaban.

La caída de un leño en el hogar provocó una lluvia de pavesas. Y Sonya se despertó de pie junto a la cama.

El perro seguía dormido, de modo que no lo había molestado. Salió con sigilo de la habitación, bajó las escaleras y se dirigió al salón.

Los muebles se hallaban en el mismo sitio de siempre. Pero claro, pensó, no eran los mismos muebles que los del sueño. O la vivencia.

El fuego no estaba encendido, las velas no titilaban, y los quinqués no alumbraban.

Deambuló por la habitación, pero el único olor que percibió fue el de los lirios asiáticos que había comprado el día anterior. En el piano deslizó el dedo suavemente sobre las teclas.

A continuación se dirigió al vestíbulo y levantó la vista hacia el retrato de Astrid.

—Te he oído. No sé qué significa o qué tengo que hacer al respecto, pero te he oído.

Sin embargo, la casa, y lo que quiera que vagara por ella, permanecía en silencio.

En silencio regresó a la planta de arriba.

En la cama cerró los ojos y esperó a que la venciera el sueño.

18

Por la mañana anotó hasta el último detalle que consiguió recordar. Después realizó media jornada de trabajo, lo que ella consideraba más o menos apropiado para compensar el tiempo que había dedicado a temas personales durante los días laborables.

Le añadió una hora para reunir una lista de acompañantes invisibles. Teniendo en cuenta la experiencia vivida la noche anterior, apuntó a Astrid como la segunda novia que hasta la fecha había reparado en su presencia y le había hablado.

Con eso se quedó libre para encargarse de las pocas tareas domésticas que el ama de llaves había dejado para ella. Como hacía un día radiante, y la ropa de la semana estaba en la lavadora, salió a dar un largo paseo con Yoda. La fina capa de nieve los atrajo a ella y al perro hasta el límite del bosque.

Y seguidamente a adentrarse en él unos pasos.

Era innegable su belleza, los misteriosos árboles con las ramas peladas, el intenso verdor de los pinos. La suave brisa movía las pinazas produciendo una especie de frufrú, y se escuchaban lejanos gorjeos y trinos.

Yoda, lo mismo que ella, olió el perfume en el aire. Había más nieve acumulada allí donde los rayos del sol no llegaban del todo.

Y vio lo que, con razonable certeza, parecían huellas de pezuñas, patas o algún tipo de rastro de animal. Aunque disfrutaría al cruzarse con un ciervo —para verlo más de cerca— en su camino, dudaba que disfrutase al cruzarse con algo menos manso.

De momento dejarían el bosque a lo que fuera que lo habitase.

—Yo soy una chica de ciudad, Yoda, eso no tiene vuelta de hoja.

No obstante, en el camino de vuelta se detuvieron junto a la escollera. Ahora el viento, que arrastraba el fresco y estimulante aroma del mar, le ondeó el pelo y le enfrió las mejillas.

Bajo el cielo despejado, el azul del mar se extendía uniformemente hasta el horizonte. Las olas rompían abajo, y, mar adentro, en esa superficie azul, se deslizaban suavemente los barcos.

Para su deleite, avistó otra ballena, hasta tomó en brazos a Yoda con la esperanza de contagiarle la emoción.

Pero él se limitó a mover la cola y lamerle la barbilla.

—Ahora sí que sí, perrito —musitó—. Por mi parte se acabó. Hay ocasiones como anoche en las que me pongo un pelín nerviosa, pero se acabó. Agua, bosque y ballenas. ¿Quién iba a imaginarlo?

Al entrar a la casa le pareció aspirar el aroma a aceite de naranja fresca.

—Se mantiene ocupada —dijo Sonya por lo bajo, y colgó el abrigo.

Muy ocupada, comprobó Sonya, al encontrarse su ropa interior colgada en la barra del lavadero. Tras asomarse a la secadora y ver que estaba vacía, no le cupo la menor duda de que hallaría doblado y colocado lo que había metido un rato antes.

Igual que un rato antes había encontrado el lavaplatos vacío y la vajilla en su sitio.

¿Qué se sentiría, se preguntó, al pasarse la vida en el más allá —si es que se trataba de eso— limpiando detrás de alguien?

Por absurdo que pareciera, respiró hondo y dijo:

—Muchas gracias. Por favor, no te sientas en la obligación de hacerlo.

En el iPad empezó a sonar *God Bless Saturday* [«Dios bendiga el sábado»] de Kid Rock.

—Vale, muy bien. —No pudo contener la risa—. Mensaje recibido.

En el cielo despejado asomaron nubarrones, y a lo largo de la noche se había acumulado un palmo de nieve. A Sonya le sirvió de excusa para remolonear. Tras llevarle a John Dee un café y una generosa porción de bizcocho, entró a repantigarse para el resto del día.

El juego del tira y afloja con el perro los mantuvo entretenidos a ambos. Acurrucada en el sofá en el segundo piso de la biblioteca, vio en vídeo todo lo que le apeteció.

Luego habló con su madre por FaceTime, después con Cleo, y observó al perro retozando por la nieve fresca.

Se figuraba que no podía pedir más normalidad para un fin de semana. Para redondearlo, Yoda y ella se acomodaron junto a la chimenea de la biblioteca, él con un hueso prensado y Sonya con el libro que Trey le había recomendado.

En eso él había atinado, pues Sonya devoró la mitad de una sentada.

Sacó al perro a pasear bajo un disco lunar de un blanco resplandeciente que proyectaba un tenue reflejo azulado sobre la nieve fresca. Y se sintió la mar de contenta, y totalmente en casa.

1892

Parezco una reina. Princesa no soy, pues soy una mujer adulta. Mi amado, mi prometido, mi esposo, es un hombre de altura. Mientras aguardo de pie en la capilla para que todos sean testigos de nuestra unión, me siento orgullosa y regia con un vestido de Worth.

En este día no me conformaría con menos que lo mejor.

He sido bendecida con una figura de guitarra, que luce en todo su esplendor con la caída del satén blanco del vestido, con su larga y bonita cola. Su fluidez realza mi cintura, una cintura tan estrecha que Owen puede rodearla entre sus manos.

Y lo ha hecho.

El canesú de blonda se adhiere a mis pechos bajo una capa de exquisita gasa de seda y está rematado con un cuello alto engañosamente recatado. He prescindido de las populares mangas abullonadas —que me resultan muy poco favorecedoras— y optado por las de farol, más estilizadas.

Mi velo —del mismo largo que la cola— está coronado con una tiara de diamantes que me consta que brilla con la luz que entra por las ventanas de la capilla.

Debajo, me han recogido el cabello, negro como el ala de un cuervo, en un moño alto y flojo estilo Gibson. Realza mucho, según me dicen, mi rostro y mis facciones, donde he añadido un toque —discreto— de carmín sobre mis mejillas y labios.

Owen toma mi mano mientras juramos nuestros votos matrimoniales. No hay hombre más apuesto que él con su camisa almidonada y su chaqué.

Sus ojos, tan verdes y penetrantes, se posan risueños en los míos mientras desliza el anillo en mi dedo, la alianza de oro con cinco diamantes diseñada expresamente para mí por Cartier.

Tras el juramento y el beso —casto y dulce, aunque hemos compartido besos más apasionados en privado—, estamos casados.

Me he convertido en Agatha Winward Poole, en la señora de Owen Poole. Somos los Poole de Poole's Bay.

Y, al salir de la capilla, mientras la gente nos vitorea y arroja el arroz, tengo la certeza de que hacemos una magnífica pareja.

Poseemos el mismo rango en la jerarquía social, y aportamos al matrimonio apellidos y fortunas de abolengo. Nuestra imagen se complementa, de modo que espero darle apuestos hijos y hermosas hijas.

Viajaremos. En esto me he mostrado insistente. A pesar de que fijaremos nuestra residencia en la casa solariega que se alza sobre el mar, no nos ataremos a ella. Será imprescindible disponer de una segunda vivienda en Nueva York para ocupar y mantener nuestra posición en esa sociedad.

Y en nuestra luna de miel iremos, por supuesto, a Europa, donde pasaremos tres meses en los mejores hoteles de París, Roma y Londres.

Seré la esposa que necesita, al igual que él es el esposo que merezco.

Los lugareños nos saludan levantando los sombreros y las gorras, lanzan flores al paso del carruaje.

Owen, un hombre generoso, lanza monedas a quienes flanquean las calles.

Yo también seré generosa. Levanto la mano para saludar a quienes se afanan en el mar, en los campos, en las tiendas y en los cafés. Y, por supuesto, a quienes trabajan para mi esposo y su familia.

Haremos un generoso donativo a la escuela de Poole's Bay en conmemoración de nuestra boda.

Con todo, hoy es un día de festín y celebración. Aunque no pude incluir a Jane, la gemela de mi esposo, en el banquete de boda, pues se encuentra muy pesada con su cuarto embarazo (y la encuentro muy sosa y tosca), la abrazo cuando llegamos a la casa solariega.

Al fin y al cabo ahora somos hermanas.

Los criados, por supuesto, están preparados y sirven champán a nuestros invitados. El baile no tardará en comenzar en el salón.

Tendremos música, vino y comida presentada según el menú que yo preparé. La casa está repleta de flores que yo elegí y a las que di el visto bueno.

Rebosante de alegría, abrazo a mi querida madre y beso a mi querido padre.

Todo es de ensueño.

Subo la majestuosa escalera del brazo de mi esposo.

En el comedor hay platos magníficamente presentados, para aquellos a quienes se les abra el apetito bailando. También he dispuesto dos pequeños bufés cerca de la pista de baile.

Y vino, champán y música.

Bailo con mi esposo, con mi padre, con mi suegro, con mis hermanos, con primos y amigos.

Estamos animados en este día, y bebo champán.

Como mi esposo me lo pide, y yo soy diligente, me siento un rato con la sosa de Jane. Ella, cómo no, habla de sus hijos, como si el mundo girara alrededor de ellos en este día, mi día.

Alguien me trae un plato, qué detalle. Pico un poco y compruebo que la cocinera y los ayudantes de cocina se han superado.

Sé que estoy radiante mientras observo a las parejas bailar el vals y veo a Owen, un hombre amable, guiando a su sobrina —que apenas tiene siete años— mientras bailan.

Me atraganto con algo y alargo la mano hacia mi copa. De pronto me falta el aire, me mareo. Lo atribuyo al exceso de champán, pero se me cierra la garganta. Me falta el aire.

Mi corazón, mi corazón palpita con fuerza. ¡No puedo respirar!

El plato cae al suelo, lo mismo que yo. Me sofoco, pugno por respirar mientras el mundo da vueltas.

Oigo voces. ¿Quiénes son? ¿Quiénes son?

Veo a Owen. ¿Estoy en sus brazos? No puedo hablar. Lo estrecharía entre mis brazos, pero las fuerzas me flaquean.

Siento miedo, un miedo espantoso que se apodera de mí mientras agonizo con mi vestido de Worth sobre el suelo del salón de baile.

Se me antoja que estoy de pie apartada, observando temerosa mientras Owen me sostiene entre sus brazos. Veo entrar a la mujer de negro. ¿Por qué ellos no la ven? Gritaría, pero no tengo voz.

Me quita el anillo del dedo, la bonita alianza de boda diseñada expresamente para mí.

Se lo pone en el dedo donde lleva otros tres.

Me mira, y me aterra. Me mira y esboza una sonrisa espantosa, que me aterra más aún.

A continuación desaparece, lo mismo que yo.

Sonya pasó los primeros días de su semana de trabajo ignorando los esporádicos golpes y portazos, así como el sonido de las campanillas cuando bajaba al gimnasio con desgana.

Además de enviar propuestas a los Doyle y a la florista, realizó lo que consideraba un importante avance en el proyecto de la empresa de cáterin.

En mitad de la semana recibió una llamada de su antigua jefa.

—He esperado hasta mediodía —dijo Laine— con la esperanza de pillarte en la pausa para el almuerzo.

Por lo general, el almuerzo se reducía a medio sándwich o un poco de queso con galletas saladas, a lo mejor una naranja, sin despegarse del escritorio.

—Me alegro de oírte, Laine.

—¿Cómo te va, Sonya?

—Muy bien, gracias.

Cuando en su iPad empezó a sonar con estruendo *R.O.C.K. in the USA* [«Rock en EE. UU.»], lo quitó con un toque.

—¿Cómo estás? ¿Cómo están Matt y todos los demás?

—Estamos bien. Nada fuera de lo normal, ya sabes, en un caos controlado. Sonya, recibimos una llamada de Burt Springer, de Ryder Sports.

—Me acuerdo de Burt, cómo no.

—Van a abrir otra sucursal en Portland, en Maine. Conservarán las tres tiendas de Boston, incluida la principal.

Desconcertada por el motivo que habría impulsado a Laine a ponerse en contacto con ella por algo relacionado con un cliente, Sonya comentó con cautela:

—Debe de irles bien el negocio.

—Seguramente. Quieren actualizar todo con una campaña a lo grande. Es una gran expansión para ellos. Manteniendo el logo, pero dándole un aire nuevo. Burt preguntó por ti concretamente.

—Oh. —Debatiéndose entre la satisfacción y el remordimiento, Sonya alargó la mano hacia su Coca-Cola—. Eso me halaga.

—Hiciste un buen trabajo para Ryder, y Burt lo sabe.

—Contaba con un equipo.

—Sí. Voy a ser franca: le dije que ya no trabajabas con nosotros y que desde luego podíamos encargarnos del proyecto.

También le di tus datos de contacto. Matt estuvo de acuerdo conmigo.

Después del súbito sobresalto, trató por todos los medios de mantener un tono de voz sereno.

—Eso es todo un gesto de generosidad por tu parte, por vuestra parte.

—Lo que es justo es justo. Se pondrá en contacto contigo sin ninguna duda. Entretanto, vamos a preparar una propuesta y una presentación.

—Claro.

—Te tenemos cariño, Sonya, de modo que voy a aconsejarte que dispares solo si estás segura de dar en el blanco.

—Ese consejo es buenísimo, y voy a hacerte caso.

Cuando colgó, bebió un poco de Coca-Cola y trató de reflexionar. Se levantó y se puso a caminar de un lado a otro, cavilando, lo cual Yoda interpretó como que era hora de su salida.

Lo sacó, dejó que hiciera sus necesidades y que retozara por la nieve. Y reflexionó.

Podía dar en el blanco si disparaba. Si bien es cierto que había contado con un equipo que trabajó en los diseños —en los rótulos, en los anuncios, en la página web mejorada, en todo—, ella había liderado ese equipo.

Y una actualización, un lavado de cara, no era el cambio radical que Burt encargó cuatro…, no, cinco, cinco años antes. Casi seis, recordó. La primera vez que ella lideró un equipo en un proyecto de envergadura.

Mejor ahora, se dijo para sus adentros.

Sí, caray. Si se presentaba la oportunidad, dispararía.

Cuando se puso a llamar al perro, oyó que alguien subía por la carretera. Y reconoció la camioneta de Trey en cuanto asomó al doblar la última curva.

Qué sorpresa.

Como es lógico, no iba maquillada. ¿Cuándo aprendería? Y se había puesto una chaqueta vieja encima de un chándal aún más viejo.

Cuando Trey aparcó y bajó del coche, vio que el puñetero tenía un aspecto impecable: una chaqueta de piel en vez de una parka, pues la temperatura había subido un pelín, unos tejanos, un jersey, unas botas y el pelo despeinado por el viento en su justa medida.

Seguro que también huele bien, pensó ella, como siempre. Como a… hombre desenfadado. A nada en concreto, a nada evidente, solo, bueno, mmmmmm.

—Vaya, por lo visto no te he interrumpido.

—No, precisamente estamos dando el paseo de la tarde. ¿Y Mookie?

—Está con Owen y Jones. Tuve que pasarme por allí —por asuntos de negocios— y me dejó tirado. —Se agachó y acarició con fuerza a Yoda hasta el delirio—. La próxima vez. Voy de camino a reunirme con otro cliente y tenía un par de minutos.

—Pasa.

—No, de verdad, solo tengo un par de minutos. —Mientras hacía carantoñas al perro, levantó la vista hacia ella con el ceño fruncido—. ¿Va todo bien? ¿Ha pasado algo? Pareces un poco estresada.

Sin maquillaje, con un chándal viejo, delante de un tío imponente al que le encantaría hincarle el diente y con un posible encargo de altos vuelos.

—No, bueno, un tema de trabajo, un posible encargo. Ah, sí, conocí a Astrid la otra noche.

—¿Que conociste a Astrid? ¿La Astrid del retrato?

—Estoy bastante segura, sí.

—Eso tienes que contármelo, y me figuro que tardarás más de los dos minutos de los que dispongo ahora mismo. Si no tienes planes más tarde, ¿qué te parece si vuelvo? Puedo traer una pizza.

—Pues… claro. —¿Por qué tenía esos ojos, esos ojos azules tan divinos?, se preguntó—. Si no tienes planes.

—Ahora sí. —Se enderezó—. Dime qué ingredientes quieres.

—Lo dejo a tu elección, con tal de que no lleve anchoas. Eso desde luego. Si te decides por los champiñones, vale.

—Lo he pillado. Prácticamente he consumido los dos minutos. Quería pasarme personalmente para decirte que te contratamos.

—¡Sí! —Le dio un ligero toque en el pecho con el puño en señal de triunfo—. No te arrepentirás.

—Es unánime. Hasta Sadie ha dado el visto bueno, y eso que es dura de pelar. Tengo que irme. En principio podría volver, con el perro, sobre las seis, seis y media, si no es demasiado pronto.

—Vas a traer pizza, para eso nunca es demasiado pronto ni demasiado tarde. Si dispones de medio minuto más, ¿puedo preguntarte si crees que Bree me daría una receta para algo rico pero fácil?

—Pero si voy a traer pizza.

—No es para ti, es para mi madre. Llegará el viernes a última hora de la tarde. No quiero ponerle comida para llevar después de haberse pasado casi todo el día trabajando y conduciendo desde Boston.

—No estoy seguro, porque nunca le he pedido a Bree una receta, pero deberías preguntárselo.

Ella también estaba dispuesta a disparar en ese sentido. Sacó el teléfono.

—¿Puedes mandarle un mensaje y darle mi número? Si no tiene inconveniente, podría mandarme un mensaje. Recuérdale que le caigo bien.

—No hay problema. Nos vemos esta noche.

Cuando Trey se fue, ella pensó que, por su propio interés, lo consideraría una cita.

—Pero ahora tengo una relación comercial con su bufete, así que no voy a disparar a menos que esté completamente segura, al cien por cien.

»Vuelvo al tajo, Yoda, para poder terminar con tiempo para arreglarme y estar presentable. Mona, pero informal —apostilló cuando se encaminaron hacia la casa—. Esa es la idea.

Tenía previsto acabar a las cinco en punto.

Pero la florista dio luz verde al encargo.

Y después mantuvo una larga conversación con Burt Springer.

Agradecida de que la conversación no fuese a través de Zoom para que él no se percatara de su nerviosismo, tomó notas pormenorizadas. Al final acordó preparar una propuesta y una presentación.

Después de colgar se quedó inmóvil en el asiento.

—No puedo cagarla. ¿Y si la cago? No puedo cagarla.

En su iPad empezó a sonar el tema de *Rocky*, que aplacó su pánico con una carcajada.

—Vale, no pasa nada. Tengo ideas. Lo único que he de hacer es elegir una y bordarla. Y… ¡Ay, mierda, son casi las cinco y media! ¡Mierda, mierda, mierda!

Apagó el ordenador y salió corriendo hacia el dormitorio.

El vestido rojo yacía sobre la cama.

—No, no, no. ¡Solo es una pizza en la cocina! Primero la cara. —Entró al baño como una flecha y respiró hondo—. Sin pasarse. Solo un pelín de esto, un pelín de eso.

Sin embargo, el pelín llevó su tiempo, sobre todo porque no tenía claro si bailar de felicidad o dejar caer la cabeza entre las piernas.

Tenía tres proyectos nuevos, entre ellos uno de gran envergadura y otro sin terminar, hasta que el cliente quedara satisfecho.

—Esto marcha. Estoy ocupada, soy productiva y estoy como un flan.

Al salir del baño vio que el vestido rojo había sido sustituido por unos tejanos grises y un jersey rojo.

—Vale, esa es una muy buena elección. Me quedo con ese conjunto porque no tengo tiempo para pensar.

Cuando se cambió, concluyó que su ayuda de cámara había acertado de pleno. Al echar la ropa de deporte en la cesta de la colada, Yoda soltó un ladrido y de pronto salió de la habitación.

Sonó el timbre.

—Vale, allá vamos.

Yoda danzó junto a la puerta y, en cuanto Sonya la abrió, los perros se saludaron con entusiasmo canino.

—Un hombre, un perro y una pizza. ¡El premio gordo!

—Vas a tener que pagarlo con una historia de fantasmas.

—Aquí tengo de sobra. Dame tu chaqueta.

—Ya voy yo. —Le entregó la pizza y se dirigió al armario.

Desde la biblioteca, en el iPad empezó a sonar *Welcome to the Party* [«Bienvenido a la fiesta»].

—Nunca se cansa. Vamos, chicos… y hombre.

—Según tengo entendido, tu DJ tiene gustos eclécticos.

—Se inclina más por el rock o el pop, de diversas épocas. Y… —Sonya volvió la vista mientras se dirigían a la cocina—. Es rápido. ¿Cómo te ha ido con el cliente?

—Sin romper la cláusula de confidencialidad, puedo decir que bastante bien. También voy a decir que solo con eso —apuntó con el dedo hacia la planta de arriba— mucha gente pondría rumbo de vuelta a Boston.

—A mí me gusta la música. —Tras dejar la caja de pizza sobre la isla, echó un vistazo—. Peperoni y aceitunas negras.

—Me han dicho que con esto no fallo.

—No hay secretos en Poole's Bay.

—Uy, más de uno.

—Me figuro que un abogado lo sabría. ¿Quieres una cerveza?

—Sí, gracias. —Enarcó una ceja al ver la que sacó de la nevera—. Sam Adams.

—Me han dicho que con esta no fallo.

—Efectivamente. Con el botellín me vale, no hace falta vaso.

Le dio el botellín y ella se sirvió un vino.

—¿Ha comido Mookie?

—Lo he recogido demasiado pronto para que gorronee de la comida de Jones.

—Entonces puede gorronear de la de Yoda.

Tras dar de comer a un par de perros hambrientos, sacó platos y se acomodaron en la mesa pequeña. Trey sirvió una porción en cada plato antes de hacer chocar su botellín con la copa de Sonya.

—¿Has tenido ocasión de enviarle un mensaje a Bree?

—Sí, y me ha preguntado varias cosas, lo de las alergias alimentarias y todo eso. Simplemente le he dicho que tú no me habías comentado nada. Me ha preguntado por tu nivel de destreza.

—¿Le has dicho que nulo?

Con su característica sonrisa lenta, negó con la cabeza.

—Perdona, guapa, pero el estofado dio al traste con eso.

—Eso fue algo puntual.

—Espero que no. Bueno, el caso es que ha dicho que te enviará algo. Mantiene una relación muy estrecha con su madre, así que has ganado puntos por querer cocinar para la tuya.

Sonya sonrió con la mirada mientras daba un bocado a la pizza.

—¿Y Manny? ¿A estas alturas también mantiene una relación muy estrecha con él?

—No sé, no le he preguntado. La verdad es que prefiero no pensarlo. Págame. —Hizo un gesto con su cerveza—. Cuéntame lo de Astrid.

—Astrid… Creo que volví a atravesar el espejo.

—¿El espejo de los dibujos de tu padre?

Ella asintió con la cabeza y bebió un trago de vino.

—No me acuerdo de ese detalle, pero esa fue mi sensación, lo cual me resulta imposible de explicar.

—No hace falta.

—No sé si fue un sueño o real, pero mi sensación fue real. Me encontraba en el salón principal.

Se lo relató.

—Me desperté, o lo que sea que sucediera, de pie junto a la cama de nuevo. Sin embargo, Yoda seguía dormido, a lo mejor porque esta vez no sucedió algo inquietante, o inquietante y trágico como presenciar la muerte de Marianne Poole.

»Pero ella me vio, Trey, me miró y me habló. Ningún otro de los presentes lo hizo. Creo que ella es la pianista. Ya no toca en el salón, y me pregunto si es porque está triste. Y aquella noche, la noche en que la vi, todo el mundo estaba contento.

—No me llamaste —señaló él.

—No pasé miedo, no como la vez anterior. He de reconocer que de hecho me sentiría mejor si fueran alucinaciones mías, pero no es el caso.

—¿Y si registro la casa para tratar de encontrar el espejo?

—Dudo que lo encuentres. Francamente dudo que nadie lo haga hasta que él lo estime oportuno.

—Estás atribuyendo la facultad de la voluntad a un espejo.

Ella puso otra porción de pizza en cada plato.

—¿Y eso es lo más extraño de todo esto?

—Ahí me has pillado.

—He reflexionado acerca de ello, mucho. En mi opinión, estos sueños, por llamarlos de alguna manera, son algo positivo. Estoy viendo, oyendo y aprendiendo cosas, más allá de los nombres y retratos de un libro. Y no es como una película, porque yo en cierto modo estoy presente, como si me transportara a esa época, a ese momento.

Trey, con las cejas enarcadas, la escudriñó.

—¿Además de sucesos paranormales, ahora vas a hablar de viajes en el tiempo?

Ante eso, ella solo pudo encogerse de hombros.

—Y, si hubiera pensado o comentado algo de esto hace un año, habría ido pitando al primer loquero que encontrase.

—Estás en tu sano juicio —dijo Trey por lo bajo.

—Eso es lo que siempre he pensado. Los cristales y la salvia blanca de Cleo, su aceptación sin reservas de… lo sobrenatural, por llamarlo de algún modo, siempre me ha resultado encantador e inofensivo. Ahora me voy a alegrar especialmente cuando se venga a vivir aquí y defienda ese punto de vista.

—¿Cuándo?

—Calcula que dentro de una semana más o menos. Organizó un rastrillo en el jardín de mi madre el fin de semana y me comentó que vendió un montón de cosas. Va a empaquetar unas cuantas para que mi madre se traiga lo que pueda. Y ya ha encontrado a alguien que se queda con el apartamento a raíz de una mala ruptura sentimental.

»El caso es que no paso miedo aquí.

Él la miró fijamente.

—¿Nunca?

—Bueno, a veces sí, con el sueño de Marianne, el incidente en el salón dorado, los golpes y la tormenta de nieve inexistente, pero ahora tengo a Yoda.

En cuanto oyó su nombre, Yoda fue a su encuentro con aire pizpireto, y Mookie, a la zaga.

—Claro que sí, te tengo a ti. Y a ti también cuando andas por aquí. —Acarició a ambos perros—. Debería dejarlos salir.

—Lo tengo. ¿Lo dejas salir solo?

—Lo he dejado un par de veces, sin quitarle ojo de encima como un halcón. No se aleja.

—Y no se separará de Mook. Él no se escapa.

Trey les abrió la puerta, pero estuvo pendiente de ellos mientras retozaban en la nieve.

—Yoda los ve, o lo ve, de vez en cuando; yo no.

Trey volvió la vista hacia ella.

—Igual que Mookie cuando lo traía a ver a Collin. Y Jones también.

—Me comentaste que viste a una mujer en el mirador, a una mujer vestida de blanco. Entonces no te creí, pero ahora sí.

—No era Astrid, porque Astrid era rubia, y la mujer que vi tenía el pelo oscuro. No alcancé a verle la cara. Según mi padre, cuando yo era muy pequeño y veníamos aquí, solía hablar con mi lengua de trapo con los fantasmas. La verdad es que no me acuerdo.

Como abrigaba la esperanza de que se quedase un rato más, rellenó su copa de vino y sacó otra cerveza para él.

¿Qué más?

—Tenía cinco años. Lo sé porque aún estaba en preescolar. Recuerdo, aunque no con mucha nitidez, haber visto a un tío vestido de esmoquin en el despacho de Collin. Sé que era un esmoquin porque Owen, bueno, sus padres, tenían un perro cuyas manchas en el pelo parecían un esmoquin. Por eso lo llamaban Tux.[2] Bueno, el caso es que estaba ahí sentado con una copa en una mano y un puro en la otra.

»Alcancé a oler el humo del puro. Él se puso a hacer anillos de humo y a reír. Me llamó "jovencito" y me dijo que era un buen chico por visitar a un hombre solitario. Y que tuviera cuidado con la bruja porque, de lo contrario, me comería. —Echó

---

[2] Abreviatura del término inglés *tuxedo*, que significa «esmoquin». *(N. de la T.).*

otro vistazo a los perros—. Yo contesté que las brujas eran para Halloween, y él replicó: "Aquí no". Lo recuerdo casi todo porque ese episodio hizo que saliera corriendo en busca de mi padre para contárselo. Y esa es la historia.

—¿Lo comprobaron?

—Por lo visto yo seguí en mis trece, pero allí no había nadie. Voy a dejar que los perros entren. ¿Tienes una toalla vieja?

—Hay una allí.

Ella se levantó para acompañarlo y cogió otra toalla para secar a los dos perros, cubiertos de nieve, juntos.

—Entonces los críos y los perros los ven, supongo.

—Supongo. En otra ocasión, y esto sí que lo recuerdo bien —se enderezó para colgar la toalla en la barra—, yo tenía unos doce años, justo cuando empezaba a aficionarme a la guitarra. Mi padre y Collin estaban en la sala de juegos, la que hay justo al pasar la biblioteca, jugando al ajedrez. Algo que no me ha interesado nunca, ni entonces ni ahora.

—Él le dejó en herencia el tablero y las piezas de ajedrez a tu padre.

—Efectivamente.

Los perros la siguieron hasta la cocina, donde le dio una chuchería a cada uno.

—Como estaba aburrido, bajé a la sala de música. Collin me dio permiso para practicar con la guitarra allí siempre que quisiera. Yo sabía rasguear unas cuantas canciones, no tenía digitación, pero sabía rasguear unas cuantas. —Cogió la cerveza—. Así que me pongo a practicar, a intentar tocar *Free Fallin'* de Tom Petty, un clásico, pero como en todas sus canciones, los acordes son bastante básicos. Pienso para mis adentros que me estoy defendiendo y, al levantar la vista, la veo. Un pibón.

Bebió un trago de cerveza.

—A mis doce años, me impresionó mucho más el pibón que tenía ahí delante, sonriéndome, que de dónde demonios había salido.

—¿La reconociste?

—En ese momento no. —Negó con la cabeza—. Tenía el pelo rubio, largo y liso como una cascada. Llevaba de esos vaqueros de talle bajo ceñidos a las caderas, acampanados desde la rodilla, con un minúsculo top blanco, lo bastante corto como para verle —madre mía— la piel.

Sonrió con picardía al tiempo que movía la mano a la altura de su estómago.

—Llevaba unas flores como bordadas aquí arriba, en un escote muy pronunciado, de modo que…, ay, Dios, justo encima de las tetas. Los abalorios, un montón, le colgaban donde yo procuraba no fijarme. Tenía los labios de un rosa claro, los ojos con todo ese potingue, delineador y demás, de esos felinos que despiertan la libido de un chaval.

—Son muchos detalles los que recuerdas de ese episodio.

—En ese momento se me quedó grabado en la retina y en la entrepierna. «Mi hombre —dijo, y puede que yo babeara un poco—, cómo manejas el mástil». A los doce años, yo ignoraba lo que era el mástil de una guitarra. Si no recuerdo mal, dije: «¿Eh?». Ella comentó que Petty era genial, pero que intentara aprender a tocar *Satisfaction* porque los Rolling eran dioses. Después de hacerme la señal de la paz, se llevó los dos dedos a esos labios rosa claro y me lanzó un beso que me dejó temblando y con las hormonas revolucionadas.

Levantó la cerveza para brindar.

—Y desapareció.

—Menuda historia.

—Jamás volví a verla, y mira que tanto Owen como yo la buscamos. O sea, hasta que vi su foto en el libro de Collin. Mi primer amor platónico fue el fantasma de Lilian Crest, que se hacía llamar Clover.

La sacudida que sintió Sonya fue como la de un rayo.

—La madre biológica de mi padre.

—No me guardes rencor. Vi un pibón, posiblemente de unos dieciocho años. De hecho, con la salvedad del tono rosáceo de sus labios, tienes su boca.

—Oh. —En un acto reflejo, se llevó los dedos a los labios—. Qué extraño suena eso.

—Es una boca realmente bonita. Bueno, esas son mis experiencias paranormales, que yo recuerde.

—Pero ¿aprendiste a tocar *Satisfaction*?

—Ah, sí. Me gusta pensar que ella me escuchó cuando hice mis pinitos en la sala de música.

—Yo no soy muy aficionada a la historia de la música, pero me parece que Tom Petty todavía no estaba (profesionalmente) en los años sesenta.

—No, no triunfó hasta... —Con el ceño fruncido, Trey dejó la frase inacabada—. Oye, ¿por qué no he caído en eso antes?

—Será por las hormonas de los doce años. —Era imposible, reconoció Sonya, ignorar el hecho de que el hombre que ahora le había puesto las hormonas en ebullición en otra época se había enamorado perdidamente de su abuela biológica.

De su fantasma, supuso.

—Estaría al corriente de ello, de alguna manera.

—Seguramente. A Collin le gustaba la música. Ya has visto su colección de vinilos.

Y con otra sacudida de un rayo, Sonya levantó una mano.

—Trey, a lo mejor es ella la DJ.

—Lo mismo que he pensado yo.

Desde la isla, en el teléfono de Sonya empezó a sonar *That's Me* [«Esa soy yo»] de ABBA.

—¡La leche! —Empuñó el vino y le dio un trago—. Dame un segundo, porque esto es bueno. Desconcertante, pero bueno.

—Es tu abuela biológica.

—Vale, repito lo de desconcertante. Pero es bueno. Hemos averiguado su identidad, y eso ha de ser bueno necesariamente. Aunque no pienso llamarla abuela. O sea, si te paras a pensar, es más joven que yo. Me pregunto si Collin llegó a conocer a... su madre.

—No recuerdo que él se lo mencionara en ningún momento a mi padre. Yo no se lo conté a mi padre ni a Collin. A Owen sí, porque era un pibón.

—¿Es raro que me sienta mejor sabiendo quién es?

—A mi modo de ver, lo raro sería que no lo hicieras. Ella no pretende asustarte, ni pretendió asustarme a mí. Ella estaba, y está, estableciendo contacto.

—Murió aquí. —A Sonya le dolió en el alma pensar en ello—. Seguro que tuvo miedo, y que sufrió, pero toca el piano para mí. Hoy he tenido ocasión de ofrecer mis servicios a un cliente importante, y ella ha tocado una melodía alegre para mí.

—¿Qué cliente?

—Oh. —Distraída, se llevó una mano al pelo—. ¿Conoces Ryder Sports?

—Claro. Son de Boston. Les he comprado muchas cosas online.

Ella sonrió.

—¿Qué opinas de su página web?

—Que engancha y es fácil navegar por ella. ¿La diseñaste tú?

—Yo dirigí el equipo que la diseñó. Van a expandirse, a montar una tienda en Portland, y quieren actualizarla. Voy a competir con mi antigua empresa por el encargo, lo cual es... volvemos a lo de 'desconcertante'.

—No por mucho tiempo. —Trey lo dijo con tal convicción que a ella le dio un subidón que ignoraba que necesitaba—. Por algo tienes confianza en ti misma.

—Se trata de una empresa sólida e innovadora, pero se ha presentado la oportunidad y voy a aprovecharla. Y, como eres un cliente, te aseguro que esto de ningún modo significa que no vaya a dar a tu bufete exactamente lo que necesita y quiere.

—En ningún momento lo he puesto en duda. Y hablando de clientes, tengo que trabajar un poco para el que he visto antes de venir.

—Todavía nos queda pizza.

—No hay desayuno que supere una pizza fría.

—En eso estamos de acuerdo. La dividiremos.

19

Ojalá, pensó Sonya mientras cogía dos porciones para ponerlas en un plato, no me sintiera tan atraída por su físico, su manera de ser, ese aire desenfadado. No tenía las hormonas revolucionadas, pero notaba claramente que siempre se le aceleraban en su presencia.

O lo superaba, o bien daba el paso y a ver.

Decidió darle un casto beso de buenas noches en la puerta. Así averiguaría si eran amigos para pasar el rato o si había posibilidades de algo más.

—Perdona. —Él dio un paso atrás.

Entonces nada de beso casto en la puerta, pero…

—¿Te disculpas porque lo sientes o porque piensas que deberías hacerlo? Si es por lo primero, dejaré de darle vueltas y, si es por lo segundo, me gustaría saber por qué.

—Porque pienso que debería sentirlo.

—De acuerdo, más o menos. Pero eso no responde a mi pregunta.

—Primero, en el bufete somos los administradores de la finca de Collin.

—Tu padre es el administrador de la finca, y vela por mis intereses.

—Somos una empresa familiar.

—Vale, pero…, digamos que me he informado.

Una sonrisa casi imperceptible asomó a sus ojos, y seguidamente curvó sus labios.

—Ah, ¿sí?

—Pensé que tal vez, quizá, supusiera un problema. En mi opinión, en realidad yo no soy tu clienta y, aunque lo fuera, tú continuarías representándome de una manera profesional. Además, por recomendación de tu padre, contraté a un abogado en Boston y no voy a salir con él.

—Una sabia decisión.

—Sobre todo porque es el jefe de mi madre. Bueno, has dicho «primero». Entonces, si no te atraigo en ese sentido…

—No tienes un pelo de tonta, se mire por donde se mire. Pero has empezado a decir una gran estupidez. —Se metió las manos en los bolsillos—. A mi modo de ver, has sufrido una gran cantidad de trastornos importantes en menos de un año. Cancelaste tu boda.

—Efectivamente. Considero que es lo más sensato cuando encuentras a tu prometido en la cama con tu prima, ¿no crees?

—Que fuera sensato no quiere decir que no te doliera.

—Me cabreó. Me llevé un shock, y todavía me fastidia porque me hace sentir como una pardilla. Y cabreada, lo cual es mejor. No obstante, me avergüenza un poco reconocer que no me dolió tanto como en teoría me debería haber dolido. Como me debería haber dolido si lo hubiese querido de la manera que yo pensaba, de la manera que debía querer a un hombre con el que iba a casarme. Sin embargo, no era el hombre que yo pensaba, y justo eso me hace sentir como una pardilla.

—Tú no eres…

Se quedó perplejo cuando ella, con la mirada enardecida, lo silenció dándole con el dedo.

—Yo me olía que algo no iba bien. Me lo olía, pero no dejaba de repetirme a mí misma que era debido a los nervios por la boda. Por lo general no me pongo nerviosa, pero, bueno, hasta entonces nunca había organizado una boda. Y él quería justo lo contrario que yo. Yo quería algo bonito, íntimo y romántico, mientras que él se empeñó en…

Agitó las manos en el aire.

—En un gran salón de banquetes rimbombante en un hotel rimbombante con varios centenares de amigos no muy cercanos, con una barra libre de primera, etcétera, etcétera. Fuimos a ver casas; yo quería algo como esto, no de esta magnitud, pero sí una casa con historia y carácter, razón por la que esta me conquistó a primera vista. Él, sin embargo, quería vivir en un barrio residencial nuevo, selecto, moderno y elegante. Yo cedía constantemente, lo cual no es propio de mí tampoco. ¿Y por qué cedía constantemente? Porque al decirle que sí, pensaba que lo amaba.

»¡Joder!

Empuñó la copa de vino y se puso a dar vueltas por la cocina mientras él, de pie, la observaba. Mientras los dos perros, sentados, la observaban.

—He palmado una cantidad de dinero desorbitante en depósitos por decir que sí, porque me daba la sensación de que teníamos más afinidad que diferencias, y buen sexo. Así que no me digas que no soy una pardilla, no me digas que no hice el tonto. El día, el mismísimo día que lo pillé con Tracie, cancelé una cita con la florista, que cobraba un dineral, porque era incapaz de soportarlo. Necesitaba un respiro, y al mismo tiempo no dejaba de repetirme a mí misma que solo era debido a los nervios por la boda.

Dio un trago al vino.

—Y ¡mierda! Ahí estaban, con la ropa esparcida por el suelo hasta el dormitorio. Y si es que en algún momento lo quise, ¡así acabó todo!

Chascó los dedos.

—Lo único que sentí fue indignación y asco. Los eché de mi casa con cajas destempladas. Los dos iban prácticamente desnudos, de lo cual me regodeé.

Bebió más vino.

—Él adujo que no significaba nada, que ella se le insinuó, que fue un tropiezo. Y ahí acabó para mí, pero él siguió erre que erre. Fue a hablar con nuestros jefes y les metió una trola, que yo había sufrido una pequeña crisis, cuando yo no tenía la menor intención de contarles el episodio. Pero ¿comerme yo el marrón? Ni de coña. Así que los puse al corriente, y pensamos que encontraríamos una solución. Me encantaba trabajar allí; ellos se asegurarían de no asignarnos los mismos proyectos. Lo superaría, pues era evidente que él no me quería, y los dos pasaríamos página.

»Pero no fue así. Él encontró maneras de fastidiarme sutilmente, y yo lo ignoré. Después lo hizo de forma descarada: me rayó el coche, desinfló las ruedas y tuve que llamar a un Uber a medianoche. A medianoche porque, como me había saboteado un trabajo, lo había borrado de mi ordenador y de la copia de seguridad, tuve que quedarme hasta las tantas para repetirlo. Era imposible demostrarlo, pero, venga ya, ¿quién iba a ser? Como sin causa justificada no podían despedirlo, me vi obligada a renunciar a mi empleo.

Le dio un toque con el dedo a Trey.

—Tú no eres el segundo plato, porque yo no tengo intención de iniciar una relación de rebote. Me he explayado. Guau, todavía estoy cabreada.

—¿Has terminado?

—Sí, lo siento. —Bastante avergonzada consigo misma, se pasó la mano por el pelo—. Mi intención no era ir tan lejos ni mucho menos.

—Vamos a retroceder un poco. —Le dio un trago a la segunda cerveza, de la que solo había bebido la mitad—. ¿Por qué pagaste tú los depósitos?

—Él se iba a hacer cargo de parte de los gastos, y… de gran parte de la luna de miel. Según la tradición, la familia de la novia sufraga los gastos… porque soy una idiota.

—Basta. No lo eres.

Él no le dio un toque con el dedo —no era su estilo—, pero sí levantó una mano y la silenció con la misma efectividad.

—Él te manipuló, y da la impresión de que se le daba de miedo.

—Supongo que sí. He recuperado algo, más de lo que esperaba, en gran parte gracias a Cleo. Ella se encargó de realizar algunas llamadas, y como tiene esa labia y esa actitud tan serena y razonable... —Al caer en la cuenta, bebió un sorbo de vino despacio—. En gran parte como tú.

—Me alegro. Ahora vamos con el incidente del coche y las ruedas. ¿Diste parte a la policía?

—Sí, pero ¿qué iban a hacer? Nadie lo vio. ¿Qué podían hacer los jefes? Y, si lo hubieran despedido, creo que las cosas habrían empeorado. Yo hice lo más conveniente para mí, y descubrí que me gusta trabajar por mi cuenta. Me gusta ser la responsable de..., bueno, de todo.

—¿Te ha vuelto a molestar desde entonces?

—La verdad es que no. Luego me mudé aquí y desde entonces lo máximo que he pensado en él ha sido en esta conversación.

—Si lo hace, dímelo.

Ella frunció el ceño.

—Estás enfadado. —Se percató de ello—. Apenas se nota, pero sí, un pelín.

—Por supuesto que estoy enfadado. Dejando a un lado el hecho de que se tirara a tu prima, lo cual es la jugada de un cabrón que piensa que poner los cuernos no es nada del otro mundo, te manipuló para que apoquinaras un dineral en algo que no querías, y, si no lo hubieras pillado, seguramente estarías viviendo en alguna casa de relumbrón que no deseabas. Esa habría sido una equivocación por tu parte.

Ella abrió la boca y, acto seguido, la cerró. Porque la verdad no tenía vuelta de hoja. Cometió una equivocación.

Él dejó la cerveza sobre la isla.

—Pero el resto es vengativo, mezquino, ruin, delictivo y peligroso. Así que, sí, estoy enfadado y, si vuelve a molestarte, sea como sea, quiero que me lo digas.

—De acuerdo. —El hecho de ser capaz de notar su enfado no solo la tranquilizó, sino que le dio otro empujoncito que ignoraba que necesitara.

—¿Le darás un puñetazo en la cara?

—Eso siempre da satisfacción, momentáneamente. Pero puedes alargar el momento provocándole para que sea él quien propine el puñetazo, en presencia de testigos, para que tenga que enfrentarse a cargos por agresión.

—Apuesto a que también serías capaz de hacerlo. —Dejó escapar un suspiro—. Bueno, el propósito de esta perorata demencial era decirte que sí, que tuve una crisis, pero que desató mi ira, algo bastante evidente, y no me quedé abatida, lloriqueando con mi helado de caramelo mientras veía películas tristes.

—Has expuesto tus argumentos. Me figuraba que habías dejado tu empleo porque te resultaba demasiado incómodo trabajar en la misma oficina que él. Bueno, avanzando en la conversación, has tenido más trastornos: la noticia de que tu padre tenía un hermano gemelo, el testamento de Collin y dejar tu vida en Boston para afincarte aquí, y, encima, la situación que estás viviendo aquí.

—Me encanta este lugar. Me sorprende hasta qué punto. No obstante, entiendo tu posible renuncia ante una relación, a nivel sentimental, con una mujer que suelta una perorata demencial sobre un hombre con el que cortó hace meses.

—No lo has hecho.

—¿Que no lo he hecho?

—Has soltado una perorata sobre una situación y cómo has reaccionado y has respondido ante ella. En mi opinión, estás asumiendo demasiada culpa, pero lo superarás.

—¿Sí?

—Porque no tienes un pelo de tonta, Sonya. No obstante, él te hizo mucho daño. Aunque solo fuera a tu orgullo, a tu ego, a tu confianza, te hizo daño.

—Cleo dijo más o menos lo mismo. A lo mejor debería intentar emparejarte con ella.

—Me cae bien, pero me interesa otra.

—¿Después de todo esto?

—De hecho, más después de todo esto.

Al dar un paso hacia ella, en el teléfono empezó a sonar *Let's Do It Tonight* [«Hagámoslo esta noche»].

Ella se echó a reír y él tiró de ella despacio, con un movimiento suave que hizo que a ella el corazón se le subiera súbitamente a la garganta y, acto seguido, cayera en picado hasta los dedos de sus pies.

Él la observó mientras deslizaba sus manos sobre los hombros, y luego sobre los brazos, de Sonya. La observó mientras tiraba de ella con delicadeza para acercarla apenas unos milímetros. La observó incluso mientras rozaba sus labios con los de ella, muy sutilmente.

Ella perdió la noción del tiempo y del espacio cuando la besó con más ahínco. Despacio, muy despacio y con ahínco.

A Sonya no le flaquearon las piernas. Pensó que a lo mejor se le habrían derretido, pero él la mantenía derecha sujetándola por las caderas mientras con su boca despertaba todas las conexiones nerviosas de su cuerpo.

—Oh, vaya —consiguió decir—. Esperaba que funcionara.

—Se me da bien tomarme las cosas con calma si necesitas un poco de tiempo.

—La verdad es que no.

Posó la mano sobre la nuca de Trey y tiró de él de nuevo.

—Como sigamos así, acabaremos en el suelo de la cocina. —Al mordisquearle un lado del cuello, Trey le provocó una descarga eléctrica en esas conexiones nerviosas—. Y los perros se nos echarán encima. Puedo dejarlos salir o nos vamos arriba.

—Voto por la cama. —Ávida de él, de acariciar su cuerpo, tiró de Trey con fuerza hacia las escaleras—. Es una cama preciosa. Los perros pueden compartir la de Yoda.

Él se detuvo, en dos ocasiones, desatándola un poco más en cada una. Los perros subieron trotando delante de ellos.

—Dijiste que el sexo con el gilipollas era bueno.

—Ah, ¿sí?

—Sí. ¿Quieres retractarte o enmendar esa frase?

—Ojalá no lo hubiera dicho, pero no, es acertada.

Él la fue conduciendo hasta el dormitorio.

—Yo puedo superar lo de bueno.

—Ya lo estás haciendo. Puede que esté un poco oxidada, pero casi seguro que recupero la memoria.

Enganchó los brazos a su cuello y se apretó contra él.

—Ya la estoy recuperando.

Con el titilante reflejo del fuego y la tenue luz de la lámpara, él introdujo la mano bajo el jersey de Sonya y recorrió su espalda. Se tomó su tiempo en descubrir el cuerpo que había imaginado hasta la saciedad en las últimas semanas.

Algo de ella. Algo.

Mientras las manos de Trey vagaban por su cuerpo, ella ronroneaba. Él sintió la tibieza de su piel en el recorrido con sus dedos.

—Bonito jersey. —Ella se estremeció, solo un poco, cuando él se lo subió para quitárselo.

—El tuyo también. —Al quitárselo suspiró.

Las manos de Trey se movían, como revoloteando, de arriba abajo por su espalda.

—Deberíamos sentarnos un momento.

—¿Sentarnos?

—Para descalzarnos.

—Ah, vale.

Se sentaron, cadera con cadera, en un lado de la cama.

—Estoy un poco oxidada —señaló ella.

—Desde mi punto de vista no.

Ella se echó el pelo hacia atrás.

—Quizá esté un poco nerviosa.

—Lo solucionaremos.

Y, sentados cadera con cadera, él tomó su cara entre las manos y la besó.

Era preciso que se tranquilizara. Al volverse hacia él, todo adquirió una gran nitidez y claridad: el roce de la piel de Trey contra la suya, el sabor de esa boca maravillosamente remolona, el roce de sus grandes manos curtidas sobre su cara, la fragancia de las flores, y él.

El excitante contraste entre la suavidad y frescura de las sábanas cuando él la tendió y el peso de su cuerpo encima del suyo.

Él en ningún momento interrumpió el beso, sino que lo intensificó. Despacio, despacio, despacio, mientras sus manos empezaban a moverse de nuevo. Bajo esas manos, a Sonya se le aceleró el pulso; bajo esas manos se recreó en dejarse tocar.

Y usó las suyas.

Músculos fibrosos y duros, hombros fuertes. Cuánto tiempo, pensó, desde la última vez que había explorado el cuerpo de un hombre, sentido que respondía a su roce.

Ahora estaban tanteando, los dos, calibrando esas respuestas. «¿Qué te gusta? ¿Qué te emociona? ¿Qué te excita?».

Cuando él le desabrochó el sujetador, a ella se le aceleró el pulso; la anticipación la embriagó como el vino.

Cuando él tomó su pecho en la boca, ella se arqueó, apremiándole a que fuera a más.

Se arqueó de nuevo, le sujetó el pelo con los puños, ávida de más.

Cuando el dio y tomó, ella le desabrochó el cinturón. Súbitamente todo se volvió apremiante. Él susurró algo mientras le bajaba los tejanos por las caderas, pero ella no alcanzó a oírlo debido a los fuertes latidos de su corazón.

¿Cuándo, se preguntó, había desatado el fuego el ansia apremiante?

Despacio, pensó él, esta vez, esta primera vez. Pero ella se estremeció, el calor bombeaba a través de los poros de su piel. Sin dejar de susurrar, con sus labios apretados contra la garganta de Sonya, donde se le disparaba el pulso, tomó su cara entre las manos.

La presión de la mano de Trey entre sus piernas le provocó una larga y fuerte oleada de placer. Su cuerpo se arqueó contra él, tembló, y se relajó. La mano que tenía aferrada a su hombro se soltó.

Él podría haber aflojado el ritmo, podría haberse descontrolado y desatado, pero, sin darle tiempo a hacer ninguna de las dos cosas, ella se volteó y tomó el mando.

Primero, de su boca, con un beso ávido y apasionado que le provocó a Trey una descarga eléctrica de arriba abajo. A continuación, de su cuerpo, colocándose a horcajadas encima y fundiéndose con él.

Él contempló a Sonya a la luz del fuego, moviéndose encima de él, con la piel brillante y los brazos levantados mientras la arrastraba otra oleada de placer. Después ella agarró las manos de Trey y las apretó contra sus pechos.

La mera idea de controlarse se fue al traste. La siguiente oleada lo arrastró con ella.

Lánguida, saciada, satisfecha, ella se derritió con él. Se preguntó si su gemido habría sonado como una oración de gratitud. Mientras él le acariciaba el pelo y la espalda, ella gimió de nuevo.

—Mejor que bueno. Como... —consiguió levantar un brazo— hasta aquí mejor que bueno.

—Me alegro de oír eso. —Ella notó la curva de su sonrisa contra su cuello—. Tenía intención de tomármelo con más calma.

Ella levantó la cabeza y se apartó el pelo de la cara al bajar la vista hacia él.

—¿Te he parecido demasiado brusca?

—Lo justo. Pero me he perdido unos cuantos detalles. —Deslizó un dedo por su mejilla—. Me pondré al día la próxima vez.

Ella apoyó la frente contra la suya.

—Tengo que decirte una cosa.

—Si no puedes decírmelo cuando estamos desnudos en la cama después de tener sexo, ¿cuándo si no?

—De hecho, es sobre quedarse desnudos en la cama después de tener sexo. Yo tengo por norma que haya un mínimo de cuatro citas antes de llegar a esta situación. Cuatro, porque tres se ha convertido en una norma generalizada, y no me gusta seguir los clichés.

—¿Las normas generalizadas?

—De hecho, soy bastante razonable en lo relativo a las normas generalizadas.

—Entonces has incumplido tu norma conmigo. Eso me halaga.

—No exactamente. Verás, he decidido considerar como una especie de cita el día en que Owen y tú vinisteis a mover los muebles y os quedasteis a cenar.

—Qué interesante. —Lentamente entrelazó un mechón de su cabello alrededor del dedo—. Por lo general sé cuándo estoy en una cita.

—Bueno, es mi baremo. Luego, el incidente en el salón dorado, seguido por la cena en el Lobster Cage. Eso lo consideré como la segunda cita.

—De hecho, fue una cita.

—Pues en eso nuestros baremos coinciden. Después de cierta deliberación y muchas justificaciones, concluí que la cena del estofado fue una cita, con lo cual ya van tres.

—Por lo visto todas nuestras citas giran en torno a la comida.

—En las citas suele pasar, ¿no? Y esta noche has traído pizza, de modo que...

—La cuarta cita. Entonces no has incumplido tus normas por mí.

—No, me las he ingeniado de manera que llegaran a ser cuatro. Así que, en teoría, llevamos semanas saliendo.

—Me da la impresión de que necesito recuperar el tiempo perdido.

—Yo diría que lo has hecho. —Le dio un pico y se incorporó—. ¿Sabes? Yo no he encendido el fuego, ni las velas de la repisa de la chimenea, ni he destapado la cama. —De pronto agarró con fuerza su mano—. Me acaba de venir a la cabeza un pensamiento inquietante. ¿Tú crees que..., hum..., nos observan? ¿A todas horas? ¿Por ejemplo, mientras hemos estado celebrando nuestra cuarta cita?

Él desvió la mirada hacia el fuego y las velas.

—Sí que es un pensamiento inquietante.

—Y más teniendo en cuenta que mi abuela biológica es una de ellos.

—Prefiero no pensarlo. No voy a pensar en ello. Démosle a ella, y también a ellos, el beneficio de la duda confiando en que respeten la intimidad.

—De acuerdo. Me parece que no hay más remedio.

—En vista de que lo harás —se incorporó y la tumbó de nuevo—, vamos a ver esos detalles que me he perdido.

Ella desterró cualquier otro pensamiento sobre los fantasmas mirones.

Y él se quedó a pasar la noche.

Lo despertaron las campanadas de las tres en el reloj. Sonya se rebulló, pero no se despertó. Trey se levantó con sigilo y se puso los tejanos. Cuando los dos perros lo observaron y movieron la cola con fuerza, él negó con la cabeza.

—Quietos —susurró—. Quedaos con Sonya.

Para cerciorarse, cerró la puerta al salir.

En la sala de estar principal había un reloj de sobremesa con carillón que sonaba cada hora, recordó. Pero emitía un sonido suave y musical. No era eso lo que había oído.

El antiguo reloj de pared, pensó, del segundo salón. Al que Collin nunca daba cuerda para que no sonara cada hora porque le molestaba, sobre todo por la noche.

A lo mejor Sonya le daba cuerda…, pero eso no explicaba por qué él no había reparado en ello en anteriores ocasiones desde que ella se había mudado allí.

Se dirigió abajo, a la sala que Collin llamaba «el rincón tranquilo» por su ubicación en la casa. Solo tenía una ventana, que miraba al norte, y el sonido del mar o del viento entre los pinos no llegaba allí.

Encendió la luz y examinó el antiguo reloj, con su mueble tallado y una esfera lunar. El péndulo de latón se hallaba inerte y la estancia, en silencio como siempre.

Pero las manecillas de la esfera lunar marcaban las tres.

¿Como siempre?, se preguntó. No se acordaba, pero había oído claramente las tres campanadas, lentas, casi fúnebres.

Al aproximarse sintió una ráfaga de aire gélido.

Ya lo había notado antes, en el salón dorado.

—De modo que eres tú —masculló—. Bueno es saberlo. Lo siguiente que me gustaría saber es: ¿por qué a las tres de la mañana?

Al oír acordes de piano procedentes de la sala de música, retrocedió.

—Se supone que la medianoche es la hora de las brujas, ¿no?

—Sí. Pensaba… —Se dio la vuelta, imaginando que sería Sonya.

Y vio a la abuela.

—¡Uy! Vale. —Su corazón palpitó dos veces con fuerza antes de recuperar su ritmo—. Eres tú. Te vi una vez.

—Claro. Eras una monada de chaval. Tenías buena mano con aquella guitarra. Te has hecho mayor.

—Sí. —Tú jamás tuviste esa oportunidad—. ¿Has hecho que suene el reloj?

—Yo no, cariño. Tienes razón, todo eso es cosa de esa arpía. Cada puñetera noche, dong, dong, dong.

—¿Cómo es posible que pueda verte ahora?

Esa linda adolescente que jamás se haría mayor sonrió.

—Porque estás aquí, y también ella, Sonya, y lo habéis hecho. —Se encogió de hombros—. Por mí estupendo. Viva el amor libre. De eso me perdí casi todo. La cosa estaba empezando justo cuando, ya sabes, la palmé. Vaya mierda. Yo quería a Charlie. Lo teníamos todo. Yo habría sido una buena madre.

—Seguro que sí.

—Íbamos a vivir aquí, a crear una comuna de arte, música y poesía. —Giró con un ademán—. Con un montón de cosas espirituales también. Pero mira.

Alzó los hombros y los dejó caer.

—Yo también tenía un anillo.

—Lo siento.

Levantó la mano izquierda y se dio un toquecito en el dedo anular con la otra.

—Esa bruja de mierda me lo quitó, así que ojo con ella, ¿entendido? Luego esa vieja arpía, la madre de Charlie, se encargó del resto. Él no debería haber hecho lo que hizo, suicidarse de esa manera. O sea, yo…, caray, no tuve elección, pero él sí. Y así es como ella me arrebató a mis bebés, a mis chiquitines. Pasé una temporada bastante cabreada con él, pero bueno, mierda, lo quiero.

—¿Está…, está aquí también?

Para tratarse de un fantasma, pensó, su sonrisa era radiante como el sol.

—Bueno, sí, ¿tú qué crees? Aquí somos un montón. Es el puñetero maleficio. Bueno, eso es todo por ahora. Tienes que ayudar a Sonya; me resulta muy raro tener una nieta, o sea, ¡rarísimo! Tienes que ayudarla a recuperar los anillos.

Esbozó otra sonrisa, dulce como el algodón de azúcar.

—Tú te portaste muy bien con mi niño. Es extraño llamarlo niño, porque llegó a convertirse en un anciano. Bueno, deberías volver a la cama. Aparecer así me fríe de verdad al cabo de un rato.

—Espera. Tengo preguntas.

Pero se esfumó, y con ella, la música cesó.

Deliberadamente, abrió la tapa de cristal de la esfera del reloj, movió las manecillas al azar y las dejó a las cuatro y veinte.

Por si acaso, echó un vistazo a la sala de música y, a continuación, realizó un largo recorrido por la planta principal y otro por la primera planta antes de regresar al dormitorio de Sonya.

Dormía plácidamente. Los dos perros abrieron los ojos y lo observaron mientras se aproximaba a la cama. Se quitó los tejanos y se metió en la cama sin hacer ruido.

Ella, dormida, se giró hacia él. Como temblaba, él la acurrucó.

Cuando se despertó por la mañana, vio que Sonya estaba poniéndose una sudadera.

—Qué madrugadora.

—Uy. —Se dio la vuelta y se rio—. Sí, perdona, pensaba que no estaba haciendo ruido.

—No lo has hecho. Es que tengo que madrugar. Debo ir al juzgado esta mañana.

—¿Al juzgado? ¿De verdad te pones corbata con la camisa de franela o vas trajeado?

—Sí, voy trajeado. Es el juzgado.

—Seguro que te sienta bien. Voy a dejar que los perros salgan y a hacer café.

—Solo por eso te has ganado mi gratitud eterna.

—La acepto. Hay cepillos de dientes sin usar en el cuarto de baño. O los comprasteis vosotros o los tenía Collin. Sírvete.

—Vale. ¿Te importa que me dé una ducha rápida? Así ahorraré tiempo en casa.

—Es toda tuya. Vamos, chicos, vamos fuera.

Ese «fuera» hizo que los dos salieran a la desbandada, y ella deprisa a la zaga.

Estaba guapa por la mañana, pensó él, aunque, claro, desde su punto de vista, siempre lo estaba. Pensó que era una lástima no haberla engatusado para que se metiera en la ducha con él, pero, además de tener que ir al juzgado, necesitaba tiempo para contarle el episodio de las tres de la mañana.

Se podía haber pasado un año en aquella ducha; le dio la máxima puntuación a Collin por ella.

Cuando se vistió y bajó, encontró el café esperándole y a ella poniendo la pizza en platos.

—¿Quieres que la caliente?

—¿Por qué? —Primero fue a por el café.

—Eso es lo que yo digo. Qué raritos somos.

—Me da tiempo a sentarme. ¿Tú tienes tiempo?

—Claro. —Se sentó con él junto a la isla—. Cuando suba, la cama estará hecha con tanto esmero como en el mejor de los hoteles. Me he habituado a esa rareza, y valoro el tiempo que me ahorro.

Él preguntó a bocajarro:

—¿Te has fijado en el antiguo reloj de pared que hay en el segundo salón?

—El segundo salón es... Vale, ese. El del reloj grande. La verdad es que no uso esa habitación.

—¿Le has dado cuerda al reloj?

—No. ¿Debería hacerlo? No se me había ocurrido.

—No. Estoy realizando un experimento. ¿Has oído alguna vez su dong? Porque esa es la palabra para describirlo. Cada hora, uno a la una, dos a las dos, etcétera. Y otro dong cada media hora.

—Pues no... Tal vez. —Frunció el ceño—. Tal vez.

—Tres campanadas, a las tres de la mañana.

—¿No sería un sueño o imaginaciones mías?

No, a menos que me ocurriera lo mismo. Y no fue el caso. Anoche dormías plácidamente. Collin jamás le dio cuerda, porque ¿quién va a querer dormir con ese ruido machacón cada hora? Como me desperté, bajé a echar una ojeada.

Ella tomó un poco de pizza e instantes después dijo:

—Voy a tener presente tu «Llámame» y a mejorarlo con un «¿Por qué no me despertaste?».

—Pensé que a lo mejor simplemente le habías dado cuerda, no me pareció oportuno despertarte a las tres de la madrugada para preguntártelo.

—Si le hubiera dado cuerda, lo habríamos oído mientras cenábamos y en la cama.

—Es verdad. La culpa es de las campanadas de las tres, estoy confuso.

Ella se tomó unos instantes para dar un trago al café mientras lo observaba fijamente.

—Seguro que eres bueno en los juicios.

—Para eso me pagan. Estaba sin cuerda, y las manecillas marcaban las tres en punto. Si no has usado esa habitación, es probable que no te hayas fijado dónde se paró el reloj.

—No, pero ahora me fijaré.

—Las he movido, para el experimento. Antes de hacerlo, empezó a sonar música de piano. *Barbara Allen.* Me disponía a echar un vistazo y, al girarme, me topé con el pibón.

A ella le faltó un tris para atragantarse con la pizza.

—¿La viste? ¿A Lilian Crest?

—Diría que en carne y hueso, pero eso no es del todo preciso.

Él le relató la conversación.

—Un montón —repitió Sonya—. Pensaba que lo tenía asumido, pero… tendría que reflexionar acerca de esa confirmación. Ella tenía un anillo… Me lo figuraba, puesto que el número siete es recurrente. Pero, maldita sea, si sabe que los tiene Hester Dobbs, ¿por qué no te dijo cómo encontrarlos, cómo recuperarlos?

—No hay evidencia, pero es posible que ella, o ellos, sencillamente no lo sepa. Estoy atascado con el reloj y las campanadas de las tres. ¿Y si vuelvo después del trabajo? Podría traer algo de cena.

—Me gustaría que volvieras, con independencia de que traigas algo o no. Pero eso es un plus.

—¿Te gusta la comida china?

—Mucho.

—Consulta la carta online de China Kitchen y mándame un mensaje con lo que te apetezca. Tengo que irme. A los jueces no les hace gracia que los abogados lleguen tarde a los juicios. De camino puedo dejar a Mookie en el bufete. O lo dejo contigo.

—Oh, déjalo. Nos encantaría.

—A él también. —Tomó su cara entre las manos y la besó antes de levantarse—. Voy a echar una bolsa con ropa para cambiarme antes de venir. Para quedarme a dormir, a menos que digas que no.

—No voy a decir que no.

—Bien. Te veo luego, seguramente a eso de las seis otra vez, según vaya.

—Buena suerte en el juzgado.

Una vez a solas, apoyó la barbilla en el puño y pensó en lo mucho que había cambiado su vida, su mundo. Como parte del cambio, se levantó para llamar a los perros y darles el desayuno.

20

Dado que Yoda tenía compañía, cogió otro hueso prensado para que ambos pudieran mordisquear algo mientras ella trabajaba.

En cuanto entraron a la biblioteca, el iPad le dio la bienvenida con *Lovesong* [«Canción de amor»] de Adele.

—Gracias, Lilian, pero de momento es deseo y atracción.

Casi automáticamente, la música cambió a *Crimson and Clover* [«Crimson y Clover»].

—Vale, Clover. —Los perros se llevaron los huesos junto al fuego crepitante, el cual ella no había encendido—. Tengo que ponerme las pilas. He de terminar un encargo, empezar dos, y preparar una importante propuesta. Y mi madre viene este fin de semana, así que no voy a poder recuperar el tiempo perdido.

Apretó los dedos contra los ojos, respiró hondo y encendió el ordenador.

Al cabo de una hora, con la firme determinación de que el encargo de la empresa de cáterin estuviese listo a mediodía para la fase de prueba, recibió una notificación de un mensaje de texto en el móvil.

Lo cual le recordó que tenía que consultar la carta y contestar a Trey.

Leyó el mensaje de Bree.

Este plato de pasta con vieiras es rápido, sencillo
y delicioso. SI —¡ojo!— SI no te pasas cociendo la pasta
o las vieiras, ¿entendido? Estate atenta.

—Lo he pillado, lo he pillado. —Leyó atentamente la receta—. No parece tan sencilla, y no era necesario poner en mayúsculas esa advertencia. Intimida.

El tiempo de cocción es de diez minutos más o menos,
así que no lo pongas al fuego hasta que tu madre haya
llegado y estéis listas para comer. Y en algún momento
a lo largo del día ponte a hacer —es fácil y rápido—
pan de cerveza.

—¿Yo? ¿Pan? Por Dios, qué disparate. No pienso hacer pan.
No obstante, leyó las instrucciones.
—Vale, de hecho, parece fácil. Puedo hacerlo.

Doy por sentado que sabes hacer una ensalada. Si no,
dímelo y, cuando termine de burlarme de ti y juzgarte, te
enviaré las instrucciones. De colofón a la comida, prepara
un sorbete de frambuesa. Podría darte la receta —es pan
comido—, pero cómpralo en el supermercado para no
agobiarte.
¡Buen provecho!

Necesitó respirar hondo otra vez para tranquilizarse.

Gracias. Puede que a mi madre le dé un telele, pero gracias.
Sí que sé hacer una ensalada —es una especialidad de la
casa—, de modo que no hace falta que te burles o que me
juzgues. Juro por lo más sagrado que no me pasaré con
la cocción porque intuyo el alcance de tu ira.
Te lo agradezco mucho.

Bree se despidió con un emoticono sonriente con un gorro de cocinero.

Sonya quitó el teléfono de en medio. Lo cogería cuando fuera al pueblo a comprar y, hasta entonces, no pensaría en él.

Para el mediodía, la web de la empresa de cáterin estaba lista para las pruebas. Y los perros, listos para dar un paseo; lo mismo que yo, pensó.

Los perros se pusieron a brincar y jugar en la nieve. Le dio la impresión de que, si aguzaba la vista, alcanzaba a ver pequeños reductos de hierba mustia en el costado sur de la casa.

Con tanto brinco y jugueteo, fue necesario limpiar a ambos perros. Se tomaron una chuchería, y ella, una Coca-Cola, un cuenco de galletas saladas y una mandarina.

Retomó el trabajo casi a las cuatro y maldijo cuando, al realizar las pruebas, detectó un error en la web. Después de varios ajustes, la probó la nuevo.

Y algo que llevaba rumiando en la cabeza con relación al encargo de Ryder de repente tomó forma.

—Eso sería bueno. Eso podría ser bueno. Atrevido, divertido, con movimiento.

Se levantó, fue a por sus utensilios y se dispuso a crear un panel de ideas.

En la mesa, realizó unos rápidos bosquejos simplemente para contar con otro elemento visual.

Absorta, fue alternando las pruebas y puliendo la idea.

Y se sobresaltó cuando un perro se plantó a cada lado de ella moviendo la cola.

—¡Uy! Dios, son casi las seis. No tenía intención de trabajar hasta tan tarde. Perdón, chicos, perdón. Cierro esto y listo; todavía no voy a pronunciar la palabra.

Después de realizar una copia de seguridad, apagó el ordenador y bajó las escaleras al trote con ellos. En vista de que corrieron hacia la puerta, ella los siguió. Los dejaría salir y volvería a por una chaqueta.

Y, justo al abrir la puerta, Trey se disponía a llamar al timbre.

—¡Oh! No han ladrado.

—Mookie sabe cuándo soy yo; supongo que este ahora también. —Le dio una bolsa de comida para llevar antes de prestar atención a los perros—. Hola, chicos, ¿qué tal el día?

—Debería haberlos dejado salir otra vez hace una hora, pero se me fue el santo al cielo. Acabo de apagar el ordenador. Aún llevas puesto el traje.

Uno gris oscuro con una camisa gris claro y una corbata granate y azul marino.

Sintió que se le hacía la boca agua.

—Te sienta bien ir trajeado. Me lo figuraba.

Como los perros corrieron hacia la parte trasera de la casa, ella se apartó para que Trey pasara.

—Di un paseo con ellos alrededor del mediodía, y luego se me fue el santo al cielo.

—Están estupendamente. Pareces un poco aturdida. ¿Todo bien?

—Sí. Es por el trabajo, empieza a encarrilarse. Esto huele fenomenal.

—Tú has tomado buenas decisiones. —Trey colgó su abrigo.

—Lo intento.

Le resultó agradable, muy agradable, encaminarse con él a la cocina.

—¿Por qué no te sientas? Te serviré un vino. —La besó, superando en varias posiciones el saludo informal—. Te has explayado con el beso.

—Y tú. Vale, me tomaré un vino. ¿Cómo te ha ido en el juzgado?

Como ella se había decantado por los langostinos, Trey sacó una botella de vino blanco del enfriador.

—Un caso de divorcio desagradable. El ahora oficialmente exmarido montó un número, uno muy feo, en plena sala.

—Apuesto a que eso les hace aún menos gracia a los jueces que los abogados que se retrasan.

—Has ganado la apuesta. Después de dos amonestaciones por parte del juez, fue acusado de desacato al tribunal. Tuvo suerte de que todo quedara en una multa porque se estaba buscando pasar la noche en el calabozo hasta que su abogado finalmente consiguió que cerrara el pico de una puñetera vez.

»¿Puedo coger una cerveza?

—No tienes que pedir permiso, Trey.

—Entonces voy a por una y de paso a por la comida para los perros. He comprado más y está en la camioneta.

—No hacía falta. Mañana voy al supermercado.

—Táchala de tu lista. Mookie come más que Yoda. —Les puso la comida y se enderezó al oír el ladrido procedente de la puerta.

—Mira por dónde. Voy a secarlos.

—Con ese traje ni pensarlo. —Le hizo un gesto con la mano.

—Entonces voy a sacar la comida para los humanos.

Y qué agradable también, pensó ella, compartir comida china en la cocina, conversar sobre cosas normales.

—Me gustaría ver el panel de ideas y los bosquejos de Ryder.

—Claro. Solo son preliminares. —Ella sonrió cuando él se aflojó la corbata y se desabrochó el botón del cuello de la camisa—. Y por eso a las mujeres les suelen gustar los hombres con corbata.

—¿Porque les gusta verlos con un nudo corredizo?

—No, porque es sexi que hagan lo que acabas de hacer. No sé por qué, pero así es.

—Tengo que ponerme otra el sábado, para la boda de una prima en Kennebunkport. Si no viniera tu madre este fin de semana, te convencería para que me acompañaras.

—¿Todavía no tienes acompañante?

Él negó con la cabeza y pinchó un langostino del plato de Sonya.

—Las citas en las bodas son peligrosas. Luego tu tía abuela Marilyn le lanza una mirada elocuente a tu acompañante, comentando qué bonita pareja hacemos y, a continuación, sonríe de oreja a oreja y dice: «¿Y tú cuándo vas a bailar en tu boda, Trey?».

Negó con la cabeza y acto seguido siguió comiendo cerdo *mu shu.*

—Cuando un tío soltero cumple los treinta, se pasa la mitad de las bodas familiares eludiendo la pregunta «¿Y tú para cuándo?».

—En el caso de las mujeres, eso ocurre a partir de los veinticinco. ¿Realmente tienes una tía abuela que se llama Marilyn?

—Sí, casada con mi tío abuelo Lloyd, que soltaría una risotada (de hecho, es la única persona que conozco que suelte risotadas), se comería con los ojos a mi acompañante y me diría que más me valdría cazarla deprisa, que no se me escapara.

—Vaya, ahora siento perdérmela. En mi caso es mi abuela materna, especialmente, quien me atraviesa con la mirada mientras me recuerda que el hecho de labrarme un porvenir está muy bien, pero que el trabajo no calienta la cama por la noche ni me pondrá un bebé en los brazos.

—Uf.

—Sí, la nana siempre se las ingenia para dar el dos por uno: el matrimonio y los niños. ¿Sabes cuál fue su primer comentario cuando me comprometí? «Ya era hora».

—¿Y cuando rompiste el compromiso?

—Tengo que dar las gracias a mi madre por hacerle una advertencia, con el firme apoyo de mi tía, a mi nana. Al parecer, le echó un buen rapapolvo a Tracie. Yo recibí una cariñosa y comprensiva llamada.

—Tu nana es un cielo.

—Sí, lo es. Pero si me acompañaras a una boda, me atravesaría con la mirada.

Mientras recogían los platos, dejaron salir a los perros. Justo cuando Sonya se preguntó cuánto duraría la normalidad, vio que todos los armarios de la despensa estaban abiertos.

—Vaya.

Entró a cerrarlos.

—¿Ha pasado algo hoy?

—Nada nuevo ni reseñable. Cada vez que he bajado, he echado un vistazo al reloj y marca la hora que pusiste, las cuatro y veinte. Por lo demás, Casper, la agradable ama de llaves, ha estado de servicio.

—¿Casper?

—A pesar de que pienso que es una mujer, le he puesto un nombre sin género. Me ha hecho la cama, ha encendido la chimenea de la biblioteca y ha lavado y doblado las toallas de los perros. Y Clover, como de costumbre, se ha encargado de amenizar con música mi oficina.

Él sonrió aún más.

—La llamas Clover.

—Me lo dijo ella con música. Con *Crimson and Clover, over and over* —cantó Sonya.

En vez de su característica sonrisa lenta, Trey esbozó una rápida sonrisa igual de seductora.

—Lo he pillado. Sabes cantar.

—No desafinar no es cantar.

—Sabes cantar —repitió él—. Algo que te tenías muy callado además de lo del estofado. No te saldrás con la tuya otra vez. Entonces ¿ninguna novedad en la segunda planta?

—Hoy no, y no puedo decir lo mismo todos los días. ¿Te apetece ver una peli?

—¿En la sala de cine?

—La verdad es que no me veo preparada del todo para pasar una noche ahí abajo. Uso la biblioteca.

—Por mí bien, depende. ¿Qué tipo de pelis te gustan?

—Me gusta ver una comedia romántica de vez en cuando, pero también las pelis de acción y suspense. De momento he aparcado las de terror.

—¿Te gustan las pelis de terror?

—Mucho, pero, lo mismo que con la sala de cine, no estoy preparada para ver una aquí. También soy fan de las películas de Marvel.

—¡No me digas!

—Confieso que Iron Man es mi superhéroe favorito. Solía ser Spiderman, pero he madurado y no me parece nada apropiado desear a un chaval de instituto.

—Sin comentarios.

—Bueno, también soy fan de Stan Lee. Entre unas cosas y otras, todavía no he visto *The Marvels*.

—Entonces ya tenemos una ganadora. ¿Tienes palomitas?

—¡Claro!

—Voy a la camioneta a por mi bolsa para cambiarme.

Lo normal, pensó ella, hasta lo cotidiano podía ser sinónimo de maravilloso. ¿Cenar y ver una película en casa, con palomitas y un par de cocacolas en ese preciso instante? Perfecto.

Cuando secaron a los perros una vez más, la siguieron hasta la biblioteca.

Trey se quedó de pie en ese momento, como ella, en chándal, examinando el panel de ideas.

Cogió la bandeja que Sonya llevaba en las manos con palomitas, cocacolas y chucherías para los perros, y la dejó sobre el escritorio.

—Me gusta. Los colores llaman la atención. Son colores dinámicos. Hasta a un tío que se pone la equipación para jugar un partido de fútbol americano de toque después de la cena de Acción de Gracias le gusta pensar que es dinámico. La fuente que has elegido para *sports* en el nombre de la empresa tiene movimiento.

—He modificado un pelín el antiguo diseño. He realizado unas mejoras para darle más… agilidad.

—Funciona. Y este bosquejo —le dio un toquecito con el dedo a uno—. Me gusta la manera en la que has amontonado y colocado el equipamiento deportivo en un campo. Podría tratarse de cualquier campo de juego: casco de fútbol, bate de béisbol, calzado de tacos, zapatillas…, además de la raqueta de *lacrosse*, el balón de baloncesto, las gafas de natación, parte de una moto de *cross*, un disco de hockey, un palo de golf… Y una cuerda de seguridad para escalada, ¿verdad?

—Sí. A lo mejor está demasiado recargado.

—Qué va. No sé cómo lo has calculado, pero está equilibrado. La etiqueta que hay debajo…, parece una etiqueta. *A jugar*. Eso supone un reto. ¿Quieres jugar? Ven a Ryder Sports.

El comentario relajó y reconfortó hasta el último milímetro de su faceta profesional.

—Ese era precisamente mi objetivo, así que, si eso es lo que te transmite, es un buen comienzo.

—¿Qué más tienes en mente?

—No quiero cambiar la estructura de la página web. Es fácil de usar, pero me gustaría añadir una galería de fotos de gente normal y corriente con los artículos de Ryder: la ropa, el equipamiento... Por ejemplo, una mujer en bicicleta, un tío haciendo un swing de golf, niños jugando al baloncesto y cosas por el estilo. Tengo que darle un par de vueltas, eso le podría aportar gancho y a la vez servir de promoción, dado que quieren una campaña completa, digital, televisiva, carteles publicitarios en las tiendas, etcétera. Como si, sea lo que sea a lo que vayas a jugar (si me quedo con ese eslogan), Ryder Sports te diera ventaja.

—Te lo compro.

Los perros los siguieron por la escalera de caracol y se repantigaron para masticar ruidosamente sus galletas. Sonya y Trey se sentaron con sus palomitas en el sofá de piel y subieron los pies a la mesa de centro.

Después de la película, el sofá parecía el lugar perfecto para darse un revolcón mientras los perros echaban una cabezada.

Más tarde, en la cama, se dieron otro.

Mientras conciliaba el sueño, Sonya pensó que, si esa era la energía sexual desenfrenada de los comienzos, estaba muy pero que muy bien.

En el segundo salón, justo antes de las tres, el péndulo del antiguo reloj de pared comenzó a oscilar.

De un lado a otro, de un lado a otro, mientras las manecillas de la esfera lunar daban vueltas.

Y dieron las tres.

El primer dong los despertó a ambos; los perros se levantaron súbitamente y gruñeron.

—Suena más fuerte. —Sonya se aferró al brazo de Trey—. ¿No suena más fuerte?

—Más que anoche, sí. —Salió de la cama y se puso los pantalones de deporte—. Voy a ver. Que los perros se queden contigo.

—Vamos todos, por favor. —Buscó su ropa a la tenue luz del fuego.

—Venga, todos.

Cuando cruzaban la zona de estar, oyeron música de piano.

—Lo habitual a las tres de la mañana en la casa —dijo ella entre dientes.

—Seguro que la hora significa algo. Es un patrón constante como para que sea casual. —Al bajar las escaleras, él miró en dirección al retrato—. Y la melodía. Siempre toca la misma.

Pero, cuando llegaron a la sala de música, dejó de sonar.

—Tú viste a Clover, pero quienquiera que toque el piano, y sigo pensando que es Astrid, no está en disposición, o bien no puede… materializarse, supongo.

—Tu suposición es tan buena como la mía.

Continuaron caminando por el pasillo. Los perros se detuvieron en la puerta del segundo salón y volvieron a gruñir.

Sonya contuvo la respiración hasta que tuvo que exhalar.

—Las manecillas marcan las tres. —Dio un paso al frente porque él lo hizo—. Y hace frío, Trey.

No había terminado de decirlo cuando las teclas del piano de la sala de música sonaron con un estrépito delirante. El péndulo del reloj empezó a oscilar de nuevo, y el tic de cada segundo a sonar como un disparo. Los perros, con el pelo de la nuca erizado, ladraron enloquecidos a modo de advertencia.

Las puertas se abrieron súbitamente; se oyeron portazos. La luz que Trey había encendido parpadeó y se apagó.

En la oscuridad, algo la rozó. Algo tan gélido que la quemó.

—Hay algo aquí. —Sin aliento, buscó la mano de Trey a tientas— Lo he notado. Me ha tocado.

—La próxima vez traemos una linterna.

Algo golpeó la puerta principal como un ariete.

Ladrando como posesos, los perros salieron disparados de la habitación buscando la procedencia del sonido.

—Vamos. —Trey la sacó de la habitación.

—¿Vas a abrir la puerta? Madre mía, escucha ese viento y las olas. ¡Mira, mira, está cayendo granizo contra las ventanas!

—Bueno, como si estalla una tempestad del noreste. —Cuando abrió la puerta, vieron que hacía una noche tranquila y la luna brillaba sobre el mar—. Es una ilusión de las buenas, maldita sea.

—¡Ay, los perros!

—No pasa nada. Ella no está ahí fuera. Me da la impresión de que ya ha terminado por esta noche. En mi opinión, no da para más.

—Pues andaba sobrada.

Como Sonya estaba temblando, él retrocedió para rodearla con el brazo.

—Si quieres salir de aquí, podemos ir a mi casa.

—No, de eso nada. No va a salirse con la suya, a echarme de mi propia casa. Pero había algo en esa habitación, Trey. Te juro que me tocó, me rozó el brazo.

Se remangó.

—Mira, me ha dejado una marca.

Tenía, por encima del codo izquierdo, una marca rosácea, más pequeña que su palma.

—Es una quemadura leve causada por el frío.

—¿Por el frío?

—Espera, voy a por los perros. Te pondré un paño caliente a ver qué tal. Apenas se ha sonrosado, y la piel no está agrietada o cuarteada. Un segundo.

Mientras Trey llamaba a los perros y los metía en la casa, ella se quedó mirando la marca del roce en su brazo.

—Me ha tocado. —Algo..., alguien que había vivido y fallecido la había tocado—. Sí que he notado como una quemazón, pero de frío.

—Vamos a curarte a la cocina. ¿Te duele?

—No. Bueno, se me ha irritado un poco, supongo. Pero, Trey, lo importante es que eso, que ella, me ha tocado, y que lo he notado. Lo he sentido, solo un segundo, pero... Mira, ya está desapareciendo.

Él se detuvo para fijarse.

—Vale, sí, efectivamente. Vamos a preparar el paño por si acaso. De todas formas, da la impresión de que no causa tanto impacto como le gustaría.

—¿Esto te parece poco impacto? —En la cocina, Sonya se dejó caer en un taburete—. ¡Madre mía!

—La casa ha recuperado la calma. Todo esto no ha durado más de cinco minutos. —Puso a calentar un cuenco con agua en el microondas y seguidamente fue a llenarle un vaso de agua a Sonya y se lo dio.

—Una pregunta en serio: ¿nunca te pones nervioso?

—Me he puesto un poco nervioso. Pero es interesante que haya recurrido a todos los medios posibles para asustarnos, ¿a que sí?

—¿«Interesante»? —Bebió otra vez—. Vaya palabra.

—El caso es que no ha surtido efecto.

Ella le lanzó una elocuente mirada.

—A mí sí me ha asustado. Muchísimo.

—Pero sigues aquí.

Después de comprobar la temperatura del agua, empapó un paño limpio y lo escurrió.

—Ya prácticamente ha desaparecido, pero más vale prevenir que curar. Lo mantendremos así un poco.

—No me hace gracia que me asusten —masculló—. Me toca las narices.

—Y lo dice la mujer a la que le gustan las pelis de terror.

—Y las novelas. Ese miedo es diferente. Quiero que se largue de mi casa. Si tengo que encontrar los anillos para conseguir que se largue de mi casa de una puñetera vez, encontraré los malditos anillos. Ya veré cómo. En cuanto al resto, vamos a dejarlo en «interesante».

Mientras presionaba el paño contra el brazo de Sonya, con la otra le echó el pelo hacia atrás.

—Para encontrar algo simplemente hay que buscar en el lugar adecuado.

—Ah, ¿eso es todo?

Él apretó los labios contra la frente de Sonya.

—No vamos a permitir que se salga con la suya.

Cuando el paño se enfrió, Trey echó otro vistazo.

—Como si nada. Y no me escuece lo más mínimo —señaló ella.

—No ha sido un gran impacto. —Le levantó el brazo y rozó con los labios la zona de la marca—. ¿Vas a poder conciliar el sueño?

—Eso espero. Y espero que se esté quietecita durante un tiempo. No quiero que mi madre pase por todo esto y que se empeñe en llevarme a rastras a Boston.

—Seguro que has heredado parte de la determinación de tu madre.

Cuando llegaron al segundo salón, donde la luz alumbraba de nuevo, él entró y abrió la esfera del reloj.

—Voy a ponérselo difícil. —Esta vez puso las manecillas a las siete y diez—. Owen y yo podríamos sacar el reloj de la casa.

—No creo que sea la solución, aparte de que cuando suena es como una especie de advertencia. Me pregunto si Collin lo oiría. No le daba cuerda al reloj, pero tampoco lo quitó de aquí. No lo guardó arriba, ni abajo en el trastero.

Él la rodeó por la cintura de camino a la escalera.

—Ella estaba ahí con nosotros, Trey. He notado zonas frías anteriormente, pero no así, y tampoco como en el salón dorado. Cuando se trata de ella, es un frío desagradable. Supongo que eso también es una advertencia.

—Puede que te hayas asustado, Sonya, pero ya se te ha pasado. Yo apuesto por ti.

En la cama, ella se acurrucó junto a él.

—Estoy muy contenta de que estés aquí.

—Yo también.

Al cerrar los ojos, Sonya dejó que el latido sereno de su corazón la adormeciera.

TERCERA PARTE

Espíritus

«Tengamos una hora tranquila,
confraternicemos con la muerte».

ALFRED TENNYSON, *La visión del pecado*

21

El viernes, cuando Yoda dejó de estar enfurruñado por la ausencia de Mookie, Sonya lo animó con una excursión al pueblo para comprar vieiras, pasta cabello de ángel y harina sin blanquear o lo que fuera. Ignoraba que la harina se blanqueara.

Como se dio prisa, le sobró tiempo para arreglar los tulipanes que había comprado para el cuarto de su madre e intentar hacer pan por primera vez.

—No nos acobardamos, ¿a que no, Yoda? No nos acobardamos por un poco de harina, cerveza y mantequilla o lo que sea, porque vivimos en la casa encantada.

»Puede que un poco sí, pero, si sale mal, lo tiramos a la basura, y ella nunca se enterará.

Tras seguir las instrucciones de Bree al pie de la letra, se quedó mirando el molde para el pan con la masa cruda.

—Supongo que parece masa de pan. De todas formas, ¿cómo voy a saberlo?

Cruzando los dedos mentalmente, lo metió en el horno y programó el temporizador.

Y decidió que no era exagerado quedarse en la cocina. De modo que arregló el frutero un par de veces, caminó de aquí para allá y jugó brevemente al tira y afloja.

—¡Mira! Está como esponjándose… Es por la cerveza, lo leí. Y también está dorándose un poco. ¿Hueles eso? Yo sí.

Cuando el temporizador —por fin— sonó, recordó que se suponía que debía dar un toquecito al pan para ver si sonaba a hueco. Para ella no tenía sentido, pero lo hizo.

—Supongo que sí. De todas formas, es superior a mí.

Tras agitar el pan con la mano enfundada en la manopla de cocina, lo dejó enfriar en la bandeja y se apartó.

—Bueno, Yoda, ahora te pregunto: ¿es o no es el pan casero más apetitoso que has visto en tu vida? Y elaborado con estas manos.

En el iPad empezó a sonar *Don't Be Messing With My Bread* [«No juegues con mi pan»] de John Lee Hooker.

—Ahí le has dado.

Mientras el pan se enfriaba, subió con las flores, un paño y un abrillantador de muebles a la primera planta, con Yoda pisándole los talones. Después iría a por sábanas y toallas limpias al armario de la ropa blanca.

Al llegar a la habitación que había elegido, olía a abrillantador y los muebles estaban relucientes. En el toallero del baño —también reluciente— había toallas limpias y esponjosas y otras cuidadosamente enrolladas en una cesta.

—Vaya, gracias. Perfecto. —Colocó las flores—. Le encantará. Le gustará la vista al bosque.

Se fijó en el bonito cuenco morado, que combinaba con las violetas del papel de pared sobre el revestimiento de madera, y en el pequeño reloj de cristal —con la hora correcta— que había junto a él.

No podía jurar que no llevaran tiempo allí, pero, en cualquier caso...

—Son bonitos toques. Qué detalle.

Conforme recorría la casa, impoluta, llegó a la conclusión de que quienquiera que la dejara así seguramente la amaba tanto como ella.

Y, dado que todo estaba impecable, siguió trabajando.

—Como va a mandarme un mensaje cuando se encuentre a treinta minutos de aquí, entretanto voy a adelantar algo de trabajo.

Sin Mookie, Yoda se conformó con hacerse un ovillo bajo la mesa.

Cuando recibió el mensaje, apagó el ordenador y se dirigió a toda prisa a la cocina para preparar la ensalada. Se quedó en shock durante unos instantes al no ver ni el pan ni la bandeja.

—Oh, no…

Seguidamente lo vio envuelto en un paño blanco limpio.

—Supongo que me he saltado esa parte del proceso.

Cuando metió la ensalada en la nevera y Yoda corrió hacia la puerta ladrando, pensó que la sincronización había sido perfecta. Corrió a abrir la puerta y abrazó a Winter.

Desde la cocina, en la tableta Taylor Swift empezó a cantar *The Best Day* [«El mejor día»].

—¡Te he echado de menos!

—Yo también te he echado de menos. ¡Oh, Dios mío! ¡Sonya, qué casa! ¡Oh, qué perro! ¡Mira qué carita más dulce, qué chico tan guapo!

Yoda se desplomó en el acto, mostrando su tripa, y miró a Winter con expresión de puro amor.

Para complacerlo, Winter se puso en cuclillas, lo acarició con fuerza y le hizo arrumacos.

—Has venido directamente desde el trabajo.

Winter, elegante con su traje oscuro, le acarició la tripa a Yoda una última vez.

—He salido pronto, según lo previsto, y metí mi bolsa en el coche esta mañana. Las cosas de Cleo también están ahí.

Se enderezó para darle otro fuerte abrazo a Sonya.

—Quería llegar cuanto antes. ¡Qué guapa estás! Vernos por FaceTime no es lo mismo que en persona. Y eso también atañe a la casa. Virgen Santa, Sonya, se me ha desencajado la mandíbula literalmente. Está hecha para ti.

—¿Sí?

—Esto es lo que siempre has deseado. Bueno —puntualizó al echar un vistazo al vestíbulo—, tal vez supere tus expectativas… o las mías. ¡Menuda escalera!

Dio unos pasos y se detuvo en seco.

—¡Qué salas! Un piano…

—Uno de los dos. ¿Por qué no subimos a ver si te gusta la habitación que he elegido para ti? Te haré un recorrido rápido, pues tardaríamos demasiado en realizar uno completo. No, ya cojo yo tu bolsa.

—Gracias, cielo. Me comentaste que la sentías como tuya. —Se encaminaron hacia la escalera y empezaron a subir—. Ahora lo entiendo. Pero es enorme. ¿Qué haces con tanto espacio?

—Tengo mis rincones. —Hizo un gesto hacia la biblioteca—. Por ejemplo.

—Oh, vaya, guau. No me extrañaría que no salieras de aquí. Parece sacada de una película. Y fíjate lo esplendorosa que está Xena.

Winter se giró y examinó los paneles de ideas.

—Y entretanto se te están ocurriendo ideas buenas e interesantes.

—Creo que sí, te pondré al corriente de todo eso. —Y de todo lo demás, pensó Sonya.

—Collin Poole debió de tener mucho aprecio a esta casa para conservarla en tan buen estado. He estado un poco angustiada por ti en ese sentido, pero de ahora en adelante me preocuparé mucho menos. Todo está como los chorros del oro, cielo. Seguro que has encontrado un servicio de limpieza de fábula.

Sonya optó por responder:

—Es una especie de milagro. Ya te contaré. Estamos en el ala norte.

—Quién te ha visto y quién te ve. —Entre risas, Winter le dio con el codo a su hija—. El ala norte.

Con Yoda dando brincos entre ellas, Sonya condujo a su madre hacia los dormitorios.

—El mío está al fondo del pasillo.

—Ya sabes que tengo que verlo. Es una preciosidad, una auténtica preciosidad. La señora de la casa. ¿Contemplas el amanecer por las puertaventanas de tu balcón?

—Sí. La orientación del tuyo es diferente, pero tienes donde elegir. A ti te gusta caminar por el parque.

—Supongo que sí.

—Así que te he puesto al fondo del pasillo y en este lado, que mira al oeste. También es más silencioso, creo.

Abrió una puerta.

—Veamos si es de tu gusto.

—¡Oh! ¡Qué bonito! Es como una suite en la casa de huéspedes más exclusiva del mundo. Mira qué papel de pared, es divino. Y mi pequeña chimenea. Voy a sentirme como una estrella del rock durmiendo en esa cama.

Winter acarició los tulipanes con las yemas de los dedos.

—Gracias, tesoro, por conocerme tan bien. Me encanta contemplar el bosque.

—Si quieres deshacer la maleta, puedo ayudarte. O, después de pasar casi todo el día trabajando y conduciendo desde Boston, podemos tomar una copa de vino.

—¿Ves cómo conoces a tu mami? Tomemos un vino.

De camino a la planta baja, le enseñó a Winter la habitación de Cleo y la puerta secreta.

—¿Es seguro? —Con el ceño fruncido, Winter echó un vistazo a los escalones—. ¿Bajas ahí?

—Es el camino más directo al gimnasio, abajo, y al desván, arriba. Estoy procurando hacer ejercicio tres o cuatro veces a la semana por las mañanas. Si quieres, mañana te enseño esa parte.

—Ya veremos. ¿Has oído eso? Me ha parecido oír campanillas.

Sonya se hizo eco de las palabras de Trey en su primer día.

—Suele pasar. —Cerró la puerta y continuaron—. La sala de música.

—¿Es eso una zanfoña? Nunca he visto una fuera de un museo. Y el cuadro. Es preciosa.

—Es Johanna, la mujer de Collin. Lo pintó él.

—Tenía talento, mucho talento. Como tu padre.

—Sí. Ella… murió hace mucho tiempo. Él tenía su despacho aquí, donde colgó el cuadro de papá.

—Me lo dijiste, pero… Sí, eso es obra de Drew. —Winter entró en la sala y examinó el cuadro—. ¿Vendría aquí en alguna ocasión o realmente lo pintaría después de soñarlo? ¿Sería telepatía entre gemelos?

—Pensé que a lo mejor lo querías.

—Oh. —Sin apartar la vista del cuadro, Winter agarró a Sonya de la mano—. Gracias, pero da la impresión de que este es su sitio. Me pregunto cómo y cuándo lo compraría Collin Poole. Me gusta saber que algo de Drew, aparte de ti, tiene su sitio aquí.

Al oír el inconfundible sonido de una puerta al cerrarse, Winter echó un vistazo a su alrededor.

—¿Hay alguien más aquí?

—Depende de lo que entiendas por alguien. —Sonya pasó el brazo alrededor de la cintura de su madre para sacarla de la sala—. Ya te dije que la casa está encantada.

—Sí, pero…

Desde la cocina, Billy Joel cantaba *Bottle of white, bottle of red* [«Botella de blanco, botella de tinto»].

—Vamos a tomar blanco porque voy a cocinar vieiras.

—¿Mi hija, siempre sensata, me está diciendo, muy seriamente, que su casa está encantada y encima va a cocinar vieiras? ¿Crees que mi cuerpo puede soportar una conmoción semejante?

—Por eso lo primero es el vino.

—¡Y qué cocina! —exclamó Winter al llegar—. Es una preciosa cocina profesional, un espacio magnífico y, otra vez, qué vistas. Lograron conservar la autenticidad de la casa pero eliminaron esa sensación laberíntica abriendo este espacio. Ahora envidio tu cocina.

Winter deslizó la mano sobre la isla al tiempo que negaba con la cabeza en dirección a Sonya.

—No conseguí despertar en ti el suficiente interés por la cocina, solo me las arreglé para enseñarte nociones básicas.

—Preparé un estofado para ocho —le recordó Sonya mientras elegía una botella.

—Y la foto que enviaste era digna de un libro de cocina. Tesoro, ¿de verdad crees que hay fantasmas en esta casa?

—No es que lo crea, mamá, es que lo sé de buena tinta.

Sonya descorchó la botella de vino mientras en el iPad sonaba *Mother And Child Reunion* [«Reencuentro de madre e hija»] de Paul Simon.

—Ahí tienes un ejemplo. —Sonya sirvió el vino—. Haz el favor de parar ahora mismo y dejar que te explique. —Cuando la música dejó de sonar, Sonya le dio una copa a su madre—. Siéntate, mamá. Esa era Clover. Murió en 1965, después de dar a luz a Collin y a papá.

—Voy a sentarme.

—Hay mucho más. Te hablé de ella, por lo que leí en el libro que tengo, por lo que Deuce, Oliver Doyle II, me contó. En algún momento intentaré hablar con Gretta Poole, la mujer a la que Collin consideraba su madre, pero que en realidad era su tía. Sufre demencia senil.

—Sí, me lo comentaste. Dices que la madre biológica de Drew está aquí, en esta casa. ¿La has visto?

—No. Ella simplemente se da a conocer a través de la música. Trey ya la ha visto en dos ocasiones.

—Trey Doyle, el tercer Oliver.

—Exacto. Estamos saliendo juntos.

—Más sorpresas. —Winter hizo una pausa para beber un sorbo de vino—. ¿Por qué no me lo has presentado esta noche?

—Típico de las madres: entras a saco cuando estamos hablando del fantasma de tu suegra.

Winter inclinó ligeramente su copa de vino en dirección a Sonya.

—Cuestión de prioridades.

—Primero, porque él no quería molestar. Además, mañana tiene una boda familiar. Te va a gustar.

—A Cleo le gustó. Lo mencionó, y que te había echado el ojo, y tú a él, de modo que no me extraña.

—Confía en Cleo. Te va a gustar —repitió—. Se las apaña para tener un talante firme y al mismo tiempo desenfadado.

—Lo importante es que te guste a ti. Me alegro de que hayas encontrado a alguien que te guste. Me alegro de ver que pareces feliz.

—Es que soy feliz. Aunque ha sido raro acostumbrarse a este nuevo lugar y luego lo de los fantasmas, ¿sabes? Cuando subamos después de la cena, voy a ponerme con ello enseguida, encontraremos tu cama preparada y tu chimenea encendida. Mamá, no he contratado ningún servicio de limpieza porque al parecer heredé uno.

—Entiendo.

—¿Sí?

Winter bebió un trago de vino y, cuando Yoda plantó las patas delanteras en el taburete, lo acarició.

—Cuando por fin conseguí que te durmieras la noche del terrible día en que falleció tu padre, no sabía cómo lo superaría. Cómo sobrellevaría la siguiente hora, y mucho menos el siguiente día, la siguiente semana, el siguiente año.

»Y lo vi. Entré a nuestra habitación, y ahí estaba. Me dijo que todo iría bien, que me había amado cada minuto desde el día en que nos conocimos.

—Nunca me contaste eso.

—No, nunca lo hice. Yo lo atribuía al duelo, pero no era eso, no era solo eso. A veces sentía su mano en mi mejilla mientras me quedaba dormida. Todavía la siento de vez en cuando. Y oigo su voz en mi cabeza cuando estoy devanándome los sesos con una decisión o un problema. «Confía en tu instinto, cariño, y luego consulta a tu corazón».

Con gesto risueño, dejó la copa encima de la isla y alargó la mano hacia la de Sonya.

—Si creo que existe el más allá, y lo creo, ¿por qué no creer que fuera lo que fuera lo que convertía a esa persona en lo que era, su esencia, podía permanecer?

—¿Por eso nunca te volviste a casar? ¿Porque sentías que seguía aquí?

—Es posible que eso influyera en cierto modo, pero no. Lo que hubo entre tu padre y yo fue… magia. —Con un suspiro, de amor, Winter se llevó la mano libre al corazón—. Fue magia desde el primer instante. Jamás he sentido nada parecido con nadie ni por nadie. ¿Por qué iba a conformarme con menos?

Apretó la mano de Sonya.

—A pesar de todo, aquí estás muy sola. Sin contarte a ti —le dijo a Yoda—. ¿Tienes miedo?

—A veces. Y me alegro de que Cleo se mude aquí. Primero, por ser quien es, y porque será agradable tener compañía. Además, con Cleo sacaremos más partido de la casa. Tengo que recordarme a mí misma no confinarme en la biblioteca, porque la casa es mucho más grande. Te pondré al día mientras preparo la cena. Y nada de ayudarme.

—Voy a rellenar mi copa y me quedaré aquí sentada, observando fascinada.

Como conocía bien a su madre, Sonya fue relatando los hechos poco a poco hasta llegar a los incidentes más inquietantes, los cuales tal vez suavizó un pelín.

Cuando el agua empezó a hervir, echó la pasta. Y puso el temporizador antes de continuar preparando las vieiras.

Después puso otra vez el temporizador.

—Viste el espejo con el que soñaba tu padre.

—No puedo afirmarlo con rotundidad, pero desde luego estoy casi segura. Y me consta que presencié el asesinato de Astrid Poole, que vi cómo Catherine moría en una tormenta de nieve y cómo Marianne fallecía tras dar a luz a sus gemelos. Y, en todas esas ocasiones, vi a Hester Dobbs.

—En vista de que al parecer milagrosamente tienes controlada la cocina, voy a poner la mesa.

—Pon la pequeña de ahí. El comedor es señorial y maravilloso, pero impone a menos que haya más gente.

Mientras trajinaban, puso al corriente a Winter de la noche en que Trey volvió a ver a Clover. Al empezar el relato, en la tableta sonó *Whatta Man* [«Qué hombre»]. Se echó a reír.

—No puede evitarlo.

—¿De verdad que no se te eriza el vello con eso?

—Ya no. Estoy contándote todo esto porque no quiero que te asustes si sucede algo mientras estás aquí. Y porque quiero que sepas que lo tengo controlado. Hay ensalada en la nevera.

»Espero que esto salga bien, que salga bien.

Calentó la sartén a fuego lento, vertió la cantidad precisa de zumo de limón, le añadió sal y pimienta —a ojo— y por último extendió la pasta escurrida en una bonita fuente.

—Huele de maravilla, Sonya.

—Sí que huele bien y, en medio minuto más o menos, averiguaremos si sabe bien. ¿Te di las gracias por dejar que le pasara a Corrine Doyle la receta del estofado?

—Sí, y me envió una tarjeta de agradecimiento escrita a mano muy bonita.

—Ah, ¿sí? No me extraña. Solo he coincidido con ella una vez, pero no me extraña. Ahí va.

Con el cuidado de un tallador de diamante con una singular piedra preciosa, fue echando cucharones de vieiras y salsa sobre la pasta, le añadió parmesano y una pizca de perejil y albahaca picados.

—Tienes un ojo artístico, la presentación nunca ha sido tu problema. Podrías hacer que una comida para llevar pareciera una cena de un restaurante de cinco tenedores. Que sepas que valoro que cocines para mí.

En la mesa, Winter se sirvió un poco de ensalada antes del plato fuerte.

—Y primero voy a probar las vieiras porque tengo que hacerlo.

Tras cortar una por la mitad con el tenedor, y después otra mitad, lio el trocito en un poco de pasta y lo probó.

Y se reclinó en la silla.

—Sonya, esto está riquísimo.

—¿De verdad? —Saltándose la ensalada, Sonya probó un bocado—. Uy, qué bueno. No me he pasado con la cocción. Bree me metió el miedo en el cuerpo con eso.

—Bueno, ¿quién es Bree?

—Ah, es la ex de Trey, la ex del instituto, y una amiga. Es la jefa de cocina del Lobster Cage, un restaurante buenísimo que hay en el pueblo. La receta es suya.

—La quiero. Voy a cocinar esto la próxima vez que invite a amigos a cenar. Bueno, termina de contarme lo de los fantasmas.

—Lo del reloj. Hay un reloj de pared en el segundo salón.

Sonya relató el incidente.

—Cielo, eso es terrorífico. Parece de una novela de Shirley Jackson. Te quemó el brazo. Déjame ver.

—No hay nada que ver. —No obstante, para tranquilizarla, Sonya se arremangó el jersey—. No voy a fingir que no me dio miedo, o que no me he llevado un susto de muerte en más de una ocasión, pero...

—No vas a claudicar. Lo leo en tu cara.

—Es mi casa, mamá. Debería haber sido la de papá. Él debería haberse criado aquí con su hermano.

—En ese caso, puede que jamás nos hubiéramos conocido. Puede que no existieras.

Con una sonrisa, Sonya negó con la cabeza.

—Magia —le recordó a Winter—. Hubo magia entre vosotros. Os habríais encontrado el uno al otro, y esta seguiría siendo mi casa. Voy a tomarme otra vieira porque están riquísimas. Y voy a encontrar esos anillos. No me preguntes cómo, no tengo ni remota idea, pero voy a encontrarlos.

—Podría pedir un permiso sin sueldo, trasladarme aquí unos cuantos meses.

—De eso nada. No, aunque me encantaría, porque tienes tu vida, tu casa, tu trabajo en Boston. No voy a permitir que una bruja muerta pueda conmigo.

—Una actitud resuelta —dijo Winter por lo bajo—. Siempre se trata de una novia, una recién casada o una madre. Trey y tú no tenéis en mente casaros, ¿verdad?

—Mamá, si prácticamente acabamos de empezar a salir.

—Sé lo que significa «salir» para una pareja de adultos sin ataduras. A lo mejor se queda a dormir aquí más a menudo.

—Tengo a mi fiel Yoda y pronto a la fiera de Cleo.

—Lo cual me tranquiliza. Un poco.

—De todas formas, has reaccionado mejor de lo que imaginaba.

—Recuerdo los sueños de tu padre, lo reales que le parecían. Supongo que venía predispuesta a esto.

—¿Qué habría hecho papá si, como Collin, hubiera descubierto su pasado familiar?

—Habría venido aquí —respondió Winter sin vacilación—. Habría hecho exactamente lo mismo que tú estás resuelta a hacer. Su cara también reflejaba determinación. Así que voy a hacer lo que siempre hice por él, lo que siempre he procurado hacer por ti: apoyar tu determinación.

—Te quiero, mamá.

—Sonya, eres lo más importante de mi vida. Sea lo que sea lo que hay aquí, eres feliz. Veo lo feliz que eres y la vitalidad que derrochas. Mi niña perdió parte de esa chispa en Boston.

—No fue por Boston.

—Lo sé, y sé que la has recuperado. Además, estoy realmente asombrada de que hayas preparado dos comidas impresionantes hasta ahora, de modo que me consta que no sobrevivirás a base de pizzas y comida china. Mañana te enseñaré a cocinar otro plato.

Sin darle tiempo a protestar, Winter levantó una mano. Y la expresión de determinación de Sonya dio paso a la vergüenza.

—Ya has cocinado ternera y marisco. Te enseñaré a preparar, ya que en su día no lo conseguí, un plato de pollo sencillo. Pero ahora recojamos estos platos. Podemos servirnos otra copa de vino y llevárnosla mientras me muestras el resto de la casa.

—Yoda necesita salir. ¿Y si le damos un paseo y dejamos los platos y el recorrido para después?

—Es tu casa, tú mandas.

Disfrutaron caminando con la brisa, con el brillo de las luces del paisaje y las estrellas titilando. Cuando regresaron, la cocina estaba limpia como una patena.

—¡Dios mío!

—Quería que lo vieras. Si no me pongo a limpiar enseguida, alguien lo hace. Vamos, deja que te enseñe la galería por dentro.

El fin de semana pasó volando, y sin nada destacable aparte de lo que Sonya se había acostumbrado a considerar normal en la casa solariega, como los fuegos encendidos en los agradables hogares y las puertas de los armarios abiertas.

A pesar de que las manecillas del reloj marcaban las tres de nuevo, no se oyó nada de madrugada ni alboroto en la segunda planta.

Aprendió —quién sabe cómo— a cocinar un plato de pollo y patatas en una única sartén, y complació a Winter.

Y en vista de que tardó menos de una hora en preparar la receta, desde el principio hasta el final, pensó que podría recurrir a ella en caso necesario.

En la entrada, el domingo por la tarde, con la bolsa de viaje a sus pies, Winter abrazó a su hija.

—Cleo vendrá dentro de unos días. La próxima vez que vuelva a visitarte, seguro que su madre me acompaña.

—Eso espero.

—Tu tía te echa de menos. ¿Te parece bien que la traiga alguna vez?

—Adoro a Summer, ya lo sabes. Por supuesto que sí.

—Bien, eso es bueno. Para mí, Tracie ha perdido todos los puntos, pero te hizo un favor, Sonya. Porque eres feliz.

Winter posó las manos sobre los hombros de Sonya y se los acarició suavemente.

—Más feliz de lo que te he visto desde hace mucho tiempo, demasiado. Y estabas perdiendo esa chispa antes de poner de patitas en la calle a Brandon.

La canción sobre la infidelidad *Don't Bother* [«No te preocupes»] de Shakira empezó a sonar en el teléfono dentro del bolsillo de Sonya.

—Oh, estoy de acuerdo. —A Winter le hizo gracia—. Mi niña estará de maravilla.

—Creo que Clover y tú habríais hecho buenas migas.

—Por raro que parezca, me basta con saber que te vigila de cerca. Cuídate, eres mi hija favorita.

—Conduce con cuidado, y mándame un mensaje cuando llegues a casa. —Mientras se abrazaban con fuerza, se balancearon—. Tú eres mi madre favorita.

—Adiós, perrito lindo. —Se agachó para acariciar y besar a Yoda—. Y dile al chico con el que sales que espero conocerlo en mi próxima visita.

—Lo haré. Y, mamá, me ha encantado saber que había magia entre papá y tú.

—Tú eres fruto de la magia. Que sigas feliz.

Sonya la observó mientras se marchaba y Yoda danzaba y gimoteaba en el umbral.

—Lo sé, pero volverá. Y si voy a visitarla, te llevaré conmigo. Pero aquí estamos bien.

Bajó la vista hacia él mientras seguía con la puerta abierta y notaba el tímido avance de la primavera en el ambiente.

—Iba a agotarte jugando al tira y afloja, aunque para eso hace falta lo suyo, después a trabajar y luego a comerme las sobras del pollo para cenar, pero ¿sabes qué?

Yoda, absolutamente cautivado, ladeó un poco la cabeza y se quedó mirándola.

—A tomar por saco el trabajo. Es domingo por la tarde. Voy a por una chaqueta, hoy no necesito más, y a por la pelota que compré la última vez que bajé al pueblo. Vamos a dar un paseo y a jugar con la pelota. Cuando terminemos, entraremos directamente a acurrucarnos con un libro, a menos que nos apetezca más ver una película.

Se agachó.

—¿Qué te parece?

Como Yoda se puso a dar vueltas en círculo, Sonya entendió que le parecía fenomenal.

—Espera un momento.

Fue a por una chaqueta y a por la pelotita roja.

Se puso a lanzársela —él se resistía a devolvérsela— en la nieve, medio derretida.

Mientras jugaban, la sombra se movió junto a la ventana. Observando.

Sonya levantó la vista y se protegió los ojos del sol con la mano. Sin pensarlo, levantó la otra para saludar.

Y vio que la sombra se movía.

En ese momento tuvo la certeza de que le respondió al saludo.

—Pues muy bien —dijo en voz alta, y asintió con la cabeza—. Vale.

Al oír un estruendo, miró hacia la segunda planta y vio cómo las ventanas del salón dorado se abrían y cerraban de golpe.

Yoda soltó tres ladridos estridentes.

—Estoy de acuerdo —convino Sonya.

Hizo una peineta en dirección a las ventanas y, con toda la intención, se colocó de espaldas y siguió lanzando la pelota a Yoda.

—Mira cómo nos importa un comino lo que hagas.

Cuando la sesión de lanzamientos tocó a su fin, las ventanas dejaron de dar golpes. Sonya había enseñado a Yoda, no solo a devolver la pelota, sino a soltarla en su mano.

—Qué chico más bueno, que chico más listo. Te mereces una chuchería.

Yoda, totalmente de acuerdo, se puso a dar vueltas en círculo y acto seguido salió como una flecha en dirección a la casa.

Clover dio la bienvenida a Sonya con *Wicked Old Witch* [«Vieja bruja malvada»] de John Fogerty.

—Sí que es una bruja malvada la puñetera.

Y sin embargo, pensó Sonya mientras se dirigía a la cocina a por una chuchería para Yoda, aparte de que las campanillas sonaran y de que las manecillas del reloj se movieran, en la casa había reinado la calma durante la visita de su madre.

Después de hacer té se repantigó en la biblioteca con su libro y Yoda echó una cabezada.

Mientras Sonya leía sobre la búsqueda de un asesino en serie que coleccionaba los globos oculares de sus víctimas, Clover puso un popurrí de artistas y épocas.

—Qué macabro —comentó al cerrar el libro—. Me ha encantado.

Cuando pensaba distraídamente en cenar y ver una película, recibió un mensaje de Trey.

¿Por qué las bodas te pringan el fin de semana entero?
Esta mañana el brunch, luego me veo en el compromiso

347

de asistir a una cena con sarao posnupcial, donde no
puedo tomar más de una cerveza porque soy el
conductor designado para llevar a mis abuelos a su casa.
Si es que nos vamos en algún momento.
Espero que el fin de semana con tu madre no te haya
quitado tanta energía.
¿Puedo invitarte a cenar mañana?

Las bodas son un acontecimiento único en la vida. Bueno,
esa es la esperanza de todo el mundo. He pasado un fin de
semana estupendo con mi madre, durante el cual la he
dejado atónita al triunfar con la receta de Bree. Tengo que
darle las gracias a la chef principal. Y por supuesto
que puedes invitarme a cenar mañana.

Enhorabuena. Iré con la lengua fuera a recogerte
a las siete.

¿Cómo estaban la tía abuela Marilyn y el tío abuelo Lloyd?

Marilyn y Lloyd estaban, y están, como siempre. Un poco
más lúcidos por el hecho de que Anna y Gwen, la mujer
de mi primo Liam, están embarazadas. Tengo que volver
a la mesa. Nos vemos mañana por la tarde.

A Sonya le pareció demasiado pronto para despedirse con
un emoticono de un corazón. Después de cierto debate interno
que —reconoció a su pesar— rozaba la ridiculez, se decidió
por un icono sonriente con los labios rojos y las pestañas
largas.

Sonya pensó que, cuando se comía el tarro con los emoticonos, era porque necesitaba pulir sus habilidades amorosas.

Bajó a la cocina de nuevo, dio de comer al perro y calentó
parte de las sobras de la comida. Cuando recibió el mensaje de
«Estoy en casa» de su madre, no necesitó comerse el tarro con
los emoticonos.

Se puso una mascarilla facial, decidió ir a por todas con otra capilar, y a continuación se dio una larga y placentera ducha.

A las nueve, con el pijama puesto, se repantigó en el segundo piso de la biblioteca con Yoda. Después del asesino en serie, le apetecía algo ligero que le dejara un buen sabor de boca.

Con cierta desazón, descartó varias películas de terror y se decidió por una comedia.

Y, para las diez, se había quedado dormida. Poco después empezó a soñar.

22

El espejo relucía. Su cristal revelaba colores y movimientos borrosos. Alrededor del marco, los ojos de los depredadores parecían brillar.

Vagamente, oyó música, voces, una risa rápida y alegre.

Cruzó al otro lado y entró al salón de baile bajo la resplandeciente luz de un trío de arañas.

En vez de un espacio atestado de muebles tapados, las paredes estaban flanqueadas de divanes y sillas tapizados en colores intensos, y los suelos relucían bajo esa luz deslumbrante.

Una orquesta amenizaba el ambiente con un arpa, un violín, una flauta, y lo que parecía un flautín. Y, sí, reconoció el piano de la sala de música.

Hombres vestidos con chalecos y camisas de cuello alto bailaban con mujeres ataviadas con vestidos largos, muchos con mangas repujadas y faldas acampanadas. Algunas llevaban adornos de plumas o repujados pasadores en el pelo.

Las joyas relucían mientras los bailarines daban vueltas por la sala con su vals.

Otros observaban sentados en sillones pegados a las paredes, y había muchos con bebidas en la mano junto a mesas repletas de comida.

El cristal de las copas de champán brillaba bajo el torrente de luz de las arañas.

Vio a la novia, majestuosa con su vestido blanco, el satén, el encaje y la tiara que coronaba su cabello negro.

Un hombre —alto, de pelo rubio oscuro, mandíbula prominente y los ojos de la tonalidad verde de los Poole— la tomó de la mano y le besó los nudillos.

Ella entregó la copa de champán a un criado y a continuación se puso a bailar revoloteando con él.

Hacían una pareja impresionante mientras giraban y daban vueltas. Él, sonriente, la contemplaba. Sin embargo, Sonya reparó en que ella desviaba la mirada hacia la sala.

Para ver quién los observaba, quién los admiraba.

En vez de la sonrisa radiante de una recién casada, la suya parecía petulante, altiva.

Cuando terminó el baile, él le besó la mano de nuevo.

—¿La acompaño a cenar, señora Poole?

—Aún no, aún no, señor Poole. Organizaremos un baile cuando lleguen las fiestas, ¿te parece? Tal vez un baile de disfraces para fin de año. Qué espléndido luce todo.

—Desmerece ante la belleza de mi esposa. ¿Tendrías la bondad de sentarte, unos minutos, con mi hermana? Significaría mucho para ella, y para mí.

—Cómo no. ¿Acaso no he jurado obedecer a mi esposo?

—Y yo venerar a mi esposa. —La acompañó hasta el canapé donde estaba sentada una mujer en avanzado estado de gestación. Llevaba un vestido rosa pálido y el pelo, rubio como el de su hermano, en un moño alto y flojo.

—¿Me siento un momento contigo, Jane?

—Oh, por favor, Agatha. Qué día tan feliz.

—Voy a traerte champán, Agatha. ¿Te traigo un poco, Jane?

—No, gracias, Owen. Estoy muy contenta. Al bebé le gusta la música. Está bailando. —Se le iluminó la cara al decirlo—. George ha ido a echar un ojo a los niños. Qué amable por tu parte, Agatha, abrir el cuarto de juegos para ellos.

—Sería un despropósito tener a los niños aburridos por medio. Allí los está atendiendo su niñera.

—Claro, claro. En realidad mi intención tan solo era echarles un vistazo y George ha preferido que me ahorre subir y bajar los escalones.

Cuando Sonya vio aparecer a Hester Dobbs en la sala, la música cambió a un baile de country. Con su vestido negro, el pelo suelto y alborotado, enfiló hacia un criado que estaba poniendo unos pastelillos en un plato.

Ella añadió otro, con una cobertura rojo oscuro y una corona dorada encima.

Al girarse sonrió a Sonya mientras el criado se aproximaba a Agatha con el plato.

—No puedes impedir lo que ocurrió, lo que está ocurriendo.

Tal vez no, pero sí intentarlo.

A pesar de que Sonya intentó cruzar la sala a toda prisa —¿por qué le dio la sensación de estar nadando en sirope?—, Agatha se llevó el pastelillo rojo a la boca.

Sonya se abrió paso con dificultad entre los bailarines. Notó el calor que despedían sus cuerpos, aspiró la fragancia de los perfumes. Una mujer se tambaleó cuando la empujó al pasar.

Pero Agatha ya estaba de pie, con una mano en la garganta, pugnando por respirar.

Jane, a su lado, se levantó y pidió agua.

El agua no lo remediará, pensó Sonya. Agatha, con los ojos desencajados, se desplomó. Su cuerpo empezó a convulsionar; los tacones de sus zapatos de novia golpeaban el suelo.

Owen corrió a su encuentro y se postró en el suelo para sujetarla entre sus brazos.

No, no podía impedirlo, pensó Sonya mientras observaba cómo los ojos de la novia se iban quedando inertes.

Las mujeres se pusieron a chillar; una se desmayó.

En la confusión, Hester Dobbs le quitó el anillo del dedo a Agatha para ponérselo en el suyo.

—Con mi cuchillo arrebaté el primero, para después maldecir esta casa con mis manos ensangrentadas. Una tras otra se desposa y muere, porque pretenden arrebatarme lo que me pertenece. Y, con sus alianzas de oro, mi maldición se perpetuará generación tras generación.

Una vez más, sonrió a Sonya y, acto seguido, levantó las manos, chasqueó los dedos y desapareció.

Sonya se despertó de pie al lado del sofá. Se puso a temblar, no de miedo, sino de rabia.

Incapaz de impedirlo, había visto morir a otra mujer.

¿Podía cambiar lo sucedido? Agatha Poole murió en... ¿Cómo diablos iba a acordarse? Pero la cuarta novia llevaba muerta más de cien años.

Y, sin embargo, Sonya había estado allí, en el salón de baile, en ese momento, en ese lugar. Había presenciado otro asesinato.

Yoda aullaba y temblaba. Sonya se sentó y dejó que se subiera a su regazo.

—¿Dónde voy? ¿Se trata de un espejo real, o tan solo de una imagen en un sueño? Tal vez sea una especie de... mecanismo del subconsciente en vez de un espejo como tal.

Maldita sea, era muy tarde para preocuparse por eso.

—Lo siento, cariño, me he quedado dormida y no te he dejado salir. No pasa nada. Vamos a solucionarlo inmediatamente.

Lo dejó salir y se bebió un vaso de agua mientras esperaba a Yoda. Aunque sintió la tentación de anotarlo todo en ese preciso instante y lugar, sabía que no olvidaría los detalles.

Por la mañana todo volvería a la normalidad, sobre todo porque no quedaba tanto.

Se dirigió a la planta de arriba con el perro; se metió en la cama y él en la suya.

Tumbada a la tenue luz del fuego, reflexionó sobre la situación.

No, no tenía miedo. De haber estado allí su madre, habría reconocido la expresión de determinación de su hija.

Por la mañana, mientras tomaba café, lo escribió todo y realizó varios bosquejos. Luego apartó el cuaderno.

Una vez terminado el encargo de la empresa de cáterin, se centró en el proyecto de los Doyle. Como quería incluir fotos, se puso en contacto con Corrine Doyle.

Contratarla como fotógrafa resultó ser tan fácil como preguntárselo.

—Una cosa menos. —Dibujó en el aire una marca de verificación.

Durante el resto de la mañana trabajó en el diseño y la estructura de la web.

Y, de una manera fluida, cayó en la rutina: trabajo, paseo y trabajo.

Como no quería avanzar demasiado sin disponer de fotos, retomó el proyecto de la florista.

Ahí también había nuevas fotos que esta, siguiendo las indicaciones de Sonya, le había enviado. Quedarán bien, pensó mientras las examinaba. Y la clienta se ahorraría los servicios de un fotógrafo.

Clover puso *Devil with a Blue Dress On* [«El diablo con un vestido azul»] a todo volumen.

—Eh, quítale voz. —Cuando se disponía a hacerlo ella misma, vio la hora—. Vale, lo he pillado. Son casi las seis, es hora de dejar de trabajar y cambiarme.

Encontró el vestido rojo extendido encima de su cama.

—Todavía no. En algún momento será la elección adecuada, pero esta noche…

Tras examinar el guardarropa, sacó un vestido de tubo azul marino con el cinturón a juego.

—Esto es mejor para cenar en el pueblo.

Como seguía mareando la perdiz con el tema de la peluquería, optó por una especie de recogido flojo y se lo sujetó con pasadores.

Cuando sonó el timbre y Yoda salió disparado, se miró por delante y por detrás por última vez en el espejo.

Los perros se saludaron como si hubieran pasado años. Y Trey, que por lo general era de movimientos pausados, la sorprendió yendo derecho hacia ella, sujetándola con fuerza y besándola larga y apasionadamente.

—He echado de menos esto. Te he echado de menos.

—Cuánto me alegro de oír eso. —Sonya, bastante descolocada, se apartó para que pasara—. Tengo que coger mi abrigo.

—Voy a dejar que retocen fuera un par de minutos, por si acaso.

Ella se dirigió al armario y se tomó un momento para recomponerse. Cuando volvió al recibidor, él se giró y le sonrió.

—Bonito abrigo.

Ella bajó la vista hacia su tres cuartos de piel negro.

Me lo regalé en plan «¡Tú puedes!» cuando dejé mi empleo para trabajar por mi cuenta.

—Parece que te funcionó. ¿Y si llamo a los perros desde la puerta de servicio y los limpio allí?

—Buena idea. —Soltó otro suspiro—. ¿Trey?

Él volvió la vista.

—Yo también te he echado de menos.

—Eso esperaba.

Mientras Sonya esperaba, Clover la chinchó con *If I Fell* [«Si me enamorara»] de los Beatles.

—Para el carro. Todavía no estoy preparada.

—El reloj marca de nuevo las tres —comentó él, rezagado, con los perros a la carrera.

—Todas las mañanas. Tengo una historia para ti; te la contaré por el camino. Chicos, portaos bien. Manteneos lejos de las bebidas alcohólicas y nada de gastar bromas por teléfono.

—Pues les has dado ideas.

Cuando salieron, ella vio el sedán gris antracita metalizado que estaba aparcado al lado de su coche.

—Esa no es tu camioneta.

—No, pero es mío.

Ella se metió en el coche.

—Es bonito. Bueno, ¿te has recuperado de la boda?

—Casi. Para colmo, hoy mi madre me ha tendido una emboscada para fotografiarme, no de cara ni posando. Supongo que es cosa tuya.

—Sí. Ahora el bufete ocupa el primer puesto en mi lista.

—¿Y qué pasa con Ryder? Si quieres trabajar en eso, podemos esperar, Sonya.

—Le dedico una hora al día. —Porque tenía un plan, y un calendario—. Con eso es suficiente hasta que le dé más cohesión.

—Solo para que lo sepas, si quieres dedicarle más tiempo, no hay prisa. Bueno, ¿qué historia es esa?

—He vuelto a atravesar el espejo. Espera —dijo con la mano en alto cuando él hizo amago de hablar—. No te llamé porque no pasé ningún miedo. Al final solo estaba furiosa, pero no asustada.

—De acuerdo.

—Me da la sensación de que no estás convencido, de modo que déjame comenzar por el punto álgido.

Cuando acabó, él se quedó mirándola.

—¿Terminó recitando poesía?

—Sí, pero, no sé, fue como un maleficio o un conjuro. Tengo que preguntárselo a Cleo. Pero el hecho es que choqué con alguien y lo notó. Como yo noté a Dobbs aquella noche.

»Es interesante, por usar el término que utilizaste tú. Y, cuando intenté echar a correr para impedir que Agatha se tomase ese maldito pastelillo, tuve la sensación de que avanzaba con dificultad por un barrizal.

—La causa de su muerte figura como atragantamiento, pero da la impresión de que fue envenenada.

—Casi seguro que sufrió un shock anafiláctico. Conocí a una chica en la universidad que era alérgica a los cacahuetes. Salimos por ahí una noche y comió algo… Fue espantoso, a pesar de que llevaba epinefrina autoinyectable. Esto me lo recordó, con la diferencia de que este incidente sucedió muy deprisa, por lo que quizá el pastelillo estuviera envenenado. Hester Dobbs puso algo que provocó la reacción.

Al revivirlo con tanto realismo en su cabeza, Sonya se ladeó para mirar a Trey.

—No podía respirar, Trey. Hester sabía que yo no podía impedirlo, lo sabía. Y eso me enfureció. Después me dio por pensar.

Trey aparcó junto al Lobster Cage.

—¿Te parece bien cenar aquí?

—Oh, sí. Me gustaría darle las gracias a Bree personalmente por la receta.

—Espera para contarme lo que te dio por pensar.

La misma camarera colada por él les asignó el mismo reservado en el rincón. Tras pedir el vino, él asintió con la cabeza.

—¿Qué te dio por pensar?

—Que no es ella. Quiero decir que no creo que sea Hester Dobbs quien provoca estos sueños o experiencias.

—¿Por qué?

—¿Por qué iba a querer que yo lo presenciara, que conociera los detalles? Eso no le da ninguna ventaja, pero a mí sí.

Trey le hizo un gesto cuando la camarera —esta vez una mujer mayor— se acercó con el vino y se puso a charlar con él sobre su nueva nieta.

—¿Nos das unos minutos más, Dana?

—Claro, pero os doy mi palabra de que el *risotto* de langosta es el plato estelar esta noche.

Cuando se marchó, Trey no perdió comba.

—¿Lo dibujaste?

—Sí.

—Quiero verlo. Y tu argumento tiene sentido. No entiendo en qué puede beneficiarle el hecho de que presencies lo que hizo, o cómo lo hizo.

—Es retorcido —comentó ella. Trey negó con la cabeza.

—Eres una testigo presencial, que ve y recuerda detalles. Por eso digo que tienes razón. ¿Por qué iba a querer una testigo? ¿Quieres *risotto*?

—Ya lo creo.

—Perfecto. Yo quiero pasteles de cangrejo.

Cuando pidieron, él retomó el tema directamente.

—Yo pienso que es Astrid.

—¿Por qué Astrid?

—Porque es la primera. Está allí, obviamente, desde el principio. Y dado que asumimos que habita en la casa desde entonces, habrá visto el resto. Ella también es una testigo.

—Tiene su lógica… en esta situación ilógica. —La reconfortaba, y mucho, contar con alguien con una mente racional, alguien de confianza, para analizarlo todo.

»Un detalle: no creo que Agatha estuviera enamorada de Owen Poole, al menos no perdidamente. Y me sorprendió lo…, no me pareció una mujer demasiado agradable, más bien una esnob. Pienso que él le tenía aprecio, pero igual no le gustaba esa faceta de ella. Él parecía algo más cariñoso, aunque tengo la impresión de que hacían buena pareja, ya me entiendes.

—Él volvió a casarse, menos de dos años después. Casi seguro que fue en menos de dos años.

—Al año y medio más o menos, lo consulté. Con Moira. Tuvieron seis hijos y estuvieron juntos casi cinco décadas. No sé si eso es relevante, pero al parecer las novias de segundas nupcias no corren peligro.

—Es una de cada generación.

—Lo cual significa que me toca, o supongo que a cualquier novia de mi generación que se case o viva en la casa solariega. Obviamente, porque Dobbs también se encuentra atrapada allí. Ayer, cuando mi madre se marchó, salí a lanzarle la pelota a Yoda para que me la devolviera. Le está cogiendo el tranquillo. Y ¿te acuerdas de la sombra que vi, junto a la ventana de la biblioteca? La saludé con la mano y me devolvió el saludo.

Como a Trey le hizo gracia, ella sonrió.

—Y, justo después, Hester empezó a cerrar de golpe las ventanas del salón dorado. Para tocarme las narices. Le hice una peineta.

Su forma de mirarla, en ese preciso instante, hizo que le diera un vuelco el corazón.

—Eres una entre un millón, guapa.

—Eso no lo sé, pero sí sé cómo me tocan las narices en un momento dado.

Cuando Dana les sirvió los platos fuertes, Sonya miró el suyo y acto seguido a ella.

—Seguro que tenías razón.

—Nunca me equivoco. —Le guiñó un ojo y los dejó a solas.

—Háblame de la boda, la que no terminó con la novia muerta.

—Por favor, no me obligues. Mejor cuéntame qué tal el fin de semana.

—Pues cuéntame una anécdota. No, dos — rectificó Sonya —. Dos anécdotas destacables, y después cerramos el capítulo de tu aventura del fin de semana y pasamos al mío.

—Jerry, el tío de la novia, se agarró un pedo y le dio por subirse al escenario con la banda y ponerse a cantar a grito pelado *You Shook Me All Night Long* de AC/DC. —Esperó un segundo —. Mientras hacía un estriptis. Consiguieron detenerlo antes de que se quitara el pantalón, porque había niños presentes, pero estuvo en un tris.

Mientras ella reía, él probó el *risotto*.

—Y en cuanto a la segunda, pillé al padrino y al hermano de la novia en una situación muy comprometida en el baño de caballeros.

—¿Los pillaste infraganti?

—¡Cerrad la puerta, hombre! —Se apretó los dedos contra los ojos —. Meteos en un cubículo o alquilad una habitación. Sin darme tiempo a recular, me dijeron que los felicitara, que se han prometido.

—¡Uy! ¿Lo hiciste?

—¿Felicitarlos? Sí, se me quedó grabado en la retina porque ya había visto muchísimo más de lo necesario, cosas que jamás se me borrarán. Los felicité y me largué de allí echando leches.

—Espero que a ese par de pirados les vaya bien. Qué bodas más emocionantes hay en tu familia. Ojalá hubiera estado allí.

Él la escrutó mientras daba un sorbo al vino.

—Lo dices en serio. Me preocupas.

—Me gustan las bodas. Están llenas de color, dramas y alegría.

—Y de parientes borrachos.

—Son los mejores.

—Te toca.

—Mi fin de semana no tiene comparación con el tuyo. Pero, bueno, cuento con la reacción de mi madre al pasar el suyo con fantasmas, que fue de una serenidad asombrosa.

Se lo contó.

—Me da la impresión de que no me equivoqué. Has heredado de tu madre gran parte de tu aplomo.

—Cuando mi padre falleció no fui consciente de lo mucho a lo que tuvo que enfrentarse; con doce años no te planteas esas cosas. Y para cuando maduré lo suficiente como para ser consciente de ello, ya era un hecho. Ella me proporcionó estabilidad.

—Es significativo que ella sienta la presencia de tu padre.

—¿Qué significa?

—Que el amor, el verdadero, perdura. Que el amor verdadero te da fuerza.

—Seguro que tienes razón porque no conozco a nadie más fuerte que Winter MacTavish. Por cierto, como ella entendió inmediata y perfectamente a lo que me refería con «Estamos saliendo juntos» —apuntó con el dedo hacia él y luego hacia sí misma—, exige conocerte la próxima vez que venga.

—Yo estoy deseando conocerla. —Desvió la mirada—. Ahí viene Bree.

Esta vez la chef se hizo hueco junto a Trey para mirar de frente a Sonya.

—Como en un mensaje no puedo mirarte a los ojos, vuelve a decirme que no se te pasaron las vieiras ni la pasta.

—Como me metiste tanto miedo, puse el temporizador. Mi madre se quedó tan asombrada e impresionada que me obligó a meterme de nuevo en la cocina el sábado y me dio la tabarra con una receta de pollo. Así que mi agradecimiento está condicionado por el miedo y el enojo, ya que según ella va a enseñarme a cocinar un plato diferente cada vez que venga a visitarme.

—¿Es que nunca te enseñó nada cuando eras más joven?

—Lo intentó. Si me ponía entre la espada y la pared, yo cortaba y removía. Pero me escaqueaba, y soy uno de sus pocos fracasos.

Bree, pensativa, asintió con la cabeza.

—Me sigues cayendo bien. Rock Hard vuelve a tocar en Ogunquit la semana que viene —le dijo a Trey—. Yo voy el próximo lunes. Deberías venir con ella. Tengo que volver al tajo.

Se levantó enérgicamente y salió pitando.

—Vaya. —Sonya cogió su copa de vino—. Manny y ella han consolidado su relación.

—Eso parece. ¿Te apetece ir a escuchar un poco de música la semana que viene?

—Sí. Conservo la imagen nítida de Rock Hard y Manny en mi cabeza. Pero Cleo viene dentro de unos días y me sabe mal dejarla tirada una noche tan pronto.

—¿Le gusta la música?

—Sí.

—Owen seguro que se apunta. Podríamos ir en grupo.

—Parece un plan divertido. Le preguntaré. Pero también está Yoda.

—Mis padres se quedan con Mookie cuando me ausento más de un par de horas. Se quedarán con Yoda. Piénsatelo y pregúntaselo a Cleo.

Lo haría, y se puso a darle vueltas durante el trayecto de vuelta.

—Debería comprarle una caseta a Yoda. Como el tiempo está mejorando, así tendrá un lugar donde relajarse cuando esté al aire libre.

—Deberías pedir a Owen que le construya una.

—¿Owen construye casetas para perros?

—No para todo el mundo, pero es capaz de construir cualquier cosa. Deberías ver la que le hicimos a Jones. Es un palacio perruno. Tiene wifi.

—¡Anda ya!

—Tiene calefacción, con un sistema de ventilación para refrescarla en verano, y dos catres, por si algún amiguete se queda a dormir, como Mookie el fin de semana pasado. Tiene un porche que es una pasada y ventanas… con mosquiteras.

—Has dicho «hicimos».

—Yo únicamente pongo la mano de obra gratis. Él es el cerebro.

Lo cual explica lo curtidas que tiene las manos, pensó Sonya.

—¿Mookie tiene una?

—La de Mookie es más bien una casita para juegos. En realidad, todavía es un cachorro, y carece del gusto de Jones por las cosas selectas.

—¿Tiene wifi?

—Qué va. —Detuvo el coche junto a la casa—. Mookie también carece del espeluznante intelecto superdotado de Jones, lo cual no lamento. Pero sí que tiene comodidades.

—Yoda quiere una.

—Háblalo con Owen —dijo Trey mientras se dirigían a la puerta—. Él es partidario del sistema de trueque.

Después de que los perros les dieran la bienvenida, y de que todos dieran una vuelta, Trey la agarró de la mano en la puerta.

—Me gustaría quedarme.

Ella tiró de él hacia dentro a modo de respuesta.

—¿Acaso pensabas que te ibas a alguna parte?

Cuando el reloj dio las tres, él se despertó y ella se rebulló a su lado. La pegó contra él y posó los labios sobre su pelo.

—Esta noche no. Duérmete.

Si Sonya había soñado, no lo recordaba, y retomó su rutina sin contratiempos.

Para mediodía ya tenía una selección de fotos donde elegir para el proyecto de los Doyle. Encargárselas a Corrine había sido todo un acierto, no solo porque eran buenas, sino porque se notaba que conocía a todos los que posaban.

No se lo pensó dos veces al elegir la de Trey.

Su madre lo había pillado de pie, apoyado en su mesa de trabajo con los pies cruzados, el teléfono pegado a la oreja, la camisa por fuera de unos tejanos oscuros, y unos botines arañados.

Captó su energía serena. Términos contradictorios, pensó, pero así era Trey Doyle.

Del mismo modo que había captado la de su suegro, con el traje de tres piezas y las gafas en la punta de la nariz, cogiendo un libro de jurisprudencia de la estantería.

—Son buenas, son buenísimas. Vamos a sacarles partido.

Le dedicó el resto del día, y la mayor parte del siguiente.

Y, en su opinión, quedaron muy bien.

Anticipándose a la llegada de Cleo al día siguiente, fue al pueblo con Yoda a comprar provisiones y flores.

De nuevo, cuando puso rumbo a casa, la llamaron por teléfono. Pulsó el botón del volante para responder.

—¿Diga?

—Hola, Sonya, soy Anna. Estoy justo detrás de ti.

Sonya miró por el espejo retrovisor.

—¡Oh, hola!

—Supongo que no podría convencerte para que des la vuelta. Te invito a un café. Iba a mandarte un mensaje porque me gustaría comentarte un par de cosas.

—Daría la vuelta, pero llevo al perro en el coche. ¿Por qué no subes tú y te invito a la bebida descafeinada que te apetezca?

—Me encantaría, gracias. Hasta ahora.

Mientras Sonya escogía alegres narcisos para el cuarto de Cleo, esta aparcó delante de la casa solariega.

Al no ver el coche de Sonya, reconsideró el acierto de presentarse por sorpresa un día antes de lo previsto. Acto seguido se encogió de hombros y decidió que simplemente llevaría algunas de sus cosas a la entrada y le enviaría un mensaje a Sonya.

Sacó a tirones una maleta, contenta de que la primavera le hubiera ganado terreno al crudo invierno. Si Sonya tenía pensado regresar pronto, la esperaría y, si no, bueno, bajaría a dar una vuelta por el pueblo para hacer tiempo.

Cuando llevó la maleta a rastras hasta la puerta, esta se abrió.

—¡Eh! Pensaba que no estabas en casa, iba…

Sonya no estaba allí. No había nadie.

Tras cierta vacilación, sacó pecho. Iba a vivir allí, de modo que más le valía ir acostumbrándose a eso. Al entrar, empezó a sonar a todo volumen el tema *Welcome Back* [«Bienvenida de nuevo»] de Neil Young con Crazy Horse.

—Me lo tomaré como una buena señal.

Por precaución, sujetó la puerta con la maleta. Pesaba una tonelada porque en ella llevaba una tonelada de ropa. Y no lo lamentaba.

Arrastró la segunda, después la bolsa de viaje y, finalmente, la última caja antes de cerrar la puerta.

Se quedó mirando la escalera, acto seguido sus maletas, y suspiró.

A pesar de ello, no lo lamentó.

Cuando ya había subido la primera, arrastrándola y a tirones, al descansillo, empezaron los golpes.

Y la puerta del servicio se abrió con un chirrido.

Oyó la campanilla, un sonido tenue pero insistente, y avanzó en dirección a él.

23

Al doblar la curva, Sonya vio el coche de Cleo y todo en ella se volvió radiante.

Aparcó y saltó del coche. Esperaba ver maletas y cajas cuando se asomó al interior.

—O te has comprado otro coche o bien ya tienes compañía. Anna fue al encuentro de Sonya.

—Es de Cleo. No la esperaba hasta mañana.

—¿La amiga que se muda aquí? Qué agradable sorpresa. Oye, me voy, os dejo a solas para que se instale. Podemos dejar esto para otro momento.

—No, pasa. —Sonya sacó las flores y las bolsas de la compra del coche—. Tienes que conocerla. Dondequiera que esté. Supongo que dentro. No sé cómo lo habrá hecho, porque siempre cierro con llave cuando salgo.

Se dirigieron a la casa juntas.

—¿Ves? —Como la puerta estaba cerrada con llave, Sonya sacó el llavero. Yoda entró como una flecha y se puso a olisquear las maletas.

—Sus cosas. ¡Cleo! —Solamente se oyó el eco de su voz—. A tomar por saco. —Sacó el teléfono y le envió un SMS.

¿Dónde estás?

Su respuesta tardó un minuto.

Voy enseguida.

—¿Que vienes enseguida de dónde? —masculló Sonya—.
Esa bolsa de ahí arriba también es suya. A lo mejor está...

Se calló al abrirse la puerta del servicio.

Y apareció Cleo. Tras echarse el pelo hacia atrás, levantó los
brazos.

—¡Sorpresa!

—¡Mierda, me has dado un susto de muerte!

—Lo siento. Como ya tenía todo listo, pensé: ¿por qué diablos voy a esperar a mañana? Así que aquí estoy —dijo mientras
bajaba las escaleras.

—¿Cómo has entrado?

—La puerta se abrió. Lo mismo que esa. —Señaló hacia
arriba—. Pero, como dice mi madre, primero los buenos moda-
les. Hola, soy Cleo Fabares.

—Anna Doyle.

—Lo sé. Te he reconocido por tu página web. Un trabajo
maravilloso, por cierto. Tanto la web como la cerámica. ¡Uy, qué
despiste! Son las cinco pasadas. Dame un poco de vino, Son,
que he vivido mi primera aventura en solitario.

—Siéntate en el salón con Anna.

—No hay necesidad de que Anna se siente en el salón —repuso
Anna—. La cocina está muy bien. Me interesa lo de la aventura
en solitario. No pareces nerviosa.

—Me han dado unos cuantos escalofríos, pero, no, no estoy
nerviosa. Tenemos a este feroz perro guardián. —Le hizo arru-
llos y carantoñas a Yoda—. Eres incluso más adorable en carne
y hueso.

Se enderezó y continuó hablando mientras se dirigían a la
cocina.

—Y llevo en el bolsillo una pulsera de dijes de mi abuela.

—Su abuela es una hechicera criolla. Por lo visto.

—Soy toda oídos.

—Tú encárgate de las bebidas, Sonya; yo coloco la comida.

—¿Qué quieres tomar, Anna?

Anna, que seguía mirando a Cleo como fascinada, respondió:

—*Ginger-ale*, si tienes.

—Vale. Para empezar —dijo Cleo a Anna—, una amiga se ha quedado con mi apartamento. Una amiga a la que tengo cariño y de la cual me he ido desencariñando desde que se mudó allí. La convivencia con ella no es fácil; con Sonya sí. Así que, cuando me di cuenta de que tenía todo listo, puse pies en polvorosa. Como también aprecio las sorpresas, no avisé a Sonya. Ha sido culpa mía.

—Yo habría estado aquí.

—Sí, pero entonces no habría vivido mi aventura en solitario. ¡Has comprado *strudels* con glaseado! Sabe que son mi debilidad. El caso es que, al no ver el coche de Sonya, he caído en que era posible que mi sorpresa fuera un desatino, pero qué más da, ya volvería. Cuando arrastré una de mis maletas, que pesan como un muerto, hasta la puerta, esta se abrió.

Cogió el vino que Sonya le había puesto delante.

—Y entré.

—No me considero una cobarde —reflexionó Anna entre sorbo y sorbo—, pero dudo que yo hubiera entrado.

—Ella sí.

—Y lo hice. Y la casa me recibió con *Welcome Back*, o, mejor dicho, Clover lo puso para darme la bienvenida.

—¿Clover?

—¿No la has puesto al corriente?

—Supongo que no.

—Entonces ahora te toca a ti.

Sonya cogió su copa.

—Sentémonos a la mesa.

Tras llenar algunas lagunas, Sonya le preguntó:

—¿Y tú, a pesar de estar al corriente de eso, entraste?

—Me da la impresión de que Clover y yo haremos muy buenas migas. En cuanto a los demás, ya veremos. El caso es que arrastré la primera maleta por esa impresionante escalera… Es que me encanta la ropa.

—¡A mí también!

—Iremos de compras. Cuando llegué arriba, la puerta del servicio se abrió.

—¿Y también entraste?

—Me lo pensé un segundo, porque oí las campanillas, las del panel de abajo, ¿sabes?

—Las recuerdo, claro. ¿De verdad estaban sonando?

—Una de ellas. Cuando empecé a bajar escalones, la puerta se cerró de golpe detrás de mí.

Se echó el pelo hacia atrás al tiempo que levantaba su copa.

—Reconozco, sin pudor, que me cagué de miedo. Pero, por suerte, di con el interruptor y encendí la luz. Cuando llegué abajo, la campanilla del salón dorado se puso a sonar con estrépito y las puertas a dar portazos. El televisor de la sala de cine se encendió con el volumen a tope y una algarabía de gritos, porque se trataba de la última película de la saga de *Halloween*.

»Me encanta Jamie Lee Curtis.

—Madre mía, Cleo.

Cleo se encogió de hombros y rellenó su copa.

—En esa tesitura no es que estuviera, digamos, de ánimo optimista. Seguidamente todo paró: los portazos, los golpes, los gritos… Y sentí frío, una ráfaga gélida. ¿Os fijasteis en cómo llevaba el pelo al salir? Se me despeinó.

»Entonces recibí tu mensaje. Así que, la pulsera de dijes de mi abuela, el hecho de que hayas llegado, o ambas cosas, la han ahuyentado.

—Ojalá pudiera tomar un poco de vino —dijo Anna por lo bajo.

—Esta copa va dedicada a ti y a tu adorable tripa. Voy a quemar salvia blanca ahí abajo —decidió Cleo—. No creo que con eso sea suficiente ni mucho menos, pero lo haré de todas formas. —Sintiéndose ya como en casa, subió los pies a una silla y preguntó a Anna—: Bueno, ¿de cuántas semanas estás embarazada?

—Casi de veinte.

—La mitad. —Cleo levantó su copa para brindar—. ¿Sabes qué color le vas a poner?

Entre risas, Anna se dio palmaditas en la tripa.

—Precisamente lo averiguamos ayer. ¡Rosa!

Así de fácil, pensó Sonya, la conversación derivó de los fantasmas a los bebés. Suscitar el interés de los demás figuraba entre las mejores habilidades de Cleo.

—¿Quién gobierna el mundo? —dijo Cleo con voz cantarina—. ¿Tiene nombre ya?

—El segundo nombre es fácil: Kate, que es el primer nombre de mi suegra y el segundo de mi madre. En cuanto al primer nombre, hemos reducido la lista a, ay, una docena más o menos. Abrigamos la esperanza de que esa cifra mengüe antes de que vaya a preescolar. Pero, ahora que lo sabemos, la prioridad es decorar su cuarto.

»Y, como conozco a un par de artistas, puede que les pida asesoramiento.

—¡Aquí me tienes!

Ahora fue Sonya la que se echó a reír.

—Cleo es un imán para los críos, o los críos son un imán para Cleo. ¿Era para que te echara una mano con la decoración del cuarto del bebé por lo que querías hablar conmigo?

—Ah, no, eso se me acaba de ocurrir. Era por otras cuestiones, una de ellas relativa al trabajo. No hay prisa.

—Ahora es un buen momento. ¿Querías que cambiara algo de la página web?

—En absoluto. Bay Arts va a organizar su jornada de puertas abiertas por el Día del Trabajo dentro de unas semanas, y yo soy una de las artistas invitadas. Me preguntaba si podríamos hacer algo para promocionarlo en mi web.

—No solo podríamos, sino que deberíamos. —Sonya sacó su teléfono para tomar notas—. ¿Me das las fechas y los horarios?

—El segundo fin de semana de mayo, el sábado de diez a ocho y el domingo de doce a seis.

—¿Es anual?

—Lo hacen un fin de semana al año, el segundo fin de semana de mayo, y antes de las vacaciones de Navidad, el segundo fin de semana de diciembre. Hay artistas invitados, demostraciones artísticas, eventos especiales, aperitivos, un sorteo con la entrada, etcétera.

Sonya asentía con la cabeza mientras apuntaba todo.

—Ellos harán su propia publicidad con folletos, pero nosotras podemos hacer una campaña flash en tus redes sociales. ¿Realizan ventas online?

—Por supuesto.

—Vale, haremos una tarjeta para incluirla en tu web, para darle bombo.

—Qué buena idea. A mí no se me habría ocurrido.

—Ese es mi trabajo. Puedo enviarte algunas propuestas mañana. —Dejó el teléfono sobre la mesa—. ¿Qué más querías comentarme?

—Lo otro era…, bueno, es personal.

—Voy a aprovechar para subir otra maleta.

—No, no te vayas —dijo Anna cuando Cleo hizo amago de levantarse—. Está claro lo unidas que estáis, así que sabrás que Sonya y Trey están saliendo.

Sonya deslizó la yema del dedo por el borde de su copa y dijo con cautela:

—Te lo ha contado.

—No, ni lo haría a menos que le preguntara sin rodeos. Pero habéis cenado juntos en el Lobster Cage, y últimamente se ha desviado con el coche hacia Manor Road en varias ocasiones.

Sonya sonrió y se encogió de hombros.

—Las noticias no vuelan en Poole's Bay, se propagan a una velocidad supersónica. ¿Te supone un problema lo nuestro?

—Oh, no, por Dios. —Anna levantó las manos con un ademán—. Todo lo contrario. Absolutamente lo contrario. Quiero a mi hermano, aunque a veces me entren ganas de darle una patada en los huevos. El puñetero es tan sensato… En una pelea tienes las de perder frente a su inquebrantable sensatez. Es frustrante, pero a pesar de ello lo quiero.

—Sí que es sensato —convino Sonya—. Y tranquilo, muy muy tranquilo, lo cual resulta irritante y a la vez admirable. Irritantemente admirable.

—Ahí lo tienes. ¿Ves? Lo has calado.

En el teléfono de Sonya, encima de la mesa, empezó a sonar *Whatta Man*.

Anna se recostó y cruzó los brazos sobre la tripa.

—¿Se llega uno a acostumbrar a eso?

—En cierto modo sí.

—En mi caso no estoy segura, y hace que eche muchísimo de menos el vino. Bueno, en cualquier caso, me alegro de que Trey esté con alguien que lo ha calado. Yo noté la tensión discretamente contenida entre vosotros cuando cenamos juntos, pero me sorprende que diera el paso antes de Navidad.

—Es posible que yo le haya dado un empujoncito al calendario.

—Y, de nuevo, ahí lo tienes. —Alargó la mano para apretar la de Sonya—. No es que ninguno de los dos necesitéis mi aprobación, pero de todas formas la tenéis. He de irme. No pretendía quedarme tanto tiempo.

»Ha sido un rato realmente agradable —añadió al levantarse—. Mi mejor amiga se trasladó a Montana el verano pasado. La echo de menos más que al vino, los margaritas y una segunda taza de café.

—¿Ha ido en busca de un vaquero? —preguntó Cleo mientras se dirigían a la puerta.

—En el caso de Lena sería una vaquera. Como está trabajando en un rancho, su sueño desde pequeña, seguro que encuentra una.

—Vuelve por aquí —le dijo Sonya—. No necesitas ninguna razón.

—Lo haré. —Desde la biblioteca, en la tableta empezó a sonar *You've Got a Friend* [«Tienes una amiga»] de Carole King—. A pesar de eso. Bienvenida a Poole's Bay y a Lost Bride Manor, Cleo.

Cuando Anna llegó a su coche, Sonya cerró la puerta.

—¡Aquí estamos!

—¡Yuju! —Cleo se abalanzó sobre su amiga para abrazarla—. Oficialmente estoy viviendo en una casa encantada. Hablando de vivir un sueño.

—Oye, no es oficial hasta que no deshagas el equipaje.

—Entonces pongámonos con ello.

Sonya cogió la bolsa de viaje y una de las cajas mientras Cleo arrastraba la segunda maleta.

—Teniendo en cuenta tu guardarropa, me he dado cuenta de que el armario de tu cuarto… ¿Sigues queriendo la misma habitación?

—Esa habitación es mía. La caja va al estudio, déjala ahí mismo.

—Como en el armario de tu cuarto no hay suficiente espacio, he pensado que podías usar el de la habitación que hay al otro lado del pasillo, de desahogo, por ejemplo, para separar la ropa para ocasiones especiales o por temporada.

—Se te ocurren las mejores ideas. Empezaré con el sistema de separar la ropa para ocasiones especiales. No es que vaya a ponerme mucha ropa para salir de noche o para fiestas, al menos durante una temporada. ¡Aquí está mi habitación! Mi maravillosa habitación.

—Mira por dónde, Trey tiene un amigo, un batería que toca en una banda. Antes tocaba con Trey.

—¿Qué? Un momento. ¿Trey tenía una banda?

—¿Se me pasó decírtelo? —Entre las dos forcejearon con la maleta para colocarla sobre el portaequipajes que Sonya encontró en un armario—. Qué ilusión me hace que estés aquí, así no se me pasará contarte nada. Fue en el instituto, ensayaban en un garaje y Manny continuó con la banda.

—¿Me estás emparejando con un batería de una banda de rock sin siquiera deshacer el equipaje? Eres una diosa como amiga.

—Quiero ese título, pero no. Manny y la ex de Trey… Te he hablado de ella.

—La chef.

—Correcto. Acaban de iniciar una relación. Rock Hard va a tocar en Ogunquit la semana que viene.

—¿Rock Hard es el nombre de la banda? Ahora siento aún más no tener la oportunidad de ligarme a Manny.

—Bree, la chef, va el próximo lunes, y quería que fuéramos. Podría ser divertido.

—Seguro —convino Cleo al tiempo que abría la maleta—. Pero no pienso ir de carabina contigo y con Trey.

—Trey comentó que Owen seguramente se apuntaría, que iríamos en grupo. Y Yoda tendría la oportunidad de pasar el rato con Mookie en la casa de los padres de Trey.

Cleo bajó la vista hacia Yoda mientras sacaba la ropa.

—Ahora te estás aprovechando de este perrito. Vale, si todo el mundo se apunta, me apunto.

—Genial. ¿Sabes? No estoy segura de que haya suficiente con dos armarios.

—Me apañaré.

Dedicaron una hora a la primera sesión de equipaje y a continuación bajaron a dar de comer al perro y meter una pizza congelada en el horno.

—Mañana empezaré a cocinar. Y cuando Trey quiera unirse a nosotras, no tienes más que avisarme. Lo mismo digo cada vez que os apetezca salir a cenar.

Cuando entraron con Yoda tras la salida después de la cena, Cleo echó un vistazo a la cocina y asintió con la cabeza.

—Pues mira qué bien. Tengo un plan: dediquemos media hora más a la odisea de deshacer las maletas, porque en eso se convertirá oficialmente si no acabamos de una vez por todas, y después subamos las cosas a mi estudio. Ya las colocaré por la mañana.

—Me gusta tu plan.

Subieron la última de las cajas a la primera planta y se dirigieron a los dormitorios.

—Menudo cambio en comparación con el piso que alquilamos el último año en la universidad.

—Con la ducha más diminuta de la historia —recordó Sonya, con la nostalgia de la lejanía—. Y el sumidero que hacía glu, glu, glu.

—Qué buenos tiempos.

Al entrar al dormitorio de Cleo, no había ropa encima de la cama, cuidadosamente destapada, ni maletas en el suelo.

—Vale. Guau, sí, cuesta un poco acostumbrarse. —Cleo abrió el armario—. No solo hay más espacio para colgar, sino que todo está ordenado por tipo de prenda y colores.

—También lo hace con las mías. Fijo que es una mujer.

Cleo asintió con la cabeza, fue hacia la cómoda y echó un vistazo en los cajones. Tras asentir de nuevo, se dirigió al cuarto de baño.

—Champú, acondicionador, gel… ¡Uy! Está todo aquí. Las cremas en el cajón superior izquierdo —señaló—, los productos concentrados debajo; el maquillaje, organizado por categorías, a la derecha, y los productos para el cabello en el armario del centro. Qué eficiencia.

Se apartó del mueble.

—Muchísimas gracias por esto. —A continuación se volvió hacia Sonya—. Voy a echar un vistazo al otro armario.

En el armario del segundo dormitorio, las maletas estaban apiladas bajo la ropa.

—Creo que le gusta ser servicial —comentó Sonya—. Y, sí, fijo que es una mujer.

—Ojalá supiéramos su nombre.

—Ojalá. Creo que debió de trabajar de criada. Me puse a barajar nombres, pero no me pareció correcto.

De pronto, en su teléfono empezó a sonar el clásico de Little Richard *Good Golly Miss Molly* [«Caramba, señorita Molly»].

—¡Molly! —exclamaron al unísono.

—¿Sabes qué más significa eso? —dijo Cleo.

—Que se conocen. Que Clover conoció a Molly en vida o…

—Que se conocieron después. Gracias, Molly, por ahorrarme tanto tiempo. No veo mis chaquetas de primavera y otoño por aquí.

—Seguro que las encontramos abajo, en el armario de los abrigos. Qué eficiente. A ella, a Molly, le gusta trajinar. Los perfumes y las cosas bonitas.

—Puede trajinar mis cosas a su antojo. ¿Estás en condiciones de acarrear el resto al estudio?

—Ese es el plan, y Molly nos ha ahorrado media hora.

Hicieron el primer viaje. En cuanto puso los pies en el estudio, Cleo dejó la caja sobre el escritorio y dio una vuelta.

—¡¡Oh, Dios!! ¡Me encanta este espacio! Es absolutamente perfecto. Mira la luna ahí arriba, sobre el agua.

Se oyeron golpes procedentes del salón dorado.

—¡Ay, que te jodan! —espetó Cleo—. No vas a estropearme este momento.

Tras dejar la caja junto a la otra, Sonya echó un vistazo a su alrededor.

—Es perfecto, y la vista es para morirse, pero ¿seguro que estarás bien aquí arriba?

—Puedes apostar el culo que sí. Voy a por la última caja.

—Trey guardó en el armario lo que mandaste con mi madre que llevaba la indicación del estudio. ¿Qué demonios había en esa caja? Pesaba una tonelada.

—Sobre todo lienzos, pinturas y más utensilios. Entre encargo y encargo, voy a dedicar tiempo, y a sacar más tiempo entre uno y otro, a pintar. Por gusto. Vuelvo enseguida.

Cuando Cleo salió como una exhalación, Sonya dio una vuelta por el estudio. Los golpes se atenuaron hasta reducirse a unos cuantos portazos airados.

Tenía que reconocer que ya se apreciaba la presencia de Cleo. Se acercó al armario para sacar la voluminosa caja.

Y vio el cuadro apoyado encima.

La novia llevaba una corona de flores sobre su cabello rubio y liso, que le caía bajo los hombros. Su sencillo vestido blanco rozaba los tobillos de unos delgados pies desnudos y el talle alto de corte imperio ceñía sus pechos turgentes, mientras el resto del vestido cubría la curva de su tripa.

En la mano derecha sujetaba un ramillete y, en el dedo corazón de la izquierda, lucía una alianza de oro con dos corazones entrelazados.

Sonya la había visto en fotos. Pero, aunque no lo hubiera hecho, con los primorosos detalles del retrato, de todas formas habría reconocido a Clover, la madre biológica de su padre.

Su hijo había heredado la forma de su nariz, el amplio arco de su boca. Y posteriormente, su nieta.

La emoción, inesperada y conmovedora, la embargó.

—La última definitivamente —comentó Cleo al entrar—. Así que oficialmente ya es oficial… ¿Qué pasa?

Sonya se limitó a señalar con el dedo.

Cleo se acercó a ella y apoyó la mano en su hombro.

—Voy a hacer una conjetura al tuntún: eso no estaba ahí antes.

—No. El armario estaba vacío cuando Trey guardó tus materiales aquí. Es Clover, la madre biológica de mi padre. Y, Cleo, mi padre pintó este retrato. Yo conozco sus trabajos y, aunque no fuera el caso, ahí está su firma. —Levantó la mano y la posó sobre la de Cleo—. ¿Cómo es posible que la pintara, a la mujer que falleció trayéndolo al mundo? ¿Cómo vino a parar aquí, a la casa solariega, el retrato? ¿Soñó con ella, lo mismo que con la casa, el espejo y su hermano? Yo creo que esa debe de ser la explicación.

—Deberías hacerle una foto y mandársela a Winter, preguntarle si lo había visto. En cualquier caso, seguro que tienes razón con respecto a los sueños. ¿Y si es cosa de telepatía entre gemelos?

—Como el cuadro de la casa solariega. Collin lo vería en algún lugar y, como fuera, lo compró.

—Encaja, ¿no?

—Necesito sentarme un momento.

Cuando lo hizo, en el suelo, Yoda trepó a su regazo, y Cleo se puso en cuclillas.

—Voy a traerte agua.

—No, estoy bien. Solo ha sido un pequeño mareo pasajero. Es que esto me llena y, al mismo tiempo, me vacía. Mi padre la pintó; Collin la trajo aquí. Conectaron.

—Ahora la tienes tú, y eso te conecta. Sonya, es una obra magnífica. Ella es…, bueno, encantadora. Deberíamos colocarla abajo. Nadie guarda a Clover en un armario.

Acariciando a Yoda con una mano, Sonya inclinó la cabeza hacia Cleo.

—Tienes razón. La pondremos en la sala de música, con Johanna.

—La tengo. Voto por bajarla, fotografiarla y mandar el mensaje. Yo me encargo de servir la última copa de vino.

—Secundo la moción.

En la sala de música apoyaron el cuadro contra la pared bajo el retrato de Johanna.

—Aunque me encantan estos bodegones —dijo Cleo—, ¿te parece bien si quitamos ese para colgarlo ahí?

—Sí. Ella habría precedido a Johanna.

—Mándale un mensaje a tu madre mientras voy a por el vino. Y después la pondremos donde le corresponde.

Sonya retrocedió y contempló el retrato otra vez. Era tan, tan joven, pensó. Ese joven rostro reflejaba pura felicidad y, a pesar de su prominente tripa, una inocencia que la conmovió.

Se esmeró al fotografiarlo y envió el mensaje.

He encontrado este retrato. Es una obra de papá.
¿Lo habías visto antes?

La respuesta llegó en menos de un minuto.

No. ¿Es su madre biológica? Lo veo reflejado en su cara.
¿Está Cleo ahí? ¿Va todo bien?

Sí, es Clover. Tengo a Cleo aquí mismo, y todo va bien.
Hemos pasado casi toda la tarde subiendo su media
tonelada de equipaje y sacando su inmenso guardarropa.
Pero, al encontrar esto, hemos creído conveniente
preguntarte. Creo que es probable que papá soñara con
ella y la pintara. Vestida de novia.

Solía pintar lo que soñaba. Es preciosa, y destila dulzura.
Parece amable.

Sí, es verdad. Me consta que lo fue y que lo es, así que no
te preocupes. Cleo y yo nos vamos a tomar una copa de
vino antes de irnos a la cama. Por aquí todos estamos bien.

Seguid así. Un beso para Cleo, y otro para ti. Buenas noches.

Después de despedirse con un emoticono de corazón, se giró justo cuando Cleo volvió a la sala.

—Es la primera vez que lo ve.

—A lo mejor lo pintó antes de que se casaran, ¿sabes? O sencillamente tenía sus razones para no enseñárselo. Vamos a colgarlo, Sonya, y después a tomarnos ese vino.

Cuando cambiaron de sitio los cuadros, se apartaron para contemplarlo agarradas de la cintura.

—Ahí queda bien.

—Sí. Y ¿sabes, Son?, tu padre también está ahí. Tu padre y su hermano están en ese cuadro. Es muy especial.

En el móvil de Sonya, guardado en su bolsillo, empezó a sonar *Mother and Child Reunion.*

Entre risas, Cleo cogió las copas de vino, le dio a Sonya la suya y brindó.

—Por Clover, la entendida en música.

—Sin duda alguna, por Clover.

—¿Sabes otra cosa? Johanna habría sido su nuera, la cuñada de tu madre. Tu tía.

—Es rarísimo.

—A mí me parece maravilloso. Por Johanna.

—Por Johanna. Qué día más raro. Un día como tantos en la casa solariega.

—Y oficialmente mi primer día aquí.

—Pues brindemos por eso. Yoda necesita salir.

—Vamos a sacarlo. Después no me importaría dar por terminada la noche. Quiero madrugar para organizar el estudio. Oye, comentaste que Yoda estaba en una casa de acogida con gatos.

—Efectivamente. ¿De verdad quieres uno?

—Cuando encuentre el adecuado. La principal pega de mi apartamento era la cláusula de prohibición de mascotas.

Cogieron sus chaquetas; la de Cleo estaba, como era de esperar, en el armario de los abrigos.

—¡Dios, qué vista! Es única. Por favor, dime que no te has acostumbrado.

—No. —Con lo que les quedaba de vino, salieron a caminar con el perro—. Todavía me cautiva y me hace plantearme cómo es posible que haya vivido en cualquier otro lugar. Y ya estoy planteándome cómo es posible que lleve viviendo aquí tantas semanas sin ti.

—Ahora ya no tienes que hacerlo.

Más tarde, al acostarse, Sonya pensó de nuevo: qué día más raro. Pero había sido un buen día. Yoda yacía hecho un ovillo en su camita, Cleo dormía en su cuarto, y el sonido del mar contra las rocas la arrulló como la música.

Unas horas después, cuando el reloj dio las tres, farfulló mientras dormía, pero no se rebulló ni se levantó.

24

Los puntos extra llegaron por la mañana al entrar en la cocina, donde flotaba el aroma a café, y ver a Cleo. A una Cleo vestida con unos tejanos, una sudadera y unas zapatillas deportivas. Llevaba su melena rizada del color de la miel caramelizada recogida en una pizpireta cola de caballo, e iba maquillada para pasar el día en casa.

—Has madrugado. Esto no es habitual.

—Francamente, me muero de ganas de ponerme manos a la obra en el estudio. —Su rápido contoneo de caderas lo dejaba patente—. Tengo tapado tu café. Voy a tomarme un *strudel* con glaseado. ¿Quieres uno?

Sonya negó con la cabeza mientras sacaba medio panecillo que había sobrado del día anterior y seguidamente dejó salir a Yoda por la puerta de servicio.

—Qué triste me parece eso. Le he puesto agua fresca y comida a nuestro chico.

—Los dos te lo agradecemos.

Cleo se apoyó en un taburete mientras Sonya tostaba el panecillo.

—Oye, si quieres, cuando hagas un descanso sube a ver cómo he colocado las cosas. Tú tienes buen ojo y sentido práctico.

—Lo haré. ¿Sabes cuál es mi rutina básica? Intento entrenar tres días a la semana; por lo general procuro hacerlo por la mañana, aunque hoy no es el caso. Trabajo hasta que Yoda me avisa de que quiere salir o caigo en la cuenta de que necesito salir a estirar las piernas. Doy una vuelta, sigo trabajando y preparo cualquier cosa para cenar o, si viene Trey, trae comida a domicilio. Procuro ir al pueblo un día a la semana, a la floristería, a veces a la librería, al súper.

—Del súper me encargo yo ahora.

—Con mucho gusto te cedo la tarea.

—Conozco tus ritmos, Son, y tú los míos. Encontraremos una nueva dinámica aquí. Si salgo durante la jornada de trabajo, pues tengo muchas ganas de recorrer el pueblo, ver el faro, localizar sitios para pintar al aire libre..., te enviaré un mensaje para avisarte.

—Lo mismo digo.

—Y estamos bien. No, ya voy yo. —Cleo se levantó al oír el ladrido de «Dejadme entrar» de Yoda—. Aquí está nuestro perrito, nuestro perrito bueno. El desayuno está listo.

«Sí —pensó Sonya—, encontraremos una nueva dinámica».

Trabajó ininterrumpidamente hasta el mediodía, avanzando en el encargo para los Doyle y diseñando tres propuestas para lo que necesitaba Anna. Después de dejar salir a Yoda, muy ansioso, volvió a por una Coca-Cola y, sin darle tiempo a ponerse una chaqueta para salir con él, Yoda se presentó en la entrada ladrando.

—Vale, ya caminaremos después. Pero, como es la hora del descanso, vayamos a ver a Cleo.

Al parecer, su inteligentísimo perro ya reconocía el nombre, pues echó a correr en dirección a las escaleras.

Antes de llegar al estudio, Sonya oyó a Cleo.

—¿Has venido a verme? ¿Has venido a ver a Cleo? ¡Sí, claro que sí!

—Sí, los dos. ¡Oh, Cleo!

Sus pinturas —al acrílico, al óleo, a la acuarela— flanqueaban las estanterías, junto con pinceles, espátulas y todo tipo de utensilios de arte perfectamente ordenados, además de cuadernos de dibujo, lápices de dibujo, lápices de colores, carboncillos y pasteles. Y lienzos, de diversos tamaños, apilados junto al viejo maletín de arte de Cleo, empercudido de pintura.

Había un lienzo negro en el caballete y, junto a este, una vieja mesa que Cleo seguramente habría encontrado en alguna parte, donde había puesto una paleta con un único pincel encima.

Sobre el escritorio se hallaba su ordenador, una caja de lápices abierta, un cuaderno de dibujo grande, algunos de sus cristales y un pequeño dragón de cristal de color naranja fuerte.

—¿Qué opinas?

—Todavía estoy empapándome.

Sonya recorrió el espacio: un bonito plato en el centro de la mesa del sofá junto con un par de velas blancas gruesas en portavelas azules oscuros; un cairel que emitía destellos en la ventana orientada al sur; mullidos cojines de color crema sobre el sofá; y, al lado, la lámpara con forma de sirena.

—Cuando encontré esa mesita vi un baúl, que parecía sacado de un barco pirata. Está vacío, pero pesa. A lo mejor tu hombretón puede subírmelo.

—Seguro que sí. Igual que estoy segura de que no necesitas mi ayuda aquí. Ya lo has hecho tuyo.

—No siempre estará tan ordenado, pero da gusto empezar así. Estaba pensando en poner una pequeña nevera para las bebidas.

—Buena idea.

—Como no me gustan las rutinas de cardio, he pensado que lo mejor sería usar las escaleras cuando tengo sed. Menos mal que hay un cuarto de baño en el pasillo. He puesto papel higiénico, jabón y toallas, pero le daré un toque más bonito. Me gusta que esté a mano.

—¿Algún problema con ya sabes quién?

—Ah, ha estado un rato dando la lata con los golpes. —Cleo le restó importancia como haría en el caso de que una nube pasara delante del sol—. Tengo aquí mi labradorita y mi turmalina negra, además de a Clarence. —Le dio una palmadita al dragón.

—No conocía a Clarence.

—Lo encontré justo la semana pasada. Es un dragón de cornalina, para la valentía y la creatividad. Y, encima, es un dragón.

Sonya se acercó.

—¡Cleo! ¿Es el libro de sirenas?

—Sí. Estoy trabajando con acrílico. Quería pintarlas a mano en vez de utilizar un programa de ordenador. Tengo unas cuantas escaneadas, pero no están listas para enviarlas.

Sonya examinó el trabajo, a medias.

—¿Puedo ver lo que has terminado?

Una sirena nadando, de cuerpo entero, con la cabeza erguida, los ojos cerrados, su cabello dorado ondeando hacia atrás, y su cola una sinfonía de color.

En otra ilustración, un par de sirenas encaramadas a las rocas, una frente a la otra, con el mar revuelto bajo la luna llena. Otra emergiendo del agua, con las manos ahuecadas, y el agua cayendo en una cortina.

Color y movimiento, pensó Sonya. Y magia.

—Ya sabes que soy una fan de tu trabajo.

—Lo sé, e intuyo que viene un pero.

—Este es el mejor trabajo tuyo que he visto hasta la fecha. Francamente, transmite, Cleo.

—Ay, menos mal. —Se reclinó al tiempo que se llevaba las manos a la cara—. Porque es lo que yo pensaba, y respeto muchísimo tu criterio. Me encanta este trabajo. —Suspiró—. No quiero fallar con este trabajo.

—Deberías enviárselas a la editora para que sepa que tiene una mina. Oh, me encanta esta, en la neblina, y la que sostiene en brazos a una sirena bebé. Son muy femeninas.

—Tienes que subir más a menudo. Estoy obsesionada con esto, y eso me hace temer que pierda la perspectiva.

—Deja que le dé la vuelta a eso y que diga que el hecho de que estés tan obsesionada y centrada está inspirando tu mejor obra. Y ahora te dejo que continúes.

—Definitivamente tienes que subir con más frecuencia. Voy a seguir tu consejo y a enviárselas a mi editora. —Levantó las manos y cruzó los dedos—. He pensado preparar una sopa de jamón cocido y patata para cenar. ¿Quieres invitar a Trey?

—Se lo preguntaré. ¿Cómo es posible que ignorara que sabes cocinar sopa de jamón cocido y patata?

—Porque no sabía hasta hace unas semanas. Pero es más fácil de lo que piensas.

—Yo sé hacer pan.

—¡Anda ya!

—Sí, puedo enseñarte para que me releves la próxima vez que nos apetezca. ¿Quedamos en la cocina a eso de las cinco y media?

—Hecho.

De camino a la biblioteca, envió un mensaje de texto a Trey. Él respondió que había quedado con Owen para tomar una hamburguesa, que si le importaba dejarlo para el viernes por la noche, y que saludara a Cleo de su parte.

—Me he dado cuenta de tu dinámica también. Me estás dando espacio para adaptarme a la dinámica con Cleo, lo cual es un gesto bonito. Bonito, encantador y, caray, bastante intuitivo.

Pasadas las cinco, Cleo se presentó en el umbral de la biblioteca.

—Si no vas a dejar de trabajar por hoy, me largo.

—Sí, voy a parar aquí. Vamos a cenar tú y yo solas. Trey ha quedado con Owen para tomar una hamburguesa.

—Podía haber traído a Owen.

—Creo que quería darnos un poco de espacio para nuestras cosas. Viene mañana.

—Vale. Yo te he enseñado mi trabajo; ahora veamos el tuyo.

—Estoy con el proyecto del bufete de los Doyle. Ya te comenté que la madre de Trey es fotógrafa. Cuento con un magnífico material con el que trabajar.

Mientras Sonya volvía a la página de inicio, Cleo rodeó el escritorio.

—¿Ese es el bufete? Dijiste que era una casa victoriana, pero, caray, es preciosa. No parece el típico bufete de abogados estirados en absoluto. Me gusta la paleta de colores, has aprovechado los tonos de la casa, sin recargarla. La tipografía es bonita y limpia, la información se ve con claridad.

»¡Ese tiene que ser Ace! —Entusiasmada, Cleo se llevó las manos a las mejillas—. Es adorable. ¡Qué maqueado! Esa es la palabra. ¿Con qué frecuencia tienes ocasión de usar la palabra «maqueado» en una frase?

Mientras asentía con la cabeza, leyó detenidamente la biografía.

—Impresionante. Licenciado en Harvard, podía haberse retirado hace quince o veinte años, pero ahí está, maqueado con su traje de tres piezas, entre libros de jurisprudencia. ¿Y el siguiente quién es?

—Deuce.

—Mmm... Guapo, la mirada amable, la corbata floja... ¿Por qué será eso tan sexi?

Totalmente de acuerdo con ella, Sonya le dio una palmada en el brazo.

—Sí, ¿verdad?

—Me gusta que lo haya fotografiado tomando notas en un cuaderno de hojas amarillas. Un hombre guapo de mirada amable trabajando. Oh, vaya, y aquí está el señor Tercera Generación, alto, esbelto y como un queso. Es una foto estupenda. Está relajado pero atento.

Continuó con el personal.

—La señora Deuce es buenísima, caray, como mi amiga del alma. Me gusta muchísimo cómo has conseguido darle ese aire desenfadado y... ¡Qué fuerte, Sonya!

Se desternilló de risa.

—Mookie Doyle, asesor legal.

—No sé si les gustará, pero cuando vi que también lo había fotografiado, no pude resistirme. Y el aplomo que desprende, esa mirada en sus ojos.

—«Aquí me tienes, confía en mí». Oh, tienen que usarla. Está genial. Si yo necesitara un abogado, me plantaría en su puerta.

—Ya veremos. Casi tengo el diseño preliminar para poder mostrárselo. Voy a apagar el ordenador. Se acabó por hoy.

En la cocina, Sonya observó con cierto asombro cómo Cleo picaba ajo, pelaba patatas y una zanahoria y las troceaba.

—Esto es cocinar como Dios manda.

—He estado practicando —dijo Cleo—. Estoy viviendo un sueño, de modo que mi contribución tiene que estar a la altura.

Comeremos de una manera medianamente decente bajo mi supervisión. Deja que ponga esto en marcha y me enseñas a hacer pan. ¿No se tarda horas?

—Este no. —Sonya fue a la despensa a por una botella—. El secreto está en la cerveza.

Y, mientras pasaban la velada en la mesa de la cocina, Sonya fue consciente del acierto de Trey: lo que necesitaban era pasar un rato entre amigas.

De tanto en tanto, Clover se unía a ellas con un interludio musical. Y de tanto en tanto, las puertas se abrían o cerraban.

A la vuelta del paseo con el perro, todos los armarios de la cocina estaban abiertos, y los taburetes de la isla apilados uno encima del otro.

—¿Moriría aquí algún niño? —Cleo se puso a cerrar armarios—. Esto es una travesura, cosa de críos. Una trastada.

—Por lo que he leído hasta ahora, no todos los niños llegaron a la edad adulta. Puede que tengas razón. —Sonya colocó los taburetes en su sitio—. Yoda a veces juega con alguien.

No había terminado de decirlo cuando la pelota, que Sonya dejaba en la entrada, entró rodando a la cocina. Yoda se lanzó a atraparla de inmediato.

—¿Te refieres a esto?

—Esto es nuevo, pero sí. Y acabo de darme cuenta de lo mucho que te pareces a Trey.

—Por favor. —Con aire altivo, Cleo le dio un empujoncito—. No hay nadie como yo.

—Ni siquiera has parpadeado. Es por tu calma. —Siguió a Yoda cuando este salió corriendo hacia la entrada, soltó la pelota y movió la cola.

No sucedió nada.

—Todavía no están listos para dejarse ver —afirmó Cleo. Cuando tiró de Sonya para regresar a la cocina, la pelota se movió de nuevo—. ¿Ves?

—Supongo que debería dejarles jugar y ya está.

—¿Por qué no? ¿Quieres ver una peli?

—No me importaría.

—Y luego ¿puedes prestarme el libro de los Poole para echarle un vistazo esta noche? Me apetece leer un poco.

—Por mí estupendo.

Minutos después del comienzo de la película, Yoda subió y se quedó dormido casi al instante. Agotado de jugar con su amiguito fantasma, pensó Sonya.

Cuando lo dejó salir por última vez, la pelota yacía sobre el estante que había sobre la lavadora. Por lo visto el amiguito invisible de Yoda quería tenerla a mano.

Cuando se disponía a acostarse, decidió que no podía temer o enfadarse con un fantasma al que le gustaba jugar con su perro.

Al despertarse con las campanadas del reloj, Cleo se levantó rápidamente. Consideró que no había necesidad de despertar a Sonya, pero, por si acaso, cogió el teléfono. Bajaría en un momento a echar una ojeada. Puede que esta vez viera algo.

Lo que vio fue a Sonya caminando por el pasillo.

—Tú también te has despertado. Estaba a punto de... Oye, espérame.

La alcanzó y la agarró del brazo.

Por un momento su amiga se quedó inmóvil, con el semblante inexpresivo y la mirada fija al frente. A continuación dio un respingo.

—¿Qué? —Sonya se estremeció y, acto seguido, giró la cabeza y dijo con la respiración entrecortada—: ¿Qué pasa?

—Creo que estabas caminando sonámbula, soñando o algo. El reloj... He oído el reloj, me he levantado y te he visto pasar por delante de mi habitación.

—No recuerdo haberme levantado. No recuerdo haber oído nada. ¿Dónde diablos iba?

—No lo sé. No me he dado cuenta de que no estabas... despierta hasta que te he agarrado el brazo. —Para tranquilizarla, Cleo le acarició la espalda—. ¿Estás bien?

—Sí, estoy bien. Tengo la sensación de que..., tengo la sensación de que acabo de despertarme. Como cuando empiezas a espabilarte, te das la vuelta y sigues durmiendo. Se oye música.

—Ya. Voy a bajar un momento a echar una ojeada.

—Te acompaño. Estoy bien —insistió—. Solo un poco grogui.

Bajaron juntas, y el perro, que se despertó con sus voces, las acompañó.

A pesar de que Yoda iba a la carrera por delante de ellas, la música cesó.

—Maldita sea, siempre llegamos tarde.

No obstante, Cleo se dirigió a la sala de música.

—Todo sigue tal cual lo dejamos.

—Mira los cuadros. Las alianzas no están.

Cleo giró la cabeza.

—Sí que están. ¿No las ves?

—Pues... sí. Es que... estaba grogui —repitió—. Por un momento no las veía. Ya que estamos aquí deberíamos echar un vistazo al reloj.

Las manecillas marcaban las tres.

—Es absurdo moverlas —concluyó Sonya—. Algo sucedió a las tres de la mañana. ¿Por qué si no suena únicamente a las tres? Pero dudo que sea cosa de Hester Dobbs, Cleo. O de quien me haga caminar sonámbula, atraída hacia ese espejo, y atravesarlo. Se lo comenté a Trey. ¿Por qué iba a querer Dobbs que yo fuera testigo, que conociera los detalles?

—Ese es un buen planteamiento. De todas formas, sigue sin hacerme gracia que deambules a oscuras.

—A mí tampoco me hace ni pizca de gracia.

—Volvamos arriba. Te voy a arropar y me quedaré contigo.

—Estoy bien, de verdad. —Aparte de su sensación de aturdimiento y pesadez en las extremidades—. Solo cansadísima. Y todo ha terminado por esta noche.

—Creo que tienes razón. La casa se halla en silencio. Se respira tranquilidad. Todo ha recuperado la calma.

No obstante, cuando subieron, Cleo se sentó en el borde de la cama de Sonya.

—No deambules sin mí.

—No tengo la menor intención de hacerlo.

—Hasta mañana.

Sin embargo, se sentó diez minutos más en la zona de estar y después se acercó con sigilo a la cama. Al comprobar que Sonya dormía, se relajó y regresó a su dormitorio.

Por la mañana, la casa se hallaba en silencio. Agradecida por ello, Sonya emprendió su rutina de desayuno para ella y Yoda. Clover le dio la bienvenida con *Good Morning, Sunshine* [«Buenos días, sol»].

—Buenos días a ti también.

Se preguntó si, de llegar al más allá —en un futuro muy lejano—, lograría vivir con esa dicha perpetua que parecía caracterizar a Clover.

A las ocho y media se acomodó en su escritorio con Yoda debajo.

Una hora después oyó a Cleo arrastrando los pies hacia la escalera.

—¡Hey!

Cleo, todavía en pijama y con el pelo enmarañado, la miró con los ojos adormilados. Y gruñó.

—Solo quería darte las gracias por cubrirme las espaldas anoche.

—Yo te las cubro a ti, y tú a mí. —Bostezando, se agachó para acariciar a Yoda cuando este salió como una flecha a saludarla—. ¿Quién va a estar de mal humor por la mañana con esa carita de felicidad? Pero necesito café. Tengo que tomar café.

Yoda se quedó mirándola cuando se fue, y seguidamente decidió repantigarse junto al fuego.

Tras avanzar bastante en el encargo para los Doyle y realizar unas cuantas mejoras en el esqueleto de la web para la floristería, Sonya se puso con la presentación de Ryder.

Una hora, se dijo para sus adentros. Luego un descanso y vuelta al proyecto de los Doyle.

Al final de esa hora, se dio diez minutos de tregua.

Satisfecha, se puso a llamar a Yoda.

—Vamos a dar un paseo.

Pero no estaba junto al fuego ni debajo del escritorio. Imaginando que habría ido en busca de Cleo, apagó la música.

Y oyó el inconfundible sonido de la pelota rodando en la planta baja y al perro lanzándose a por ella a la desbandada.

—Supongo que Cleo también está haciendo un descanso. Puede que vayamos a dar un paseo todos juntos.

Mientras bajaba las escaleras, la pelota pasó rodando con Yoda persiguiéndola.

—Oye, Cleo, ¿qué te parece si jugamos a lanzársela fuera, ya que hemos sincronizado los descansos?

Pero Cleo no se hallaba en el largo pasillo. No había nadie.

Yoda soltó la pelota, giró la cabeza hacia un lado y acto seguido hacia el otro. A continuación volvió a cogerla y fue corriendo a su encuentro.

—Cleo no ha hecho un descanso para lanzarte la pelota, ¿a que no? Siento interrumpir el juego.

Cogió la pelota y, al enfilar el pasillo, Yoda se puso a dar vueltas en círculo.

En la cocina encontró las puertas de los armarios abiertas, y, encima de la isla, la caja de chucherías para el perro. Abierta.

—¿Te ha dado alguna o eso me toca a mí? Tampoco voy a perder los papeles por un fantasma al que le gustan los perros. Solo una —le dijo a Yoda—. Y después nos vamos.

Cuando hurgó en la caja para darle un dadito, Yoda se sentó, con los ojos chispeantes. Seguidamente se irguió sobre sus rechonchas patas traseras y movió las delanteras.

Sonya soltó una risotada de asombro y premió al perro.

—¿Te ha enseñado eso él? Supongo que es un chico, un chaval. No sé si puedes salir o no —dijo mientras cerraba las puertas de los armarios—, pero, si puedes, nosotros encantados de que nos acompañes.

En la entrada cogió la vieja chaqueta y salió al revitalizante aire de abril.

Puede que faltaran semanas para la llegada del tiempo cálido y agradable, pero se apreciaban más rodales de tierra. Fue consciente de que había sobrevivido a su primer invierno en Maine.

Fascinada, atisbó varios tallos de azafrán púrpura junto a un costado del apartamento. Y, mientras caminaba, distinguió varios brotes verdes que asomaban con arrojo entre la tierra.

Tal vez narcisos. No tardaría en descubrirlo.

—Será tan bonito —le dijo al perro, y le lanzó la pelota—. Estoy lista para despedirme de los rigores del invierno y dar la bienvenida a la alegría de la primavera.

Caminando sin rumbo por los alrededores de la casa, siguió buscando más señales de la inminente primavera mientras el incansable de Yoda perseguía la pelota.

Conforme se aproximaba a la escollera, sintió que el viento procedente del mar era menos cortante que la semana anterior.

—¡Oh, oh, mira! ¡Creo que son delfines! —Presa de la emoción, observó a uno..., no, dos..., ¡no, tres!, saltar y zambullirse. Embelesada, cogió al perro en brazos y señaló—: ¿Ves? ¿Los ves? Creo que están jugando.

Yoda, aparentemente más interesado en ella, le lamió la barbilla.

—Cuando mejore el tiempo, pondré unas butacas en el mirador y me compraré unos buenos prismáticos. Tal vez encuentre unos en algún rincón de la casa. O un catalejo. Definitivamente quiero un catalejo.

Tras dejar al perro en el suelo, echó la cabeza hacia atrás e inspiró.

Oyó una especie de graznido, un ruido sordo. La ventana de la segunda planta se abrió de par en par, y algo salió volando.

El pájaro, negro como la medianoche, con sus largas garras como garfios, graznó otra vez y se lanzó en picado.

De forma instintiva cogió a Yoda de nuevo y lo acurrucó contra su cuerpo, agazapándose frente al ataque de esas garras, al tiempo que ponía pies en polvorosa. Pero cuando se atrevió a alzar la vista, no vio más que el azul del cielo y unos nubarrones que barruntaban lluvia.

Mientras recuperaba el aliento, se abrió una ventana del estudio de Cleo.

—¿Has oído eso? ¿Qué ha sido eso?

—¡Un pájaro! —respondió Sonya a voz en grito—. ¡No sé si era real, pero ya se ha ido! ¡Vamos para adentro!

—¡Bajo!

Al tiempo que se dirigía al trote a la casa, con las piernas temblorosas, Sonya vio que la ventana del salón dorado estaba cerrada.

—¿Te has asustado? —Acarició al perro con la nariz—. Yo sí.

Sin soltar a Yoda, entró en la casa.

—¡Voy a la cocina! Vamos a secarte, eso es, chiquitín. No pasa nada. Te tengo.

Cleo la encontró secando a Yoda junto a la puerta de servicio.

—Jamás había oído a un pájaro emitir un sonido semejante —señaló Cleo—. Era casi humano.

—Salió volando por su ventana. Era un pájaro negro, creo que demasiado grande para ser un cuervo. Demasiado grande. Se lanzó en picado hacia nosotros.

—No he visto nada. Aunque he saltado de la silla y he corrido hacia la ventana, no me ha dado tiempo, pero..., cuando la he abierto para llamarte, me ha parecido, por un momento, oler algo. Como a azufre.

—Ella intentaba asustarnos, y ha cumplido su objetivo. Pero, si pretendía hacernos daño, no creo que pudiera.

—Tal vez carezca del poder suficiente fuera de la casa. Te juro que ese graznido me ha helado la sangre.

—Había delfines.

—Ah, ¿sí? Me apetece una Coca-Cola. ¿Quieres una? Voy a por ellas.

—Mientras los contemplaba, pensé que era una maravilla. Me figuro que le ha resultado insoportable. Y, antes de salir, Yoda estaba jugando con la pelota con quienquiera que sea al que le guste abrir los armarios.

—¡Lo has visto!

—Yo no, pero Yoda sí..., lo ve. Pensé que eras tú quien le

lanzaba la pelota del pasillo al vestíbulo, pero, al bajar, no había nadie salvo el perro y la pelota. Entonces… Espera, te lo mostraré.

Sospechaba que había sido Molly en vez del niño quien había sacado la caja de chucherías de nuevo, de modo que cogió una.

Yoda se sentó.

—Fíjate en esto.

Al tentarle con la chuchería, él se irguió y movió las patas delanteras.

—¡Oooh! Puede que en algunos estados esté prohibido ser tan adorable.

—Yo no le he enseñado a hacer eso.

—Eso lo único que demuestra es que aquí el bien supera al mal. Estamos bien, Son, y vamos a seguir así.

—No te acerques a esa habitación de momento, por favor. —Insistente, Sonya asió con fuerza el brazo de Cleo—. Promételo.

—Lo prometo, pero tarde o temprano habrá que hacerlo.

—Voto por dejarlo para luego, después de trabajar.

—Después de trabajar me encontrarás aquí, preparando la cena. Trey viene, ¿no?

—Eso dijo.

—Vamos a cenar pollo y empanadillas.

—¡Anda ya! ¿Sabes hacer empanadillas?

Cleo le dio un trago a la Coca-Cola con aire resuelto.

—Vamos a averiguarlo.

Cuando Sonya volvió a la biblioteca, Clover la recibió con *Don't Worry Baby* [«No te preocupes, cariño»].

—Eso intento. Pensar en el crío que juega con la pelota, no en el pajarraco feo.

Tras documentar ambos sucesos, retomó el encargo para los Doyle.

A última hora se puso en contacto con Corrine Doyle.

—Me gustaría hablar contigo sobre otro trabajo, pedirte consejo y contratar tus servicios. ¿Podemos concertar una reunión?

—Estoy libre mañana por la mañana. Como de todas formas voy a salir, puedo ir a tu casa. ¿Sobre las diez y media?

—Perfecto.

—¿Por qué no me das unas pinceladas?

—Estoy trabajando en una presentación. Para Ryder Sports.

—Los conozco.

—Quiero hacer fotos relacionadas con el deporte, pero sin recurrir a modelos profesionales. Quiero gente de verdad —explicó.

Para cuando bajó a la cocina, Cleo estaba, en efecto, trajinando.

—Creo que esto marcha. O eso espero. Pollo y empanadillas, guisantes y zanahorias. Suena a comida casera. Tampoco es para tanto, ¿no?

—A mí no me preguntes. —Sonya echó un vistazo al pollo que había en la sartén—. Tiene pinta de comida casera, y empieza a oler bien. Te voy a comprar un modelito de yoga monísimo.

—¿Para cocinar?

—No, para que te lo pongas y Corrine Doyle te fotografíe, para mi presentación. Como te gusta el yoga, transmitirás que lo practicas.

—¿Esto es para el encargo de Ryder? Yo tengo un modelito de yoga de Ryder que me queda de muerte.

—Eso facilita las cosas. He de convencer a Trey para que participe en esto, entrenando o jugando con una pelota. También necesito a alguien que tenga bicicleta. Y quiero convencer al becario del bufete —es guapísimo— para que salga en una foto. Deseo abarcar edades diferentes, sacar al menos a un veinteañero y a alguien que ronde los cincuenta. Solo quiero una foto de prueba y, si consigo el encargo, haré más.

—Di «cuando», no «si». La intención cuenta. Igual que mi intención es hacer estas empanadillas y que alucines. Quítate de en medio. Ve a maquillarte un poco.

—Él ya me ha visto sin maquillar.

Cleo se quedó mirándola fijamente sin más.

—Muy bien.

Le hizo caso y, justo cuando bajaba las escaleras de nuevo, sonó el dong del timbre.

Trey se presentó con flores, con bonitas rosas pequeñas de color rosa.

—Las flores son para Cleo. Dijiste que cocinaba ella.

—Es lo justo —dijo Sonya mientras Mookie y Yoda se reencontraban—. ¿Y si a mí me das uno de estos? —Con una mano sobre su hombro, se pegó a él para besarlo.

—De estos puedes tener todos los que quieras.

—Quizá solo uno más, por ahora. —Esperó a que colgara el abrigo.

Jugando con una pelota, decidido. Estirando el brazo para atrapar una pelota de béisbol. Lo visualizó.

Se enganchó de su brazo.

—Tengo una proposición que hacerte.

—¿Qué tipo de proposición? ¿Personal, sexual, política, de negocios?

—Cómo se nota que eres abogado. Ya te contaré y, después de cenar, quiero mostrarte los avances de tu página web. Durante la cena te contaremos nuestros últimos incidentes.

La voz de Cleo se dejó sentir desde la cocina.

—Chicos, os podréis tomar las sobras cuando terminemos.

Con los perros observándola expectantes y una bola de masa entre las manos, Cleo levantó la vista.

Un hombre con regalos, mi favorito.

—Las rosas son para ti, voy a ponerlas en un jarrón. ¿Eso son empanadillas?

—Lo serán.

—Huele fenomenal —comentó Trey.

—Eso es únicamente cosa de Cleo. He quedado con tu madre mañana por la mañana.

—¿Y eso?

—Mmm. —Sonya escogió un jarrón de la despensa—. Para encargarle unas fotos para el trabajo de Ryder. Te dije lo que tengo en mente: diferentes fotografías, con gente de verdad, en movimiento. Cleo se apunta. Tú eres el siguiente.

—Bueno, yo...

—¿Tienes un guante y una gorra de béisbol?

—Claro, pero…

—Creo que también vamos a necesitar las botas de tacos. Para sacarlo con un pie en la base, o quizá estirándose para atrapar la pelota. A ver qué opina tu madre. ¿Tienes bicicleta?

—Desde que conduzco no.

—Es que me encantaría una foto de alguien en bicicleta.

—Eddie es un ciclista avezado.

Sonya sonrió.

—Bueno es saberlo. Creo que quiero otra foto en un gimnasio. De un tío, a lo mejor un pelín sudoroso, levantando pesas.

Sin pensárselo dos veces, Trey echó a su mejor amigo a los lobos.

—Owen se compró sus pesas en Ryder.

—Perfecto. También a un par de chicos, mejor chico y chica, jugando al baloncesto, y a una mujer de cierta edad o a una pareja corriendo. Y me gustaría conseguir una fotografía de fútbol.

—John Dee jugaba en el instituto, y en la universidad.

—Estupendo. Lo convenceré. Hemos empezado fuerte.

—Bien. Deja ya el trabajo, sírvenos un vino y pon la mesa —dijo Cleo—. Las empanadillas están saliendo bien.

Resultó que sí. Cuando se sentaron y Sonya les hincó el diente, negó con la cabeza.

—¿Dónde ha estado ese talento metido toda la vida?

—He cocinado algunos platos decentes anteriormente.

—Pocos y de uvas a peras.

—Ahora me ocupo de eso. Es como si me hubiera picado el gusanillo. ¿Qué opinas, Trey?

—Perdona, ¿has dicho algo? Estoy muy ocupado con esto.

Ella le sonrió de oreja a oreja.

—Considéralo un pago por llevarme a ver a Rock Hard. Será divertido pasar unas horas fuera de casa.

—Si prácticamente acabas de llegar.

Con aire distraído, Cleo le dio una palmadita en la mano a Sonya.

—Estaba más bien pensando en ti, Son. Mi amiga suele enclaustrarse.

—Sí, no puedo negarlo.

—¿Le has contado a Trey el episodio de anoche?

—Todavía no.

Eso desvió su atención de las empanadillas.

—¿Qué pasó anoche?

—Supongo que será mejor empezar por ahí.

25

Le contó que Cleo se la encontró caminando sonámbula a las tres de la mañana; después retrocedió hasta el hallazgo del retrato, lo entrelazó con el episodio del amiguito fantasma de Yoda y terminó con el del pájaro.

—Se te ha olvidado lo de Molly. Clover nos comunicó, musicalmente, el nombre de nuestra empleada doméstica.

Sin preguntar, Cleo le sirvió más a Trey.

—Gracias. Eso es mucho para un par de días.

—Antes de vivir aquí, me habría parecido más que suficiente para toda una vida. —Sonya se encogió de hombros—. No es que te acostumbres a ello, pero resulta menos chocante.

—Me gustaría ver el retrato.

—Es precioso. Dado que tú eres el único que la ha visto, en persona, quiero decir, ya me dirás si mi padre supo plasmarla.

—Supo plasmar la casa. Si Collin compró el retrato, me pregunto por qué nunca dijo nada. Me consta que no figura en el inventario.

—Lo cual conduce a la pregunta: ¿dónde diablos estaba?

—Yo tengo una teoría.

Sonya miró a Cleo.

—¡Uy!

—Ateniéndonos, digamos, a los peculiares derroteros de esta situación, no creo que sea tan descabellada. Dijiste que sientes como si atravesaras el espejo para trasladarte a otra época. Hay una escuela de pensamiento según la cual los fantasmas son simplemente personas que se encuentran fuera de su época, como si se tratara de un salto en el tiempo. Puede que esto sea una mezcla. Y es posible que los dos retratos, el de Johanna y el de Clover, se hallaran básicamente al otro lado del espejo.

—Qué interesante.

Sonya puso los ojos en blanco.

—No la animes.

—Es interesante —insistió—. Un salto en el tiempo… Esos retratos no estaban en la casa, a menos que haya un rincón que yo desconozca y mi padre también. Y aparte de eso, los dos aparecieron en el estudio. Y ahora las dos últimas novias están en la sala de música. Collin pintó a una, y tu padre, es decir, su gemelo, a la otra.

Pinchó más pollo y empanadillas.

—Es interesante. El pájaro que salió volando del salón dorado es otra cuestión. ¿Podrías dibujarlo?

—La verdad es que no me dio tiempo a fijarme. Sucedió muy deprisa y lo único que hice fue coger a Yoda y agacharme. Desapareció enseguida.

—Yo no lo vi, pero lo oí también. Y, cuando abrí la ventana para llamar a Sonya, olía a azufre.

—Conozco la teoría de Cleo respecto a eso, y supongo que, teniendo en cuenta los extraños derroteros que está tomando esta situación, tiene su lógica.

—¿Cuál es la teoría? —le preguntó Trey.

—Que el pájaro fue un conjuro de ella, de Hester Dobbs. Pero que, a los pocos segundos de salir de la casa, plaf. Porque su poder es limitado. Y, sin embargo, sé que atrajo a Catherine, la segunda novia, para que saliera con aquella tormenta de nieve.

—La embrujó —puntualizó Cleo con naturalidad—. Catherine salió bajo los efectos de un maleficio y, para cuando este se rompió, era demasiado tarde.

—Tal vez.

—O… en aquel entonces ella tenía más poder. Han pasado un par de siglos.

—Ella intentó embrujarme para que saliera aquella noche. Oí que aporreaban la puerta de la casa, vi una tormenta de nieve por la ventana.

—Pero cuando abriste la puerta —señaló Cleo— no había ninguna tormenta.

—Entiendo tu punto de vista —señaló Trey—. A pesar de ello, si Sonya hubiera salido y le hubiera resultado imposible entrar, habría pasado una larga y fría noche.

—Creo que Dobbs habría disfrutado. Entonces ni Yoda ni Cleo estaban conmigo. Ni tú. Ahora voy a parecerme a Cleo, pero pienso que Clover está cuidando de nosotros también, en la medida de lo posible.

En su teléfono empezó a sonar *I'll Be There For You* [«Aquí me tienes»].

—¿Ves?

—¿Te importa que vaya a echar un vistazo al retrato?

—Vamos. Quiero saber qué opinas.

Los tres se dirigieron a la sala de música.

—Esa cara… —dijo Trey en voz baja—. Es Clover. Es preciosa. Parece feliz y… serena.

—Tú la has visto dos veces. Pero no está embarazada.

—No, así no.

—He estado dándole vueltas a eso.

Sonya miró a Cleo.

—¿Hora de una nueva teoría?

—Clover murió sin tener la oportunidad de acunar a sus bebés, de amamantarlos, de acurrucarlos, de cantarles. —Cleo suspiró—. Si me dieran a elegir, yo no querría que algo me recordara constantemente lo que tanto amé y en realidad jamás tuve.

Esta vez, en lugar de poner los ojos en blanco, Sonya posó la mano sobre la de Cleo.

—Y, a pesar de ello, pone música y da la impresión de ser feliz, o al menos de estar contenta. En mi opinión, habría sido una madre maravillosa.

Cuando en su teléfono empezó a sonar *Let It Be* [«Déjalo estar»], Sonya se llevó la mano al bolsillo.

—Quedan bien ahí, justo ahí —comentó Trey—. Juntas. Me pregunto…, me pregunto si encontraréis a las otras, las siguientes a Astrid y anteriores a Clover.

—Las he buscado esta mañana. —Cleo se encogió de hombros—. Abrigaba cierta esperanza de encontrarlas, pero en vista de que Sonya encontró a estas dos, supongo que le corresponde a ella. Si se presenta la ocasión.

—Y yo me pregunto qué habría pasado de haber seguido caminando sonámbula anoche, de haber acabado en… otro lugar durante un rato. Creo que será mejor que la próxima vez no me despiertes.

—Oh, Sonya.

—Eso no es un hechizo de Hester Dobbs. Estoy tan segura de eso como de todo esto. Romper el maleficio, me parece increíble estar diciendo esto, significa encontrar los anillos. Cuanto más veo, oigo y siento, más importancia creo que tiene.

—Si sucede en mi ausencia, llámame —le dijo Trey a Cleo—. Y no te separes de ella. Necesito una llave para poder entrar.

—Oh.

Como el sobresalto le recordó haber hecho lo mismo con Brandon, desterró ese pensamiento.

Trey no era Brandon. No se parecía en nada a Brandon.

—De acuerdo. Sí, eso también es sensato. Preferiría no deambular a las tres de la mañana para… viajar en el tiempo, pero me quedo más tranquila sabiendo que os tendría cerca a los dos. —Negó con la cabeza y continuó—: Y he de pensar en algo más, como poner el lavaplatos y sacar a los perros.

La cocina, como era de esperar, estaba como los chorros del oro.

—Debería haberlo imaginado. Molly es rápida. Me sentiría mejor paseando a Yoda con la certeza de que ese pájaro no volverá.

—Voy a por mi chaqueta.

—Y —dijo Cleo cuando Trey salió— yo me voy a esfumar.

—No tienes por qué.

—Por favor. Voy a dedicar una hora a pintar, y luego igual veo algo en mi tableta o me pongo a leer. Procuraré no ponerme celosa porque tienes un hombre con quien acurrucarte. Nos vemos mañana.

—La cena estaba muy rica, Cleo.

—Pues claro, caray.

Los humanos caminaron; los perros retozaron.

Mientras rodeaban la casa, Sonya levantó la vista hacia las luces del estudio de Cleo.

—Es muy agradable saber que está ahí arriba. Prácticamente ni se inmuta con todo lo que sucede en la casa.

—Es bueno que haya alguien templado contigo.

Ella ladeó la cabeza ligeramente para mirarlo.

—Mucha gente, en realidad la mayoría, al menos al principio, no considera templada a Cleo, pero lo es. Su mente está abierta a todo, lo cual resulta una combinación interesante con su temple. Tuve suerte de que me tocara compartir habitación con ella en la universidad.

—Desde mi punto de vista, las dos tuvisteis suerte.

—En eso coincido contigo. El primer día, cuando entré a la habitación, muy pequeña, ella ya había colocado sus cosas en un lado: algunas de sus obras en la pared, una pequeña repisa con cristales, fotos y libros, y un cojín encima del edredón acolchado rojo que rezaba: IMAGINA.

»Yo estaba nerviosa porque nunca había compartido habitación hasta entonces —añadió mientras conducían a los perros hacia la casa—, y por cómo nos llevaríamos. Ambas nos matriculamos en Artes Visuales, de modo que sabía que teníamos eso en común. Pero yo me había criado en Boston y ella venía de Luisiana, así que, a saber. Entonces me fijé en sus obras y tuve claro que haríamos buenas migas.

Después de limpiarles las patas a los perros, Sonya se enderezó.

—Y me regaló a Xena.

—La planta que hay en la biblioteca.

—En aquel entonces era diminuta, un esqueje de una violeta africana de su abuela, que le dijo a Cleo que se la regalara a su compañera de habitación, pues traía buena suerte. Y, para asegurarme de eso, le puse un nombre. En cuanto pronuncié el nombre de Xena, a Cleo se le iluminó la cara. Para cuando terminé de deshacer el equipaje, era como si nos conociéramos de toda la vida.

Los perros se les adelantaron corriendo escaleras arriba.

—Pues sí que tuviste suerte. Mi primer compañero de habitación en la universidad era... Deja que piense el término adecuado para describirlo. Ah, sí, un capullo. Un capullo mojigato.

—Me sorprende que digas eso. Da la impresión de que encuentras el modo de congeniar con todo el mundo.

—Como yo era blanco, heterosexual y procedía de una familia sólida y solvente, dio por sentado que compartía sus mismos valores cristianos, o sea, contrarios a cualquiera que no encajase con todo lo mencionado. Después de varias semanas tratando de razonar con él, ignorar o hacer oídos sordos a sus gilipolleces, le dije que era bisexual, ateo, que mi bisabuelo era paiute y que mis padres mantenían una relación abierta. Se cambió de habitación, y así es como conseguimos llevarnos bien.

Fascinada, Sonya se detuvo en el umbral de la biblioteca.

—Le mentiste.

—Era eso o darle un puñetazo en toda la cara. De todas formas, el hecho de ver su expresión de asombro me dio tanta satisfacción como si lo hubiera hecho. Me asignaron otro compañero de habitación con el que congenié estupendamente.

—¿Sabes qué fue del capullo mojigato?

—Lo borré de mi mente.

—No me extraña. Creo que tienes ese poder. Bueno, ven a ver qué opinas de cómo he diseñado tu página web, aunque no está lista para activarla. Todavía tengo que añadir algunas cosas, realizar unas mejoras, y luego las pruebas, pero te harás una idea.

La abrió en la pantalla y se apartó.

—Ya se aprecia una gran mejora, y un cambio patente. Acertaste al sacar el bufete, la casa. Y en los colores, en la fuente. No es recargada, pero tampoco sosa. Me gusta que el año en que se fundó la empresa aparezca bien a la vista.

—Cuando se lleva medio siglo en el sector, hay que alardear de ello. Pincha en la pestaña «Abogados».

Cuando Trey clicó, sonrió.

—Mira Ace.

—Tu madre corre el riesgo de convertirse en mi fotógrafa de confianza. Había otras fotos entre las que elegir, pero me decanté por esta. Si crees conveniente realizar algún cambio en el texto de la página principal o en cualquiera de los perfiles biográficos, no tienes más que enviármelo.

—De momento no lo considero necesario. Y aquí está Deuce. La idea de las fotos informales funciona. Has acertado de nuevo. Supongo que eso me incluye —comentó al mover el cursor hacia abajo.

—Los tres transmitís cercanía, cordialidad. Los fondos, los libros de jurisprudencia, el escritorio y demás transmiten profesionalidad. Corrine es buenísima.

—Lo que siempre he pensado.

—Echa un vistazo al personal.

Pinchó y sonrió.

—Madre mía, da la impresión de que Sadie podría hacer malabarismos a la pata coja, lo cual hace a diario. Son magníficas. Y la información personal que aparece en los perfiles biográficos es la precisa. Eddie da la impresión de ser muy serio, que lo es, caray. Y…

Se quedó callado y, tras unos instantes, sus carcajadas hicieron que los perros acudieran a la carrera.

—¡Has puesto a Mookie aquí! ¡Mira esto, Mooks, eres un asesor legal!

—Pensé que aportaba algo, no sé, cercanía de nuevo. Pero si me he pasado… Perdona, Mookie. A ver qué opinan Ace y Deuce al respecto.

—Los votos a favor van a ser unánimes. Es un detalle encantador, gracioso y genial. Hasta has incluido su perfil biográfico.

Su reacción la alentó tanto a nivel personal como profesional.

—Como quería que lo vieras fresco, Lucy me proporcionó la información.

—Tú lo has dicho: tiene un toque fresco.

—Hay otra pestaña para el programa de prácticas. No he terminado, pero la he estructurado.

—¡Vaya! Has incluido... ¿Cuántos? Como mínimo una docena de antiguos pasantes, con su actual situación laboral.

—Estoy pendiente de recibir información de unos cuantos más. No sabía que el programa llevara casi veinte años.

—Empezó antes de mi incorporación. Esto es excelente, Sonya. Ha superado mis expectativas con creces, en serio.

—Eso es lo que me gusta escuchar.

Le mostró el diseño para el material de papelería y las tarjetas de visita.

—Con consistencia visual, dijiste, y en su plazo.

—La entrega como tal tardará una o dos semanas más, pero, si los otros Oliver dan el visto bueno para el membrete y las tarjetas, Sadie podría realizar el pedido. Y con esto concluye la reunión de esta noche.

Tras apagar el ordenador, rodeó a Trey por la cintura.

—Espero que tengas intención de quedarte.

—He metido una bolsa en el coche, por si acaso.

—¿Por qué no vamos a por ella luego?

—Me parece bien.

Y, cuando la besó, el día quedó en el olvido.

Más tarde, Trey fue a por su bolsa, se desnudó de nuevo y se metió en la cama.

—Cleo tiene derecho a estar celosa.

—¿Perdón?

Sonya entrelazó sus piernas con las de él.

—No tiene a nadie con quien acurrucarse. Así.

—¿A nadie en Boston?

—A nadie en especial. Su abuela vaticinó que tendría relaciones esporádicas, pero que solo tendrá un amor de verdad, que será su tabla de salvación en cada tormenta. Eso encaja perfectamente con Cleo.

—Su luz aún está encendida.

—Es más bien noctámbula. Cleo rara vez aparece antes de las nueve, más bien las diez, de la mañana.

—Entonces no la veré al irme.

—Es muy improbable. Trey, si me diera por levantarme esta noche, ya sabes, como en anteriores ocasiones, ¿me lo impedirás? No quiero pasar por eso esta noche.

—Te retendré aquí. —Rozó con los labios su pelo—. No te has levantado sonámbula cuando he estado aquí. Pero hablas en sueños.

Eso hizo que Sonya levantara la cabeza.

—¿Sí? ¿Qué digo?

—No llego a entenderlo, bueno, todavía no.

—Nunca me había ocurrido.

—¿Cómo lo sabes si estás dormida?

Entre risas, Sonya se pegó más a él y empezó a amodorrarse.

—La habitación que compartimos Cleo y yo en el primer año de universidad distaba mucho de ser palaciega. Ella me habría oído y me lo habría dicho. Además, como mujer que se acerca a la treintena, tengo que confesar que he compartido cama con otros. Ninguno me ha dicho jamás que hablara en sueños.

—Entonces es una novedad. Han establecido contacto.

—Mmm… No tengo ganas de atravesar el espejo esta noche.

—Te tengo —musitó él, y permaneció despierto mientras ella conciliaba el sueño.

Cuando el sonido del reloj lo despertó, ella suspiró y se dio la vuelta. La oyó decir:

—De acuerdo. Sí. Voy.

Sin darle tiempo a levantarse, él la apretó contra sí.

—Quédate conmigo esta noche.

Ella hizo amago de levantarse de nuevo, pero él la sujetó.

—Quédate conmigo.

A Trey le pareció oírla decir «Lizzy» o «Lissy» antes de que Sonya se quedara inmóvil.

—Ella me espera.

—Que espere un poco más.

En el silencio, la música de piano procedente de la planta baja se dejaba sentir. Trey oyó el llanto de una mujer y, acto seguido, una puerta que se cerraba.

Por la mañana, mientras se vestía, se lo contó a Sonya.

—Lissy —repitió ella—. Seguramente. Owen Poole se casó en segundas nupcias cuando no habían transcurrido ni dos años de la muerte de Agatha, y su hija mayor se llamaba Lisbeth. Así que, supongo que dije «Lissy». Ella murió el mismo día en que se casó. Según figura en el libro, a consecuencia de múltiples picaduras de viuda negra, en 1916.

—¿Recuerdas todo eso?

Se dio unos toquecitos en la frente.

—A estas alturas, tengo grabados los nombres de las siete novias, cómo y cuándo murieron. He de continuar leyendo, pero eso lo sé. Le pediré a Cleo que me devuelva el libro, pero estoy segura de ese nombre. Lisbeth Anne Poole. Lo que no logro recordar es con quién se casó.

—Vámonos, Mooks. Oye, tengo la reunión esa aunque sea sábado, pero volveré. Me gustaría revisar los cuartos de almacenamiento de nuevo.

—Sí, creo que es conveniente hacerlo.

—Puedo convencer a Owen para que se venga. Cuatro ojos ven más que dos.

—Te lo agradecería, Trey, no sabes cuánto. De todas formas, dudo que encontremos el espejo hasta y a menos que quiera ser encontrado.

—Sea lo que sea, es un objeto inanimado.

—¿Sí? Empiezo a ponerlo en duda. ¿Te da tiempo a tomar un café antes de irte?

—Por supuesto que me da tiempo a tomar un café.

Se tomó el café, junto con medio panecillo, mientras los perros entraban y salían de la casa. Mookie se zampó su desayuno, y Trey salió por la puerta a las nueve.

Al cabo de veinte minutos apareció Cleo, vestida, maquillada y peinada para pasar el día en casa.

—¿Se te ha olvidado que es sábado? —preguntó Sonya.

—No, y a pesar de que por lo general soy reacia a levantarme antes de las diez los sábados, anoche me puse a pintar un cuadro. Me gusta el rumbo que está tomando, así que quiero dedicar la mañana a ver hasta dónde llego. ¿Y Trey y su fiel sabueso?

—En una reunión matutina, pero volverá, a lo mejor con Owen. Quiere registrar de nuevo las zonas de almacenamiento.

—Genial. —Cleo se sirvió café—. No solo porque quiero hacer lo mismo, sino porque así me bajan el baúl al estudio. ¿Cómo has dormido?

—Le pedí a Trey que me retuviera si me daba por levantarme a la hora habitual. Lo intenté, y él me detuvo. Además me dijo que hablo en sueños.

—De eso nada. Yo te habría oído.

—Bueno, por lo visto ahora sí. Anoche dije: «Voy». Y pronuncié el nombre de Lissy.

—¿El diminutivo de Lisbeth?

—Seguramente. Ella es la siguiente en la línea sucesoria.

—¿De qué murió? —Sin darle tiempo a responder, Cleo cerró los ojos y levantó una mano—. Espera, no me lo digas. ¡Por picaduras de araña! —Tras unos instantes, se estremeció—. ¿Por qué las arañas tienen que tener tantas patas?

—¿Porque son arañas?

—Cualquier cosa que tenga más de cuatro patas es absolutamente espeluznante.

—¿A diferencia de una casa habitada por multitud de fantasmas y una bruja malvada muerta?

—Sí, caray. Prefiero los fantasmas a las arañas, con diferencia. Por picaduras múltiples. Ahora lo recuerdo.

—¿Una docena o así? Creo que es correcto. Yo solo recuerdo que murió por picaduras de viuda negra.

—Trece picaduras. Las descubrieron cuando le quitaron el vestido de novia y demás. La araña, o arañas, ya se había escabullido con su montón de patas. Al parecer, de algún modo se le había metido bajo el vestido o las enaguas. Hoy tendrían un antídoto, o sea, quizá se hubiera puesto enferma, pero seguramente no habría muerto. Aunque, con tantas picaduras, tal vez sí. Pero a principios del siglo xx, mucha gente moría por picaduras de arañas venenosas. Lo consulté.

Cleo apuró el café.

—Estaba bailando. Era casi la hora de que fuera a cambiarse para despedirse, pero nunca tuvo la oportunidad. El novio se quedó desconsolado, pero leí un poco sobre él, y pienso que su desconsuelo se debía más que nada a que ella era una heredera.

—Qué interesado.

—Es la conclusión que saqué.

Inquieta, con las manos en los bolsillos, Sonya iba de aquí para allá entre la ventana y la mesa.

—Debería haberle dicho a Trey que me siguiera en vez de retenerme. Es que no quería pasar por eso anoche.

—Son, estás en tu derecho. Yo lo pasaría mal sabiendo que iba a ver morir a otra mujer en el que debería haber sido el día más feliz de su vida. Si quieres tomarte un respiro, lo haces y punto.

—Supongo que eso hice. Pensaba que tenías ganas de conocer el pueblo hoy.

—Ese era el plan, pero el cuadro me tiene enganchada. A lo mejor mañana. Voy directamente a ver si tengo lo que creo que tengo. ¿Estás bien?

—Sí. Tengo un puñado de cosas pendientes para hacer hoy. Empezando por entrenar. No, borra eso. Viene Corrine. —Miró el reloj—. En breve. Y no sé a qué hora regresará Trey.

—Como el estudio mira a la fachada delantera, es probable que lo vea, o lo oiga. Si no, avisadme. Definitivamente quiero ese baúl y revisar los trastos de nuevo.

Sonya metió la ropa sucia en la lavadora y se arregló para estar presentable.

Pensó que no se trataba de una fotógrafa cualquiera a la que esperaba encargar un proyecto, sino de la madre de Trey.

A las diez y media en punto, Corrine llamó al timbre.

«De tal palo, tal astilla», pensó Sonya, pues Corrine iba estilosa y apropiada para un sábado por la mañana, con un pantalón negro y un chaleco de raya diplomática a la altura de la cadera sobre una camisa blanca holgada.

—Muchas gracias por venir.

—Me tienes intrigada.

—Permíteme que coja tu abrigo. Me gustaría explicártelo todo arriba para que puedas ver algo de lo que tengo en mente.

—A Collin le haría ilusión ver cómo vives aquí, sacando partido de la casa solariega. Trey me comentó que tu amiga se ha mudado ya.

—Sí. Está arriba, en el estudio. Es ideal para ella, y confío en que él apreciaría no solo que Cleo lo esté aprovechando, sino que le encanta.

—Ahora cuentas con este pequeñín y con tu buena amiga. Y… con Trey.

—Sí.

—Es un hombre hecho y derecho. —Tras dar una última palmadita a Yoda, Corrine se enderezó y miró a Sonya fijamente a los ojos—. Considero que lo crie para que tomara buenas decisiones. Como madre, ciertamente pienso que tú tomaste una buena decisión, digamos, al pasar tiempo con él. Vamos a dejarlo ahí.

—Trey es muy majo.

Corrine enarcó las cejas de repente.

—Igual que este cachorro.

A Sonya le hizo gracia el comentario.

—Trey posee otros atributos, pero, como has dicho, vamos a dejarlo ahí. Acompáñame arriba.

—¡Qué acierto! —exclamó Corrine nada más poner los pies en la biblioteca—. Collin... Te pido disculpas por sacarlo a colación otra vez, pero era un amigo muy querido. Él valoraría mucho esto, el toque creativo y funcional.

Se dio la vuelta y contempló el panel de ideas.

—Ryder Sports. Sí, sí, sí, veo lo que buscas.

—He encontrado fotos con personas en movimiento, pero, claro, varias son modelos, están posando. Saqué algunas de artículos: de un campeonato de atletismo de un instituto, de una clase de yoga, etcétera. Esa que está haciendo la postura del guerrero es Cleo. El estudio de Boston en el que practicaba colgó esa en su web.

—Es muy guapa, ¿verdad? Y flexible.

—Las dos cosas. Busco movimiento, que se note el esfuerzo, la satisfacción o, según qué, el sudor. Deja que te muestre el esqueleto que he planteado.

Se sentaron juntas mientras Sonya se lo mostraba.

—Como he dicho, eres inteligente.

—Espero dar la talla. Tengo una lista de nombres, y los deportes o el equipamiento que en mi opinión encaja mejor con cada uno. De momento he fichado a Trey y Cleo.

Corrine ladeó la cabeza y parpadeó lentamente.

—¿Has conseguido que Trey acceda a esto?

—Como le gusta el béisbol, lo he puesto entre la espada y la pared para que pose atrapando una pelota. Y, como me comentó que Owen va al gimnasio, se me ocurrió que podía convencerlo para posar levantando pesas.

En vez de la sonrisa lenta de su hijo, Corrine tenía una sonrisa radiante.

—Estoy impaciente. ¿Quién más?

Mientras Sonya le explicaba el resto, Corrine aportó sugerencias, entre ellas nombres de conocidos y emplazamientos.

—Estaba segura de que tendrías ideas de sobra para esto.

—Uy, ideas tengo. ¿Qué te parece si me pongo en contacto con conocidos míos a los que no conoces? Puedo llegar a ser muy persuasiva.

—Trey lo mencionó. Ya que estás aquí, ¿y si te muestro cómo he incorporado tu trabajo en la página web del bufete?

Corrine, igual que Trey, fue avanzando con el cursor y asintió con la cabeza.

—Reconozco que en mi opinión no necesitábamos esto, pero, ahora que lo veo, soy consciente de que sí. Es un reflejo de la empresa y de las personas que trabajan en ella. Y trabajamos bien juntos.

—Coincido contigo. No cobrarías por tus servicios para la web de Anna o para el bufete, pero esto es diferente.

—Sí, es lógico que te cobre.

—¿Por qué no bajamos, nos tomamos un café, un té o lo que te apetezca y hablamos de las condiciones?

—He visto lo que sabes hacer —comentó Corrine mientras bajaban—. Yo sé lo que yo sé hacer. Si no te asignan el encargo de Ryder, no será por tu culpa ni por la mía. De eso no me cabe la menor duda. Será porque no están en su sano juicio.

—Voy a aferrarme a esa idea.

—Oh. —Corrine se detuvo junto al umbral de la sala de música— Otra novia. ¿Es…?

—Lilian Crest. Clover. Encontré su retrato en el mismo sitio que el de Johanna. Lo pintó mi padre.

—Entiendo. Mejor dicho, no entiendo nada, porque es una obra de tu padre y la has encontrado aquí. La madre biológica de él y de Collin. Yo he visto fotos de ella, en el libro que hizo Deuce, pero no eran buenas fotos. Esto es…, es maravilloso. Yo solía bromear con Collin diciéndole que tenía una boca tremendamente sensual. Ahora veo de dónde le venía. Y a ti.

Posó una mano en el brazo de Sonya.

—Y también es maravilloso que los hermanos que jamás llegaron a conocerse tengan sus cuadros uno junto al otro.

En el teléfono de Sonya empezó a sonar *He Ain't Heavy, He's My Brother* [«No es una carga, es mi hermano»].

—Por lo visto ella está de acuerdo. Bueno. —Corrine le acarició el hombro—. Vamos a por ese té.

26

Una vez acordados los términos que satisfacían a ambas, Corrine se reclinó y echó un vistazo a la cocina y a la magnífica sala.

—Hay más pequeños toques. La jarra de cobre de la estantería; ese trozo, ¿es cuarzo rosa?, de cristal en bruto; y los pequeños maceteros con hierbas aromáticas que hay en el alféizar de la ventana. Me llama especialmente la atención la bola azul colgada junto a la ventana. Creo que su nombre es cairel.

—Todo eso es cosa de Cleo. De hecho, ese cairel es obra suya.

—¿De verdad? —Fascinada, Corrine se levantó para mirarlo de cerca—. ¿De cristal soplado artesanal? No sabía que hiciera eso.

—Conoce a alguien que se dedica a eso y que abre el taller unas cuantas veces al año para dar clases. Ella lo hizo en una.

—Al parecer, las dos sois inteligentes.

—Te garantizo que si Anna organizara un taller algún día, Cleo sería la primera en apuntarse.

—Qué idea más interesante.

—Corrine…, ¿te importaría que te preguntara por Johanna?

—Éramos amigas, amigas íntimas. Más que eso —dijo mientras volvía hacia la mesa—. Para mí era una hermana. Pienso que nuestro vínculo era como el que tú tienes con Cleo, de modo que entenderás a lo que me refiero.

—Sí.

—Yo los presenté, a Johanna y Collin, y vi cómo se enamoraban. Dios, qué jóvenes éramos todos. —Sonrió con nostalgia, cerrando los ojos—. Tengo la imagen nítida de las dos, Jo ayudándome a elegir mi vestido de novia y, unos cuantos años después, yo ayudándola a ella a encontrar el suyo.

Miró a Sonya de nuevo.

—Qué buenos recuerdos... Habría que guardar siempre esos buenos recuerdos. Ella era maestra y, oh, le encantaban los niños. Collin y ella hablaban de llenar la casa de niños.

—A juzgar por todo lo que me ha contado Trey, habrían sido unos padres maravillosos.

—De eso estoy segura. —Con la mente en el pasado, Corrine se puso a girar la taza de té sobre el plato—. Era lista, divertida, muy pero que muy independiente, y tenía las ideas muy claras respecto a ciertos temas, como los derechos de la mujer y la prioridad de la integridad física y emocional de los menores. Collin y ella se fueron enamorando paulatinamente, como en un baile lento, y ninguno habría puesto reparos a quedarse soltero. Lo de Deuce y yo fue un flechazo, en un visto y no visto, nos lanzamos.

Entre risas, negó con la cabeza y bebió un sorbo de té.

—Pero cuando ellos llegaron a ese punto, su relación era sólida y fuerte. La boda se celebró a finales de junio, en los jardines. Todo había florecido y estaba precioso. Yo no la vi entrar a la casa y subir. Jamás sabré por qué lo hizo. Si la hubiera acompañado...

—No. —Sonya alargó la mano y la posó sobre la de Corinne—. Era imposible que lo imaginaras.

—No creíamos en los maleficios. En cuanto a los fantasmas, bueno, ahí estaban, y, por lo general, eran motivo de fascinación. Nadie la vio caer. Se fue... sin más.

—Lo siento mucho.

—A él, a Collin, se le rompió algo en su interior. En mí también, durante un tiempo. Entonces la vi.

—¿Aquí, en la casa?

—Sí, en la sala de música donde has puesto su retrato. Más o menos una semana después del funeral, vine a traerle comida a

Collin. Entré a la sala de música, donde habíamos pasado buenos ratos, me senté y lloré por ella, por Collin, por mí misma. Y apareció, con el vestido de novia que yo le había ayudado a elegir.

»Me dijo: "No llores más, Corry —a excepción de Deuce, ella era la única que me llamaba así—. He tenido amor, y sigo teniendo amor. No permitas que él deje de vivir. Cuida de él". Cuando pronuncié su nombre y me levanté para ir a su encuentro, desapareció.

—¿Has vuelto a verla desde entonces?

—No, pero a veces alcanzo a oler ligeramente el perfume que le gustaba, o siento su presencia sin más. Sé que está aquí.

Corrine se reclinó y levantó las manos con un ademán.

—No soy una mujer fantasiosa, pero sé que está aquí. Esa certeza me ayudó a sanar lo que se rompió dentro de mí. Tengo que creer que el hecho de que hayas encontrado su retrato, de que lo hayas colgado en esa sala, en ese lugar, es cosa del destino.

—Yo siento lo mismo con respecto a ambos retratos. Y ahora me has ayudado a verla realmente.

—Pienso que habríais congeniado. —Corrine hizo un gesto en dirección a la bola de cristal y el jarrón de flores—. Me consta que le habrían gustado los pequeños toques que tú y tu amiga habéis dado a la casa.

—Me encanta esta casa. Igual que a Cleo.

—Se nota.

—¿Te traigo más té?

—No, gracias. Me alegro de que me hayas preguntado por Johanna, porque deberías saber más acerca de ella. Bueno, tengo que hacer unos recados antes de regresar a casa. Además de —añadió al levantarse— realizar unas llamadas, poner a varias personas entre la espada y la pared, y planificarme.

—Si…, Cleo prefiere que diga «cuando», cuando consiga este encargo —dijo Sonya al levantarse para acompañarla a la puerta—, será en gran parte gracias a tus fotos.

—Será por tu planteamiento y por tu diseño, pero no te voy a discutir que las fotos van a influir en ello. —Esperó mientras

Sonya iba a por el abrigo—. Así que me voy a superar, caray. Estamos en contacto.

Al cerrar la puerta, el rápido baile de felicidad de Sonya animó a Yoda a dar vueltas en círculo.

—No quiero gafarlo, pero me parece que nuestras posibilidades se han disparado.

Mientras Clover ponía una melodía alegre en la biblioteca, Sonya cogió un chaleco y una bufanda para sacar a Yoda a dar un paseo.

Se fijó en que no había ninguna sombra, y se preguntó quién observaría desde allí arriba tan a menudo.

¿Johanna? ¿Alguna otra de las novias? ¿Molly?

Ahora veía a Johanna más allá del retrato. Veía a una mujer que creía en sí misma, que miraba por los demás. Veía a una mujer que consoló a una amiga, y que quiso que el hombre al que amaba siguiera viviendo.

Más cosas buenas que malas, pensó de nuevo.

Al echar un vistazo a la ventana de Cleo, alcanzó a ver la parte trasera del caballete. Mantuvo a Yoda cerca mientras miraba fijamente hacia el salón dorado.

Ahora mismo no sucede nada, pensó, pero no cabía duda de que Dobbs tramaba algo.

Al oír que se aproximaba un coche, ordenó a Yoda que se sentara.

—Nada de correr hacia la camioneta. Creo que Mookie viene de camino. Siéntate, siéntate, siéntate —insistió, pues, cuando asomó la camioneta de Trey, Yoda se incorporó—. Espera, espera. ¡Ya!

Mientras los perros se saludaban, la ventana del salón dorado dio tres portazos. Aunque no salió nada volando, Sonya no apartó la vista.

—No has coincidido con tu madre de milagro.

—Me he cruzado con ella por el camino. Entonces ¿la has fichado?

—Sí. —Sonya le notó algo en la mirada, y la mandíbula tensa—. ¿Va todo bien?

—Sí, sí. Cosas del trabajo. La verdad es que no puedo hablar de ello.

Pero era evidente que estaba preocupado, pensó Sonya. Esa mirada reflejaba una mezcla de irritación y tristeza.

—Si quieres que dejemos esto para otro momento…

—No, no, me viene bien el descanso. —Hizo un ademán con el mentón en dirección a la ventana—. ¿Ha montado algún numerito?

—Justo ahora. Poca cosa.

Se pusieron de espaldas a la ventana y echaron a andar hacia un costado de la casa en dirección a la entrada de servicio.

—Tu madre me ha dado unas ideas realmente interesantes.

—Ah, sobre el tema del béisbol, he estado pensando que a lo mejor prefieres sacar a un niño.

Sonya le dedicó una sonrisa inocente.

—¿Temes no atrapar una pelota baja?

—Soy capaz de atrapar una maldita pelota baja. Empecé jugando de segunda base en la liga infantil y seguí en el instituto.

—De segunda. —Sonya abrió la puerta y, manteniendo el tono inocente, dijo—: Me extraña que no fueras de primera con esos largos brazos y piernas.

—Manny jugaba de primera base y Owen de parador en corto. Pero…

—Ah, entonces era de Poole a Doyle a…

—García. Hicimos muchos dobles juegos. Pero un niño…

—Quiero sacar a niños en el baloncesto, y tu madre me ha sugerido que saque a otro en bicicleta, con su madre o su padre sujetándolo por detrás. Como si acabaran de quitarle los ruedines. Hablando de Owen, ¿va a venir?

—Debería llegar en breve.

—Hagamos un trato. —Cuando terminó de limpiarles las patas a los perros, tomó la cara de Trey entre sus manos—. Si cuando tu madre te haga las fotos, estas no te gustan nada, pensaré en otra cosa.

—Me fastidia mucho que eso sea justo.

—Bien. Bueno, ¿por dónde quieres empezar?

—¿Por qué no empezamos desde arriba y vamos bajando?

Sonya colgó el chaleco y la bufanda en los ganchos de la entrada.

—Deberíamos esperar a Owen… —Los dos perros ladraron y salieron disparados hacia el vestíbulo—. Creo que la espera ha terminado.

En cuanto abrió la puerta, Jones entró pavoneándose. Aceptó los saludos y olfateó los zapatos de Sonya, a los que aparentemente dio su aprobación.

—Gracias por hacer esto, Owen.

—Hey, ¿cómo voy a perderme la búsqueda de un tesoro?

—¿No llevas chaqueta?

—Llevo una en el coche. —Iba vestido con unos vaqueros, una camisa de franela abierta y, debajo, una camiseta negra—. Estamos en abril.

—Vamos a empezar desde arriba y vamos bajando —le dijo Trey.

Cuando comenzaron a subir las escaleras, los perros les tomaron la delantera a la carrera.

—Parece ser que somos un pelotón —comentó Sonya.

—¿Dónde está Lafayette?

—En su estudio. Debería avisarla.

Owen miró hacia delante.

—Ya voy yo. ¿Primero el desván?

—Nos vemos allí —dijo Trey cuando Owen se marchó.

Owen se encaminó por el pasillo hasta la torrecilla, en cuya puerta se detuvo.

Ella estaba de espaldas, frente al caballete, con un pincel en una mano y una paleta de madera en la otra.

Owen pensó que había montado el estudio de una manera muy similar a como él se imaginaba. Sin recargarlo demasiado, pero con un estilo definitivamente femenino.

Se había recogido la mayor parte de su mata de pelo sobre la coronilla y llevaba puesta una camisa descolorida muy holgada, a modo de guardapolvo o algo así, supuso él.

En el ordenador, sobre el escritorio, sonaban cantos de ballenas.

Cuando Cleo se apartó del caballete y contempló la obra con la cabeza inclinada, Owen vio la pintura.

Aunque se notaba que no estaba terminada, le llegó directamente a las entrañas.

La sirena se encontraba sentada en una orilla rocosa, con la mitad del cuerpo hacia el mar, y la otra hacia la orilla. La cola —que no era verde ni azul ni dorada ni roja, sino todo eso y más— se balanceaba en el agua.

Él visualizó cómo se movía, deslizándose a través de las olas agitadas de color azul y la espuma blanca.

En su cabello, no del todo castaño, no del todo pelirrojo, que le caía por la espalda desnuda, se apreciaban pálidos reflejos cobrizos.

Aunque la artista no la hubiera terminado, él percibió la serenidad en su rostro. La serenidad en la luz sinfónica del sol poniente mientras la sirena contemplaba lo que, en opinión de Owen, sería una ballena azul una vez terminada.

—Hola.

—Ella se giró de sopetón, blandiendo el pincel como una daga.

—¡Mierda! ¡Me has quitado diez años de vida!

—Pareces, más que asustada, en guardia. Van a empezar por el desván —dijo, acercándose al lienzo—. Pensaba que hacías ilustraciones y cosas así. Libros infantiles y esas cosas.

—Sí, además de otras cosas. Estoy trabajando en un libro de sirenas, una edición de diseño.

—Ah, sí, lo comentaste. ¿Primero las pintas?

—A veces sí, pero no, así no. Aquí dispongo de tiempo para pintar y ella, en fin, me ha venido a la mente.

—¿Eso es una ballena azul?

—Lo será. Voy a recoger esto y…

—¿Qué lleva en las manos? Por la posición de sus manos, da la impresión de que sostiene algo.

—Todavía no lo tengo claro. Creo que una caracola, quizá una joya… Probablemente una caracola.

—¿Cuánto?

—¿Cuánto qué?

—¿Cuánto pides por la obra?

—No lo he pensado. —Cleo se encogió de hombros mientras limpiaba los pinceles.

—Te la compro. ¿Cuánto pides?

Cleo, perpleja, lo miró.

—¿Lo dices en serio? Ni siquiera la he terminado.

Él le lanzó una mirada entre impaciente y burlona.

—¿Has vendido alguna vez una pintura?

De repente, ella se sintió agobiada.

—Sí, pero…

—Entonces ¿cuánto pides?

Para quitárselo de encima, eligió una cifra al azar.

—Cinco mil dólares.

—Vale.

—¿Cómo que vale? No, un momento. Acabo de inventarme esa cifra. Ese precio es de galería, y encima inflado.

—¿Qué diferencia hay con el precio de galería?

—Si expones y vendes obras en una galería, se llevan un buen pellizco. Alrededor del sesenta por ciento.

—Entonces si lo vendes directamente, ¿serán dos de los grandes? Vamos a cerrar el trato con dos mil quinientos.

Cleo se quedó mirándolo sin más y Owen hizo lo mismo.

—La quiero. Tengo un sitio para ella. Cerremos el trato, Reina del Nilo.

Cleo volvió la vista hacia el lienzo. Conocía el sentimiento de pena inmediato a una venta. Lo había sentido anteriormente, y sabía que se le pasaría.

—Hagamos un trato. ¿Cuánto pides por construir un *sunfish*?

En los ojos de Owen asomó un fugaz destello de interés diferente.

—¿Es que navegas?

—Nunca he tenido un velero, pero he alquilado uno de esos pequeñitos alguna que otra vez en verano en Boston. Pensaba hacer lo mismo aquí, pero me gustaría disponer de uno propio.

—Podrías comprar uno de fábrica o de segunda mano más barato.

—Entonces no sería un velero de madera construido por un Poole para que navegue por la bahía de Poole, ¿no te parece?

Owen, pensativo, miró de nuevo el cuadro. En su cabeza, la sirena ya era suya.

—Podemos hacer un trueque, pero no podría ponerme con ello hasta dentro de varias semanas.

—Tú no me has preguntado cuándo terminaré el cuadro.

—¿Lo terminarás antes si te doy la lata?

—De ninguna manera. De hecho, tardaría más con tal de fastidiarte. Me da la sensación de que tú trabajas igual. —Le tendió la mano—. Cuando el cuadro esté listo, puedes llevártelo y, cuando el velero esté listo, me lo llevaré.

—Trato hecho. —Alargó la mano y se la estrechó—. Es un buen trueque.

En el desván, Trey y Sonya continuaban retirando sábanas.

—¿Crees que se habrán perdido?

Sonya miró fugazmente a Trey.

—Como Cleo estaba pintando, es posible que tarde un par de minutos en recoger. Pero a lo mejor debería ir a ver. Ha pasado un rato.

—Démosles otro minuto. No hay ruido y los perros están tranquilos.

—Quieres decir que no crees que encontremos el espejo aquí arriba tampoco.

—Hay que seguir buscando. —Se aproximó a la pared lateral del desván y fue palpándola—. Tal vez haya un espacio detrás del tabique.

—Como una puerta oculta, igual que la del servicio. Yo hice lo mismo en la sala de música. —Deseosa de intentarlo de nuevo, se abrió paso hasta la pared de enfrente.

—Dijiste que recordabas haber estado de pie frente al espejo. ¿Nada más?

—No sé dónde. Veía a través de él, a través del cristal, movimiento, al principio como sombras, que después cobraron nitidez. Pero, en cuanto al resto, tengo la mente en blanco, lo cual es frustrante. Porque yo me fijo en los detalles, forma parte de mi trabajo. ¿Te parece una tontería?

—No.

—A mí tampoco. —Cuando se disponía a retirar otra sábana, los perros levantaron súbitamente la cabeza, a la vez. Se oyeron pasos y, acto seguido, la voz de Cleo.

—Estamos registrando aquí arriba —dijo Trey en voz alta.

—Perdonad. —Cleo se echó el pelo hacia atrás al entrar en el desván—. Estábamos cerrando un trato. Al parecer, Owen es coleccionista de arte.

Trey lo miró extrañado.

—¿Desde cuándo?

—Tengo algunas obras. Cleo quiere un velero.

—Ah, ¿sí? —Sorprendida, Sonya dejó la sábana a un lado como un fardo.

—Quiero uno de esos veleritos *sunfish* para navegar por la bahía los domingos por la tarde en verano. El baúl que me gusta está en aquella sección, por cierto. No tiene pérdida. ¡Es el cofre de Davy Jones! ¡De Davy Jones!

Riendo, se agachó para acariciar a Jones.

—Ahora lo pillo.

—Sí, bueno, a veces no hay más remedio que ser obvio.

—¿Por qué no os ocupáis de esa sección vosotros dos? —preguntó Trey, haciendo una seña—. Si nos separamos, abarcaremos más.

Cleo miró a Trey con aire compungido.

—Eso dicen los personajes que no tardan en ser descuartizados en las películas de terror.

—Esto no es una película. —Dicho esto, Owen se dirigió a la izquierda.

—Pues nada. —Cleo lo siguió.

Registraron cada centímetro, cada milímetro. Cleo consiguió su baúl, y Sonya encontró un par de sillas de teca para el mirador.

Encontraron espejos —de pared, de mano, de pie—, pero no dieron con «el espejo».

En el salón de baile, Cleo se puso a apilar cosas para bajarlas al estudio.

—Esto es como la mejor tienda de antigüedades del mundo. O sea, fijaos en esta lamparita.

El pie de bronce era una diosa desnuda; de la recia tulipa de color rosa claro colgaban lágrimas de cristal.

—Parece sacada de un burdel —comentó Owen.

—¿Verdad que sí? ¡¡Me encanta!! —La voy a poner en una mesa en mi sala de estar. A menos que la quieras tú, Sonya.

—Toda tuya. Una tienda de antigüedades, un burdel, una casa de la risa… Os juro que, cada vez que subo aquí descubro algo que se me había pasado por alto anteriormente. Debería haber retirado todas las sábanas en la primera ronda. Y en algún momento debería llevar algunas de estas cosas a los dormitorios de la segunda planta. No todos están amueblados, y es un desperdicio tener tantas cosas almacenadas aquí. En algún momento —repitió—, porque dudo que utilice ninguna de esas habitaciones en un futuro próximo.

—¿Vas a renunciar a toda esa ala por el fantasma de una bruja piruja?

—Owen, tú no has presenciado sus numeritos.

Con la cabeza gacha mientras tiraba de otra sábana, no vio el cruce de miradas entre Trey y Owen.

—Los perros necesitan salir. ¿Por qué no los sacáis Cleo y tú mientras Owen y yo bajamos el baúl? —sugirió Trey.

—No me importaría tomarme una bien fría.

—Ahora Coca-Cola, el alcohol después. —Cleo dio unas palmadas para llamar a los perros—. Vamos, panda, es hora de hacer una parada técnica.

Trey esperó hasta que se apagaron los sonidos de los ladridos, las pisadas y las voces de las chicas.

—¿Y bien?

—Vamos. No recuerdo las habitaciones de esa ala. Nunca tuve motivos para pasar el rato allí.

—Yo sé dónde está.

Trey fue delante.

—¿Sabes? He de decir que hay algo inquietante en esta sección. No hay luz —comentó Owen—. No es que esté apagada, es que hay algo extraño. El aire es más frío.

—Antes no, por lo menos yo no lo noté. Ahora sí se nota.

—Te preocupa que sea aquí donde Sonya viene cuando atraviesa el espejo.

—Se me ha pasado por la cabeza. Pero tiene su lógica que, según ella, Dobbs no guarda relación con el espejo. Aquí hace mucho más frío. Justo aquí.

Al detenerse delante de la puerta del salón dorado, vieron las vaharadas que expulsaba su aliento.

Owen alargó la mano hacia el pomo y, al tocarlo, la apartó bruscamente.

—Menudo calambre me ha dado.

Algo golpeó la puerta.

—¡Joder! La madera se ha combado, ¿has visto eso?

Trey asintió con la cabeza. Y algo golpeó la puerta de nuevo.

—¿Estará intentando salir o impedirnos entrar?

Trey tiró del puño de su jersey para envolverse la mano.

—Puede que las dos cosas. Aporrea la puerta.

Mientras Owen golpeaba con el puño, Trey sujetó con fuerza el pomo y lo giró.

La puerta se abrió de sopetón. La ráfaga que la estampó contra la pared soplaba como un vendaval. Sin embargo, nada se movía. Hasta las cortinas de las ventanas permanecían inertes.

De pronto, las ventanas empezaron a abrirse y cerrarse con estrépito. En el hogar, las llamas se pusieron a arder sin leña que las alimentara.

De nuevo, las paredes sangraron.

—Tengo que decir que esto tiene su punto —comentó Owen.

Trey, sin embargo, sintió cómo se enardecía al imaginar que Sonya abriera esa puerta.

—Ya está bien de gilipolleces.

Trey dio un paso al frente y, al poner el pie en el umbral, algo lo golpeó con tal fuerza que salió despedido y chocó contra la pared.

La puerta se cerró bruscamente.

—¡Eh, eh! —Owen se tiró al suelo a su lado—. Despacio, despacio, te has dado un golpe tremendo.

—Se me ha cortado la respiración. Mierda. ¡Mierda! —repitió, al oír pasos a toda prisa.

—Tío, una mujer muerta te acaba de lanzar por los aires. Creo que puedes manejar a tu novia. Sigue tumbado un momento.

—¡Dios mío! ¿Qué estáis haciendo? ¿En qué estabais pensando?

Trey se vio en la necesidad de ahuyentar a un trío de perros y a dos mujeres.

—¡Estás herido! ¡Hay sangre! Cleo, llama a emergencias.

—Para. —Como notó que la sangre le goteaba de la nariz, se la limpió—. No necesito una ambulancia. Vamos, Mooks, atrás.

—Se encuentra bien —dijo Owen. Se agarraron con fuerza de los antebrazos y Owen tiró de él para levantarlo.

—¿Te has golpeado la cabeza? ¿Estás mareado?

—Sí, me he dado un cabezazo, pero no, no estoy mareado.

—Nos habéis despachado para poder entrar aquí. Os habéis pasado de la raya, los dos. Ya os vale.

Asustada y mosqueada, pensó Trey, y agarró a Sonya de las manos.

—Tienes razón, nos hemos pasado. Lo siento.

—Oye, seguro que a Trey le vendría bien ponerse una bolsa de hielo. ¿Y si nos echas la bronca abajo?

—De acuerdo, creo que la búsqueda ha terminado por hoy, y puedo echaros la bronca donde sea.

—Lo siento muchísimo. —Aunque ella intentó zafarse de él en un primer momento, Trey le sujetó la mano—. Debería haberte dicho que quería echar otro vistazo. Me pareció más sensato que entretanto estuvieras fuera de la casa, pero no es excusa para no haberlo dicho con claridad.

—Ahora entiendo perfectamente a lo que se refería Anna.

—¿Sobre qué?

Ella negó con la cabeza.

—Te daré una bolsa de hielo y una cerveza mientras me explicas todo esto.

Como se dio cuenta de que Cleo se rezagaba, Owen aflojó el paso para acompasarlo al suyo.

—¿Tú también estás mosqueada?

—Sí, por Sonya. El problema es que yo tenía intención de hacer lo mismo que vosotros, de modo que mejor me callo.

—Buena jugada. No intentes hacerlo sola. Bajo ningún concepto.

—Tengo algunas cosas que podrían ayudarme si consigo entrar ahí.

—Acabo de presenciar cómo Trey ha sido golpeado por algo invisible, con bastante fuerza como para salir despedido a más de dos metros y estamparse contra la pared como si lo hubiera lanzado por los aires el increíble Hulk. No lo intentes sola.

»Ahora sí que necesito desesperadamente esa cerveza.

En la cocina, Sonya, con serenidad y en silencio, sacó una bolsa de hielo y humedeció un paño.

—Póntelo en la nariz.

—Ha dejado de sangrar.

—Ya lo veo. —A pesar de su enfado, deslizó los dedos suavemente por la parte de atrás de la cabeza de Trey—. Tienes un pequeño chichón, pero no sangra.

Le dio la bolsa de hielo.

—Póntelo ahí.

—Ya está. Gracias. Sonya, no puedes dejar la habitación cerrada a cal y canto para siempre.

—No sé, estoy barajando la idea de colocar una puerta de acero sobre la que hay.

Sacó dos cervezas y las abrió. Le puso a Trey la suya delante y le ofreció la otra a Owen cuando este entró con Cleo.

—Te has hecho daño, y podría haber sido mucho peor.

—Pero no es el caso.

Cleo le dio unas palmaditas en el brazo a Sonya.

—Iré a por vino para nosotras. Las ventanas de esa habitación han empezado a dar golpes tan fuertes que no me explico cómo no se han roto los cristales. Los perros se han puesto como locos.

Retiró el tapón de una botella abierta y sirvió dos copas.

—Los perros se han puesto como locos, y hemos echado a correr hacia la casa. Ladrando y gruñendo, han subido las escaleras a la carrera. Hemos oído un estrépito y tus gritos.

Owen le dio otro trago a la cerveza.

—Ah, ¿sí?

Ella asintió con la cabeza.

—Te toca.

—Yo he sido el principal culpable. Como todo cuanto sabía acerca de esa habitación y de Dobbs no era por experiencia propia, pues, en fin, hemos ido a echar un vistazo.

—Buen intento. Encomiable. —Más tranquila, Sonya bebió un sorbo de vino—. Pero Trey ya es mayorcito, obviamente, para asumir sus meteduras de pata.

—Era por decir algo. Oye, en esa ala no hay luz, se respira un ambiente lóbrego y hace frío. ¿Lo habéis notado?

Al mirar a Cleo, esta le hizo un movimiento con la cabeza.

—No, pero estábamos un poco distraídas viendo a Trey despatarrado en el suelo.

—Yo no diría «despatarrado» —puntualizó él.

Trey retomó el hilo del incidente, con cuidado de no pasar por alto ningún detalle, pues no era justo para Sonya, y, tenía que reconocerlo, no había sido justo con ella.

—Entonces ha sido muy similar a la otra vez. —Se le pasó el enfado, que solo dejó un ligero poso de resquemor.

—Mucho —confirmó Trey—. Pero no todo. Esta vez la he visto.

—¿La has visto? —Automáticamente, Cleo, a su lado, se hundió en el asiento—. ¿Y cómo no has empezado por ahí?

—Ha sido apenas un segundo, pero he visto a una mujer, vestida de negro y con el pelo negro, que parecía mucho más mosqueada que cualquiera de vosotras. —Miró a Owen—. ¿Tú no la has visto?

—Yo estaba bastante ocupado presenciando tu lanzamiento por los aires. Y la puerta se ha cerrado de golpe.

—Sonya hizo algunos dibujos de ella. Como he dicho, solo he atisbado una imagen fugaz, mientras salía despedido, pero no me ha costado nada reconocerla. Ni reconocer que la mayor parte de lo que hemos presenciado allí dentro eran gilipolleces.

—Eso has dicho antes de salir volando —le recordó Owen.

—Las cortinas no se movían. ¿En la habitación soplan ráfagas de aire y las cortinas no se mueven?

Con el ceño fruncido, Owen se sentó.

—Tienes razón. En eso tienes razón.

—Es una ilusión. Un truco.

—La sangre de tu nariz y el chichón de tu cabeza no son ilusiones.

—No. —Como pensó que a ambos les vendría bien, se levantó y estrechó a Sonya entre sus brazos—. Pero ella no ha podido, o no ha querido, pasar de la puerta. Como el pájaro que desapareció a escasos metros de la ventana. —La besó en la frente—. Encontraremos una explicación.

—¿Y si buscamos una explicación mientras comemos? —preguntó Owen.

—¡Maldita sea! Se me ha olvidado sacar algo para la cena.

—Podrías cocinar lo que hiciste la última vez, la pasta al vodka. Yo quiero ver cómo lo preparas.

—Vale.

—Estamos a punto de terminar arriba. Podemos dejar el sótano para mañana. ¿Podrás arreglártelas? —preguntó Trey a Owen.

—¿Después de lo que acaba de pasar? No podrías dejarme al margen.

—Se acabaron las incursiones a espaldas de las damiselas.

Trey asintió con la cabeza solemnemente.

—Sí, señora.

—Si quieres quedarte a pasar la noche, eres bienvenido, Owen. Hay habitaciones de sobra, descartando las de esa ala.

No me he traído nada, pero… nunca he pasado la noche en la casa solariega. Llevo ropa de trabajo en el coche. ¿Tienes un cepillo de dientes de sobra?

—Un montón. Elige una habitación.

—Vale. ¿Qué desayunáis?

—Ahí te buscas la vida tú solo —espetó Cleo.

—¿Incluso en domingo?

—Sí. Y solo me queda un *strudel* con glaseado, así que ni te lo plantees.

—¿De manzana con eso blanco por encima?

—Ni te lo plantees.

Owen se encogió de hombros, abrió el frigorífico y registró varios compartimentos.

—Yo prepararé el desayuno.

—Aprovechando este intervalo, Trey me ha comentado que entrenas, que levantas pesas y esas cosas, ¿no?

Owen se encogió de hombros.

—Sí. Oye, tienes un gimnasio abajo, ¿puedo usarlo?

—Adelante. Y da la casualidad de que tengo un proyecto entre manos, un posible encargo para Ryder Sports.

—Ajá.

—Necesito fotos, que la madre de Trey va a proporcionarme.

—Se le da bien.

—Ya lo creo. Quiero una de ti realizando el clásico *curl* de bíceps, por ejemplo.

—¿De mí? ¿Por qué?

Para contribuir a la causa, Cleo fue hacia él y le palpó el bíceps.

—Oooh. —Pestañeó con coquetería—. Por esto, machote.

Como él se echó a reír, Sonya fue a por todas.

—Es un encargo de envergadura, y se me ha presentado la oportunidad de conseguirlo. Quiero sacar a personas corrientes, no a modelos profesionales, usando los artículos de Ryder en su día a día. Tú haces *curls* de bíceps, así que te toca eso. Cleo va a representar el yoga, y Trey, el béisbol.

Él se rio de nuevo.

—¿Te ha liado? ¿Primero la foto de abogado y ahora esto? Él odia que lo fotografíen.

—Tanto como odiar… —señaló Trey.

—Pero… —Pestañeando con coquetería de nuevo, Cleo acarició la mejilla de Trey—. Con lo guapo que eres.

—Sí, te ha liado. ¿Yo? Sin problema. Vamos, Jones, saquemos el catre para pasar la noche. No empieces esa receta con vodka sin mí —le dijo a Cleo—. Quiero verlo.

—Un hombre interesante, tu amigo.

Trey le dedicó a Cleo su lenta sonrisa.

—Es polifacético, como Shrek.

27

Por la mañana, cuando se dirigía a la cocina, Trey olió a beicon y café, un canto de sirenas a dúo.

Owen, con una vieja camisa de mezclilla remangada y abierta sobre una camiseta igual de vieja, se hallaba batiendo algo en un bol.

—Los perros te han ganado. Están reunidos fuera.

Trey asintió con la cabeza y fue derecho a por el café.

—Oí el reloj —comentó Owen—. A las tres de la mañana.

—Sí, Sonya siguió durmiendo. Y luego la música.

—Oí llorar a alguien, parecía proceder del fondo del pasillo de la biblioteca. Fui a ver, y luego bajé. No había nada ni nadie. Sin embargo, bueno, ya sabes que tengo una vista de lince, pero al entrar en la sala de música no vi anillos en ninguno de los retratos, anillos de boda, e instantes después sí.

Con los ojos entrecerrados, Trey se apoyó contra la encimera.

—Eso mismo le ocurrió a Sonya. Lo mencionó anoche.

—¿Sí? Tal vez sea cosa de los Poole.

—Tal vez. Y tal vez signifique que no es la única que puede encontrar los anillos, donde demonios quiera que estén.

—O, de nuevo tal vez, atravesar ese espejo mágico. Donde quiera que demonios esté.

—¿Has hablado con alguno de los primos acerca de esto?

—No les interesa. Collin no les dejó la casa solariega en

herencia por una buena razón. La habrían vendido en menos que canta un gallo.

—Pero tú no.

—No. No sé qué demonios habría hecho con ella, y ahí tienes otra razón por la que la heredó Sonya. Ha pertenecido a la familia desde hace más de dos siglos, esas cosas son importantes. El negocio es importante, por la misma razón, y eso lo han heredado. A pesar de que solo les importan, o al menos en gran parte, los beneficios.

—Pero a ti no —señaló Trey.

—Oye, yo no tengo nada en contra de ganar dinero. Aprovechamos nuestros talentos, y la empresa funciona. Puede que Clarice no sepa cómo construir una barca, pero es un lince para el negocio de los negocios. Connor sería capaz de vender arena en el desierto. Si quisiera, Mike podría construir barcos, pero se le da mejor el diseño. Tanto Cathy como Cole se han afincado en Europa, tienen familia allí, y están al frente de esa delegación.

»Y Hugh —añadió Owen, refiriéndose a su hermano menor— agradece la participación que heredó de Collin, y haría cualquier cosa que le pidiera, pero lo que quiere es vivir en Nueva York, vestir trajes elegantes y trabajar en el mundo de las finanzas. Se le da bien.

—¿Crees que las chicas bajarán antes de la hora de comer?

—Sonya se ha levantado. Quería consultar algo en su despacho primero. De Cleo no sé nada. —Trey echó un vistazo al bol—. ¿Hacemos torrijas?

—Es domingo. —Owen sacó dos sartenes—. Alguien se está ocupando de los platos. ¿Cuántas quieres?

—Huelo a beicon. ¿También estás haciendo huevos?

—Es domingo.

—Entonces, dos.

Cuando Sonya entró, Owen añadió más rebanadas de pan empapadas a la sartén y, seguidamente, vertió los huevos batidos en la otra.

—Vaya, te referías a un desayuno en toda regla.

—Es domingo. ¿Cuántas quieres?

—Solo una, gracias.

—Es una lástima, pero tú misma.

Cuando colocó todo en una fuente grande, Cleo apareció. Él le lanzó una mirada elocuente.

—¿Te despiertas con ese aspecto?

Ella se limitó a sonreír.

—Eso sí que es un desayuno dominical.

—He hecho de sobra por si aparecías.

—Es domingo —dijo ella, y a Trey le hizo gracia.

Mientras comían, Sonya se dirigió a Owen.

—Bueno, Trey me ha comentado que construyes casetas para perros.

—La verdad es que no. Solo he hecho un par.

—Hiciste ese dúplex que te encargó Lucy.

—Sí, unos cuantos —corrigió Owen.

—Yoda necesita una caseta sin falta. O sea, ahora, por ejemplo, tiene invitados. Puede que les apetezca pasar el rato juntos, ver algo en el canal ESPN, o *La patrulla canina*.

Owen se sirvió huevos revueltos y la miró fijamente mientras ella le sonreía.

—¿Qué se necesita?

—No sé, no me lo he planteado. De entrada, hace falta un diseño, las medidas…

—Da la casualidad de que lo tengo. —Se levantó rápidamente a por el cuaderno de dibujo que había bajado a la cocina.

—¿Esto es cosa tuya? —le preguntó a Trey.

—Fue sin querer.

Owen continuó comiendo mientras examinaba los bosquejos de Sonya, los cuales había dibujado cuidadosamente a escala.

—Tejado francés, una torrecilla, ventanas arqueadas…

—Tiene que rendir tributo al estilo victoriano de la casa. Se trata de la casa solariega de Yoda.

—Ajá. En el interior, un techo a dos alturas, con ventilador y suelo radiante. ¡Joder! ¡Una cama nido!

—Para sus invitados.

—Una chimenea eléctrica.

—Entre eso, he encontrado una pequeñísima, y el suelo radiante estaría caldeada en invierno. ¿Qué opinas?

—Ella quiere una barca. —Apuntó con el tenedor hacia Cleo—. Y ya hemos llegado a un acuerdo. Pero lo pensaré. Si me decido, tú trabajarás como mano de obra gratis —le dijo a Trey.

—No hay problema. Hablando de perros, voy a dejarlos entrar para darles de comer.

—Yo me encargo de los platos. —Cleo se levantó—. Supongo que habrá que ponerse en marcha. ¿Por qué no registramos el sótano?

En menos de una hora ya estaban enfrascados en la tarea, retirando más guardapolvos, rebuscando en el laberinto de habitaciones. Tras destapar un voluminoso buró, Sonya registró los cajones y casillas.

—Necesita aceite de muebles —señaló Owen al deslizar la mano sobre la superficie—. Es de caoba maciza, con frontal de persiana articulada en forma de S y tiradores tallados a mano originales, probablemente de finales del periodo victoriano.

Sonya pensó que lo conocía lo suficiente como para reconocer su tono.

—Es tuyo.

—No, ni pensarlo. El valor de esta pieza debe de ser...

—¿El de una caseta para perros?

—Mierda. Maldita sea, hecho.

Le sorprendió que Sonya se lanzara a sus brazos y le diera un sonoro beso. Miró a Trey con suficiencia.

—Estás perdido, tío. Ya sabes lo que pasa cuando beso a una mujer.

—Te ha besado ella —puntualizó Trey.

—Eso tiene arreglo. —Pero se volvió hacia el buró—. Será interesante sacar esto de aquí.

Mientras avanzaban con dificultad, la campanilla empezó a sonar.

—Ahí está Dobbs —masculló Sonya.

Trey se aproximó y sujetó la campanilla para parar el ruido. Sin embargo, esta empezó a vibrar.

—Lo único que estás consiguiendo es cabrearla. —No obstante, Cleo se aproximó y puso la mano sobre la de Trey—. Qué pesada. Hace frío, ¿a que sí?

—Sí, cada vez más.

Trey apartó la mano y la campanilla se puso a sonar descontroladamente.

—Podríamos quitarla del panel.

—Eso he pensado. —Al acercarse a ellos, Sonya negó con la cabeza—. Pero es que se trata de una especie de sistema de alerta temprana. Además, si la ignoramos es como hacerle una peineta.

—¿Alguien más hace eso? —preguntó Owen.

—Que yo sepa no. Cleo, mira este secreter con cubierta abatible. También es de caoba, ¿verdad? Deberías quedártelo.

—Ya tengo escritorio.

—Para trabajar, para tu arte. Deberías montar una oficina. Tenemos todas estas habitaciones y me da la impresión de que, cuantas más aprovechemos, más le tocaremos las narices.

—Si tú lo dices...

—Es como aparentar que somos los fuertes —comentó Owen. Acto seguido hizo una seña—. ¿Y si bajamos?

Sonya miró hacia la puerta del sótano.

—Yo no bajo ahí. Jamás.

—No podemos saltarnos el sótano.

Owen fue hacia la puerta y, al abrirla, chirrió tal como Sonya se imaginaba. Pulsó el interruptor de la luz.

—La luz funciona —dijo, y empezó a bajar la empinada y estrecha escalera.

—Haremos una batida rápida —dijo Trey—. Podéis quedaros aquí.

—Yo no pienso quedarme aquí. —Cleo miró a Sonya cuando Trey bajó—. ¿Vamos a quedarnos aquí como damiselas en apuros?

—Maldita sea. Ve tú primero.

La luz cenital no hacía sino acentuar el lóbrego ambiente de sombras y recovecos. El suelo de hormigón era de un gris apagado y sombrío. Había otro laberinto de cuartos de techos bajos y paredes desnudas.

Qué raro que no haya telarañas, pensó Sonya. Pero el sótano resultó estar tan limpio como el resto de la casa.

—Molly se mantiene ocupada. —Sonya se pegó a Cleo.

—Si no vieras tantas pelis de terror, no estarías pensando en Freddy o Jason o, ¿cómo se llama?, Michael Myers.

—¡No los nombres!

Al oír a los hombres hablar sobre calentadores sin depósito, calderas y vigas de apoyo, enfiló en esa dirección.

En lo alto de la escalera, la puerta se cerró bruscamente.

Y las luces se apagaron.

—¡Ay, mierda! ¡Ay, Dios! ¡Señor! ¿Cleo? —Buscó a tientas la mano de Cleo y la agarró con fuerza.

—Estoy aquí. ¿Dónde…?

Como la voz de Cleo procedía de la izquierda y la mano que ella sujetaba estaba a su derecha, Sonya no se planteó ni por un momento reprimir el grito.

Como un torbellino, chocó con alguien —con algo— y volvió a gritar.

—¡Soy yo! ¡Soy yo! —Cleo la sujetó con fuerza. Oyeron pasos acelerados y vieron una tenue luz en movimiento.

—¡Sonya!

—¡Hay algo aquí!

Cuando Trey llegó, la abrazó con un brazo mientras con el otro sujetaba el teléfono con la linterna encendida. Al otro lado de la puerta, los perros ladraban como posesos.

—¿Estás herida?

—No, no, pero…

—¿Llevas el teléfono encima?

—Sí, lo siento. Sí. La puerta… Las luces…

Mientras sacaba su teléfono a tientas, Owen pasó por delante de ella en dirección a la escalera.

—Está cerrada a cal y canto por fuera.

—Ahí atrás había herramientas.

—¿Por qué no vas a por ellas? La descolgaremos de los goznes.

—No pasa nada —le dijo Trey a Cleo—. Vuelvo en un minuto.

—Espera. —Cleo levantó una mano al encenderse las luces—. Prueba a abrir la puerta otra vez.

—Acabo de hacerlo.

—Hazlo otra vez —insistió Cleo—. Mira las luces. O se ha cansado o no puede continuar con el numerito. Prueba.

Al girar el pomo, Trey miró hacia atrás.

—Tienes razón.

Cuando abrió la puerta, se encendieron todas las luces. Los perros se pusieron a saltar, a mover la cola, a temblar. Como para ella el orgullo no revestía importancia, Sonya subió los escalones de dos en dos.

—Lo siento, me ha entrado el pánico. Que se quede con el salón dorado y el sótano. Cuando se ha ido la luz, he agarrado la mano de alguien, y no era de Cleo, porque ella estaba al otro lado. Me voy para arriba —añadió—. No era Cleo ni ninguno de vosotros. He agarrado la mano de alguien y no la he soltado.

Las suyas aún temblaban al llegar a la cocina y llenar un vaso de agua.

—Me ha entrado el pánico.

—Lógico —dijo Owen.

—¿Qué sensación te ha dado?

—La de una mano, Trey.

—Me refiero a si era la mano de un hombre o de una mujer.

—Ah. Pues… —Bebió otro trago de agua e hizo memoria—. Francamente pensaba que era la de Cleo, pero, claro, lo daba por sentado.

Cerró los ojos para revivir el momento.

—De una mujer, o de una niña. Dios, seguramente era la suya. La de Hester Dobbs.

—Lo dudo. —Cleo le acarició el pelo a Sonya—. No has dicho que la mano estuviera fría.

—No me he dado cuenta.

—Lo habrías notado, seguro. Trey, ¿verdad que la campanilla se heló?

—Efectivamente.

—Dices que has alargado la mano en busca de la mía y era otra. Cuando la puerta se cerró de repente y las luces se apagaron, el ambiente se enfrió, pero no como la campanilla. Intuyo que se trata de una de las otras. Y ha dejado que te agarraras de su mano para tranquilizarte.

—Pues le ha salido el tiro por la culata, porque me he puesto histérica.

—Repito: es lógico —dijo Owen.

Ella esbozó una lánguida sonrisa.

—Gracias.

—Me remito a los hechos. Vamos a echar otro vistazo —le dijo a Trey.

—Uy, ¿es necesario?

—Volvemos en un minuto. —Trey se inclinó y le dio un beso en la coronilla a Sonya.

—Yo no pienso volver ahí abajo, Cleo.

—¿Por qué ibas a hacerlo? Dejemos que registren ellos. Se quedarán más tranquilos. De todas formas, dudo que Dobbs sea capaz de volver a montar ese numerito tan pronto.

En el teléfono de Sonya empezó a sonar *Take It Easy* [«Tranquilízate»] de Eagles.

—Eso intento.

—Podría tratarse de Clover, o incluso de Molly —dijo Cleo, al tiempo que caminaba de un lado a otro—. De alguien a quien le importas como para dejar que te agarres de su mano. Una fuerza opuesta. Sé que te ha asustado, yo también me habría llevado un susto de muerte, pero dudo que fuera esa su intención.

—Tienes razón. Tienes razón. Cuando me rozó Dobbs, me salió una quemadura causada por el frío. Esto ha sido diferente. Del todo. En cualquier caso, no pienso bajar ahí.

Cuando los hombres regresaron, Trey se sentó a su lado y agarró sus manos.

—Ahora todo está en orden abajo.

—Bien. Voy a apuntarlo en mi lista de «No volver allí jamás».

—¿Por qué no hacemos una cosa? ¿Vamos a ver lo que necesitamos para subir esos escritorios y cualquier otra cosa que queráis, y después aparcamos el tema y salimos por ahí a cenar?

—Por mí, perfecto.

Todo volvió a la normalidad. Hasta Clover prescindió de sus interludios musicales, como si entendiera que Sonya necesitaba silencio. El lunes se pasó la mañana entera trabajando sin interrupciones hasta que Cleo apareció en el umbral.

—Perdona, pero quería avisarte de que voy al súper. A menos que prefieras que espere a que termines para que me acompañes.

—No, qué tontería, adelante. Yo estoy muy bien aquí.

—No tardaré mucho. Esta noche es el concierto de Rock Hard.

—¿Cómo iba a olvidarlo? Le pregunté a Bree y dijo que nos pusiéramos ropa sexi.

—¿Es que hay de otro tipo? Hasta luego.

—Saldré contigo. Es hora de que Yoda dé una vuelta.

El silencio y la normalidad continuaron durante el paseo y al retomar el trabajo. Pensó que eso era lo que necesitaba: la bonita casa señorial, el incesante movimiento del mar fuera, el perro dormitando junto al fuego…

Y su trabajo.

Procuró no preocuparse por si no conseguía el encargo de Ryder y se quedaba sin proyectos a corto plazo en su agenda.

Se dijo para sus adentros que ya surgiría algo, que, haciendo bien el trabajo, surgiría algo.

Cuando Yoda ladró y bajó corriendo a saludar a Cleo, Sonya cayó en la cuenta de que había pasado tres horas más trabajando. Menos mal que Cleo había dicho: «No tardaré».

Apagó el ordenador y, al entrar a la cocina, se encontró a Cleo colocando la compra.

—¡Me encanta Poole's Bay! Como me figuraba que en caso de necesitarme me enviarías un mensaje, aprovechando que estaba allí no he tenido más remedio que curiosear. ¡Qué monas son todas las tiendecitas!

Sonya miró las bolsas.

—Has disfrutado.

—Sí. Y cuando Gigi, la de Gigi's, esa tienda tan chula de ropa, jabones y lociones de producción local, se ha enterado de que era amiga tuya, ha comentado que estaba sopesando la idea de contratar tus servicios. Ha visto la página web de Anna.

—¿En serio?

—Como es natural, le he dicho que eras la bomba y que, con la de cosas bonitas que vende, diseñarías algo fantástico. No me extrañaría que te llamase esta semana.

—Me encantaría que Gigi me llamase.

—La hija de Gigi salió con tu primo.

—¿Con Owen?

—No, con otro. Con Cole.

—Tengo entendido que vive en Londres.

—Y la hija de Gigi vive en Bangor, con su marido y sus dos hijas, además de una perra San Bernardo llamada Milly.

—Siempre te enteras de los cotilleos.

—Pues sí. El caso es que me lo he pasado pipa. Si no me surge nada irresistible, puede que me tome unas semanas de vacaciones este verano. Para pintar y navegar, navegar y pintar, y simplemente holgazanear.

Guardó las bolsas de tela de la compra.

—¿Qué te parece si nos tomamos una ensalada con pollo a la plancha antes de ponernos sexis?

—Me parece perfecto.

Cuando subió a cambiarse, a Sonya no le sorprendió encontrar el vestido rojo extendido sobre la cama otra vez.

—¿Sabes qué? Esta noche sí que me lo voy a poner. A menos que...

Salió al pasillo y dijo a voz en grito:

—Cleo, ¿vas a ir de rojo?

—No, me voy a poner el vestido negro con los adornos en plata.

—Ah, ese está muy bien. Vale.

Después fue Cleo la que salió.

—¿Vas a ponerte el rojo despampanante?

—Esta ha sido como la tercera o la cuarta vez que Molly me lo ha preparado.

—Para mí ha elegido el negro, así que, démosle el gusto.

Sonya concluyó que tal vez eso fuera chocante en la mayor parte del mundo, pero en la casa solariega era algo bastante normal.

Por primera vez desde que se había mudado, sacó las tenacillas para rizarse el pelo. Iba a por todas.

Tardó una hora entera, pero, al mirarse al espejo, pensó que había valido la pena hasta el último minuto empleado en ello.

Cruzó el pasillo con los zapatos de tacón que llevaba meses sin ponerse y entró en el cuarto de Cleo.

Su amiga se había soltado la melena y había combinado el vestido negro con unos zapatos de tacón plateados que realzaban las rayas brillantes del vestido.

Al darse la vuelta, los labios de Cleo, pintados de rojo oscuro, se curvaron.

—Esta noche triunfamos. Bajemos.

—Trey va a dejar a Mookie, después nos recoge, después deja a Yoda y después recoge a Owen. Menudo trasiego.

—¿Y Jones?

—Jones tiene wifi en su caseta.

—Vale. Lo había olvidado.

Yoda anunció a Trey antes de que llamara al timbre.

Cuando abrieron, Trey parpadeó muy despacio a modo de aprobación.

—Vaya, guau. No se me ocurre qué otra cosa decir salvo guau.

—Bienvenido sea —dijo Cleo al salir al porche.

—Un guau gigantesco.

Sonya cerró la puerta al salir.

En el pueblo, Yoda se reencontró con Mookie y, al cabo de unos minutos, Trey detuvo el coche delante de una casa colonial típica de Cape Cod con un enorme garaje, situada cerca de la bahía.

Bastó un pitido para que Owen saliera.

—Bonita casa —comentó Cleo.

—Necesita unos arreglos, pero se mantiene.

—En el garaje podría vivir una familia de cuatro miembros.

—No es un garaje; es una tienda. Qué guapa estás —dijo—. Las dos. Manny me dijo que Bree le había comentado que íbamos y nos ha reservado una mesa. Por los viejos tiempos.

Nadie sacó el tema de los fantasmas o las campanillas, de modo que durante el trayecto a Ogunquit continuó la tónica normal del día. Sonya pensó que tal vez solo fuera un respiro, pero como Cleo con el «guau», bienvenido era.

Cuando entraron al club, cayó en la cuenta de que había echado de menos el movimiento, el calor de los cuerpos al moverse, la barra atestada, la música a todo volumen.

Al mirar hacia el escenario, y al batería, se dio cuenta de que no se habría imaginado a Bree con Manny, con sus gafas de Buddy Holly, su sonrisa bobalicona y su pelo castaño más bien largo.

Pero la chef estaba de pie junto a una mesa, moviendo con brío las caderas al ritmo de la música. Y Sonya comprobó que la sonrisa bobalicona iba dirigida a ella.

—Bree nos ha pillado una mesa —gritó Owen—. Yo invito a la primera ronda. ¿Quieres tu primera y única cerveza?

—Sí. Me toca conducir, he perdido al echarlo a suertes.

—¿Cómo está el vino aquí? —preguntó Sonya.

—No sabría decirte.

—Voy con él. Sonya, yo me encargo. —Cleo se alejó con Owen mientras Trey conducía a Sonya a la mesa.

—¡Yuju! Habéis venido. Esta noche lo están petando.

La chef llevaba unos ceñidísimos pantalones de piel y un top sin mangas que dejaba al descubierto parte de su barriga y un piercing en el ombligo. Un tatuaje de una libélula le cubría desde el codo hasta el hombro.

—Estás despampanante, Sonya.

—Igualmente.

—¿Venís los dos solos?

—Owen ha ido a la barra —respondió Trey— y Cleo lo ha acompañado. Nadie confía en Owen a la hora de pedir vino.

—En eso tienes razón. Tengo que bailar.

Bree se lanzó a la pista de baile y se unió a un grupo de cuatro a quienes no pareció importarles.

—¿Quieres bailar?

—Primero quiero mirar, enseguida bailamos. —Al sentarse, Sonya se volvió hacia Trey—. O son buenísimos o hace demasiado tiempo que no oía música en directo.

—Puede que las dos cosas. —Le acarició el pelo de arriba abajo—. Esto es nuevo.

—Cuesta lo suyo, créeme.

Él se echó hacia delante para besarla.

—Gracias por el esfuerzo.

Cleo puso una copa delante de Sonya.

—De hecho, tienen una excelente carta de vinos.

—Una única cerveza.

Cuando Owen dejó la cerveza sobre la mesa, Cleo lo agarró de la mano.

—Vamos a bailar.

Entre risas, Sonya bebió un sorbo de vino rápidamente y agarró de la mano a Trey.

—Vamos a bailar.

Bailó con Trey, con Owen, con Cleo, con Bree y con unos completos desconocidos. Y se olvidó de todo lo que no fuera movimiento y música.

Cuando la banda hizo un descanso, conoció a Manny, que resultó ser un friki y al mismo tiempo un encanto. Y, cuando este se apretujó en una silla con Bree, el friki y la chef tatuada hacían una pareja perfecta.

Cuando Rock Hard siguió tocando, Sonya comentó a Bree:

—Manny es adorable.

—Totalmente. Y es un fiera en la cama.

—Bree, por el amor de Dios.

Bree hizo un gesto desdeñoso con la mano a Trey.

—Ay, cierra el pico. Tú tampoco eras manco. No es manco —le dijo a Sonya mientras Cleo se tronchaba de risa.

—No es manco —convino Sonya.

Para zanjar el tema, Trey cogió a Sonya de la mano.

—Vamos a bailar.

Pasada la medianoche, Trey detuvo la camioneta junto a la casa solariega. Mookie y Yoda iban hechos un ovillo en el asiento trasero con Cleo.

—Qué pasada de noche. Podría convertirme en una grupi de Rock Hard. ¿Vas a pasar, Trey?

Él volvió la vista hacia Cleo y seguidamente miró a Sonya.

—Tengo una cita a las ocho, pero…

—Te vas a casa. —Sin darle tiempo a Sonya a acercarse a él para besarlo, Cleo se llevó los dedos a los labios y los posó en la mejilla de Trey—. Buenas noches y gracias de mi parte y de parte de Yoda. Me lo he pasado pipa.

—Buenas noches, Cleo.

—Yo también me lo he pasado pipa. —Sonya se acercó para besarlo—. Me caen bien tus amigos.

—Y a mí la tuya.

—Eso es una ventaja añadida, ¿verdad? Vete a dormir.

—¿Seguro que estarás bien esta noche?

—Todos estaremos bien. Estamos disfrutando de un agradable respiro. —Lo besó de nuevo, recreándose en ello—. No salgas del coche.

—En realidad dormir no es tan importante.

Ella, riendo, le dio con el codo.

—A dormir —dijo, y abrió la puerta—. Tú también, Mookie.

Él esperó a que llegara a la puerta y entrara.

Cleo volvía por el pasillo.

—Todas las puertas de los armarios de la cocina y la despensa abiertas. Y, esta vez, las del aparador y el trinchero del comedor también. Me parece que a alguien le ha sentado mal que nos hayamos ausentado con el perro durante tanto tiempo.

»Alguien —apostilló Cleo— a quien Yoda saludó corriendo en círculo, y después bailando un poco erguido sobre sus patas traseras. Creo que nos ha perdonado.

—Bien, porque lo he dado todo bailando y quiero irme a la cama.

—Yo también. A la mía. Qué bien lo hemos pasado —añadió Cleo mientras subían las escaleras agarradas del brazo.

—Casi había olvidado lo que era el simple hecho de dejarse llevar y bailar sin parar. —Sonya se detuvo junto a la puerta de Cleo—. Eres la mejor amiga que se puede pedir.

—¿Quién va a saberlo mejor que tú?

—Lo digo en serio. Brandon te caía fatal. —Se echó hacia atrás y miró a Cleo a los ojos—. Lo sé porque Trey te cae fenomenal.

—Me encanta Trey.

—A mí también. Buenas noches, Cleo.

En su habitación consiguió desmaquillarse y aplicarse crema hidratante dándose unos toquecitos. Tras meter el vestido rojo en su funda de la tintorería, se puso un pantalón de pijama y una camiseta.

Yoda ya roncaba ligeramente en su cama.

Ella se metió en la suya.

—Por favor, os pido a todos solo una noche más, solo veinticuatro horas seguidas de tranquilidad. Solo quiero dormir. Si hay algo más, dejadlo para mañana.

Y, al cerrar los ojos, se quedó dormida al instante y no se movió.

Fuera lo que fuera lo que pasara por la habitación, fuera lo que fuera lo que vagara por los pasillos, lo hizo en silencio. Después de tantos años esperar una noche no era para tanto.

28

Aunque estaba convencida de que la tregua no duraría, esta se alargó durante los dos días siguientes. Sonya trabajó mientras caía una breve nevada primaveral con diminutos copos que se derretían en el instante en que tocaban el suelo.

A media mañana aceptó un encargo para diseñar otra cubierta de un libro. Eso merecía celebrarse con una Coca-Cola y un bol de galletitas saladas.

Mientras realizaba las pruebas finales del proyecto para los Doyle, pensó en sus años en By Design. En esa fase del proyecto contaría con otros ojos para supervisarlo, y ahora solo tenía los suyos.

Habría compañeros o jefes con quienes poner en común ideas o plantear soluciones a problemas.

Ahora, de nuevo, solo se tenía a sí misma.

Se figuraba que una parte de ella siempre echaría de menos el compañerismo de la oficina, pero, a cambio, la gratificación de confiar en sí misma, en sus ojos, en su instinto, lo compensaba todo.

—Yoda, voy a enviar esto a los tres Oliver. Después daremos un paseo antes de retomar el trabajo y ponerme un rato con el proyecto para la florista.

Redactó el correo electrónico, adjuntó los archivos y lo envió.

Y se recostó.

—Es increíble cómo cunde sin distracciones. Sean de compañeros o de fantasmas.

Apagó la música —le había cedido la batuta musical a Clover— al levantarse.

Yoda no estaba dormitando junto al fuego ni hecho un ovillo debajo del escritorio.

Con la música apagada, oyó la pelota botar abajo, y a Yoda correr a la desbandada por los suelos de madera.

Salió de la biblioteca sin hacer ruido y empezó a bajar las escaleras con sigilo.

Yoda corrió detrás de la pelota, la atrapó junto a la puerta principal y dio dos rapidísimas vueltas en círculo antes de volver trotando por el pasillo.

Ella oyó, tenue pero claramente, una risa, la risa de un niño.

Conforme se aproximaba al pie de las escaleras, vio que la pelota venía en dirección a ella.

Y un peldaño crujió bajo sus pies.

Maldiciendo en silencio, bajó los últimos a la carrera y atisbó una silueta de refilón. ¡Un niño! Sí, un niño que salió pitando por otro pasillo.

Con la pelota agarrada entre los dientes y los ojos chispeantes por el juego, Yoda lo persiguió. Sonya hizo lo mismo.

—¡Espera! Por favor. No voy a hacerte daño. ¿Cómo diablos iba a hacerte daño?

Siguiendo el sonido del perro, corrió pasando junto a varias salas de estar en dirección a la galería, a continuación hacia el salón de día y, al aproximarse al comedor formal, oyó que las puertas de los armarios daban golpes, y aminoró el paso.

—Vale, de acuerdo.

Casi sin resuello, entró a la cocina, donde Yoda estaba sentado con la pelota a sus pies y la cabeza inclinada.

—No hay necesidad de enfadarse —dijo con voz serena, y se puso a cerrar los armarios con brío—. Me alegro de que juegues con él. Es un perro muy majo, ¿a que sí?

Hablándole a un fantasma, pensó, pero, dado que a esas alturas acostumbraba a hablar a Clover, no le parecía tan raro.

—A veces me enfrasco en el trabajo y olvido que necesita ratos de juego. Sé que lo pasa bien contigo. Sinceramente, solo quería darte las gracias.

—¿Con quién hablas? —preguntó Cleo.

Sonya se sobresaltó hasta tal punto que estuvo en un tris de dar un traspié y caerse de culo.

—¡Por Dios! ¡Haz un poco de ruido! Lo he visto.

—¿A quién?

—Al niño. Sabía que era un niño. Estaba jugando con Yoda y ha abierto los armarios. Lo he visto, Cleo.

—¿Aquí? —Cleo miró a su alrededor—. ¿Lo sigues viendo?

—Ya no, y no fue aquí, sino en el pasillo principal. Oí la pelota y a Yoda correr tras ella, así que intenté bajar con sigilo. Pero él me oyó y salió pitando. Sin embargo, lo vi fugazmente.

Cogió una hoja de papel de cocina y un lápiz y se puso a dibujarlo.

—Calculo que tendría unos ocho, nueve, igual diez años, por ahí. El pelo castaño cortito, más o menos de mi color. La verdad es que no le vi la cara, tan solo de refilón. Llevaba unos… ¿Cómo se llaman? Unos pantalones bombachos de esos por debajo de la rodilla, marrones, con una camisa blanca. —Soltó el lápiz—. Eso es todo cuanto he visto.

—Pero lo has visto realmente, Son, estando despierta. Es un avance.

—¿Sí? Salió corriendo. De hecho, lo perseguí. No tengo la más remota idea de cómo habría actuado de haberlo alcanzado.

—Mantener una conversación, lo mismo que estabas haciendo cuando he entrado.

—Es muy dulce con Yoda, yo solo quería… Qué más da. ¿Por qué has bajado?

—Necesito mi chute de mediodía. —Cleo abrió la nevera y saco un cartón de yogur.

—No entiendo qué relación hay entre el yogur y un chute. Me pregunto quién sería —murmuró Sonya— y qué le pasó. Solo era un crío.

—No sé en qué época llevaban pantalones bombachos los

niños. Sería conveniente averiguar la fecha aproximada en la que vivió aquí. Seguro que vivió aquí.

—Lo que es seguro es que murió aquí, fijo. Voy a sacar a Yoda a dar un paseo. Si quieres, puedes acompañarnos.

—¿Me lo dices a mí o al niño fantasma?

—A cualquiera de los dos o a ambos.

—Solo he bajado un momento a por el chute y vuelvo a la mesa de dibujo. Literalmente. Nos vemos en la cena.

Sonya ignoraba si el niño los acompañó, pues no dio señales de su presencia. Durante el paseo se convenció de que, pese a la corta nevada, la llegada de abril era patente: esos osados brotes tenían los tallos más altos; el sol calentaba un pelín más.

Pensó que los días se estaban alargando visiblemente.

Y había transcurrido más de la mitad de lo que consideraba su periodo de prueba de tres meses.

—No voy a ir a ninguna parte —dijo, con la vista levantada hacia la segunda planta—. De aquí no me muevo.

Al entrar por la puerta de servicio, la caja de chucherías de Yoda yacía sobre la isla de la cocina.

—Deberías darle una. Yo voy a seguir trabajando. Dale una.

Como Yoda no la siguió, llegó a la conclusión de que al menos el niño daba señales de su presencia allí. Cuando se puso a trabajar, oyó la pelota.

—¿Cómo se llama, Clover? ¿Sabes su nombre?

En la tableta empezó a sonar a ritmo de rocanrol *Jumpin' Jack Flash* [«Jack el Saltarín»].

—Jack. Bueno, si tienes la oportunidad, te agradecería que le dijeras a Jack que estoy encantada de compartir a Yoda con él, y que Cleo y yo estamos encantadas de compartir la casa con él.

Qué remedio, pensó Sonya, pero era conveniente mantener la buena armonía en la medida de lo posible.

Trabajó hasta las cinco y, en algún momento de la jornada, Yoda subió y, obviamente extenuado por el juego, se echó una siesta junto al fuego.

Al levantarse y mirar hacia él, Sonya reparó en que el libro de la familia Poole yacía sobre la mesa, abierto.

Cuando fue hacia la mesa, Yoda parpadeó y movió la cola con fuerza.

Vio en la página abierta una lista de los hijos de Owen Poole —el Owen de Agatha— y su segunda esposa, Moira.

Michael y Connor, gemelos.

Charles, nacido un año después.

Lisbeth, nacida al año siguiente. Fallecida a los dieciocho años, el día de su boda.

Alice, nacida tres años después de Lisbeth, se casó y se mudó a Virginia, donde vivió hasta los sesenta y nueve años.

Y John (Jack), nacido un año y medio después de Alice, que murió a los nueve años. De escarlatina.

Pobrecito, pensó.

Yoda salió disparado; sonó el dong del timbre.

Mientras bajaba, pensó en el sufrimiento, quizá el delirio, del crío, en la desesperación de sus padres, en el miedo de sus hermanos. Destinado a vivir una... vida a medias, por llamarlo de alguna manera, durante más de cien años.

Y ahora jugaba con el perro.

Abrió la puerta a otro perro, y a Trey.

—Aquí está Mookie. Tienes un amiguito, Yoda. Y tú, una llave —le dijo a Trey.

—Para emergencias, no para dejarme caer por aquí.

No tiene nada que ver, pensó, absolutamente nada, con Brandon. Lo rodeó con sus brazos y lo apretó con fuerza.

—¿Va todo bien?

—Sí, supongo que estoy un poco deprimida. He leído acerca de Jack Poole, el niño que juega con Yoda y abre los armarios. Lo he visto esta tarde.

—¿Que lo has visto? —Trey la echó hacia atrás para mirarla a los ojos.

—Lo que podría describirse como una imagen fugaz. Vamos, te pongo una cerveza mientras te lo cuento.

Cleo, ya en la cocina, sonrió a Trey.

—Genial, otra víctima. Estoy cocinando una receta de pollo y mis primeras patatas gratinadas. ¿Es hora de tomar un vino, Son?

—Podría ser. ¿Has llevado el libro de los Poole a la biblioteca hoy?

—No.

—Pues alguien lo ha hecho. El niño se llama Jack. Murió de escarlatina a los nueve años.

—Oh. —A Cleo se le empañaron los ojos—. Pobrecito.

—Tengo que contárselo a Trey desde el principio.

Después Trey retomó el hilo del relato.

—Casi con toda seguridad fue Michael Poole quien se casó con Patricia, tu bisabuela biológica. Michael era el mayor de los gemelos. Fue ella la que se negó a vivir aquí y prácticamente clausuró la casa.

—¿Y su hijo, Charlie, la abrió de nuevo y se mudó aquí con Clover y compañía?

—Eso tengo entendido. Como Charlie quería la casa y sus padres no, su padre se la cedió en vida. En fideicomiso, si no recuerdo mal, hasta que cumpliera los dieciocho. De todas formas, al ser el primogénito de Michael Poole, la habría heredado. Creo que Michael Poole falleció antes de que Charlie fuera mayor de edad, o poco después. Me figuro que estará en el libro.

—Entonces ¿Jack sería hermano de mi tatarabuelo? Qué lío. He aparcado la lectura de la historia y el linaje familiar, y me arrepiento. Tengo que retomarla. —Miró a Cleo—. ¿Te echo una mano?

—Espero tenerlo bajo control.

—Da la impresión de que me he presentado aquí en el momento más oportuno. Quería comentarte que todos hemos revisado los archivos, y todo está perfecto.

—¿Os parece bien?

—Más que bien. De hecho, Sadie gruñó dos veces, lo cual es un elogio efusivo.

—Puedo activarla a primera hora de la mañana. Esto es una pasada. Cada vez que pienso que añoro el ambiente de la oficina, me doy cuenta de que prefiero, con diferencia, mi propio ambiente.

La pelota entró rodando a la cocina, con los dos perros persiguiéndola como locos.

—Incluso con eso, me gusta mi propio ambiente. Supongo que me toca recoger otra vez la pelota.

Después de cenar, Sonya apuntó con el dedo a Cleo.

—Lo tenías bajo control.

—Sí. Me está picando el gusanillo. Chicos, ¿qué os parece si saco a los perros y vosotros recogéis?

—Me parece un trato justo —respondió Trey.

—Estoy pensando en ver una peli después en la biblioteca, si a vosotros no os apetece. De lo contrario, parece el momento idóneo para estrenar la sala de cine.

—Oh. —A Sonya se le hizo un nudo en el estómago. Un acto reflejo, pensó. Ya era hora de superarlo—. ¿Sabes qué? Tienes razón. ¿De qué sirve tener una sala de cine para no usarla nunca? —Se dirigió a Trey—. ¿Te apetece ver una peli?

—¿Puede ser una donde haya violencia, algún que otro desnudo y lenguaje soez?

—Se nos da bien elegirla. —Sonya se levantó para quitar la mesa—. Descartamos las comedias sofisticadas, los dramas y las películas románticas agridulces. A todos nos encantan las de acción. Yo voto por una protagonista femenina de armas tomar, con potencial para dar caña. Ahora sigamos con la criba. ¿Clásica o estrenada en los dos últimos años?

—A mí me chiflan los clásicos —comentó Cleo—. ¿Sabéis la que no he visto nunca sin anuncios y en una pantalla más grande que la de mi ordenador? La primera de la saga *Terminator*.

—Esa cumple todos los requisitos. —Mientras trajinaban con los platos, Sonya le dio un empujoncito con la cadera a Trey—. Te toca votar.

—Yo voto que la próxima vez veamos la secuela. Collin tiene toda la saga en DVD.

—Vamos, chicos. —Tras coger una chaqueta del perchero de la puerta de servicio, Cleo asomó la cabeza a la cocina. Imitando a Schwarzenegger, dijo—: Volveré.

Fue divertido. Qué divertido, pensó Sonya, repantigarse en cómodos butacones con palomitas. Sí, la campanilla sonó —o más bien provocó estrépito— en ese preciso instante. Decidió que hacer oídos sordos, mientras la inquietante música de la secuencia inicial resonaba en la sala, era como hacerle una peineta a Hester Dobbs.

Más o menos cuando Kyle Reese le dijo a Sarah Connor que fuera con él si quería vivir, las luces parpadearon como un estroboscopio.

—No le hace gracia que estemos pasándolo bien —señaló Cleo.

No, no, convino Sonya, ni pizca de gracia. Cuando las luces dejaron de parpadear, empezaron los golpazos, que resonaron en la sala mientras las paredes temblaban y sentía los fuertes latidos de su corazón en la garganta.

—Se está cabreando —dijo Trey entre dientes. Agarró la mano de Sonya—. Por el mero hecho de que estemos aquí sentados tan tranquilos.

Inquietos, los perros se acurrucaron junto a los butacones. Cuando las puertas se abrieron de pronto, el enojo de los perros dio paso a varios ladridos de advertencia. Se cerraron dando portazos con un chasquido similar al de un disparo.

—Espera un momento —dijo Trey en voz baja cuando Sonya hizo amago de levantarse—. Déjala que termine el numerito.

Los carteles enmarcados cayeron de las paredes. Sonya sintió el temblor del entarimado de madera bajo sus pies. El estruendo llegó hasta tal punto que le entraron ganas de taparse los oídos y chillar para que cesara. Para que cesara de una vez por todas.

Cuando estaba llegando a su límite, cesó. Por fin.

Se dio cuenta de que estaba estrujando la mano de Trey, a un lado, y la de Cleo, al otro. La de Cleo temblaba; la de Trey estaba firme como una roca. Y, por la razón que fuera, la ayudaron a recomponerse.

En la pantalla, los héroes huían de la máquina cuyo único propósito era matar.

Con voz temblorosa, como su mano, Cleo dijo:

—Me imagino que se le ha agotado el repertorio por esta noche.

Tal vez, pensó Sonya. Tal vez, pero, como el *Terminator*, volvería.

Según Sonya, fue significativo, sin embargo, que terminaran de ver la película. Colgaron los carteles, recogieron los boles de palomitas y dejaron salir a los perros. Lo normal, las cosas normales y corrientes que la gente normal y corriente hacía en su día a día.

Cleo fue la primera en subir. Después de meter a los perros en casa, Trey y ella la siguieron.

—Dijiste que habías visto películas ahí abajo.

—Sí. Y no sucedió nada semejante. Me cuesta creer que no molestara a Collin, al menos en alguna ocasión, pero él jamás mencionó nada al respecto.

—Creo que es por mí. Collin le daba igual, ¿no? Si se las ingenió para encontrar la manera de matar a Johanna y arrebatarle el anillo, él realmente no importaba. Yo sería la siguiente en la línea de sucesión, o bien Owen o cualquiera de los primos, si hubieran heredado la casa.

—Tú no eres una novia.

—No, y quizá sea ese el motivo por el que le fastidia que yo esté aquí. Por otro lado —continuó mientras cruzaban el largo pasillo—, sabemos que hay como mínimo otros dos, Molly y Jack. No, tres si contamos al fumador de puros. Tampoco son novias, y sin embargo están aquí. Es probable que haya más.

—Es una casa muy antigua, en la que ha habido mucha vida, y muertes. Yo he pasado muchísimos ratos aquí y claro que han sucedido cosas —te he contado un par de incidentes—, pero nada como el espectáculo de esta noche, o el del sótano, o el del salón dorado.

—¿Y qué ha cambiado? —Al entrar a su dormitorio, Sonya se volvió hacia él—. Yo sigo aquí. Vivo aquí, trabajo aquí, tengo la firme determinación de quedarme aquí. Yo no soy lo que ella quiere.

—Puede que no, pero yo creo que va más allá de eso. Tú eres lo que las demás quieren y necesitan.

—Para encontrar los anillos.

—Ese es el tema recurrente: encontrarlos, romper el maleficio y deshacernos de Dobbs. Y se acabaron las muertes.

—Pero las veces en las que la he visto, al otro lado del espejo, los lleva puestos.

—¿Los siete?

—No. —Hizo memoria durante unos instantes—. Hasta ahora, las he visto por orden: Astrid, Catherine, Marianne, Agatha. En total, cuatro anillos hasta ahora. ¿Crees que podría cambiar algo cuando la vea con los siete?

—Ojalá lo supiera. —Le acarició los brazos de arriba abajo, y seguidamente de nuevo hasta los hombros—. Ojalá pudiera hacer algo más para ayudarte a lidiar con esto.

—Me has ayudado mucho. —Se pegó a él—. Esto ayuda, por ejemplo. Es bonito saber que, cuando realmente lo necesito, cuento con alguien en quien apoyarme.

—En cualquier momento.

—Has evitado que me pusiera histérica durante la película.

—¿Por qué darle esa satisfacción?

—Tienes toda la razón, pero he estado en un tris de dársela, y en cantidad. —Echó la cabeza ligeramente hacia atrás y se puso de puntillas para que su boca quedara a la misma altura que la de él—. Ahora prefiero dártela a ti, y en cantidad.

—¿Qué me dices de un toma y daca?

Cuando introdujo sus manos bajo el jersey de Sonya y fue deslizándolas por su espalda, ella saltó y enganchó las piernas alrededor de su cintura.

—Tus ideas son las mejores.

Esa noche, ella deseaba calor y movimiento, la diversión de ser capaz de dar y recibir. Las manos de Trey sobre su cuerpo, el roce de sus labios sobre su piel, recreándose, recreándose hasta que la embargó el ardor y el deseo.

De más. De más aún.

Con ansia y apremio, rodó con él, instándole a ir a más, aún más, incluso mientras ella lo hacía.

Era como un fuego descontrolado debajo de él, encima de él, alrededor de él: ardiente, raudo y peligroso. Él se dijo para sus adentros que la dejaría llevar las riendas, el ritmo, pero tampoco estaba seguro de tener elección. Esa noche estaba desatada.

El apremio provocó apremio. Él, jadeando mientras ella se estremecía debajo de él, con las manos aferradas a las suyas, empujó dentro de ella a la vez que observaba su rostro, el súbito arrebato de placer en su expresión. Mientras observaba cómo sus ojos se volvían opacos al tiempo que se le cortaba la respiración, y seguidamente dejaba escapar un gemido.

Aunque se estremeció, siguió moviéndose con él, al compás, en una veloz y desenfrenada escalada. En la cima, sus dedos entrelazados se fundieron, sujetándose con fuerza.

A las tres sonaron las campanadas del reloj y Sonya siguió durmiendo. Trey permaneció despierto a su lado, escuchando el eco de la música procedente de la planta baja.

Y, desde algún rincón de la casa, el llanto de una mujer.

A la mañana siguiente a Sonya le sorprendió ver a Cleo en la puerta de la biblioteca antes de las nueve.

—Para ser tú, has madrugado.

—Hoy quiero dedicar un rato al cuadro, así que tengo que ponerme las pilas. ¿Ya se ha ido Trey?

—Tiene la primera cita de la jornada en breve. Mientras tanto, la página web del bufete de los Doyle va a activarse en cinco, cuatro, tres, dos, ¡uno!

—Y el público vitorea —dijo Cleo, y reprimió un bostezo—. Necesito café.

Regresó a los diez minutos con una taza.

—Acabo de mensajearme con Corrine Doyle. Me da la impresión de que es una mujer a la que no le gusta dejar cabos sueltos.

—Sí, yo diría que es cierto.

—Y yo voy a estar muy suelta posando con mi conjunto de yoga de Ryder mañana.

—¿Mañana? No pierde comba. ¿Te viene bien?

—Nos viene bien a las dos. Lo ha organizado para usar el pequeño estudio de yoga que hay en el pueblo, y después aprovecharé para hacer unos recados.

—¿Debería acompañarte? Debería acompañarte.

—Ni hablar, porque entonces te pondrías a decirme que haga esto, o lo otro, que mire para acá, que mire para allá...

—Pues sí. No podría evitarlo, pero...

—Te enviará las mejores fotos. Sigue trabajando.

—Deberíamos hablar sobre cómo vas a llevar el pelo.

—¡De eso nada! —exclamó Cleo, y siguió su camino.

Sonya barajó diferentes argumentos para que Cleo cambiase de opinión. Hasta se planteó la posibilidad de insistir, pero descartó de inmediato esa idea en ciernes.

A pesar de ello estuvo calentándose la cabeza hasta que, poco después del paseo de mediodía, recibió un correo electrónico de Corrine Doyle con los archivos.

En el primero encontró una docena de fotos de Eddie, vestido de traje y corbata, con una mochila, montando en bicicleta. Había desenfocado el fondo lo suficiente como para que pudiera tratarse de cualquier calle en cualquier sitio.

Un hombre joven de camino al trabajo, pensó.

El segundo archivo contenía otra docena, esta vez de Owen. Sudoroso y sexi, pensó, con su camiseta negra sin mangas, una pesada mancuerna en dirección al hombro, el bíceps abultado, el gesto concentrado y la mirada fija.

Examinó algunas de cuerpo entero, pero pensó que el plano corto con el *curl* lo decía todo.

—Esto marcha.

Se puso inmediatamente a jugar con sus dos opciones y el esqueleto de la web.

Al final del día bajó al trote a la cocina.

—Estoy haciendo una ensalada —dijo Cleo—. Hay suficiente cerdo y patatas para otra comida si estamos las dos solas, además de ensalada.

—Estupendo. Mira esto.

Le mostró a Cleo la evolución del diseño preliminar en su tableta.

—Ooh, un ciclista muy guapo; me encanta la idea del traje y la corbata. Y los bíceps. ¡Mmmmmm!

—¿A que es sexi?

—Tú ya tienes pareja.

—A pesar de ello puedo entender el «mmmmmm».

—Cierto. Me compadezco de la mujer que no sea capaz.

—Te ha fotografiado en tu postura de yoga, a un par de niños jugando al baloncesto, a Trey atrapando una pelota baja y realizando un lanzamiento rápido, etcétera. Creo que, cuando las reciba todas, haré un cartel con algo así como «En los deportes y en la vida, Ryder está contigo».

—Lo tienes encarrilado, Son.

—Voy a darle un empujón durante una o dos horas después de la cena, a seguir avanzando.

—A mí me viene bien. Yo voy a dedicarle a mi sirena…, bueno, a la sirena de Owen, un rato más esta noche. —De pronto, Cleo resopló—. Madre mía, Son, ¿desde cuándo somos tan aburridas?

—¿Aburridas? ¡Y una mierda! Somos mujeres motivadas, creativas y profesionales. Nos labramos nuestro propio camino.

—¡Claro que sí, caray!

—Además, hace poco salimos de fiesta.

—Sí. Ya, pero a lo mejor podíamos plantearnos organizar una fiesta, ya sabes. Un encuentro. Una quedada.

—¿Un sarao?

—Un sarao. Ya sabes, algo con comida, bebida y conversación. Conocemos gente: están los Doyle, Owen… Podrías extender la invitación a los demás primos. También a Bree y Manny.

—Y a John Dee, y a lo mejor al resto de integrantes de Rock Hard.

—Y quizá avisar también a tus clientas de Poole's Bay, a las floristas, a Gigi.

Mientras cogía un picatoste del bol de ensalada y se lo echaba a la boca, a Sonya se le ocurrió una idea.

—No un sarao, sino más bien una jornada de puertas abiertas. Para los comerciantes de la calle principal, el alcalde y demás.

—En plan muy informal. Que la gente entre y salga durante un rato, por ejemplo, tres horas.

—Esto promete. La gente vendrá. Les pica la curiosidad. Aparte de los Doyle, en realidad prácticamente nadie ha pisado la casa solariega desde hace años, si es que lo han hecho.

—Será necesario planificar un poco.

—Se nos da bien planificar.

—En eso nadie nos supera —convino Cleo—. Yo puedo hacer una ilustración de la casa.

—Y yo usarla para diseñar invitaciones.

—He quedado con Corrine mañana. Seguro que sabe decirnos quién debería figurar en la lista de invitados.

Tras servirse los platos, se sentaron junto a la barra de la cocina a concretar los detalles.

—A finales de mayo —decidió Sonya— o principios de junio, que habrá más vegetación y algunas flores. Pondremos maceteros. La gente podrá estar en el porche y en el jardín.

—Si esto se perfila como todo apunta, de ninguna manera podremos preparar la comida con nuestras escasas dotes culinarias.

—Pues recurrimos a todos los restaurantes del pueblo y preparamos un popurrí: algo del Lobster Cage, de la pizzería, de la cocina del hotel, de la panadería, de China Kitchen, del Village Pub, un poquito de todo.

—Un surtido variado, y excelentes relaciones vecinales. Es genial. Necesitamos camareros.

—Recurriremos a Bree y al marido de Anna para que nos echen una mano en ese frente.

—Esto es más que un sarao, Son. Vamos a organizar el evento del año.

Emocionada, Sonya dio un bote en el asiento.

—¿Quién dice que somos aburridas? Yo no.

Siguieron trabajando, ambas llenas de ideas y entusiasmo.

Antes de ponerse con ello, Sonya envió un mensaje a Trey.

¡Noticias frescas! Cleo y yo vamos a organizar el evento del siglo a finales de mayo/principios de junio más o menos. Una jornada de puertas abiertas en la casa, a la que invitaremos a amigos, familiares, celebridades locales, políticos y comerciantes. Buscamos ayuda para elaborar la lista de invitados.

Es una gran iniciativa. ¿Seguro que estás preparada para eso? Seguro que la respuesta es que sí. Yo puedo echar una mano, pero mi madre o Seth son más indicados para este tipo de cosas. El que avisa no es traidor: van a ser pocos los que falten o declinen la invitación.

Tenemos semanas para planificarlo, así que estaremos preparadas. Cleo ha quedado con tu madre mañana, y la va a fichar. Las dos vamos a trabajar un rato más esta noche. ¿Y tú?

Lo mismo. Mookie opina que soy aburrido y echa de menos a Yoda. Yo te echo de menos a ti.

A Cleo le preocupa que seamos aburridas. Yo también te echo de menos.

Si puedo escaparme mañana, ¿qué te parece si os llevo a cenar? Podemos probar la Tavern, en el hotel.

Se lo preguntaré a Cleo, pero seguro que dice que sí. Mi sí es rotundo siempre que esto incluya que te quedes a pasar la noche.

Os recogeré a las siete. Como a la mañana siguiente tengo de margen hasta las ocho y media, compartiremos un panecillo en el desayuno. No trabajes hasta muy tarde.

Lo mismo te digo. Pero, como últimamente esto está
bastante tranquilo, voy a aprovechar. Hasta mañana.

Él se despidió con un emoticono de corazón, que la dejó
descifrando el significado durante varios minutos.

—Ay, ya está bien. Ni que estuviéramos en el instituto.

Lo dejó para otro momento y abrió el archivo de la floristería.

En el estudio, Cleo se hallaba de pie frente al lienzo, contem-
plándolo con serenidad. Ya tenía claro lo que la sirena sosten-
dría entre las manos: no una gema, ni una caracola, sino una bola
de cristal transparente y, en el interior de esta, otra sirena sentada en la roca, contemplando el mar, el salto de una ballena, con
una bola de cristal en la mano.

Y, en el interior de esa, otra.

El truco comenzaría con la escala, después con los minúsculos
detalles, seguidamente por la manera en la que la luz se reflejaría
en el cristal, y en el cristal dentro del cristal.

Siguió trabajando con música de flautas y cuerdas, un sonido
relajante mientras creaba la esfera principal. Quería que la luz
radiante del atardecer se reflejara sobre la esfera, y que, a su vez,
la luz de la bola interior la iluminara.

Un matiz dorado, un toque rojo, una pincelada púrpura.

Mezcló pinturas y fue dando toquecitos, pinceladas minús-
culas, para plasmar esa luz lentamente.

Cuando le dieron calambres en los dedos, soltó el pincel, se
apartó del caballete y, moviendo los dedos, examinó el resultado.

Está bien, pensó. Caray, está fenomenal.

Sin dejar de mover los dedos, salió del estudio para ir al baño.
A la vuelta, le echaría otro vistazo con nuevos ojos y quizá le
dedicara un ratito más. Como su encargo de trabajo marchaba
según lo previsto, si pasaba otra hora o así pintando, podría dormir un poco más por la mañana.

Lástima que el mundo no esté hecho para los noctámbulos,
pensó mientras hacía pis.

Tarareando, se lavó las manos y se miró al espejo.

Hester Dobbs se hallaba detrás de ella.

Súbitamente levantó las manos a modo de protección y se giró. Aunque el aire se había enfriado, no había nadie. Con la mano sobre el corazón, desbocado, se apoyó de espaldas contra la pared.

—Te he visto. —Sonya la había clavado en su bosquejo, con el pelo negro enmarañado, los ojos negros de mirada maliciosa, la barbilla afilada, el mohín de sus labios—. Te he visto.

Puede que la voz le temblara un pelín, pero se puso derecha.

—Y puedes irte a tomar por culo.

De repente, del grifo del lavabo salió un caño de agua. Con los ojos como platos, observó cómo giraba el grifo del agua caliente y caía el agua al seno. Al hacer amago de cerrarlo, tuvo que apartar rápidamente los dedos, pues el metal quemaba.

Empuñó una toalla para liarse la mano, pero la manija no cedía. Conforme el baño se fue llenando de vapor, oyó golpes en la puerta.

Al mirar a su alrededor con desesperación en busca de algo para defenderse, vio que había algo escrito en el espejo empañado.

márchate o morirás

El aire del baño, cargado de vapor, se volvió gélido.

Ajena a ello, Sonya se dispuso a dejar de trabajar para acostarse. Mientras grababa el trabajo de esa noche, Yoda se rebulló debajo del escritorio.

Y gruñó.

Sonya se echó hacia atrás y estiró el brazo para cogerlo.

—¿Qué pasa, chiquitín?

En el hogar, el fuego que ardía suavemente se avivó con fragor. Arriba se oyeron gritos estentóreos de una mujer procedentes del monitor.

Las puertas correderas de la biblioteca se cerraron con estruendo; las luces se apagaron.

La luz del fuego se volvió roja e inquietante, se extendió sobre las tinieblas y ardió contra los cristales de las ventanas hasta que la habitación que tanto amaba se convirtió en una pesadilla infernal.

Por encima de los gritos y los ladridos enloquecidos del perro, oyó golpes y la araña del techo se balanceó como un péndulo.

Es en la segunda planta, pensó. Cleo.

Corrió hacia la puerta e intentó abrirla, pero solo consiguió desplazar las hojas un centímetro antes de que volvieran a cerrarse bruscamente.

—¡Vamos, vamos!

Forcejeando, consiguió abrir un hueco por el que Yoda se coló antes de que se cerraran de nuevo con estrépito.

—¡No, no! ¡Yoda, espera! ¡Maldita sea, ni se te ocurra hacer daño a mi perro, zorra!

Reuniendo el máximo de sus fuerzas, de su miedo y de su furia, consiguió abrir el hueco justo para colarse y echó a correr hacia la segunda planta llamando a Cleo a gritos.

Cleo, con Yoda como un fardo entre sus brazos, apareció corriendo a toda velocidad por el pasillo.

—¡No podía salir! ¡No podía salir! —Temblando, se apretujó contra Sonya mientras el perro les daba lametones en la cara—. En el cuarto de baño, ella estaba allí conmigo. La he visto.

—¿A Dobbs?

—Estaba allí dentro y de repente desapareció. Pero la he visto. Abrió el grifo del agua caliente al tope, y como yo no podía abrir la puerta, me ha entrado el pánico y he perdido los papeles completamente. Me he cagado de miedo.

—¿Te ha tocado? ¿Te ha hecho daño?

—No, no. Dios, me ha dejado un mensaje en el espejo. «Márchate o morirás». ¡Que te jodan, Hester! Perdona, Son. —Recobrando la compostura, Cleo se frotó los ojos—. Me he descompuesto. Siempre he pensado que, si por casualidad me encontrase cara a cara con algo semejante, manejaría la situación. Estoy muy cabreada conmigo misma.

—Has controlado la situación. Desde el primer momento. Por eso ha ido a por ti a saco.

—¿Tú crees? Quizá. Maldita sea, ha ganado esta ronda, pero se acabó.

—También ha montado un número en la biblioteca. El fuego se ha puesto a rugir, la televisión ha sonado a todo volumen, las luces se han apagado y la puerta se ha cerrado de repente. Después he oído golpes procedentes de aquí arriba. Bajemos. Yoda necesita salir, y a nosotras nos sentará bien un poco de aire fresco.

—Tengo que limpiar los pinceles. Iba a seguir pintando un rato. Eso queda descartado ahora, pero tengo que recoger sin falta. —Tras realizar tres respiraciones largas y profundas, Cleo se tranquilizó—. No pienso permitir que me eche de mi estudio. No va a ganar ni una ronda más.

—Haremos eso y después sacamos al perro. —Sonya la abrazó de nuevo y le susurró al oído—: Y hablamos fuera.

Con un asentimiento de cabeza, Cleo echó a andar hacia el estudio.

—¡Oh, Cleo! ¡Es espectacular!

—Todavía me queda un largo trecho.

—Pero está claro que es divina. Oh, la esfera. Ya veo lo que estás haciendo. Es mágico.

—Eso espero. Y a Owen más le vale disponer de un buen sitio para colocarla, porque ella se lo merecerá.

Una vez adecentado el estudio, se dirigieron al cuarto de baño.

—Como si nada hubiera pasado. Pero sí que ha pasado.

—Sí —convino Sonya, y asió con fuerza la mano de Cleo—. Y aquí seguimos.

La casa continuaba en silencio mientras bajaban. En la biblioteca, el fuego ardía suavemente.

Sonya se arrebujó en su chaqueta cuando salieron al fresco de la noche.

—Pienso que lo tenía reservado. Ya sabes la tranquilidad que ha habido en los últimos días. Pienso que Dobbs necesitaba hacer acopio de energía para poder montar todo este tinglado esta noche.

—Cargar las pilas. Sea como sea, es energía, de modo que, sí, tiene su lógica. El feroz y valiente Yoda me ha salvado. Al oírlo ladrar, automáticamente intenté abrir la puerta de nuevo, la que antes no pude abrir, y se abrió. Y ahí estaba. Lo cogí en brazos enseguida y eché a correr.

—Se coló por el hueco entre las puertas cuando conseguí desplazarlas unos centímetros, con lo cual me asusté más porque erais dos por quienes tenía que preocuparme. Me resulta inconcebible decir esto, pero ¿crees que tu abuela tendrá algo que pueda impedir esto, o restarle fuerza? Lo que sea.

—Ten por seguro que le preguntaré. Entretanto, ¿qué te parece si hacemos una fiesta de pijamas?

—Me parece bien. Mejor en mi cuarto, ya que la cama de Yoda está allí.

—Genial.

—Oye, Cleo, si me levanto y me pongo a deambular, no me detengas. Sígueme.

—¿Estás segura? ¿Después de todo esto?

—Segurísima. Ahora con más motivo. Sígueme y llama a Trey. Obviamente tiene que haber respuestas allí. Ahora mismo solo tenemos preguntas.

—No estarás sola. —Cleo la cogió de la mano—. Te lo prometo.

29

En este día, el más feliz de mi vida, me convertiré en Lisbeth Anne Poole Whitmore. Hoy contraigo matrimonio con mi querido y amado Edward. Oh, la bonita iglesia del pueblo apenas tiene cabida para todos los que vienen a vernos pronunciar nuestros juramentos y convertirnos en uno.

Mi queridísima amiga Dina, mi dama de honor, está muy hermosa con su vestido; el color azul huevo de petirrojo le favorece mucho. ¡Abrigo la esperanza de que mi primo Hugh y ella se emparejen! Y es muy gracioso que la sobrinita de Edward, con su vestido de organza rosa, esparza pétalos de rosa por el pasillo central.

El corazón me palpita muy deprisa al agarrarme del brazo de mi querido padre. Ha llegado el momento con el que llevo soñando toda mi vida. Al realizar este último recorrido como doncella por el pasillo central, cubierto de pétalos, oigo el canto de los ángeles en mi cabeza.

Anhelo ser una novia hermosa. Sé que el vestido es una maravilla, el satén de seda blanco, los apliques de encaje en el canesú y las mangas, las decenas y decenas de perlas de cristal. Confío en que el corte estilizado, acentuado por el cinturón de satén trenzado, resulte favorecedor, tal como Dina, mi madre y la modista me aseguraron.

Voy peinada con un recogido alto bajo el velo, con los rizos cayendo por el lado derecho casi a la altura del hombro. Costó mucho perfeccionar el peinado, pero anhelo ir a la moda por mi querido y amado Edward.

Al verlo tan apuesto, esperándome, siento mariposas en el estómago. Veo lágrimas en los ojos de mi madre, pero sé que son de felicidad. Después tan solo veo a Edward.

Mi padre me levanta el velo, me besa en la mejilla y dice, en voz queda:

—Te quiero, Lissy. —A continuación posa mi mano en la de Edward.

Me consta que soy una novia hermosa por la manera en la que Edward me mira fijamente a los ojos. El sueño que tanto tiempo llevo soñando se hace realidad en la bonita iglesia del pueblo.

Conforme recorremos el pasillo central como marido y mujer, apenas veo a través de unos ojos empañados de lágrimas de felicidad. Y, oh, todos rebosan de alegría mientras arrojan el arroz.

Nos desplazamos a la casa solariega en el Ford Model T de mi padre, mientras los aldeanos nos aplauden por el camino. Al girar hacia Manor Road, Edward me estrecha entre sus brazos con ternura y me besa; las mariposas regresan cuando pienso en la inminente noche de bodas.

Mi madre conversó conmigo en privado con franqueza. Yo, por supuesto, sabía lo que conlleva el lecho conyugal. Al fin y al cabo tengo dieciocho años. No obstante, me siento algo nerviosa y abrigo la esperanza de que Edward me trate con dulzura y paciencia al convertirme realmente en su esposa.

¡Pero ahora es el momento de celebrar! Aunque hace bastante calor, no me importa: la casa está decorada con flores; en las estancias resuenan las risas; y el champán brilla.

Edward y yo, nuestros respectivos padres, los invitados, todos posamos para las fotografías formales. Me cuesta permanecer tan quieta cuando mi corazón rebosa de júbilo y mis pies desean bailar, bailar y bailar. Sin embargo, es mi deber, y, como dice mi madre, las fotografías serán un tesoro para mí en los años venideros.

La orquesta está tocando en el salón de baile. Un vals, por supuesto, pero también habrá animación con el foxtrot, el trote del pavo y el baile del oso.

Se respira júbilo y alborozo; ojalá nunca termine el día.

Siento una repentina punzada cerca del corazón, como si me hubiera clavado una aguja. Son los nervios otra vez, pienso, y me aprieto el pecho para tranquilizarme, pero noto otro pinchazo, y otro, y me oigo chillar cuando noto algo deslizándose por mi piel.

De pronto siento un calor sofocante, como si estuviera ardiendo. Mi estómago se contrae, mi pecho se tensa. Y ¡ay, me están picando, picando y acribillando todo el cuerpo!

Tengo la sensación de que me desmayo, pues me da la impresión de estar fuera de mi cuerpo, observándolo tirado en el suelo del salón de baile, temblando, convulsionando.

Veo cómo una mujer de negro, con una sonrisa maliciosa en el semblante, va a mi encuentro. Se detiene a mi lado, como si estuviera sola, mientras mi Edward me sostiene.

Nadie la ve, nadie, cuando baja la vista hacia mí y dice:

—Acabará pronto. —Acto seguido me quita la alianza del dedo, y lo que hay dentro y fuera de mí se desvanece.

Por la mañana, Cleo se dio la vuelta cuando Sonya se levantó.

—Casi había olvidado que duermes como un muerto. Aunque puede que el uso de este término sea inapropiado en esta casa. —Cleo se abrazó a la almohada—. Lo que no he olvidado es que madrugas demasiado. Yo voy a dormir otra hora.

—Tú misma. A lo mejor me levanté y no te despertaste, pero si lo hice no me acuerdo de nada.

—Porque no lo hiciste. Yo oí la alarma de las tres de la mañana; tú no.

—A lo mejor el asunto del espejo es agua pasada. No sé qué pensar. Ah, que con todo el alboroto se me olvidó: Trey vendrá a eso de las siete a recogernos para cenar.

Cleo se dejó caer de nuevo.

—Tengo que encontrar a un hombre para dejar de entrometerme en vuestras citas.

—No te entrometes. Además tenemos previsto terminar la cita sin ti.

—En ese caso, me encantaría salir a cenar. Buenas noches.

Sonya se dirigió a la planta baja, hizo café y dejó salir al perro.

Se preguntó qué tendría la luz del día que hacía que todo el estrépito y alboroto de la noche se vieran desde otra perspectiva.

Absurdo, en realidad, puesto que en la casa eran muchas las cosas que provocaban estrépito y alboroto a plena luz del día. No obstante, de momento, adoptaría ese punto de vista absurdo.

Retomó el proyecto para la florista, y, a título personal, apuntó dónde querría colocar arreglos florales para lo que ya denominaba «el evento».

Levantó la vista cuando Cleo golpeó con los nudillos el marco de la puerta.

—Me voy a mi sesión de fotos.

—¡Dios, estás guapísima!

—¿A que sí?

Se había puesto una camisa blanca abierta sobre un sujetador de deporte de color rojo vivo y unos pantalones de yoga con estampado haciendo aguas en negro y rojo. Se había recogido el pelo en una gruesa trenza y lucía unos pendientes de botón brillantes.

—Realmente debería ir.

—No tienes por qué. Nos vemos luego.

—Dile a Corrine que me envíe fotos sobre la marcha. —Cuando Cleo empezó a bajar, Sonya se levantó y se dirigió a toda prisa al hueco de la escalera—. ¡No mires directamente a la cámara! Vas a hacer posturas de yoga, no poses.

Cleo se limitó a agitar la mano en el aire mientras se dirigía al armario a por una chaqueta. Y siguió su camino.

—No olvides…

Al salir, Cleo cerró la puerta con decisión.

Clover compensó las palabrotas que Sonya dijo entre dientes con *Take It Easy* de Eagles.

—Muy bien, muy bien. Todo está muy bien. —Contrariada, volvió a su mesa y se dejó caer en el asiento. Acto seguido volvió a levantarse rápidamente al oír que se abría la puerta principal.

—¡Eh! Solo quería decirte que deberías…

Se calló. La puerta estaba abierta, pero allí no había nadie. Y oyó claramente cómo Cleo se alejaba con el coche.

Mientras observaba, la puerta se cerró de nuevo como si tal cosa. Sonó el timbre. Yoda bajó a la carrera y sus ladridos resonaron.

—Ahí no hay nadie. Vuelve arriba.

Se oyeron portazos y rápidos chasquidos por los pasillos. La puerta del servicio tembló y chirrió. A pesar de que el corazón le latía desbocado, Sonya bajó a grandes zancadas para coger al perro.

—Vamos a ignorarla, ¿vale?

Justo al pasar por la puerta del servicio, se abrió y oyó el lejano sonido de una campanilla. En un arranque de ira, Sonya la cerró de un empujón antes de meterse en la biblioteca.

En la tableta empezó a sonar *Evil Woman* [«Malvada»].

—Y que lo digas.

Como el timbre sonó de nuevo, sopesó la idea de cerrar la puerta de la biblioteca, pero concluyó que eso era prácticamente como esconderse.

En vez de eso, se sentó a tranquilizar a Yoda en su regazo.

—¡Dale! —gritó—. Estás perdiendo el tiempo y la energía, porque no pienso irme a ninguna parte. Esta es mi casa. No eres más que una alimaña que es necesario aniquilar.

En la biblioteca sopló una ráfaga de aire gélido y cortante que arrancó de cuajo los paneles de ideas de Sonya. Los cuadernos de dibujo salieron volando y, en el techo, las lámparas se balancearon como barcos en un mar tempestuoso. Cuando la silla empezó a elevarse del suelo, sujetó fuertemente a Yoda con un brazo y, con la mano libre, se aferró al borde del escritorio.

La silla tembló a escasos centímetros del suelo mientras Sonya, con los músculos tensos y doloridos, pugnaba por mantenerla en su sitio.

Seguidamente cayó al suelo con un ruido desapacible, y el viento cesó.

Acurrucando al perro aún más, Sonya se meció para que los dos se calmaran.

—Eso la ha cabreado, pero me da exactamente igual.

Tal vez no pudiera recuperar el aliento del todo, tal vez el escalofrío que sentía en la piel le estuviera calando los huesos, pero le daba exactamente igual.

Acariciando al perro, se recostó y cerró los ojos.

—¿Estoy loca? ¿Estoy loca de remate por aguantar todo esto? ¿Una persona en su sano juicio no bajaría las orejas y se iría a Boston?

Clover respondió a eso con el himno de Helen Reddy *I Am Woman* [«Soy mujer»].

La risa le salió un poco temblorosa, pero se rio.

—Vale. Voy a ordenar este desaguisado y a seguir trabajando.

Como el percance la había distraído, la sesión de fotos se borró de su mente y, al recibir el primer archivo, se sorprendió. Especialmente al abrirlo.

Cleo aparecía sentada en una esterilla de yoga azul marino, con el cuerpo retorcido como hecho un nudo, los ojos bizcos y una sonrisa bobalicona en el semblante.

—Qué graciosa. Ja, ja. No te hará tanta gracia si uso esta.

Pero era señal de que Corrine y Cleo habían congeniado a las mil maravillas.

Una hora después comenzó la primera ronda de pruebas del encargo de la florista. Yoda salió de debajo de la mesa moviendo la cola y corrió a la planta baja.

—¿Ahora? Dame diez minutos. Saldremos dentro de diez minutos.

Entonces oyó el sonido de la pelota rebotando por el pasillo.

Mejor aún, pensó. Disponía de un cuidador de perros interno.

Se concedió cincuenta minutos en vez de diez y, al recordar que el niño había huido de ella, anunció su presencia.

—Voy a sacar a Yoda a dar un paseo.

Encontró a Yoda sentado, como si la esperase. A continuación se puso a dos patas y dio varios pasos.

—¡Mira mi cachorrito! Chicos, sois un equipo increíble. Gracias, Jack.

«No, no estoy loca», pensó mientras salía con el perro. Admitía ser obstinada, aunque prefería considerarse resuelta y, ahora que realmente se notaba que la primavera había dejado atrás al invierno, más todavía. Los nenúfares florecerían en breve, y los fuertes brotes del sauce llorón, despeluznado como una bruja, que había a un lado de la casa, no tardarían en abrirse.

Lo que quedaba de nieve yacía a la sombra.

Al oír que se abría una ventana, se giró, esperando ver algo desagradable en el salón dorado.

En vez de eso, vio que se trataba de la ventana de Cleo, y también las de su propio dormitorio.

Estará ventilándolas, dejando que entre el primer soplo de la primavera.

«No, no estoy loca», pensó de nuevo, y sintió que el corazón le daba un vuelco al contemplar un salto de ballena. Había tenido que cambiar por completo su percepción de cómo funcionaba el mundo, pero eso no significaba que estuviera loca.

Oyó que el coche se aproximaba. Yoda echó a correr hacia el camino de entrada y, cuando vio asomar a Cleo al doblar la curva, dio dos vueltas en círculo.

Aunque Cleo llevaba la camisa abotonada, se había quitado la chaqueta y la llevaba enganchada al brazo.

—¡Qué bonito día! En el pueblo hace aún más calor. He visto nenúfares en flor, y algunos jacintos.

—¿Cómo ha ido?

—Genial, absolutamente genial. —Se agachó para acariciar a Yoda—. Terminamos hace casi una hora y después hemos ido a comer algo para que Corrine me ayudara a empezar nuestra lista de invitados.

—¿Hace una hora?

—Se le da bien, igual que a mí. En el estudio hay una magnífica luz natural. Puede que me apunte a dar unas clases allí. ¿Y a ti cómo te ha ido el día?

—Movidito, al principio. La bruja residente montó un numerito con portazos y timbrazos antes de que enfilaras la carretera. Nada especialmente original, hasta que empezó a soplar un vendaval en la biblioteca que de hecho levantó mi silla del suelo, conmigo encima.

—Dios, Sonya.

—Fue su respuesta por haberla llamado alimaña. Desde entonces ha estado tranquila. Clover me ha hecho compañía, y Jack ha jugado con Yoda. En resumidas cuentas, un día normal y corriente en la casa. Ah, y Molly está ventilando los dormitorios.

Cleo alzó la vista.

—Qué buena idea. Es un día perfecto para ello.

—Ahora dime por qué no he recibido los archivos de la sesión fotográfica.

—Porque Corrine y yo acordamos que esperaría a enviar las fotos hasta que yo llegara a casa para que pudiéramos verlas juntas. Voy a mandarle un mensaje ahora mismo para avisarla.

—¿Seguro que hay suficientes? ¿Con apenas una hora?

—Casi una hora y media —corrigió Cleo—. Y sí, les echamos un vistazo en el estudio. Yo sé lo que buscas, y Corrine también: una imagen elegante y profesional, pero con un aire informal, de vivir tu vida como quieres.

—Bueno, sí.

—Vamos a ver si lo hemos conseguido.

—Voy a por una Coca-Cola —dijo Sonya al entrar en la casa.

—Buena idea. Yo quiero otra.

En la cocina, la caja de chucherías yacía sobre la encimera. Pero esta vez había una nota que, en letra cursiva muy formal, rezaba:

Lánzasela

—Cleo. —Sonya dio unos toquecitos con el dedo sobre la nota.

—¡Vaya! ¡Guau! ¿Mensajes del más allá? Lánzale una a ver.

Yoda se sentó, sin dejar de mover la cola. Cleo sacó una galletita, se la lanzó, y la atrapó de un salto.

—¡Oh, muy bien, Yoda! —Cleo aplaudió—. Bien hecho, Jack. Deja que se la lance yo. Eres un campeón, Yoda.

—Ha escrito una nota —dijo Sonya en voz baja—. Yo temía asustarlo, pero ha dejado una nota.

Cleo la rodeó por los hombros.

—En esta casa hay un montón de buena energía. Subamos.

Yoda se acomodó junto al fuego mientras Cleo acercaba una silla para sentarse junto a Sonya en la mesa.

Sonya abrió el archivo.

—Vale, sí que hay bastantes, y de primeras ya veo que tienes razón con respecto a la luz. Es perfecta.

Se puso a clicar en ellas, y a ampliar las que le llamaban la atención.

—Seguro que te has dado cuenta de que empecé con posturas básicas de Vinyasa, a modo de calentamiento para las dos. Luego he metido una postura del árbol, que es perfecta y realmente bonita, aunque, en mi opinión, demasiado trillada.

»Ah, esta —continuó—. La del guerrero invertido. Las curvas, la luz... Tiene muchas posibilidades.

Marcó una antes de continuar. Después, antes de pasar a las posturas de suelo, marcó otra, la del guerrero 3.

—Luciéndote —comentó Sonya al ver a Cleo con las piernas abiertas y el torso pegado al suelo—. Pero esta, este puente, también con la curvatura y esa luz, no sé... Descarta esa. Esta, la del puente sobre una pierna, con la otra estirada hacia arriba. Fíjate qué curvas y ángulos. ¿Cómo consigues ese aire relajado manteniendo esa postura?

—Porque me relaja.

Sonya examinó el resto hasta llegar a la última, con las piernas cruzadas, las manos en posición de oración, y los ojos cerrados.

Namasté.

—Son perfectas en todos los sentidos. De todas formas, las examinaré otra vez, bueno, tropecientas veces, pero al final va a ser la del guerrero invertido, la del guerrero 3 y la del puente sobre una pierna. Dispongo de multitud de versiones de cada una entre las que elegir. Gracias, Cleo. Mil gracias.

—Me lo he pasado pipa, y me cae bien Corrine. Es elegante sin resultar estirada. Bueno, voy a ponerme a currar. Como ya voy maquillada y peinada, seguramente apuraré hasta las seis. Si terminas antes, sube a sacarme de allí a rastras.

Tras enviar a Corrine un mensaje de agradecimiento en el que la puso al corriente de las tres fotos seleccionadas de momento, Sonya se puso a trabajar, Yoda a echar una siesta y Clover a poner temas tranquilos de rock clásico intercalados con alguno que otro de pop.

Justo antes de las cinco recibió otro archivo de Corrine.

Hace un día demasiado perfecto como para desperdiciarlo sin fotos al aire libre. Ha requerido algo de perseverancia —de la cual tengo de sobra—, pero pienso que he conseguido lo que buscabas. Owen se ha prestado voluntario para unos cuantos lanzamientos, lo cual ha avivado ese sentimiento de competitividad que yo buscaba. Dime qué opinas.

Al abrir el archivo, exclamó:

—¡Oh, oh, oh! —Acto seguido saltó de la silla literalmente y se puso a bailar.

Ahí estaba Trey, con unos tejanos gastados, una camiseta azul y una gorra de béisbol, estirado a punto de atrapar esa pelota bateada a escasa altura, a unos centímetros de un guante de béisbol de Ryder.

Sonya hizo una pirueta, y a continuación otra, antes de ser capaz de sentarse de nuevo.

Trey lanzándose a por una pelota bateada a ras de suelo, ese largo trecho de movimiento, la mirada concentrada, y en otra instantánea realizando un lanzamiento hacia el —según se figuraba— *home*.

Y de forma inesperada, una en posición totalmente paralela al suelo, atrapando la pelota con el guante.

Tras examinarlas todas y marcar sus favoritas, respondió a Corrine.

Estoy entusiasmada. Me he quedado sin palabras. Te estoy pagando menos de lo que mereces. Olvida lo que acabo de decir. Son absolutamente perfectas. Gracias por tu perseverancia, tu talento y tu guapísimo hijo.

Apagó el ordenador, cogió la tableta y se fue derecha al estudio de Cleo.

—Vengo a sacarte de aquí a rastras. ¿Puedes parar? Tienes que ver esto.

—Casi he terminado. —Cleo estaba sentada junto al banco de trabajo, delante de un caballete de mesa, dando los últimos toques a una ilustración acrílica.

Conociéndola, Sonya fue a sentarse en el sofá y se puso a revisar el archivo que había copiado en la tableta.

Cuando Cleo se echó hacia atrás, Sonya se levantó de un salto.

—¿Qué opinas? —preguntó Cleo.

Sonya rodeó el banco y examinó la pintura.

—El encuentro de unos enamorados bajo el mar.

—Las sirenas necesitan tritones.

—Y el movimiento, aproximándose el uno al otro, con los brazos estirados y los dedos casi rozándose, es precioso. Ese anhelo.

—Eso es lo que buscaba. No solo deseo, sino emoción, anhelo. Es humano. Bueno, ¿qué es eso que tengo que ver?

—Otra versión de poesía en movimiento.

—Oh, comentó que iba a intentarlo, pero que no te dijera nada por si Trey no podía por problemas de agenda. Con tu permiso otra vez, mmmmmm.

—Te doy mi permiso.

—Ya sé que esta era la idea que tenías en mente, pero esta de aquí, donde prácticamente aparece flotando en el aire, es increíble.

—Sí, voy a enmarcarla y a regalársela. Pero yo opino que, lo mismo que tu flexión con las piernas abiertas, es demasiado perfecta. Impone a la gente normal y corriente. Además, en la primera se aprecia perfectamente el logo de Ryder en el guante. Al cliente le gustará eso.

—Tú ganas. Supongo que deberíamos ir a cambiarnos para que el señor Béisbol nos lleve a cenar.

—Tengo que darme prisa y ducharme. —Miró la hora—. ¿Por qué siempre es más tarde de lo que creo?

Apurada, se dirigió abajo y se fue derecha a la ducha. Envuelta en una toalla, decidió hacerse una coleta, pillársela con pasadores y santas pascuas. Con muchas ganas de pasar la velada con el señor Béisbol, empezó su rutina de quince minutos de maquillaje nocturno mientras pensaba qué debía ponerse.

Resulta que descubrió que la decisión ya estaba tomada.

Observó detenidamente la larga y vaporosa blusa blanca, el pantalón gris ceniza y el jersey rojo de manga japonesa calado.

—Me da la impresión de que Molly tiene predilección por el rojo, Yoda. Pero es un acierto, ¿sabes?

Después de vestirse y elegir los complementos, la llamaron por teléfono y vio en la pantalla el nombre de Trey.

Decidió no sacar a colación todo lo ocurrido; Cleo y ella tendrían ocasión de contar todos los pormenores más tarde, durante la cena.

Eso seguro que animaría el cotarro.

—Vaya, si es la estrella.

Él dejó escapar una risita sin gran entusiasmo.

—Sí. Oye, Sonya, me ha surgido algo. Esta noche me va a ser imposible quedar.

—Oh, lo siento. ¿Estás bien? Estás disgustado, te lo noto en la voz.

—Estoy bien. Perdona por avisar con tan poca antelación.

Sonya oyó voces de fondo, lo que parecía una llamada por megafonía a un médico. Le dio un vuelco el corazón.

—¿Estás en el hospital? ¿Estás herido? ¿Qué…?

—Yo no. Yo estoy bien.

—¿Alguien de tu familia?

—No, no, todos están bien. Se trata de una clienta. Es que… Ay, por Dios, le ha dado una paliza de muerte. El caso de divorcio, les he tramitado el divorcio hace tan solo un par de semanas. Él se ha emborrachado, lo cual no es ninguna novedad, ha irrumpido en la casa y la ha agredido. De poco ha servido la orden de alejamiento.

No solo disgustado, comprobó ella. También furioso y destrozado.

—Lo siento, lo siento mucho. ¿Quieres que vaya? Puedo ir. ¿Puedo ayudar en algo?

—No. No, gracias, pero… Ahora mismo la están atendiendo, y, según dicen, se recuperará. Los niños salieron corriendo a avisar a un vecino, que llamó a la policía. Esta se presentó en la casa y logró impedir que la cosa fuera a más.

»Maldita sea, conozco a esta pareja desde hace diez años.

En ese momento, todo cuanto ella deseaba era rodearlo entre sus brazos.

—¿Los niños se encuentran bien? ¿Lo ha detenido la policía?

—Los críos están bastante conmocionados, pero se encuentran bien. Se les pasará. Los vecinos pueden hacerse cargo de ellos. Y, sí, él está bajo custodia policial. Tengo que quedarme con ella. No quiero que esté sola cuando despierte. Su madre y su hermana vienen de camino en avión, pero no llegarán hasta las diez o las once.

—Si hay algo que pueda hacer, como echar un ojo a los niños o recoger a Mookie, no tienes más que llamarme.

—Gracias. Owen se pasó a por el perro. Lo único que tengo que hacer es quedarme aquí hasta que venga su familia, y también quiero hablar con Hal otra vez.

El comisario, recordó Sonya.

—Te volveré a llamar mañana.

—De acuerdo. Hablaremos entonces.

Cuando Sonya colgó, Cleo dijo desde el umbral:

—He oído lo suficiente como para saber que ha pasado algo malo.

—Una clienta de Trey está en el hospital porque su exmarido ha irrumpido en su casa y la ha agredido. Le ha dado una paliza. Parece horrible.

—Porque lo es. ¿Está muy grave?

—No lo sé exactamente, pero Trey va a quedarse con ella hasta que su familia consiga llegar. —Sonya se llevó la mano al estómago, porque tenía un nudo—. Unas cuantas horas, para no dejarla sola.

—Trey Doyle no es solo una cara bonita, es una excelente persona.

—Se ha llevado un gran disgusto. Y no es de los que se disgustan fácilmente, en absoluto.

—Ya me he dado cuenta.

—Pero estaba disgustado, además de preocupado y frustrado. Y muy pero que muy enfadado. Nunca lo he notado tan enfadado.

—Venga, vamos abajo a cenar algo. Encenderemos una vela por ella.

—Sí, mejor eso que quedarme aquí como un pasmarote sintiéndome impotente. Creo que sé de quién se trata, no por el nombre —matizó mientras bajaban—. Es que Trey llevó un caso de divorcio y mencionó que el marido montó una escena en el juzgado, y el juez le puso los puntos sobre las íes. Luego fue a una reunión un sábado por la mañana temprano, ¿te acuerdas?, y, a su regreso, lo noté preocupado. Ahora, por teléfono, ha mencionado algo acerca de una orden de alejamiento. Apuesto a que se trata de la misma persona.

—Poole's Bay parece idílico, y a mi modo de ver, en gran parte lo es, pero en los buenos sitios también viven malas personas, eso lo sabemos de buena tinta. —Cleo miró al techo al hablar—. Siento que ella haya pasado por eso, siento que su exmarido sea un maldito hijo de puta. Y tengo que decir que es afortunada de contar con alguien como Trey, que está pendiente de ella, asegurándose de que esté acompañada cuando más lo necesita.

Al girar en dirección a la cocina, Sonya asintió con la cabeza.

—En eso tienes razón. —Pero era incapaz de quitarse de la cabeza el tono indignado y abatido de Trey—. Si mañana por la noche está libre, propongo que no salgamos, que cenemos aquí. Podría cocinar un estofado. A él le gustó muchísimo. Lo he notado muy deprimido.

—¿Un estofado?

—Ya lo hice en una ocasión. Esta vez debería resultarme más fácil. Puede ser. ¿A qué viene esa sonrisa?

—Esta sonrisa, mientras voy a por vino, se debe al hecho de ver a mi mejor amiga pasar de la etapa de atracción en toda regla a la siguiente fase.

—Puede ser —repitió—. Ay, mierda, no puedo evitarlo. Es que tiene una manera de… Bueno, es que es así. Pero será mejor que no me precipite. Hace un año estaba comprometida con un cabrón.

—Eso fue hace un siglo. Sirve el vino mientras enciendo una vela. Después veremos qué hay por aquí para preparar algo fácil.

—Según mi madre, lo que hubo entre mi padre y ella fue magia.

Cleo volvió la vista.

—¿Y tú aspiras a eso?

—Sí. ¿Tú no?

—Pues claro, caray. Pienso que todo el mundo aspira a eso, y que los afortunados lo consiguen. Porque la magia no se encuentra, Son, se hace.

—Se hace. Me gusta esa idea.

—No es una idea; es un hecho.

Tras encender una vela, Cleo la puso en el centro de la isla.

—Una lucecita para que lo supere, en todos los sentidos. Y que sepa que no está sola mientras se recupera.

Cualquier nudo que le quedara a Sonya en el estómago se deshizo.

—Tú haces magia, Cleo, simplemente siendo como eres.

—La luz siempre vence. A veces tarda demasiado, pero siempre vence.

—Voy a creer eso. No le he contado a Trey nada de lo que

ha pasado en los dos últimos días. Tenía intención de ponerlo al corriente esta noche en la cena.

—Una sabia decisión. Ya tiene bastantes quebraderos de cabeza. Además salimos airosas. Bueno, después de cagarme de miedo brevemente, salimos airosas. Ya se lo contarás en otro momento.

—Eso es lo que he pensado. No quiero que se preocupe por nosotras, y mucho menos ahora.

Cleo esbozó otra sonrisa de suficiencia.

—Para que puedas preocuparte tú por él ahora. —Con el dedo índice en alto, fue a por otra vela—. Esta es por Trey —dijo al encenderla.

—Funciona. No sé por qué, pero funciona.

—¿Qué te parece si preparamos unos sándwiches de jamón y queso a la plancha, metemos unas patatas congeladas en el horno y que le den por saco a las verduras esta noche?

—Por mí sí. —Reconfortada, Sonya se levantó para ocuparse de las patatas—. Voy a dar de comer a Yoda. Y propongo además que cenemos delante de la tele.

—Y que veamos una peli romántica de esas lacrimógenas que parten el corazón, pero con final feliz.

—Me has leído el pensamiento. Esto significa que hay que ponerse el pijama.

—Es obligatorio. Entonces ¿le doy de comer al pequeñín y nos cambiamos rápidamente?

—Ese es el plan. Yoda puede salir a hacer pis en un periquete mientras preparamos esto, y luego nos acomodamos todos.

—Trabajo en equipo —dijo Cleo al tiempo que chocaban los puños.

30

En vista de que necesitaban algo que tocase la fibra sensible con un desenlace romántico, Sonya y Cleo vieron una sesión doble que incluyó más de media caja de clínex y un gigantesco bol de palomitas.

Mientras pasaban los créditos de la segunda película, ambas suspiraron de pura satisfacción.

—Qué gozada. Ha sido una auténtica gozada. —Cleo se secó los ojos de nuevo—. Francamente, se te olvida lo catártico que es llorar a moco tendido hasta que lo haces.

—Sobre todo cuando las últimas lágrimas son debidas a que el amor lo conquista todo. Y bajo ningún concepto puedes ver y apreciar verdaderamente este tipo de películas a menos que estés con una amiga íntima.

—Los hombres no lo entienden. —Cleo soltó otro suspiro de satisfacción—. Me refiero a que, al final, cuando ella camina hacia el lago y él está ahí, con esa única margarita en la mano, ¿sabes?

—¡Para morirse! —Sonya cogió otro clínex para cada una—. Ay, ha sido ideal. ¿Y el beso, ese beso largo y lento con el sol poniéndose sobre el lago?

—Estás consiguiendo que lo reviva todo. Propongo un trato. Una vez al mes hay que organizar una sesión de cine nocturna en la casa solo para chicas. Prohibida la entrada a los chicos, excepto a Yoda.

—Hecho. Vamos, Yoda, la última carrera de la noche.

—Tú ocúpate del perro, que yo me ocupo de los platos. —Dicho esto, Cleo apagó de un soplido las velas que habían subido de la cocina.

—Espero que la clienta de Trey se encuentre bien, y que su familia ya esté con ella.

—Por horrible que sea, Son, a lo mejor este es el principio de un final feliz para ella. Los niños y ella se librarán de él y estarán a salvo.

—Eso espero.

Tras ocuparse de los platos y del perro, se encaminaron a la planta de arriba, apagando luces sobre la marcha.

—¿Estarás bien durmiendo sola esta noche?

Sonya asintió con la cabeza.

—¿Tú?

—Yo espero apagarme como estas luces en menos de un minuto. Después de la que montó anoche y hoy en mi ausencia, me da la impresión de que necesita tiempo para cargar las pilas.

—A ver si es verdad, porque no quiero que eche a perder el buen rollo de las pelis románticas. De todas formas, ya sabes dónde encontrarme.

—Lo mismo digo. Buenas noches —añadió Cleo al dirigirse a su habitación.

—Buenas noches.

Sonya tardó algo más que el minuto escaso de Cleo en quedarse dormida.

Poco después de la medianoche, Trey detuvo el coche delante de la casa de Owen.

Absolutamente agotado, se quedó sentado un momento y se frotó la cara.

En Poole's Bay se respiraba un ambiente tranquilo, sereno y seguro. Sin embargo, pensó que incluso allí los violentos y desalmados conseguían hacerse un hueco.

Aunque sabía que Marlo no podía estar en mejores manos, y que su madre y su hermana se turnarían para acompañarla durante la noche, no conseguía quitarse de la cabeza la imagen de su cara magullada y amoratada.

¿Acaso él podía haber actuado de manera diferente, hacer algo más o abstenerse de hacer algo, para de alguna manera evitar lo ocurrido? ¿Tan solo una maldita cosa para evitar el dolor y la maldad desde un principio?

Ahora una mujer yacía en la cama de un hospital; un hombre, entre barrotes, y sus hijos… quedarían traumatizados.

En las últimas horas lo había analizado infinidad de veces, buscando una maldita cosa, sin encontrar nada. Aún.

Bajó de la camioneta, cruzó el porche y entró en la casa de Owen.

En la televisión había una de esas antiguas películas en blanco y negro donde los hombres llevaban sombreros de fieltro y las mujeres daban réplicas ingeniosas. Sin la menor duda, Owen la habría visto como mínimo una docena de veces.

Trey sabía que, como Owen no estaba tirado en el sofá, la tenía puesta con tal de tener ruido de fondo, y para entretenerse con el diálogo que sin duda sería capaz de recitar textualmente.

En vez de en el sofá, Owen estaba sentado a la mesa de la cocina, donde a menudo dibujaba. Trey había ayudado a Owen a demoler la pared para dejar la cocina abierta a la sala.

A Owen le gustaba disponer de espacio para moverse.

Cuando Trey entró, los perros, acurrucados junto al fuego, casi ni se inmutaron.

—No hacía falta que me esperaras levantado.

—Estoy trabajando en algo. —Owen enrolló el dibujo y lo metió en uno de los huecos que tenía para ese propósito junto a la nevera.

Y pulsó el botón del mando a distancia para apagar el televisor.

—¿Cómo está Marlo?

—Madre mía, Owen. —Con brusquedad, Trey se zafó de la chaqueta y la echó sobre el respaldo del sofá.

A Owen le bastó ver la expresión de su amigo para levantarse.

—Espera. Iba a decirte que cogieras una cerveza, pero da la impresión de que necesitas un whisky y un catre para pasar la noche. Siéntate.

—Gracias. Por todo.

—Ahora me toca hacer el papel de madre. ¿Has comido algo?

—Algo bastante repugnante de la máquina expendedora.

—Tengo empanadas congeladas.

—No. Ver a una mujer a la que le han dado una paliza de muerte quita el apetito. Con un whisky voy servido.

Owen sacó dos vasos cortos y dejó la botella encima de la mesa.

—¿Y bien?

—La policía le ha tomado declaración. Hal me ha puesto al corriente para que ella no tuviera la necesidad de relatarlo de nuevo. Él irrumpió en la casa, tiró al hijo mayor, de ocho años, al suelo de un empujón cuando este le abrió la puerta. Marlo fue corriendo a su encuentro y él le propinó un puñetazo en la cara. Cayó al suelo, les gritó a los críos que corrieran, y él siguió pateándola.

—Que los críos lo hayan presenciado es peor si cabe. ¿Está herido Zane?

—Tiene algunas magulladuras. —Procurando calmarse, Trey dio un trago al whisky—. Con ocho años, se ve obligado a coger a su hermanito y salir corriendo mientras su padre está llamando puta a su madre y dándole una paliza.

—Qué hijo de puta. ¿Está malherida?

—Tiene tres costillas fracturadas, un hombro dislocado, y traumatismo cerebral, además de los dos ojos amoratados. A los médicos les preocupaba que sufriera un desprendimiento de retina en el izquierdo, pero no ha sido el caso. También le ha roto la nariz y le ha fracturado un pómulo. Le propinó puñetazos a diestro y siniestro en la barriga, pero han descartado que sufra heridas internas.

Más tranquilo, bebió otro sorbo.

—Le arrancó la ropa, le pellizcó las tetas, la entrepierna. Si los niños no hubieran ido en busca de Bob Bailey, ten por seguro que la habría violado, y probablemente asesinado, Owen. Lo juro por Dios.

»Yo sabía que pintaba mal. Por eso la convencí para que solicitara la orden de alejamiento temporal, pero no lo creí capaz de esto. No lo vi venir.

—¿Qué demonios se supone que debías hacer y no hiciste para evitarlo?

—No lo sé, pero no lo vi venir.

—Maldita sea, nadie lo vio venir. Iré a verla mañana, si lo crees conveniente. Si se encuentra en condiciones.

—Sí. —Trey dio un buen trago al whisky—. Creo que todo el apoyo que pueda recibir es poco.

—Wes trabajaba bien cuando estaba sobrio —dijo Owen con tacto—. No es que fuera la alegría de la huerta, pero sí que trabajaba bien, pasaba inadvertido, iba a recoger su paga... En los últimos años se dio a la bebida, hacía el trabajo a medias, buscaba pelea, aparecía cuando le daba la gana.

Mientras observaba el whisky en la copa, Owen negó con la cabeza.

—Cuando traté de hablar con él, se puso agresivo y no me quedó otra que despedirlo.

Captando su tono, Trey lo miró a los ojos.

—Esto no tiene nada que ver contigo. Nada de esto tiene que ver contigo.

—Ya, ni conmigo ni contigo. Es cosa suya, pero yo diría que el despido fue el detonante de su espiral. ¿Cuántos años calculas que le caerán?

Trey cerró los ojos. A lo largo de los años había tomado cervezas con Wes Mooney en el Village Pub, disfrutado de barbacoas compartidas en su patio trasero y visto al hijo mayor jugar algún que otro partido en la liga de béisbol infantil.

Y ahora...

—Delito de agresión, con el agravante de haberse cometido en el ámbito doméstico y con allanamiento de morada. Presentarán cargos, si no por intento de violación, como mínimo por agresión sexual. Eso, sumado al alcance de las heridas de ella, al hecho de que sucediera en presencia de los niños y que cuando le dio un empujón a la puerta al entrar, golpeó al crío en la cara y sangró por la nariz. Tenía una orden de alejamiento porque fue a recoger a los niños borracho y, cuando ella se negó a que se los llevara, la amenazó. También intentó golpear a Bob en un par de ocasiones, de modo que ese es otro cargo.

—Borracho y estúpido, en vista de que Bob le dobla en tamaño.

—Lo cual descubrió. Además de los daños a la propiedad y resistencia a la autoridad, se enfrenta a entre diez y veinte años.

—Él se lo ha buscado.

—Efectivamente. La familia de Marlo quiere que cuando se encuentre en condiciones regrese a New Hampshire. Yo pienso que lo hará. —Tras apurar de un trago el resto del whisky, Trey sirvió otros dos.

»Como quiere la custodia completa de los niños, me pondré con ello. La conseguirá.

—Cojonudo.

—No siempre es pan comido.

—Pues debería serlo.

—Pero eso no significa que lo sea. Como le ha reventado la nariz al crío y ha mandado a Marlo al hospital, voy a ir a por todas para que ella consiga la custodia completa y autorización para trasladarse a otro estado. ¿En qué estabas trabajando?

—En la gabarra de Cleopatra, el pequeño *sunfish*. —Owen se encogió de hombros—. Tenía un rato libre y se me ha ocurrido una idea.

—¿Cuál?

—A ella le gustan las sirenas, ¿verdad? —Se levantó, sacó el dibujo del hueco y lo desenrolló—. Así que se me ha ocurrido poner un par de sirenas erguidas a babor y a estribor en dirección a la proa, para añadir algo esculpido. Será entretenido.

Trey movió su silla para tener una mejor perspectiva.

—Y muy chulo. ¿Vas a cambiarle esto por un cuadro?

—¿Has visto la sirena?

—De pasada, cuando llevamos aquel baúl al estudio. Es preciosa. Como la artista.

—Sí, las dos son guapas. Es un trueque justo. Bueno, puede que ella prefiera prescindir de cualquier talla ornamental, aunque eso sería una tontería —comentó—, y de tonta no tiene un pelo, pero ya veremos. Solo estoy jugueteando con esto en mi tiempo libre.

—Yo voy a pasar mi tiempo libre durmiendo a pierna suelta. Gracias por la copa, y por el catre.

—Lo que necesites.

La habitación de invitados había sido un despacho originalmente, pero a Owen le resultaba demasiado agobiante porque le faltaba espacio para moverse.

Prefería la mesa de la cocina o uno de los bancos de trabajo de su tienda.

Así pues, actualmente albergaba una cama, una mesilla de noche que había fabricado él mismo, y una cómoda que había restaurado y que nadie usaba.

Las paredes, de un beis apagado, presentaban unos cuantos brochazos de pintura de prueba que Owen aún tenía pendiente elegir.

Trey se quitó la ropa, se dejó caer en la cama en calzoncillos y se quedó dormido casi antes de taparse.

En la casa solariega, Cleo apenas se rebulló cuando sonaron las campanadas del reloj. Se giró, se acurrucó entre su nido de almohadas y flotó en ese inframundo entre la vigilia y el sueño.

La música de piano se dejó sentir en la planta de arriba y, acostumbrada a ella, siguió durmiendo.

En algún lugar de las profundidades de la casa, una mujer lloraba y, en algún lugar aún más recóndito, otra gritaba de dolor.

—A callar todo el mundo —masculló.

De pronto se incorporó bruscamente al notar una mano en el hombro y oír una voz que susurraba con apremio:

«Sonya».

Con el pulso acelerado, buscó a tientas el interruptor de la luz. Sola en su cuarto, se frotó el pecho al notar que el corazón se le salía. No entres en pánico, se ordenó a sí misma. Otra vez no, bajo ningún concepto.

Seguramente lo he soñado, pensó, seguramente lo habré soñado, pero...

Espabilada por completo, fue hacia la puerta a toda prisa justo cuando Sonya salía de su habitación y se internaba en el largo pasillo. Reprimiendo el impulso de correr a su encuentro, Cleo volvió como una exhalación a por su teléfono.

—Por favor, que esta sea la decisión correcta.

La llamada sacó a Trey de un sueño profundo. Durante unos terribles instantes, solo pudo pensar que Marlo había empeorado.

—¿Diga?

—Soy Cleo. Sonya está caminando sonámbula. Dijo que, si lo hacía, la siguiera y te llamara. Estoy siguiéndola y llamándote.

—Voy ahora mismo.

—La sigo de cerca, pero... Será mejor que te des prisa.

Trey empuñó los pantalones y se los puso de un tirón mientras se acercaba a aporrear la puerta de Owen.

—¡Joder! ¿Qué pasa?

—Sonya está caminando sonámbula o lo que quiera que diablos sea. Cleo la sigue de cerca. Me voy.

—Maldita sea, voy a ponerme los pantalones.

En menos de dos minutos estaban fuera con los perros.

En la casa solariega, Sonya se detuvo junto a la escalera, como vacilante, tambaleándose ligeramente, al tiempo que la música de piano cesó y en la casa se hizo el silencio, con la salvedad del tictac del reloj.

A continuación se dio la vuelta y pasó de largo la biblioteca en dirección a las escaleras que conducían a la segunda planta.

—Estoy contigo —musitó Cleo—. Estoy aquí mismo.

En ese momento oyó el llanto de la mujer y, cuando se detuvo delante de la puerta de lo que antaño era el cuarto del bebé, Cleo también lo hizo.

Cuando abrió la puerta, el llanto se volvió más nítido, y los ojos se le llenaron de lágrimas.

«¿Qué ves tú que yo no veo? —se preguntó Cleo—. ¿Qué ves en la oscuridad?».

Al enfocar con la luz de su teléfono, distinguió en la penumbra el antiguo moisés, la cuna, la cómoda y la mecedora que recordaba.

Entonces lo oyó, bajo el llanto desconsolado: el crujido rítmico de una mecedora. Y, al observarla, vio que se balanceaba, despacio, de atrás adelante, de atrás adelante.

—Noche tras noche —murmuró Sonya—, año tras año, Carlotta llora sin consuelo por la criatura que vino al mundo antes de tiempo, y que lo abandonó tan solo unas horas después.

En silencio, Sonya cerró la puerta y continuó.

Cuando se aproximaban a las escaleras, Cleo envió un mensaje:

Vamos a la segunda planta.

La escueta respuesta llegó enseguida.

5 min.

—Qué rápido, menos mal. Trey viene de camino, Sonya, y yo estoy aquí mismo.

Cleo se encogió cuando las paredes y el suelo empezaron a temblar. Al llegar al descansillo de la segunda planta, Sonya se detuvo otra vez. Al fondo del pasillo de la derecha, la silueta de la puerta del salón dorado brillaba en rojo. A Cleo le dio la impresión de que latía como un corazón. Volutas de humo emanaban por debajo de la puerta y serpenteaban por el pasillo.

El olor, fétido, enturbió y ensució el aire.

—No vayas para allá, Son. No estamos preparadas para eso.

El pulso adoptó el sonido martilleante de un latido.

—Ella existe para alimentarse —dijo Sonya—, y se alimenta de miedo y aflicción. Noche tras noche, año tras año, se sacia de llanto, bebe las lágrimas. Se da un festín con cada estremecimiento y temblor de los vivos por los difuntos.

—¿Estás despierta? —Cuando Cleo estiró el brazo para tocarla, Sonya dobló a la izquierda en dirección a las dependencias de los criados.

Cleo oyó ese grito de dolor otra vez, y los gemidos y sollozos posteriores. La negrura era absoluta allí, y, como Sonya siguió avanzando, Cleo encendió la linterna de su teléfono para alumbrarla.

Subieron el corto tramo de escalones y cruzaron la puerta que daba acceso a esa ala. El aire, más frío, hizo que a Cleo se le pusiera la piel de gallina, pero a Sonya no parecía afectarle, puesto que siguió caminando, descalza, hacia otra puerta.

Cuando la abrió, Cleo aspiró el hedor a enfermedad, fiebre, sudor y vómito. Oyó el crujido de una cama, como si alguien se rebullera nerviosamente en ella.

—No puedo evitarlo —dijo Sonya con un suspiro—. Lo que sucedió y lo que sucederá. No puedo evitar lo de la pobre Molly O'Brian. Viajó desde Cobh, lejos de su familia y de su hogar, pero encontró uno aquí. Se enorgullecía de abrillantar la madera y los cristales. La ayuda llegó demasiado tarde para salvarla.

Una lágrima resbaló por la mejilla de Sonya al cerrar la puerta.

—No puedo evitar la muerte de la joven Molly. Solo presenciarla.

Cuando Sonya dio media vuelta para deshacer el camino, a Cleo se le cayó el alma a los pies. Sin embargo, Sonya torció hacia el salón de baile.

Cleo la siguió y envió otro mensaje.

Creo que vamos al salón de baile.

En Manor Road, casi llegando.

Como la oscuridad era tan profunda que el teléfono no servía de nada, Cleo probó suerte y se puso a tantear la pared en busca de un interruptor.

Si Sonya se despertaba, que se despertara, pero no podía correr el riesgo de que alguna o las dos tropezara en la oscuridad.

Encontró un interruptor al entrar en una de las antesalas y, al pulsarlo, Sonya continuó sin inmutarse hacia la imponente puerta doble del salón de baile.

Cuando la abrió de un tirón y se internó en la penumbra, Cleo encendió la primera araña.

Iluminó el espejo que había entre los muebles que habían destapado, registrado y movido. La luz se reflejó en el cristal, al tiempo que los depredadores del marco parecían gruñir como guardianes de lo que hubiera en el centro.

—¿Qué hago? No sé qué hacer. ¿Qué ves ahí? Yo lo único que veo es a ti y a mí. Pero… Dios, como sea una especie de puerta, no pienso dejar que vayas sola.

El frío le calaba los huesos, y oía el pum, pum, pum del latido del salón dorado. Más allá del espejo había un revoltijo de sombras, pero le daba miedo retroceder para encender más luces.

Entonces oyó el ladrido estridente de Yoda y la respuesta, más ronca, de otro perro. Por fin había llegado Trey. Cuando estaba a punto de llamarlo a gritos, oyó pasos a la carrera.

—Por favor, Sonya, espera un segundo.

El ruido la tranquilizó. Se arriesgó a mirar hacia atrás, y comprobó que Trey no iba acompañado solamente por su perro.

—Menos mal. Está aquí. El espejo. Antes no, pero ahora sí. Sonya ha parado varias veces durante el recorrido. Menudo viaje. —Tiritando, Cleo se agarró los codos.

—Esto parece una cámara frigorífica. —Owen se quitó la chaqueta y se la ofreció al tiempo que Trey se quitaba la suya.

—Gracias. ¿Deberíamos despertarla, Trey? No sé si es conveniente. Ha visto y ha dicho cosas.

Cuando Trey se disponía a arroparla con su chaqueta, Sonya dijo:

—Estoy despierta.

En vez de con la chaqueta, la arropó con su cuerpo.

—Estás helada, mi amor.

—Antes no. O creo que no.

—¿Llevas despierta todo este tiempo? —preguntó Cleo.

—Acabo de despertarme. Aquí de pie. Estaba soñando y…, no sé, no me acuerdo. Me siento como ajena a ello. ¿Veis el espejo? ¿Es real?

—Es real.

Con una mano agarrada a la de Trey, Sonya alargó la otra para tocar el marco.

—No estoy soñando, y todos lo vemos.

—A lo mejor te has despertado porque nosotros lo vemos —dijo Cleo, acariciándole la espalda.

—¿Veis lo que hay en él?

—Un cristal de espejo —respondió Trey— y a todos nosotros.

—No. No, yo veo…

—Colores, movimiento, luces y sombras.

Con una especie de alivio esperanzado, Sonya se volvió hacia Owen.

—Sí. ¿Tú lo ves?

—Sí. —Owen miró a Trey y a Cleo—. ¿Vosotros no?

—Vosotros dos sois Poole, nosotros no —dijo Cleo haciendo un ademán con las manos—. Esa debe de ser la razón.

—Mi padre lo vio, Collin lo vio. Tal vez otros también. Hay gente bailando. Oigo música.

—Del año de la pera —confirmó Owen—. Hay mala acústica —añadió—, como en un túnel. La imagen está cobrando nitidez, y la música suena más alta.

—Es esto, el salón de baile, pero está lleno de flores y gente. Todo brilla y resplandece. —Cautivada, Sonya posó una mano sobre el cristal y los dedos lo atravesaron de lleno—. Oh, hace calor al otro lado.

—Sonya. —Trey la sujetó de la muñeca para apartar su mano del espejo.

—Se supone que debo ir. Me atrae hacia él. Necesito saber. Forma parte de mi legado. ¿Sientes la atracción, Owen?

—No, pero distingo la imagen, y sonidos. A ver. —Al hacer amago de posar su mano sobre el cristal, lo atravesó hasta la muñeca—. Es como una patada en los mismísimos.

Sacó la mano, la giró y la examinó.

—Sigue intacta y, sí, hace más calor ahí.

Sonya apretó con fuerza la mano de Trey y, con la otra, la de Cleo.

—Estoy despierta y consciente. Tengo que entrar. No puedo explicarlo, pero quiero entrar. Prefiero hacerlo de manera consciente, por voluntad propia y en presencia de todos vosotros.

Trey apretó la mano contra el espejo y únicamente notó la solidez del cristal. Miró fijamente a Owen por encima de la cabeza de Sonya.

—Sí, lo he pillado.

Sonya, que entendió el gesto, se volvió hacia él.

—No tienes por qué hacer esto. A ti no te arrastra.

—No digas tonterías. —Owen soltó la mano de Sonya de la de Cleo y entrelazó los dedos con los suyos—. Yo voy primero.

Con una mano en el hombro de Owen, Trey inclinó la cabeza para besar a Sonya.

—No me hagas esperar mucho.

—Espera, espera. Toma mi amuleto. —Cleo metió la mano en el bolsillo de su pijama, sacó una bolsita de la suerte y se la entregó a Sonya—. ¡Espera! —exclamó de nuevo cuando Owen se disponía a dar un paso al frente.

—¿Y ahora qué? ¿Me vas a dar una bala de plata o una estaca de madera?

Le sujetó la cara y lo besó.

—Volved sanos y salvos.

—Volveremos pase lo que pase. —Agarrando firmemente a Sonya de la mano, Owen aguardó a que le hiciera la señal.

Cuando Owen atravesó el cristal, Sonya miró hacia atrás fugazmente y lo siguió.

El espejo los engulló.

—¡Oh, Dios mío! ¡Oh, Dios mío!

Cleo apretó ambas manos contra el cristal mientras Yoda gemía y lo golpeaba con las patas.

—Han desaparecido como si nada. ¿Qué diablos hacemos ahora?

Trey miró fijamente el espejo, como tratando por todos los medios de ver al otro lado.

—Esperar.

El latido del salón dorado cesó, y en la casa solariega se hizo el silencio.